Tilman Röhrig
Die Könige von Köln

PIPER

Zu diesem Buch

Unaufhaltsam nähern sich im Herbst 1794 die französischen Truppen Köln. Der gelehrte Geistliche Ferdinand Franz Wallraf und einige besonnene Männer sorgen sich um die Kunstschätze der Stadt, vor allem um den goldenen Dreikönigenschrein. Eile ist geboten, um alles über den Rhein in ein geheimes Versteck zu schaffen. Doch wer kann die Gegenstände so schnell verladen? Nur ein wahrer Herkules – den Wallraf im Tagelöhner Arnold Klütsch findet. Vereint in der Liebe zu Köln riskieren sie fortan gemeinsam Kopf und Kragen, um vor den Franzosen zu retten, was ansonsten für immer verloren wäre. Dafür setzt Arnold nicht nur seine gewaltigen Körperkräfte ein, sondern auch sein großes Herz. Das hat er schon lange heimlich der Schneidermeisterstochter Walburga geschenkt, der Zukünftigen seines besten Freundes ...

Tilman Röhrig, geboren 1945, ist seit über dreißig Jahren freier Schriftsteller und lebt in der Nähe von Köln. Seine historischen Romane wurden zu Bestsellern und vielfach übersetzt. Für sein literarisches Werk erhielt der Autor zahlreiche Auszeichnungen.

Tilman Röhrig

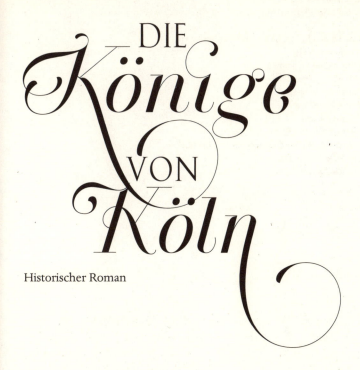

Historischer Roman

PIPER
München Berlin Zürich

Mehr über unsere Autoren und Bücher:
www.piper.de
Aktuelle Neuigkeiten finden Sie auch auf Facebook, Twitter und YouTube.

Von Tilman Röhrig liegen im Piper Verlag vor:
Riemenschneider
Caravaggios Geheimnis
Die Schatten von Sherwood
Funke der Freiheit
Der Sonnenfürst
Thoms Bericht
Übergebt sie den Flammen!
Erik der Rote oder die Suche nach dem Glück
Die Ballade vom Fetzer
Die Könige von Köln

Ungekürzte Taschenbuchausgabe
August 2016
© Piper Verlag GmbH, München / Berlin 2014
erschienen im Verlagsprogramm Pendo
Umschlaggestaltung: Mediabureau Di Stefano, Berlin
Umschlagabbildung: Mediabureau Di Stefano unter Verwendung der Abbildungen
vom Rheinischen Bildarchiv Köln, von Thomas Cranz und Harald Gerhard /
Bilderbuch Köln und Renphoto / iStockphoto
Satz: Satz für Satz, Wangen im Allgäu
Gesetzt aus der Dante
Druck und Bindung: CPI books GmbH, Leck
Printed in Germany   ISBN 978-3-492-30770-3

Teil 1

1

Kein Windhauch. Am späten Vormittag nahm die Schwüle noch zu. Stickig und heiß war es in Köln. Paulus Fletscher ging langsamer. Ehe er durchs Hahnentor schritt, nahm er den schwarzen Filzhut ab, im Mauerschatten trocknete er mit seinem Sacktuch das lederne Schweißband, dabei schnaufte er einige Male tief vor sich hin. »Wäre besser morgen gegangen. Der Termin in Müngersdorf eilt nicht. Morgen wär's vielleicht frischer.« Er reihte sich in die Schlange der Fußgänger ein, die aus der Stadt nach Westen wollten.

»Nicht stehen bleiben.« Kein Befehl, auch keine heftige Bewegung, der Stadtsoldat in der rot-weißen Uniform ließ nur die Hand kreisen. »Wünsche einen guten Tag, Herr Advokat.«

»Gut? Wo uns der Krieg droht?«

»Draußen vielleicht. Aber nicht bei uns in Köln.«

»Wer's immer noch glaubt ...« Paulus Fletscher seufzte.

»Wenigstens du hast es heute gut. Darfst im Kühlen stehen.« Er schob sich am geöffneten Schlagbaum vorbei.

»Schon recht, Herr Advokat«, rief ihm der Posten nach, »für September haben wir's wirklich zu heiß.« Ohne sich umzudrehen, nickte Paulus Fletscher und sah auf der anderen Seite der Torzufahrt dem langen Stau entgegen. »Gütiger Himmel!«

Reisekutschen, mehr als gewöhnlich, dazwischen große Planwagen, Bauernkarren. Und die Wachposten ließen sich Zeit, prüften Passpapiere, wühlten in der Ladung und verlangten den Zoll. Wer schneller in die Stadt wollte, steckte den Rot-Weißen einige Stuber zu und musste dennoch warten. »Ist wie im Fegefeuer. Freikaufen kann sich da keiner mehr.« Der Advokat ging dicht an den Gespannen entlang, sah in die offenen Fenster der Reisewagen, lächelte den Fremden zu, kannte er ein Gesicht, so grüßte er mit einer leichten Verbeugung.

Er näherte sich einem Obstkarren. Das Zugpferd war unruhig, schabte mit dem Vorderhuf das Pflaster. Auf dem Bock lehnte der Bauer, die Kappe tief über den Augen, döste er vor sich hin. Paulus Fletscher runzelte die Stirn. Um den Mann herum schwirrten Wespen, schlimmer noch, über der hohen Lade stieg eine Wolke von den Obstkörben auf und fiel zurück, schwappte über die Seitenwände und umkreiste in zornigem Wirrwarr den Karren.

Einige der Viecher kamen gefährlich nahe. Das konnten keine Wespen sein, auch Bienen waren nicht so groß. Hornissen, glaubte er, ganz sicher. »He, Kerl!«, schimpfte der Advokat. »Wieso, verflucht, deckst du dein Obst nicht ab?«

Der Mann war noch nicht ganz wach. »Worum geht es, Herr?«

»Haben wir nicht schon Flüchtlinge genug in Köln?« Paulus Fletscher drohte aufgebracht zu den Körben hinauf. »Jetzt auch noch Hornissen. Du schleppst uns ganze Schwärme in die Stadt …« Insekten umsirrten seinen Kopf. »Weg!« Er riss den Hut ab, schlug nach den Angreiferinnen, entfachte ihre wilde Gegenwehr, er drehte sich auf dem Absatz, schlug heftiger, dabei schleuderte er einige gegen den Bauch des Zugpferdes. Gleich fuhr das Tier vor Schmerz hoch, stieg auf die Hinterhand, fiel zurück, ein Vorderhuf traf den Advokaten am Kopf, gefällt schlug er neben dem Speichenrad zu Boden. Wieder stieg der Gaul, gepeinigt, wilder noch, der hoch beladene Karren wankte.

Mit einem Sprung vom Bock rettete sich der Bauer, dann kippte der Wagen, stürzte das Pferd, und beide begruben Paulus Fletscher unter sich. Körbe fielen übereinander, auf dem Pflaster rollten Birnen und Äpfel.

»Mein Gaul!«, schrie der Bauer. »Helft, so helft doch!« Noch angeschirrt lag das Pferd auf der Seite, versuchte immer wieder, den Kopf zu heben. Männer eilten zur Unglücksstelle, halfen dem Tier.

Jetzt erst erinnerte sich der Bauer. »Wo ist der Herr?« Da sah er den Hut zwischen den Birnen, sah das Bein unter der Seitenlade, den zuckenden Fuß. »Jesses! O Jesses.« Zusammen mit einem Mann versuchte er, den Karren anzuheben. Vergeblich. Dabei zertraten sie das herumliegende Obst, waren mitten im sirrenden Schwarm. Aus Angst vor Stichen wich der Helfer einige Schritte zurück.

»Ich schaffe es nicht allein«, flehte der Bauer zu den Gaffern hinüber, »so kommt doch!«

Zwei andere Mutige wagten sich näher. Von weiter her kam ein junger Bursche gelaufen, überholte die Zögernden, war an der Unglücksstelle. Er packte nach der Seitenlade und wuchtete sie bis zur Hüfte hoch. »Zieht ihn raus!«, rief er. »Ich halt schon. Zieht ihn nur raus.«

Wespen surrten um seine krausen, dunklen Locken. Eine setzte sich auf die Wange des Burschen. Kopfschütteln. »Lass mich!« Ohne die Seitenlade loszulassen, blies er aus dem Mundwinkel nach ihr, konnte sie endlich vertreiben. Derweil zog und zerrte der Bauer den Verunglückten an den Schultern unter dem Wagen hervor. Jetzt griffen auch die beiden neuen Helfer zu. Gemeinsam schafften sie den Reglosen übers Straßenpflaster zur gegenüberliegenden Mauer.

Der Bursche spannte den breiten Rücken, hievte die Seitenlade weiter an, mit jedem Keuchen hob sich der Karren, Stück für Stück, noch ein letzter Ruck, dann kippte er zurück in die Waagerechte, stand wieder auf allen Rädern. Als wäre die Kraftanstrengung nichts, drehte sich der Bursche um und eilte zur Gruppe, die bei dem Verletzten stand. »Wie geht es ihm?« Niemand antwortete. Ein Mann kniete neben dem Reglosen, befühlte den Hals, behorchte die Brust.

»Was für 'n Glück, dass ein Arzt in der Nähe war«, flüsterte der Obstbauer dem Burschen zu. »Sieht schlecht aus für den armen Herrn.«

»Aber ich hab doch den Karren gehoben …«, sagte der Bursche, als müsste er sich verteidigen.

»Du hast alles getan.« Der Bauer fasste den Arm des Retters. »Wer bist du?«

»Arnold. Arnold Klütsch.«

»Bist ein guter Junge. Und stark …«

Ohne große Eile näherten sich zwei der Stadtsoldaten. Kurz besahen sie den Verletzten, der ältere von beiden beugte sich näher über das zerquetschte Gesicht. »Das ist der Advokat Fletscher. Hab doch gerade noch mit ihm gesprochen.« Er tippte dem Arzt auf die Schulter, der sah hoch und schüttelte den Kopf. Der andere Posten wandte sich an die Umstehenden. »Was ist passiert?«

Ein Unglück, alle konnten es bezeugen, redeten gleichzeitig.

Arnold Klütsch trat näher, starrte auf den Toten. »Unser Nachbar.« Er schluckte, wischte die Tränen aus den Augen. »Der Vater von meinem Freund.«

»Was sagst du? Du kennst den Advokaten?« Der ältere Stadtsoldat fasste ihn am Arm. »Dann weißt du auch, wo er wohnt. Du bleibst hier!« Er gab seinem Kollegen einen Wink. »Schick die Leute weiter. Jeder Auflauf so dicht vorm Tor ist untersagt. Und sorg dafür, dass der Bauer mit seinem Obstkarren verschwindet!« Er wandte sich an den Arzt. »Ist da nichts mehr zu machen? Ist der Advokat wirklich tot?«

»Schau doch hin. Eine Trage muss her.«

»So ein Jammer.« Der Rot-Weiße betastete die Rocktaschen des Toten und fand den Passierschein. »Ich wusste es. Und das bei dieser Hitze.« Er bettelte fast: »Auch nicht ein kleiner Funken Leben mehr?«

Der Arzt sah ihn prüfend an. »Stimmt etwas nicht?«

Mit dem Finger tippte der Posten auf das Papier. »Der Schein gilt für den Advokat Fletscher, für den lebendigen. Die Leiche darf damit nicht in die Stadt. Dafür muss ein neuer Passierschein ausgestellt werden. Und das dauert, und bei der Hitze sowieso noch länger. Können wir es nicht …?« Der Stadtsoldat schob Arnold Klütsch etwas zur Seite, ehe er sich zum Ohr des Mediziners reckte und flüsterte, bis der Arzt die Schultern hob. »Mir soll's recht sein.«

Erleichtert seufzte der Posten. »Also dann. Schaffen wir den Verletzten in die Stadt!«

Arnold schüttelte den Kopf. »Jetzt lebt er wieder?«

»Frag nicht. Halt den Mund und hilf uns!«

Der Siebzehnjährige wischte sich die Augen. »Bis ich das begreife«, flüsterte er vor sich hin.

Wenig später wurde Advokat Fletscher auf einen leichten, zweirädrigen Karren gelegt. Da kein Zugtier vorhanden war, nahm Arnold die beiden Deichselholme unter die Achseln, und in Begleitung des Arztes zog er die Fracht an den wartenden Kutschen und Planwagen vorbei auf das Hahnentor zu. Am Schlagbaum prüfte der ältere Posten selbst die Passierscheine und winkte Karren und Begleitung weiter. Gleich übergab er den Wachdienst dem jüngeren, und noch im Schatten der dicken Mauern, doch innerhalb der Stadt, untersuchte der Arzt den Reglosen und stellte den Tod des Advokaten fest.

Der Stadtsoldat bedankte sich: »Doktor, das werd ich Euch wiedergutmachen.«

»Jeder hilft jedem.« Gemessenen Schritts entfernte sich der Mediziner.

»Und jetzt zu dir«, der Rot-Weiße wandte sich an Arnold, »wo steht das Haus von dem armen Teufel?«

»Bei uns um die Ecke. An der Großen Budengasse.«

»Da bringst du mich und den Advokat jetzt hin.« Er sah auf das blutverschmierte, zerstörte Gesicht. »Schlecht kann es so einem Studierten nicht gehen. Das gibt Wegegeld von der Familie. So verdien ich heute wenigstens etwas.«

Warum sagst du so was?, dachte Arnold und schüttelte den Kopf. Der Rot-Weiße verstand die Geste falsch und tätschelte den Arm des Jungen. »Du bekommst auch was davon ab. Wir teilen. Nur keine Angst.«

Um nicht die Fäuste zu ballen, packte Arnold fest nach beiden Deichselholmen. »Mir ist ... Der Herr Paulus Fletscher war ein guter Mensch.« Er stürmte mit dem Karren über die Hahnenstraße in Richtung St. Aposteln.

Zwischen Gemüsegärten holte ihn der Rot-Weiße ein. »Langsamer, Junge, langsamer. Sonst fällt uns der Advokat noch von der Lade.« Mitfühlendes Lachen. »Nimm's nicht so schwer. Du bist noch jung. Wer schon so oft wie ich den Tod gesehen hat, der nimmt es einfach.«

Das will ich nicht, dachte Arnold und biss sich nur auf die Unterlippe.

Neben ihm zückte der Stadtsoldat eine Stummelpfeife aus der Sacktasche seiner verschmierten weißen Hose, saugte einige Male, ohne sie anzuzünden, dann spuckte er aus. »Weißt du, Kleiner …« Er verzog die Lippen. »Nichts für ungut. Auch wenn du schon zu einem mächtigen Kerl angewachsen bist, nenn ich dich mal so. Mich darfst du Peter nennen, Stadtsoldat Peter, so kennen mich alle. Also, Kleiner, als ich im Krieg war … Also auf so einem Schlachtfeld, da gibt's viele Tote. Da lernst du das mit den Leichen.«

»Ich will das nie lernen.«

Sie gingen an St. Aposteln vorbei, erreichten die Baumallee entlang des Neumarktes.

Grollen, fernes Donnern, lauter, heftiger.

Der Rot-Weiße fuhr zusammen, dann, wie von der Sehne geschnellt, hetzte er zur Seite auf die Häuser zu und warf sich im Eingang vom Blankenheimer Hof auf den Boden.

Wieder das bedrohliche Grollen. Jetzt erst begriff Arnold, dass sein Begleiter verschwunden war. Er wandte sich um, am westlichen Himmel hatten sich dunkle, fast schwarze Wolken aufgetürmt, dann sah er zum Hoteleingang hinüber. Dort rappelte sich Stadtsoldat Peter langsam hoch, klopfte sich den Staub vom roten Rock und rückte den schwarzen Zweispitz gerade.

Arnold stieß ein leises Lachen aus. Dieser Feigling. Er grinste ihm vergnügt entgegen. »Da kommt ein Gewitter auf uns zu. Von Aachen her.«

»Weiß ich auch«, blaffte Peter. »Weiter! Bevor es regnet, will ich die Leiche los sein.«

Um sie herum gingen die Passanten schneller, hin und wieder ein rascher Blick auf den Reglosen, im Vorbeigehen fragte einer: »Verwundeter Zivilist? Von den Franzosen?«

»Nein. Der arme Kerl ist unter einen Karren gekommen«, gab der Stadtsoldat Auskunft und saugte wieder gelassen an der kalten Stummelpfeife. »Nur keine Angst. Der Feind ist noch weit.«

»Dem Himmel sei Dank. Gott schütze unser Köln.«

In der Schildergasse hielt es Arnold nicht länger, der Satz drängte einfach hinaus. »Ihr wart nie im Krieg …« Er bemühte sich, nicht zu lachen. »Ich mein, so wie Ihr Euch grade verkrochen habt. Und dabei hat es nur gedonnert.«

Ohne den Kopf zu drehen, sah ihn Peter von der Seite an. »Du hast ein loses Maul, Kleiner. Aber ich will mal nicht so sein.« Er spuckte aus. »Sollst was von mir lernen: Also …« Der Pfeifenstiel ersetzte den Zeigefinger. »Das Erste, was ein Soldat lernen muss, ist, sich zu verstecken. Sobald es knallt oder donnert, ab hinter die Mauer oder rein in die Grube und Kopf runter … So überlebst du, Kleiner. Aber nur, wenn du schlau bist.«

»Und was ist mit den vielen Verwundeten in unsern Spitälern?« Arnold seufzte. »Das waren dann alles Dumme?«

Mit einem Schritt war Peter an seiner Seite, scharf sah er ins breitflächige Gesicht. »Du machst dich nicht lustig über mich?« Er prüfte die grauen Augen. »Oder?«

»Würde ich nie wagen.« Arnold wich dem Blick aus und ging weiter. »Ich zieh nur den armen Advokat Fletscher. Mehr nicht.«

2

In der Schildergasse rückten die Häuser enger zusammen, und die Straße wurde schlechter. Gestank dünstete aus dem nur angetrockneten Modder, die Fahrspuren waren tief, immer wieder rutschten die Räder in die Furchen, und der Stadtsoldat musste den Leichenkarren von hinten anschieben. Arnold blickte sich nach dem Wetter um. Die Wolkentürme waren bedrohlich nah, ragten schon über St. Aposteln auf. Wird gut gehen, hoffte er. Wenn der Regen eher kommt, versinken wir gleich im Schmier, dann wird's schwerer, und es stinkt noch mehr. Er sah zum Bretterpfad entlang der Hauswände. Ein Rad würde draufpassen, aber dann ist der Wagen schief, und der arme Herr Fletscher rollt runter. »Nutzt nichts«, flüsterte er und beschleunigte den Schritt. »Wird schon gut gehen.«

Erste Tropfen fielen, als das schmale Haus gleich am Anfang der Budengasse schon in Sicht war. Arnold klappte die Stützen runter und stellte den Wagen dicht an der Wand ab. So bot der Überstand des Daches etwas Schutz, falls es stärker regnete. Niemand im Haus hatte ihre Ankunft bemerkt. Arnold wischte sich den Schweiß von der Stirn, sah den Uniformierten an. Der starrte nur zurück, schließlich stopfte er die Stummelpfeife in die Sacktasche, und nach gründlichem Räuspern forderte er: »Na los, nun klopf schon!«

Arnold schüttelte den Kopf. »Ihr habt in so was mehr Erfahrung.« Seine Stimme gehorchte kaum.

Stadtsoldat Peter straffte sich. Mit beinah militärischem Schritt trat er an die Haustür und pochte mit der Faust.

»Komme«, hörten sie von drinnen, dann wurde geöffnet. Strahlende blaue Augen, dicke Zöpfe baumelten, dann erstarb das Lachen. Ursel, die sechzehnjährige Tochter des Advokaten, blickte völlig überrascht auf den Uniformierten, wischte die Hände an der Schürze und zog sich einen Schritt zurück. »Ich dachte, es wäre … Der Vater ist nicht daheim.« Sie winkte mit der Hand. »Aber die Mama. Wartet, ich hol sie aus der Küche.«

Ehe der Stadtsoldat zu Wort kam, war das Mädchen verschwunden. Er wandte sich zu Arnold: »Wie viele Kinder sind im Haus?«

»Noch die Beate, das ist die Älteste. Und Norbert, mein Freund. Der ist zwei Jahre älter als ich.«

»Drei Stück.« Kurz pfiff Peter durch die Zähne. »Das kann ja was werden.«

Eine schmale, leicht gebückte Frau kam durch den halbdunklen Flur, die Augen groß, scharfe Falten engten den Mund ein. In vorsichtigem Abstand folgten Ursel und gleich dahinter Beate.

»Ich bin Frau Klara Fletscher. Was gibt es, Herr Leutnant? Mein Mann ist …«

»Deshalb komme ich.« Der Stadtsoldat trat zurück und deutete zum Karren: »Da bringen wir ihn, den Advokat Fletscher.«

Fuß für Fuß, als gäbe es nur einen schmalen Grat, so tastete sich die Ehefrau bis zum Wagen hin. Sie sah ihren Mann, sah das zerstörte Gesicht und wimmerte.

Jetzt begriffen ihre Töchter, stürzten aus dem Haus, sie erblickten den Vater, und Ursel schrie auf, schrie und schrie. Beate weinte, zerrte am Kittel über dem Busen. Sie suchte nach Halt. Da Arnold neben ihr stand, warf sie sich an ihn, auch Ursel suchte Schutz und verbarg den Kopf an seiner Brust. Hilflos drückte, tätschelte Arnold die Schultern der beiden. Zu sagen wusste er nichts; so verzweifelt war das Unglück um ihn, dass auch ihm die Tränen über die Wangen rollten.

Der Rot-Weiße bemühte sich um Klara Fletscher. Er hielt ihre Hand in beiden Händen. »Beruhigt Euch, Frau«, sagte er immer wieder, und zwischendurch betonte er: »Das Leben geht weiter … Ich hab da Erfahrung.«

Ein junger Mann im schwarzen Studentenrock erschien in der Tür. »Was geht hier vor?«

»Norbert!«, riefen die Mädchen gleichzeitig und stürzten zu ihm hin. »Der Vater!«

Mit ärgerlichem Drehen und Rucken versuchte sich Norbert von den Armen und Fingern der Schwestern zu befreien. Vergeblich, die Mädchen hingen an ihm, und er zog sie bis zum Wagen hinter sich her. Beim Anblick des Toten wich das Blut aus dem schmalen, glatten Gesicht, die dunklen Augen verloren ihren Glanz, einen Moment lang wankte Norbert, und die Schwestern schienen die schlanke Gestalt sogar halten zu müssen. Tief atmete er, hob das Kinn und strich die schwarze Haarsträhne aus der Stirn. »Wer war das?« Er blickte Arnold an. »Ein Überfall? Sag schon!«

Der Freund schüttelte den Kopf. »Ein Unglück.« Stockend berichtete er. Norbert unterbrach ihn. »Dieser Bauer ... Das waren sein Pferd und sein Wagen. Also hat er Schuld. Der muss für den Schaden aufkommen. Schließlich ist der Vater jetzt tot.«

»Moment, junger Herr«, mischte sich der Stadtsoldat ein. »Es gab Zeugen genug, und alle sagen, für den Unfall kann keiner was.« Er trat dicht vor Norbert hin. »Scheinst mir vernünftig zu sein, Junge.« Er sah den empörten Blick. »Verzeih, junger Herr wollt ich sagen. So schlimm es ist mit Eurem Vater, nehmt es ruhig hin.«

»Wollte nur wissen ...«

»Am Tod kann keiner was ändern«, unterbrach der Rot-Weiße. »Ich hab da Erfahrung. Und jetzt bringen wir den Vater ins Haus. Nein, Ihr nicht! Das machen wir.« Ein Wink für Arnold, dann setzte er hinzu: »Mal angefangen, müssen wir die Arbeit auch zu Ende bringen.«

Er hob mit Arnold die Bahre von der Ladefläche, und begleitet vom Schluchzen der Ehefrau und den Töchtern trugen sie den Leichnam des Paulus Fletscher in den Flur. Norbert ging voraus, über die Schulter rief er: »Wohin, Mutter? In die Wohnstube?«

»Da ist noch nicht geputzt«, wehrte die Witwe leise ab, »in sein Bett.«

Nachdem der Tote im Schlafraum niedergelegt war, bat der Stadtsoldat den Sohn mit auf den Flur. »Da wäre noch eine Kleinigkeit. Ich denke, sechs Stuber sind genug fürs Herbringen.«

Norbert spannte die Lippen. »Etwa für jeden?«

»Nein, nein«, beschwichtigte der Rot-Weiße, und sein Finger schloss Arnold mit ein. »Zusammen.«

Nach kurzem Zögern nickte Norbert. »Ich besorg es von der Mutter. Wartet vor dem Haus!«

Beim Hinausgehen fasste der Stadtsoldat Arnold an der Schulter. »Was hab ich gesagt? Bei den Studierten lohnt sich das Arbeiten.«

Arnold antwortete nicht. Er sah zum schwarz verhangenen Himmel, kein Regen, mit den wenigen Tropfen hatte die Schwüle noch zugenommen. Norbert folgte ihnen nach draußen und händigte dem Stadtsoldaten das Wegegeld aus, der zählte zwei von den sechs Münzen ab, die er Arnold hinreichte.

»Ich nehme nichts.«

»Aber, Kleiner, das ist dein Lohn.«

»Ich hab es so gemacht. Für den armen Herrn Fletscher.«

»Hast recht. Hilfe unter Freunden und Nachbarn sollte nichts kosten.« Die Hand schnappte zu, und alle sechs Münzen verschwanden im Hosensack, mit der Stummelpfeife zwischen den Fingern kehrte sie zurück. »Bring aber wenigstens noch die Karre runter zum Rhein. Stellst sie am Markmannstor ab. Sag den Posten, sie wird morgen abgeholt. So, ich muss jetzt los …« Er wollte gehen, besann sich und schüttelte Norbert die Hand. »Mein aufrichtiges Beileid. Denke, das Leben geht weiter.«

Beide Freunde blickten ihm nach, bis er um die Ecke gebogen war. Schweigen. Schließlich sagte Arnold: »Kann ich euch noch was helfen? Ich mein, irgendwas …«

Norbert schüttelte den Kopf. »War ein feiner Zug von dir vorhin, kein Geld zu nehmen.«

»Konnte ich wirklich nicht.«

»War aber trotzdem falsch.«

»Wieso?«

Norbert tätschelte kurz den Arm des Freundes. »Ist ja nicht schlimm, nur schade eben.«

»Ich verstehe nicht, was du meinst.«

»Ist doch egal.« Norbert rieb sich den Nasenrücken. »Aber du hättest die zwei Stuber nehmen sollen und mir jetzt zurückgeben. Das wäre gescheit gewesen. Dann hätte ich jetzt was davon.«

»So was ist mir nicht eingefallen. Bei all dem Schreck heute.« Erst nach einer Weile sah Arnold den Freund an. »Und nun? Was wird mit euch, so ohne Vater?«

»Ich bin ab jetzt der Herr im Haus. Ganz einfach. Daran werden sich alle gewöhnen müssen. Nicht nur Ursel und Beate, sondern auch die Mutter.«

»Aber du studierst doch noch.«

»Mach dir darüber keinen Gedanken. Das Examen schaffe ich leicht.« Norbert stellte den rechten Fuß aufs Karrenrad. In zwei Jahren wollte er Advokat sein und in die Fußstapfen des Vaters treten. Geld sei genug da. »Und wenn es nicht reicht, dann besorg ich schon welches. Mir fällt mehr ein, als du dir vorstellen kannst.«

»Das glaub ich«, sagte Arnold ehrlich überzeugt. »Aber was ist, wenn die Franzosen kommen?«

»Sollen sie doch. Ich hab gehört, dass sie den Städten nichts tun, wenn die sich freiwillig ergeben. Nein, ich habe keine Angst vor der Zukunft. Sollst sehen, ich hab Erfolg, werde heiraten und reich sein.«

Überrascht lachte Arnold. »Wenn das so einfach wäre. Ich mein, heiraten. Kennst du denn schon eine?«

»Aber ja. Walburga. Die Tochter vom Schneidermeister Reinhold Müller, drüben in der Salzgasse.«

Ein Stich. Mit dem Namen spürte Arnold den Schmerz bis tief in die Brust. Der Freund plauderte einfach weiter: »Du kennst sie doch bestimmt. Schöne braune Haare. Ich glaub, wenn sie den Zopf aufmacht, fallen sie bis über die Schulter. Und hier …« Er formte einen Busen vor dem Hemd. »Solche Früchte hat sie schon.«

Lass das, dachte Arnold und ballte eine Faust, red nicht so über sie.

»Da staunst du.« Norbert zupfte die Ärmel seines Rocks zu den Handgelenken. »Ja, die Walburga ist schon ein Schmuck-stück. Die passt zu mir.«

Arnold zwang sich, ruhiger zu atmen. »Habt ihr euch schon …?«

»Nein. Spazieren waren wir. Da waren ihre Freundinnen dabei und du auch. Weißt du noch?«

»Ich mein, weiß sie es? Das mit der Heirat?«

»Nein. Aber das ist auch nicht so wichtig. Schau mich doch an. Wenn ich frage … Der Schneidermeister kann froh sein, wenn die Tochter so einen wie mich bekommt.«

Ich fall in ein Loch, dachte Arnold, schwarz ist es, einfach schwarz und tief.

Der Neunzehnjährige plusterte sich weiter: »Und sobald wir den Vater beerdigt haben, werde ich Walburga mal zum Tanz einladen. Man soll die Frauen langsam anlocken, ver-stehst du, immer so ein bisschen mehr.«

»Nein, versteh ich nicht«, murmelte Arnold.

»Wenn es mal bei dir so weit ist, frag nur mich, deinen Freund.«

Arnold zwang sich, ihm in die Augen zu blicken. »Ich muss jetzt los. Muss den Karren noch runter zum Hafen bringen.« Er klappte die Holzstützen ein, griff nach den Deichselholmen. »Tut mir leid, das mit deinem armen Vater.« Er stapfte eilig davon. Die Räder holperten über Steine und Furchen.

»Bist ein guter Freund!«, hörte er Norbert ihm nachrufen.

Was hab ich schon davon?, dachte Arnold. Er war der Sohn eines Tagelöhners. Zu Haus warteten noch sieben Geschwister, drei ältere Schwestern, und von den jüngeren waren zwei Mädchen und zwei Buben. Allein konnte der Vater die vielen Mäuler nicht stopfen. Für die Schule war Arnold keine Zeit geblieben, schon als Junge … und seit seine Muskeln mehr und mehr wurden, erst recht … musste auch er sich Tag für Tag eine Arbeit suchen, sonst reichte es nicht. Das Hahnentor war ein guter Standort. Bei all den Fremden und den großen Warenladungen war dort stets Bedarf nach starken Armen. »Ich will mich gar nicht beschweren«, flüsterte er. Nur der neue Schmerz in seiner Brust wollte nicht nachlassen. Walburga. Traum. Zuflucht der Gedanken. Manchmal ein Gruß, einige Worte, mehr nicht.

Walburga, sie war die schönste Heimlichkeit seines Lebens. Und jetzt wollte Norbert sie einfach wegheiraten. Immer schon war der Freund der Kluge, trug bessere Kleider, verfügte auch über mehr Geld, dafür hatte Arnold ungewöhnliche Kräfte, zusammen waren sie stets den Gleichaltrigen überlegen, und darauf war Arnold stolz. Heute aber fühlte er sich im Vergleich zu dem Studenten zu wenig und nur erbärmlich.

Vielleicht … vielleicht will sie ihn ja gar nicht. An diesem Gedanken versuchte er sich festzuhalten. Könnte ja sein.

»Platz. Gib den Weg frei!«

Arnold zog den Karren in einen Hauswinkel. Zwei schwarze Reisekutschen ohne Wappen rollten die Markmannsgasse zum Hafentor hinunter, dicht dahinter folgte ein geschlossener Planwagen. Jeden Tag werden es mehr, dachte Arnold. Die frommen Herren vom Dom sind auf der Flucht vor den Franzosen. Mit der Fliegenden Brücke über den Rhein und weg. Ich versteh's nicht. Die Franzosen beten doch sicher auch, genau wie wir. Und fromme Herren braucht es dazu. Warum fürchten die sich? Er schüttelte den Kopf. Wenn das so weitergeht, sitzt im Dom bald keiner mehr im Beichtstuhl.

Nachdem er den Karren bei den Wachposten abgeliefert hatte, ging er nicht direkt nach Hause, er nahm den kurzen Umweg über die Salzgasse. Dort stellte er sich neben der Bäckerei in den halbdunklen Durchstieg. Hier war sein Platz. Wenn es irgend ging, kam er jeden Tag nach der Arbeit hierher. Von diesem Versteck aus konnte er unbemerkt das Schneiderhaus, vor allem die Tür, gut beobachten.

Zweimal Glockenschlagen erlaubte er sich, länger nicht. Die Zeit lief, sobald es von St. Martin schlug, danach noch eine Viertelstunde bis zum nächsten Glockenton. Manchmal hatte er Glück, und Walburga erschien an der Tür, um einen Kunden zu begrüßen oder zu verabschieden. Ein Augenfest aber war es für Arnold, wenn sie draußen Tür und Fenster putzte. »Eines Tages werd ich dir dabei helfen«, flüsterte er.

Walburga, sie arbeitete beim Vater in der Werkstatt, nähte auch selbst, vor allem aber bediente sie die Kunden, suchte Stoffe mit ihnen aus, half den Damen beim Aus- und Ankleiden. Ratsherren, reiche Geschäftsleute und vornehme Adelige aus dem Domkapitel gehörten zur zufriedenen Kundschaft des Schneidermeisters Müller. Viele kamen nicht nur der Qualität wegen wieder, sondern auch weil sie sich von Walburga so freundlich umsorgt wussten.

Heute verstrich die Viertelstunde, ohne dass sich die Tür zur Werkstatt öffnete. Stattdessen setzte mit dem zweiten Glockenschlag wie auf Befehl der Regen ein. Dicke Tropfen. Arnold verließ den Beobachtungsposten und ging langsam am Haus des Schneiders vorbei. Es regnete heftiger, ganz gleich, er beschleunigte nicht den Schritt, spähte durchs Fenster. Walburga stand mit dem Rücken zu ihm und drapierte ein Kleid über eine Drahtpuppe. Nicht stehen bleiben, befahl er sich. Erst an der nächsten Straßenecke störte ihn der pladdernde Regen, und er beeilte sich. Blitze zuckten, gleich krachte der Donner, ehe er verklungen war, folgte der nächste Schlag.

Völlig durchnässt erreichte Arnold das Klostergässchen an St. Laurenz. Das Wasser platschte von den Dächern, sammelte sich zwischen den eng stehenden Häusern in großen Pfützen. Arnold versuchte sie durch Springen und Balancieren zu umgehen, trat aber schließlich doch mitten hinein.

Von der Domseite her näherte sich der Vater dem Klostergässchen, den breitkrempigen Hut tief über der Stirn. Gleichzeitig mit ihm erreichte Arnold die Haustür.

Der hagere, große Mann nahm den halb gefüllten Ledersack von den Schultern und setzte ihn auf dem Flurboden ab. »Hab gut verdient heute im Hafen. Konnte davon Wurst und Speck kaufen und hab sogar noch was übrig.« Er lachte leicht. »Mutter wird sich freuen.« Dabei nahm er den Sohn an der Schulter. »Und du? Wie war's am Hahnentor? Gab es genug Aufträge?«

Arnold fuhr sich durch die nassen Locken. »Hab nichts verdient heute.« Er berichtete vom Unglück, erzählte auch, dass er den Lohn abgelehnt hatte. Dazu sagte der Vater nichts, sagte nur: »Ohne dich, Junge, schaffe ich es nicht. Und für Gotteslohn wird keins deiner Geschwister satt. Denk morgen daran, hörst du?«

3

Wie Schwerthiebe fahren die Nachrichten im September 1794 auf Köln nieder: Der linke Flügel der kaiserlich-österreichischen Armee ist bei Lüttich vernichtend geschlagen worden. Die Truppen müssen der starken französischen Übermacht weichen. Sie haben sich bis hinter die Roer zurückgezogen. Aachen ist ohne Schutz. Die Franzosen drängen weiter vor! Wie lange hält die neue Abwehrlinie bei Düren dem Feind stand?

Sturm droht der Residenzstadt Bonn. Sturm heult auf Köln zu …

Im Sitzungssaal des Kapitels an der Nordseite des Doms herrschte Tumult. Fragen, Vorschläge und Ratlosigkeit lärmten durcheinander. Kaum vermochte der Protokollführer die Beschlüsse in klare Worte zu fassen. »… Alle noch vorhandenen Kostbarkeiten des Domschatzes sind unverzüglich über den Rhein wegzuschaffen …«

Die Stadt Arnsberg in Westfalen war das erwählte Exil des Domkapitels. Vor allem mussten die Reliquien der Heiligen Drei Könige wie auch die Reliquien der Heiligen Märtyrer Felix, Nabor und Gregorius von Spoleto fliehen. »… sie sind unverzüglich in Sicherheit zu bringen.«

Außerdem war der Schreinermeister Claudy zu beauftragen, zwei Kisten für den oberen und den unteren Teil des Dreikönigenschreins anzufertigen.

»Zusammen? Sollen die Gebeine zusammen mit dem Schrein abtransportiert werden?«

»Zu gefährlich!« Darin waren sich die Herren einig. Gold, Silber und die Edelsteine des kostbaren Schreins waren für Räuberbanden zu verlockend. Im Falle eines Überfalls würden diese Halunken womöglich nur die Kostbarkeiten nehmen und den wahren Schatz, die Reliquien der Heiligen, achtlos wegwerfen. »Undenkbar!« Allein bei der Vorstellung eines solchen Frevels mussten sich einige der frommen Herren bekreuzigen.

»Getrennt! Der Schrein und die Heiligen müssen getrennt fliehen.«

Dompropst Graf von Oettingen verlangte energisch nach Ruhe. Als Stille eingekehrt war, huschte ein schwaches Lächeln über das wohlgenährte Gesicht, eine Heiterkeit, die mit den zu Kringeln ondulierten und stets wippenden Ohrlocken noch vor Monaten seine Lebensfreude ausstrahlte, jetzt aber lediglich beherrschte Sorge signalisierte. »Auch wir, werte Herren, müssen fliehen, und zwar rasch. In Anbetracht der Gefahr soll es jedem erlaubt sein, selbst zu entscheiden, wann und wie er sich nach Arnsberg in Sicherheit bringt.« Wieder ein Lächeln, dieses Mal gefärbt mit einem Anflug von Tapferkeit. »Ich selbst werde unser ... und verzeiht das Bild ... unser geliebtes Domschiff, wie es sich für einen Kapitän gehört, erst nach unsern wertvollsten Passagieren, den Heiligen Drei Königen, verlassen. Erst wenn wir sie auf sicherem Weg ins Exil wissen, werde auch ich aufbrechen. Liebe Brüder, Dominus vobiscum.«

Früh am nächsten Morgen bog Ferdinand Franz Wallraf ins Klostergässchen von St. Laurenz ein. Für die wenigen Schritte von seiner Wohnung in der Dompropstei bis zum Hause des Tagelöhners hatte er sich nur einen leichten Schultermantel übergeworfen. Die Sonne war gerade über das östliche Domdach gestiegen, warf erstes Licht in die enge Straße. Wallraf klopfte, wartete, musste heftiger klopfen. Endlich wurde geöffnet. »Verzeih die Störung schon zu dieser Stunde. Ich bin Professor ...«

»Ich weiß, wer Ihr seid.« Erwartungsvoll sah Anton Klütsch den Besucher an.

Wallraf betrachtete die hagere Gestalt und hob die Brauen. »Bin ich hier richtig? Bei Klütsch?«

»Ja, Herr.« Von drinnen tönte Kichern und vergnügtes Lärmen. Ein kurzer Blick über die Schulter. »Die Kinder. So ist es nun mal. Morgens toben sie besonders laut, als müssten sie sich vom langen Schweigen in der Nacht erholen. Womit kann ich dienen?«

»Ich weiß nicht so genau, ob du der Richtige …?« Der Professor rieb sich das vorstehende Kinn. »Wenn ich ehrlich sein soll, ich habe von dem Karren am Hahnentor gehört. Bei dem tragischen Unfall ist der von mir geschätzte Advokat Fletscher ums Leben gekommen. Diesen Karren soll ein Klütsch wieder auf die Räder gestellt haben. Ohne jede Hilfe. Deine Statur jedoch verspricht nicht … Aber vielleicht gibt es noch eine andere Familie Klütsch?«

»Ihr seid schon richtig. Ihr meint sicher meinen Sohn.«

Wallraf zögerte. »Nimm es mir nicht übel. Ich verstehe, dass du dir den guten Verdienst sichern möchtest. Aber ich suche keinen Jüngling. Ich benötige einen Mann mit mehr als großen Kräften.«

Nun schmunzelte Vater Klütsch. »Bitte bleibt. Seht euch meinen Jungen erst mal an.« Er ging einige Schritte in den Flur, öffnete die Tür und rief über den Kinderlärm nach dem Sohn. Kurz darauf erschien ein doppeltes Pferd. Auf jedem Schultersattel von Arnold hockte ein Knabe, mit Kochlöffeln trugen beide über dem Lockenkopf des Bruders einen Fechtkampf aus. »Genug jetzt!« Sie ließen sich im Kampfgetümmel nicht stören, erst als das Pferd unter ihnen bockte, sie beinah aus dem Sattel warf, bemerkten beide den Besucher an der Tür. Das Ritterspiel war zu Ende. Die Kleinen umhalsten den Bruder, wischten übermütig noch kurz die Gesichter durch die Lockenmähne und ließen sich absetzen.

Mit nackten Armen, nur in Leibhemd und Hose stand Arnold neben dem Vater und verbeugte sich vor dem berühmten Professor. Wallraf bestaunte die Muskeln und Schultern des jungen Mannes. »So kann man sich irren«, murmelte er und entschuldigte sich beim Vater. »Hier bin ich richtig.«

Auch Anton Klütsch glaubte erklären zu müssen. »Von mir hat's der Arnold nicht. Eher von meiner Adelheid. Sie ist auch so … will sagen tüchtig. Acht gesunde Kinder …«

»Mein Kompliment«, unterbrach Wallraf. »Mir genügt es, den richtigen Klütsch gefunden zu haben. Zur Arbeit: Dein Sohn wird zum Ausräumen und Verladen benötigt. Bedingung ist Fleiß, und er wird zum Stillschweigen über alle Vorgänge verpflichtet. Bei Zufriedenheit soll er gut entlohnt werden.«

»Wie lange?«

»Nun, zwei Tage muss er zur Verfügung stehen. Vielleicht sogar eine Nacht. Näheres darf ich über die Arbeit nicht mitteilen.«

»Dann kann ich mir schon denken, worum es geht.« Anton Klütsch nickte seinem Sohn zu, der nickte zurück und dachte: Also Flucht. Aber warum jetzt auch der Professor?

Während sie die Gasse zum Dom hin verließen, kam Wallraf noch einmal auf den Tod des Advokaten zurück. »Ein herber Verlust nicht nur für mich, für uns alle. Paulus Fletscher liebte seine Vaterstadt. Und gerade jetzt, da Köln bedroht ist, benötigen wir solche Männer.«

Arnold sah ihn verstohlen von der Seite an. Und Ihr? Er wollte schweigen, konnte es aber nicht: »Aber, Herr, wenn alle weggehen, wie soll denn dann die Stadt gerettet werden?«

»Worauf spielst du an?« Abrupt blieb Wallraf stehen.

»Ich sag besser nichts.«

»Heraus damit!«

Arnold bemerkte die steile Falte auf der Stirn des Professors. Gleich schickt er mich wieder nach Hause, und der Verdienst ist weg.

»Ich höre, junger Mann.« Der Ton erlaubte kein Ausweichen mehr.

»Also, ich mein, aus Angst vor den Franzosen ziehen sich

die Kaiserlichen über den Rhein zurück. Alles nehmen sie mit, ich hab's mir angeschaut, sogar die Kanonen. Und Ihr Vornehmen packt auch Eure Sachen. Da bleibt doch kaum jemand übrig!«

Erst ein Staunen, dann rieb sich Wallraf den scharfen Nasenrücken und lachte leise. »Die Sachlage ist komplizierter, aber so ganz unrecht hast du nicht.« Er tippte Arnold auf den Arm. »Eins kann ich dir zusichern: Ich bleibe.«

»Und ich dachte, ich sollte bei Euch ausräumen.«

»Nein, wir halten die Stellung.« Er hob den Finger. »Heute und in den nächsten Tagen aber bereiten wir die Flucht für hochgestellte Persönlichkeiten vor. Es geht um Grafen und Könige. Und mit denen gibt es nichts zu diskutieren, denke daran.«

»Hab verstanden.« Arnold passte seinen Schritt dem schmal gebauten Professor an. Ist ein feiner Mensch, dachte er, obwohl er so klug ist, redet er mit mir, dass ich es verstehe. Ist ein feiner Mensch.

An der alten Dompropstei bat Wallraf: »Warte einen Moment. Ich verständige nur rasch den guten Pick, dass wir loslegen können.« Der Professor stieß die in den Angeln ächzende Eichentür auf, rief durch den kleinen Garten zum Haus hinüber, und als hätte er nur gewartet, kam ein etwas rundlicher Herr im schwarzen Rock mit Priesterkragen in schnellen kurzen Schritten nach draußen. »Hast du unsern Samson gefunden …?« Jetzt erst nahm er Arnold wahr und klappte hörbar den Mund zu, staunte und öffnete ihn wieder. »Nach all dem, was mir erzählt wurde, hatte ich mich auf ein Ungetüm eingestellt. Stattdessen …«, er drohte Wallraf spielerisch mit der Faust, »… bringst du einen Herkules in üppigster Blüte.«

»Das ist Arnold, nicht mehr und nicht weniger.« Der Professor schmunzelte und erklärte seinem frisch angeworbenen Helfer: »Und dieser Herr hier bezeichnet sich als meinen besten Freund, er ist der Kanonikus Franz Pick, mit dem ich in diesem Gemäuer wohne.«

»Wir achten aufeinander. Sollte ein Balken herunterbrechen oder einer von uns von abbröckelnden Steinen getroffen werden, so kann der andere noch Hilfe holen.«

Arnold kratzte sich in den Locken. War das ein Scherz? Nach der Kleidung ist das ein frommer Herr, erst jetzt fiel ihm auf, dass auch der Professor den frommen Kragen trug. Also sind beide … Und dann machen sie Spaß? »Wenn Ihr es so sagt«, meinte er vorsichtig. »Vielleicht glaub ich es.«

»Wir sollten uns beeilen«, unterbrach Wallraf, »der Frachtwagen muss noch heute Nachmittag mit der Fähre über den Rhein.« Die Herren gingen voraus, und Arnold folgte ihnen bis zum großzügigen Gebäude an der Westseite des Domhofes. Hier residierte der oberste Kapitelherr, Dompropst Franz Wilhelm, regierender Graf von Oettingen und Baldern, zugleich auch Kanzler der Kölner Universität. Weil er den Schimmelgeruch nicht ertrug und sein rechter Fuß im Winter durch Feuchtigkeit und Kälte noch mehr schmerzte, hatte er die alte, baufällige Dompropstei den zwei jüngeren Priestern überlassen. Beide standen hoch in seiner Gunst, vor allem Franz Pick, den er in väterlicher Güte förderte, aber auch Ferdinand Wallraf verdankte dem Dompropst geheime Unterstützung bei der Erlangung einer Pfründe, die es ihm erleichterte, den Lebensunterhalt zu finanzieren. Dankbarkeit musste der Graf bei seinen Schützlingen nicht erst einfordern. Gutes wird mit Gutem vergolten, wie für jeden wahren Kölner war für Ferdinand Wallraf diese Stadtweisheit selbstverständlich, und selbst für einen Bonner wie Franz Pick gehörte Dankbarkeit zur Herzensbildung.

Seit Tagen schon hatten die beiden Freunde für den Dompropst die wertvollste Habe zusammengepackt. Eine Aufgabe, die von der zwar vornehmen, doch überalterten und gebrechlichen Dienerschaft nicht mehr geleistet werden konnte.

»Wir nehmen uns zunächst die Sammlungen im Kunstkabinett vor.« Wallraf streifte den Mantel ab.

Jede Büste, jedes Opfergefäß, jeder Altar, stammten die Ge-

30

genstände nun aus dem alten Ägypten, aus Rom oder von den Griechen, sie waren in Tücher gewickelt und in Kisten verstaut worden. Waffen, Instrumente, Kleidungsstücke und Schnitzwerke aus vergangenen Jahrhunderten füllten weitere Truhen. Nicht genug, Gemälde, Stiche und Reliefs verlangten besondere Sorgfalt in der Verpackung. Musikinstrumente, Erfindungen aus Italien, Spanien und Frankreich. Dazu Gläser, Porzellan und eine unschätzbare Münzsammlung.

»Da hab ich was zu tun.« Arnold bestaunte die Menge an gestapelten Truhen und Tonnen, Kisten und Koffern.

»Nicht allein, mein Freund, wir helfen dir nach unseren bescheidenen Kräften.«

Zweimal versuchte Arnold mithilfe der Herren, eine Truhe aus dem ersten Stock hinunterzuschaffen. Anstatt zu halten, drückten sie von oben, dass er alle Mühe hatte, nicht samt den Schätzen über die Treppe in die Halle zu stürzen. Beim zweiten Versuch klemmte sich Kanonikus Pick die Hand zwischen Kofferecke und Geländer, während der Professor auf dem Treppenabsatz mit dem Allerwertesten eine Vase vom Hocker stieß und sich danach eine Scherbe in den Stiefel trat.

»Wenn ich was sagen darf.« Arnold suchte nach Höflichkeit: »Also, ein paar Gurte, meinetwegen auch Stricke, die würden mir mehr helfen … Ich mein, die wären genug. Dann schaff ich es schneller.«

Wallraf stemmte eine Faust in die Seite. »Du glaubst, wir hätten jeder nur zwei linke Hände?« Freund Pick blies heftig auf die wehen Finger, zwischen dem Luftholen setzte er hinzu: »Herkules meint, wir sind zu ungeschickt.«

Arnold nickte. »So ähnlich, wenn ich ehrlich bin.«

Die Herren sahen sich an und schmunzelten. Nachdem von einem der greisen Diener breite Gurte beschafft waren, schulterte Arnold ohne Pause Kiste um Kiste. Die Freunde standen draußen neben dem Frachtwagen und prüften anhand einer Liste, ob auch alle Gepäckstücke richtig gekennzeichnet waren. Nur Buchstaben und Zahlen. Um falsche Begehrlichkeiten auszuschließen, sollte keiner von den Fuhrleuten über den wahren Inhalt der einzelnen Truhen Bescheid wissen.

In der Mitte des Nachmittags kehrte Graf Oettingen eilig vom Kapitelhaus zurück. Kurz warf er einen Blick in den Planwagen. »Werdet Ihr mit dem Verladen noch bei Tageslicht fertig?«

»Denke schon, Durchlaucht.« Kanonikus Pick deutete auf den schwitzenden Arnold. »Wir haben den besten Helfer aus der Antike gefunden: Herkules. Es ist eine Freude, ihn bei der Arbeit zu beobachten.«

»Gut, gut. Jetzt ist keine Zeit für ein Palaver über griechische Heroen.« Der Graf grüßte mit einem Nicken in Richtung des Burschen und wandte sich halblaut an die beiden Kleriker. »Er soll im Haus warten. Unsere Lage spitzt sich zu und bedarf einer kurzen Unterredung.«

Kein Zögern, keine Nachfrage. Die Miene des Dompropstes verlangte nach sofortigem Handeln. Wallraf befahl Arnold: »In der Bibliothek hinten im Erdgeschoss findest du die gepackten Kisten. Trage sie nach vorn in die Halle. Beginne schon mal ohne uns. Wir überprüfen nachher die Listen.«

Auf dem Weg hinein schmunzelte Arnold. Warum so umständlich? Sagt doch einfach, dass es was zu besprechen gibt, was ich nicht hören soll. Und fertig.

Gleich beim Betreten der Bibliothek brachte einer der Diener ein Tablett mit Wasserkaraffe und Glas und stellte es auf dem runden Tisch ab. Arnold sah sich um. Regale bis unter die Decke. Bis auf einige Buchstützen waren die Bretter leer, nur blanke Staubschatten zeigten noch, welche Menge an Büchern dort gestanden hatte. Nach der dritten Kiste verschnaufte er, leerte das Wasserglas in einem Zug.

»Arbeit macht durstig, nicht wahr, mein Freund?«

Arnold fuhr herum. In der Tür stand ein schmalbrüstiger Herr im grauen Gehrock, über der spitzen Dreiecksnase lauerten schwarze Augenpunkte. »Arbeitest du hier allein? Ganz ohne eine dritte Hand?«

»Was?« Verblüfft zeigte Arnold seine Hände. »Mit den beiden hab ich genug …«

Kurzes Lachen unterbrach ihn. »Ich meine, so ohne Unterstützung?«

»Ich schaff das schon.«

Jetzt näherte sich der Herr mit langsamen Schritten, nahe dem Tisch entdeckte er etwas auf dem Boden, bückte sich und richtete sich mit einem Blaffert in der Hand wieder auf. »Hier, mein Freund. Die Münze hast du verloren.«

Arnold schüttelte den Kopf. »Gehört mir nicht. Hatte kein Geld bei mir.«

»Aber ja doch. Der Blaffert ist dir gerade eben aus der Tasche gefallen. Ich kann es bezeugen. Hier, nimm!« Als Arnold nicht zugriff, steckte ihm der Herr das Geldstück in die Kitteltasche. »Und jetzt kein Wort mehr darüber.« Er ging an den leeren Regalen entlang, zog mit dem Finger eine Schlangenspur durch den Staub.

So was ist mir noch nie passiert. Arnold schluckte. »Herr, wer seid Ihr? Gehört Ihr zum Haus?«

»Gewissermaßen ja. Mein Name ist Dupuis, Bartholomäus Dupuis. Ich bin kurkölnischer Registrator. Aber dies muss dich nicht interessieren.« Seine Hände lagen auf zwei nebeneinanderstehenden Kisten. »Was befindet sich hier drinnen? Dies muss ich wissen. Deshalb wirst du mir bitte den Deckel öffnen, damit ich mir einen Überblick verschaffen kann.« Er zückte einen zweiten Blaffert aus der Rocktasche. »Und hierfür wirst du mir bitte sagen, was draußen schon im Wagen verstaut ist. Und wann die Abfahrt geplant ist.«

»Also«, Arnold rieb sich das Ohr, »dann lag die andere Münze gar nicht auf dem Boden?«

»Ach, guter Freund, ein kleiner Scherz von mir. So als Anerkennung für deine Mitarbeit.«

Wo gerate ich hier rein? Arnold schüttelte den Kopf. »Ich glaub, Ihr seid da bei mir beim Falschen, Herr, ich arbeite für den Professor und für seine Leute.«

»Aber ich gehöre doch dazu …«

Ein heftiger Schlag gegen die Tür unterbrach ihn. »Dupuis!« Der Hausherr kam mit den beiden Klerikern in die Bibliothek, sein Stock zielte direkt auf die Spitznase im blassen Gesicht. »Wer hat Euch erlaubt …?«

»Nur meine Pflicht.« Beschwichtigend hob der Registrator beide Hände. »Wie Ihr wisst, bin ich von Seiner Kurfürstlichen Durchlaucht, Erzbischof Maximilian Franz, beauftragt, die Archive zu kontrollieren.«

»Aber nicht in meinem Hause!«, donnerte der Graf. »Und schon gar nicht, wenn es sich um meine Privatbibliothek handelt. Hinaus!« Ungewohnt schwungvoll hob Graf Oettingen den Stock zum Schlag. »Hinaus!« Er ging drohend einige Schritte hinter dem Eindringling her. »Das Domarchiv, nur darum sollt Ihr Euch kümmern! Und wehe, ich treffe Euch noch einmal hier an.«

Lautlos, doch in großer Eile entschwand der Registrator durch die Halle.

Oettingen starrte ihm nach. »Ratte oder pflichtbewusster Beamter? Ich zweifle in diesen Wochen der Flucht nicht nur an ihm, nein, bei einigen sonst so unscheinbaren grauen Kontorhockern bemerke ich eine neue Lebendigkeit, als witterten sie wie Ratten reiche Beute.«

Er ließ von Wallraf und Pick die Dienerschaft zusammenrufen. Während die betagten Hausgeister sich einfanden, wollte der Professor Arnold hinausschicken, doch Graf Oettingen bestimmte: »Lasst ihn nur anhören, was ich zu sagen habe. Schließlich haben wir ihn vorhin für eine wahrhaft große Aufgabe ausersehen.«

Arnold hob erschrocken das Kinn, gleich spürte er die Hand des Professors auf dem Arm. »Ruhig. Ich erkläre dir alles. Später, wenn es so weit ist.«

Der Dompropst wandte sich an seine Diener, sieben Greise in tadelloser Livree, mit weißem oder silbernem Haar, großen Ohren und braunfleckigen Handrücken. »Meine Treuen.

Einige von euch haben schon meinem Vater gedient, haben mich als Kind durch die Gärten unseres Schlosses im schwäbischen Baldern geführt. Mein Dank gehört euch. Heute nun muss ich fort … ohne euch.«

Die Diener bewahrten Fassung, nur leichtes Zittern der Lippen und Hochfahren der Augenbrauen zeigten ihre Erregung.

»Ohne euch. So schwer es mir fällt«, fuhr Oettingen fort. Auf der Flucht und im Exil könnten die Strapazen zu anstrengend für die Getreuen werden.

Arnold sah verstohlen in die faltigen Gesichter. Arme Kerle, da habt ihr so lange bei eurem Herrn ausgehalten und jetzt … Ehe er den Gedanken weiterführen konnte, versprach der Graf: »Ich schicke euch nicht fort. Ihr sollt alle in diesem Hause bleiben, ihr seid für Möbel, Teppiche, Küche und Keller verantwortlich wie bisher. Und pocht in wenigen Tagen der Franzose an die Tür und fragt nach mir, so gebt ihm und jedem anderen dieselbe Auskunft: Der Herr ist auf einer Reise. Er kommt zurück, doch wann, das entzieht sich unserer Kenntnis.« Er hob den Finger. »Zu eurer eigenen Sicherheit vergesst nie zu betonen: Der Herr kommt zurück. Graf Oettingen wohnt noch in diesem Haus. Denn sonst, so fürchte ich, wird der Franzose alles beschlagnahmen und euch hinauswerfen.«

Geduldig wartete der Dompropst, bis alle Diener durch Kopfnicken zeigten, dass sie verstanden hatten. »Zum Abschluss noch eine gute Nachricht.« Oettingen ließ die Ohrlocken wippen. »Zwar wird mich Kanonikus Pick heute begleiten, doch sobald ich mich in Arnsberg eingerichtet habe, wird er nach Köln zurückkehren und an meiner statt die Sorge für unser Haus übernehmen. Das ist alles. Lebt wohl!«

Arnold wartete, bis der Hausherr die Bibliothek verlassen hatte. »Und was soll ich …?« Er sah den Professor an. »Die große Aufgabe?«

»Eins nach dem anderen.« Wallraf deutete auf den Rest an

Kisten. »In den Wagen damit. Zunächst müssen wir für die Abreise sorgen.«

Auch gut, dachte Arnold, um den Lohn brauch ich mich nicht sorgen. Sind fromme Herren, die betrügen nicht. Und außerdem … Er fühlte nach der Münze in seiner Kitteltasche. Der Herr mit der Spitznase ist weg. Etwas Zeit geb ich ihm noch. Wenn er den Blaffert bis heute Abend nicht zurückverlangt, behalte ich ihn.

4

ie Plane des Frachtwagens war verschlossen, die Reisekutsche vorgefahren. Graf Oettingen reichte Wallraf die Hand. »Falls die Bedrängnis zu groß wird, mein Freund, falls Ihr nicht mehr ein noch aus wisst, so findet Ihr Zuflucht auf meinen Gütern in Baldern.«

»Danke, Erlaucht.« Wallraf straffte sich. »Köln ist meine Vaterstadt. Kein Unglück kann so groß sein, dass es mich von hier forttreiben könnte.« Er half dem Dompropst einzusteigen, reichte ihm den Gehstock in den Fond.

Dann standen sich die Freunde gegenüber. Blicke, Worte genügten nicht. Sie umarmten einander. »Wehe, du kommst nicht zurück«, drohte Wallraf, »und zwar bald und gesund.« Kanonikus Pick wischte sich mit dem Sacktuch die Augenwinkel. »Du kannst die Zeit nutzen und endlich aufräumen. Wenigstens deine Steinsammlung. Oder beginne mit den Büchern.«

»Schluss damit, du Pedant«, unterbrach ihn Wallraf, die Drohung gelang seiner Stimme nicht. »Oder ich behalte dich nicht in guter Erinnerung.«

Noch einmal ein Händeschütteln, ein leises »Gott behüte dich«, dann rollte die Kutsche an, ihr nach holperte der Planwagen in Richtung Rheinufer hinunter. Der Professor winkte, obwohl niemand den Abschiedsgruß zurückgab, als es ihm auffiel, stopfte er das Taschentuch in den Rock. »Hoffe nur«, sagte er mehr zu sich, »das Wetter bleibt gut, dass kein Wagenrad bricht, kein Raubüberfall unterwegs … Ach, was soll das Sorgen?«

Arnold nickte. »Ihr mögt den Herrn Kanonikus gut leiden.«

»Wir sind Freunde. Sonst würden wir nicht unter einem Dach wohnen und schon gar nicht unter solch einem undichten wie dem der Dompropstei.« Wallraf sah seinem Helfer in die Augen. »Eine wichtige Nacht liegt vor uns. Nicht falsch, wenn wir etwas mehr voneinander wissen. Also, wie steht es mit dir? Hast du Freunde? Vielleicht sogar schon eine Zukünftige?«

Zukünftige? Wie fremd das klingt. Das ist kein Wort für Walburga. Arnold wich dem Blick aus. »Einen Freund hab ich. Es ist der Sohn vom verunglückten Advokat Fletscher. Der Norbert studiert auch auf Advokat. Der ist schon neunzehn Jahre. Vielleicht kennt Ihr ihn sogar?«

»Das wäre Zufall. Ich unterrichte nicht in Rechtswissenschaft, meine Fächer sind Botanik und die schönen Künste. Und als Rektor der Universität kann ich unmöglich alle Studenten persönlich kennen.« Das Gesicht wurde ernst. »Genug davon. Es ist Zeit, junger Freund, dich mit der großen Aufgabe vertraut zu machen. Es geht um die Heiligen Drei Könige. Im Dom sind sie nicht mehr sicher. Auch sie müssen fliehen. Graf Oettingen hat dich auf mein Anraten hin ausersehen, heute Nacht bei den Vorbereitungen und morgen in der Frühe bei der Flucht aus dem Dom mitzuhelfen. Die Herren vom Kapitel sind davon unterrichtet.«

Arnold wusste nicht, ob er staunen oder sich freuen sollte. Wo bin ich hier nur reingeraten? »Was ich kann, mache ich«, versprach er.

Nach dem Abendläuten folgte er Professor Wallraf in den Dom. Wie die Stämme von Riesenbäumen ragten die Säulen ins Halbdunkel der Decke. Duft nach Weihrauch wärmte die kühle Stille etwas. Vorn im Chorraum bewegten sich Gestalten. Kerzen brannten an beiden Seiten des Hochaltars. Beim Näherkommen erkannte Arnold bewaffnete Domschweizer, sie hielten abgeschirmte Blendlaternen in Händen und sperrten links zwischen Altar und Kapitelhaus den Umgang des Chorraumes ab.

»Warte hier!«, bestimmte der Professor und näherte sich der Gruppe dunkel gekleideter Herren. Wenig später kehrte er zurück. »Graf von Königsegg ist der Vertreter des Dompropstes. Er leitet heute Nacht die Aktion. Komm, er will dich sehen.«

Arnold dienerte vor dem Dekan des Domkapitels. Erst beim Aufschauen bemerkte er den breiten Pelzkragen und das Glitzern einer Kette.

Graf Königsegg schnalzte leicht mit der Zunge, als schmecke er sein Sprechen vorweg. »Du bist dir im Klaren, dass nichts von dem, was in dieser Nacht geschieht, weitererzählt werden darf?«

»Ja, Herr.«

»Ein Zurück gibt es für dich ohnehin nicht mehr, dafür bist du schon zu weit vorgedrungen. Deshalb merke dir: Jeglicher Indiskretion werde ich nachgehen lassen und persönlich dafür sorgen, dass der Schuldige auf das Schärfste bestraft wird. Hast du mich verstanden?«

Arnold sah Hilfe suchend zum Professor, doch der nickte nur.

Nutzt mir nichts, dachte Arnold bekümmert. »Ehe ich was falsch mache, Herr. Ich versteh das Wort nicht, wem wollt Ihr nachgehen? Indis…?«

Gleich fasste Wallraf nach dem Arm seines Schützlings. »Verrat«, raunte er. »Wenn du nicht schweigst.«

Arnold dienerte wieder vor dem Grafen. »Hab jetzt verstanden.«

»Also dann.« Der Dekan winkte den wartenden Herren. »Wir beginnen.«

Die Domwächter gaben den Weg frei. Vorbei an den Kapellen im Chorumgang näherte sich die Gruppe der Achskapelle an der Stirnseite. Hin und wieder war Arnold beim Mausoleum der Heiligen Drei Könige gewesen. An kein besonderes Gefühl konnte er sich erinnern. Jetzt aber … Außen neben den Sperrgittern flackerten Kerzen, spiegelten sich im dunklen Marmor, und ihr Lichthauch erreichte noch über der Kammer die steinernen Legionäre und ließ sie lebendig werden. Arnold sog den Atem ein. Der Weihrauchgeruch war stärker geworden. Vor dem rot-schwarzen Stoff im Innern des Mausoleums erstrahlten Kerzen auf silbernen Wandleuchtern und erhöhten das Edelsteinfunkeln und Goldglitzern des Schreins.

»Löscht die Kerzen!«

Zwei Domschweizer drückten mit kleinen Glockenhauben an langen Stielen eine Flamme nach der anderen aus. Die übrigen Wächter öffneten ihre Blendlaternen, und Arnold spürte, wie sich in ihm mit den erlöschenden Kerzen und dem anwachsenden hellen Licht die feierliche Beklemmung löste.

»Öffnet den oberen Teil!«

Zwei Domschweizer traten seitlich an den goldenen Schrein heran und stellten eine Trittbank bereit, erst dann folgte Schreinermeister Claudy, das Werkzeug trug er in einer offenen Tasche an der Hüfte.

Arnold wollte besser sehen, wollte näher, besann sich rechtzeitig und blieb neben dem Professor, schob nur den Kopf vor.

Behutsames Schlagen. Mit Holzhammer und Eisenstift löste der Meister rechts und links die Splinte, wenig später klappte er die linke Dachseite hoch und zog sich an die Wand des Mausoleums zurück.

Nun näherte sich ein Priester in Begleitung zweier Domschweizer, die einen mit Seidentüchern ausgekleideten Korb trugen.

Wallraf beugte sich zu Arnold. »Das ist Vikar Heinrich Nettekoven«, flüsterte er, »ein guter Freund. Er ist ausersehen, die Reliquien zu versorgen.« Arnold spürte den Handdruck des Professors im Rücken. »Gehe jetzt einige Schritte nach vorn. Sobald Vikar Nettekoven die Gebeine der Märtyrer herausgenommen hat, wirst du sie hinüber ins Kapitelhaus tragen. Den Weg zeigt dir einer der Domwächter. Du kommst zurück. Später wirst du dann die drei Heiligen hinüberbringen.«

Arnold wurde der Mund trocken. »Kann ich das?« Er

wischte sich über die Stirn. »Wieso Märtyrer? Ich dachte, Könige wären das?«

»Beides, mein Freund.« Trotz der eigenen Anspannung lächelte Ferdinand Wallraf mit schmalen Lippen. »Oben liegen die Märtyrer Felix, Nabor und Gregorius, außerdem die Gebeine eines unbekannten Kindes. Der untere große Raum ist den Königen vorbehalten.« Er begleitete den Helfer bis zur geöffneten Gittertür des Mausoleums.

Nach einigen wollenen Tüchern entnahm Vikar Nettekoven der oberen Kammer nacheinander drei schwere und einen kleineren Seidenbeutel und bettete sie in den Korb.

Er richtete sich auf, hob die Hand.

»Dein Zeichen«, raunte der Professor.

Arnold betrat das Mausoleum, ohne dass es ihm bewusst war, ging er auf Zehenspitzen, als dürfe er den ewigen Schlaf nicht stören. Mit beiden Händen fasste er den Korb, kein Gewicht und doch so wichtig. Er folgte dem Domschweizer. Beim Vorbeitragen der Reliquien bekreuzigten sich die anwesenden Domherren. Am linken Ende des Chorumgangs, kurz vor der Seitentür zum Kapitelhaus: ein Gesicht. Arnold bemerkte es aus dem Augenwinkel: das Gesicht, die spitze Nase. Erst als er den Korb im Nebenzimmer des Saals abstellte, wusste er es: der Registrator, dieser Dupuis. Der will seine Münze wiederhaben? Oder?

Auf dem Weg zurück hielt sich Arnold einige Schritte hinter dem Domwächter. Gleich am Ende des Durchgangs wartete der dünne Herr. Arnold fasste in seiner Rocktasche nach der Münze. Doch Dupuis kam nicht auf ihn zu, er lächelte den Domschweizer an, blieb an dessen Seite. »Ich weiß, wie schlecht ihr bezahlt werdet.« Ohne sich anzustrengen, verstand Arnold das hastige Gewisper. »Wie wäre es mit einem kleinen Nebenverdienst?«

»Wofür, Herr? Und wie viel?«

Arnold schluckte. Einfach so? Der Domschweizer hat nicht einmal gezögert.

»Nur eine Uhrzeit. Ich muss wissen, für wann morgen früh der Abtransport der Reliquien geplant ist. Die Auskunft ist mir einen Blaffert wert.«

»Steht noch nicht fest.«

»Sobald du es weißt, verständigst du mich. Ich warte ab dem ersten Morgengrauen draußen vor dem Portal.«

»Im Voraus.« Der Wächter hielt dicht an seinem Rock verstohlen die Hand auf. Dupuis drückte ihm die Münze hinein und blieb gleich zurück.

Ehe der Domschweizer mit Arnold in Hörweite der Kapitelherren gelangte, drohte er über die Schulter: »Kameraden verraten sich nicht. Bist du ein Kamerad?«

»Ja, schon …«

»Wir sind hier im Dom viele Kameraden, und jeder gönnt es dem anderen, wenn's was nebenher zu verdienen gibt. Und Verräter kann keiner von uns leiden. Also denk dran, du hast eben nichts gehört und gesehen.«

»Schon recht«, flüsterte Arnold und dachte wieder, wo bin ich hier nur reingeraten?

Schreinermeister Claudy hatte inzwischen das Dachgeschoss des goldenen Palastes abgenommen und es mithilfe der Wächter in eine der angefertigten Kisten gelegt. Sonst von einem Gitter geschützt, standen nun die drei gekrönten Schädel der Heiligen offen und gut sichtbar auf dem Präsentierbrett über dem geräumigen Hauptsarg.

»Zuerst die Kronen.«

Heinrich Nettekoven nahm nacheinander die Würdezeichen aus schwerem Gold von den Schädeln. Unter dem wachsamen Blick des Grafen von Königsegg verstauten zwei Domherren die Kronen in einer eisernen Kassette, verriegelten sie, und der Dekan nahm den Schlüssel an sich. Er winkte Nettekoven. »Weiter, Bruder.« Der ließ vom Schreinermeister die große Deckenplatte entfernen, erbat sich danach zwei Domschweizer mit ihren Blendlaternen näher an die Seiten und bestieg wieder die Trittbank, lange beugte er sich über den Sarg.

Dann flüsterte er: »Haltet die Laternen höher!« Schweigen. Nettekoven bewegte sich nicht.

Nach geraumer Weile fragte Graf Königsegg in die Stille: »Was ist, Bruder? Ist dir nicht wohl?«

Langsam richtete sich Nettekoven auf. Im Dämmerlicht schien sein Gesicht noch blasser geworden zu sein. »Keine Ordnung. Sie liegen … Die Heiligen liegen durcheinander.«

Erschrecktes Atmen ging durch die Anwesenden. Graf Königsegg trat bis zum Schrein vor. »Was willst du damit andeuten?«

»Nicht andeuten … Was ich im Gewühl der Tücher erblicke: Die heiligen Könige liegen nicht sorgsam getrennt voneinander wie die Märtyrer Felix, Nabor und Gregorius, sondern … Ich bitte um Vergebung, in ihrem Sarkophag herrscht einfach keine Ordnung.«

»Vikar Nettekoven!« Scharf ging ihn der Dekan an: »Zerwühlte Tücher? Heilloses Durcheinander? Solche Begriffe beschreiben den Zustand nach einer durchzechten Nacht.« Die Stimme wurde drohend dunkel. »Nettekoven, ich muss um mehr Respekt bitten. Dies sind die wertvollsten, die heiligsten Reliquien der ganzen Welt.«

Tapfer hob der Kleriker die Hand. »Und doch ist es so.«

»Herunter da!« Beinah grob zog Graf Königsegg den Vikar von der Trittbank und stieg selbst hinauf, beugte sich über den reich mit Gold und Edelsteinen verzierten Sarg. Sein Rücken erbebte bis hinauf in den Pelzkragen, dann hob er wieder den Kopf, stieg hinab und sah in die gespannten Gesichter der Kapitelherren. »Es ist so, wie er sagt. In diesem Zustand dürfen wir die Heiligen nicht auf die Flucht schicken.« Er glättete die Kette vor seiner Brust, wandte sich an den Vikar und befahl: »Beseitige das Durcheinander! Bis zum Morgengrauen soll jeder König in eigener Seide liegen. Und zwar getrennt von den anderen.«

»Aber …«

»Kein Aber, Bruder. Alle Vorkehrungen für die Sicherheit

sind getroffen, alles ist genau geplant. Der Transport ist nicht mehr zu verschieben. Beim ersten Tageslicht werde ich zurückkommen und den Reisesarg versiegeln. Also spute dich!«

Nettekoven ging einige Schritte hilflos auf und ab, dann fasste er sich. »Hier ist zu wenig Licht. Der Schrein muss ins Kapitelhaus. Dazu benötige ich starke Männer.«

In der vordersten Reihe stieß Professor Wallraf seinen Schützling an. »Wie gut, dass wir dich haben, mein Freund. Geh und hilf ihnen!«

»Herr, da ist noch was, worüber …«

»Später ist Zeit genug für Fragen. Geh jetzt erst, und hilf ihnen!«

Zwei Domschweizer hinten, je zwei an den Seiten und Arnold allein an der Kopfseite, so trugen sie den Hauptsarg entlang der Chorkapellen bis hinüber ins Kapitelhaus und setzten ihn neben dem Korb mit den geordneten Gebeinen der Märtyrer ab.

Arnold half dem Vikar noch, drei große Laken auf dem Boden auszulegen, dann wurde er hinausgeschickt.

Froh sieht er nicht aus, dachte Arnold. Muss nicht leicht sein, so allein mit den heiligen Knochen die Nacht zu verbringen, selbst für einen frommen Herrn nicht.

Am Ende des Durchgangs zum Dom standen einige Domschweizer beieinander. Arnold spürte den Blick des Wächters, der ihm gedroht hatte, und sah nicht zu ihm hinüber.

Professor Wallraf stand bei der Gruppe der Kapitelherren. Er nahm seinen Schützling beiseite. »Auf Befehl des Dekans darfst du den Dom bis zur Abfahrt der Könige nicht verlassen. In der Sakristei gibt es Brot, Wurst und Bier, außerdem liegen Matratzen und Decken bereit. Nein, kein Misstrauen gegen dich. Nur eine Vorsichtsmaßnahme.«

Arnold nickte. »Darüber wollte ich vorhin schon mit Euch reden. Normalerweise würde ich nichts sagen, weil kein Arbeitsmann dem anderen den Verdienst wegnimmt, aber die Heiligen sind nun mal was anderes.«

44

Wallraf furchte die Stirn. »Wovon sprichst du?«

Und Arnold berichtet kurz von dem belauschten Gespräch zwischen Dupuis und einem der Wächter. »Dachte, da muss doch Obacht gegeben werden.«

»Du bist ein treuer junger Mann.« Leise seufzte Wallraf. »Aber sorge dich nicht. Graf von Königsegg und die anderen Verantwortlichen haben ohnehin mit Verrat gerechnet und sind darauf vorbereitet. Ob nun bei den Domschweizern oder auch in den eigenen Reihen. Überall gibt es undichte Stellen.«

»Und warum werden die nicht gestopft?«

Ein trockenes Lachen. »Lieber Freund, wenn alle Verdächtigen entlassen werden, gibt es nicht mehr genug Männer für die notwendigen Arbeiten. Da ist es schon besser, wenn man sich auf Verrat oder Faulheit einstellt.«

Gefällt mir nicht, dachte Arnold und hob nur die Achseln.

Der Professor versprach, mit ihm gemeinsam die Nachtstunden zu verbringen. »An Schlaf ist ohnehin kaum zu denken. Auch ich werde erst wieder ruhiger, wenn die Heiligen sicher über den Rhein sind.«

5

Walburga trägt einen Stoffballen wie eine große Puppe im Arm. Sie summt und tänzelt leicht hin und her, dabei wickelt sie langsam den Stoff ab, weiße Seide weht über den Boden. Arnold will hin zu ihr, wagt nicht, auf den Stoff zu treten, die Seide hebt sich, versperrt den Blick. Ihr Summen lockt. Ohne sie zu sehen, tastet sich Arnold vor. Da hält ihn eine Hand an der Schulter zurück, zornig wendet er den Kopf. »Lass mich …«

»Ruhig. Sei ganz ruhig!«

Arnold öffnete die Augen, sah ins Gesicht des Professors. »Was hab ich …?« Jetzt war er wach und setzte sich auf, nach tiefem Ausatmen fand er sich zurecht. Ich bin in der Sakristei. Matt schimmerte Licht durch die schmalen Fensterscheiben. »Ich hab geschlafen.«

»Wie ein Bär und ebenso laut.« Wallraf schmunzelte. »Kaum hattest du dich auf der Matratze ausgestreckt, schliefst du schon.«

»Wie spät ist es?«

»Zeit für deinen Einsatz. Dekan Graf von Königsegg ist in Begleitung zweier Vertrauter soeben im Kapitelhaus eingetroffen. Zurzeit versiegelt er den Reisesarg unsrer Könige. Ich bringe dich jetzt hinüber. Dabei sollten wir uns möglichst unauffällig verhalten.«

Arnold erhob sich, nahm hastig einige Schlucke aus dem Wasserkrug und wischte sich mit dem Ärmel über die Lippen. »Bin so weit.«

Auf dem Weg fiel ihm der Domschweizer wieder ein. »Und was ist mit dem Verräter?«

Wallraf winkte ab. »Ihm ist eine falsche Information zugesteckt worden. In einer Stunde wird draußen am Hauptportal eine geschlossene Kutsche vorfahren. Und irgendwo in der Nähe der Sträucher zwischen den Turmstümpfen wartet dann sicher der Registrator Dupuis. Unser Domschweizer wird ihm sagen, dass die Reliquien bei Sonnenaufgang abtransportiert werden.«

»Aber das ist doch schlecht.«

»Bei Sonnenaufgang, lieber Freund, sind die Könige dank deiner Kräfte längst über den Rhein und auf geheimer Route unterwegs in ihr Exil.«

Im Raum neben dem Kapitelsaal waren die Kerzen heruntergebrannt, Wachsströme hatten die Füße der Leuchter überspült und waren erstarrt. In den Weihrauchduft biss ein scharfer Geruch nach gebranntem Siegellack.

Der Dekan winkte Arnold näher. »Unser ehrwürdiger Propst hat dich auserwählt, weil du nicht nur stark, sondern auch für alle Versucher ein Unbekannter bist. Ich hoffe, du hast dir während der Nacht die Unschuld bewahrt?«

»Was?« Arnold rieb sich die Stirn. Wovon redet der Herr? Gleich half der Professor aus: »Niemand hatte Kontakt mit ihm. Ich war die ganze Zeit an seiner Seite.«

»Nun denn.« Graf Königsegg ging zum Tisch, legte die Hand auf die große schlichte Holzkiste. Das äußere Siegel verband Deckel und Kasten. »Du trägst die Heiligen durch den Hinterausgang. Dort warten Bewaffnete und ein Wagen. Du setzt den Sarg in den Fond und schließt die Tür. Das ist alles.«

Arnold benetzte die Unterlippe. Wenn ich nicht wüsste, wer in der Kiste liegt, dann wär's einfach. Aber so. Er sah die vielen Körbe neben den drei ausgebreiteten Laken, über den Rändern hingen rote Tücher, Weihrauchkugeln lagen rundum verstreut. Vikar Nettekoven stand halb gekrümmt da, die Augen schimmerten matt in den schwarzen Höhlen.

Mein Gott, ist der müde, dachte Arnold. Wäre ich sicher auch, wenn ich so eine Nacht mit den Königsknochen hinter mir hätte. Er drehte die Kiste, ging leicht in die Hocke und lud sich die wertvolle Fracht quer auf den Rücken.

»Wir geben den Heiligen noch Geleit.«

Arnold zögerte. Wenn ich doch bloß den frommen Herrn verstehen würde. Doch dann sah er, dass Graf Königsegg mit seinen Vertrauten und dem Professor vor ihm herging, und folgte den Herren einfach.

Der Tag roch frisch. Zwischen Wolkenstreifen schimmerte der Himmel schon im Osten. Arnold ging die wenigen Schritte zwischen Tür und Wagen allein und verstaute die Kiste im Fond des Wagens, drückte den Schlag zu und prüfte, ob er auch wirklich im Schloss war. Der Kutscher schnalzte, schlug dem Pferd leicht die Zügel auf die Kruppe, und, eskortiert von vier Bewaffneten, rollte das Gefährt mit den Königen leise in Richtung Rheinufer hinunter.

Arnold sah noch dem Wagen nach, als der Professor neben ihn trat. »Gute Arbeit, lieber Freund.«

»Ist viel geschehen seit gestern Morgen.« Arnold stopfte die Hände in die Kitteltaschen, wieder fühlte er den Blaffert zwischen den Fingern. »Ziemlich viel, meine ich.«

»Und die Mühe soll sich für dich gelohnt haben.« Wallraf ergriff den Arm seines Helfers. »Doch nicht hier, das wäre zu auffällig. Begleite mich ein Stück.« Nicht auf dem kürzesten Weg, er führte Arnold außen an der verwaisten, längst mit Unkraut und Sträuchern angewucherten Turmbaustelle vorbei, dem niedrigen Nordstumpf, und erst nachdem sie auch den halbhohen südlichen Turm mit dem Galgenkran auf der Plattform passiert hatten, betonte der Professor noch einmal: »Du hast gute Arbeit geleistet, gestern bei der Abreise unseres Dompropstes«, und setzte hinzu: »Vor allem aber hast du heute Nacht und soeben den Heiligen Drei Königen wertvolle Dienste geleistet.«

Das Lob dehnte die Brust. »Hab ich gern gemacht, Herr.«

»Im Namen der Heiligen und im Auftrage von Graf Königsegg und dem Domkapitel soll ich dir Dank sagen und dich für deine Dienste entlohnen.« Wallraf griff in die Rocktasche und drückte dem Helfer zwei Münzen in die Hand. Arnold hatte nicht hingesehen, schloss gleich die Finger. Die Stücke fühlten sich anders an. Ehe er den Lohn einsteckte, warf er doch einen kurzen Blick darauf und musste genauer hinsehen. »Silbertaler? Herr, Ihr habt Euch geirrt.«

»Es hat seine Richtigkeit.« Wallraf lächelte. »Hättest du nur mir geholfen, so wäre die Bezahlung gewiss weit über meine Verhältnisse. Nun aber hast du Königen gedient, und dafür gebührt dir auch königlicher Lohn.«

Arnold steckte die Taler ein, spürte, dass sie an den Blaffert stießen, fand, dass die kleine Münze keine Gesellschaft für Silberstücke war, und steckte die beiden Vornehmen in die andere Tasche. »Danke, Herr. Und wenn Ihr mich wieder braucht ...«

»Ganz gewiss. Sobald ich Hilfe benötige, werde ich dich rufen. Allerdings wird der Lohn sicher wesentlich magerer sein.«

»War gern bei Euch.«

Wallraf sah seinem Helfer nach, bis dieser ins Klostergässchen von St. Laurenz abbog. »Was für ein Bursche!«, lächelte er vor sich hin. »Stark wie ein Riese und dazu dieses ehrliche, weiche Herz. Was für eine Mischung.«

Der Professor drückte das Portal zur alten Dompropstei auf, musste mit der Schulter nachhelfen. »Franz!«, rief er schon auf dem Gartenweg, gleich erinnerte er sich wieder, dass der Freund mit Graf Oettingen abgereist war. In der Küche goss er sich vom Holundersaft ein und stellte den Krug zurück ins Regal. Nach dem ersten Schluck setzte er sich an den Tisch. Sein Blick blieb bei dem leeren Stuhl gegenüber. »Kanonikus Pick, gut, dass du dich vor dem drohenden Franzosenunwetter in Sicherheit gebracht hast. Aber ...«, er trank erneut und stellte den Becher ab, »aber es wird einsam ohne dich.«

Die Türglocke schlug an. »Franz?« Wallraf furchte die Stirn. »Nein, sei kein Narr. Beschwörungen solcher Art passen nicht zu einem aufgeklärten Geist.« Er ging in den Flur und öffnete. »Nettekoven? Gott, wie seht Ihr denn aus? Kommt herein!«

Kaum war die Tür geschlossen, lehnte sich der Vikar mit

dem Rücken an die Flurwand, seine Hände umklammerten eine große schwarze Leinentasche. »Ein Unglück«, flüsterte er, »furchtbares Unglück.«

»Ruhig, mein lieber Freund. Ganz ruhig.« Wallraf führte den Vikar in die Küche und sorgte, dass er sicher auf dem Stuhl Platz fand. »Holundersaft wird Euch guttun.«

Nettekoven legte sorgsam die Tasche vor sich auf den Tisch. »Branntwein. Nur der kann mir noch helfen.«

»So schlimm?« Der Professor brachte eine Flasche und schenkte dem Gast den Becher voll bis zum Rand, gab sich selbst nur halb so viel. »Was ist geschehen?«

Nettekoven nahm einen tiefen Zug, musste nachschlucken, atmete gegen die Schärfe, mit zittriger Hand stellte er den Becher ab. »Vorbei. Mein Fehler. Und nicht wiedergutzumachen.«

»Worum geht es? So sprecht doch!«

»Unsere drei Heiligen. Die Könige …«

»Ein Überfall?« Nun nahm auch Wallraf einen Schluck. »Wo ist es geschehen?«

Nettekoven schüttelte den Kopf, starrte auf die schwarze Tasche. »Kein Überfall«, flüsterte er. »Den Königen fehlt etwas, es fehlt etwas …«

Wallraf schlug mit der Faust auf den Tisch. »Wacht auf, Heinrich! Ich will sofort wissen, was vorgefallen ist.«

Nettekoven blickte ihn aus dunklen Augenhöhlen an. »Ich hab wirklich mein Bestes getan, glaubt mir!«

»Von vorn, beginnt von vorn, dass ich es verstehe.«

»Wie Ihr wisst, herrschte Unordnung im Sarkophag der Könige. Auf Befehl unseres Dekans sollte ich das Durcheinander beseitigen.«

»Ich erinnere mich nur zu gut. Weiter, Freund, weiter!«

»Drei Laken hatte ich ausgelegt. Weil ich doch die Knochen zuteilen musste. Und ich wollte nicht, dass einer zu viele Schienbeine oder Rippen bekam, die dann den anderen fehlten. Also hab ich gerecht aufgeteilt …«

Zunächst hatte der Vikar an die Kopfseite der Laken je einen der Schädel positioniert. Dann suchte er im Sarkophag nach den Brustkörben. Da aber zwischen den Knochen noch Tücher und Gewürze die Suche erschwerten, griff er mit beiden Händen zu und füllte die bereitstehenden Körbe mit dem Inhalt des Sarges. »Bis auf die untersten Tücher hatte ich alles herausgehoben. Nun konnte ich besser sehen und mich der eigentlichen Aufgabe widmen.«

Bei einigen Rückenwirbeln war ihm die dunkle Färbung aufgefallen. »Was für ein Glück.« Nettekoven nippte am Branntwein. »Sofort erinnerte ich mich, dass ja einer von ihnen ein Mohr ist: Caspar …«

»Ist es nicht Melchior?«

»Nein, Caspar.« Nettekoven schlug sich an die Stirn. »Ihr verunsichert mich jetzt. In jedem Fall ist einer von ihnen der Mohr. Also habe ich alle dunklen Knochen auf einem Laken gesammelt.«

Schwierig war es für den Vikar auch gewesen, die Arme und Beine richtig zuzuordnen. »Für den jüngeren König nahm ich die dünneren, noch gut erhaltenen Knochen und den Unterkiefer mit den meisten Zähnen, die etwas angegriffenen Knochen und den Unterkiefer mit nur einem Zahn teilte ich dem ältesten der Könige, dem Melchior, zu. Das war doch richtig?«

Wallraf hob die Achseln und nickte. »Bisher scheint mir alles ohne Fehler.«

»Es gab auch Haare …«

»Wie war das?« Wallraf verschränkte beide Arme auf der Tischplatte.

»Glaubt mir. Ich fand ein Büschel Haare zwischen den Tüchern. Das Seltsame an ihnen ist, dass sie eindeutig von rötlicher Farbe sind. Da ich nicht wusste, wem von den dreien sie gehörten, habe ich sie gesondert in ein weißes Seidentuch gewickelt.«

»Aber auch das ist kein Unglück.«

»Wartet, es kommt … Und Gott sei mir gnädig.«

Bis zum ersten Taggrauen hatte Nettekoven die schwere Aufgabe gelöst und jeden König zusammen mit Weihrauch und anderen Kräutergaben in einem eigenen Beutel aus roter Seide gebettet und hernach alle drei in den für sie bestimmten Reisesarg gelegt. Ihre Häupter waren von ihm in drei Extrakästchen dazugestellt worden.

»Gerade rechtzeitig. Denn ich hatte mich noch nicht hingesetzt, als schon unser Dekan mit den beiden Domherren zurückkehrte und sein Siegel überall anbrachte.«

»Und dann kam mein Herkules. Er trug den Holzkasten mit allen Heiligen zum Wagen.« Wallraf wagte ein aufmunterndes Lachen. »Lieber Freund, alles ist gut verlaufen. Sorgt Euch nicht. Eure Erschöpfung spielt Euch einen Streich. Es gibt kein Unglück.«

»Leider doch.« Der Vikar bat um Branntwein und leerte den Becher wieder in einem Zug. »Nachdem die Herren mit den Königen das Zimmer verlassen hatten, konnte ich mich endlich ausruhen. Ich war zu erschöpft, um bis zur Bank neben der Tür zu gehen, so nahm ich einen der Körbe, drehte ihn um, dabei fielen Tücher und Gewürze heraus, und ich hockte mich auf den Korb.«

Vor Müdigkeit hatte Nettekoven die Stirn in die Hand gestützt, saß da und starrte auf den Boden. »Mit einem Mal fiel mir zwischen den Tüchern ein gerades, helles Stück auf.« Nettekoven legte seine Hand offen auf den Tisch. »Ein Finger war es. Das Herz schlug mir den Hals herauf. Sofort hab ich mich hingekniet. Und … und ich fand noch drei Finger.« Er sah Wallraf mit Tränen in den Augen an. »Dann habe ich die anderen Körbe untersucht. Und schließlich … schließlich auch den Boden des Sarkophags.«

Er nahm aus der schwarzen Tasche eine kleine Holzkiste und schob sie in die Tischmitte. »Zwanzig sind es. Zehen, Finger, auch eine Rippe, kleine Wirbel und ein rundes Stück vom Knie.«

Wallraf sagte nichts, saß da, das Kinn war ihm gesunken.

»In der Eile und bei dem schlechten Licht habe ich sie einfach übersehen. Und nun ist der Reisesarg im Beisein der Zeugen versiegelt und längst unterwegs ins Exil. Das ist das Unglück. Zwanzig Teile fehlen den Königen. Unterwegs sind hundertfünfundsechzig Reliquien. Den Rest habe ich in dieses Kästchen getan.« Nettekoven wischte sich die Augenwinkel. »Was nun? Nachschicken ist unmöglich. Was also blieb mir übrig? Ich habe das Kästchen ordnungsgemäß beschriftet. Bitte lest: ›Reliquiae Sanctorum trium Regum‹.« Er faltete die Hände in Richtung des Professors. »Ihr seid mein Zeuge, mein einziger Zeuge.«

»Wie soll ich Euch helfen?«

»Nehmt die Reliquien an Euch. Versteckt sie oben in Eurem Kunstkabinett. Dort herrscht so viel Unordnung, dass, selbst wenn ein Dieb danach suchen würde, er dieses Kästchen nicht fände.«

Die Anspielung auf seine Unordnung störte den Professor nur einen Atemzug lang, nachdenklich nickte er. »Wie es aussieht, bleibt Euch, nein, bleibt uns keine Wahl. Gut. Ich verberge die Reliquien, bis die Heiligen aus dem Exil nach Köln zurückkehren können. Lange wird es sicher nicht dauern.«

»Danke.« Vikar Heinrich Nettekoven rollten Tränen über die Wangen. »Ihr seid ein wahrer Freund. Gemeinsam hüten wir das Geheimnis. Niemand in Köln darf davon erfahren.«

Wallraf ballte die Faust. »Und kein Franzose wird die Reliquien anrühren. Das verspreche ich.«

6

Kanonendonner. Die Franzosen haben Düren genommen, auch Bergheim. Der Feind steht schon am Königsdorfer Wald. Kanonendonner auch während der Nacht.

Die Österreicher lösen um Köln ihre Stellungen auf. Der völlige Rückzug ist beschlossen. Auch die letzten Einheiten des kaiserlichen Heeres fliehen bei Mülheim über den Rhein. Die Stadt ist schutzlos.

Grau zog der Morgen des 6. Oktobers herauf. Eine Gruppe französischer Emigranten hastete die Bolzengasse hinunter in Richtung Hafen. Vor Monaten waren die Adeligen im letzten Moment der Revolutionswillkür in Paris entkommen und hatten sich über die Grenzen bis ins sichere Köln geflüchtet. Nun aber standen die republikanischen Bürgertruppen auch vor den Toren dieser Stadt, und wieder mussten sie fliehen. Frauen in Mänteln, die Gesichter halb von Kopftüchern verdeckt. Männer mit dunklen Hüten und in Reisekleidung, sie schleppten große Koffer mit sich. Einige Kinder liefen eng neben ihren Müttern.

Keiner sprach. Hin und wieder ein ängstlicher Blick zurück. Niemand hielt sie auf. Dann hefteten sich wieder die Augen nach vorn auf den schlanken jungen Herrn an ihrer Spitze. Norbert Fletscher trug einen unauffälligen Schultermantel über dem Studentenrock. Er winkte der Gruppe. »Schneller!«, forderte er halblaut. »Und bleibt zusammen.«

»Notre sauveteur!«, flüsterte eine der Frauen und bekreuzigte sich.

Seit gestern Morgen hatten die Emigranten stündlich bis zum Abend versucht, einen Platz auf der Fliegenden Brücke hinüber nach Deutz zu bekommen. Vergeblich. Der Andrang von Militär und Offiziellen war zu groß gewesen. »Keine Privatpersonen!«

Dann, in der Abenddämmerung, stand der Retter nahe dem Hafentor in einem Hauseingang. Er versprach einen Platz auf der Fährenbrücke. »Fünf Taler für jeden Erwachsenen. Ein Kind ist umsonst, zwei kosten den Preis von einem Erwachsenen.« Zwanzig erwachsene Personen durften mit. Ein Taler war sofort zu bezahlen, dafür hatte es unausgefüllte Passierscheine gegeben. »Der Rest des Fahrgelds wird morgen vor der Abfahrt fällig. Und tragt eure Namen ins Formular ein.«

Unterhalb des Heumarktes hob Norbert die Hand und hieß die Flüchtlinge, sich an einer Hauswand aufzustellen. »Haltet das Geld bereit.« Er ließ sich das Formular geben und kassierte gleichzeitig von jedem Erwachsenen noch vier Silbertaler. Bei den letzten beiden Ehepaaren schüttelte er den Kopf. »Pardon. Ihr seid zu viele.« Gleich bedrängten ihn die Männer. »Mon Dieu. Wir müssen fort. S'il vous plaît.« Ihre Frauen begannen zu weinen. »Pitié, ayez pitié.«

»Erbarmen?« Der Retter hob die Achseln und lächelte bekümmert. »Wie gern würde ich helfen. Aber die Fliegende Brücke ist voll. Der Fährmann hat mir nur zwanzig Personen bewilligt.«

Einer der Ehemänner trat vor ihn, presste den Hut demütig an seine Brust. »Nous vous en prions: Faites une exception! Wenn wir in die Hände der Revolutionstruppen fallen, enden wir auf der Guillotine. S'il vous plaît. Sie ermorden uns.«

Seine Frau trat neben ihn. Sie öffnete den Mantel, löste ihre Halskette und legte sie Norbert in die Hand. »Für Euch. Ayez pitié.« Der Retter sah kurz auf die Perlen und das kleine Kreuz, in Silber gefasste Blutsteine. »Ich kann es versuchen …«

Gleich war auch der zweite Ehemann bei ihm. Er reichte Norbert einen goldenen Ring und eine mit Edelsteinen besetzte Brosche. »Bitte, versucht es auch für uns. Bitte!«

Norbert seufzte: »Nur aus Nächstenliebe«, und nahm beiden Paaren den Fahrpreis von fünf Talern ab. »Wartet hier«, rief er halblaut den Emigranten zu. »Ich bin gleich zurück.«

Kaum war er auf dem Weg die Markmannsgasse hinunter zum Wachhaus außer Sicht, hielt er an, ließ den Schmuck und einen Teil der Silbermünzen unter dem Mantel in der Rocktasche verschwinden. Die übrigen Taler stopfte er in den Lederbeutel.

Stadtsoldat Peter erwartete ihn schon voller Ungeduld. »Nun? Wie sieht es aus? Haben alle bezahlt?«

»Sind vier Leute mehr als gerechnet.« Norbert schüttete die Münzen auf das Schreibpult. »Hoffe nur, dass der Fährmann nichts dagegen hat.«

Peter strahlte das Geld an. »Lasst mich nur machen, junger Herr. Wenn der die Taler sieht, gibt's keine Bedenken mehr. Ich kenn mich da bei ihm aus.«

Norbert legte die Passierscheine neben die Münzen. »Sind alle ausgefüllt. Für die Zusätzlichen könnt Ihr sicher vier leere Formulare beglaubigen. Oder? Ich teile inzwischen das Geld. Pro Fahrgast einen Taler für jeden. Wie ausgemacht.«

»Das macht …« Ohne hinzusehen, drückte der Rot-Weiße das Siegel auf die Pässe, dabei spitzte er die Lippen, bald kicherte er in sich hinein. »Vierundzwanzig Silbermöpse für jeden von uns dreien. Was für ein feines Geschäft uns der Krieg da beschert. Wer hätte das gedacht.« Ein Gedanke, seine Miene wurde ernst. »Vierundzwanzig?« Er sah den Studenten von der Seite an. »Ist eigentlich ein bisschen viel für den Fährmann. Rüberfahren würd er sowieso. Schließlich hatten wir die Arbeit mit den Flüchtlingen. Was meint Ihr?«

Norbert hob das Kinn, Empörung lag in seinem Blick. »Wir sind Partner, alle drei. Gleicher Lohn für jeden. So haben wir es vereinbart, und so sollte es bleiben.«

Gleich hob Peter die Hand. »Schon gut. War nur eine Frage. Freu mich drüber. Weil, ehrliche Kerle sind selten.«

Die Glocke tönte vom Ufer her. Das erste von drei Signalen für die Abfahrt. »Junger Herr, nehmt die Passierscheine, und bringt die Leute her. Sie müssen nicht am Zollhaus warten, sollen gleich zur Anlegestelle durchgehen. Ich bringe dem Fährmann seinen Anteil und versuche, ihn aufzuhalten. Lange schaff ich das nicht. Sobald sich einer von den Militärs beschwert, muss er die Leinen losmachen.«

Norbert hastete aus dem Zollhäuschen. Mit bangem Blick sahen ihm die Flüchtlinge entgegen. Trotz der Eile gab der Student nicht gleich Erlösung, sondern schwieg, stellte sich vor die noch dazugekommenen Ehepaare, blieb stumm. Beide Frauen pressten die Hände vor den Mund, da erst sagte Norbert: »Es war nicht leicht, aber ich habe es geschafft. Alle können mit.« Mit einem bescheidenen Lächeln nahm er die Dankesworte hin. »Gut, schon gut. Keine Zeit. Kommt, wir müssen uns beeilen.«

So rasch es ging, folgte die Gruppe ihrem Retter die düstere Gasse hinunter, dann durchs Tor und ohne Halt am Zollhaus vorbei. Stadtsoldat Peter prüfte jeden Passierschein, und als der letzte der Emigranten die schwimmende Plattform betreten und zwischen den hoch beladenen Frachtwagen einen Platz gefunden hatte, ertönte das dritte Glockensignal. Der Fährmann stemmte das große Ruder gegen die Strömung, und langsam schwamm die Fliegende Brücke, gehalten von der langen Kette, wie ein klobiges Uhrpendel übers Wasser auf das Deutzer Ufer zu.

Norbert raffte den Mantel vor der Brust zusammen. »Bin froh, dass wir den armen Leuten helfen konnten.«

»Wieso?« Erst nach einem Atemzug verstand der Stadtsoldat. »Ja, das mein ich auch.«

»Jetzt müssen wir sehen, wie wir uns selbst vor dem Feind retten.« Norbert ging, winkte noch mit der Hand. »Viel Glück!«

»Wird schon gut gehen.« Peter sah ihm nach, saugte an der kalten Stummelpfeife. »Ich sag's ja. Mit den Studierten lohnt sich das Geschäftemachen, selbst im Krieg.«

Die Tür war mit einem Querbalken gesichert, das Fenster zur Straße mit einem grauen Tuch verhängt. Schneidermeister Reinhold Müller sah sich in seiner Werkstatt um. »Den Seidenstoff noch.« Er deutete auf das fast geleerte Regal.

Ehefrau Josefa nahm den Ballen, und während sie ihn hinaustrug, erhielt Walburga die Anweisung: »Nimm auch das Taftkleid.«

»Aber, Vater, das sind doch Männer, Soldaten. Was wollen die mit Frauenkleidern?«

»Keine Diskussion, Mädchen.« Ungewöhnlich streng blickte der schmächtige Mann seine Tochter an. »Bitte, tue, was ich sage. Hier darf nichts Auffälliges zu sehen sein.«

Walburga seufzte, dabei krausten sich die wenigen Sommersprossen auf ihrer Nase. Mit Schwung nahm sie die Drahtpuppe in den Arm und trug das Schmuckgewand ins Hinterzimmer. Als sie zurückkam, schwang leiser Spott in ihrem Tonfall. »Und wenn eine Kundin kommt und will das Modell sehen? Soll ich sie in unsere enge Abstellkammer führen?« Walburga suchte bei der Mutter um Unterstützung. »Was meinst du?«

»Ich finde, Vater hat recht. Besser, wir verstecken die teuren Sachen.«

»So ist es, Frau. Wer weiß, was noch auf uns zukommt.«

Pochen an der Tür. Entsetzt fuhr der Schneidermeister herum, Frau Josefa schlug die Hand vor den Mund. Auch Walburga spürte den Schreck bis in den Magen. Gerade haben wir darüber gesprochen. Und jetzt …?

Heftiger klopfte es, die Klinke bewegte sich.

Die Mutter wagte nur zu flüstern: »Franzosen? Sind sie schon in der Stadt?«

»Kann nicht sein«, gab Reinhold Müller ebenso leise zurück. Er näherte sich einen Schritt der verriegelten Tür. »Oder Österreicher? Hab gestern gehört, die Kaiserlichen plündern noch, bevor sie abziehen. In der Severinstraße sollen sie gewesen sein. Vielleicht sind sie …?«

Jetzt klopfte es an der Fensterscheibe. Josefa bekreuzigte sich. »Heilige Maria, hilf«, hauchte sie. »Beschütz uns vor dem Feind.«

»Meister Müller!« Klopfen. »Seid Ihr da? Nun öffnet schon.«

Diese Stimme? Walburga fasste nach dem Arm des Vaters, wisperte: »Das ist einer von unseren Kunden. Hör doch!«

»Meister Müller. Bitte öffnet. Es ist dringend.«

Reinhold hob die Brauen. »Unser Zweiter Bürgermeister?« Er hastete zum Fenster, schob den Vorhang einen Spalt zur Seite. »Gottlob!« Er winkte Walburga. Gemeinsam mit ihr hob er den Querbalken aus den Halteeisen und riss die Tür auf. Tief dienerte er. »Bürgermeister von Klespe«, sprudelte er vor Erleichterung. »Willkommen in meinem bescheidenen Hause. Zu Diensten, zu Diensten …«

Walburga zupfte den Vater am Rock und unterbrach seinen Überschwang.

Bürgermeister Reiner Josef Anton von Klespe stürmte herein, sein Gesicht hochrot, über dem Arm trug er einen Kleidersack. »Ihr müsst mir helfen, Meister. Meine Amtstracht … In der Eile ist der Pelz vom Rückenteil halb abgerissen. Hier, hier …« Er zerrte den schwarz-roten Talar heraus. »Seht Ihr?«

Meister Müller nahm den Talar, betrachtete den Riss. »Keine Sorge. Lasst ihn hier. Morgen ist der Schaden behoben …« Er stockte, setzte mit dünnem Lächeln hinzu: »Wenn der Feind uns bis dahin leben lässt.«

»Nicht morgen, heute. Was sag ich: Jetzt sofort müsst Ihr den Talar reparieren.«

»Aber …?«

»Nie benötigte ich ihn dringender.«

Ehe ihr euch verständigt habt, ist der Tag zu Ende, dachte Walburga. Kurz entschlossen nahm sie dem Vater das Kleidungsstück ab und trug es zum Arbeitstisch. Für die aufgerissenen Nähte suchte sie am Garnständer nach passender Farbe und wählte die Stärke des Fadens.

Wieder dienerte der Schneidermeister vor dem zweithöchsten Ratsherrn der Stadt. »Es ist keine Neugierde, eher treibt mich Sorge um uns und um unser Köln. Verzeiht die Frage: Aber gibt es heute nicht Wichtigeres im Rathaus zu tun, als an die Amtstracht zu denken? Draußen steht der Feind …«

»Er steht nicht mehr, bester Freund. Er kommt.« Reiner von Klespe warf sich unaufgefordert in den Holzsessel neben dem Anprobespiegel. »Wenn wir jetzt nicht schnell reagieren, kommt das Unglück über uns. Und zwar todsicher.« Er hob den Finger und wiederholte düster: »Todsicher, wenn wir …«

Frau Josefa schlug sich gegen die Brust. »Sagt so was nicht …«

»… Wenn wir nicht das einzig Richtige tun. Und zwar sofort.«

Walburga hob Nadel und Schere dem Vater entgegen. »Bitte. Von selbst wächst der Pelz nicht wieder an den Stoff.«

»Gleich, gleich.« Der Schneidermeister winkte ab. »Fang du schon mal an. Erst grob ansetzen, Kind. Ich bin gleich bei dir.« Er faltete fahrig den Kleidersack zu einem Paket und zog es wieder auseinander. »Ich besuche regelmäßig die Sitzungen unserer Zunft. Verstehe nicht viel von der großen Stadtpolitik. Aber … Da, seht doch meine Josefa, sie ist ganz verzweifelt. Aber gar nichts wissen ist schlimmer, als wenn man weiß, dass etwas Schlimmes passiert. Helft uns, Bürgermeister. Es geht doch um Köln.«

Klespe sah zum Werktisch hinüber. Die Schneiderstochter hatte seinen schwarz-roten Talar ausgebreitet und heftete mit schnellen Stichen den Pelz wieder ans Kragenteil. Ohne den Blick von ihr zu wenden, sagte er: »Der Ratsbeschluss ist noch geheim. Die Tatsache aber, dass ich die Festtracht jetzt sofort benötige, verrät Euch schon genug. Ich begehe also keinen Vertrauensbruch. Meister, ich verlasse mich auf Euer Stillschweigen.« Er ließ eine Pause und sprach direkt zu Walburga: »Auch du, schönes Mädchen. Nicht gleich in der Nachbarschaft alles ausplaudern. Hörst du?«

»Was sagt Ihr da?« Walburga fuhr auf, dabei stach sie sich in den Finger. »Au, verflucht.« Gleich war der Schmerz unwichtiger als ihr Zorn. Sie raffte den Talar zusammen. In schnellen Schritten war sie bei dem Bürgermeister. »Hier. Ich hab nur schon mal angefangen. Besser, Ihr näht selbst weiter.« Sie heftete Nadel und Faden an die Nahtstelle und … Nein, nicht werfen, befahl sie sich … Mühsam beherrscht legte sie den Stoff dem Kunden auf die Knie. »Und den Ratsbeschluss näht Ihr besser mit ein, dann gackert ihn auch kein dummes Huhn in der Nachbarschaft herum.«

»Aber, Kind.« Vater Müller nahm den Talar hastig an sich und entschuldigte die Tochter. »Sie meint es nicht so.«

Auch der Bürgermeister war erschrocken. »Ich wollte nur freundlich auf die Geheimhaltung hinweisen.«

»Bitte verzeiht.« Walburga deutete einen Knicks an. »Es war nur … Weil, ich bin kein Kind mehr, auch wenn der Vater mich so nennt. Ich wollte nicht unhöflich sein.« Sie lächelte, obwohl der Zorn in ihrem Blick noch längst nicht erloschen war.

Bürgermeister von Klespe wischte sich durchs gerötete Gesicht. »Die ganze Nacht über saß der Rat zusammen, wir haben diskutiert.« Bei der Erinnerung schüttelte er den Kopf. »Nicht nur diskutiert, laut ging es her. Kampf oder Übergabe? Um ein Haar wären einige Ratsherren mit Fäusten aufeinander losgegangen. Als unsere Kundschafter in der Frühe meldeten, die Kaiserlichen sind weg, die Franzosen formieren ihre Truppen, Gespanne mit den großen Kanonen sind schon unterwegs auf Müngersdorf zu, da fiel die Entscheidung …«

Ratsherr Elsen hatte sich freiwillig gemeldet und war, begleitet von zwei Meldereitern mit weißen Fahnen, beim ersten Tageslicht über die Aachener Straße dem Feind entgegengeritten.

»Zwischen Melaten und Müngersdorf traf unser Unterhändler schon auf den Offizier des französischen Vortrupps und hat ihm versichert, dass wir, die Stadt Köln und alle Bürger, dass wir bereit sind, uns dem Feind zu ergeben.«

»Juchu«, gleich erstickte Walburga den Freudenruf. »Verzeiht. Ich meine, die Entscheidung war sehr klug.« Sei still, dachte sie und setzte dennoch hinzu: »So bleiben alle am Leben, meine ich.«

»Wir wollen fest daran glauben«, wieder seufzte Reiner von Klespe. »Zumindest haben wir erste Zusagen.«

Der Offizier hatte die Nachricht ins Hauptquartier des Feindes gebracht und war bald schon mit heiligsten Versprechungen zurückgekehrt.

»Alles soll bleiben wie bisher. Unsere alten Rechte, die Sitten, alle Gewohnheiten werden nicht angetastet. Kein Bürger soll Grund zum Fürchten haben. Allerdings nur der, der sich republikanisch verhält.«

»Und wie geht das?«, wollte Frau Josefa wissen.

Klespe hob die Schultern. »So genau weiß ich es bisher noch nicht. Ich glaube, wir alle müssen für die neuen französischen Ideen sein. Aber das werde ich ja bald erfahren.« Er deutete auf seinen Talar. »Deshalb benötige ich ihn jetzt.«

Der französische General wollte nur dann von einem Angriff absehen, wenn ihm Abgeordnete von Senat und Bürgerschaft die Schlüssel der Stadt entgegenbringen und übergeben würden.

»Und zwar bis zum Mittag. Und weil Oberbürgermeister Herrestorff schwer erkrankt ist, muss ich in die Höhle des Löwen.« Reiner von Klespe erhob sich, seine Unterlippe zitterte, rasch schritt er einmal quer durch die Werkstatt und setzte sich wieder. Die Unruhe blieb.

»Sehr mutig. Direkt in die Höhle, sehr mutig.« Vater Müller eilte zum Werktisch. »Der Schaden an Eurer Tracht ist gleich behoben. Hilf mir, Tochter!« Er winkte Walburga und versicherte dem Bürgermeister: »An uns soll die Rettung von Köln nicht scheitern.«

7

Von den Türmen der Stadt schlug die neunte Stunde. Noch nie war das Schlagen gleichzeitig gelungen, doch zumindest kündeten alle Uhren in Köln dieselbe Stunde an. Zwei offene Kutschen warteten vor dem Blankenheimer Hof am Neumarkt. Vierspänner, die Pferde geputzt, das Geschirr glänzte, und bei jedem Kopfnicken wippten weiße Federbüschel über den Mähnen.

Bürgermeister Reiner von Klespe, angetan mit dem kurzen schwarz-roten Talar, glättete den Pelzkragen, zog die faltige Krempe des hohen, schwarzen Samthutes fester in die Stirn. »Meine Herren«, er deutete zum leicht bewölkten Himmel, »was auch sonst an diesem Montag geschehen mag, ein Regenguss wird uns nicht überraschen.«

Der dünne Scherz erreichte keinen der vier Abgeordneten, ihre Gesichter blieben gespannt. Sie alle waren herausgeputzt, trugen den schwarzen Festtalar mit Samtkragen, und obwohl der Tag warm zu werden versprach, rückten auch sie ihre schwarzen Hüte zurecht, als fürchteten sie einen Sturm.

»Meine Herren, wir fahren wie abgemacht. Assessor Nikolaus DuMont mit mir und den Stadtschlüsseln. Die drei anderen Abgeordneten im zweiten Wagen. Gott schütze uns auf unserm Weg!«

Die Stadtväter nahmen Platz, leicht schnalzten die Fuhrleute, und die Rösser zogen an. Mit offenem Mund sahen Passanten die Delegation in den holzpolierten, messingblinkenden Kaleschen an St. Aposteln vorbeirollen. Dann Fragen, Vermutungen, schon gab es Antwort vom Personal des Blankenheimer Hofs, und als die Kutschen durchs Hahnentor fuhren und auf der Aachener Straße die Vierspänner antrabten, da flog das Gerücht in Köln von Mund zu Mund, von Straße zu Straße: »Wir übergeben uns dem Feind!«

In Höhe von Melaten wies Reiner von Klespe zur halb verfallenen Kapelle des ehemaligen Aussätzigenhofes hinüber. »Alles Übel haben wir bisher nach Kräften von unserer Stadt fernhalten können. Und heute holen wir uns den Feind selbst in die Mauern.«

Neben ihm spannte Nikolaus DuMont die Lippen und blies den Atem aus. »Bei den Leprakranken gebe ich Euch recht. Aber was zählt sonst zum Übel? Etwa die Juden? Oder die Protestanten? Die haben wir auch aus der Stadt vertrieben. Und das hat uns ganz sicher geschadet. Wer weiß, vielleicht rächt sich heute …?«

»Bitte keine Politik mehr, werter Assessor. Bitte.« Klespe presste die Fingerspitzen an die Schläfen. »Mir springt der Kopf. Seit Monaten haben wir über Frankreich und die Revolution diskutiert, nicht nur im Sitzungssaal, auch beim Bier im Gasthaus. Doch nun ist all unser kluges Gerede zu Ende. Denn jetzt steht der Riese mit einem Mal dahinten und ist Wirklichkeit. Er wartet auf uns.«

»Ihr habt Angst?«

Kein Blick zur Seite. Und nach einer Pause kam die leise Antwort: »Als Sohn meiner Mutter sage ich Ja.«

»Danke für die Ehrlichkeit.« DuMont nestelte am Kragen. »Damit sind wir schon zwei, die sich fürchten.«

Reiner von Klespe straffte den Rücken. »Als Bürgermeister und Ratsherr aber werden wir keine Schwäche zeigen.« Er legte die Hand auf die Stadtschlüssel. »Die Entscheidung ist gefallen.«

Nikolaus DuMont legte seine Hand dazu. »Ihr habt recht. Wir sind jetzt Köln.«

Weiter vorn wirbelte Staub auf.

»O Gott, sind wir etwa zu spät?«

In raschem Trab näherten sich mitten auf der Aachener Straße sechs Reiter, angeführt von einem Trompeter. Ehe der

Trupp heran war, griffen die Fuhrleute in die Zügel und brachten beide Kaleschen zum Stehen.

»Im Namen der siegreichen Armee der französischen Republik fordern wir …«

»Deswegen sind wir hier«, unterbrach von Klespe den Trompeter hastig. »Wie befohlen und pünktlich.«

Ohne weiter nachzufragen, als wäre es für ihn von Sieg zu Sieg zum täglichen Ritual geworden, rief der Trompeter: »Bürger von Köln, folgt mir!« Er wendete das Pferd und führte die Delegation weiter in Richtung Müngersdorf.

Von Klespe und DuMont erblickten Fahnen, vernahmen Hörnerklang, mehr nicht, doch ahnten sie rechts und links der Aachener Straße die riesige Armee des Feindes. Bald schon mussten sie anhalten und die Kutschen verlassen.

Eskortiert von einer Hundertschaft berittener Jäger, trabte General Championnet heran. Er blieb im Sattel, hörte mit regloser Miene das Angebot der Unterwerfung an, verlas von einer schon oft benutzten Papierrolle die Bedingungen einer friedlichen Übergabe.

Kaum hatte er geendet, als Bürgermeister von Klespe ihm die Stadtschlüssel hinaufreichte. Der General zeigte ein kurzes Lächeln. »Ne vous pressez pas, Monsieur! Die Schlüssel gebt mir am Stadttor. Ich will, dass die Bürger Eurer Stadt mit ansehen, wer ihnen Freiheit, Gleichheit und Brüderlichkeit bringt.«

Wo, an welcher Straßenecke es geschah, war nicht festzustellen, das Gerücht hatte im Flug das Wort Feind in das Wort Sieger verwandelt. Keine Trauer, keine Angst mehr. Mit beinah freudiger Erregung riefen sich viele Kölner zu: »Unsere Eroberer kommen heute in die Stadt!«

An Arbeit war nicht zu denken.

Gegen Mittag holte Norbert den Freund ab. »Los, zum Hahnentor! Wir gucken uns die Franzosen an. Das dürfen wir uns nicht entgehen lassen.«

Arnold staunte. »Und dafür hast du dich so rausgeputzt? Steifer weißer Kragen? Und die Schuhe? Als hättest du sie mit Speck poliert.«

»Waschen? Ich? Und putzen? Dafür hab ich meine Schwestern.« Norbert zupfte die Hemdrüschen aus den Rockärmeln. »Und wenn du hörst, wer mit mir zum Hahnentor geht, dann weißt du auch, warum ich nicht mit zerknittertem Rock rumlaufe.«

Arnold wusste es und fragte dennoch.

Der Freund sagte ihren Namen, als schmeckte er ihn auf der Zunge. »Wir müssen los. Wird sicher voll werden am Hahnentor.« Er tippte Arnold gegen die Brust. »Und da sorgst du nachher dafür, dass ich und meine Schöne einen guten Platz bekommen.«

»Woher weißt du denn, ob sie mitwill?«

»Sie will. Da bin ich mir ganz sicher. Wir holen sie ab. Nun beeil dich!«

»Gleich. Bin gleich wieder da.« Arnold hastete in seine Kammer unter dem Dach, kämmte durch die Lockenmähne und zog sich das Sonntagswams über. Ein bekümmerter Blick in die Spiegelscherbe. »Wie ein Student sehe ich nicht aus, aber besser geht's nun mal nicht.«

In der Salzgasse standen die Türen offen. Die Bewohner palaverten aufgeregt miteinander. Es gab nur ein Thema heute. Allein das Haus des Schneiders war verschlossen, das Fenster verhängt mit einem grauen Tuch.

Halb im Scherz fragte Norbert den Freund: »Meister Müller wird doch nicht geflohen sein?«

»Nein.« Viel zu schnell. Arnold kratzte sich an der Wange. »Wenigstens gestern noch nicht.« Er war froh, dass Norbert nicht nachfragte, wieso oder woher er das wusste.

Der Student klopfte nicht einfach, er zog an der Glocke, und wie es sich geziemte, einmal nur. Es dauerte, dann wurde geöffnet. Gleich verbeugte er sich.

»Frau Meisterin Müller, ich … nein, wir, mein Freund Arnold und ich, wünschen einen guten Tag. Wir möchten um Erlaubnis fragen, Eure Tochter, die Walburga, auf einem Spaziergang zu begleiten.«

»Heute?« Josefa blickte rasch nach rechts und links in die Salzgasse, trotz des Lärms sprach sie leise, beinah verschwörerisch: »Es ist zu gefährlich.«

»Aber nein, Frau Meisterin. Wir gehen zum Hahnentor …«

Ihre Hand flog zum Mund.

Norbert setzte hinzu: »Wir schauen uns die Franzosen an.«

Nun war Josefa zutiefst erschrocken. »Es ist doch streng geheim? Woher wisst Ihr …?«

»Das weiß die ganze Stadt«, kam Arnold dem Freund zuvor und nahm gleich die Chance wahr: »Und ich passe schon auf die Walburga auf, Frau Meisterin. Keine Angst. Ich mach das schon. Kein Franzose wird ihr was tun.«

Norbert stellte sich vor ihn. »Dieses Versprechen kann ich Euch geben. Seid also gewiss.«

Nun lächelte die Mutter. »Was für ein netter junger Mann Ihr seid. So höflich und so schöne Worte. Wartet mit Eurem Freund einen Moment. Ich schicke Euch meine Tochter.«

Kaum war sie im Flur verschwunden, zwinkerte Norbert dem Freund zu. »Was hab ich dir gesagt? Wenn ich frage …«

Arnold sagte nichts, senkte den Blick, als er die spiegelblanken Schuhe sah, seufzte er.

Sommersprossen auf der Nase. Waren ihre Augen grau oder grün? Arnold wagte nicht, lang genug hinzuschauen.

»Danke, dass ihr mich erlöst«, lachte Walburga, meinte Norbert und gab auch Arnold die Hand. »Ich dachte schon, ich käme gar nicht vor die Tür.« Das geflochtene Haar unters braune Haubentuch gesteckt, einige kleine Strähnen fielen in die Stirn. Sie trug eine Weste über dem weißen Hemd, Rüschen zeigten etwas vom vollen Busen, gleich darunter eng und dann lang fallend der grüne Rock.

Als Norbert ihren Arm nahm und sie sich seinem Schritt

anpasste, befahl sich Arnold, nicht zurückzubleiben, und ging an ihrer anderen Seite. »Warum? War die Tür verschlossen?«

»Was meinst du?« Fragend sah Walburga zu dem großen Burschen auf.

Er schluckte, schlenkerte mit den Armen. »Ich mein, weil du nicht rauskonntest, das meinte ich.«

»Ach so.« Nun zeigte sie ihm ihr Lächeln. »Der Vater hielt wirklich unser Haus verschlossen. Weil wir schweigen mussten.« Kurz erzählte Walburga vom Besuch des Bürgermeisters in der Frühe und der Verpflichtung zum Stillschweigen. Sie lachte und drückte den Arm des Studenten. »Der Vater hält sein Wort. Ich glaub, wenn du nicht gekommen wärst, dann hätten wir womöglich als Einzige in Köln den Einzug der Franzosen verpasst.«

Arnold lachte mit den beiden mit. Auf dem Weg am Neumarkt vorbei erzählte Norbert von seinen Studien an der Universität, sie fragte nach und staunte über seinen Fleiß und wie bescheiden er von guten Zensuren und vom Lob seiner Professoren erzählte.

Arnold fühlte sich vergessen neben ihnen. Macht nichts, belog er sich und sah zu den Türmen von St. Aposteln hoch. So ist es nun mal. Bist halt kein Student, kannst noch nicht mal schreiben und lesen.

Und doch … Er blieb etwas zurück, betrachtete ihre schlanke Gestalt. Wie sich die Hüfte wiegte. Und bei jedem Schritt schauten die nackten Füße in den Sandalen unter dem Rocksaum vor.

Und doch! Arnold holte entschlossen auf, unterbrach das Geplauder. »Wir müssen schneller gehen. Wenn schon zu viele da sind, wird's schwer, noch einen guten Platz zu besorgen.«

»Du räumst die Leute einfach beiseite«, lachte Norbert und beugte sich zum Ohr des Mädchens. »Weißt du, mein Arnold hat Kraft wie keiner. Wenn der zupackt. Der biegt eine Eisenstange über dem Knie.«

Für einen Moment stockte Walburga, hob die Brauen. »Dein Freund ist bestimmt noch viel mehr als nur kräftig. Da bin ich mir ganz sicher.« Sie wandte sich Arnold zu und hakte sich auch bei ihm unter. »Obwohl ich zugebe, bei dem Gedränge heute fühl ich mich ganz wohl, wenn ein starker Mann neben mir geht.«

Norbert schnippte mit der freien Hand. »Du solltest mich mal mit dem Säbel fechten sehen. Bloße Fäuste nutzen da nicht viel.«

»He, was höre ich da?« Leiser Spott schwang in der Stimme mit.

Gleich bog sich der Student danach. »Ich halte auch nichts vom Hauen, Stechen oder gar Schießen. Das ist was für Dummköpfe.«

Arnold spürte nur ihre Hand auf seinem Arm, die Wärme war wie Glut, zog hinauf bis in die Schulter, nichts anderes nahm er wahr.

Am Hahnentor drängten sich die Kölner. Beide Straßenränder bis zur Tordurchfahrt waren längst drei- und vierreihig belagert, undurchdringlich, und aus Straßen und Gassen näherten sich immer mehr Menschen.

»Ich besorg uns was«, versprach Arnold. »Wartet!« So schwer es ihm fiel, löste er sich von ihrem Arm. Im Gerümpel zwischen zwei Häusern fand er ein altes Fass und trug es zu den beiden. »Da kannst du dich draufstellen, wenn der Feind kommt …«

»Wir geben schon acht, dass du nicht runterfällst«, übernahm Norbert sofort wieder das Blatt. »Hier hinter den Gaffern ist es auch sicherer für dich.«

»Danke, was hab ich für ein Glück mit euch beiden.«

»Schöne Jungfer«, Norbert deutete eine Verbeugung an, »stets zu Diensten.« Er stieß den Freund leicht mit dem Ellbogen. »Besorg auch uns was zum Draufstellen.«

Ohne Widerspruch begab sich Arnold erneut auf die Suche. Gerade war er mit zwei Holzklötzen zurück, als ein

Raunen durch die Menge ging. Alle Köpfe reckten sich zum Tor.

Durchs Dunkel, über den Schlagbaum hinweg, erschien im hellen Bogenbild weiter draußen ein Vierspänner, dahinter die zweite Kalesche, die Pferde trabten rasch näher. Erst in einigem Abstand tauchte die blau-weiß-rote Fahne auf, zwei Vorreiter geleiteten den General, hochgereckt über seinem Helmkamm der Federbusch, und hinter ihm in Staubwolken die Hundertschaft der berittenen Jäger.

»Helft mir!« Walburga schürzte leicht ihren Rock und hob den rechten Fuß.

Gleich bückte sich Norbert, doch da schob Arnold den Studenten beiseite. »Lass mich, dann geht's leichter.« Er bückte sich, formte die Handflächen zum Steg und sah zu ihr hoch. »Steig drauf! Ich heb dich.«

Für einen Atemzug berührten sich die Blicke, dann setzte Walburga ihre Sandale in den Steigbügel, stützte sich an seiner Schulter ab, und ohne jede Mühe stellte Arnold sie auf das Fass. Wie eine Feder, dachte er und schmunzelte in sich hinein, aber die schönste Feder, die es gibt.

Zum Weiterauskosten blieb keine Zeit mehr, die Leute in den vorderen Reihen riefen, fragten durcheinander; es ging also los, und er stieg auf den Holzklotz.

Innerhalb der Stadtgrenze, gleich hinter dem Tor, hielten die beiden offenen Kutschen an. Die Stadtväter von Klespe und DuMont stiegen hastig aus, der Bürgermeister ergriff das Seidenkissen, rückte die Stadtschlüssel zurecht, und dann eilten beide mit wehenden Talarschößen zurück in Richtung Hahnentor. Gleich schlossen sich aus dem zweiten Wagen die übrigen Ratsherren an. Leicht außer Atem nahm die Delegation am geschlossenen Schlagbaum Aufstellung.

Im Schritttempo näherte sich der General, zügelte sein Pferd draußen vor dem Tor.

Bürgermeister von Klespe gab den Wachposten Befehl: »Öffnet!«

Der schwere Balken hob sich.

Ein leichtes Schnalzen. Nach wenigen Schritten hielt General Championnet sein Ross erneut an. Der siegreiche Eroberer war auf Kölner Stadtgebiet.

Mit fester Stimme brachte der Bürgermeister den Gruß des Stadtrates vor. Nur Bruchstücke drangen bis zu Arnold hinüber: »… bitten um unseren Glauben … bitten um unsere Rechte …«

Als von Klespe das Kissen hochhob, hielten die Bürger jäh den Atem an. Der Eroberer ergriff den großen Ring, und mit elegantem Schwung nahm er die klobigen Stadtschlüssel an sich.

Schweigen. Die Kölner blickten nach rechts und links. Da keiner den Anfang machte, klatschte niemand, und die Hände sanken wieder.

General Championnet sprach zu den Ratsherren, schließlich hob er den Arm und rief der Menge zu: »Vive la Liberté!«

Das war ein Gruß und auch Grund genug. Die Bürger klatschten, und mit Hochrufen hießen sie ihren Eroberer willkommen.

Der Franzose lächelte etwas überrascht, dann schien er das Bad zu genießen, er lachte, und sobald er der Menge zuwinkte, brandete die Begeisterung in hellem Jubel auf. Erst nach einer Weile wendete er sein Ross, wechselte mit der Delegation noch einige Worte und ritt durchs Hahnentor auf die wartende Hundertschaft zu. Hornsignal. Befehle. In schnellem Trab eskortierten die Jäger ihren General auf der Aachener Straße zurück in Richtung Müngersdorf zum Hauptquartier.

»War das alles?« Walburga tippte Norbert von der Fasshöhe auf den Kopf. »Da hatte ich mehr erwartet.«

Ehe der Student antworten konnte, kam aus der Nachbarschaft schon die Erklärung. »Erst ziehen jetzt die Truppen ein. Man hört sie schon. Danach kommt der General wieder.«

Walburga horchte. Weit entfernt ertönten Trommelschlag

und Pfeifen. »Das dauert noch.« Von Arnold ließ sie sich wieder hinunterheben. »Danke.« Sie strich leicht seinen Arm. »Bei dir kann man sich nur sicher fühlen.«

Arnold spürte die Röte bis in die Locken, rieb sich die Stelle, an der sie ihn gestreichelt hatte. »Das hab ich ja versprochen.« Gleich verbesserte er: »Ich mein, deiner Mutter hab ich's gesagt.«

Neben ihm presste Norbert die Hand gegen die Stirn. »Uns werden die Franzosen nichts anhaben. Der General hat es zugesichert. Aber bei all der Freude sollten wir die armen Menschen nicht vergessen.«

Walburga sah ihn an. »An wen denkst du?«

Ein Seufzer. »Ihre Gesichter wollen mir einfach nicht aus dem Sinn. Diese Angst …«

»Sag doch!« Nun war sie nah bei ihm, auch Arnold beugte den Kopf vor.

Der Student nickte langsam. »Ich bin nur froh, dass ich helfen, retten konnte.«

Jetzt fasste Walburga seine Hand. »Bitte, erzähle es mir.«

So gedrängt, berichtete Norbert von den französischen Flüchtlingen, stockte, als er die Kinder beschrieb, die Not der Mütter, die Sorge der Väter, er sprach von seiner selbstlosen Hilfe. »Erst als die Fliegende Brücke ablegte, war ich erleichtert.«

»Du hast ein gutes Herz.« Aus der Rührung heraus lehnte Walburga die Stirn an seine Schulter. Nur einen Moment, doch Arnold bedrohte es wie eine Ewigkeit.

»Ich hab auch geholfen …« Er wollte auch erzählen, auch ihr Lob, wollte es, doch das Verbot schloss wieder den Mund. Aber die heiligen Knochen sind längst in Sicherheit und der Schrein auch. Von den Heiligen ist niemand mehr in Gefahr.

Walburga sah ihn an. »Wem hast du geholfen?«

Norbert hob den Daumen. »Unser Riese hat für den Dompropst einige Kisten im Wagen verstaut.«

»Ach so.« Sie nickte nur dazu.

Jetzt konnte Arnold nicht länger schweigen. »Das Packen war einfach. Aber ich hab auch noch den Königen bei der Flucht geholfen.«

»Was? Welchen Königen?« Walburga sah ihn gespannt an.

Ein Blick zu den Nachbarn, niemand war hellhörig geworden. Arnold winkte sie näher. Gleich war auch Norbert bei ihm. Wie unbeabsichtigt legte er ihr und auch dem Freund die Hand auf die Schulter. »Was war das?«

»Ich hab die Heiligen Drei Könige vor den Franzosen gerettet.« Leise berichtete er von der Nacht und dem Morgen im Dom. »Und in aller Herrgottsfrühe sind sie dann sicher über den Rhein.«

»Und wohin?«, wollte Norbert wissen.

»Nach Arnsberg. Da, wo alle frommen Herren hin sind.«

»Sicher ist sicher.« Walburga strahlte Arnold an. »Ganz gleich, was die Franzosen noch mit uns anstellen. Du hast unserer Heimatstadt einen großen Gefallen getan. Wunderbar.« Sie sah zu beiden auf. »Ich bin stolz auf euch.«

Langsam rieb sich der Student den Nasenrücken, fragte so nebenbei: »Und der goldene Schrein? Wo ist der hin?«

Ihr Lob und Norberts Interesse lösten die Zunge. Ausführlich berichtete Arnold, wie der Sarkophag zerlegt und in zwei Holzkästen ebenfalls auf geheimer Route nach Arnsberg verbracht worden war.

»Was für ein Vermögen!« Norbert dehnte sich. »Allein die Edelsteine. Und dann noch das Gold.«

Spielerisch drohte Walburga ihm mit dem Finger. »Unser Heiligtum wird nicht angerührt!«

Trommeln, helles Pfeifen draußen vor dem Tor. Der Rhythmus drang in Herz und Magen.

»Sie kommen!« Enger rückten die Kölner. Väter nahmen die Kleinen auf die Schultern. Frauen richteten rasch noch die Hauben und Tücher.

Erst Fahnen und Musikanten, dann die Offiziere. Die Kölner winkten, jubelten beim Vorbeimarsch. In größerem Abstand folgten die Fußtruppen. Am Hahnentor verstummten jäh alle Hochrufe. Stille griff um sich. Walburga stand auf dem Fass, legte die Hand vor den Mund, schüttelte ungläubig den Kopf. Arnold tastete neben sich nach dem Arm des Freundes. »Glaubst du das?«, flüsterte er.

Norbert antwortete nicht, mit offenem Mund starrte er auf die Soldaten.

Zerlumpte Jacken, zerrissene Hosen, keine Farbe glich der anderen, Uniformstücke, erbeutet von in der Schlacht getöteten Gegnern. Die einen schleiften ihre Muskete am Lauf hinter sich her, die anderen besaßen keine. Rechts ein Stiefel, der linke Fuß steckte nur im Strumpf. Der Nächste kam gleich barfuß. Unter zerbeulten Dreispitzen, runden Hüten, Mützen oder um den Kopf gewickelten Tüchern verdreckte bärtige Gesichter. Nur eines war allen Zerlumpten gleich, Hunger und Gier ließen die Augen erglühen. So schlurften die Gestalten langsam an den Kölnern vorbei.

Als Erster erholte sich Norbert. »Und denen haben wir uns kampflos ergeben?« Dann stemmte Arnold beide Fäuste in die Seiten. »Und die wollen alle in Köln satt werden …«

Nicht nur satt, alle benötigten ein Bett, wollten schlafen. Und zwar gleich heute Nacht. Bei wem? Sicher nur beim Nachbarn, nicht bei mir. Oder? Mit sorgenvollen Mienen kehrten die Bürger in ihre Wohnungen zurück.

Alle Tore Kölns wurden besetzt, ebenso jedes Kaufhaus. Nachdem auch die Warenlager im Hafen beschlagnahmt waren, betrat Volksvertreter Gillet das Rathaus. Ein nüchterner Beamter mit hoher Stirn und scharfem Blick, ausgestattet mit allen Rechten über das zivile Köln. »Wir beginnen mit den Einquartierungen. Wo ist das Adressbuch?«

Bürgermeister von Klespe sah seine Ratskollegen an. Schweigen. Gründlich räusperte sich DuMont, ehe er aushalf: »Seit Langem ist solch ein Werk beschlossen. Doch bisher nicht ausgeführt.«

»Mais, Messieurs! Wie wird diese Stadt verwaltet? Wie werden die Steuern eingezogen, wenn Ihr nicht wisst, wo welcher Bürger wohnt?«

»Zins und Abgaben werden bezahlt.« Von Klespe versuchte, den Vorwurf zu entkräften. »Jedes Haus hat seinen eigenen Namen, entweder nach dem Bewohner oder je nach Belieben.«

»Belieben?« Dem französischen Spezialisten für Verwaltung sank einen Atemzug lang die Kinnlade. »Wie darf ich das verstehen?«

»Nun, da gibt es zum Beispiel: Zur fetten Henne, Im Wollsack oder Zum Kuckuck oder …« Ehe neuer Protest kam, beruhigte der Bürgermeister rasch. »Aber wir haben im Juli dieses Jahres mit der Nummerierung angefangen. Nur ist das nicht so einfach, wie sich herausstellte.«

»Wie einfach dies in Wirklichkeit sein kann, werden wir Euch bald demonstrieren.« Gillet verlangte die schon erstellte Liste. »Für die heute einmarschierten Einheiten sollten diese Unterkünfte ausreichen.« Wie ein Hausherr sah er sich um und bestimmte: »Mit Eurer Erlaubnis muss das Quartierbüro in der Empfangshalle eingerichtet werden. Und zwar umgehend. Ich schicke Euch die ersten Soldaten in einer Stunde.« Jeder sollte ein Papier mit Adresse und Name erhalten. Außerdem sollten Angehörige der Kölner Stadtwache die Männer zu den Häusern führen und dafür sorgen, dass sich kein Bewohner gegen die Einquartierung wehrte. »Morgen wird die Truppe dann noch um weitere zehntausend Mann anwachsen.« Gillet hob die Hand zum Gruß. »Vive la Liberté!«, sprach's und verließ das Rathaus.

Keiner der Stadtväter rührte sich. Endlich flüsterte von Klespe: »Großer Gott, jetzt sind es schon zweitausend, und morgen kommen noch …« Er wischte sich über die Stirn. »Haben wir vorschnell gehandelt?«

Niemand wollte diskutieren. DuMont war sich mit den Ratskollegen einig. »Es gab nichts zu verhandeln. Wir konnten vor dem General unsere Bitten aussprechen, und diese haben wir in größtmöglicher Offenheit vorgetragen. Mehr war uns nicht erlaubt. Nun müssen wir uns der neuen Situation stellen.«

Kein Feierabend, selbst für die oberen Stadträte nicht. Die Organisation der Einquartierung forderte alle Kräfte, und jeder der Herren half mit, die richtigen Unterkünfte auszuwählen. So konnten sie nebenbei, doch mit Sorgfalt, darauf achten, dass nicht irrtümlich das Haus eines Zunftherren oder gar das des Bürgermeisters mit in die Verteilung geriet.

Obwohl alle Tore von den Franzosen besetzt waren, schlüpfte ein Kurier kurz vor Mitternacht durch eine der verschwiegenen Pforten in die Stadt.

Ungefährdet erreichte er das Rathaus, verlangte, sofort gehört zu werden.

Im kleinen Sitzungssaal empfingen ihn von Klespe und DuMont, beide erschöpft, doch immer noch in offizieller Tracht. Der Kurier setzte sich nicht. »Düsseldorf brennt.«

Die Herren fuhren in ihren Sesseln hoch. »Rede!«

Durstig nahm der Mann einige Schlucke aus dem Wasserkrug. »Bombardiert. Von den Franzosen. Mit der schweren Artillerie.«

Gestern, am 5. Oktober, waren die französischen Truppen in Neuss einmarschiert, und eine Abteilung hatte heute mit der Verschanzung des Rheinufers begonnen. »Da feuert der Düsseldorfer Kommandant über den Rhein. Das hätte der Mann nicht tun sollen.« Wieder einige Schlucke.

DuMont dauerte es zu lang. »Ich verlange den ganzen Bericht. Deinen Durst kannst du nachher löschen.«

Erbost über den Angriff hatten die Franzosen ihre schwersten Kanonen entlang des Neusser Ufers aufgefahren. »Heute Abend gegen Viertel nach neun ging's los. Die erste Bombe flog übers Wasser und schlug in Düsseldorf ein. Und weiter ging's aus allen Rohren. Nach ungefähr sechs Minuten schon loderten Flammen aus dem Marstall.« Vom heftigen Wind war der Beschuss begünstigt worden, eine Stunde später

76

brannte Düsseldorf lichterloh. Niemand hatte ans Löschen gedacht, die Einwohner rafften zusammen, was sie tragen konnten, und flohen aus der Gefahrenzone. Erst viel zu spät waren die Kaiserlichen so weit und erwiderten den Beschuss. Bis Neuss reichten ihre Bomben nicht. »Als ich losritt, war das Gefecht noch im Gange, aber schon entschieden. Alles brennt in Düsseldorf, selbst das Schloss.«

Bürgermeister von Klespe dankte dem Kurier und schickte ihn ins Gasthaus. »Iss dich satt, und trink einen Krug Bier. Sag dem Wirt, es geht auf Kosten der Stadt.«

Kaum hatte sich die Tür geschlossen, als Klespe umständlich den schwarz-roten Talar ablegte. »Diese Düsseldorfer.« Langes Kopfschütteln. »Nur zu bedauern.« Er fuhr mit der Hand durch den Pelzkragen, dabei sah er zu Nikolaus DuMont hinüber. »Ich glaube, werter Freund, wir haben heute doch das Richtige für unsere Stadt getan.«

8

Kaum hatte Norbert die Tür geöffnet, hielt ihm Stadtsoldat Peter ein Blatt hin. »Dachte, zu Euch komm ich besser selbst, junger Herr.«

»Wieso? Ich habe nichts zu …«

»Na, deswegen.« Der Rot-Weiße hob mit der einen Hand das Blatt höher und deutete gleichzeitig mit dem Pfeifenstiel in der anderen auf den Mann drei Schritt hinter ihm. »Und wegen dem da.«

Norbert begriff, las laut den Namen auf dem Papier: »Jean Baptist Soleil.« Er sah den Stadtsoldaten scharf an. »Einquartierung? Ich dachte, wir wären Freunde. Zum Teufel. Weil gestern keiner kam, glaubte ich, wir würden verschont. Warum, verflucht, habt Ihr das nicht verhindert?«

Peter schob sich näher. »Hätte auch schlimmer kommen können«, sagte er halblaut. »Der da ist wenigstens Offizier. Den hab ich Euch getauscht. Da …« Der Pfeifenstiel tippte auf die überschriebene Adresse. »Er sollte zu jemand anderem, drüben in die Hertzenstraße, und Ihr hättet einen von diesen Lumpenkerlen bekommen, einen mit Läusen, Flöhen und Wanzen. Da sag ich zu meinem Kollegen: Das geht nicht. Mein Freund – das hab ich wirklich gesagt –, mein Freund ist ein Studierter, und mein Freund verdient was Besseres. Also haben wir hinterm Rathaus die Adressen verbessert und die Franzosen ausgetauscht.«

»Pardon.« Der Offizier trat näher. Ein breit gebauter Mann mit erstem Grau an den Schläfen, scharfe Falten zeichneten das vom Wetter gegerbte Gesicht. »Il y a des problèmes?«

Gleich wedelte Peter mit dem Formular. »Ist alles bon, alles bon, Monsieur. Gleich sind wir so weit.« Dann wandte er sich wieder an den Studenten. »Ich denke, der Gefallen ist was wert.« Großmut sprach aus ihm. »Nur zwei Blaffert. Weil wir Freunde sind.«

Norbert benötigte einige Atemzüge, dann strich er die Strähne aus der Stirn und nahm das Formular an sich. »Da es nicht zu vermeiden ist, erfülle ich gerne meine Bürgerpflicht. Wer weiß, welchen Nutzen es bringt.« Er beachtete den Stadtsoldaten nicht weiter, sondern verbeugte sich leicht vor dem Offizier. »Monsieur Soleil, willkommen in meinem Haus.« Die Handgeste deutete in den Flur. »Bitte, tretet ein!«

Der Franzose griff nach seinem Bündel mit aufgeschnürtem Gewehr und Federhut. Gleich wehrte Norbert ab. »Lasst nur. Ich bringe Euch das Gepäck nach.«

Verblüfft über solche Höflichkeit bedankte sich der Offizier. Sein Lachen ging gleich in Husten über. »Pardon.« Der Husten saß tief, wurde heftiger, schüttelte den ganzen Mann.

Stadtsoldat Peter nutzte den Moment und zupfte den Studenten am Ärmel. »Was ist mit meinem Lohn?«

Erst wollte Norbert abwehren, dann aber griff er in die Rocktasche und drückte dem Stadtsoldaten einen Geldschein in die Hand.

»Was soll das?«, fauchte Peter. »Das Franzosenpapier nehme ich nicht.«

»Aber, lieber Freund.« Der Spott war nicht zu überhören. »Ihr kommt doch vom Rathaus. Laut Verordnung sind seit heute diese Assignaten genauso viel wert wie unsere Münzen.« Norbert ließ ihn stehen und griff nach dem Gepäck. Der Hustenanfall war vorüber, erneut bat er den Gast, doch einzutreten, und schloss gleich hinter sich die Haustür.

Stadtsoldat Peter starrte auf den grünen Geldschein. »Dieser Fetzen. Stuber oder Blaffert, die wiegen was, erst recht ein Silbertaler. Aber der hier …?« Auf dem Weg zurück zum Rathaus schimpfte er vor sich hin.

»Einfach 'ne Zahl draufschreiben, und dann soll's was wert sein? Meinetwegen können die Studierten daran glauben. Ich nicht. Muss sehen, dass ich den Schein so schnell wie möglich wieder loswerde.«

Norbert bat den Offizier, in der Wohnstube Platz zu nehmen, und stellte ihm eine Wasserkaraffe und ein Glas hin. »Bitte geduldet Euch noch. Euer Zimmer wird hergerichtet, und danach stelle ich Euch die Frauen vor.«

Der Franzose dankte. Erschöpfung war seinen Augen anzusehen. »Lasst Euch nur Zeit, Monsieur.«

Draußen im Flur rief Norbert mit scharfer Stimme hinauf in den ersten Stock nach seinen Schwestern und der Mutter. »Runter mit euch in die Küche. Sofort!«

Beate kam als Erste herein. »Ich muss gleich wieder los zur Apotheke.« Sie trug schon Haube und lange Schürze und hatte den Ausschnitt ihres blauen Kleides mit einem gelben Brusttuch verdeckt. »Die Mittagspause ist vorbei.«

»Die Apotheke kann warten«, fauchte Norbert. »Wo bleibt Ursel mit der Alten?«

»Schimpf doch nicht immer!« Beate faltete die Hände. »Mutter kann halt nicht mehr so schnell.«

»Willst du mir etwa vorschreiben, was ich zu tun habe?« Sie antwortete nicht, und ihr Schweigen reizte ihn erst recht. »Dumme Kuh, wer trägt denn hier die Verantwortung? Wer muss sich um alles kümmern?«

Ursel führte die Mutter herein. Gestützt auf den Arm ihrer jüngsten Tochter, gelangte Frau Klara Fletscher zum Küchentisch und ließ sich auf den Stuhl sinken. Mit dem Tod ihres Gatten schien alle Kraft verloren, jeder Lebensmut erloschen. Kaum beteiligte sich die schmächtige Frau noch am Alltag, und wenn Ursel die Mutter nicht betreute, sie zum Essen und Trinken überredete, so hätte ihre Trauer sie womöglich schon verzehrt.

»Na endlich«, blaffte Norbert die kleine Schwester an, jeden Blickkontakt mit der verhärmten Frau vermied er. »Es gibt Neuigkeiten. Drüben sitzt ein Franzose. Und ab heute ist das unser Franzose.« Kurz zählte er die neuen Verpflichtungen auf. Der Gast musste ernährt und gekleidet werden. »Erst Monsieur, dann wir. Das ist die Reihenfolge.« Norbert tippte sich mit der Faust gegen das Kinn. »Diese Einquartierung kommt uns teuer zu stehen … Aber darauf komme ich gleich noch.«

Welches Zimmer sollte der Offizier beziehen? Die Schlafstube der Eltern. Der Sohn deutete auf Ursel. »Du schaffst die Mutter und ihre Sachen hier in die Küche. Sie kann ab jetzt auf der Bank neben dem Herd schlafen.«

»Norbert!« Beinah gleichzeitig empörten sich die Schwestern. Hart packte er Beate im Genick und schob sie näher zu Ursel, bis er auch deren Genick fassen konnte. Sein Griff zwang beide, sich niederzubeugen. »Keine Widerworte. Sonst …« Er beendete die Drohung nicht.

Langsam hob Frau Fletscher den Kopf. »Du bist nicht wie der Vater«, und nach einem Seufzer, »du bist anders, Junge.«

»Sei still!« Er stieß Ursel zu ihr. »Nimm sie mit nach oben. Packe ihre Sachen, und schaffe alles hierher. Nun bewegt euch schon!«

Kaum hatten beide die Küche verlassen, stellte er sich vor die ältere Schwester. Sanft strich er ihren Arm, er lächelte sogar. »Jetzt zu dir, schöne Taube. Du wirst helfen, dass der Franzose nicht zu teuer wird.«

Ihre Überraschung wechselte gleich ins Misstrauen. »Warum mit einem Mal so freundlich?«

»Weißt du, Schwesterherz, nur Wohnung, Essen und Kleidung sind für den Offizier umsonst. Alles andere muss er bezahlen.«

Sie nickte, verstand aber nicht.

»Du wirst seine Magd für das Persönliche. Natürlich arbeitest du auch weiter in der Apotheke, auf den Lohn können wir nicht verzichten. Tagsüber ist er ohnehin bei seiner Truppe. Am Abend sorgst du für sein Wohlergehen. Und für diese Dienste muss er extra bezahlen.«

Beate sah ihn aus großen Augen an. »Du meinst, ich soll seine Stiefel putzen, den Rock flicken …?«

»Dummerchen!« Norbert zupfte ihr das Brusttuch weg, mit schnellem Griff in den Ausschnitt entblößte er beide Brüste, patschte mit der flachen Hand dagegen. »Wofür hast du die? Und dazu den festen Hintern?«

Ehe er sich versah, ohrfeigte Beate ihn. »Du Schwein!« Sie zog das Kleid wieder über den Busen und steckte das Brusttuch darüber.

Der Bruder rieb sich die Wange. »Wir haben uns also verstanden. Komm, ich stell ihn dir vor.«

Er schob die Schwester vor sich her und öffnete die Tür zur Wohnstube. Beide blieben stehen.

Jean Baptist Soleil lehnte im Sessel, der Kopf war nach vorn gesunken. Er schlief, schnarchte leise.

Beate betrachtete ihn eine Weile. »Ich putz ihm die Stiefel«, flüsterte sie, »mehr nicht.«

Unmerklich nickte Norbert. »Lass dich mit Münzen bezahlen. Und sollte er dir Geldscheine geben, dann nimmst du das Doppelte. Aber das erkläre ich noch.«

9

Sich der Einladung zu verweigern wagte niemand im Stadtrat. Selbst die vierundvierzig Vertreter der Zünfte beugten sich. Der Ratsbeschluss am 9. Oktober war einstimmig, und doch fiel Bürgermeister von Klespe beim Diktat für den Schreiber jedes Wort der Formulierung schwer. »Wir danken für die angebotene Höflichkeit …«

Gegen Mittag zog draußen vor dem Rathaus die Militärkapelle der Franzosen auf, alle Generäle und die anderen Offiziere formierten sich. Erste Klänge forderten.

»Wir dürfen nicht länger zögern.« Assessor Nikolaus DuMont legte leicht die Hand auf die Schulter des Zweiten Bürgermeisters. »Sosehr sich das Innere sträubt, wir müssen auch heute Vorbild für unsere Kollegen sein.«

»Noch vor einer Woche war ich stolz auf mein Amt. Seit drei Tagen aber fällt mir diese Rolle von Stunde zu Stunde schwerer.«

Angetan mit ihren Amtsroben, verließen die Herren an der Spitze der Rats- und Zunftherren das Rathaus und ließen sich von Ordonanzen hinter den Generälen der französischen Besatzungsarmee aufstellen. Schriller die Pfeifen, lauter die Trommeln, und der Festzug setzte sich mit wehenden Fahnen in Bewegung. Zu Anfang liefen Kinder hinterher, einige Erwachsene schlossen sich auf dem Weg an. Groß war die Neugierde der Kölner nicht. »Kann ich unseren Bürgern nicht verdenken.« DuMont sprach gedämpft, stets hielt er den Volksvertreter Gillet einige Reihen voraus im Blick. »Dieser Mann ist so geschickt, dass er zu fürchten ist. Unfassbar, was er uns schon abverlangt hat.« Neben Unmengen an Fleisch und Gemüse hatten die Kölner zweihunderttausend Brote binnen zweimal vierundzwanzig Stunden an die französischen Truppen draußen vor der Stadt liefern müssen. Dazu Leder, Stoffe, Kerzen …

Klespe seufzte. »Und ich schäme mich, weil wir jede Verordnung unterschreiben müssen, als käme sie vom Rat. Gillet zwingt uns das Übel auf, und er selbst verkündet unter seinem Namen nur die Wohltaten …« Abrupt schwieg der Bürgermeister. Vor ihnen wandte der Volksvertreter den Kopf, sah die beiden Herren direkt an, er lächelte mit schmalen Lippen, und erst, als beide das Lächeln zurückgaben, sah er wieder nach vorn.

Die Musik verlockte nun doch. In der Schildergasse schlossen sich mehr und mehr Erwachsene dem Zug an, und als sich der Neumarkt öffnete, hoben Pfeifen, Trommelschlag und Schellenspiel vielen Kölnern das Herz über die Sorgen. Es gab ein Fest, und sie wollten mitfeiern. Auf der Platzmitte war ein Baumstamm errichtet, geschmückt mit bunten Fahnen, und hoch oben auf der Spitze prangte die rote Jakobinermütze.

Das Militär bildete ein Viereck um den Freiheitsbaum, dahinter nahm der gesamte Stadtrat Aufstellung, dann drängten sich die Bürger. Je weiter entfernt, umso weniger Begeisterung war in den Gesichtern zu lesen. Ganz außen stand Professor Wallraf versteinert da, hatte beide Hände auf dem Rücken verschränkt, nur die Augen lebten, nichts vor ihm schien seinem Blick zu entgehen. Salutschüsse knallten, hallten an den Hauswänden wider. Gillet trat zum Baum hin und entrollte ein Plakat. Mit fester Stimme und in gutem Deutsch verlas er das Manifest: »Die siegreiche Armee ist auf euren Boden gerückt, um ihre Feinde davon zu vertreiben …«

Satz für Satz verdüsterte sich die Miene des Professors.

»Die französische Armee bestraft ihre Feinde, während sie die Freundin aller Völker ist, die im Frieden mit ihr leben wollen …«

Wallraf sog scharf den Atem ein, flüsterte: »Und langsam zieht diese Freundin die Würgeschlinge enger.«

»Was sagt Ihr?«

Erschrocken blickte Wallraf zur Seite. »Biergans?« Ein hagerer Mann. Im knochigen Gesicht brannten helle Augen. »Warum schleicht Ihr Euch heran?«

»Mit Leisetreten ist es jetzt vorbei, Professor. Freiheit. Gleichheit ...«

»Habt Ihr deswegen Eure Kutte an den Nagel gehängt und seid dem Kloster entflohen?«

»Diesen Schritt tat ich für Köln.« Kurz ballte Biergans die Faust, gleich öffnete er sie wieder. »Die neue Republik braucht mich.«

»Neue Republik? Wovon redet Ihr?«

»Nieder mit allem Alten in Köln. Das Rathaus wird leer gefegt. Platz für die Republikaner am Rhein.«

»Sind das die künftigen Schlagzeilen Eurer Zeitung?«

»Auch wenn Ihr den ›Brutus‹ nicht lest, Ihr werdet es erleben. So oder so.« Er ging weiter, drehte sich nach wenigen Schritten noch einmal um. »Heute feiern wir den Beginn der neuen Zeit. Kommt mit, Professor. Seid dabei, wenn der Tanz beginnt.«

Wallraf hob beide Hände. Da lachte Biergans und drängte sich durch die Menge nach vorn.

»Jetzt auch noch diese Schwärmer.« Über die Köpfe hinweg sah Wallraf nahe der Absperrung die zum Freiheitsbaum hochgereckten Arme des Journalisten. »Kölner Jakobiner. Großer Gott, lass es mit den Franzosen genug sein. Bestrafe uns nicht mit noch weiteren Plagen!«

Vorn ertönte die Stimme des Volksrepräsentanten: »Eure Personen, euer Eigentum, eure Gesetze, die Gegenstände eurer Religionsübungen sollen geachtet werden ...«

Wallraf strich sich das Kinn und seufzte bitter: »Bin nur froh, dass unsere Könige vor euch in Sicherheit sind.«

»Vive la République!« In Zweierreihen formierten sich die Offiziere, dahinter schlossen sich die Stadtoberen an. »Vive la Liberté!«, skandierte Gillet und dann sogar auf Deutsch: »Es lebe die Freiheit!«

85

Die Musik hob zur Marschmelodie an, und im Gleichschritt zog der Zug der Honoratioren um den Freiheitsbaum herum. Die Herren folgten dem Vorbeter, riefen ihm nach: »Es lebe die Freiheit!« Sie reckten den rechten Arm. »Es lebe die Republik!« Dreimal musste der Baum umrundet werden, und immerfort erschallte der Jubelruf. Das versammelte Volk lernte schnell und verstärkte den Chor, bald jubelte der Neumarkt rund um den Mützenbaum, und die Franzosen glaubten, die Kölner hätten nur noch eine Kehle: »Es lebe die Freiheit! Es lebe die Republik!«

Wallraf beschattete die Augen und senkte den Kopf. »Was für ein hohles Schauspiel.«

Ein leichter Stoß gegen den Rücken reizte seinen Zorn, ohne sich umzudrehen, schimpfte er: »Gebt acht! Nicht jeder auf diesem Platz liebt das Verbrüdern.«

»Verzeiht, Professor.« Bedrängnis lag in der Stimme. »Ich bin froh, Euch endlich gefunden zu haben.«

Wallraf sah über die Schulter, erkannte den Pfarrer von St. Peter und wandte sich ihm zu. »Bruder Nikolaus Stockart, verzeiht meine schlechte Laune. Sie passt sich nur dem Stück an, das hier gespielt wird. Doch Galgenhumor beiseite. Ihr habt mich gesucht?«

»Ein Schreiben. Von oberster Stelle …« Blaue Lippen, das Kinn bebte, der Pfarrer sah sich verstohlen um. »Nicht hier. Bitte schenkt mir einen Moment!«

Wallraf nahm den Arm des Aufgeregten. »Lasst uns einige Schritte tun.«

Etwas abseits von den Feierlichkeiten, in der Baumallee auf der anderen Seite des Neumarkts, zog Pfarrer Stockart ein Kuvert aus der Soutane. »Lest selbst! Es stammt von Kommissar Pierre Jaques Tinet persönlich.«

Wallraf erbleichte. »Die Kunstkommission?« Eine steile Falte furchte seine Stirn. »Mein Gott. Es geht um Eure Kirche, um St. Peter?« Er entfaltete das Schreiben, überflog die Zeilen, las halblaut, las rasch: »›… Ich setze Sie davon in Kenntnis, mein Herr, dass ich aufgrund der Anordnungen des Wohlfahrtsausschusses und aufgrund der Anordnungen der Volksrepräsentanten …«« Ein kurzer Blick auf Stockart. »Also Gillet. Der uns gerade drüben die Heilsbotschaften der Republik verkündet.« Er las weiter: »»… dass ich aus Ihrer Kirche ein Bild wegtragen lassen werde, welches …«« , die Stimme stockte, »»… welches das Martyrium des heiligen Petrus darstellt. Sie wollen bitte Ihre Kirche morgen in der Frühe um genau sieben Uhr geschlossen halten, damit ich in der Ausübung meiner Funktion nicht gestört werde …««

Wallraf ließ das Blatt sinken, bemerkte die Tränen in den Augen des Pfarrers und flüsterte: »Unser Rubens. Das schönste Gemälde unserer Stadt. Sie wollen es stehlen. Einfach so.« Zorn wuchs. Er blickte zum Freiheitsbaum hinüber. »Welche Dreistigkeit. Da liest der Herr sein Manifest, verspricht, dass unser Eigentum geachtet wird …« Ein bitteres Auflachen. »Monsieur Gillet hat sich im Wort geirrt, unser Eigentum soll nicht geachtet, sondern betrachtet werden, um zu sehen, welche Schätze sich die Republik einverleiben möchte.«

»Mir bricht das Herz.« Nikolaus Stockart krampfte die Finger ineinander. »Was jetzt?«

Wallraf faltete das Blatt sorgfältig, schärfte die Falten mehrmals zwischen den Fingernägeln. Er sah den Pfarrer von St. Peter an. »Noch bleibt uns ein Ausweg.« Er drückte ihm Kuvert und Schreiben in die Hand. »Es sind Vorbereitungen zu treffen. Haltet Euch im Pfarrhaus bereit.«

»Diese Aufregung …« Stockart schnappte nach Luft. »Was habt Ihr vor?«

Wallraf ballte nur die Faust und eilte mit wehenden Rockschößen in Richtung Schildergasse davon.

Von Mutter Adelheid Klütsch erfuhr der Professor, wo Arnold heute arbeitete, und fand seinen Herkules im Hof des Dominikanerklosters. Zwischen Fuhrwerken, hoch bepackt mit Wolldecken, Leintüchern oder Bettpfannen und Wasserkrügen, stand Arnold nach vorn gebeugt neben einem riesigen Matratzenberg. Ein zweiter Tagelöhner lud ihm einen gestopften Leinensack nach dem anderen auf die breiten Schultern. Bei dem fünften winkte Arnold ab. »Genug, sonst komm ich nicht durch die Türen.«

»Darf ich dich stören?«

Arnold erkannte die Stimme sofort, drehte sich ihr samt der Last zu, vergeblich bemühte er sich hochzublicken. »Wartet, Herr. Ich bring die Matratzen rauf in den Saal. Wir richten da ein Lazarett für die französischen Verwundeten ein.«

Wenig später schon kehrte er zurück, hochrot das Gesicht. Mit dem Ärmel trocknete er sich flüchtig den Schweiß ab. »Ist viel Arbeit heute. Ich glaube, tausend Betten wollen die Franzosen hier im Kloster einrichten. Die Verwundeten warten schon draußen bei Melaten. Morgen werden die ersten hergeschafft.«

»Hoffe, die Schufterei wird gut bezahlt?«

Arnold grinste verlegen. »Mit diesen Zetteln. Hab gehört, wir alle hier werden mit dem neuen Papiergeld bezahlt.«

Darauf ging Wallraf nicht ein. »Ich will nicht lange stören. « Er führte ihn am Arm aus dem Klosterhof. Außer Hörweite sagte er: »Ich benötige deine Hilfe.«

Das Herz pochte. »Gern, Herr Professor. Ich freue mich … ich mein, dass Ihr an mich denkt. Ich mein, gedacht habt.«

»Es gibt aber kaum Geld. Fast gar nichts …«

»Erst die Arbeit.« Arnold lächelte. »Das mit dem Lohn könnt Ihr vielleicht später noch mal überlegen.«

Ein rascher Blick zum Klosterhof, dann senkte Wallraf die Stimme: »Ich hoffe nur, dass du nicht zu müde bist, denn die Arbeit muss heute Nacht verrichtet werden.«

»Das geht schon, Herr.« Arnold wagte einen Scherz. »Soll ich wieder einem Heiligen zur Flucht verhelfen?«

Kopfschütteln. Wallraf blieb ernst. »Im Gegenteil. Wir wollen, dass der Heilige in Köln bleibt. Und deshalb müssen wir ihn stehlen.«

Arnold glaubte, falsch verstanden zu haben, dann begegnete er dem prüfenden Blick. Kein Irrtum. Und in der Nacht? Und ausgerechnet solch ein ehrbarer Mann wie mein Professor will einen Heiligen stehlen. »Und ich soll Euch dabei helfen?«

»Allein schaffe ich es nicht. Es geht um den heiligen Petrus, und der ist zu groß …«

Ehe Arnold fragen konnte, berichtete ihm der Professor von dem Gemälde in der St.-Peter-Kirche. »Die Kreuzigung des heiligen Petrus ist ein echter Rubens.« Der Name des Malers beeindruckte Arnold nicht, als er aber vom Wert des Bildes hörte, pfiff er durch die Zähne. »Und die Franzosen wollen uns den teuren Heiligen wegnehmen?«

»Das muss ich verhindern. Dieses Gemälde ist ein Herzstück unserer Stadt.«

»Ich bin dabei, Herr.«

Wallraf erläuterte den Plan. Treffpunkt war bei Dunkelheit das Pfarrhaus von St. Peter in der Jabachstraße. »Für den Abtransport nehmen wir den Friedhofskarren.«

»Warum? Ich trage es auf der Schulter. So schwer kann das Bild nicht sein.«

»Zusammenrollen dürfen wir es nicht. Darunter leiden nur die Farben. Und die Ausmaße sind zu mächtig. Mehr als zehn Fuß allein in der Höhe… Nein, wir müssen es auf dem Karren wegschaffen.«

»Wohin?«

»Zunächst zu mir in die Dompropstei.«

Arnold kratzte sich in den Locken. »Wird gefährlich. So quer durch die Stadt. Die Franzosen gehen mit Laternen rum.«

»Du hast recht. Wir laden noch Stühle dazu …« Ein nächster Gedanke ließ Wallraf seufzen. »Einwickeln. O Gott, was das Stehlen betrifft, habe ich wahrhaft keine Übung. Das Bild muss vor neugierigen Blicken geschützt werden, dazu benötigen wir ausreichend viel Tuch.«

Nur ein kurzes Zögern, dann versprach Arnold: »Sorgt Euch nicht darum, Herr. Ich besorge den Stoff und bring ihn mit.«

Spät am Abend noch brannten Feuer auf dem Neumarkt. In den Bäumen hingen Laternen. Die Musik spielte, und Paare hüpften und drehten sich rund um den Freiheitsbaum.

Unterhalb des Platzes pochte Arnold in der nachtdunklen Jabachstraße an der Tür des Pfarrhauses. Gleich öffnete Nikolaus Stockart. »Willkommen. Ich dachte, es käme nur eine Person?«

»Kann ich erklären«, raunte Arnold und trat rasch mit seiner Begleitung ein. Am Ende des unbeleuchteten Flurs schimmerte Licht aus dem Zimmer. Dort stand der Professor, stemmte die Hände in die Seiten. »Darf ich fragen? Wir hatten nicht über einen zweiten Helfer gesprochen.«

Arnold kam allein näher, stellte den Ballen aufrecht vor ihn hin. »Sie wollte mit. Anders hätte ich den Stoff nicht bekommen. Der ist nur geliehen, aber umsonst. Da Ihr gesagt habt, dass kein Geld da ist, hab ich den Handel eben so gemacht.«

Wallraf spähte in den Flur. »Wer ist die Person?«

»Walburga. Die Tochter vom Schneider Müller aus der Salzgasse. Vom Heiligen hab ich ihr nichts gesagt, nur, dass der Pfarrer den Stoff für die Kirche braucht.«

Der Professor nickte und winkte mit der Hand. »Bruder Stockart, bitte führt unsern unerwarteten Gast herein.«

Im Licht des Pfarrkontors streifte Walburga die Kapuze vom hochgesteckten Haar. »Guten Abend.« Sie deutete einen Knicks vor den Herren an. »Verzeiht! Ich bin nur mitgekommen, weil Arnold mir so einen sonderbaren Grund erzählt hat, warum der Herr Pfarrer und der Herr Professor so viel Stoff benötigen.« Angeblich sollte der Chorraum von St. Peter rundum ausgelegt werden. Und dies auch nur über Nacht. Morgen schon sollte Schneidermeister Müller den Ballen unbeschadet zurückerhalten. Walburga krauste die Nase. »Da

90

hab ich erst gar nicht den Vater um Erlaubnis gefragt, sondern bin lieber gleich selbst mitgekommen.«

Pfarrer Stockart schnappte einige Male nach Luft, ehe er sich mit einem Tuch die Stirn tupfte. Neben ihm zog Wallraf den Zeigefinger von der Stirnfalte den scharfen Nasenrücken hinunter. »Sei versichert, meine Jungfer, dem Leinentuch geschieht wirklich nichts. Vielleicht aber ist es besser, wenn du nicht weißt, was heute Nacht geschieht.«

»Herr!« Gleich stand Walburga bei ihrem Stoffballen. »Wenn Ihr glaubt, ich bin ein Geheimnis nicht wert …?« Das Funkeln in ihrem Blick nahm zu. »Ihr glaubt wohl, weil ich kein Mann bin …? Gut, dann seht doch zu, wo Ihr Euern Stoff herbekommt.« Heftig zerrte sie an der Tuchrolle.

Nun sprang Arnold ein. »Walburga könnt Ihr vertrauen, Herr. Es gibt überhaupt kein Mädchen, dem Ihr mehr vertrauen könnt.« Er sah kurz zu ihr. »In ganz Köln nicht, meine ich.«

»Davon bin ich fast überzeugt.« Leicht zuckte es in den Mundwinkeln des Professors. »Bei dem gezeigten Temperament wird Jungfer Müller sogar eine Hilfe bei unserm Vorhaben sein können.« In nüchternen Sätzen weihte er Walburga in die Situation ein.

Ohne Zögern war sie einverstanden. »Alles Schöne nehmen uns die Franzosen weg. Sie waren auch schon in unserer Werkstatt, fragten nach Seide. Wenn Vater die teuren Tuche nicht direkt vor dem Einmarsch versteckt hätte, dann könnten wir jetzt nur noch Kittel nähen.«

Nur eine abgedeckte Laterne. In ihrem schmalen Lichtspalt folgten Wallraf, Arnold und Walburga dem Pfarrer. Erst im Kirchenraum öffnete er die Blende. Der Schimmer erhellte den Altartisch und ließ dahinter die Farben des Gemäldes aufleuchten. Das Antlitz des mit dem Haupt nach unten gekreuzigten Petrus erschreckte Arnold. Armer Kerl, dachte er und zögerte, den Rahmen des Gemäldes anzuheben.

»Was ist?«, erkundigte sich Wallraf. »Sollen wir mit anfassen?«

»Ich guck erst mal nach der Befestigung.« Arnold schüttelte den Kopf. »Ist der Heilige wirklich so ans Kreuz geschlagen worden? So umgedreht?«

»Er wollte nicht auf die gleiche Weise am Kreuz sterben wie unser Heiland.«

Arnold stellte die Leiter an, stieg zwei Stufen hinauf. Sah die Henkersknechte dicht vor sich. Verfluchte Kerle, dachte er, ihr habt auch noch euern Spaß dran. Er ruckte vorsichtig an dem Gemälde.

Unten sicherten beide Männer die Seiten, und Walburga hielt die Mitte. »Die Franzosen werden sich wundern, wenn sie morgen vor der leeren Wand stehen.«

»Was sagst du da?« Ruckartig hob Wallraf den Kopf. »Großer Gott«, flüsterte er, dann befahl er halblaut zu Arnold hinauf: »Halt! Nicht weiter. Lass das Bild hängen. Hörst du!« Er schob Walburga und den Pfarrer beinah grob vom Gemälde weg. »Auch ihr, rührt es nicht an.«

Erstaunt blickten Nikolaus Stockart und Walburga auf den Professor. Arnold stieg die Leiter runter. »Ist was falsch, Herr?«

»Wie konnte ich nur?« Der Finger deutete auf das Bild. »Wenn morgen in der Frühe der Rubens verschwunden ist, wird sich Kommissar Tinet ganz gewiss wundern. Darin hat Jungfer Müller sehr recht. Doch dann? Köln ist besiegt und besetzt. Unsere neuen Herren fackeln sicher nicht lange. Die Folgen für Euch, Bruder Stockart, wären nicht abzusehen. Gefängnis? Hinrichtung? Und das wäre sicher nur der Anfang.« Er schlug sich mit der Faust gegen die Stirn. »Ich war ein Narr. Habe mich vom Zorn hinreißen lassen. Wie viele Menschen hätten darunter leiden müssen.« Er legte Walburga den Arm auf die Schulter. »Danke. So traurig es auch sein mag, wir benötigen den Stoff nicht mehr.«

Kurz vor sieben Uhr in der Frühe des 10. Oktobers stand Pfarrer Nikolaus Stockart vor seiner Kirche. Mit dem letzten Glockenschlag zog ein Trupp Bewaffneter auf den Platz, gleich folgten Angehörige des Kunstbataillons unter Führung von Kommissar Tinet. »Monsieur, im Namen der Republik …« Nach einer kurz dahingeschnarrten Rede befahl er dem Geistlichen, das Gotteshaus zu öffnen.

»Ich melde ausdrücklich meinen Protest an. Das Gemälde ist ein Wahrzeichen unserer Stadt.«

Keine Reaktion. Erst vor dem Altartisch maß Tinet den Pfarrer von Kopf bis Fuß. »Monsieur, ich bin nicht gewillt, mit Ihnen eine Diskussion zu führen. Doch eins sei gesagt: Indem wir das Gemälde wegschaffen, vollbringen wir eine Wohltat für die Nachwelt. Denn dieses Meisterwerk musste jahrhundertelang die Sklaverei in der Stadt Köln mit ansehen und ist davon beschmutzt worden. Nun bringen wir es ins Vaterland der Künste, in die französische Republik. Im Louvre zu Paris wird es eine neue Heimat finden.«

Der Pfarrer von St. Peter war zu keiner Antwort fähig, Tränen nässten seine Wangen.

Im sicheren Versteck hinter dem Beichtstuhl presste Professor Wallraf die Faust gegen die Stirn. »O großer Gott, gib mir Mäßigung!«

Die Franzosen schnitten das Gemälde aus dem Rahmen, packten es in eine Holzkiste und verließen ohne ein weiteres Wort die Kirche.

10

Vor einer Woche ... Erst eine Woche ist es her ... Am langen Tisch in der Abtei Wedinghausen bei Arnsberg schauen sich die Domherren an, die Gesichter von Flucht, Angst und Sorge gezeichnet. Mit dem Einmarsch der Franzosen haben sie ihre Heimat, ihr Köln, und damit alle Pflichten und Bequemlichkeiten verloren.

Der Protokollführer notiert mit kratzender Feder: »... Es wird festgehalten, dass das Domkapitel trotz seiner Flucht aus Köln heute, am 13. Oktober im Jahre 1794, an diesem Ort zu seiner ersten Sitzung zusammengetreten ist.« Nur die Vornehmsten des Kapitels haben in den Klostergebäuden eine Unterkunft gefunden, die meisten Herren müssen sich im von Flüchtlingen überfüllten Arnsberg eine Herberge suchen. So schnell wie möglich soll jetzt der neue Alltag gestaltet werden.

»Zur Bestreitung der erforderlichen Ausgaben wird der domkapitularischen Geldkiste Nr. 1 eine entsprechende Summe entnommen werden ...« Die Feder eilt über das Papier. »... Es soll festgehalten werden, dass der Domscholaster seine silbernen Bestecke zur Verfügung gestellt hat. Ebenso wird festgehalten, dass Dompropst von Oettingen seine Tischtücher und Servietten zum allgemeinen Gebrauch hergegeben hat ...«

Aufatmen, erstes Lächeln zeigt sich. Das gemeinsame Mahl kann an gedeckter Tafel eingenommen werden.

Die geringelten Ohrlocken des Grafen wippen. »Sind wir uns in der Frage des Küchenpersonals einig?«

Alle Hände heben sich. »Damit ist es beschlossen.« Von Oettingen diktiert dem Schreiber: »Der Koch des Dompropstes wird über seinen Verdienst hinaus eine Belohnung bekommen. Zunächst erhält er täglich eine Flasche Wein und ein Weißbrot, sein Gehilfe erhält täglich einen halben Gulden …«

Lautlos streift Registrator Bartholomäus Dupuis durch das Bibliotheksgebäude des Klosters. In den langen Fluren, in den Sälen und im Keller stehen die versiegelten Kisten, Tonnen und Verschläge. Was befindet sich dort drinnen? Sind es Stücke des Domschatzes? Gold, Silber, Edelsteine? Sind es wertvolle Bücher und Handschriften, oder aber sind es die Teile des goldenen Dreikönigenschreins selbst? So nah er sich mit der Nase auch heranwagt, der Inhalt bleibt ihm verborgen. Sorgsam notiert sich Dupuis die Zahlen und Buchstaben neben den Siegelmarken. »Mit der Zeit werde ich diesen Code entziffern«, flüstert er.

Wo sich aber die Reliquien der Heiligen Drei Könige befinden, hat er bisher nicht herausfinden können. So oft er auch an Türen lauschte, in keinem Gespräch der Kapitelherren ist das Versteck erwähnt worden.

»Nicht so rasch, bitte.« Frau Klara Fletscher umschlang mit beiden Händen den Arm ihrer jüngsten Tochter. Ursel hielt die Mutter, achtete auf jeden Schritt. Die wenigen Straßenecken vom Haus in der Großen Budengasse hinüber zu St. Kolumba wurden zum langen, mühsamen Weg für beide, dazu erschwerte noch der glitschige Modder das Gehen.

»Ich möchte zum Grab«, hatte Klara Fletscher gleich nach dem Wachwerden am Morgen geäußert, als Ursel das Holzgitter von der Schlafbank entfernte. Eine Bitte. Von Tag zu Tag hatte sich der Zustand der Mutter weiter verschlechtert, nur selten antwortete sie noch auf Fragen, ließ alles um sich herum geschehen. Und heute dieser klar ausgesprochene Wunsch!

»Wir sehen nach dem Vater. Versprochen.« Ursel zeigte sich fröhlich, hoffte, die Stimmung auf die Mutter übertragen zu können. Während des Waschens und Anziehens sang sie leise ein altes Lied von Köln, und wirklich, die Melodie drang in die

Trauer und zauberte der Mutter ein leichtes Lächeln. Von der Milch hatte sie dennoch wenig getrunken, und nun waren sie unterwegs. Schritt für Schritt.

»Gib acht!« Ein Schuh der Mutter steckte im verklebten Kot und Abfall fest. »Fall mir nur nicht. Nicht fallen!« Ursel legte sich einen Arm der Frau über die Schulter und zog den ganzen Körper weiter. Der Schuh löste sich, dabei wankte das Paar, verlor aber nicht das Gleichgewicht.

Durchs Gittertor neben dem Eingang der Kirche gelangten Mutter und Tochter auf den Friedhof. Die Ruhestätte des Advokaten befand sich ganz in der Nähe der Mauer. Ein schlichtes Holzkreuz, kleine rote Blumenbüschel, zu mehr Aufwand war der Sohn nicht bereit gewesen. Lange stand Klara Fletscher da, starrte auf das Grab, Tränen rannen. »Mein Paulus …« Die Knie versagten, langsam sank die Trauernde nieder, und ehe Ursel zufassen konnte, fiel sie neben der Umrandung auf den Kiesweg.

»Mutter.« Ursel kauerte sich zu ihr. Die Augen der Mutter waren geschlossen, schwach ging der Atem. »Wach auf!« Das Mädchen hob den Oberkörper auf die Knie, tätschelte, schlug leicht die Wange. »Hörst du mich?« Ursel sah sich nach Hilfe um, niemand war um diese Tageszeit auf dem Friedhof.

Halb öffnete Klara Fletscher die Lider. »Kind …«

»Wir müssen aufstehen.«

Verständnislos blickte die Mutter sie an. Sosehr sich Ursel bemühte, immer wieder entglitt ihr der Körper, ohne Mithilfe gelang es nicht, ihn vollends aufzurichten. »Ich hole den Norbert.« Sie lagerte die Schwache neben dem Grab, bettete den Kopf auf den zusammengerollten Schal. »Hab keine Angst! Bin bald wieder da.«

Ursel rannte über den Kiesweg zum Tor. Zweimal rutschte sie im Straßenschmier aus, fiel auf Knie und Hände. »Verfluchter Dreck. Hier schmeißt jeder was vor die Tür!« Sie roch angeekelt an ihren Fingern. »Dazu scheißen auch noch die rumlaufenden Schweine und Köter alles voll. Nur gut, dass die Franzosen endlich sauber machen wollen.«

Sie fand den Bruder zusammen mit Arnold Klütsch im Hinterhof. Die beiden luden gerade einen Stapel Säcke und eine leere Frachttonne auf den Handwagen.

»Norbert, komm rasch …!« Hastig berichtete sie. »Allein kann ich Mutter nicht aufheben.«

Norbert verzog nur die Mundwinkel. »Dann lass sie doch liegen, da stört sie niemanden. Ich hab jetzt keine Zeit. Wir wollen gerade zum Kaufhaus Gürzenich …«

»Aber, Norbert …«

»Außerdem wasch dir die Hände! Du stinkst.«

Ursel wollte protestieren, doch er fuhr sie an: »Na, wird's bald! Schließlich kaufe ich fürs Lazarett ein. Sorg mich um die Verwundeten.«

Jäh streckten sich die verkrallten, verdreckten Finger zum Gesicht des Bruders, und Arnold glaubte, sie würden ihn zerkratzen. Norbert wich nicht einmal zurück, pfiff sogar spöttisch, schon erlosch der Widerstand, und Ursel schöpfte Wasser aus der Regentonne, reinigte sich wie befohlen die Hände.

Arnold sah den Freund an. »Meinst du das im Ernst? Deine Mutter da auf dem Friedhof lassen?«

»Wieso nicht?« Gleich glättete sich der scharfe Zug um die Mundwinkel. »Ach was, war nur ein Scherz.« Norbert räumte die Tonne vom Leiterwagen. »Wir schaffen erst schnell die Mutter her. Danach geht's zum Gürzenich.«

»Beinah hab ich es auch geglaubt«, grinste Arnold und zwinkerte ihm zu. Er holte Ursel zurück, legte ihr die Hand auf die Schulter. »Er hat nur Spaß gemacht.«

Das Mädchen strich die gelösten blonden Strähnen aus der Stirn und sah zu ihm hoch. »Das meinst auch nur du«, flüsterte sie, drückte sich enger an ihn. »Ach, Arnold, bei dir ist es gut.« Ihr Blick maß den Bruder. »Aber es sind nicht alle so wie du.«

»Stark, aber dumm, meinst du.« Der Scherz gelang ihm nicht so recht.

»Sag nicht so was!« Sie rüttelte an seinem Arm. »Du bist überhaupt nicht dumm. Und ich bin froh, dass du nicht so schlau tust wie mein Bruder.«

Da drückte er sie ein wenig. »Geschwister streiten sich nun mal. Das ist bei uns nicht anders. Meine älteren Schwestern wissen auch alles besser. Nichts kann man denen recht machen.« Er hob die freie Hand, spendete wie ein Priester übertrieben das Segenszeichen. »Amen.«

Darüber lachte Ursel, und er gab sie frei.

Norbert drängte zur Eile. »Lass uns schnell die Alte holen! Wir müssen in den Gürzenich, bevor der Ansturm heute Nachmittag wieder losgeht, sonst sind die Regale leer, und aus dem Geschäft wird nichts.« Er zog selbst den Handwagen vom Hof, ruckte ihn hinter sich her. Wenn die Räder stockten, halfen Arnold und Ursel nach. Am Gittertor neben der Kirche ließen sie den Wagen zurück und eilten auf den Friedhof.

Ein Bettler stand bei der reglos daliegenden Frau. Immer wieder stieß er sie mit der Fußspitze an. »Hast du nicht gehört? St. Kolumba ist mein Platz. Such dir gefälligst 'ne andere Stelle.«

Einige Gräber entfernt blieb Norbert stehen, das Gesicht abgewandt, hielt er auch Ursel zurück und bat den Freund: »Sorge dafür, dass der Kerl verschwindet. Ich will nicht, dass er mich irgendwo mal wiedererkennt. Das ist schlecht fürs Studium. So als Advokat ist es schädlich, wenn man sich mit dem Gesindel einlässt. Mein Ruf … ach, du weißt schon.«

»Geht klar«, nickte Arnold und sah nur auf den Fuß, der unablässig gegen den wehrlosen Körper stieß. Na warte, Kerl. Ich werd dir zeigen, wie es ist. In schnellen Schritten war er bei dem Bettler. »Lass die arme Frau in Ruhe!«

Ohne sich umzusehen, fauchte der Zerlumpte: »Misch dich nicht ein! Die Schlampe soll verschwinden. Soll sich woanders hinlegen. Aber nicht auf meinem Friedhof. St. Kolumba gehört mir.« Er holte wieder zum Tritt aus.

In ungeahnter Schnelligkeit schnappte Arnold den Fuß,

griff mit der anderen Hand ins Wams und warf den Bettler übers Grab auf den nächsten Kiesweg. Ehe der begriff, was mit ihm geschah, war Arnold über ihm, zerrte ihn am Kragen hoch.

»Du verschwindest jetzt.« Hart stieß er den Kerl in Richtung Ausgang. Doch der Bettler kehrte um, hatte ein Messer in der Faust. »Jetzt schlitz ich dich.« Er ließ die Klingenspitze in Richtung Brust des Gegners sticheln.

Arnold hob die Hand. »Lass gut sein. Hau einfach ab!«

Durch das Einlenken mutig geworden, giftete der Bettler: »Nein, nein, du Riesenkalb. So einfach kommst du mir nicht davon.«

Arnold trat einen Schritt zur Seite, hieb ihm die Faust auf den gestreckten Arm, das Messer fiel, der Mann schrie vor Schmerz, gleich traf ihn ein zweiter Schlag an der Schulter, dass er gegen einen Grabstein taumelte. »Genug?«

Aus aufgerissenen Augen starrte der Bettler seinen Gegner an, sagte nichts, er schlich gekrümmt und mit leblos hängendem Arm davon.

»Bravo!« Norbert zeigte dem Freund den gereckten Daumen. »So lieb ich das.«

»Hätte nicht sein müssen«, murmelte Arnold, erst jetzt spürte er den Herzschlag bis in den Hals hinauf. »Warum ist der Idiot nicht einfach weggegangen?«

Ursel kniete schon bei der Mutter. »Wie geht es dir? Hast du Schmerzen?«

»Kind …« Klara Fletscher drehte das Gesicht zum Grab. »Die Blumen … Wasser.«

»Wir gießen die Blumen noch. Ich will nur wissen, ob dir was wehtut?«

»Hörst du wohl auf damit!« Norbert tippte der Schwester an die Schläfe. »Was soll das Gelaber? Blumen gießen? Dafür hab ich keine Zeit.« Er fasste die Mutter an beiden Händen und zerrte sie hoch. »Nun, los doch, auf die Beine! Ist nicht weit bis zum Tor.« Klara Fletscher war zu schwach, sank gleich wieder zurück. »Sei nicht so faul. Streng dich gefälligst an! Draußen kommst du auf den Wagen.«

Sie wollte gehorchen, versuchte mitzuhelfen, doch trotz der Unterstützung von Ursel gelang es ihr nicht, stehen zu bleiben. »Reiß dich zusammen!«, zischte Norbert. »Sonst war es heute dein letzter Besuch am Grab.«

Voll Not sah Ursel den Bruder an. »Sie kann doch nicht.«

»Das gibt es nicht. Vor einem Monat war sie noch gesund. Und jetzt benimmt sie sich wie ein alter Lappen.« Er riss die Mutter am Arm. »Seit Vater nicht mehr da ist, spielt sie uns was vor.«

Arnold sah, wie der Freund immer zorniger wurde. »Hört auf. Kein Streit!« Er kam zum Grab. »Ich mach das schon.« Er bückte sich, hob Frau Klara Fletscher auf die Arme und trug sie in Richtung Tor. Auf dem Weg zwinkerte er Ursel und Norbert zu. »So schwer ist eure Mutter gar nicht. Ihr solltet mal meine heben. Da komm selbst ich ins Schwitzen.«

Der Scherz erreichte sein Ziel. Beide zeigten ein Lächeln. Wenigstens ist jetzt Friede, dachte er. War nicht gut, wie Norbert mit der Mutter umgegangen ist. Aber bestimmt meint er es nicht so. Vor dem Kirchhof bettete er die schwache Frau behutsam auf die leeren Säcke im Leiterwagen. »Bald seid Ihr wieder daheim.«

Im Hinterhof konnte die Kranke, gestützt von Ursel, wieder auf eigenen Füßen bis ins Haus gehen.

»Da, sieh dir das an«, Norbert zeigte ihr nach. »Jetzt läuft sie. Und vorhin?« Er stellte die Frachttonne wieder zu den Säcken. »Da kenn sich einer aus mit den Weibern.«

»Das musst gerade du sagen«, Arnold grinste dünn, dachte an Walburga und sagte nichts weiter, folgte dem Freund in Richtung Gürzenich.

Erst an der Seitenfront des großen Saalgebäudes blieb Norbert stehen und schob den Handwagen dichter ans Mauerwerk. »Heute beteilige ich dich an einem guten Geschäft.« Er winkte Arnold näher. Mit gesenkter Stimme setzte er hinzu:

»Und nur, weil wir Freunde sind. Ich und du. Freu dich, heute verdienst du was, ohne dafür zu schuften.«

»Ich arbeite gern.«

»Wissen wir. Ist auch gut so.« Norbert tippte sich an die Stirn. »Aber warum die Muskeln anstrengen, wenn's mit dem Kopf leichter geht?«

Arnold grinste und hob die Hände. »Sind nun mal nicht alle so gescheit wie du.«

»Zum Geschäft.« Der Freund öffnete den Rock, nur für Arnold sichtbar zückte er ein Bündel Geldscheine halb aus der Innentasche. »Das sind tausend Livres.« Als er den Blick sah, erklärte er: »Kein Falschgeld. Echte Assignaten.«

»Aber woher hast du …?«

»Erzähle ich dir später. Ich hab sie eben. Vertrau mir. Wir müssen uns jetzt beeilen.« Unauffällig steckte er Arnold die Scheine in die Kitteltasche. »Du gehst jetzt rein und kaufst Seife, Wachs, Kordel, und was da so steht, auch Lampenöl. Immer gleich in Kisten. Nimm dir eine Sackkarre und staple sie bis oben hin voll. Sieh zu, dass du auch ein paar Gewürze bekommst. Aber frage nach dem Preis und zähle zusammen. Mehr als die tausend haben wir nicht.«

»Nehmen die Händler denn Papiergeld?«

Norbert feixte. »Sie müssen, mein Freund. Sie müssen. Das ist ja das Gute.«

»Ist gut.« Arnold nickte langsam, dachte: So ganz wohl ist mir nicht dabei, sagte aber nichts.

Schon am Eingang zur Kaufhalle im Parterre des Gebäudes standen zwei französische Wachen. Nur ein flüchtiger Blick auf den großen Burschen. Sein Kittel war Ausweis genug. Kirchen, Kaufleute oder Manufakturen schickten stets ihre Arbeiter zum Abholen der Waren. Ohne Schwierigkeiten gelangte Arnold zu den Regalen. Eine Wunderwelt. Daheim musste an allem gespart werden, und hier … Ohne Absicht benetzte Arnold gründlich die Lippen, ehe er auf die Waren deutete, nach dem Preis fragte und sich die Kisten geben ließ.

Konnte er auch nicht schreiben, mit den Zahlen war er gut Freund, er rechnete, belud die Sackkarre, und als die neunhundertachtzig erreicht waren, gab er den letzten 50-Livres-Schein dem Verkäufer über den Tisch.

»Moment!« Zwei Uniformierte standen unvermittelt rechts und links neben ihm. Einer schnappte nach dem Schein. »Nur eine Kontrolle.«

Was wollt ihr? Gleich dachte Arnold an den Raub des Gemäldes in St. Peter und ließ die Assignate nicht aus den Augen. »Das ist mein Geld.«

Einer der Franzosen hielt den Schein gegen das Licht, rieb mit dem Daumen über den Druck und nickte dem Kollegen zu. »Der ist echt.« Er baute sich vor Arnold auf. »Wir haben dich beobachtet.«

»Na und?«

»Ein großer Einkauf. Und nichts hast du auf Rechnung gekauft. Gleich bar bezahlt?«

Oh, verflucht. Von Rechnung hat Norbert mir nichts gesagt. Egal. Um Zeit zu gewinnen, klatschte Arnold langsam die Hände zusammen. Bei dem Geräusch fuhren beide Uniformierten zurück und tasteten nach dem Säbelgriff.

»Schon gut«, beschwichtigte er sie. »Ich tue euch nichts.« Eine Ausrede musste her. »Die Herren vom Kloster … ja, der Abt hat mir nur Papiergeld mitgegeben.« Der Gedanke klärte sich beim Sprechen weiter auf. »Weil doch jetzt alles durcheinander ist, ja, und wir die Sachen dringend benötigen.«

»Was für ein Kloster?«

»Na, das von den Dominikanern. Da haben wir doch das Lazarett für euch eingerichtet.« Mehr und mehr gewann Arnold an Fahrt. »Ja, glaubt ihr denn, dass jetzt schon alles da ist, was gebraucht wird? Ich bin hier für eure Kameraden. Die liegen da mit ihren Wunden, und die Ärzte und Schwestern warten und warten, dass ich endlich mit dem Zeug komme. Aber ihr zwei haltet mich mit Kontrollen auf.«

Verblüfft starrten die Franzosen zu dem großen Burschen

hoch. Arnold spürte den Sieg und wollte ihn ganz: »Was glaubt ihr wohl, was Hauptmann Jean Baptist Soleil sagen wird, wenn ich ihm sage, wer mich aufgehalten hat?«

Kaum war der Name gefallen, als die Kontrolleure Haltung einnahmen. »Pardon, du kannst passieren. Pardon.«

»Na also«, brummte Arnold und war froh, dass ihm der Offizier im Haus des Freundes eingefallen war, schnappte nach seinem Geldschein und bezahlte die letzte Kiste, nahm kleine Scheine als Wechselgeld und schob die Sackkarre in Richtung Ausgang. Einer der Posten hielt ihm die Tür auf. »Encore pardon. Mes compliments au commandeur Soleil.«

»So ist es«, knurrte Arnold, ohne zu verstehen, was der Franzose gesagt hatte. Sorgsam achtete er auf die Stufe zur Gasse, keine der Kisten durfte rutschen, nicht auszudenken, wenn ihm der aus Schätzen gestapelte Turm gekippt wäre.

Sicher erreichte Arnold die Ecke des Gürzenich. Wo war Norbert? Nach wie vor stand der Handwagen eng an der Seitenmauer, doch den Freund entdeckte er nicht. Bestimmt hat er jemanden getroffen und kommt gleich wieder.

Mehr Gedanken verschwendete Arnold nicht. Er packte die Einkäufe in die Säcke, Lampenöl und Fett verstaute er in der Frachttonne. Wieder blickte er sich nach Norbert um. »So ein Mist.« Hilfe wäre jetzt nötig. Mit all den wertvollen Sachen durfte er den Handwagen nicht allein lassen. Also zog ihn Arnold mit der einen Hand vorsichtig hinter sich her, balancierte die Sackkarre in der anderen vorweg und war froh, sie endlich vor dem Eingang des Kaufhauses hinzustellen.

Die Posten an der Tür beobachteten ihn dabei. Arnold spürte das Misstrauen. Er winkte den Franzosen und rief: »Bonjour! Schönes Wetter heute in Köln.«

Da entspannten sich die Mienen. »Bonjour, Monsieur.«

Er wendete den Handwagen und zog davon. »Unser Wetter ist für euch Halunken viel zu schad.«

Kaum bog er wieder um die Ecke, stand Norbert vor ihm. »Wo warst du denn? Hab dich gebraucht.«

»Du doch nicht.« Der Freund wies zum dunklen Durchstieg zwischen den Häusern auf der anderen Gassenseite. »Zu unserer Sicherheit habe ich mir einen Platz gesucht, von dem aus ich alles im Blick hatte.« Er stieß Arnold spielerisch die Faust gegen den Arm. »Schließlich musste einer auf dich aufpassen. Dir den Rücken decken.«

Darüber runzelte Arnold die Stirn, sagte aber nichts.

Erst zwei Straßen weiter begann Norbert, vor sich hin zu pfeifen. Er rieb sich die Hände. »Geklappt, wie ich es mir gedacht habe. Mindestens einmal noch können wir das Geschäft wiederholen.«

Langsam blähte Arnold die Wangen, dann blies er hörbar die Luft aus. »Wir kaufen was fürs Lazarett und bringen es hin. Damit verdienen wir Wegegeld. Aber viel wird es nicht sein, weil die uns mit Papier bezahlen. Ich begreif's nicht. Wo soll da ein Geschäft drin sein?«

»Armer Kerl«, spottete Norbert, »dazu braucht es wirklich einen Kopf und tausend Livres in Assignaten.«

»Woher stammen die? Du wolltest es mir sagen.«

»Gekauft, mein Freund. Keiner in der Stadt will die Papierfetzen haben. Du doch auch nicht.«

Arnold nickte, ehe er nachfragen konnte, setzte der Freund obendrauf: »Und die Franzosen erst recht nicht, die haben lieber unsere Münzen. Also hab ich für ein paar Taler die Scheine eingetauscht. Unter der Hand, versteht sich.«

»Von deinem Offizier Soleil?«

»Auch von dem. Und vom Apotheker, vom Bäcker …« Ein kurzes Auflachen. »Bei den Bettlern hab ich den besten Kurs rausgeschlagen.« Er senkte die Stimme. »Eins zu zwanzig. Verstehst du? Für einen Taler zwanzig Livres.«

Arnold rieb sich das Kinn. »Und vorhin im Gürzenich …« Er hatte Waren gekauft im Kurs von drei Livres für einen Taler. »Das … das ist wirklich ein Geschäft. Und jetzt verkaufst du die Sachen noch teurer ans Lazarett?«

»Mal sehen. Wer mir am meisten bezahlt.«

Seine Bewunderung für den Freund stockte mit einem Mal. »Komisch. Heute Mittag auf dem Friedhof, da wolltest du nichts mit Bettlern zu tun haben. Und jetzt hast du denen das Papiergeld abgekauft?«

Die Miene erstarrte, nur einen Moment, das Lächeln kehrte zurück, Norbert kämmte das Haar mit gespreizten Fingern an den Schläfen zurück. »Ach, mein Freund, wo denkst du hin! Natürlich habe ich nur mit ihrem König Geschäfte gemacht.« Norbert war zum Dom gegangen. Dort vor dem Eingang thronte das Bettleroberhaupt von Köln auf seinem Sessel. Wehe dem Kölner Patrizier, der beim Kirchgang vergaß, dem Bettelkönig eine angemessene Summe zu geben. Dessen Macht und der Arm seiner Sippe reichten weit, so weit, dass ein Geiziger bei seiner Rückkehr von der Messe den Vorgarten voller Kot und auch die Haustür beschmiert vorfand. »Der Alte verfluchte die Franzosen und ihre Neuerungen. Nur zu gern hat er mir die Assignaten verkauft.« Norbert schnalzte mit der Zunge. »Verstanden? Nur mit Königen. Mit dem einfachen Bettlergesindel darf ich nichts zu tun haben.«

Das leuchtete ein, Arnold nickte. An der nächsten Kreuzung wollte er geradeaus weiter in Richtung Dom, der Freund aber deutete nach rechts in die Salzgasse. »Ein kleiner Umweg«, sagte er grinsend.

»Dahin?« Arnold schluckte. »Willst du ihr was verkaufen?«

»Aber, wer bin ich denn?«

Vor dem Schneiderhaus hielten sie mit dem Handwagen an. »Schnell jetzt!«, befahl Norbert. »Such zwei Kerzen, eine Duftseife und einen Gürtel raus, und leg sie auf den Tonnendeckel.«

Er zog an der Türglocke. Wenig später öffnete Walburga. Als sie die jungen Männer sah, richtete sie hastig das Haartuch. »Um diese Zeit? Ich hab euch nicht erwartet.«

Norbert verneigte sich spielerisch. »Nur eine kleine Überraschung. Gleich bin ich wieder weg. Darf ich bitten?« Er bot ihr wie ein Galan die Hand, sie ergriff sie und sah gleichzeitig zu Arnold hoch. »Was habt ihr vor?«

Der Student führte sie einfach an dem Freund vorbei. »Meine Wenigkeit, schöne Jungfer, ich habe eine kleine Aufmerksamkeit für dich.«

Walburga staunte über die Geschenke. »Einfach so?«

Da lachte Norbert und zog sie näher, neigte das Gesicht, als seine Stirn fast die ihre berührte, konnte Arnold den Schmerz kaum unterdrücken. Zu seiner Erleichterung richtete sich der Freund rechtzeitig wieder auf. »Nicht einfach so. Ich spare ein Konto bei dir an.« Ein vielsagendes Lächeln folgte. »Und eines Tages oder bald schon, wer weiß, löse ich den Gegenwert in Küssen bei dir ein.«

Walburga stieß ihn in die Seite. »Ach, geh. Du redest daher wie ein Kavalier.«

Ihre Abwehr war Arnold nicht genug. Weit wegstoßen, das wäre gut gewesen.

»Es ist so: Wir haben die Sachen im Gürzenich gekauft, und nun wollen wir dir …«

»Keine Details«, unterbrach ihn Norbert scharf, gleich wandte er sich wieder Walburga zu. »Ich hoffe, die Sachen gefallen dir. Grüße deinen Vater, Empfehlung an die Mutter. Und jetzt müssen wir weiter.«

Sie nahm die Geschenke, bedankte sich herzlich bei ihm und winkte Arnold zu. »Die Überraschung ist wirklich gelungen. Bis bald.«

Die Tür fiel ins Schloss. Arnold spürte das Schnappen bis in die Brust.

11

Vive la République! Am 4. November fällt Maastricht. Die Verteidiger konnten der Belagerung nicht länger standhalten. Die Kaiserlichen werden als Gefangene von den Franzosen weggeführt.

Am Tag danach befiehlt der französische Stadtkommandant von Köln für diesen Sieg ein sichtbares Zeichen der Begeisterung: Alle Häuser sollen festlich beleuchtet werden. Auf Kosten der Bürger!

Stadtoberhaupt von Klespe warnt den Kommandanten vor Unruhe. »Unsere Bürger haben kaum noch Öl, kaum noch Kerzen. Ein strenger Winter kündigt sich an.« Unterstützt von DuMont und den anderen Ratsherren, bittet er um ein weniger kostspieliges Zeichen der Begeisterung.

Großzügig lenkt der Franzose ein: »Alors! Ein langes Geläut mit allen Glocken der Stadt. Toute la journée!«

Auch hier erreichen die Stadtväter eine Ermäßigung. Es gelingt ihnen, das Läuten auf eine Stunde, zwischen vier und fünf Uhr, zu beschränken. Und während von den Kirchtürmen Kölns der Himmel mit Brausen und Jubel erfüllt wird, visitieren vier Kommissare des Kunstbataillons alle Klosterbibliotheken und rauben die wertvollsten Bücher, alte Bibeln, seltene Handschriften in orientalischen Sprachen und verlangen die Herausgabe einer unersetzbaren Sammlung alter Stiche.

Draußen vom Südturm lärmten unentwegt Pretiosa, Speciosa und die Dreikönigenglocke, das Novembergrau aber vermochten sie nicht aufzuhellen. In der alten Dompropstei stand Professor Wallraf unschlüssig vor dem Ofen. Noch ein Scheit? Oder eine Decke um die Schultern legen und das Holz sparen?

Der Vorrat ging bald zu Ende. »Nein, kein schöner Tag«, flüsterte er. Seit ihn vorhin die Nachricht von neuen Plünderungen der Besatzer erreicht hatte, war ihm unwohl, und er fröstelte mehr noch als an den vorangegangenen Spätnachmittagen.

»Lass Flammen lodern! Lass die Hörner klingen!«

Die Stimme in seinem Rücken zerriss den Schleier. Licht. Bunte Farben erstrahlten. Ferdinand Wallraf warf das Holzstück in die Glut, blieb so stehen. »Was sind das für Manieren? Ohne die Türglocke zu betätigen? Ohne Klopfen dringst du hier ein?«

»Beides habe ich versucht, doch ohne Erfolg … Bist du während meiner Abwesenheit etwa taub geworden oder …?«

»Franz.« Der Professor wandte sich um. Die Blicke fanden sich, weckten das Lächeln. Kanonikus Pick setzte den Reisesack ab, eilte auf den Freund zu, sie umarmten sich lange. Nur ungern gab einer den anderen frei. »Wie ich soeben spürbar feststellen durfte …«, Wallraf bemühte sich vergeblich um einen ernsten Ton, »… hast du im Arnsberger Exil nicht gerade hungern müssen.«

»Dieser Bauchspeck stammt von der üppigen Exiltafel unserer Kapitelherren.« Franz tätschelte die Wölbung und maß mit betont bekümmertem Blick die magere Gestalt des Freundes. »Aus Nächstenliebe hätte ich dir ein ordentliches Stück mitbringen sollen. Leider habe ich den Speck nur so verpackt zollfrei durchs Hafentor tragen können.«

»So hatte wenigstens einer von uns genug zuzusetzen.« Ferdinand füllte Holundersaft in einen Tiegel und stellte ihn auf den Ofen. »Falls ich den Winter nicht überstehe, darfst du dann im Frühjahr meinen Nachruf veröffentlichen.«

»Durfte ich den zuvor etwa selbst schreiben?«

»Großer Gott …«

»Das dachte ich mir.« Schwungvoll legte der Kanonikus den Mantel ab, rückte zwei Stühle näher an den Ofen. »Ich bin wieder da.« Er ließ sich nieder. Wallraf setzte sich zu ihm, drückte seine Hand mit beiden Händen. »Willkommen.« Er horchte dem Klang nach. »Ich hatte dieses schöne Wort fast schon verlernt. Viel zu lange war es hier still.«

Bei offener Ofenklappe sahen die Freunde dem Feuer zu.

Nach einer Weile zog Franz seine Hand zurück. »Ich war zornig auf dich. Nicht eine Silbe. Genau wie damals, als ich auf dem Schloss unseres Grafen in Schwaben war. Und diesmal hatte ich noch mehr Angst um dich. Nicht, dass du tot unter den Trümmern dieses Gemäuers liegst, nein, diesmal war es der Feind, der mich nicht schlafen ließ. Ich habe dir täglich geschrieben, dich gestärkt und dir die Sorge um mein Wohlergehen genommen. Aber du? Nicht eine Zeile war ich dir wert.«

Ungewohnt steif erhob sich Ferdinand. »Ich habe keine Nachricht von dir erhalten.« Er schöpfte mit einer Kelle vom erwärmten Holundersaft in zwei Becher.

»Das kann nicht sein …«

»Glaub es mir.« Wallraf reichte dem Freund das Getränk. »Hier bitte. Nach der Reise wird es dir guttun.«

Zu hastig nahm Franz den Becher, etwas vom Saft schwappte über den Handrücken, er beachtete es nicht. »Persönlich habe ich jeden Brief zum Postamt gebracht.«

»Sie kamen nicht an.« Ein bitteres Lächeln. »Denn unsere Heilsbringer von Freiheit, Gleichheit und Brüderlichkeit haben als eine ihrer ersten Maßnahmen sämtliche Postlinien ins Reich abgeschnitten und jegliche Beförderung von Briefen und Personen bei Strafe untersagt. Das heißt, ihre neue Freiheit gilt nicht der Welt als einer ganzen Kugel, sondern endet am linken Ufer des Rheins.« Er schlürfte den Saft. »Also war es mir unmöglich, dir eine Nachricht zu schicken. Und hätte ich es doch gewagt, so wären die Zeilen in falsche Hände geraten. Mit fatalen Folgen für uns.«

»Und meine Briefe liegen jetzt drüben in Deutz?«

»Gewiss gut verwahrt vom kaiserlichen Postamt, also beim Feind.«

Franz sah den Freund betroffen an. »Während der Flucht ins Exil habe ich nicht darüber nachgedacht. Jetzt erst wird mir bewusst: Mitten auf dem Rhein zwischen Köln und Deutz verläuft die Front.« Rasch wucherte der Gedanke. Die neue Grenzlinie erschwerte nicht nur das Reisen, den Handel, sondern hatte auch Lebensadern zwischen Freunden und Familien abgeschnitten. »Wohin soll das noch führen?« Pick setzte den Becher ab. »Gestern noch Nachbar. Und heute …?«

»Gemach. So weit darf es nicht kommen.« Wallraf bemühte sich um Zuversicht. »Wenn sich unsere neuen Herren hier eingenistet haben, die erste Aufregung vorbei ist, wird so etwas wie Alltag einkehren müssen. Dann werden wir versuchen, deine Briefe zu beschaffen.«

Er blickte zum Fenster. Draußen schwangen die Glocken langsam aus, verstummten. »Sonst ist mir das Läuten vom Dom so vertraut, heute hat es mich nur gestört. Unsere Glocken lärmen für einen Sieg der Franzosen …« Um Fassung bemüht brach er ab. »Wie rasch es dunkel wird.« Mit dem Feuerstab entzündete er zwei Öllampen und kehrte zum Ofen zurück. »Es gibt viel zu berichten. In diesem einen Monat hat sich in Köln mehr verändert als in den letzten fünfzig Jahren. Und, wie ich meine, meist zum Schlechten. Doch erst du. Wieso hat dich der Graf gehen lassen? Oder sollte er dich etwa …?« Sanfte Ironie schwang wieder in der Stimme. »Nein, nicht du … So pflichtbewusst, so ordentlich …«

Kanonikus Pick nahm den Ball nicht auf, spielte einen eigenen: »Das kranke Bein unseres Herrn verhalf mir zur Heimkehr.«

Wallraf bemühte sich zu verstehen, musste dennoch nachfragen, und Franz lachte: »Gehinkt bin ich nicht.«

Nach einigen recht unbequemen Wochen im Exil hatte Graf Oettingen den schlechten Gesundheitszustand zum Vorwand genommen und war von Arnsberg aus auf sein Stammschloss in Schwaben zurückgekehrt. »Ich bin jetzt sein Verwalter hier.«

»Stell dir den Posten nicht zu leicht vor. Französische Aas-vögel gehen in Köln um.« Der gestreckte Finger bog sich zum Hakenschnabel. »Auch auf den Besitz der geflohenen Kapitel-herren haben sie es abgesehen.«

»Morgen. Ab Morgen kümmere ich mich darum.« Franz besah seinen Bauch. »Aber da du gerade von hungrigen Vö-geln sprachst. Ist unsere Vorratskammer leer, oder finden sich in den Ecken noch irgendwelche Brotkrumen?«

»Fürchtest du, meine gefräßige Familienbrut hätte deine Abwesenheit genutzt und mich vollends geplündert?« Seit dem Tod der Eltern war Ferdinand der Bettelei seiner Schwes-ter nebst Kindern und Schwager ausgesetzt. Pflichtschuldig gab er, gab immer wieder und geriet dadurch selbst finanziell an den Rand. Oft genug schon hatte ihn der Freund gestärkt, mit Strenge gegenüber der Familie den eigenen Ruin abzu-wehren. »Sei unbesorgt, in die Kammer hinter der Kammer lasse ich sie nie vordringen. Und dort …« Er schnippte mit den Fingern. »Aber damit das Ränzlein meines Franz nicht weiter anschwillt, solltest du helfen aufzutischen.«

Frisches Brot, Rotwein und dazu Schinken und Käse. Aus dem Fass gesalzene Butter. Trauben und Walnüsse aus dem Garten der Dompropstei. Wallraf brachte die silbernen Po-kale für besondere Anlässe und stellte den Kerzenleuchter zwischen die Köstlichkeiten. »Auf unser Wiederhaben.«

»Auf die geglückte Flucht und meine glückliche Heim-kehr.«

Sie stießen miteinander an.

Nach dem ersten tiefen Schluck strahlte Kanonikus Pick. »Kein Rehbraten, weder Marzipan oder gar Schokolade, nichts zieht mich nach Arnsberg zurück. Hier ist mein Platz.« Er schnitt zwei Finger breite Scheiben vom Brotlaib, gab dem Freund und nahm sich selbst. Mit vollen Mündern lächelten sie sich zu. Wallraf füllte die Kelche nach, und sie fanden stets einen neuen guten Grund, dem Wein zuzusprechen. Später stützten sie die Ellbogen auf. Die Wiedersehensfreude war mit den Kerzen niedergebrannt, und der Professor hatte dem Heimkehrer von den wichtigsten neuen Verordnungen der Besatzer berichtet. »Sie versprechen uns Gleichheit und nehmen sich alles.«

»Verstehe ich dich richtig? Keine Spur von Brüderlichkeit?«

Die Antwort war düster. »Nur schönes Gerede. Köln ist in Feindeshand.«

Franz versuchte, etwas von der Heiterkeit der letzten Stunden zu retten. »Aber mit der allmorgendlichen Straßenreinigung bin ich sehr einverstanden.« Spielerisch drohte er dem Freund. »Und nicht ich allein, sondern auch du wirst den Besen in die Hand nehmen.«

Darauf ging Ferdinand nicht ein. »Weißt du, was mich tiefer trifft als Papiergeld, Freiheitsbaum oder auch dieses schamlose Ansinnen, einen neuen Kalender bei uns einzuführen? Der Verlust unserer Kunstschätze.« Mit zittriger Hand schenkte er sich ein und leerte den Kelch in großen Schlucken. »Lange vorbereitet, stehlen die Franzosen mit System das Antlitz unserer Vaterstadt. Und nicht nur Köln …« Er nahm sich erneut, füllte auch den Pokal des Freundes. »Die Berichte aus Aachen lassen Furchtbares für unsere Stadt erahnen. Das Münster, die Ruhestätte Karls des Großen, wurde – ich kann kein milderes Wort für diese Taten finden –, es wurde geschändet.«

Franz sank das Kinn, er bekreuzigte sich. »So weit …? Sie verschonen nicht mal unsere Kirchen?«

»Ich sage dir «, die Wirkung des Weines ließ die Stimme beben, »Tag für Tag deute ich die Zeichen, und in mir wächst Furcht vor unseren …«, es fiel ihm schwer, kein Schimpfwort zu gebrauchen, »… unseren republikanischen Gästen. Wie muss den Menschen in Aachen jetzt schon zumute sein?«

Zunächst hatte dort das Kunstbataillon den kupfernen Adler vom Rathaus heruntergeholt, wenig später wurde auf dem Markt die Statue Karls des Großen vom Springbrunnen abmontiert und beides gleich nach Paris geschafft. Mit äußerster

Gier hatten sich die Räuber nun der Münsterkirche zuge-
wandt. Das Bleidach war ihre erste Beute, sie rissen es vollständig an sich.

»Aber dann sind alle Heiligtümer Wind und Wetter ausgesetzt …«

»Egal, liebster Franz. Das gehört zum Plan dieser Herren.«
Wallraf tunkte den Finger in den Wein und malte das Okto-
gon auf die Tischplatte. »Und hier links über dem Eingang des
Achtecks steht der Stuhl des Carolus Magnus, und rundherum
zwischen den Pfeilern«, der Finger tupfte viele Male, »was
befindet sich dort?« Der Dozent wartete die Antwort seines
Schülers nicht ab. »Ich will es dir sagen: bald nichts mehr …«
Die Stimme wurde düster. »Aber bis noch vor wenigen Tagen
standen dort antike Säulen aus Granit, Porphyr und Marmor.
Ich sage nur Rom, Ravenna …«

Säule für Säule hatten die Kommissare abbrechen und
durch die Fenster hinausschaffen lassen. »Und draußen warteten schon die Fuhrwerke.« Ein Händeklatschen. »Und ab ging
es nach Paris.«

»Aber was in aller Welt wollen sie mit …?« Kanonikus Pick
unterbrach sich. »Haben wir in St. Gereon nicht auch eine von
diesen schwarz-weißen Säulen?«

»Das werden sie nicht wagen!« Zu rasch. Gleich versickerte
die Zuversicht.

»Ich hoffe es nicht.« Wallraf warf sich im Stuhl zurück.
»Franz, liebster Freund. Weißt du, was ich fürchte? Diese Gott-
losen, sie verlachen, was uns Christen heilig ist. Ich fürchte
ihren Plan. Sie wollen unsere Kirchen einreißen …«

»Ferdinand!« Aufrecht saß Kanonikus Pick da. »Niemals.«

»Die Zeichen! Am Aachener Münster haben sie schon begonnen. Ich ahne es. Alle Kreuze werden zerbrochen, und alle
Kunstschätze der eroberten Länder schaffen sie nach Paris.
Doch«, unvermittelt schlug Wallraf die Faust auf den Tisch,
»nicht mit mir.« Er sah den Freund an. »Nicht mit uns. Denn
du wirst mich im Kampf unterstützen.«

»Wenn du so schaust …« Hastig nahm Franz einen Schluck, gleich einen zweiten. »Du willst doch nicht mit Waffen …?«

»Wo denkst du hin? Offene Revolution überlassen wir denen.« Der Professor beugte sich wieder nach vorn, winkte den Freund näher. »Wir stehlen selbst. Nein, so nun auch nicht. Will sagen, wir kaufen die Kunst unserer Stadt selbst. Wir sammeln mehr noch als zuvor. Vor allem Gemälde und Bücher. Verstehst du? Bevor die Ganoven der Kunstkommission zugreifen, müssen wir schon zur Stelle sein. Wir retten Köln.«

Der Funke zündete. »Und was wir erwerben, wird versteckt. Dafür eignet sich unser altes Gemäuer sehr gut.« Sie stießen miteinander an, tranken. Leicht außer Atem setzte Franz den Kelch zurück. »Und die Heiligen Drei Könige sind in Sicherheit. Der wertvollste Schatz ist gerettet. Was für eine selige Fügung.«

»Nicht so ganz …« Ferdinand erhob sich, dabei kippte der Stuhl nach hinten. Mit einer großen Geste wollte er den Satz beginnen, hielt inne, dann näherte er sich mit schon unsicherem Schritt dem Freund, legte ihm eine Hand schwer auf die Schulter. »Ein Geheimnis. Ich hüte es … Aber du musst tapfer sein.«

»Zweifelst du an mir?« Franz schob die Hand weg, stand nun selbst auf und wandte dem Freund den Rücken zu. Die Zunge mühte sich um die Worte. »Niemand, niemand. Keinem Menschen kannst du so vertrauen …«

»Aber das hab ich doch gar nicht gesagt.« Wallraf trat neben ihn, drehte ihn zu sich. »Tapfer musst du sein.« Er atmete tief ein und aus. »Franz. Die Flucht der Könige ist nicht geglückt.«

Die Augen des Freundes weiteten sich. »Du meinst, sie sind gar nicht …«, mit den Händen beschrieb er eine Kiste, »sie liegen gar nicht im Versteck? Nur wenige sollen es kennen.«

»Doch, sie liegen, und doch wieder nicht. Nicht ganz …«

»Keine Rätsel!«, flüsterte Kanonikus Pick. »Sonst bin ich dafür zu haben. Aber nicht jetzt. Es sind die heiligsten Reliquien der Welt.«

Ernst nickte der Professor. »Folge mir!« Er griff nach der Öllampe, sehr gerade schritt er zur Tür. Beide halfen sich am Geländer die Stufen hinauf in den ersten Stock, verschnauften und mühten sich dann ins Dachgeschoss. Hier befanden sich in abgetrennten Bereichen die Kunstkabinette der Freunde.

»Wir müssen zu mir.« Das Licht streifte die Regale, vollgestellt mit Steinen, Figuren, Büchern, es huschte über Bilder, ließ Farben aufleuchten und wieder versinken. Im zweiten Raum übergab Wallraf dem Freund die Lampe. »Halte sie höher!« Auf Knien kroch er zwischen zwei mit Büchern überfüllten Kisten in den Winkel, kam rückwärts zurück und richtete sich auf. In der Hand hielt er einen kleinen Kasten. Behutsam hob er ihn dem Freund ans Licht. »Sieh dir die Aufschrift an.«

Franz las stumm, glaubte es nicht, wiederholte: »Reliquiae Sanctorum trium Regum.« Langsam wich er zurück. »Frevel? Nein, verzeih, ich bezichtige dich nicht.« Die Lampe schwankte gefährlich, der Kanonikus merkte es nicht.

»Vielleicht eine Bossierarbeit unseres Freundes Hardy? Das wird es sein.«

»Keine Gebeine aus Wachs. In diesem kleinen Kasten befinden sich Menschenknochen, Finger, Wirbelstücke, sogar eine Scheibe vom Knie.« Wallraf berichtete in kurzen Worten vom Besuch des Vikars Heinrich Nettekoven am Morgen nach dem Abtransport des versiegelten Reisekastens. »Drei Menschen wissen nun von dem Geheimnis.«

Langsam erfasste Kanonikus Pick die Wirklichkeit. »Einer für Caspar, einer für Melchior und einer für Balthasar.«

»Gemeinsam. Wir hüten ab jetzt einen Teil der Heiligen Drei Könige hier auf userm Dachboden gemeinsam.«

Gleich drehte Franz das Öllicht kleiner. »Nur kein Feuer. Hoffentlich halten die Mauern!«

Nachdem Wallraf den Kasten zurück ins Winkelversteck gebracht hatte, stiegen die Freunde hinunter in den ersten Stock. Franz rieb sich die Stirn. »Ich bin müde und doch so

aufgewühlt. Gute Nacht!« Er öffnete die Tür zu seinen Wohn-
räumen.

Ferdinand nickte. »Schlafe wohl, mein Freund. Es war einsam ohne dich.«

Nach den ersten Schritten in seine Stube kehrte Franz zurück. »Durch die Wochen ist es so abgekühlt da drinnen. Selbst
wenn ich Feuer mache, wird es nicht schnell genug warm.
Könnte ich …?«

»Kohelet 4, Vers 11.« Die weite Armbewegung lud den
Freund ein. »Diese Stelle birgt viel Wahrheit. Komm nur.
Selbst der Atem von zweien wärmt den Raum mehr, als wenn
da nur einer schläft.«

12

*E*ine Drohung der Franzosen ergeht Mitte November an die Stadtverwaltung: »Wir verlangen wiederholt die strikte Einführung der Assignaten!« Wer sich weigert, wird als Feind der französischen Republik betrachtet und wird nach den Gesetzen der Republik auf das Strengste bestraft …

Trommelschlag. Der Ausrufer verkündet: »Bürgermeister und Rat vernehmen missfällig, dass einige Einwohner die Assignaten anzunehmen sich weigern …« Kaum ein Bürger bleibt stehen, hört noch hin, was der Ausrufer im Namen des Stadtrates verkündet. Assignaten! Schon wieder! Wir wollen das Papiergeld nicht, und basta!

Die Franzosen fackeln nicht länger und straffen die Würgeschlinge. Von den Bürgern zunächst unbeachtet, nimmt am 17. November eine Aufsichtsbehörde in der Schildergasse Haus Nummer 5843 ihre Arbeit auf. Acht Kölner haben sich freiwillig in den Ausschuss wählen lassen, und gemeinsam mit vier Franzosen gehen sie mit größtem Eifer ans Werk.

Norbert trug die samtene Studentenkappe leicht schräg zum rechten Ohr. Er pfiff leise vor sich hin, schritt an St. Kolumba vorbei, ohne einen Blick für den Vater auf dem kleinen Friedhof zu verschwenden. Ein kalter Tag. Der Nebel hatte sich gelichtet. Durch die ziehenden Wolkenfetzen schimmerte silbrig die Sonnenscheibe. Kurz vor der Ehrenstraße zögerte er nur einen Schritt, dann nahm er den kurzen Umweg durch die Schwalbengasse. Am Bordell der Düwels-Trück drückte er sich dicht an der Tür vorbei, spähte in jedes Fenster, doch keine der Huren ließ sich blicken. »Ist wohl noch zu früh für fette Hennen«, flüsterte er. »Aber wartet, bald kommt der Hahn wieder, und dann fliegen die Federn.« Die Vorstellung ließ ihn grinsen.

Zurück auf der Ehrenstraße, betrat er wenig später den Verkaufsladen des Bäckermeisters Nikola Klöckner. Warmer Duft nach Brot und Süßem empfing ihn. Bereitwillig ließ er der Frau, die unmittelbar nach ihm kam, den Vortritt.

»Ihr zuerst. Sicher warten daheim die Kleinen. Ich hab's nicht eilig.«

»Welch ein höflicher junger Mann.« Beim Bäckermeister setzte sie das Lob fort: »So was trifft man nur noch selten in der Stadt. Tja, seit die Eroberer durch die Straßen ziehen, hat sich in Köln alles verändert. Keine Freundlichkeit mehr. Ach ja.« Die Frau legte die zwei Brotlaibe in den Einkaufskorb, zahlte mit Papier und lächelte Norbert beim Hinausgehen noch einmal zu.

»Womit darf ich dienen?«

»Auch zwei.« Norbert ließ sich die Brote in eine Tüte packen. »Was muss ich zahlen?«

»Zwanzig Centimes in Assignaten.«

»Wirklich?« Der Student trat näher. Aus der Rocktasche nahm er zwei Münzen, ließ sie in der halb geschlossenen Hand klimpern. »Richtiges Geld. Zwei Albus sind Euch doch sicher lieber? Oder?«

Der Bäcker schwieg.

»Aber, Meister, wir sind hier allein. Mit diesen wertlosen Papierfetzen treiben die Franzosen das ehrbare Handwerk in den Ruin.«

Langsam nickte Nikola Klöckner. »Da kann ich nicht widersprechen.«

»Also sollte man sie bekämpfen. Ihre Verordnungen einfach nicht beachten.«

Nur kurz dauerte die Prüfung. Der Bäckermeister vertraute dem Studenten. »Bei Freunden mach ich's ja. Sie zahlen mit Münzen, und ich gebe das Brot etwas billiger ab.«

»Für gute Ware gute Münze.« Norbert drückte dem Meister die zwei Albus in die Hand. »Und am liebsten würdet Ihr sicher gar keine Assignaten annehmen.« Er zwinkerte dem Bäcker zu. »Hab ich recht?«

»Wenn Ihr mich so fragt – stimmt.«

Norbert schwenkte die Tüte. »Wir verstehen uns.« Eine leichte Verbeugung. »Wünsche noch einen guten Tag.«

Kaum hatte sich die Tür hinter ihm geschlossen, pfiff er wieder vor sich hin und ging zielstrebig in Richtung Schildergasse davon.

Vor dem Haus mit der Nummer 5843 war der hölzerne Gehweg gesäubert. Norbert putzte sich die Stiefel gründlich auf der Fußmatte ab und betrat den Flur. »Zum Ausschuss?«

Der Wachposten schickte ihn hinauf in den ersten Stock.

»Zu Doktor Wilhelm Brocker?«

Leicht hängende Wangen, darüber scharfe Augen. Der Chirurg sah den Besucher prüfend an. »Irgendwo habe ich …? Wir kennen uns?«

Norbert stellte sich vor. »Mein Vater war der Advokat Paulus Fletscher. Er hat für Euch den Prozess in Sachen des Hebammenfalls gewonnen.«

»Hab Eurem Vater viel zu verdanken. Ich erinnere mich nur ungern an diese Hetzjagd gegen mich.« Brocker stemmte beide Arme auf die Tischplatte. »Aber jetzt sitze ich hier, und ganz sicher wird mir der eine oder andere Gegner von damals als Feind der Republik in die Hände fallen.« Ein Lächeln für den Studenten. »Was kann ich für Euch tun?«

»Reine Bürgerpflicht trieb mich zu Euch.« Norbert nestelte eine Assignate aus der Tasche. »Es ist doch richtig, dass jeder gemeldet werden muss, der solch einen Schein nicht annimmt?«

»So lautet die neue Vorschrift. Wir vom Comité de Surveillance müssen auf alle Bewegungen der Feinde der Republik achten. Sitzen sie nun im Stadtrat oder sind es die Bürger. Und jedem Verdacht auf ein Fehlverhalten werden wir nachgehen. Und dazu benötigen wir die Mithilfe rechtschaffener und aufrichtiger Mitbürger.«

»Und lohnt sich die Mithilfe?«

»Aber ja. Für jeden gemeldeten Frevler gibt es eine gute Prämie.«

Geschafft. Vor dem Schneiderhaus in der Salzgasse tätschelte Arnold dem Gaul über die Kruppe, fuhr ihm durch die Mähne. »Bist ein friedlicher Kerl. Und stark bist du.« Die Zugketten hatten gehalten. Auch die zweite Hälfte des geteilten Buchenstamms war mithilfe des Pferdes ohne Schwierigkeiten vom lang gestreckten Transportkarren glatt heruntergerutscht. Die erste lag schon daheim im Klostergässchen bei St. Laurenz vor der Tür, und jetzt hatte auch Schneidermeister Müller fürs Erste genug Holz. Die kalten Tage konnten kommen. Arnold bückte sich unter den Wagen, nahm den Hafersack vom Haken und band ihn dem Wallach ums Maul. »Nun friss! Hast dir was Feines verdient heute.«

So gut es ging, reinigte er sich die Hände an der gesteppten Arbeitsjacke, dann zog er an der Glocke. Nicht lange, und Josefa Müller öffnete. Arnold riss die Wollmütze vom Kopf, dienerte. »Da bin ich, Frau Meisterin.«

»Was für eine Freude.« Sie presste die Fingerkuppen an die Unterlippe und umrundete den Baumstamm. »Heilige Mutter, was für ein Prachtstück. Und du ganz allein …?«

»Wir waren zu dritt. Mit dem großen Wagen sind wir von der Kitschburg bis zum Schaafentor. Da haben wir auf die schmalen Karren umgeladen. Und ich bin dann allein …«

Walburga kam nach draußen, hatte nur die letzten Worte verstanden. »Wieso bist du allein? Mutter ist doch hier. Und ich auch.«

Gleich spürte Arnold das Blut im Gesicht. »So meine ich das nicht. Wollte gerade erzählen, dass ich den Stamm bei uns vor der Tür geteilt habe und jetzt mit eurer Hälfte hier bin.«

Walburga schlang das Wolltuch fester um die Schultern. Langsam ließ sie die Hand über die Schnittfläche gleiten, beugte sich vor und sog den Atem durch die Nase ein. »Wie das duftet! Ich liebe den Geruch von frischem Holz.«

»Wirklich?« Arnold staunte. »Ist mir noch gar nicht so aufgefallen. Aber jetzt …« Über sich selbst verlegen, versuchte er
zu scherzen. »Also ich finde, stinken tut es nicht.«

Walburga stupste ihn. »Mach dich nicht lustig!«

»Das will ich nie.« Er hielt ihrem Blick nicht stand, heiß
wurde ihm. »Oder … oder nur zum Spaß. Manchmal eben.«

Mutter Josefa sah nach rechts und links. »Wir versperren die
Gasse. Wenn nicht gearbeitet wird, beschweren sich die Nachbarn bald.«

Eine Ermahnung. Sofort nahm Arnold Säge und Axt von
der Ladefläche. »Ich schneid den Stamm hier draußen in Scheiben. Bei euch im Hof zerhacke ich sie.« Die Meisterin hatte
verstanden. »Ich sehe mal nach einem Korb.«

»Kann ich auch helfen?« Walburga schob die Ärmel zurück.

»Du kannst.« Arnold sah ihre schmalen Handgelenke, die
reine weiße Haut der Unterarme. Er schluckte. »Viel zu
schade …« Er musste sich räuspern, dann erst gehorchte die
Stimme wieder. »Ich mein, ohne Handschuh holst du dir
schnell einen Splitter.«

»Schlimmer als ein Stich mit der Nadel wird es nicht sein.«

»Sag das nicht.« Er wollte ihre Hand fassen, ließ es im letzten Moment und deutete nur auf die Finger. »Deine sind noch
zart. Ich mein, die Haut drum rum. Schau dir meine an!«

Ohne Scheu nahm sie seine Rechte und befühlte die harten
Schwielen. »Gibst du da nie Fett drauf?«

Er schüttelte den Kopf. »Am Samstag nach dem Baden, da
weich ich sie ein. Aber nur manchmal.«

Die Mutter kehrte mit zwei Körben zurück. Leicht hob sie
die Brauen. »Kind, was ist? Braucht der Vater dich nicht?«

Als hätte sie die Frage erwartet, antwortete Walburga sofort: »Die Uniformjacken kann ich auch morgen flicken. Besser, ich helfe dem Arnold. Sonst liegt das Holz heut Abend
noch vor der Tür.«

»Stimmt, Frau Meisterin.« Um keinen Preis wollte er sie an

den Schneidertisch verlieren. »Wenn einer hält, dann sägt es sich leichter.«

Josefa prüfte ihre Tochter mit stummem Blick, schließlich hob sie die Achseln, »dann trödelt auch nicht«, und kehrte ins Haus zurück.

Arnold trieb zwei Keile von rechts und links unter den Stamm und setzte die Säge an. Was für ein Gefühl. Sie stand nicht weit von ihm, stemmte beide Hände auf. Auch sonst wäre ihm der Stamm nicht weggerutscht. Aber jetzt mit ihr … Kraftvoll zog er durch und stieß zurück, das Sägemehl rieselte, und rasch wuchsen goldweiße Häufchen auf dem Boden. Noch nie war ihm die schwere Arbeit so leicht vorgekommen. Und wie stark Walburga war. Allein schleppte sie zwei gesägte Scheiben auf einmal im Korb durchs Haus in den Hinterhof. So könnt ich ewig weitermachen, dachte Arnold und versetzte bereits zum dritten Mal die Sperrkeile unter dem Stamm.

Schneidermeister Müller kam nach draußen und winkte mit dem Einkaufsnetz die Tochter zu sich. »Lauf rasch nebenan zum Metzger!« Sie sollte Wurst holen. »Aber ein ordentliches Stück.« Die Mutter würde später eine Kanne Bier und Brot nach draußen bringen. »Der Junge vom Anton Klütsch soll sich stärken. Ich sag immer, eine gute Vesper hält das Gemüt in Schwung.«

Walburga verlangte nach Geld, mit kurzem Blick auf den Burschen lächelte Reinhold Müller leicht. »Sag der Metzgerin, ich komme morgen vorbei, und dann regeln wir die Bezahlung.« Walburga verstand, nickte unmerklich und machte sich auf den Weg.

»Soll ich solange halten?«

Arnold wehrte ab. »Nicht nötig. Erst wenn ich zum dünnen Ende komme, brauch ich Hilfe.«

Nur zu gern verschränkte der Schneidermeister die Hände auf dem Rücken. »Bis dahin ist das Mädchen wieder da. Ich sag schon mal Danke.« Sprach's und ging zurück, unter der Tür wandte er den Kopf. »Wir sehen uns, wenn du fertig bist.«

Arnold sägte, nach vier Schnitten bückte er sich und legte für Walburga die Buchenklötze in die Körbe.

Ein blank gewienerter Schuh auf dem geflochtenen Rand. »Fleißig, fleißig.« Arnold blickte nach oben ins vergnügte Gesicht des Freundes. »Haben es eben nicht alle so gut wie ihr Studenten.«

»Unterschätze meine Kopfarbeit nicht. Die Muskeln im Hirn leisten oft mehr als die in den Oberarmen.«

»Du hast immer einen guten Spruch parat.« Arnold richtete sich auf. »Egal, zu was. Das beneide ich wirklich.«

Norbert deutete auf das Pferd. »Wo hast du den Gaul her?«

»Geliehen. Vom Stallmeister von der Kitschburg. Wir haben doch gestern Buchen gefällt. Beim Tierpark zwischen Lind und dem Herrenhaus.« Einen Stamm hatte der Stallmeister selbst gewollt und fürs Fällen das Pferd und den großen Wagen ausgeliehen. »So hatten wir den Transport umsonst.«

»Kennst du den Mann?«

»Aber ja. Ich helfe da hin und wieder aus.«

»Schade.«

Arnold runzelte die Stirn. »Wieso?«

Mit schnellen Schritten war Norbert bei dem ruhig kauenden Pferd. »Was meinst du, was solch ein Gaul heutzutage bringt? Und wenn der Stallmeister dich nicht kennen würde, dann könnten wir das Pferd den Franzosen …« Er ließ die Hände mit leichtem Klatschen aneinanderwischen.

»Aber der Gaul gehört nicht uns.«

»Wenn du in der Kitschburg nicht bekannt wärst, dann schon.«

»Du meinst …?« Arnold begriff. »Nein, das ist nicht dein Ernst.«

Ein Augenzwinkern. »Wer weiß?«

»Ach, verflucht. Immer führst du mich aufs Glatteis.«

Unvermittelt veränderte sich das Gesicht des Freundes, wurde heller, strahlte sogar. »Schau dir das an. Na los!«

Arnold wandte sich um. Walburga kam die Gasse herauf. »Sie war beim Metzger.«

»Dummkopf. Egal, wo sie herkommt. Guck dir diesen Gang an. Ach, ich bin verrückt nach diesem Weib.« Norbert eilte ihr entgegen.

Das Glück der letzten Stunden zerbrach in Arnold. Seine Brust schmerzte.

Drüben dienerte der Freund übertrieben und tief vor ihr. »Eine Blume erblüht an diesem grauen Novembertag.«

»Flunkerer.« Sichtlich geschmeichelt drohte Walburga dem Galan mit der Blutwurst in ihrem Einkaufsnetz. »Noch so eine Lüge und …«

»Von dir will ich alles erleiden.« Norbert warf seine Mütze in die Luft und versuchte, sie mit dem Kopf wieder aufzufangen. Die Verrenkung misslang, und Walburga musste darüber lachen. »Verrückter Kerl.« Er nahm ihre Hand, und sie ließ sich bis zu Arnold ziehen. »Genug jetzt.« Leicht außer Atem löste sich Walburga von dem Studenten. »Dabei ist mir gar nicht zum Lachen. Stellt euch vor …«

»Nein, erst ich«, unterbrach Norbert sie. »Stell dir vor, wir gehen am Sonntag zur Musik? Vielleicht wagen wir sogar ein Tänzchen?«

Im ersten Moment erschrak Walburga, dann schwieg sie.

Arnold war die Kinnlade gesunken. Er starrte sie an. Sag Nein, flehte er stumm, oder schüttle einfach den Kopf.

»Ich glaube …«

»In die ›Zwei Pferde‹ am Neumarkt.« Norbert ließ ihr keine Zeit. »Drei Öfen stehen im Tanzsaal. Und die Musik spielt den ganzen Nachmittag. Sag Ja!«

Arnold nahm die Axt, holte weit aus und hieb die Klinge tief ins Reststück des Buchenstamms. »Die Franzosen haben den Sonntag doch abgeschafft. Dekadi soll jetzt der Ruhetag sein, und der ist drei weiter als der Sonntag.« Er wuchtete die Axt wieder aus dem Holz. »Kein Sonntag, kein Tanz, mein ich.«

Darüber lachten beide, und Norbert schlug sich die Mütze ans Hosenbein. »Die Franzosen mit ihrem Kalender. Da hält sich doch keiner dran.«

»Aber mit ihren Assignaten schaffen sie's vielleicht.« Walburga setzte sich auf den Stamm, sie sah zu den Freunden hoch. »Ich war gerade beim Metzger. Die Meisterin hat mich selbst bedient. Weil, wir kennen uns gut. Und …« Sie fasste die Blutwurst mit beiden Händen. »Sie sagt, wir müssen jetzt alle achtgeben. Die Geschäfte und die Werkstätten. Spitzel gehen um. Wer kein Papiergeld nimmt, den melden sie beim Ausschuss auf der Schildergasse.«

Arnold rieb sich die Stirn. »Verfluchte Franzosen, die belauern uns auf Schritt und Tritt.«

»Von wegen Franzosen«, Walburga lachte bitter. »Kölner sind es. Genau wie die da im Ausschuss. Welche von uns. Vielleicht ein Nachbar. Man kennt sie nicht, aber sie bespitzeln uns.«

Arnold ballte die Faust. »So einen möchte ich mal zwischen die Finger kriegen.«

Norbert trat gegen einen Sägemehlhaufen, die Wolke stob hoch. »Diese Verräter sollte man aus der Stadt jagen. Aber sicher sind die zu geschickt.« Er hob beide Arme. »Und wenn sie doch auffliegen, dann verstecken sie sich hinter den Franzosen.«

Heftig schüttelte Walburga den Kopf. »Findest du das richtig?«

Gleich beugte sich Norbert zu ihr. »Niemals. Ich wollte nur sagen, dass wir uns gegenseitig schützen müssen. Vor diesen Kerlen.« Er fuhr leicht mit der Mütze über ihre Knie. Hin und her. »Und was ist mit unserm Tanz?«

Walburga zögerte mit der Antwort. »Ich glaube nicht, dass die Eltern mir die Erlaubnis geben.«

Arnold atmete hörbar aus. Gute Eltern, dachte er, sehr gescheite Eltern.

Sie erhob sich. »Ich bringe die Wurst in die Küche. Mutter

bereitet das Vesperbrot zu.« Nach drei Schritten wandte sie sich um. »Aber vielleicht …«

Gleich war Norbert bei ihr. Walburga sah zu Arnold hinüber. »Wenn du mitgehst? Wenn zwei mich begleiten, haben die Eltern sicher nichts dagegen.«

»Aber ganz bestimmt geht er mit.« In drei kurzen Tanzschritten war Norbert am Baumstamm. »Mein bester Freund lässt mich nicht im Stich.« Ein Ellbogenstupser. »Nicht wahr?«

Arnold senkte den Kopf, sah die blanken Schuhe. »Was soll ich denn da?«

»Uns beschützen.« Ein kurzes Lachen. »Und ich bring die Ursel für dich mit. Wird dem Mädchen guttun, wenn es mal von unserer kranken Mutter wegkommt.«

Arnold seufzte schwer. »Aber ich? Was soll ich mit der Ursel?«

»Na, tanzen.« Norbert schlug ihm auf die Schulter und tänzelte auf Walburga zu.

»Es ist abgemacht. Unser Beschützer geht mit. Ich begleitete dich in die Küche. Und da werde ich die Frau Meisterin um Erlaubnis bitten.« Er nahm sie am Arm.

»Keine Angst, wenn ich frage, gibt es kein Nein.«

Stickig war es. Der Festsaal »In den zwei Pferden« am Neumarkt war überfüllt. Auf den Tischen schäumte das Bier in den Krügen. Lachen, Tabakqualm und darüber die lauten, manchmal schrillen Melodien von Trompete, Harfe und Fiedel. Auch wenn der Name an eine alte Kölner Sage erinnerte, die Vornehmen der Stadt rümpften die Nase über dieses Gasthaus, umso mehr aber war es beliebt beim einfachen Bürger. Auf der Tanzfläche drehten sich hauptsächlich junge französische Offiziere mit herausgeputzten Kölnerinnen, am Rande schoben und führten Studenten ihre Eroberungen. Hier und da mühte sich ein Handwerksbursche mit den vertrackten Schritten ab und trat doch der Partnerin auf den Fuß.

»Nun trau dich doch!« Ursel zupfte Arnold am Ärmel. »Ich kann's ja auch nur schlecht. Aber bei den vielen Leuten fällt es nicht auf.«

Halb hörte er ihr zu, ständig bewegte er den Kopf, suchte nach den beiden, und wenn das Hin und Her, das nach Vorn und Zurück sie aus der Menge bis in die Nähe des Tisches heranspülte, so tat ihm das Lächeln weh, mit dem sie Norbert beschenkte.

»Ich habe mich so darauf gefreut.« Ursel kniff ihn. »Hör doch!«

Arnold schaute sie an. Norberts Schwester hatte die Zöpfe hochgewunden, eine rote Stoffrose steckte im Haar. »Du siehst fein aus«, murmelte er. »Aber fürs Tanzen reicht es bei mir nicht.« Wieder wandte er sich den Paaren zu.

»Was hast du davon, wenn du ständig nach dem Norbert und der Walburga guckst? Ich bin doch auch da.«

»Ich? Aufpassen muss ich auf die beiden.«

»Dazu ist es zu spät.« Ursel verzog das Gesicht. »Mein Herr Bruder lässt sie nicht mehr aus den Fingern.« Und mehr für sich setzte sie hinzu: »Leidtun kann sie einem.«

Arnold hatte es gehört. »Schlecht zu ihr ist dein Bruder nicht.«

Gleich beschwichtigte sie: »Behaupte ich ja auch nicht.« Ursel suchte seinen Blick und sagte nach einer Weile vorsichtig: »Nur sehe ich den Norbert anders als du. Als Schwester kenn ich ihn ja schon länger. Weißt du, solange Vater lebte, hatte der Norbert daheim nichts zu lachen. Lernen musste er, und der Vater war hart und streng, nichts konnte Norbert ihm recht machen. Aber dafür haben wir Frauen jetzt bei ihm nichts mehr zu lachen, vor allem die Mutter nicht, weil der Doktor immer öfter kommen muss, und der ist halt teuer …«

»Rede nicht so! Norbert ist mein Freund.«

»Das ist es ja«, seufzte Ursel. »Wenn er jemanden braucht …« Sie brach ab. Das Paar kehrte zum Tisch zurück. Walburga raffte den blauen Rock etwas und ließ sich auf den Stuhl fallen.

»Durst hab ich.« Sie griff nach dem Bier. Ihre Wangen waren gerötet, die Augen leuchteten. Sie prostete mit Norbert. »Das ist ein schöner Tag.« Dann sah sie über den Krugrand zu Arnold und Ursel. »Was sitzt ihr hier so traurig rum? Tanzen solltet ihr!«

»Der Arnold …« Ursel gelang ein tapferes Lächeln. »Er hat einen wehen Fuß.«

»Seit wann?« Walburga hatte verstanden und tätschelte den Handrücken des Kranken. »Tanzen ist gar nicht so schwer.«

Die Berührung tat wohl. »Kannst es mir ja beibringen«, murmelte er. »Ich mein ja nur so.«

»Hierher, schönstes Fräulein, hier sitzt dein glühender Verehrer.« Norbert fasste Walburga an der Schulter und drehte sie zu sich. »Und da heute ein besonderer Tag ist, habe ich eine kleine Überraschung für meine Angebetete.«

Arnold versteifte den Rücken. Jetzt fragt er sie? Ihr Heiligen, steht mir alle bei. Er soll nicht fragen.

Das Lärmen um den Tisch trat zurück. Norbert spielte den Magier. Erst zupfte er die Hemdrüschen bis über die Handgelenke, dann griff er mit der Rechten in die Innentasche seines Rocks und brachte eine kleine Lederschachtel zum Vorschein. Feierlich legte er sie vor Walburga hin. »Für dich.«

Sie strich mit der Fingerkuppe über den Deckel. »Aber nichts Ernstes? Dann darf ich es nicht nehmen. Die Eltern …«

»Keine Angst.« Seine Stimme quoll über vor Ehrlichkeit. »Nur ein Geschenk. So als Anfang. Wenn es ernst wird, dann glitzert es mehr, glaub mir.«

Sie öffnete und zog eine Perlenkette heraus mit einem kleinen Kreuz aus in Silber gefassten Blutsteinen. »Wunderschön«, flüsterte Walburga und zeigte sie Ursel, behutsam strichen beide über das dunkelrote Kleinod.

Arnold wollte es nicht berühren, allein der Anblick brannte.

»Von meiner Muhme. Ein Erbstück …«

»Was?«, fuhr Ursel auf. »Wieso hat Tante Maria dir was vermacht?«

Norberts Blick wurde kalt, die Stimme scharf. »Sie war die Einzige, die zu mir gehalten hat.«

Walburga legte ihm die Hand auf den Arm. »Keinen Streit, bitte!« Und sie erkundigte sich bei Ursel: »Wo hat eure Tante gewohnt?«

»In Neuss. Sie war die Schwester unseres Vaters. Ist aber schon lange tot.« Trotz des drohenden Blicks ihres Bruders sagte sie: »Und ich hab diese Kette nie bei ihr gesehen.«

»Verflucht, wie oft warst du denn bei ihr? Ich hab sie besucht, ich allein. Ihr Mädchen hingt nur am Vater.« Norbert war blass um die Nase, mit schmalen Lippen erklärte er Walburga: »Tante Maria hat sich mit Vater nie verstanden. Ich aber mochte sie. Und deshalb hat sie mir ihren Schmuck vererbt.«

Arnold räusperte sich und tätschelte Ursel die Hand. »Wusste bis heute nichts von der Tante. Aber kann ja sein.«

»Schluss mit den Familiengeschichten.« Walburga lächelte Norbert an. »Du hast mir eine große Freude gemacht. Danke!« Sie hob den Bierkrug. »Noch einmal: Auf den schönen Tag.«

Auch Arnold trank. Sie geht mir verloren, dachte er. Wie ihre Augen leuchten. Aber ich hab kein Gold oder Silber … auch keine Tante. Er würgte den Schluck hinunter. Noch nie hatte ihm das Bier so schlecht geschmeckt wie heute.

13

*F*urcht lässt Anfang Dezember das Tischgespräch der Domherren verstummen. Im Speisesaal des Klosters Wedinghausen ist nur das leichte Anstoßen von Porzellan gegen Porzellan, das Schaben und Picken der Messer und Gabeln wie auch das Klingen der Kristallkelche zu hören, schon ein kleiner Rülpser irgendwo an der Tafel schreckt die Blicke vom duftenden Braten auf. Zum Dessert gibt es heiße Schokolade, und zur Stärkung werden später Kaffee und Likör gereicht.

»In domo Abbatiali Wedinghusannae prope Arnsberg ...«, der Protokollführer tunkt die Feder ein, und während die Herren Platz nehmen, ergänzt er das Sitzungsblatt: »... continuatio Capituli Generalis Sancti Calixti.«

»Werte Herren, Brüder!« Keine lange Vorrede. Der stellvertretende Dompropst sticht gleich in die Mitte. »Die Gefahr ist längst nicht gebannt. Mag unser eigenes Leben auch in scheinbarer Sicherheit sein, das uns anvertraute Gut, der Domschatz, die Bibliothek und das Archiv, ist es nicht. Aus sicherer Quelle war zu hören, dass die Franzosen nach dem Verbleib der unschätzbaren Werte forschen und ein Vordringen des Feindes auf rechtsrheinisches Gebiet durchaus zu befürchten ist. Deshalb ...« Der Fingerknöchel pocht hart an die Herzen. »Die Flucht muss fortgesetzt werden.«

»Aber wir haben doch diesbezüglich schon im Oktober eine Anfrage nach Fulda gesandt.«

»Abgelehnt. Der dortige Fürstbischof hat sich aus Furcht vor Komplikationen geweigert, einen Teil der Kisten bei sich einzulagern.«

»Aber wohin? Wohin nur?«

Draußen an der Tür presst Registrator Bartholomäus Dupuis sein Ohr enger ans Holz. An den Fingern zählt er die Vorschläge mit: Bamberg, Prag, Hamburg, Minden, Paderborn, Frankfurt. Kein Wort fällt über den goldenen Schrein? Kein Wort über die Reliquien der Heiligen Drei Könige? »Womöglich verschwinden die Schätze irgendwohin«, fassungslos reibt er die Nägel an den Zähnen, »ehe ich den Inhalt der Kisten kenne.« Sein Traum gerät in höchste Gefahr. Wertvolle Informationen, wer sie besitzt, nur dem winken Macht und Erfolg. »Ich muss einen Weg finden.«

In großen Schritten eilte Professor Wallraf die Schmierstraße entlang. Dichtauf folgte Kanonikus Pick mit Arnold. »Er will es mit eigenen Augen sehen.« Als das Komödienhaus hinter ihnen lag, setzte der Freund des Gelehrten hinzu: »Auch ich kann es kaum glauben.«

»Aber was, Herr?« Bis jetzt verstand Arnold die Aufregung der beiden Herren nicht. Der Professor hatte ihn in die Dompropstei bestellt, weil er für Besorgungen einen kräftigen Arm benötigte, und gleich bei seiner Ankunft hatte es nur geheißen: »Komm mit! Erst muss ich mich davon überzeugen.«

Über Nacht hatte es gefroren. Die Kälte biss ins Gesicht, und Atemrauch stand vor dem Mund.

Vor dem Eingang von St. Gereon hob der Professor die Hand. »Wappnet euch«, warnte er. »Der Anblick kann schrecklich sein.« Langsam näherte er sich dem Eingang, trat durchs Portal, im Schutz seines Rückens wagte sich Pick hinein, und erst zwei Schritte hinter ihm folgte Arnold.

Gleich nach dem Eintreten ein Blick nach links. Die hohe Nische war leer. Wallraf krümmte sich wie nach einem Schlag, er wich zurück. Doch der Gesamteindruck vergrößerte seinen Kummer. »Herausgebrochen«, flüsterte er. »Sie haben es gewagt.« Er schloss die Augen. »Wie im Aachener Münster.« Immer wieder schüttelte er den Kopf.

Arnold rieb sich die Stirn. Versteh ich nicht. Er schob sich an den Kanonikus heran: »Was war denn da? Ein Heiliger?«

»Eine alte Säule aus besonderem Stein.«

Vorsichtig deutete Arnold auf den Professor. »Und nur deswegen ist er …?«

»An der Säule lehnte das Blutgerüst, auf dem der heilige Gereon und seine Kameraden enthauptet wurden.« Der Kanonikus seufzte tief. »Mit der Blutsäule hat Köln noch ein wertvolles Herzstück verloren.«

Wallraf wandte sich den beiden zu. »Freunde, wir sind Raubtieren ausgeliefert.«

Wie blass der Herr geworden ist, dachte Arnold. Ein Schluck Branntwein würde jetzt sicher helfen.

Noch bitterer setzte Wallraf hinzu: »Und von all denen sind die Kommissare des Kunstbataillons die Bestien mit den immer lächelnden Gesichtern. Kommt! Hier können wir nichts mehr ausrichten.«

Auf dem Weg nach draußen wagte sich Arnold näher an die Rücken der Herren. »Darf ich was fragen? Ich mein, was ich mich gerade frage und es nicht weiß?«

Seine Unbeholfenheit brachte ein erstes Lächeln. Die Freunde nahmen ihren Herkules in die Mitte. »Nur zu«, ermunterte ihn der Professor.

»Viel nachgedacht hab ich über die Heiligen früher nicht. Feine Leute sind das, gut sind die für uns, mehr hab ich nicht gedacht. Aber jetzt, seit Ihr mir manchmal Arbeit gebt, komm ich einigen ja doch ziemlich nah. Also, den wertvollen Petrus, den haben sie andersrum ans Kreuz genagelt. Heute, dem heiligen Gereon, dem haben sie den Kopf abgeschlagen …«

Ins Zögern des Schülers hinein schnippte der Dozent mit den Fingern. »Nur weiter, junger Mann.«

»In Wahrheit sind das verflucht arme Kerle. Und da frag ich mich, wie die uns helfen können, wenn sie sich selbst nicht geholfen haben?«

Die Freunde sahen sich überrascht an. Kanonikus Pick konnte nicht anders, er musste einmal kräftig über den Rücken des großen Burschen streichen. »Du tust uns gut, junger

Mann. Auch wenn es nicht deine Absicht war, so bringst du uns doch auf den Boden zurück.«

Wallraf nickte. »Die Heiligen starben, weil sie an ihrer Überzeugung festhielten. Dazu gehörte ungeheure Kraft, die sogar nach ihrem Tod weiterwirkt. Und wenn wir sie anrufen, so erhoffen wir etwas von dieser Stärke auch für uns.«

»Und gibt es auch fröhliche Heilige? Ich mein, denen es nicht so schlecht gegangen ist? Solche wie …«

»Für heute genug«, unterbrach Wallraf.

Arnold konnte die Frage nicht zurückhalten: »… unsere Heiligen Drei Könige?«

Pick fuhr zusammen. »Wie kommst du auf die Reliquien?«

Gleich schritt Wallraf ein. »Nicht weiter.« Hart griff er nach dem Arm des Freundes. »Unser Herkules hat den Königen zur Flucht verholfen. Das war seine große Tat.« Und zu Arnold setzte er betont heiter hinzu: »Schluss mit den heiligen Fragen für heute. Wir haben noch einige Besorgungen vor uns.«

An St. Kolumba verabschiedete sich Franz Pick, er wollte zurück und im Haus des Grafen Oettingen nach dem Rechten sehen.

»Hast du an den Ledersack gedacht?«

Arnold schlug leicht gegen die Ausbeulung seiner dicken Jacke und nickte.

»Das ist gut. Je nach Erfolg, werden die Bücher auf einiges Gewicht kommen.«

An der Ecke zur Schildergasse standen zwei Weiber, das eine stattlich, das andere klein und schmal, beide trugen die Röcke dreifach, die Wollkragen hoch bis zum Kinn, und ihre Wollmützen ließen nur die frostroten Gesichter frei. »Heißer Kaffee?« Jeder Becher für stolze dreißig Centimes. Die Kanne stand auf dem dreibeinigen Glutbecken. »Heißer Kaffee.« Sie schlugen die Blechtassen gegeneinander. Sobald sie den Gelehrten erkannten, hörte das Geklapper auf. »Herr Professor! Wie wär's mit einem guten Tässchen?« Nicht länger gefragt, schon wurde eingeschenkt. »Für Euch umsonst. Wer Köln hilft, dem geben wir gern.«

Die Kleine ließ den Blick an Arnold hochwandern. »Übersehen kann man dich wirklich nicht. Zu wem gehörst du?«

»Zu mir. Er arbeitet für mich.«

Wie das klingt, dachte Arnold, gut klingt das.

»Der Gehilfe vom Professor.« Das Wohlwollen der beiden Kölnerinnen schloss ihn gleich mit ein, und sie drückten ihm eine Blechtasse mit duftendem Kaffee in die Hand. Die Kleine konnte die Augen nicht von ihm lassen. »Bist du nicht …? Jetzt weiß ich's: aus dem Klostergässchen bei St. Laurenz?«

»Ich bin der Sohn vom Anton Klütsch.«

»Und deine Mutter ist die Adelheid. Mit der hab ich früher für die Gottestracht geschmückt. Jetzt weiß ich's. Feine Frau, deine Mutter.«

Drei französische Unteroffiziere näherten sich der Ecke. Sofort bezogen die Weiber Stellung vor ihrem Glutbecken, schlugen die Becher aneinander, dabei wiegten sie die dreifach gepolsterten Hüften. »Bon café!« Weil ihnen das französische Wort für heiß fehlte, spielten sie den Uniformierten an der Tasse verbrannte Finger vor, pusteten und priesen: »Bon café!« Die durchfrorenen Soldaten ließen sich verlocken und mussten für drei halb gefüllte Becher neunzig Centimes in Papier entrichten. Nach den ersten Schlucken stieß einer von ihnen einen Warnruf aus. Aus der Nebengasse marschierte ein Trupp von zehn Soldaten heran. Noch ein Schluck, mit Bedauern gaben die Unteroffiziere ihre noch nicht geleerten Becher zurück und übernahmen die Führung der mit Gewehr und Bajonett bewaffneten Gruppe.

Arnold sah ihnen nach, bis sie in die Hohe Straße abbogen. Für gewöhnlich tragt ihr in der Stadt nur Pistole und Säbel. Wieso heute …?

»Trinke aus, mein Freund«, unterbrach Professor Wallraf seine Gedanken und reichte seinen Becher der Stattlichen. »Besten Dank. Ein guter Kaffee.« Er trat einen Schritt näher und nickte der Gönnerin zu. »Wie ich soeben erleben durfte, blüht das Geschäft mit unseren …«, ein Atemzug, »… unseren Gästen. Preise wie im Blankenheimer Hof.«

»Professor.« Sie zog mit der Fingerkuppe das linke untere Augenlid hinunter. »Man tut, was man kann. Überleben müssen wir. Und den Franzen nehmen wir das Papiergeld ab, dafür kaufen unsere Männer bei denen gute Kohlen, und die verkaufen wir wieder für Münzen. Ich sag's ja, man tut, was man kann.«

Wallraf schmunzelte, zog den Samthut und verneigte sich vor den Frauen. »Ihr habt mich überzeugt. Mit euch wird Köln nicht untergehen. Wünsche einen guten Tag.«

Arnold verbeugte sich auch und folgte seinem Herrn. Die kleinere der beiden rief ihm nach: »Sag deiner Mutter einen schönen Gruß vom Gretchen aus der Kupfergasse. Dann weiß sie schon!«

Der Besuch beim Buchhändler Wienand blieb ohne Erfolg. Sosehr sich der Professor auch bemühte, er vermochte den Preis für ein großes Buch der Botanik mit Kupferstichen von seltenen Pflanzen nicht herunterzuhandeln. Zurück auf der Straße, schimpfte er: »Dieser alte Fuchs, dieser Halsabschneider. Aber …« Er sah Arnold von der Seite an und hob den Finger. »Kein Schund. Er führt nur auserlesene Werke in bestem Zustand.«

In der Sternengasse wartete eine Bestellung. Nachdem Arnold die zehn Bände wie rohe Eier im Ledersack untergebracht hatte, verlangte der Verkäufer fünf Taler von Wallraf.

»Meine Barschaft ist momentan sehr knapp bemessen.«

Sein Lächeln gewann den Kunsthändler nicht. »Bei Euerm letzten Kauf musste ich mich zwei Monate gedulden, bis Ihr ausgeglichen habt. Aber die Zeiten haben sich verschlechtert. Ich kann nicht mehr …«

»Ein Schuldschein. Einzulösen im nächsten Monat«, schlug Wallraf vor, als wäre es ein Entgegenkommen von seiner

Seite. »Gleich Anfang Januar bringt Euch mein Gehilfe die Summe vorbei.«

»Ihr seid ein ehrenwerter Mann …«

»… und ein guter, ein sehr guter Kunde«, ergänzte Wallraf, ehe das Zögern des Verkäufers womöglich in einen Vorwurf münden konnte. Es blieb bei dem Schuldschein, und der Professor versicherte zum Abschied: »Die Bände werden meine Bibliothek um eine Augenweide ergänzen. Lebt wohl!«

Einige Häuser weiter in der Sternengasse, bei der Kunsthändlerin Anna Peters, entdeckte Wallraf zwischen Bildern und Kupferstichen einen dicken, in Leder gebundenen Band. »Teure Freundin, für Gemälde fehlt mir heute die Muße. Aber dieses«, er deutete auf das Buch, »dieses Teil hier nehme ich, damit mein Besuch nicht ganz umsonst für Euch war. An welchen Preis habt Ihr gedacht?«

»Mit Büchern kenne ich mich nicht so aus.« Sie hob die Hände. »Drei Blaffert?«

Sofort klaubte Wallraf die Münzen aus dem Geldbeutel. »Euer Einverständnis vorausgesetzt, verschwenden wir keinen Gedanken an eine Bezahlung mit Assignaten.«

Erst als Arnold den schweren Ledersack im Flur der Dompropstei absetzte, wagte er den Professor zu fragen. »Alle Bücher habt Ihr anschreiben lassen. Nur das letzte, bei der Frau Peters, das habt Ihr bar bezahlt. Warum?«

Scharf musterte ihn Wallraf, dann milderte sich der Blick. »Du bist sehr aufmerksam, junger Freund. Das gefällt mir. Dieser Band war eine Gelegenheit. ›Handbuch der Chirurgie von Lorenz Heisters, mit Kupfertafeln der neu erfundenen Instrumente.‹ Die Inhaberin kannte den wahren Wert nicht. Und solch einen Glücksfall bezahle ich lieber bar, ehe er mir wieder abhandenkommt.«

»Das ist schlau«, entfuhr es Arnold, gleich entschuldigte er sich. »Ich mein, sehr geschickt seid Ihr bei Büchern. Ich weiß da überhaupt nichts drüber.«

»Warte ab. Je länger du für mich arbeitest, umso mehr wirst

du verstehen.« Wallraf reichte ihm zwei Stuber. »Deine Hilfe war sicher etwas mehr wert. Aber wenn du einverstanden bist …?«

»Heißt das …«, Arnold schmunzelte über seinen Gedanken, noch ehe er ihn aussprach, »dass ich auch so ein Glücksfall bin für Euch?« Er spürte die Röte aufsteigen. »Nichts für ungut.« Ein hastiger Diener. An der Tür hörte er in seinem Rücken: »So ist es, junger Freund.«

Nicht gleich nach Hause. Noch war es hell genug. Vielleicht gab es unten im Hafen noch eine schnelle Arbeit? In langen Schritten ging Arnold am Rathaus entlang. Der kürzeste Weg zur Markmannsgasse war am Gürzenich vorbei, doch Sehnsucht lenkte die Füße zum Buttermarkt und in die Salzgasse.

Gleich beim Einbiegen sah er das Gedränge der Leute vor dem Schneiderhaus. Eine Faust grub sich in den Magen. Er lief, sah die Soldaten und den Frachtwagen. An einer Seite war die Plane hochgebunden. Er wurde langsamer, trat bis an die Zuschauer heran. »Was ist passiert?« Ein Mann drehte sich um. »Jetzt nehmen sie alles. Genau wie heute Mittag unten beim Schuster.«

Arnold reckte den Kopf. Im Innern des Wagens sah er Körbe, bis über den Rand gefüllt mit Schuhen und Stiefeln. Davor entdeckte er drei Tuchballen. »Aber wieso?«

»Diese Halunken.« Der Nachbar spuckte aus. »Ob denen irgendwer einen Hinweis gegeben hat, weiß ich nicht. Aber sie haben dem Reinhold Müller nicht nur die Werkstatt, sie haben sein ganzes Haus durchsucht und dabei wohl den geheimen Vorrat gefunden.«

Zwei Soldaten trugen weitere Stoffballen heraus. Ihre Offiziere prüften zwischen den Fingern die Qualität, einen Leinenballen schickten sie zurück, Seide und Taft kamen auf die Ladefläche. Arnold verengte die Lider. Die Unteroffiziere da vorne? Jetzt erkenn ich euch wieder, ihr seid die Kaffeetrinker von heute Morgen.

Lauter Protest im Haus. »Nicht die Puppe!« Walburgas

Stimme, so notvoll. Arnold trat einen Schritt vor. Ein Franzose trug die Drahtpuppe, angezogen mit dem Prachtkleid, unter dem Arm. Hinter ihm, neben ihm her lief Walburga. »Was wollt ihr denn damit? Nicht. Das ist unser Modell. Bitte …« Sie blieb stehen, hilflos streckte sie die Hände aus. Als die Puppe fast achtlos auf die Tuchballen geschubst wurde, stampfte Walburga mit dem Fuß auf. »Verfluchter Kerl.«

Arnold sah ihr Gesicht, sah die Tränen. Kein Zögern. Er bahnte sich eine Gasse durch die Gaffer, mit geballten Fäusten stampfte er auf den Planwagen los. Erst starrten ihn die Posten ungläubig an, dann begriffen sie und hoben die Gewehre. »Mich schreckt ihr nicht«, knurrte Arnold, den Blick fest auf die Puppe gerichtet, ging er weiter. »Aus dem Weg!«

Da fühlte er sich am Arm gezerrt. »Bleib hier! Um Himmels willen.« Ihre Stimme. Er sah zur Seite. Walburga versuchte mit beiden Händen, ihn aufzuhalten.

»Ich bringe sie dir wieder.«

»Nein, du Dummkopf. Lass die blöde Puppe. Das ist sie nicht wert.«

»Nicht?« Arnold blieb stehen, sah in ihre Augen. »Aber du hast doch geweint.«

Rasch zog Walburga ihn von den Wachposten weg. Außer Gefahr schlug sie die Hände vors Gesicht, nach einem Seufzer schimpfte sie: »Das hätte noch gefehlt. Erst diese Aasgeier und dann du verhaftet oder womöglich erschossen.«

Das Schimpfwort hatte ihn verletzt. »Ich wollte nur helfen.«

»Weiß ich. Und jetzt geh besser weg. Nicht, dass noch was passiert.« Walburga musste zum Haus, kehrte noch einmal zurück, lächelte bekümmert. »Und der Dummkopf, der ist mir rausgerutscht, weil … weil ich Angst um dich hatte.«

»Wirklich?« Arnold staunte ihr nach. »Das würde ich gern glauben, wirklich.«

14

*B*ekanntmachung der Aufsichtsbehörde in der Schildergasse: »… Der Bäckermeister Nikola Klöckner auf der Ehrenstraße Nummer 3999 ist heute vom Aufsichtsausschuss um
50 Livres gestraft worden, weil er Brot für Assignaten verwei-
gert.«

In eigener Sache setzt der Sekretär des Ausschusspräsiden-
ten noch hinzu: »Bürger! Wir wollen all euren Klagen abhel-
fen … Habt Zutrauen zu uns, und zeiget uns jene feindseligen
Menschen an, welche euch eure Bedürfnisse verweigern, besonders aber diejenigen, welche sowohl euch als auch das Ge-
setz durch Ränke und Schleichwege hintergehen …«

Erfolg. Norbert kam aus der Universität. Den Ranzen mit seinen Büchern hatte er geschultert. Die schriftliche Prüfung
war gelungen, sogar ein Lob des Professors vor allen Kommi-
litonen hatte er eingeheimst. Auf dem ganzen Weg bis zur
Budengasse pfiff Norbert, wenige Schritte vor dem schmalen
Haus an der Ecke öffnete sich die Tür. Zu spät, um auszuweichen, der Doktor hatte ihn bemerkt. »Endlich. So oft schon
haben wir uns verpasst.« Erleichterung und Freude ließen den
angegrauten Kinnbart wippen. »Wie gut, dass ich Euch heute
antreffe. Gerade komme ich von Eurer Frau Mutter. Die Arme
ist wirklich schlecht beieinander.«

Norbert nickte unmerklich zum Gruß. »Wer hat Euch her-
bestellt?«

»Eure besorgte Schwester. Und es war höchste Zeit.«

»So?« Norberts Blick wachte auf. »Wie darf ich das verstehen?«

Zur Schwermut und Trauer hatte sich in dem schwachen
Körper wohl eine Entzündung im Magen ausgebreitet. Fieber

war hinzugekommen. »Aber die Krisis scheint überstanden. Sie reagiert auf die Tropfen. Seid guten Mutes. In wenigen Tagen wird Eure Mutter wieder die Nahrung bei sich behalten.«

Norbert nahm die Mütze ab, hieb sich damit einige Male gegen den Oberschenkel und setzte sie wieder auf. »Da … da muss ich Euch wohl dankbar sein.«

»Den Kranken helfen, das ist meine Verpflichtung.« Der Arzt zückte ein Blatt aus der Rocktasche. »Darf ich Euch die Rechnung überreichen? Und Euch bitten, mir die Summe auszuhändigen?«

Nur ein Blick und Norbert wich einen Schritt zurück. »Drei? Drei Taler?«

»Der Betrag errechnet sich aus all meinen Bemühungen in den vergangenen Wochen. Weil wir uns nicht begegnet sind. Sonst hätte ich zwischendurch …«

»Ich studiere. Außerdem habe ich Verantwortung.«

»Eure Schwester hat Euch entschuldigt und mir versichert, dass die Kosten der Behandlung gedeckt sind.«

»Diese …« Norbert sprach den Gedanken nicht weiter aus, schlug mit der Rückhand mehrmals gegen die Rechnung. »Nächsten Monat werde ich sie begleichen.«

»Verzeiht, nein. Unmöglich. In wenigen Tagen ist Weihnachten. Auch ich habe Familie.« Der Doktor streckte die Hand aus. »In diesen schweren Zeiten kann ich nicht warten. Gebt mir die Taler. Bitte!«

Norbert starrte den Arzt an, mit einem Mal veränderte sich sein Blick. »Also gut. Wartet hier.« Rasch ging er ins Haus und kehrte nach kurzer Zeit zurück. Wortlos reichte er dem Arzt dreißig Livres in Assignaten hin.

»Aber, mein Herr.« Ein Blick nach rechts und links. Die Stimme wurde leiser: »Ich sagte drei Taler. Und nicht … Ihr versteht doch?«

Norbert reckte das Kinn. »Wollt Ihr damit andeuten …«, der Ton schwoll an, »… dass Ihr Euch weigert, das Geld unserer Befreier anzunehmen?«

»Still, bitte!«

Doch das Flehen blieb ungehört. »Das ist die Münze der Freiheit, und Ihr weigert Euch?«

»Bei allen Heiligen«, der Arzt geriet ins Schluchzen. »Schweigt! Ich nehme es. Natürlich nehme ich es.« Er stopfte die Scheine in seinen Mantel und wollte davoneilen. Norbert trat ihm in den Weg. »Und Ihr kommt wieder, wenn ich Euch rufe?«

»Vielleicht kann künftig ein Kollege mich ersetzen.«

»Abgelehnt. Ihr seid mit der Krankheit meiner Frau Mutter vertraut. Ich werde Euch persönlich herbitten. Nur ich allein, niemand sonst. Habt Ihr verstanden?«

Keine Antwort. Der notvolle Blick floh schon bis zum Ende der Budengasse.

Norbert trat nah an den Arzt heran, beinah sanft erläuterte er: »Ein hässlicher Verdacht lastet seit vorhin auf Euch. Und wie ich hörte, genügt dem Ausschuss in der Schildergasse allein schon ein Verdacht, um tätig zu werden. Hausdurchsuchung. Überprüfen der Bücher. Patienten werden nach Art der Bezahlung befragt …«

»Genug. Ich werde Eure Mutter weiter behandeln. Auch die Rechnung wird nicht mehr so hoch sein.«

»Das nenne ich Pflichtbewusstsein gepaart mit Nächstenliebe.« Zum Gruß fasste Norbert kurz an den Rand der Studentenmütze. »Wir verstehen uns. Auf bald, Herr Doktor.« Das Lächeln gefror, noch ehe der Arzt sich abgewandt hatte. Norbert sah ihm bis zur Ecke nach, dann trat er in den Flur und schlug mit Macht die Tür zu.

Ein erschreckter Schrei aus der Küche. Gleich erschien Ursel: »Was um Himmels willen …?«

»Mit dir hab ich ein Wort zu reden.« Im Vorbeigehen schnappte Norbert nach einem Haarzopf und zerrte die Schwester mit sich. Vor dem Herd ließ er sie los. »Den Arzt rufen? Ihm das Geld in den Rachen stopfen? Ohne mich zu fragen?«

»Aber die Mutter!« Ursel zeigte zum Krankenlager auf der schmalen Bank. »Sieh sie dir doch an. Ich jedenfalls konnte das Elend nicht mehr mit ansehen. Da musste Hilfe her.«

Norbert packte die Schwester am Oberarm und quetschte den Muskel. Ursel jammerte, erst als sie aufschrie, gab er den Arm frei. »Weißt du, was diese Hilfe mich kostet? Und wofür? Die Alte wird nicht mehr. Es ist nur eine Frage der Zeit und …«

»Rede nicht so!« Trotz der Bedrohung wagte Ursel, ihn anzufunkeln. »Mutter versteht wieder alles.«

»Umso besser. Sag ihr, wie teuer sie uns kommt. Vielleicht fällt ihr dann ein, was das Beste für uns alle wäre.«

»Ach, Norbert.« Das Mädchen konnte die Tränen nicht zurückhalten. »Versündige dich nicht. Bitte!«

»Der Arzt wird in Zukunft nur von mir gerufen.« Der gestreckte Finger stach ihr beinah ins Gesicht. »Nur von mir. Ganz gleich, wie es ihr geht. Und wehe, du hältst dich nicht daran.«

Norbert ließ die Schwester stehen und stieg die Treppe hinauf in den ersten Stock. Am ehemaligen Elternschlafzimmer pochte er.

Nach kurzer Weile öffnete ihm Beate. »Warum gab's da unten Geschrei?«

»Nichts, Schwesterherz, nichts Wichtiges.« Norbert reckte den Kopf vor und spähte in den Raum. »Ist Monsieur noch nicht da?«

»Er hat Parade beim Rathaus. Ein General ist auf der Durchreise und macht Station bei uns.«

»Dann darf ich eintreten.« Er war schon im Zimmer. Auf dem Tisch lag eine Uniformjacke, die Nadel mit langem Faden steckte im Stoff. Beate seufzte leicht. »Obwohl gar keine Kämpfe sind, immer ist etwas zerrissen.«

»Sei schön fleißig. Das gefällt mir. Lies unserm Gast jeden Wunsch von den Augen ab und verwöhne ihn.« Norbert setzte sich auf die Bettkante und federte auf und ab. »Sehr fleißig bist du auch dabei, und das gefällt mir am besten.«

»Es ist nicht so, wie du denkst.«

Vergnügt kicherte der Bruder und kam zu ihr. »Streite es nicht ab. Ich hab's gehört. Wie du stöhnst und juchzt.« Er patschte ihr auf den Hintern. »Bist schon eine heiße Stute.«

»Hör auf damit.« Sie wollte ihn schlagen, doch er schnappte rechtzeitig das Handgelenk, sein Blick loderte auf. »Wage das nie wieder! Ohrfeigen für den kleinen Bruder? Das ist ein für alle Mal vorbei.« Der Zorn verschwand, ruhig setzte er hinzu: »Ich will keinen Streit mit dir. Lass uns abrechnen! Gib mir das Geld. Auch die Liste mit deinen Sonderleistungen für Monsieur. Schließlich hat er es besonders gut bei uns, nicht wahr? Nun zeig schon her!«

Langsam entfernte sich Beate vom Bruder, sorgte dafür, dass der Tisch zwischen ihnen stand. »Keine Liste, Norbert, das wollte ich dir schon vor ein paar Wochen sagen, auch kein Geld.«

Es dauerte, bis er begriff, dann deutete er mit dem Finger auf sie. »Du willst das Geschäft allein. Ich verstehe.« Böses Vergnügen ließ ihn lachen. »Du dumme Gans glaubst wirklich, deinen Bruder ausschalten zu können?«

»Hör mich an, bitte!« Sie griff nach der langen Schere, hielt sie wie ein Kreuz zwischen den Brüsten. »Jean Baptist bezahlt mich nicht.«

»Kein Problem, Schwesterherz. Ich rede mit ihm.«

»Nicht nötig. Er bezahlt nichts, weil ich nichts verlange für die Hilfe …«, ihr Blick streifte das Bett, »und all das andere.«

Mit beiden Händen hieb Norbert auf die Tischplatte. »Dann bist du blöde! Saublöde! Schmeißt dich dem Franzosen an den Hals und kassierst nichts dafür.« Immer wieder malträtierte er das Holz. »Bin ich nur von idiotischen Weibern umgeben? Die da unten verschleudert das Geld an den Arzt, und hier oben lässt sich die andere umsonst besteigen. Ihr treibt mich in den Ruin.« Er hob drohend die Faust. »Rausschmeißen sollte ich euch. Mit einem Tritt. Und gleich alle drei!«

»Ich liebe ihn.« Leise gesprochen und doch so laut.

Wie vom Schlag getroffen, hielt er mit dem Toben inne. »Sag das noch mal!«

Beate hielt die Schere jetzt stoßbereit auf den Bruder gerichtet. »Jean Baptist und ich, wir lieben uns.« Weil Norbert sich nicht bewegte, sprach sie rasch weiter. Er sei gut zu ihr, sei ein freundlicher Mann, und seine Familie sei richtig französisch, und in Wirklichkeit sei er Lehrer in einem Dorf bei Paris. »Und das Beste ist sein Husten.«

Ungläubig starrte Norbert sie an, konnte nur den Kopf schütteln.

Beate gewann an Sicherheit. »Weil er deswegen nicht mehr weiter in den Krieg muss.« Monsieur Soleil war aus Krankheitsgründen nach Paris zurückbeordert worden. Dort sollte er einen Posten in der Militärverwaltung antreten. Beate atmete tief. »Im Januar reist er ab. Und ich gehe mit. Weil wir heiraten.« Sie warf die Schere auf den Tisch. »So, jetzt weißt du's.«

Kaum war sie unbewaffnet, sprang Norbert sie an, packte ihr Haar und zerrte den Kopf nach hinten. »Ich bestimme, wen du heiratest!«

»Gar nichts hast du den Franzosen vorzuschreiben.« Sie wehrte sich mit Fäusten, versuchte, ihn zu treten. »Lass mich los! Oder ich sag's Jean Baptist.« Der Schmerz wurde unerträglich. »Alles erzähle ich ihm, auch von deinen Geschäften.«

Norbert gab sie frei. »Das wagst du nicht.« Er schleuderte die Uniformjacke aufs Bett. »Da hast du deinen Franzosen. Bin froh, wenn ihr endlich weg seid.« Er schlug die Tür hinter sich zu und verschwand in seiner Kammer.

Bei Anbruch der Dämmerung verließ er das Haus, den Mantelkragen hochgestellt, die Mütze tief in der Stirn. Auf dem Weg an St. Kolumba vorbei in die Breite Straße hinein hielt Norbert den Kopf gesenkt, nur mit Gemurmel erwiderte er den Gruß der Entgegenkommenden. Wenig später erreichte er das Bordell in der Schwalbengasse. Das Licht in der kleinen roten Laterne über der Tür brannte. Der Schankraum war leer. Es roch nach schalem Bier und dem Tabakqualm vom Vortag. »Niemand da?«

»Komme!«, rief eine kehlige Stimme aus den hinteren Räumen. Die Düwels-Trück erschien, das Gesicht bemalt, zwei Weinschläuche rechts und links geschultert, die gereckten fleischigen Arme hoben die mächtigen weißen Brüste halb aus dem Kleid. »So früh? Setzt Euch. Meine Mädels haben sich gerade erst umgezogen.« Sie legte die Schläuche ins Holzgestell, sah über die Schulter den Gast genauer an. »Ach, Ihr seid es. Unser junger Advokat. Was ist passiert? Braucht Ihr ein Versteck?« Sie lachte in den Husten hinein. »War nur ein Scherz. Ihr gehört zu meinen braven Kunden.« Sie griff hinter der Theke nach ihrer Tonpfeife, entzündete den Fidibus an der Kerze, nahm einige Züge und paffte den Qualm aus gerundeten roten Lippen. »Aber im Ernst. Sonst freitags? Heute ist erst Dienstag.«

Norbert schob die Mütze zurück. »Ich brauche es eben heute.«

Unter den schwarzen Wimpern wachten scharfe helle Augen. »So ein hübscher junger Advokat, und dann verlangt er ausgerechnet meine Freya.« Sie blies den Rauch zur Decke. »Aber bei mir soll jeder seinen Spaß haben, solang er bezahlt.«

Norbert legte ihr einen Silbertaler hin. »Den andern nachher?«

»Heute sogar mit Wein?« Wieder das kehlige Lachen. »Dann lasst Freya nicht länger warten. Den Weg nach oben kennt Ihr ja.«

Freya war nackt und hager. Sie kannte die Vorlieben ihres Kunden und streifte sich Norberts Hemd über, nahm den Ledergürtel. Er bückte sich, streckte ihr den bloßen Hintern hin.

»Was hast du wieder angestellt?« Ihre Stimme war scharf. »Antworte!«

»Ich bin unschuldig, glaub mir doch.«

»Du lügst!« Sie griff von hinten zwischen seine Beine, fasste zu und zog hart. Der erste Hieb klatschte auf seinen Rücken. Beim vierten Schlag begann Norbert zu stöhnen, dann wurde der Schmerz mächtiger, und er weinte, flehte seine Peinigerin an. Endlich ließ sie von ihm ab.

Gleich tauschte er die Rolle, aus dem geschlagenen Jungen wuchs der Rohling. Er zwang sie auf Knie und Hände, verkrallte die Finger in ihrem Haar und bestieg sie wie ein Hahn, schnell, kurzatmig.

Nachher bot Freya ihm Wein an, dabei lächelte sie. Wortlos leerte er den Kelch, verlangte nach mehr. Norbert betrank sich. Als er ging, fragte sie: »Kommst du wieder?«

»Weiß nicht.«

»Dann bis zum nächsten Mal.«

15

»Bonn, ausgerechnet Bonn!« Im Kölner Rathaus stützen die Stadtväter ihre Stirn in die Hände. »Die Franzosen liefern uns der Bedeutungslosigkeit aus«, flüstert Bürgermeister von Klespe dem neu gewählten Stadtoberhaupt Nikolaus DuMont zu. »Erst ernennen sie Aachen zum Hauptsitz der Zentralverwaltung, und jetzt …«

»Das gehört zu ihrem Plan, die vollständige Herrschaft über die besetzten Gebiete zu erlangen.« Der Nachfolger im Amt des vor wenigen Tagen verstorbenen Ersten Bürgermeisters kann die Bitterkeit in der Stimme nicht unterdrücken: »Der Starke muss geschwächt werden. Deshalb untersteht jetzt das kleine Bonn nicht, wie es sich gehört, uns Kölnern. Umgekehrt wir, die größere Stadt, erhalten Anweisungen von dort.«

Schnee fällt an Weihnachten, die Kälte nimmt zu. Minus siebzehn Grad. Holz und Kohle fehlen. In den Häusern rücken die Bewohner enger zusammen, wärmen sich gegenseitig.

Was für ein frostiger, freudloser Jahreswechsel!

1795!

Gleich Anfang Januar strafft die glorreiche Republik mit eisiger Faust von Paris aus die Würgeschlinge. Um ihren Krieg zu finanzieren, verlangt sie von den eroberten Gebieten fünfundzwanzig Millionen Livres. Auf den gesamten Bonner Bezirk entfallen acht Millionen. Und die Verwaltung schiebt die Hauptlast den Kölnern zu.

»Ungerechtigkeit. Wir sind schon ausgeplündert. Unsere Kassen sind leer.« Die Bonner zucken nur mit den Achseln. »Wir haben es so beschlossen.« Im Kölner Rat wächst die Verzweiflung. »Nur eine Beschwerde an höchster Stelle kann uns vor dieser Habgier bewahren.« Nikolaus DuMont schaut von einem Gesicht zum andern. »Wir müssen unsere Klage in Paris vorbringen. Vor dem Nationalkonvent.« Erst verzagtes Staunen rundum, dann wächst die Hoffnung. Nur eine aufwühlende Brandrede kann noch die Rettungsfackel für Köln entzünden. »Und ein Meister der Feder, der beste unserer Stadt, soll sie in Worte fassen.«

In der Frühe des Dreikönigstages stand Kanonikus Pick am Herd und rührte Rosinen in den Grießbrei. Hin und wieder blickte er über die Schulter. Nicht stören. Der Freund hockte tief über das Blatt gebeugt am Tisch, die Feder schreibbereit in der Rechten. Beide trugen noch die wollenen Nachtmützen, hatten jeder zwei Morgenmäntel übereinandergezogen, und die Füße steckten in dicken Fellpantoffeln.

Gestern Abend hatte Bürgermeister DuMont im Namen des Stadtrates die Bitte vorgebracht, und sofort war Professor Wallraf zur Hilfe bereit gewesen. Über den Grundgedanken der Rede hatten die Freunde während der Nachtstunden disputiert. Ein Kunstwerk musste geschaffen werden. Die Rede sollte den Franzosen schmeicheln, an ihre Ehre appellieren, und gleichzeitig sollte sie die Not und Verzweiflung der tapferen Stadt Köln ins Herz der Nationalversammlung dringen lassen. Die Gedanken waren gefunden und notiert, Punkt für Punkt. Die Ausformulierung würde sicher noch zwei Wochen dauern.

Im Moment fehlte es dem Freund an einer schlagkräftigen Überschrift. Erst dann durfte der Koch die Morgenmahlzeit auftischen. Drüben tunkte Ferdinand den Kiel ins Tintenfass.

Mit erleichtertem Lächeln lauschte Franz dem Kratzen der Feder.

»Das ist es!« Wallraf erhob sich, kam mit dem Blatt zum Herd. »Was hältst du davon: Der Senat der Ubier an den Nationalkonvent?«

Der Grießbrei kochte hoch, dicke Blasen platzten. »Den

Lappen!« Kanonikus Pick griff danach, in der Hast drängte er den Freund beiseite, gleichzeitig zog er den Topf zum Rand und rührte schnell. Die Gefahr war gebannt. »Zum Feiertag heute habe ich Rosinen hineingetan. Möchtest du den Brei zusätzlich noch mit deinem geliebten Holundersirup süßen?«

»Franz!« Hart schnippte Ferdinand gegen das Blatt. »Ich versuche gerade, dich an einer literarischen Geburtsstunde teilhaben zu lassen.«

»Entschuldige. Wie konnte ich auch …« Der Freund hing das Tuch an die Herdstange und goss noch etwas Milch in den Topf. »So. Sei so gut und lies mir den Satz nochmals vor!«

Als hätte er den voll besetzten Saal in Paris für sich zu gewinnen, deklamierte Wallraf den Titel der Brandrede.

Pick runzelte die Stirn. »Senat der Ubier?«

Sofort fühlte sich Wallraf betroffen. »Was spricht dagegen? Mit Senat bezeichnen die Franzosen ihre Regierung. Ich passe mich nur an.«

»Aber ausgerechnet Ubier?«

»Dieser Zweifel verrät deine niedere Herkunft.« Erst mit etwas Mühe fand der Professor zum heiteren Spott zurück. »Wer wie du aus dem kleinen Bonn stammt, weiß kaum etwas von den Wurzeln der eigenen Geschichte.« Er stellte sich in Positur, schob sinnend die Nachtmütze aus der Stirn. »Wir Kölner aber wissen um unsere Urväter, die hier siedelten und sich mit den Römern verbündeten. Und dies sollen die Franzosen wissen. Deshalb: Senat der Ubier.«

»Verklärst du die Historie nicht etwas?« Nun zahlte Pick zurück: »Waren die Ubier bei den Nachbarstämmen rechts des Rheins nicht verhasst? Wegen ihrer Feigheit? Und haben sie sich nicht deshalb unter dem Schutz der Römer auf der linken Rheinseite angesiedelt?«

»Schulfuchser. Pedant!« Wallraf wedelte mit dem Blatt. »Davon wissen die Franzosen nichts. Und sie sollen es von mir auch nicht erfahren. Deshalb: Es bleibt bei den Ubiern.« Er atmete tief durch und setzte hinzu: »Mit Holundersirup.«

»Kommt sofort.« Schwungvoll nahm Pick den Topf vom Herd und brachte ihn zum Tisch.

Angetan mit weißem Kragen unter dem Schal, sonst schwarz vom Rock bis zu den Schuhen, warteten die beiden Kleriker auf den Beginn des Glockengeläuts. Obwohl das Heiligenfest, wie auch alle anderen Heiligennamen, im neuen Kalender der Franzosen nicht mehr vorhanden war, wollten sie zur Dreikönigsmesse in den Dom.

Die Türglocke schlug an. »So kurz vor dem Kirchgang?« Kanonikus Pick schüttelte den Kopf und eilte zur Tür. »Bruder Nettekoven? Welch eine Überraschung.«

»Ich will nicht stören. Möchte aber … gerade heute.« Dieser Satz gelang nicht. »Ist der Professor auch …?«

»Nun, ganz ruhig.« Pick nahm den schmächtigen Kleriker am Arm. »Kommt! In der Küche haben wir es warm.«

Beim Anblick Wallrafs seufzte der Vikar. »Welch ein Glück.«

»Danke. Nicht jeder in der Stadt äußert sich so erfreut über meine Erscheinung.«

»Verzeiht, es ist die Erleichterung.« Heinrich Nettekoven trat einen Schritt näher. »Letzte Nacht hatte ich einen Albtraum, er war schrecklich. Deshalb musste ich herkommen.«

»Etwas Zeit bleibt uns. Aber Ihr könnt uns auch nachher in den Dom begleiten.«

»Ich war schon zur Frühmesse.«

»Pflichtbewusst wie stets.« Wallraf bot dem Gast einen Küchenstuhl an. »Heraus damit. Welcher Alb saß Euch auf der Schulter?«

Nettekoven zögerte, sah zu Pick hinüber. »Wie soll ich sagen …?«

Gleich informierte ihn Wallraf. »Wir sind zu dritt. Ich musste den Kanonikus einweihen. Schließlich leben wir unter einem Dach.«

Franz empörte sich: »Musste? Wie darf ich das verstehen?«

»Wollte«, besänftigte Wallraf, »ich wollte dich einweihen«,

150

und versicherte dem Vikar: »Wenn der Alb unser Geheimnis betrifft, so könnt Ihr frei sprechen.«

»Vielleicht wühlte das Schuldgefühl in mir …« Nettekoven presste die Hand gegen das Herz. »Mir träumte, Ihr wäret verschwunden und mit Euch auch die Schachtel mit den Reliquien.«

Pick musste sich setzen, und Wallraf sank das Kinn. »Aber warum?«

»Das wollte ich im Traum auch wissen. Ich lief herum, fragte.« Niemand wusste Antwort. Ein Bettelweib schließlich lachte ihn aus. Der Professor sei über Nacht auf und davon. In den Süden, irgendwo nach da unten. Nach Ägypten, vermutete die Alte. Und die Heiligen Drei Könige hätten ihn begleitet.

»Aber warum sollte ich aus meiner Vaterstadt fliehen?«

»Bitte verzeiht, es geschah in meinem Traum«, entschuldigte sich Nettekoven im Voraus. »Das Bettelweib spottete über Eure Schulden, und deshalb hättet Ihr Euch aus dem … will sagen, deshalb wäret Ihr abgereist.« Die innere Not forderte dem Vikar noch einen Satz ab. »Sie meinte, dass mit Reliquien viel Geld zu verdienen ist.«

Wallraf versteifte den Rücken. »So also denkt Ihr über mich? Ich, der ich Euch aus der Verzweiflung gerettet habe, ausgerechnet ich, sollte solch einen Verrat begehen?«

Nettekoven rang die Hände. »Um Himmels willen, nein.«

Doch der Sturm war nicht aufzuhalten. »Und ausgerechnet Ägypten.« Wie zur Verstärkung setzte das Läuten der Domglocken ein. Wallraf hob die Faust. »Ägypten! Das Land, in das sich Josef mit Maria und dem Kind in Sicherheit bringen musste.«

»Ein Traum!«, rief Franz dem Freund zu und wagte, nach der Faust zu greifen. »Beruhige dich! Der Vikar hat es geträumt, kein Vorwurf, nichts davon entspricht der Wirklichkeit außer …«, eine Spitze aber musste doch sein, »… außer deinen Schulden. Verzeih den Scherz!« Franz strich dem Freund den Rock glatt. »Kommt, ihr beiden. Nun lasst uns gemeinsam in den Dom gehen und diesen wahrhaftigen Albtraum vergessen.«

Das Gekränktsein hatte sich verflüchtigt, dennoch schüttelte Wallraf den Kopf. »Mir ist jetzt nicht nach Leuten und Gedränge.«

Wie den Freund aus der Enge befreien? Nur kurz überlegte Kanonikus Pick, verstohlen lächelte er. »Was sollen wir auch im Dom, wenn wir hier dem Schatz so nahe sind wie sonst niemand? Kommt, ihr Wächter! Wir steigen nach oben auf den Speicher und begehen das Fest gemeinsam mit unseren Schutzbefohlenen.«

Eisig kalt war es im Dachgeschoss. Zwei Kerzen brannten rechts und links. Auf dem umgestülpten Eimer in der Mitte stand das geöffnete Kästchen.

Domvikar Heinrich Nettekoven zelebrierte die Andacht mit leiser, warmer Stimme. »Sehet, gekommen ist der Herrscher, der Herr.«

Im Wechsel übernahmen die Freunde: »In seiner Hand ruht Königsmacht, Gewalt und Weltherrschaft.«

»Gib dem König, o Gott, Dein Gericht.«

»Dem Königssohn Deine Gerechtigkeit.«

»Ehre sei …«

Auf Knien war der Professor zwischen Bücherkisten in den Winkel gekrochen und hatte den Reliquienschatz nach vorn gebracht. Nun ließ der Gesang alle Unordnung und Überladenheit des Kunstkabinetts vergessen.

Nettekoven intonierte: »Alle kommen von Saba, sie bringen Weihrauch und Gold und künden das Lob des Herrn.«

Hell die Stimme des Kanonikus, dunkler abgesetzt fiel Wallraf mit ein: »Auf, werde Licht, Jerusalem, denn die Herrlichkeit des Herrn gehet auf über dir.« Und gemeinsam sangen die drei Wächter der Könige: »Alleluja. Wir haben seinen Stern im Aufgang gesehen und sind gekommen mit Gaben, um anzubeten den Herrn. Alleluja!«

Ursel zog behutsam den Kamm durchs weiße Haar, hin und wieder löste sie einen Knoten, achtete darauf, der Mutter nicht wehzutun. »Gleich sind wir so weit.«

Klara Fletscher tätschelte das Knie der Tochter. »Bist ein gutes Kind.« Und nach einer Weile erkundigte sie sich zum dritten Mal seit dem Aufstehen: »Wann kommt unsere Beate zurück?«

Geduldig wie schon beim ersten Mal erklärte Ursel: »Sie ist mit Monsieur Soleil vorigen Montag weggefahren. Nach Paris. Dort heiraten die beiden.«

»Heiraten …« Ein Lächeln erhellte das eingefallene Gesicht. »Dann musst du mir das Haar flechten. Und stecke es mit der Silberspange hoch.«

Was der Mutter sagen? Ursel seufzte: »Ich mach dich schön. Aber die Hochzeit ist noch lange hin. Heute gehst du mit Norbert wieder etwas vor die Tür. Für den Spaziergang mach ich dich schön und zieh dich warm an.«

Seit Beates Abreise schien eine Wandlung im Bruder vorzugehen. Er war freundlich zur Mutter, und das nicht nur, wenn Fremde in der Nähe waren. »Wie hat unsere Mama geschlafen? Hat sie auch genug gegessen?« Nie gehörte Sätze!

Als er damit anfing, war Ursel zutiefst erschrocken. Als er am nächsten Tag mit der Mutter sogar ins Freie wollte, »die Arme braucht frische Luft«, da fürchtete Ursel sogar, der Bruder sei krank im Kopf geworden. Doch die gute Laune blieb, auch sein Umsorgen hörte nicht auf. »Heute haben wir Montag, den 19. Januar«, flüsterte Ursel vor sich hin. »Also sind wir schon sieben Tage lang im Sonnenhimmel, auch wenn's draußen friert und friert.«

»Denke an die Silberspange, Kind.« Die Mutter tastete nach dem Arm der Tochter. »Hat der Pfarrer schon mit dem Brautpaar gesprochen?«

»Ganz bestimmt.« Ursel ließ die Mutter in ihren Bildern. »Und die Gäste sind auch schon eingeladen.« Nur um auszuschmücken, setzte sie hinzu: »Selbst Tante Maria will kommen.«

»Was redest du da?« Ein Ruck ging durch den schmächtigen Körper. »Maria ist schon lange tot.«

»Dachte, du weißt das nicht mehr.« Ursel lachte leise. »Dir geht es wirklich etwas besser.« Das Haar war geflochten, und geschickt wand die Tochter den Zopf am Hinterkopf zusammen, steckte ihn mit Nadeln fest. Als sie die Silberspange anbrachte, fiel ihr der Tanzabend mit Walburga im Gasthaus »In den zwei Pferden« am Neumarkt ein. »Sag, Mutter, erinnerst du dich an die Perlenkette von Tante Maria? Vorne war ein silbernes Kreuzchen mit Blutsteinen.«

»Maria? Sie hat nie Schmuck getragen.«

Ursel vergaß, der alten Frau den Mantel umzulegen. »Weißt du das genau?«

»Aber, Kind. Maria und ich haben nie gut zueinander gestanden. Aber eins muss ich zugeben, eitel war sie nicht. Eine Muttergottesbrosche aus Kupfer hatte sie fürs Sonntagstuch, mehr nicht.«

Erst nach zwei Versuchen gelang es Ursel, die Hand der Mutter in den Mantelärmel zu führen. »Also hatte ich recht«, flüsterte sie und vergaß den zweiten Ärmel. »Norbert hat uns belogen, seinen Freund, mich und …« Die Kranke wedelte mit der noch freien Hand nach hinten. »Verzeih, Mutter!« Rasch half ihr Ursel weiter: »… und die arme Walburga glaubt ihm.«

»Du musst lauter sprechen, Kind.«

»Schon gut, Mutter. Jetzt noch den Schal.«

In ihrem Rücken öffnete sich die Küchentür. »Nun, seid ihr fertig?« Die vergnügte Stimme des Bruders ließ Ursel zusammenfahren. »Ist Mama warm eingepackt?« Norbert begutachtete die Mutter von Kopf bis Fuß. »So gefällst du mir.« Ein eleganter Diener, ein Lachen. Er bot der Mutter den Arm, griff die Handschuhe vom Tisch und spielte sie im Vorbeigehen der Schwester um die Wangen. »Heute geht's wieder runter zum Rheinufer.«

Ursel zwang sich, das Lächeln zu erwidern. In der Haustür sah sie den beiden nach. Vertrauensvoll hielt sich die Mutter an ihrem Sohn fest. »Du lügst. Auch wenn du freundlich bist, lügst du. Jetzt weiß ich es genau. Und irgendwann muss das Walburga auch wissen. Ehe es zu spät für sie ist.«

Die Sonne schien, doch es war bitterkalt. Norbert hatte Geduld mit der schwachen Frau. An jeder Straßenecke hielt er sie, bis der Atem wieder ruhiger ging. »Wir schaffen es.« Vor dem Hafentor drängten sich mehr Spaziergänger als an anderen Werktagen. Strenger wurden heute die Passierscheine von Kölner und französischen Posten kontrolliert. Norbert schob sich mit der Mutter langsam weiter. Immer wieder reckte er den Kopf, sah nach vorn. »Wo steckt der Kerl?«, murmelte er. »Er hat Dienst, das weiß ich.« Endlich. Gerade verließ Stadtsoldat Peter das Schilderhäuschen und händigte einem Mann mit Rucksack den Pass aus. Norbert winkte, bis der Rot-Weiße mit der dicken schwarzen Fellmütze auf ihn aufmerksam wurde und ohne Zögern seinen Posten verließ. Beim Näherkommen allerdings stockte er, paffte an seiner Stummelpfeife. »Junger Herr, ich dachte, Ihr kommt allein?«

»Aber ich bin allein.« Norbert schob die gebrechliche Frau etwas nach vorn. »Das ist meine Mutter. Ihr habt sie schon kennengelernt.«

Der Stadtsoldat runzelte die Stirn. »Bestimmt?«

»Aber ja, vor einigen Monaten, als Ihr meinen Vater in die Budengasse gebracht habt.«

»Daran erinnere ich mich gut.« Peter schaute genauer hin. »Und dieses arme Ding hier ist aus der feinen Frau Advokat geworden?« Er nickte höflich. »Gott zum Gruß.«

Klara Fletscher hob leicht die Hand. »Herr Offizier. Wie schön, dass Ihr auch zur Hochzeit kommt.«

»Was …?«

»Nickt nur, und sie ist zufrieden.« Norbert legte den Arm

um die Schulter der Mutter. »Schau, Mama, da neben den Schiffen. Die Leute gehen vom Ufer aufs Eis.«

»Im Winter sind wir Kinder manchmal auf dem Rhein …«, sie suchte nach dem Wort, als sie es fand, freute sie sich, »… geschliddert.«

»Fein, das versuchen wir gleich auch.« Er blickte den Stadtsoldaten an. »Sie begreift keinen Zusammenhang mehr. Und vergisst, was gerade war. Deshalb: Ich bin allein hier. Wir können reden.«

Stadtsoldat Peter paffte einige Züge. »Der Rhein steht seit gestern. Ab heute ist das Eis dick genug.«

»Also besteht keine Gefahr mehr?«

Peter lachte kehlig und spuckte aus. »Die Franzen sind schon wie verrückt. Noch wissen sie nicht, wo überall die Kontrollen stehen sollen. Mauerpforten gibt's ja genug.«

»Das nutzen wir.« Während sie Zeit und Ort verabredeten, rieb Norbert der Mutter den Rücken. Für sein Umsorgen erntete er von den Vorbeigehenden freundliche Blicke. »Auf ein gutes Geschäft, junger Herr!« Stadtsoldat Peter paffte an seiner Pfeife, kehrte zum Wachhäuschen zurück, und Norbert nahm den Arm der Mutter. »Komm. Jetzt gehen wir ein paar Schritte auf dem Eis.«

»Wie schön. Aber nicht schliddern«, sie lachte leise, »dafür bin ich zu alt.«

16

Minus siebenundzwanzig Grad, dazu Eiswind. Registrator Bartholomäus Dupuis verflucht den Tag und wagt nicht, an die nächste Nacht zu denken. Das Domkapitel hat ihn beauftragt, den Transport des kölnischen Landesarchivs in Richtung Norden zu begleiten. In Minden vereinigen sich seine Planwagen mit der kurfürstlichen Fluchtkolonne. Die Silberkammer, Möbel, das riesige Naturalienkabinett und Bücher, Akten und Schriftrollen lassen die Karawane auf dreiunddreißig sechsspännige Planwagen anwachsen. Ziel ist Hamburg und dort das österreichische Gesandtschaftshotel. Und wieder darf Bartholomäus Dupuis nicht mit dem Führer des Unternehmens, Hofrat Wurzer, im warmen Zimmer neben der Gasthausküche übernachten. Er muss sich mit den Kutschern im Pferdestall der Herberge das Lager teilen. »Welch eine Schmach«, flüstert er und haucht in die verfrorenen Hände. »Ich habe Besseres verdient. Viel Besseres …«

Bekanntmachung der Aufsichtsbehörde in der Schildergasse vom 24. Januar: »Die Bürger Lorenz Fischer und Johann Frank sind beide zu einer Geldstrafe von 100 Livres verurteilet worden, weil sie einen Unterschied zwischen Assignaten und klingender Münze gemacht haben.«

Die Deckung für den Rückweg war auch am späten Vormittag gut. Immer noch hing der graue, schneeschwere Himmel über Deutz und über den Eistrümmern auf dem Rhein, gefroren aus aufgetürmten schmutzig weißen Schollen. Eine lang gezogene Nebelbank ließ das Kölner Ufer nur schemenhaft erkennen.

Norbert und Arnold verließen Deutz durch eine Pforte rheinabwärts in Richtung Mülheim. Erst bei den Baumgärten bogen sie ab zum Fluss. Die kaiserlichen Soldaten feixten, als die beiden unförmig dicken Gestalten an ihren Stellungen vorbei direkt auf das Ufer zuhielten. Sie wussten von der Not drüben in Köln und hinderten keinen Bürger daran, sich in Deutz mit Waren zu versorgen, um dann sein Glück zu versuchen.

Bei offenem Wasser bildete die Fliegende Brücke für den Schmuggel das Nadelöhr nach Köln. Seit die Eisdecke aber hielt, war der Rhein zu einem weit geöffneten Tor geworden. Mutige nutzten diese Chance. Trotz Verbot und Drohung wagten sie sich entlang der ganzen Uferbreite hinüber ins Deutzer Paradies. Nicht nur Butter, Öl, Kaffee und Tabak, viel mehr noch, was auch das Herz begehrte, gab es dort zu erschwinglichen Preisen. Erst der Rückweg wurde zur wahren Gefahr. Denn ab Flussmitte lauerten die französischen Wachen und jagten mit Flinten und blanken Säbeln die Schmuggler. Kein Erbarmen. Es gab Verletzte, hin und wieder auch Tote. Die Waren wurden konfisziert. Außerdem drohten Prozess, hohe Geldstrafen oder Gefängnis.

»Wir bleiben zusammen«, bestimmte Norbert. »Entdecken sie uns, trennen wir uns sofort.« Jeder solle dann in eine andere Richtung laufen. Erst wenn er die Verfolger abgeschüttelt habe, dürfe er zum Treffpunkt kommen. Dort an der Pforte unterhalb des Frankenplatzes hatte Stadtsoldat Peter heute den ganzen Tag über Dienst und erwartete sie.

Die Freunde betraten den Fluss, huschten gebückt von einem Eisbrocken zum nächsten. Wachsam beobachteten sie jede Bewegung am anderen Ufer. Erst kurz vor der Rheinmitte suchten sie Schutz hinter aufeinandergetürmten Schollen.

»Wir warten«, bestimmte der Student.

»Worauf?«

»Nur Geduld.«

Nach einer Weile schmerzten die Gurte. Arnold rückte und zerrte durch den Stoff des übergroßen Schultermantels die Beutel an Brust und unter den Armen wieder zurecht. »Fühl mich wie eine Tonne.«

»So siehst du auch aus.« Norbert patschte ihm vorsichtig auf die Schulter. »Ein riesiges Fass auf Beinen, angefüllt mit feinen Sachen.«

»Mach dich nur lustig«, brummte Arnold. Der Freund trug weniger als halb so viel Schmuggelware am Leib. »Du kannst rennen, wenn's ernst wird. Ich watschel wie 'ne Ente.«

»Keine Sorge. Ich passe schon auf dich auf.« Norbert deutete nach links. »Da, sieh doch!« Weiter von ihnen entfernt schlichen zwei Gestalten aus Richtung Deutz übers Eis. Sie nahmen den kürzesten Weg, hielten auf die Anlegestelle am Markmannstor zu.

»Diese Idioten«, flüsterte Arnold. »Rennen den Franzen in die offenen Arme.«

»Wunderbare Idioten sind das.« Norbert kicherte in sich hinein. »Auf die habe ich gewartet.«

Kaum hatten die Schmuggler die Grenze auf der Flussmitte überschritten, entstand Bewegung am Kölner Ufer. Hinter dem Heck eines der festgefrorenen Schiffe tauchten drei französische Wachposten auf.

»Mach dich bereit!«, zischte Norbert. »Ich sag, wann es losgeht.«

Arnold prüfte seine Stiefelsohlen, sie rutschten nicht, die umgeschnürten Stachelbänder saßen fest.

Jetzt lösten sich hinter den Eistrümmern direkt vor ihnen weitere Bewaffnete aus ihren Verstecken, huschten hinüber. Von drei Seiten hielten die Jäger auf die noch Ahnungslosen zu.

Der Weg in Richtung Frankenpforte war frei. Arnold wollte los, doch Norbert hielt ihn am Arm. »Warte!«

Rufe. Ein Schuss. Die Schmuggler rannten. Die Übermacht fiel über sie her. Flüche, Schmerzensschreie, lauter und lauter.

»Jetzt!«, befahl Norbert und hastete los. Arnold folgte dem Freund. Rasch wurde der Abstand größer. »Du schaffst es«, befahl sich Arnold. Immer wieder blickte er nach rechts und links. Niemand tauchte von der Kölner Seite her auf. Sein Atem flog. Weiter vorn hatte Norbert schon das Ufer erreicht.

Arnold trennten davon noch gut hundert Schritt. »Du schaffst es!« Das Stechen in den Seiten nahm zu. Nicht stehen bleiben. Er sprang an Land, stolperte, fing sich wieder, und im Sturm näherte er sich der Pforte. Sie öffnete sich wie von Geisterhand und schlug hinter ihm gleich wieder zu. Erst nach einigen Schritten hielt Arnold an, keuchte, hustete.

»Bravo, Kleiner!«, hörte er in seinem Rücken. Stadtsoldat Peter schlug ihm auf die Schulter. »Von Weitem sah es aus, als käme eine Kutsche ohne Pferd übers Eis.«

»Wo ist mein Freund?«

»Der junge Herr ist schon weiter. Er sagt, du weißt, wohin.«

Arnold nickte. Sie hatten ihren Leiterwagen in einem Hausdurchstieg hinter dem Frankenplatz versteckt. Dort wollten sie die Waren in eine Tonne umladen und mit Zuckerrüben bedecken. Bei einer Kontrolle würde so keiner Misstrauen schöpfen.

»Danke für die Hilfe.«

Der Atem ging ruhiger, und Arnold wollte los, doch Stadtsoldat Peter streckte ihm die Hand hin. »Hab ich gern gemacht.« Er rieb Daumen und Fingerkuppen. »Aber nicht für Gotteslohn. Der junge Herr sagt, du zahlst mich aus. Zwei Bund Tabak und einen Schinken.«

»Dachte, er würde …? Na, ist auch egal.« Arnold öffnete den Schultermantel, und dem Rot-Weißen gingen die Augen über. »Du bist … Also, was dir da vor der Brust hängt. Mehr kann in einem Geschäft nicht im Regal liegen. Das ändert meinen Preis.«

»Ausgemacht ist ausgemacht.« Arnold löste den vereinbarten Lohn vom oberen Querriemen und zahlte den Helfer aus. Das unzufriedene Gesicht reizte ihn. »Du solltest erst sehen, was mir um den Hintern hängt.« Er kniepte dem Stadtsoldaten zu und ging, dabei ließ er die beladenen Hüften kräftig schaukeln.

Ohne angehalten zu werden, gelangten die Freunde mit dem Leiterwagen zu Norberts Haus und verbargen den Schatz im Schuppen hinter dem Innenhof.

»Dein Anteil ist bei mir sicher.« Norbert lachte und rieb sich die Hände. »Selbst mit einem Boot über den fließenden Rhein hätten wir nicht so viel rüberschmuggeln können. Ich verkaufe die Sachen nach und nach. Dann rechnen wir ab.«

»Ich möchte gleich was mitnehmen.«

»Wieso?«

»Nur etwas Kaffee …« Arnold hielt dem Blick nicht stand, sah zu Boden. Der Student stupste ihn leicht. »Raus damit!«

»Ich möchte ihr ein Geschenk … Ich mein, dem Schneidermeister Müller und seiner Frau. Weil ich …«

Da klatschte Norbert in die Hände. »Eine gute Idee. Damit werd ich bei meinen künftigen Schwiegereltern Eindruck machen. Danke, mein Freund.«

Arnold versuchte, wenigstens einen Teil der Überraschung für sich zu retten. »Vielleicht noch ein Stück Butter von mir …«

»Gemacht. Das zeigt der Schneidermeisterin noch deutlicher, wie großzügig ich bin.«

In der Nacht vom 30. Januar setzte das Sirren ein. Die Bürger in den Häusern nahe dem Ufer schreckten aus dem Schlaf, horchten zum Fluss. Der jähe Wetterumschwung ließ den zugefrorenen Rhein zur unheimlichen Harfe werden. Mit scharfem Knall riss eine Saite, der Ton peitschte durch die Eisfläche, verlor sich in der Mitte. Und gleich knallte irgendwo an einer anderen Uferstelle die nächste Saite vom Instrument, und wieder schwang der Ton davon. Immer rascher spielte das tauende Eis die Melodie der eigenen Zerstörung.

Ungewohnt früh kam Norbert in die Küche und weckte die Schwester. »Steh auf!« Er drehte die Öllampe höher. »Zieh die Mutter an! Ich will mit ihr raus.«

Ursel tappte zum Fenster und spähte durch die Ritze des Schlagladens. »Aber es ist noch fast dunkel.«

»Tu, was ich sage! Bis ihr fertig seid, ist es hell genug.«

Der Bruder öffnete selbst die Ofenklappe, befreite die Glut von der Asche und lockte das Feuer mit Holzspänen.

»Das hast du ja noch nie gemacht«, staunte Ursel. »Was ist denn los heute Morgen?«

»Ich war schon vorm Haus. Der Frost ist vorbei.« Norbert lachte leise. »Richtig warm ist es geworden. Die Luft wird unsrer Mama guttun.« Die ersten Flammen knisterten, und er legte ein Scheit nach. »Muss mittags zur Universität, deshalb will ich mit ihr so früh raus. Sie freut sich jedes Mal auf unsern Spaziergang am Rhein entlang.«

Ursel stellte den Milchtopf auf den Herd. »Seit du so freundlich zu ihr bist, ist sie richtig aufgelebt.« Sie zögerte, wollte schweigen und setzte dann doch hinzu: »Dafür bin ich dir dankbar.« Unhörbar ergänzte sie: »Auch wenn das schlechte Gefühl nicht aufhören will.«

Klara Fletscher hatte ohne Hilfe ihren Brei gelöffelt. Als sie ausgehfertig angekleidet war, sah sie mit selten klarem Blick die Kinder an. »Fleißig seid ihr. Ich werde mit Vater sprechen. Einen Taler für jeden. Den habt ihr euch redlich verdient.«

Beide stockten, bemühten sich, ernst zu bleiben.

»Aber nicht vergessen.« Norbert kniete sich zu ihren Schuhen und überprüfte die Riemen. Ursel streichelte der Mutter die Wange. »Du bist unsere Beste.« An der Tür rief sie dem Bruder nach: »Aber bleibt nicht zu lange!«

Zurück in der Küche, hockte sie sich auf die Ofenbank und presste die Hand unter den Busen. »Warum drückt das Herz nur so?« Voller Unruhe stand sie wieder auf. »Arbeiten hilft.«

Ursel schüttelte das Federbett der Mutter und hängte es zum Lüften über die Stuhllehne, die eigene Zudecke kam über den anderen Stuhl. Wenn Norbert sich schon so um die Mutter kümmerte, dann wollte sie auch ihm einen Gefallen tun.

Ohne Zögern stieg sie hinauf in die Kammer des Bruders. Die Sonne schien herein. Ursel öffnete das Fenster, schüttelte auch hier das Federbett und legte es halb nach draußen auf den Sims. Sie hob die verrutschte Matratze an, um sie besser in den Holzrahmen drücken zu können. Etwas Schwarzes zeigte sich unter der Kopfseite. Ursel griff danach und zog ein Ledersäckchen unter der Matratze hervor. Gleich schlug das Gewissen. Sie ging zur Tür, horchte, kein Bruder, und kehrte zum Bett zurück. Zunächst saß sie nur da, hielt den Fund auf den Knien, fühlte durchs Leder eine flache Schachtel. »Ich leg den Beutel ja wieder zurück«, beruhigte Ursel sich und gehorchte der Neugierde. Sie öffnete das Kästchen. Ein goldener Ring, schöner noch war die Brosche. Edelsteine umrahmten das aus Elfenbein geschnitzte Wappen. Ihre Fingerkuppe betastete das Glitzern. »Erst die Perlenkette mit dem Kreuz. Und jetzt das hier?« Sie drehte die Brosche. Die Rückseite bestand aus einem feinadrigen, silbernen Blatt. »Wunderschön.« An der rechten Seite fühlte Ursel eine leichte Erhebung, drückte mit dem Fingernagel dagegen und löste einen Stift. Sie konnte die Brosche aufklappen. Auf der Innenseite waren Worte eingraviert. »Mon cœur pour l'éternité. Charles.« Was die Worte bedeuteten, wusste sie nicht. »Aber eins weiß ich jetzt ganz sicher.« Ihr war übel, schwer fiel das Sprechen. »Den Schmuck hier hast du niemals von Tante Maria geerbt. Die konnte kein Französisch, und ihr Mann hieß auch nicht Charles, sondern Wilfried.«

Sorgsam legte sie die Kostbarkeiten so verpackt wie vorher zurück unter die Matratze.

Die meisten Schaulustigen standen am Hafenufer und begleiteten das Ächzen und Stöhnen der Schiffe. Sie klatschten, wenn einer der schweren Holländer aus dem Frostschlaf erwachte, langsam zu schaukeln begann und damit die Eiskruste am Rumpf zerbrach. Draußen in der Mitte des Rheins trieben schmutzig graue Trümmer und riesige Placken schon träge flussabwärts.

»Komm weiter, Mama«, behutsam schob Norbert die Mutter neben sich her, »hier sind zu viele Leute. Wir suchen uns eine schönere Stelle.«

Leicht tätschelte Klara Fletscher die Hand ihres kleinen Sohnes. »Bist ein guter Bub. Und wenn du schön mitmarschierst, dann kaufe ich dir nachher heiße Maronen.« Sie hob den Finger. »Aber erst wird gelaufen!«

Sofort schlüpfte Norbert in ihr Bild. »Fein, Mama.« Er zupfte und zerrte sogar an ihrem Arm, zeigte jungenhafte Ungeduld. Die Mutter lächelte darüber und bemühte sich, etwas rascher einen Fuß vor den anderen zu setzen.

Hinter der Frankenwerft blieben die Anlegestellen zurück, kaum noch begegneten ihnen Passanten. Am alten Ufer in Höhe des Wäldchens vor dem Schlachthaus führte Norbert die Mutter an einer unbefestigten Stelle bis ans Eis. Zur Probe setzte er einen Fuß auf, wippte leicht. Nur ein kurzes Knistern, Knacken. Die Scholle schaukelte auf und nieder, die nächst angrenzende zur Flussmitte hin begann sich zu drehen, unmerklich vergrößerte sich der Spalt zwischen den Platten.

»Hier haben wir eine gute Stelle zum Eislaufen gefunden.« Er suchte für sich festen Stand am Ufer und streckte der Mutter die Arme hin. »Komm! Nur Mut.« Vertrauensvoll fasste Klara Fletscher nach den Händen. »Aber nicht schliddern«, scherzte sie, tappte am Sohn vorbei und ließ sich aufs Eis führen. Mit sanftem Ruck entzog ihr Norbert seine Finger. »Geh schon voraus, Mama«, ermunterte er sie mit einem Lächeln.

Nach drei Schritten kam die alte Frau dem Plattenrand zu nahe. Die Eisscholle kippte nach unten. Ohne Laut rutschte Klara Fletscher in den Fluss, die Scholle schaukelte zurück. Wasser glänzte auf der Oberfläche.

Das Lächeln gefror. Norbert beobachtete das Eis. Keine Unruhe entstand. Nach gut einer Viertelstunde lösten sich die Schollen vom Ufer, andere schoben sich darüber, trieben zur Flussmitte.

Norbert rannte in Richtung St. Kunibert, riss die Arme hoch, schrie: »Zu Hilfe! Hilfe! So helft doch!«

Teil 3

17

Seit Anfang der Woche regnet es in Arnsberg. Mairegen. Trotz des Nieselwetters bittet Dechant Graf von Königsegg den Domherrn Baron von Mylius in den Gemüsegarten der Abtei Wedinghausen. »Hier sind wir vor unbefugten Ohren sicher. Werter Freund, ehe die heutige Sitzung beginnt, muss ich Klarheit haben.«

»Stehe zu Diensten, Erlaucht.«

Beide Kapitelherren tragen, weil in der Eile nichts anderes greifbar war, einen kleinen roten Sonnenschirm senkrecht über dem Haupt, und von den Randfransen tropft ihnen das Wasser auf die Schuhe. »Eine ernste Beschwerde zwingt mich, von Euch Auskunft zu verlangen.«

Das Lächeln gefriert im wohlgenährten Gesicht. »Wie kann ich helfen?«

»Da nur wenig Zeit bleibt, frage ich geradeheraus: Wo befindet sich der Domschatz? Insbesondere die Teile des Dreikönigenschreins?«

»Wohlverpackt in diversen Kisten.«

»Danach frage ich nicht, werter Freund. Wo? An welchem Ort?«

»Ich bin überrascht.« Als fürchte er doch einen Lauscher, blickt der rundliche Domherr rasch nach rechts und links, vom Schirm schnellt das Nass über den Rock des Grafen. »Verzeiht …«

»Antwort, bitte!«

Von Mylius zieht ein Blatt aus der Ärmeltasche. »Wie schon im Winter 1794 beschlossen, sind zehn Kisten nach …« Die Stimme ist schlank, schnell zählt der wendige Baron die zahlreichen und weit verstreuten Verstecke der Wertsachen während der vergangenen drei Jahre auf. »Die beiden Kisten mit der Bezeichnung P.R.1 und P.R.2 bergen die Teile des Königenschreins. Sie sind mit anderen im August letzten Jahres aus Prag wieder zurück …«

»Genug von diesem Verwirrspiel.« Der Dechant rüttelt seinen Schirm, stößt an den des Domherren. Wasser sprüht. »Wo? Wo befinden sich die Schätze heute? Jetzt, im Mai 1797?«

Vergeblich hat von Mylius versucht, dem Tropfenschwall auszuweichen, kann aber wenigstens sein Notizblatt vor der Feuchtigkeit retten. »Sie befinden sich derzeit im Minoritenkloster zu Soest.«

»Nur das wollte ich wissen.«

Der Domherr blickt auf. »Allerdings sind die drei goldenen Kronen der heiligen Könige wie auch der Diamantstern von der Stirnseite des Schreins noch in Prag verblieben. Dazu …«

»Schweigt!« Dechant Graf von Königsegg schließt mit einem Ruck seinen Regenschutz, eine Fontäne spritzt, es kümmert ihn nicht, tief stößt er die Schirmspitze neben sich in einen Salatkopf. »Was hat die Not nur aus uns gemacht? Seit die Franzosen auch das rechte Rheinufer genommen haben, ins Bergische Land vordringen und uns näher und näher kommen, sind wir nicht mehr wir selbst. Wie Hasen vor dem Jäger irren wir herum. Niemand weiß mehr ein noch aus.«

»Ich bin mir sehr sicher.« Mylius trocknet sich mit dem Schnupftuch das Gesicht. »Diese Beschwerde. Hat sie etwas mit meinem Aufgabenbereich zu tun?«

»Richtig.« Graf Königsegg beugt den Kopf vor. »Offiziant Krakamp vermisst ein Fässchen mit Geld und Silber. Es soll auch von Bamberg nach Prag geschickt worden sein, ist aber nicht mit zurückgekommen. Wisst Ihr etwas über den Verbleib?«

»Erlaucht, Ihr denkt doch nicht …?« Gleich wieder beherrscht, kehrt das gefrorene Lächeln zurück. »Dies muss ich recherchieren. Erlaubt mir, den Erzbischof von Prag um Aufklärung zu bitten.«

»Gewährt.« Der Dechant des Domkapitels tippt auf das Blatt. »Werter Freund, ich verlange, dass Ihr hiervon eine Abschrift bei unserem Protokollführer hinterlegt. Nicht auszudenken, wenn Euch diese Aufzeichnungen abhandenkommen.« Ein langer Seufzer. »Sollte die Not größer werden und wir wieder mit Teilen des Schatzes unsere Kassen nachfüllen müssen, wüsste dann niemand mehr, wo Gold und Edelsteine sich befinden. Und nun kommt, wir werden im Sitzungssaal erwartet.«

Arnold war müde. Dennoch eilte er in langen Schritten auf dem Brettersteg die Schildergasse entlang. Den Tag über hatte er hinter dem Blankenheimer Hof einen Schuppen abgerissen, das Holz zersägt, gestapelt und guten Lohn erhalten. »Verfluchtes Wetter«, brummte er, »ohne Regen wär ich früher fertig gewesen. Jetzt, wo es fast schon dunkel ist, hat er aufgehört.«

Die Zeit drängte, Professor Wallraf wartete auf ihn. »Komme am Abend zu mir. Ich habe einen wichtigen Botengang für dich.«

Auch wenn er bei dem Gelehrten wenig verdiente, keine Arbeit bereitete ihm mehr Freude. War es die Abwechslung? »Viel mehr«, flüsterte er. Oder weil er sich an Büchern oder Bildern nicht so schmutzig machte wie heute mit dem Schuppen? »Viel mehr.« Arnold bog ins Gässchen bei St. Laurenz ein. »Ich kann's nicht sagen. Es ist eben so.« Leise öffnete er die Haustür. Er musste sich umziehen. Der Professor verlangte einen ordentlich gekleideten Boten mit gewaschenem Hals und sauberen Händen. Niemand von den Geschwistern sollte ihn hören. Für die ewige Nörgelei der größeren Schwestern fehlte ihm der Gleichmut, und zum Raufen mit den kleineren Brüdern hatte er jetzt keine Lust. Auf der Treppe überstieg er die beiden knarrenden Stufen. Wenig später verließ er wieder seine Kammer.

Unten im Flur wartete die Mutter.

Arnold fuhr sich durch die halb gebändigten Locken. »Woher weißt du …?«

»Ach, Junge! Da kannst du noch so leise sein. Ich spüre, wenn du oder eins von den anderen durch den Flur geht.« Adelheid Klütsch betrachtete ihn mit prüfendem Blick. Von ihr hatte Arnold die Augen, auch in der Üppigkeit der Statur ähnelten sich Mutter und Sohn. »Der feine Gehrock putzt dich, macht aus dir gleich einen besseren Herrn.« Sie wischelte ihm Flusen von Brust und Ärmeln. »Nur ist er zu schade für einen Mittwoch.«

»Ich mein ja auch, für den Kirchgang ist er richtig. Oder auch mal zum Spazieren am Sonntag. Aber der Professor will mich so haben.« Arnold streichelte der Mutter den Oberarm. »Ich muss los.«

»Komm nicht so spät heim!«

Arnold winkte ihr. Draußen fühlte er die Münzen in der Hosentasche, sein Tageslohn. Aus Dankbarkeit für schnelle Arbeit hatte ihn der Pächter vom Blankenheimer Hof mit den alten feinen Blafferts und Stuber bezahlt. In der Eile hatte er vergessen, das Geld in der Kammer zu lassen. Noch mal umkehren? »Ich bin schon spät dran.«

Gleich nach dem Läuten öffnete ihm der Gelehrte. »Ich befürchtete schon, du hättest unsere Verabredung vergessen.«

»Das würd ich nie … Musste mich ja noch umziehen.« Arnold seufzte bewusst tief. »Weil Ihr es nun mal verlangt.«

»Höre ich da etwa Kritik?«

»Aber nein, Herr.«

»Das klingt nicht sehr überzeugend.«

Mit der guten Zusammenarbeit der letzten Jahre war das Vertrauen zwischen Professor und Adlatus gewachsen. Aus dieser Sicherheit wagte Arnold hin und wieder einen Scherz. »Im Dunkeln sieht mein feiner Rock besonders gut aus.«

»Wenn du in meinem Auftrag unterwegs bist …« Wallraf winkte ab. »Darüber haben wir schon genügend gesprochen.« Er reichte Arnold einen Geldbeutel. »Fünf Taler in Silber zu treuen Händen.« Schulden bei der Kunsthändlerin Anna Peters mussten beglichen werden. »Wie sie mir in einem Brief mitteilt, nagt unsere Freundin bereits am Hungertuch, die Ärmste.«

»Glaub ich …« Arnold verschluckte den Rest, dachte aber: Wie so viele andere, die noch offene Rechnungen mit Euch haben. »Ich mein, soll ich wieder nach einer Quittung verlangen?«

»Aber ja. Zur Hälfte habe ich mir den Betrag von Kanonikus Pick leihen müssen. Die Quittung ist doppelt wichtig: Zum einen als Beweis, dass ich bezahlt habe, und zum andren hilft sie, etwas Ordnung ins finanzielle Chaos dieses Hauses zu bringen.«

»Diese verfluchten Zettel. Wenigstens kann ich die Zahlen erkennen.« Arnold blies die Wangen. »Ich weiß nie, was die Händler sonst noch draufschreiben.«

»Diese deine Schwäche ist wahrhaft bedauerlich. Und keine Empfehlung für den Boten des Rektors der Universität. Irgendwann könnte das sogar zum Problem werden.«

»Wie meint Ihr das?«

»Nicht jetzt, mein Freund.« Wallraf wies zur Tür. »Nun spute dich, sonst musst du die Ärmste noch aus dem Bett schellen.«

Das Herz pochte. Was meinte der Professor damit? Arnold ging die Hohe Straße entlang, achtete nicht auf rechts und links, bemerkte nichts von den beiden Gestalten hinter ihm. Er nagte an der Unterlippe. Kein Zweifel, der Professor schämt sich für mich. Der Nacken wurde heiß. Weil ich ihm zu dumm bin. Arnold wischte sich die Stirn. Was nutzt das schöne Wams? Trotz der Sorge schlich sich ein Lächeln in die Mundwinkel.

Er floh dem Gedanken nach: mein Wams. »Das war die schönste Woche im ganzen letzten Jahr«, flüsterte er. Der Professor hatte ordentliche Kleidung verlangt. Aber woher nehmen? Und wie bezahlen? Selbst Kanonikus Pick sorgte sich.

Von den alten Dienern im Haus des Grafen Oettingen brachte er zwei abgelegte Gehröcke. »Vielleicht passt einer von denen?« Beide waren für den kräftigen Brustkorb des Herkules zu klein, die Ärmel viel zu kurz.

Arnold wusste nicht, wie, aber die Glücksidee war mit einem Mal da. »Bitte, lasst sie mir beide!« Er brachte die Gehröcke zur Schneiderwerkstatt in die Salzgasse und hielt sie Walburga hin: »Kannst du aus zwei einen machen? Ich mein, zusammennähen? Für mich?«

Sie hatte die Röcke betrachtet, den Stoff befühlt. »Ich nicht, doch ganz sicher der Vater. Aber ich helfe ihm dabei.«

Eine Woche hatte es gedauert, und in dieser Woche war Arnold dreimal zur Anprobe in der Schneiderei gewesen, und Walburga hatte ihn angelächelt, ihn hin und her gedreht und die Nadeln gesteckt. Und ihr Gesicht hatte er einmal ganz nah unter dem Kinn gespürt. So warm … Diesen Duft wollte er für immer in der Nase behalten … Aber das war letztes Jahr.

Arnold verließ die Hohe Straße, ging ein Stück die Schildergasse entlang und nahm vor St. Agatha die Abkürzung durch die schmale Gasse. Sein Rock aus zwei Gehröcken genügte nicht. Die Mutter hatte unrecht. »Kein besserer Herr. Da steckt immer nur der dumme Tagelöhner drin.« Arnold pochte sich mit der Faust gegen die Brust. »Das muss geändert werden, hörst du?« Aber für die Schule war er zu alt …

Schritte hinter ihm! Jäh und schnell. Er drehte sich um, erkannte zwei Schatten. Sie sprangen auf ihn zu. Der eine streckte einen Knüppel. Der andere schwang ein schwarzes Ungetüm an einem Stockring. Ein Netz? Oder? Dann sah er nichts mehr. Fühlte Stoff vor dem Gesicht, um den Kopf. Ein Sack. »Verflucht, was soll …?« Eine Drahtschlinge schnürte ihm das Wort ab, schnitt sich in seine Kehle. Mit beiden Händen griff Arnold danach, zwei Finger schafften es unter die Schlinge, er riss, zog. Sein Atem rasselte. Wild trat er um sich, traf nur ins Leere. Dann spürte er den harten Schlag über dem

Ohr, gleichzeitig explodierte Schmerz in seinem Kopf. Arnold torkelte, tappte hin und her. Wieder traf ihn ein Hieb. Rot ins Weiß, dann nur furchtbar grell. Noch ein Schritt, alle Kraft wich, langsam brach Arnold in die Knie, noch ehe er hinschlug, löste er sich im Schwarz auf.

Stille. Oder doch ein Geräusch? Arnold öffnete die Lider, horchte ins Dunkel. Irgendwo bellte ein Hund. »Hab mich nicht geirrt«, flüsterte er und wischte sich übers Gesicht. Die Fingerkuppen wurden klebrig. Wo, zum Teufel? Er richtete sich auf. Das Stechen in seinem Schädel riss ihn aus der Benommenheit! Arnold stöhnte, war wach, wusste, wo er war. »Räuber …« Gleich tastete er in seine Taschen. Der Geldbeutel war weg, der Tageslohn auch. »Verflucht. Diese gottverdammten Halunken.« Erst nach zwei Versuchen gelang ihm das Aufstehen. Er schleppte sich aus der Dunkelheit zurück auf die Schildergasse, dort blendete ihn das Licht der neuen Laternen. Schon angezündet? Wie lange nur hatte er da gelegen? Beide Hände presste Arnold an die Schläfen, tief nach vorn gebeugt, stapfte er Fuß für Fuß durch den Modder. Sollten die Stiefel ruhig eindrecken. Schlimmer noch als der Kopf quälte der Gedanke an den Verlust. »Erst war ich nur zu dumm«, flüsterte er. »Jetzt lass ich mir auch noch das Geld aus der Tasche klauen.« Die Not wucherte. »Was soll der Professor mit so einem wie mir?«

Zweimal noch musste Arnold sich gegen eine Hauswand lehnen, warten, bis der Schwindel nachließ. Mit großer Mühe erreichte er die alte Dompropstei und zog an der Glocke.

Drinnen verhallte der Ton. Niemand kam. Arnold läutete heftiger. Endlich schwang die Tür auf. »Genug!«, schimpfte Kanonikus Pick. »Was soll die Störung?« Jetzt erkannte er den Besucher. »Dein Pflichtbewusstsein in allen Ehren. Die Quittung hätte auch Zeit gehabt bis morgen.«

»Verzeiht.« Arnold hob den Kopf.

»Bei allen Heiligen! Was ist mit deinem Gesicht?«

»Überfall. Die … die Taler …« Arnold erzwang jedes Wort.

»Das Geld ist weg.« Er sank mit der Schulter gegen den Tür-
holm. »Es tut mir so leid.«

Franz Pick sprang hinzu, gerade noch gelang es ihm, sich
den Arm des großen Burschen über die Schulter zu legen.
»Nicht hinfallen. Wer sollte dich Riesen aufheben? Komm,
versuche, mit mir ins Haus zu gehen.« Gestützt auf den Kleriker, schaffte es Arnold bis in die Küche, der Stuhl war eine Erlösung, und die Tischplatte wurde das Bett für Oberkörper,
Arme und Kopf.

»Es tut mir leid«, flüsterte Arnold, ein Kreisel begann sich
zu drehen, er presste die Hand gegen die Stirn, konnte das
Drehen nicht anhalten. »Bitte …«

In schnellen Schritten war der Kleriker an der Tür, rief nach
dem Professor, dann brachte er warmes Wasser und Tücher zum
Tisch. Wenig später half ihm Ferdinand Wallraf, den Verletzten
vom Blut zu reinigen. »Das Gesicht ist unverletzt. Die Wunde
am Hinterkopf muss von einem Arzt untersucht werden.«

Arnold tastete nach der Hand des Professors. »Ich hab etwas gespart. Könnt Ihr mir den Rest stunden?«

»Wovon redest du?«

In Wellen überrollten ihn die Schmerzen, als sie für einen
Moment nachließen, sagte Arnold hastig: »Die Taler. Bitte jagt
mich nicht fort. Ich zahle alles zurück.«

»Das soll jetzt nicht deine Sorge sein.« Wallraf befeuchtete
ein frisches Tuch. »Sobald es deine Verletzungen erlauben,
wartet hier neue Arbeit auf dich.«

Sosehr sich Arnold auch mühte, er verstand nicht, was der
Professor damit gemeint hatte.

Sorgsam legte Kanonikus Pick Verbandstreifen auf dem
Tisch zurecht und stellte den Branntweinkrug daneben. »Es
ist blanker Hohn. Jetzt hat der Rat endlich die Beleuchtung
eingeführt, damit die Straßen in der Nacht sicherer werden.
Und seitdem mehren sich die Überfälle von Monat zu Monat.«
Er blickte den Freund von der Seite an. »Du solltest eine Brand-
schrift gegen dieses Raubgesindel verfassen.«

»An wen? Ein Umbruch steht bevor. Unser Rat ist praktisch schon entmachtet, und die Franzosen wissen noch nicht genau, wohin mit all der Macht.« Wallraf legte einen mit Schnaps getränkten Lappen auf die Wunde über dem Ohr. Das Brennen übertönte noch den bohrenden Schmerz. Der Patient zischte den Atem durch die Zähne. Unbeeindruckt legte der Professor den zweiten Lappen auf und setzte den Gedanken fort. »Dieses rechtsunsichere Vakuum nutzen diese Schurken und befallen die Städte wie böses Ungeziefer.«

»Herr«, Arnold hob die Hand, »bitte, wartet mit dem nächsten Streifen. Nur einmal Luft holen, bitte!«

»Oh, verzeih.« Fest legte Wallraf ihm die Hand auf die Schulter. »Ohne dem Arzt vorzugreifen. Ich glaube, du hast Glück gehabt.«

»Schönes Glück.« Der Ton war bitter. »Bei all dem Unglück mit dem Geld.«

Nun beugte sich Kanonikus Pick zu ihm. »Das wird geregelt, mein Herkules. Ich bin in der glücklichen Lage, das finanzielle Loch wieder zu stopfen.« Er stieß wie ein Lehrer den Finger auf den Tisch und sagte gespielt streng: »Wir können und wollen nicht auf dich verzichten. Deshalb: Du wirst auf schnellstem Wege wieder gesund. Dann kümmerst du dich um deinen Rock. Ärmel und Rücken sind aufgerissen. Haben wir uns verstanden?«

Arnold sah beide Herren an, wollte lächeln, nickte aber zuerst. Sofort stieß der Schmerz wieder zu, und er verzog das Gesicht. »Danke«, stöhnte er. Was war mit seinem Wams? Der Stoff zerrissen? Das bedeutete … Jetzt stahl sich doch das Lächeln in die Mundwinkel. Eine Anprobe mindestens, vielleicht sogar zwei?

Unten aus dem Schankraum drangen Stimmen, gedämpftes Lachen bis in den oberen Stock des Bordells, Tabakqualm durchzog die säuerliche Luft. Norbert verließ das Zimmer. Ehe er die Tür ganz hinter sich zuzog, eilte ihm Freya nach.

»Junger Advokat …« Nackt, nur mit Stulpenstiefeln an den Füßen, folgte sie ihm in den Flur, hielt seinen Arm. »Wenn ich heute zu hart war, tut es mir leid.«

Norbert befreite sich. »Ich zahle es dir zurück.« Mit der Linken umfasste er ihren Nacken, presste die rechte Faust gegen ihren Unterleib. »Das nächste Mal stoße ich sie dir ganz rein, bis zum Handgelenk.«

Da kicherte Freya und kehrte wortlos ins Zimmer zurück.

Norbert richtete sich den Kragen, zupfte die Rüschen aus den Rockärmeln. Bei jeder Armbewegung spürte er den wund geschlagenen Rücken. Auch das Gehen bereitete ihm Mühe, breitbeinig stieg er die Treppe hinunter.

Fast alle Tische waren besetzt. Französische Offiziere hockten beim Würfeln, rauchten, schwadronierten, zwischen den Bechern stapelten sich die Geldscheine. Gleich nebenan wurden die Karten gemischt. Heruntergekommene Priester ohne Amt und den Klöstern entlaufene Mönche spielten um ihre letzte Barschaft. Zwei freizügig gekleidete Frauen gingen mit Kannen herum, schenkten Wein und scharf Gebrannten aus und wehrten sich nicht gegen einen Schlag auf den Hintern oder gegen eine Hand, die ihnen gar zwischen den Schenkeln nach oben strich. Hinter der Theke thronte die Düwels-Trück auf ihrem Hochstuhl, schmauchte an der Tonpfeife. Grellrot der Mund, tiefschwarz die Brauen und Wimpern. Sie empfing Norbert mit breitem Lächeln. »War unser junger Advokat mit seiner Lehrerin zufrieden?«

»Sie ist sehr streng.« Er wischte sich die Strähne aus der Stirn. »Aber sie versteht … ihr Fach.«

Da lachte die Düwels-Trück kehlig in den Husten hinein. Sie bändigte mit dem Arm ihren wogenden Busen, bis sie wieder zu Atem kam. »Ihr müsst schon entschuldigen. So redet keiner, der von meiner Freya kommt. Die meisten verziehen sich wie Hunde mit eingeklemmtem Schwanz.« Und wieder setzte das Lachen ein, brach aber unvermittelt ab. »Das macht dann noch einen Taler, junger Advokat.«

»Advokat«, verbesserte Norbert. »Ich habe das Studium im März beendet. Nun bin ich fertiger Jurist.«

»Oh, verzeiht.« Übertrieben tief neigte die Bordellmutter das Haupt, noch ehe sie aufblickte, streckte sie ihm die offene Hand hin. »Dennoch …«

»Ein Jurist ohne Anstellung«, setzte Norbert mit bekümmerter Stimme hinzu.

Sofort wich jeder Scherz. »Rabatt gibt es hier nicht. Und solltet Ihr …«

»Ein Missverständnis«, zog Norbert gleich den Versuch zurück und legte hastig den Taler vor sie hin. »Nur ein Missverständnis. Ich wollte auf etwas ganz anderes hinaus.«

Erst als der Taler sicher im Gürtelbeutel verstaut war, kehrte auch das Lächeln wieder. »Ich höre, Herr Advokat.«

Norbert trat einen Schritt näher. »Mir ist etwas zu Ohren gekommen, das würde ich gern jemandem als Vorschlag unterbreiten. Scheint eine lohnende Sache zu sein.«

»Herr Advokat, ich verstehe nicht, was Ihr meint. Wundere mich aber.« Ohne ihn aus den Augen zu lassen, entzündete die Düwels-Trück umständlich die Tonpfeife, paffte einige Wolken. »Wie lohnend?«

»Der Wert? Viele Tausend Golddukaten.«

»Klingt nicht schlecht. Ich wüsste jemand, der sich das anhören würde. Und wenn es gefällt, kennt der dann jemand, der die richtigen Leute kennt.«

Norbert zupfte an den Hemdrüschen. »Für einfaches Fußvolk ist die Sache zu groß. Kann ich nicht gleich mit dem Richtigen sprechen?«

Die Düwels-Trück patschte ihm auf die Hand. »Hier läuft alles so, wie ich es sage. Und glaubt mir, ich hab da so meine Erfahrung.« Sie schüttete Norbert vom Schnaps ein. »Der geht aufs Haus. Trinkt! Ich bin gleich wieder zurück.« Sie rutschte von ihrem Hochstuhl, zwinkerte Norbert zu. »Ihr seid mir vielleicht einer …«

Mit neckischem Fingerwinken nach rechts und links zu den

französischen Offizieren wiegte sie die vollen Hüften zwischen den Tischen entlang und entschwand durch die Hoftür.

Norbert wollte nicht auffallen, hielt das Gesicht zur Theke gewandt und nippte am Branntwein. Unvermittelt spürte er einen leichten Schlag auf den Rücken, stöhnte und wollte ausweichen.

»Was denn, was denn?« Die Wirtin trat neben ihn. »So empfindlich? Dann war die Lehrerin wirklich streng.« Das Lachen blieb in der Kehle. »Das Treffen kann sofort stattfinden.« Sie sprach leise und schnell, mit unbeteiligter Miene, ohne Gesten. »Ihr geht hinten raus. Über den Innenhof. Da ist die Schankstube für besondere Gäste. Dort werdet Ihr erwartet.«

»Von wem? Der Name?«

»Junger Advokat …« Kurz hob sie den Zeigefinger. »Diese Frage solltet Ihr vergessen. Neugier kann Euch da drüben übel bekommen, vielleicht sogar den Hals kosten.«

Norbert schluckte. »Verstehe.«

»Noch ist gar nichts. Geht heim, und nichts war.«

»Ich weiß, was ich will.« Er reckte das Kinn. »Verschafft mir den Kontakt. Das Übrige erledige ich schon selbst.«

Jetzt stopfte sie mit einem kleinen silbernen Stößel ihre Pfeife nach, paffte. »Noch ein Rat: Ihr werdet beobachtet, sobald Ihr den Hof betretet. Geht jetzt!«

Norbert löste sich von der Theke, schlenderte durch den Schankraum. Im Hof beschleunigte er den Schritt, sah verstohlen zu den Fenstern des Hintergebäudes auf, entdeckte keine Bewegung. Mit Vorsicht öffnete er die Tür, trat ein.

Niemand erwartete ihn. Auf dem mittleren der drei Tische standen eine Flasche und zwei Becher. Als hinter ihm das Türschloss schnappte, fuhr er herum, sah die kleine Gestalt, sah das Gesicht und wich einen Schritt zurück.

»Keine Maske.« Ein kaltes Grinsen für den Gast zeigte runde, grauschwarze Zahnstümpfe, darüber weiteten sich die aufgestülpten Löcher der rückenlosen, fast platten Nase. »So sehe ich wirklich aus.« Der Mann wies zum Tisch: »Nehmt

Platz!« Als sein Gast an ihm vorbeiging, betastete er mit schnellen Griffen die Rocktaschen und den Gürtel. »Nur zur Vorsicht, Herr Advokat. Bitte setzt Euch.«

Norbert befeuchtete seine Lippen. »Es ist sehr freundlich ...«

»Freundlich?« Wieder das dünne Lächeln. Die schwarzen Augen glitzerten in den dunklen Höhlen. »Advokat? Wen vertretet Ihr?«

»Niemanden. Ich habe keine Anstellung.« Die gewohnte Sicherheit kehrte langsam zurück. »Will sagen, ich bin in eigener Angelegenheit hier.« Nach dem nächsten Atemzug spreizte Norbert sich vor dem fast haarlosen und schmächtigen Mann. »Allerdings ist die Sache von so beachtlicher Dimension, dass ich sie gerne – ohne Euch nahetreten zu wollen – nicht einem Vermittler, sondern direkt einem Fachmann unterbreiten möchte.«

»Das wird schwierig sein.« In den Mundwinkeln zuckte es. »Tagsüber ruhen die Herrschaften, und abends warten wichtige Geschäfte auf sie.« Der Gastgeber schenkte die Becher halb voll. »Ihr müsst schon mit mir vorliebnehmen. Prosit.« Nachdem er abgesetzt hatte, änderte sich die Stimme. »Und nun Schluss mit dem Geschnörkel. Redet mit mir oder mit keinem.«

Norbert zupfte an den Ärmelrüschen. »Ehe die Franzosen vor drei Jahren einmarschiert sind, wurde der Dreikönigenschrein von den Pfaffen bei Nacht und Nebel weggeschafft.« Er berichtete von Gold, Silber, von Brillanten und Smaragden, redete sich selbst in gierige Begeisterung, hielt auf dem Höhepunkt inne, atmete, um die Spannung noch zu schüren, und sagte in feierlichem Ton: »Ich kenne den Ort und das Versteck.«

»Wo?«

»Im Westfälischen. Das muss erst genügen.«

»Die Reliquien liegen noch in dem Schrein?«

»Und wenn? In Wahrheit sind es nur Knochen.« Norbert griff nach der Flasche und bediente sich selbst. Weil der schmächtige Mann ihn gewähren ließ, fühlte er sich bestätigt. »Gut geplant, ist das Versteck im Handstreich zu nehmen. Sagt das Euren Hauptleuten. Die Beute bringt mehr als hunderttausend Dukaten ein. Ich verlange für den Hinweis einen Anteil von zehntausend Taler.«

»Zehntausend?« Auch der Gastgeber schenkte sich erneut ein, trank und drehte den geleerten Becher auf der Tischplatte. Er hielt inne, das Lächeln verschwand. Jäh schleuderte er den Becher beiseite, sprang auf, riss den Gast vom Stuhl und stieß ihn in die Mitte des Raums.

»Was soll …?« Zu mehr kam Norbert nicht. Ein Messer fuhr auf ihn zu. Mit ungeahnter Schnelligkeit schlitzte ihm der schmächtige Mann die Rockseiten von der Schulter bis zur Hüfte auf, zerschnitt die Rüschen an Brust und Handgelenken und trennte ihm den Kragen zur Hälfte vom Hemd. Schon drückte er ihm die Dolchspitze gegen den Kehlkopf. »Herr Advokat!« Die Stimme war eine scharfe Klinge. »Wir vergreifen uns nicht an unsern Heiligen. Ist das verstanden? Und nun raus, ehe ich Euch noch ganz andere Teile abschneide.«

Rückwärts floh Norbert aus der Stube. Draußen fiel er hin, raffte sich auf. Er sah den zerfetzten Rock, das Hemd. »Ein Ungeheuer«, stammelte er, »ein Wahnsinniger.« In den Schankraum konnte er so nicht zurück. Er drückte sich durchs schmale Hofgatter auf die Gasse, schlich zwischen den Brandmauern der Häuser davon.

18

General Hoche, der neunundzwanzig Jahre junge, der Strahlende, mit ihm kam die Hoffnung an den Rhein zurück. Général en chef, der neue Oberbefehlshaber der Sambre- und Maasarmee, ist zugleich Zivilgouverneur der Länder zwischen Rhein, Maas und Mosel. Die Säbelnarbe quer durch sein Gesicht nimmt ihm nichts von seinem Charme. Und er fühlt mit den ausgebluteten Städten, auch den Kölnern. Bürgermeister und Rat erhalten wieder Amt und Würde zurück, er setzt die alte Verwaltung wieder ein.

»Vive Général Hoche!« Keine Auflagen mehr. Keine Beschlagnahmungen mehr. »Vive Général Hoche!«

Zum Dank beschenken ihn die begeisterten Kölner mit fünfzig Flaschen Champagner, hundert Flaschen Rot- und Weißwein.

Der Jubel lockt auch die »Patrioten« aus ihren Hinterzimmern. Der aus dem Kloster entsprungene Mönch Biergans, nun alles begeifernder Journalist, wie auch der Winkeladvokat Sommer, sie wittern mit ihren Jakobinerfreunden Morgenluft. »Bürger General Hoche! Du bist unsere Hoffnung.«

Die alten Zustände dürfen nicht zurückkehren. So wie General Napoleon Bonaparte im Süden eine eigenständige cisalpine Republik unter der Mutterschaft Frankreichs ausgerufen hat, erhoffen sie vom Bürger General Hoche eine neue Republik am Rhein. »Du bist der Bonaparte du Nord! Gib uns die freie, selbstständige cisrhenanische Republik!«

Die Idee schmeichelt, weckt Lust nach mehr Macht.

Der Waffenstillstand zwischen Österreich und Frankreich beschleunigt die Wandlung in dem strahlenden Helden.

Alles, was General Hoche anfangs zugesagt hat, nimmt er nun wieder zurück. »Wichtige Ursachen, Bürger, nötigen mich, Euch aufzufordern, dass Ihr auf der Stelle die Summe von drei Millionen in klingender Münze aufbringt, wovon die Hälfte in vierzehn Tagen nach Verkündigung des Beschlusses eingetrieben sein muss. Hoche!«

Drei Millionen! Die Bonner Mittelkommission setzt für Köln den Anteil von 317 000 fest.

Die Kölner flehen: »General! Setzt unserm Elend ein Ziel. Zu dir erhebt sich das Geschrei der Unglücklichen!«

Doch statt Erbarmen widerfährt den Bürgermeistern DuMont und von Klespe im Hauptquartier des Generals Schmach und Beschimpfung: Der Kölner Rat sei zudem intolerant! Er verweigere den Protestanten Bürgerrechte und eine eigene Kirche!

»Ach! Erneuert, General, an den Ufern des Rheins die Denkmäler der Gerechtigkeit …«

»Rien! Ich will nichts mehr davon hören. Zahlt, und fini!« In seinem Zorn erhöht Hoche sogar den Anteil der Stadt auf 874 000.

»Bürger General Hoche«, die »Patrioten« nutzen die Gelegenheit, »lasst uns für Euch den Boden einer cisrhenanischen Republik bestellen. Unsre Anhänger in Mainz, Koblenz und Köln sind bereit.«

Und Général en chef Hoche gewährt den rheinischen Jakobinern seinen Schutz. Nun gibt es kein Halten mehr. Sie gehen auf die Straßen, kleben Plakate: »Keine Rückkehr zu den Aristokraten. Nieder mit allen Tyrannen. Wir wollen eine Republik frei von allen Feudalrechten, keinen Zehnten mehr, keine Steuern …«

General Hoche fördert die Bewegung und befiehlt der Mittelkommission in Bonn, den Kölner Rat zu beaufsichtigen, einzuengen mit dem einen Ziel, alle Macht an sich zu ziehen. Commissaire Johann Rethel wird in die Domstadt entsandt.

Getrieben vom Karrierehunger ist er der geeignete Mann. Und gleich bietet sich ihm der Kölner Jakobiner Sommer als Assistent an: »Niemand kennt die betrügerischen Machenschaften des Stadtrates besser als ich.« Der Advokat versteht das Einschmeicheln. »Mit mir und meinem Weggefährten Franz Biergans an Eurer Seite wird der Erfolg schnell erreicht sein.« Rethel erzwingt die Teilnahme an allen Ratssitzungen, beansprucht den Ehrenplatz zwischen den Bürgermeistern. Und mit Unterstützung seiner beiden Agitatoren versucht er das heimtückische Spiel …

Julischwüle lastete in der Salzgasse. Ein Hund tappte von einem Haus zum nächsten und beschnüffelte die Mauern. Er scherte sich nicht um die beiden Herren in den dunkelgrünen Röcken, die schnellen Schritts an ihm vorbeigingen und am Schneiderhaus die Glocke zogen.

Drinnen hob Meister Müller unwillig den Kopf, sah auf die Uhr. »Noch nicht.« Er legte sich auf seinem Werktisch zurück ins Kissen. Die geheiligte Mittagspause war erst in einer halben Stunde zu Ende.

Die Glocke störte erneut. Ohne die Augen wieder zu öffnen, rief Reinhold Müller nach seiner Tochter. »Hörst du's nicht? Da läutet jemand.«

»Warum öffnest du nicht selbst?«

»Aber, Kind. Wie sieht das denn aus? Kein Kölner Meister regt sich in seiner wohlverdienten Ruhepause.«

»Ich habe auch den ganzen Vormittag Stoffe zugeschnitten. Und jetzt scheuern wir gerade die Töpfe …« Die Türglocke unterbrach sie. »Ach, warum rede ich? Es ändert ja doch nichts.«

Kaum sah Walburga die grüne Kleidung der Besucher, wich sie einen Schritt zurück. »Wir haben noch geschlossen. Vielleicht kommt Ihr etwas später.«

»Jetzt sind wir genau zur richtigen Zeit, schöne Jungfer.« Bei jedem Wort schlug Metall gegen Metall, und das Lächeln des hageren Mannes erschreckte noch mehr.

»Wie meint Ihr das?«

»Nun …« Die hellen Augen brannten. »Darf ich vorstellen:

Mein Freund hier ist Advokat Sommer. Und ich bin Franz Biergans.«

O Gott, dieser Journalist, dachte Walburga, sobald der auftaucht, gibt es Unglück. »Womit kann ich dienen?«

»Dürfen wir eintreten?« Advokat Sommer nickte ihr zu. Er war ebenso dünn wie Biergans, doch etwas kleiner, dazu scharfgesichtiger. Er wartete die Einladung nicht ab, schob den Journalisten in den Flur und schloss selbst die Tür. »Wir müssen Euren Vater sprechen.« Die Stimme war dunkel, rau. »In einer dringenden Angelegenheit.«

Gefahr. Walburga spürte den Druck bis zur Kehle hinauf. »Wir haben heute zu viel Arbeit. Vielleicht versucht Ihr es morgen wieder.«

»Mein Freund sagte dringend.« Biergans beugte sich zu ihrem Gesicht. »Also, Jungfer … Wie war noch der Name?«

»Walburga.« Sie hob das Kinn. »Ich muss Euch bitten zu gehen. Ihr könnt hier nicht so einfach eindringen.«

»Aber, aber.« Wieder das Lächeln. »Bürgerin Walburga, nun führt uns schon zu Eurem Vater. Es ist nur zu seinem Besten.«

Advokat Sommer trug am Schulterriemen eine Dokumententasche. Er schlug mit der flachen Hand auf das Leder. »Wir bringen die Befreiung, Jungfer.« Der Ton nahm an Feierlichkeit zu. »Und Euer Herr Vater, der Bürger Reinhold Müller, ist ausersehen.«

Nein, nein. Um aller Heiligen willen, was redet der Mensch da? Ich muss Vater und Mutter schützen, der Gedanke war wie ein Befehl. Walburga stemmte beide Hände in die Hüften. »Wenn Ihr einen neuen Rock wollt, so seid Ihr bei uns an der richtigen Adresse. Sonst aber …«

Hinter ihr öffnete sich die Werkstatttür. »Wer ist gekommen?« Ohne zu erkennen, wer es war, sah der Meister nur die Herren im Halbdunkel, dienerte: »Aber nicht im Flur. Verzeiht. Meine Tochter ist noch schläfrig vom Mittagsschlummer. So kommt doch herein.«

»Vater, wir haben keine Zeit«, versuchte Walburga zu warnen. »Erst muss der dringende Auftrag erledigt werden …«

Zu spät. Der Vater begriff nicht und führte die Besucher zu den Stühlen in der Werkstatt. »So nehmt Platz.« Ohne aufzuschauen, klopfte er eilfertig die Sitzkissen und bemerkte immer noch nicht, wen er zum Verweilen einlud. »Ein kühles Bier? Bei der Hitze wird es guttun.« Er nickte der Tochter zu. »Rasch, Kind«, ein Wink in Richtung Küche, »bewirte unsere Gäste!«

»Welch ein vorzüglicher Empfang.« Der Advokat ließ sich nieder. Franz Biergans gab einen kurzen Lacher von sich. »Hier sind wir an der richtigen Adresse. Bürger Müller wird sich rasch unserer Sache anschließen.«

Der Meister schüttelte wie nach einer Ohrfeige den Kopf. »Bürger?« Er sah dem Journalisten ins Gesicht, erkannte ihn. »Ihr? Wieso kommt Ihr in mein Haus?« Nun erkannte er auch den Advokaten. »Ich habe Euch nichts zu sagen.«

Walburga brachte Bier und Becher in einem Korb herein. Gleich ging ihr der Meister einige Schritte entgegen. »Zurück! So heiß ist es heute nicht. Die Besucher haben sich in der Tür geirrt, wollen gleich wieder gehen.«

Walburga seufzte erleichtert. »Das ist gut, Vater.« Sie wandte sich um, ehe sie aber die Tür erreichte, hörte sie die schneidende Stimme: »Bürger Reinhold Müller! Zu Eurem Besten solltet Ihr uns erst einmal anhören.«

»Was könntet Ihr mir schon Wichtiges mitteilen?«

»Nun.« Biergans lehnte sich breitbeinig zurück. Er ließ Zeige- und Mittelfinger beider Hände wie Puppen gegeneinander streiten. »Zum Beispiel, wer im Rathaus betrügt und sich bereichert an unseren Abgaben. Uns armem, ausgeblutetem Volk wird auch noch der letzte Stuber abgepresst, um die Kontributionen an Frankreich zu bezahlen, und dort im Rat sitzen einige Herren, die sich aus dem Topf selbst bedienen.«

»Das habe ich noch nie …« Meister Müller wischte sich durchs Gesicht. »Unsere Schneiderzunft hat so manches an den Schlüsselherren und Bürgermeistern zu bemängeln. Aber Betrug? Nein!«

Nun schaltete sich Advokat Sommer ein: »Warum steigen die Kontributionen? Steigen und steigen? Die Franzosen haben uns Freiheit, Gleichheit und Brüderlichkeit gebracht. Sie kämpfen für uns gegen die österreichischen Unterdrücker, und dafür fordern sie von uns gerechten Tribut.« Er erhob sich, stellte sich vor den Schneidermeister und ließ die Stimme in besorgte Trauer sinken. »Aber, Bürger Müller, es sind unsere Wohltäter, sie wollen uns nicht ausbluten lassen. Sie warten und warten auf die geforderten Zahlungen. Gewisse Kölner Herren aber zögern, verlangen von den Bürgern immer mehr. Und warum?« Vor Betroffenheit flüsterte er beinah: »Weil sie sich insgeheim ihr privates Säckel füllen.«

»Ist das wahr?«

»Kommt«, der Advokat nahm behutsam den Arm, »setzt Euch zu uns, Bürger Müller, dann erfahrt Ihr noch mehr.«

»Ich kann's kaum glauben. Aber kein Christ würde wagen, solche Lügen über unsere gewählten Stadtväter zu verbreiten.«

Walburga sah, wie der Vater sich zu den Stühlen führen ließ. Er ist diesen Kerlen nicht gewachsen, dachte sie, und ich weiß nicht, wie ich helfen kann. Sie ging hinaus, schlug mit Absicht laut die Tür. Wenig später kehrte sie ohne Korb wieder zurück. Mitten in die Rede des Journalisten hinein sagte sie: »Entschuldigt die Unterbrechung. Vater, ich schneide dann weiter die Stoffe zu.«

»Ist gut, Kind.« Kaum beachtete der Meister die Tochter, als sie quer durch die Werkstatt ging. Blass von den Ungeheuerlichkeiten gestand er den Besuchern: »Niemals hätte ich das erwartet.«

Zum Arbeiten war Walburga zu aufgeregt, so tat sie nur eifrig und zerschnitt einen Stoffrest in kleine Fetzen.

Drüben zog Advokat Sommer ein Schriftstück aus der Ledermappe. »Und deshalb, Bürger Müller, haben wir für die

Schneiderzunft eine Eingabe an die Ratsversammlung verfasst. Hierin wird die Absetzung der verantwortlichen Bürgermeister und Syndikaten verlangt. An ihrer Stelle sollen die Zünfte selbst die Führung im Rat übernehmen und die Verteilung der Kontributionen überwachen.«

»Das scheint mir richtig …« Der Schneidermeister wandte sich seiner Tochter zu. »Geh, Kind! Und bringe jetzt doch das Bier.«

Walburga warf die Schere auf den Tisch. »Wie kannst du dich so einfach überreden lassen? Ohne irgendeine Bestätigung von anderen für den Betrug?«

»Aber, Jungfer«, empörte sich Biergans, »bisher haben vierunddreißig Schneider diese Eingabe unterschrieben. Das ist doch Bestätigung genug.«

»Wieso?« Walburga fasste allen Mut zusammen. »Wer Euch ausgeliefert ist … Verzeiht, ich meine, es ist nur der Beleg, dass Ihr vierunddreißig Schneidermeistern so zugesetzt habt wie heute meinem Vater.«

Advokat Sommer erhob seine Stimme. »Zutiefst bedauere ich Euch, Bürger Müller. Wie seid Ihr doch gestraft mit einer solch vorlauten Tochter. Nicht nur, dass sie sich in ein Gespräch zwischen Männern mischt, nein, sie wagt es sogar, in der Politik mitreden zu wollen.«

»Das hier ist unser Haus!«

»Still, Kind«, unterbrach der Vater die Empörung. Er wandte sich an die Besucher. »Sie mag etwas zu viel Temperament besitzen, aber wenn ich noch einmal darüber nachdenke, so fehlt tatsächlich jede offizielle Bestätigung.«

»Schluss mit dem Gerede!« Biergans klatschte in die Hände. »Viel zu lange habt Ihr schon unsere Geduld ausgenutzt. Die Zeit drängt. Wir können Euch auch zu Eurem Glück zwingen. Schließlich sind wir hier im Auftrag des Commissaire Rethel.« Er schnippte dem Advokaten. »Bitte, Bürger Sommer, klärt den Meister auf.«

Ein zweites Blatt. »Nachdem Ihr vor zwei Jahren eines

schweren Vergehens gegen die Republik überführt worden seid, weil Ihr dringend benötigte Stoffe nicht abgegeben habt, so steht Euer Name auf der Liste der Verdächtigen. Nur ein Wort von uns, und Eure Werkstatt wird für immer geschlossen.«

Biergans starrte zu Walburga hinüber. »Auch für die Zukunft dieser Jungfer wird es in Köln schlecht bestellt sein. Kein Kavalier wird um die Hand der Tochter eines verurteilten Betrügers anhalten. Sobald der Sieg unser ist, werde ich Euch und Eure Familie in meiner Zeitung ›Brutus‹ zu Feinden der neuen Republik erklären. Und glaubt mir, meine Texte vernichten gründlicher als ein Scheiterhaufen.«

»Genug!« Schneidermeister Müller zitterte das Kinn. »Keine Hexenjagd! Um meines Kindes und meiner Frau willen: ich stimme zu.«

Und während der Vater die Eingabe unterschrieb, verbarg Walburga das Gesicht in den Händen.

Bis kurz vor dem Komödienhaus waren die beiden Buben immer drei Schritt vor Arnold hergelaufen. Kaum sahen sie das flache, eckige Zelt neben dem Theater, die Menschenschlange, als sie unvermittelt stehen blieben und sich nach dem Bruder umblickten. Friedrich, der Elfjährige, winkte verstohlen und rief wie ein Verschwörer: »Beeil dich! Alle sind schon da.« Der zwei Jahre jüngere Adamus fasste sich zwischen die Beine. »Ich muss mal.«

Arnold legte dem Kleinen die Hände auf die Schultern und drehte Adamus in Richtung eines Baums. »Du pinkelst da vorn. Aber hinter dem Stamm.« Der jüngste Bruder hob im Lauf den Kittel, der Drang wurde zu groß, und auf halber Strecke schon erleichterte er sich in hellem Bogen auf die Straße.

»Was ist mit dir?«

Friedrich gab sich männlich. »Ich halt's. Bin doch kein Kleinkind wie der …«

Kaum war Adamus zurück, als Arnold beiden fest in die

Augen blickte. »Was es da auch zu sehen gibt, ich will kein Geschrei.«

Die beiden Tapferen nickten.

»Also, gehen wir.«

Zur Vorsicht schob der eine seine Hand in die große Rechte, der andere in die Linke, und beide hielten sich dicht neben den Beinen ihres Beschützers.

Sie stellten sich an. Niemand sprach. Zwei französische Offiziere kassierten den Eintritt, und Person nach Person verschwand im Zelt und verließ es nach einer Weile wieder durch den Seitenausgang. Fester klammerten sich die Jungen an die Hände des Bruders.

Einer der Offiziere deutete auf Arnold, dann auf die beiden Kleinen und sagte in sparsamem Deutsch. »Drei Personen, achtzehn Stuber.«

»Was? So viel?« Gottlob waren die unseligen Assignaten seit einem Monat abgeschafft, jetzt galten wieder die klingenden Münzen. Aber ob nun Livre oder Sous, ob Taler oder Stuber, der Eintritt schien Arnold viel zu hoch. »Nur für einmal hinschauen?«

Der Offizier sah kühl zu dem großen Burschen auf. »Cet argent pour les pauvres.«

Arnold verstand nicht.

»Geld für Arme. Six, chaque personne«, erklärte der Franzose und zeigte mit drei Fingern in den Geldtopf. »Achtzehn Stuber.«

Diese Halsabschneider, dachte Arnold. Nicht genug, dass euer sauberer Kunstkommissar Anton Keil aus der Kirche in Sinzig eine Mumie geraubt hat. Bevor der heilige Vogt nach Paris geschafft wird, zeigt ihr ihn auch noch gegen einen Wucherpreis.

Doch er hatte das Erlebnis den Kleinen als Sonntagsüberraschung versprochen. Jetzt wieder weggehen und sie enttäuschen? Das durfte er nicht.

»Monsieur?« Die Ungeduld war nicht zu überhören.

»Warte!« Arnold klaubte nur sechs Stuber aus der Tasche und drückte sie dem Offizier in die Hand. Ehe der begriff, hatte Arnold seine Brüder auf die Arme gehoben. »Jetzt sind wir eine Person. Einverstanden?« Er schenkte den verblüfften Franzosen noch ein Lächeln gratis obendrauf und betrat das Zelt.

Der offene Sarg stand auf einem Tisch, bewacht von einem Posten. Arnold trat näher heran. Der heilige Vogt hatte keine Lippen mehr, sein ewiges Grinsen zeigte das Gebiss, lange, gelbliche Zähne. Gleich umklammerten die beiden Kleinen den Bruder, verbargen die Gesichter an seinem Hals. »Ihr müsst schon hinschauen.«

Arnold pustete ihnen in die Haare. »Seht mal, obwohl der heilige Vogt schon so lange tot ist, hat er immer noch viele Haare. Na ja, die Haut ist schon ziemlich ledrig, und die Nase ist auch schon platt. Aber sonst … Sieht so aus, als könnte er gleich wieder lebendig werden …«

»Bitte, bitte nicht«, hauchte Adamus.

Friedrich wagte, den Kopf zu drehen, starrte auf die Mumie. »Ist gar nicht so schlimm«, stammelte er und hielt sich die Augen zu.

Arnold spürte Wärme auf dem Arm. Unter dem Po des Wagemutigen breitete sich Feuchtigkeit aus. »Ich glaub, wir haben genug gesehen. Was meint ihr?« Keine Antwort. Erst draußen vor dem Zelt regten sich die Helden wieder, spähten ängstlich über die Schultern des Bruders. »Und wenn er uns nachkommt?«, flüsterte Adamus ihm ins Ohr.

»Dann schnappt er dich.« Mit diesem Scherz wollte Arnold die Stimmung heben, erreichte aber das Gegenteil. Der Jüngste heulte auf, gleich setzte auch Friedrich mit ein. »Schnell weg!«, schluchzte er.

Völlig überfordert von der Flut des Unglücks, schuckelte Arnold die beiden auf den Armen. »Ist ja gut. Ist schon gut. Nicht mehr weinen.« Als so die Tränenflut nicht einzudämmen war, floh er in großen Schritten von dem Zelt weg, die Schmierstraße zurück.

»Arnold!« Ihre Stimme? »Arnold!« Ein Spuk des heiligen Vogt? Ach was, dachte er und ging weiter.

»So warte doch!« Er blieb stehen, sah sich langsam um. Sie war es wirklich. Ehe er ein Wort fand, deutete Walburga auf die unglücklichen Bündel an seiner Brust. »Was ist mit ihnen?«

»Weiß ich auch nicht so genau.« Kaum erwähnte er ihren Besuch beim heiligen Vogt von Sinzig, als sie ihn anblitzte: »Wie konntest du nur?« Walburga strich beiden Jungen über den Rücken und schimpfte weiter. »Eine Mumie. Selbst ich fürchte mich vor dem Anblick.«

»Aber ich dachte ... Also, sonst sind sie wild, führen Ritterkriege ...«

»Das ist Spiel. Für die Wirklichkeit sind sie noch zu klein. Da zeigst du ihnen dieses Scheusal.« Sie verlangte, dass er die Jungen sofort absetzte. Leise summend kauerte sie sich zu ihnen, drückte sie an den Busen. Allmählich wich das Unglück, und Walburga trocknete die letzten Tränen. Sie gab Arnold den Elfjährigen an die Hand und nahm selbst den Jüngsten. »So, und nun gehen wir heim.«

Das mit Kindern kann sie auch, staunte Arnold. Erst nach einer Weile erkundigte er sich: »Bist du zufällig am Theater vorbeigekommen?«

»Nein. Ich hab dich gesucht.« Und mit einem Seufzer setzte Walburga hinzu: »Deine Mutter hat mir gesagt, wo du hin bist.«

»Du warst sogar bei uns zu Hause?« Im ersten Moment verspürte er Freude, dann aber sah er von der Seite ihre ernste Miene. »Ist etwas passiert?«

»Der Vater ...« Sie berichtete vom Besuch der »Patrioten«, von der erpressten Unterschrift. »Und das hätte er nicht tun dürfen. Egal, was ich jetzt sage, er hört mir nicht mehr zu. Ich glaube, nur aus Angst will er weiter zu seiner Unterschrift stehen. Dabei gerät er nun wirklich in Gefahr. Und Mutter und ich auch, das spüre ich.«

Worum es genau ging, hatte Arnold nicht begriffen, war aber sofort bereit zu helfen. »Soll der Biergans die Unterschrift wieder rausrücken? Sag's nur. Ich hol sie dir.«

»Du bist wirklich ein Freund, danke!« Sie schüttelte den Kopf. »Aber mit Muskelkraft wird da nichts mehr zu retten sein. Die Eingabe der Schneiderzunft mit allen Unterschriften liegt schon im Rathaus vor.«

»Wenn's sein muss, gehe ich für dich auch dahin.«

Da lachte sie bekümmert.

Die Not seiner Brüder hatte sich aufgelöst. Er ließ Friedrich los. »Nimm Adamus. Und dann lauft schon mal vor. Wir kommen hinter euch her.«

Er wandte sich ihr wieder zu. »Aber wie kann ich denn helfen?«

»Ich glaub, nur einer weiß, was jetzt richtig für Vater ist: dein Professor. Und wenn du mich zu ihm bringst, dann wird er mir bestimmt zuhören. Und vielleicht spricht er mal mit Vater.«

Arnold fasste behutsam nach ihrem Arm. »Wir gehen gleich hin. Und mein Professor wird helfen, das weiß ich. Sonst helfe ich ihm auch nicht mehr, dann kann er sich einen anderen suchen, der ihm das Gerümpel …« Arnold fühlte sich so wohl an ihrer Seite, er lachte leise. »Gerümpel, das darf er besser nicht hören. Ich mein, all die wertvollen alten Sachen und die Bilder müssen ja getragen werden. Und dafür … Ach was, er wird helfen.«

Professor Ferdinand Wallraf stand am Fenster der Schneiderwerkstatt. »Es ist nicht zu spät, werter Meister. Ihr und all Eure Kollegen könnt noch zurück.«

Reinhold Müller saß stocksteif auf seinem Stuhl, die Arme fest vor der Brust verschränkt, als müsste er Herz und Leib zusammenhalten. »Und wenn die Vorwürfe zutreffen? Wir Schneider halten es mit der Genauigkeit, achten auf jede Naht, sonst passt der Rock nicht. Wir sind eben besondere Menschen … Aber das versteht ein ehrenwerter Professor wie Ihr vielleicht nicht.«

Wallraf wandte sich um, er strich sich mit Zeigefinger und Daumen das Kinn, als sprösse dort ein spitzer Bart. »Nicht verstehen? Lieber Freund! Mein Vater war Kölner Schneidermeister wie Ihr. Der Vater meines Mitbewohners, Kanonikus Pick, ebenso. Allerdings stammt seine Familie aus Bonn, was aber dem löblichen Schneiderstand keinen Abbruch zufügt. Ihr seht also in mir einen Mann, der sich sehr wohl auskennt. Wir sprechen auf gleicher Höhe miteinander.«

»Aus unserer Zunft? Das wusste ich bisher nicht.« Langsam löste Meister Müller die Selbstumklammerung. »Meine Walburga sagt, die Unterschrift war eine Dummheit. Meint Ihr das auch?«

»Nein. Aber diesen Herren ›Patrioten‹ zu glauben war gewiss ein Fehler. Und wenn er nicht korrigiert wird, dann erwachsen daraus leider unabsehbare Folgen.«

»Aber woher nehmt Ihr Eure Sicherheit? Was ist die Wahrheit?«

Der Professor rückte einen Stuhl näher. »Es geht um Beweise. Betrachten wir die Sachlage genauer.« Der Dozentenfinger begleitete die Ausführungen. »Die Vorwürfe gegen die Verantwortlichen im Rathaus wurden von den ›Patrioten‹ seit Mitte letzter Woche in der Stadt gezielt verbreitet.« Tags drauf, am Donnerstag, dem 13. Juli, habe die Eingabe der Schneiderzunft den Senat der Stadt erreicht.

Zwei Tage später dann verwahrte sich die Kommission gegen alle Betrugsvorwürfe. »Nicht genug.« Wallraf hob die Stimme. »Mein Freund Nikolaus DuMont, einer der hochgeschätzten Bürgermeister unserer Vaterstadt, ging mit seinen Kollegen noch weiter. Sie haben noch am selben Tag einen Preis von hundert Golddukaten für die Wahrheit, für ihre Redlichkeit im Umgang mit den Kontributionen, ausgesetzt.«

Reinhold Müller hing an den Lippen des Professors. »Das war am Samstag. Heute ist Dienstag …«

»Nichts. Alle Bücher sind überprüft, und wie ich aus sicherer Quelle weiß, ist keine der Beschuldigungen zutreffend. Es gibt nicht einen Beweis.«

»Aber warum diese Verdächtigungen? Was führen diese ›Patrioten‹ im Schilde?«

»Umsturz? Vielleicht sogar mehr?«

»Haben wir denn nicht Umsturz genug? Leiden wir nicht schon genug?« Meister Müller sprang auf, stürmte zum Werktisch und nahm das Bügeleisen vom Glutschuh. Er spuckte auf die Glättfläche. Es zischte, gleich fuhr er mehrmals über ein Stück Stoff und stellte das Eisen wieder auf den Glutschuh. Mit beiden Fäusten drohte er gegen die Wand, blieb eine Weile so, dann kehrte er gefasst zu Wallraf zurück. »Meine Tochter hat recht, es war eine Dummheit. Seht ihr eine Möglichkeit, sie aus der Welt zu schaffen?«

»Ein Widerruf.« Der Professor zeigte keine Genugtuung. »Schreibt die Wahrheit. Schreibt auf, wie Euch die Unterschrift von diesen sauberen Herren abgepresst wurde.«

Reinhold Müller straffte das Wams vor der Brust. »Und noch mehr werde ich tun. Jeden Kollegen suche ich persönlich auf und kläre den Sachverhalt. Schließlich geht es um die Ehre unserer Zunft. Und wenn es obendrein noch um Köln geht, dann stehen wir Schneider geschlossen zu unserer Vaterstadt.« Er streckte dem Professor die Hand hin. »Es ist gut, dass Ihr zu uns gehört.«

19

*E*rfolg! Das Gift ist rechtzeitig entdeckt, der heimtückische Plan aufgedeckt. Die Schneider Kölns widerrufen schriftlich ihre Eingabe. Keine Beschwerde mehr gegen den Rat. Mehr noch, die Meister von Zwirn und Nadel sprechen der Kommission, zuständig für die Eintreibung der Zwangslasten, ihr Vertrauen aus.

Auch die anderen Zünfte der Stadt stellen sich an ihre Seite. Ermutigt strengen die vier Bürgermeister eine Kriminaluntersuchung gegen die Aufrührer an. Biergans und Sommer greifen zu härteren Mitteln. Nun schmähen sie nicht allein den Rat, sondern auch die Gaffelfreunde und Zünfte. »Dies sind die Feinde des Volkes! Sie haben sich durch Betrug an den Armen gemästet!«

Doch die Bürger lassen sich vom Geschrei der »Patrioten« nicht anstecken. Der französische Kommissar Rethel sieht seine Karriere ernsthaft in Gefahr. »Ich habe Befehl von Bonn und kann ihn nicht ausführen. Diese Kölner! Sie sollten ihren Senat selbst stürzen …«, er schlägt die Hände vors Gesicht, »stattdessen stehen sie fester zu ihm als zuvor.«

»Verzweifelt nicht!« Advokat Sommer nähert sich mit einigen Bücklingen. »Es gibt einen Weg. Unser Beschützer und Förderer, General Hoche, wird stolz auf Euch sein …«

Ehe er am Dienstag, dem 22. August, das Rathaus betrat, sah Bürgermeister DuMont zum Himmel. Die Morgensonne stand über den Giebeln, und nur noch schwach zu sehen verblasste die weiße Mondsichel im Norden.

»Noch müde, Herr Kollege?« Bürgermeister von Wittgenstein schmunzelte. »Gab es eine Feier?«

Nikolaus DuMont winkte ab. »Wer hat schon in diesen

Tagen Sinn für ein Fest? Nein, ich dachte daran, wie rasch das eine vom Nächsten abgelöst wird. Nichts kehrt zurück …«

»So philosophisch heute? Kommt, wenden wir uns dem Tag zu.« Jakob von Wittgenstein nahm den Kollegen freundschaftlich am Arm, und gemeinsam betraten sie die Halle des Rathauses.

»Wünsche einen guten Morgen«, grüßte Stadtsoldat Peter als Erster aus der Zehnerschaft von Rot-Weißen, dann salutierten alle mit ihm, als die Herren Bürgermeister an ihnen vorbei- und die Treppe hinaufschritten.

»So viele?« DuMont sah kurz zurück. »Normal wären hier zwei zur Wache und zwei als Bereitschaft für Botengänge eingeteilt.«

Wittgenstein lachte bekümmert. »Die strenge Ordnungsliebe der Franzosen hat unsere Funken noch nicht erreicht. Sicher hat ihr Hauptmann verschlafen. Und die Männer warten noch auf den Tagesbefehl.«

Gedämpftes Stimmengewirr herrschte im Saal. Noch waren die Stühle nicht besetzt. In Gruppen standen die Ratsherren beieinander. Vor dem langen Tisch an der Stirnseite wurden die Bürgermeister von den beiden anderen Stadtoberhäuptern erwartet. DuMont nickte nur zum Gruß und erkundigte sich: »Hat die Kriminaluntersuchung schon erste Ergebnisse gemeldet?«

»Die Beamten haben uns inzwischen die Liste der Beleidigungen dieses entlaufenen Mönches überstellt.« Der Kollege schüttelte den Kopf. »Sein Geifer übersteigt jedes Maß. Nach ihm seid Ihr ein Pfaffenknecht, Söldner der Feudalen, ein Handlanger des Adels. Und diese Bezeichnungen sind noch die harmlosesten …«

Schlagartig versickerte das Stimmengewirr ins Geflüster. Verstohlene Blicke. Kommissar Rethel hatte in Begleitung seines Sekretärs Sommer den Saal betreten. Er schnippte dem Saaldiener, und als die Glocke tönte, nahmen die Versammelten ihre Plätze ein.

Noch vor den Stadtoberen besetzte Rethel den mittleren der fünf Stühle hinter dem langen Tisch. Advokat Sommer gesellte sich zu den beiden städtischen Rechtsberatern an die Seitenpulte. Rethel grüßte ohne Lächeln, als sich rechts und links von ihm je zwei der Bürgermeister niederließen.

Erneut tönte die Glocke, der Ratsdiener verkündete: »Die Sitzung des Senats der Freien Stadt Köln ist eröffnet. Den Vorsitz heute führt unser ehrenwerter Bürgermeister Herr von Wittgenstein.«

Der hob das Blatt. »Zunächst lasst uns über die Tagesordnung abstimmen. Jedem Ratsmitglied ist ein Exemplar ausgehändigt worden. Hat jemand hierzu eine Frage? Eine Ergänzung?«

Da und dort eine Meldung, auch Kommissar Rethel hob die Hand. Der Vorsitzende überging ihn und deutete auf den Ratsherrn in der ersten Reihe. »Kollege …«

Ein Faustschlag auf den Tisch unterbrach ihn. »Ich habe das Wort!«, bellte der Franzose und erhob sich, wartete, bis sich das empörte Murren über sein Verhalten im Saal legte. »Als Stellvertreter der französischen Regierung, die nach Grundsätzen gebietet und Gehorsam fordert, wäre ich jeder weiteren Erklärung in dieser Ratsversammlung enthoben. Aber wie schon so oft betont, betone ich auch heute, dass ich …«, die Miene erstrahlte in Güte, »dass ich der Stimme jenes Freundschaftsgefühls folge, welches ich so gerne mit den Pflichten meines Amtes vermische …«

»Hört! Hört!« Der Zwischenruf kam unvermittelt. Trotz Rethels schnellem Blick in die Richtung war der Störer nicht auszumachen. Der Kommissar nahm wieder das Gütelächeln an. »Deshalb bequeme ich mich zu einer Erläuterung vorab. Werte Herren, was gleich geschieht, muss zu Eurem Wohl und zum Vorteil der Stadt Köln geschehen. Nach langer Prüfung meines Gewissens, nach Rückfragen bei der Mittelkommission in Bonn …«

»Dummes Gerede!«

Rethel wandte sich nach rechts. Entdeckte den Rufer nicht.

Gleich kam ein Hieb von links. »Blutsauger!«

Die Maske fiel. »Bitte, wie Ihr wollt!« Ein fragender Blick zu seinem Sekretär, Sommer nickte, und Rethel rief mit schneidender Stimme: »Wache!«

Die Tür flog auf. Stadtsoldat Peter führte die Zehnerschaft durch den Saal bis nach vorn zum Tisch.

Nikolaus DuMont blickte zu dem französischen Kommissar auf. »Ich protestiere gegen diese Eigenmächtigkeit. Euch steht nicht zu, über unsere Polizei zu verfügen.«

Rethel lachte ihm ins Gesicht. »Wäre Euch eine Einheit unserer glorreichen Armee lieber? Sagt es nur. Meine Machtbefugnisse erlauben es sogar, dieses Rathaus umstellen zu lassen. Denn ich, ich bin hier der Stellvertreter der französischen Regierung und habe die alleinige Verfügungsgewalt.«

Gefahr. Die Anwesenden sahen sich an, jeder spürte drohendes Unheil, ahnte jedoch nicht, in welcher Form es sie heimsuchen würde.

Rethel schob seinen Stuhl beiseite, trat bis zur Wand zurück. »Verhaftet die Bürgermeister!«

Ein Schrei fuhr durch die Versammlung. Die Ratsherren sprangen auf, erstarrten im Unglauben.

»Das ist ein Befehl!«

Stadtsoldat Peter stand mit offenem Mund vor dem Tisch, auch die anderen Funken rührten sich nicht.

»Sofort!«

Peter fasste sich als Erster. »Alle vier? Wirklich?«

»Kerl!« Überhastet verließ Sommer seinen Platz und kam mit gestrecktem Zeigefinger auf den Rot-Weißen zu. »Du hast zu gehorchen!«

»Wusste ich gar nicht …« Der Blick maß den kleinen Mann von Kopf bis Fuß. »Seit wann dürft Ihr uns Befehle geben?«

»Schluss!« Kommissar Rethel stampfte mit dem Stiefel auf. »Ich wiederhole: Verhaftet die Bürgermeister! Nehmt auch die beiden Syndici in Gewahrsam. Sofort! Oder jeder von euch wird sich vor dem Revolutionsgericht verantworten müssen.«

Ehe Peter etwas erwidern konnte, nickte ihm Nikolaus DuMont zu. »Dein Protest ehrt dich. Aber bringe dich und deine Männer nicht in Gefahr. Tut, was er verlangt!« Damit erhob er sich und kam um den Tisch. Die übrigen Bürgermeister folgten seinem Beispiel. Mit blassen Gesichtern fügten sich auch die beiden Rechtsgelehrten. Von Wittgenstein wandte sich an den Kommissar: »Wie lautet die Anklage?«

Zuerst ließ Rethel allen Gefangenen wie Schwerverbrechern die Hände auf den Rücken binden, erst dann trat er vor sie hin. »Untreue. Verdacht auf Widerstand gegen die französische Regierung. Die geforderten Zahlungen sind erst zu zwei Dritteln erbracht worden. Bis die Kontributionen vollständig geleistet sind, werdet Ihr in Geiselhaft genommen.«

Ein Fingerschnipp für die Rot-Weißen. »Abführen!«

Stadtsoldat Peter übernahm mit Bürgermeister DuMont die Spitze des Zuges. Kaum hatten sie den Sitzungssaal verlassen, beugte er sich seinem Gefangenen zu. »Keine Aufregung, Herr. Ich hab in so was wie heute zwar keine Erfahrung. Aber glaubt mir, so was kann nicht lange dauern.«

Die Nachricht von der Verhaftung fuhr wie ein Sturm durch Köln, wirbelte durch Straßen und Gassen, drang durch Fenster und Türen. Meister Reinhold Müller erfuhr es im Kaufhaus Gürzenich. »Wegen Untreue? Alle Bürgermeister?« Der Stoff glitt ihm aus der Hand. Ohne ein weiteres Wort ließ er den Verkäufer mit dem Tuchballen stehen und ging wie geschlagen zum Ausgang. Draußen atmete er gegen den harten Pulsschlag, wandte sich nach rechts, nur wenige Schritte, dann kehrte er um, wusste nicht, wohin er sich wenden sollte. »Bei allen Heiligen. Verhaftet …« Nein. Nicht zum Rathaus. Ja, nach Hause. Er hustete so laut, dass zwei Frauen sich erschrocken nach ihm umdrehten. »Geht's?«, erkundigte sich eine von ihnen.

Wie ertappt schreckte er zusammen. »Nichts. Habe mich verschluckt …« Er eilte an den Bürgerinnen vorbei. »Eine Erkältung«, murmelte er, »das ist es.«

»Was ist dem denn über den Weg gelaufen?«, wunderte sich die andere.

Hinter St. Martin sah Reinhold Müller den wehenden Schultermantel, den schwarzen breitkrempigen Filzhut. »Eine Fügung«, flüsterte er, ging rascher, und, nah genug, rief er gedämpft: »Herr Professor! Bitte, auf ein Wort.«

Wallraf wandte sich um. Lächelnd streckte er dem Schneider die Hand hin. »Welch ein Zufall. Ich freue mich …«

Wie nach einem Nadelstich zuckte Reinhold Müller zurück. »Freude?« Er sah dem Professor prüfend ins Gesicht. »Dann … Ihr wisst noch gar nichts?«

»Ich komme gerade aus der Vorlesung. Aber, werter Freund, warum so aufgelöst?«

»Vorbei. Alles war falsch. Jetzt werden wir bluten, und ich an erster Stelle.«

Wallraf runzelte die Stirn. »Beruhigt Euch, Meister. Erst klärt mich auf!«

»Es muss gleich heute Morgen geschehen sein …«

Als Reinhold Müller geendet hatte, nahm Wallraf den Hut ab und trocknete sich mit dem Sacktuch umständlich die verschwitzte Stirn. »In der Tat. Das ist furchtbar.« Er knautschte die Hutkrempe zwischen den Fingern. »Nie hätte ich geglaubt, dass Commissaire Rethel so sehr unter dem Einfluss der ›Patrioten‹ steht. Niemals.«

»Was jetzt? Auch ohne Beweise sind die Bürgermeister in Haft.« Der Schneider pochte sich gegen die Brust. »Warum habe ich nur meine Unterschrift zurückgenommen? Zwecklos. Die Aufrührer gewinnen. Und nach der Revolte werden sie an jedem Rache üben, der sich gegen sie gestellt hat.«

Entschlossen nahm Wallraf den Verzweifelten am Arm. »Kommt mit zu mir. Dort lasst uns nachdenken. Ich kann mir nicht vorstellen, dass unser Köln solchen Aufwieglern einfach in die Hände fallen soll.«

In der Dompropstei empfing Kanonikus Pick den Freund und seinen Gast mit sorgenvollem Gesicht. »Ihr wisst es schon?«

Wallraf legte den leichten Mantel ab. »Nicht zu fassen. Alle vier Bürgermeister in unserem stadteigenen Gefängnis.« Er griff ins Küchenregal nach dem Krug mit Holundersaft und brachte ihn zum Tisch. »Das hat es noch nie gegeben.«

Franz Pick stellte die Becher dazu. »Du irrst. Kein Kölner Kerker. Die Gefangenen sind sofort abtransportiert worden. Ich weiß es von unserm dritten Königshüter …« Mit erschrockenem Blick auf den Gast brach er ab, seufzte über sich selbst und begann von Neuem. »Unser Freund Vikar Nettekoven, er war vorhin schon hier, voller Sorge, wie du dir sicher denken kannst. Er berichtete, dass die Bürgermeister nach Bonn abtransportiert wurden. Dort wird man sie ins Zuchthaus werfen: zu den Mördern und Kinderschändern.«

»Großer Gott, nein!« Wallraf übergoss sich mit dem blutroten Saft die Hand. »Dann steht es also noch schlimmer um uns.«

Schneidermeister Müller hockte zusammengekauert am Tisch, nippte nur am Becher. »Alles, was von draußen kam, haben wir bisher überstanden, den Einmarsch der Franzosen, das Papiergeld. Die vielen Einquartierungen, Hunger und Kälte. Und jetzt gibt es eine Revolte aus unseren eigenen Reihen gegen uns selbst?« Er blickte Kanonikus Pick an. »So sind wir Kölner doch nicht? Oder?«

»Kann ich nicht sagen. Ich stamme aus Bonn. Aber auch in meiner Heimatstadt werden die ›Patrioten‹ immer lauter und wiegeln das Volk auf.«

Wallraf stellte den Krug hart mitten auf den Tisch. »Ich vertraue unsern Bürgern.«

20

Der Sturm nimmt zu. Gleich nach der Verhaftung seiner Oberhäupter wendet sich der Senat an die Bevölkerung: »Unsere Vaterstadt ist in Gefahr. Lasst uns zusammenstehen und das beschämende Los unserer Bürgermeister beenden! Mitbürger, helft, die geforderten Kontributionen möglichst rasch zusammenzubringen. Nur so können wir den verderblichen Umwälzungen, die unsere Stadt bedrohen, entgegentreten …«

Unter größten Opfern ist die Summe in weniger als zwei Wochen erbracht. Die Gefangenen sind frei, kehren zurück.

Die »Patrioten« wissen genau: Um zu gewinnen, muss die Unsicherheit im Volk geschürt werden. Auf Einflüsterung seines Sekretärs Sommer sorgt Kommissar Rethel für die Aufhebung der Pressezensur.

Nun gibt es kein Halten mehr. Über Nacht kleben an allen Straßenecken und Mauern die Plakate der Kölner Jakobiner: »Bürger! Wer sich für die cisrhenanische Republik entscheidet, der wählt die Freiheit! Fürchtet euch nicht. Die Franzosen werden euch und uns beschützen!« Flugblätter, unterzeichnet vom Distriktbüro der cisrhenanischen Konföderation, überschwemmen Köln: »Eure Blutsauger, die Pfaffen und Amtleute, schreien, wir seien Abgesandte des Teufels. Doch in Wahrheit will der Amtmann sich aus eurer Haut Schuhe machen, und der Pfaffe mästet sich den Wanst an eurem Kirchenzehnten!«

O Wunder: Die Pressefreiheit gilt nur für die eine Seite. Denn in scharfer Form beschuldigt Rethel den Senat: »Euer Erlass ist ein Versuch, die Bürgerschaft gegen die französische Obrigkeit aufzuwiegeln … Für auch nur die geringste ausbrechende Unruhe in Köln werde ich jedes einzelne Ratsmitglied persönlich zur Rechenschaft ziehen …«

Die Stadtväter lassen sich nicht einschüchtern. Doch vergeblich. Immer neu erfundene Vorwürfe führen dazu, dass Rethel ermächtigt wird, den Kölner Rat am 7. September zu stürzen. Und gleich werden zum Ersatz von den Franzosen dreizehn neue Männer ernannt. Düster gewandet nimmt die Munizipalität, die neue oberste städtische Behörde, das Rathaus in Besitz. Noch wehren sich mutige Mitglieder des alten Senats. Sie werden eingekerkert.

Offen unterstützt General Hoche mit seinen französischen Beamten die Revolte. Alle Versammlungen der Zünfte sind ab sofort bei schwerster Strafe verboten.

Sieg! Biergans, Sommer und die »Patrioten« sind im Freudentaumel. »Sieg! Kommt alle! Feiert mit uns den Unabhängigkeitstag der Stadt Köln, kommt!«

Fahnen hingen aus den Fenstern, Wimpel flatterten an den Haustüren. Wie von den Besatzern befohlen, hatten die Kölner ihrer Stadt den Festschmuck angelegt.

Zu eng. Noch in der Gasse zu St. Laurenz zwängte Arnold den Finger zwischen Hals und Hemd, lockerte den Kragen ein wenig. Er bog in die Straße Am Hof ein. Sein Gehrock war gebürstet, die Schuhe geputzt, selbst die Locken waren gewaschen und gekämmt. Der Professor konnte mit seinem Adlatus zufrieden sein.

Keine Bemerkung, nicht einmal ein beifälliger Blick. Wallraf saß hinter dem Schreibtisch, die Arme zwischen eng beschriebenen Blättern aufgestützt, blieb seine Miene angespannt. »Wundere dich nicht, am Sonntag für mich arbeiten zu müssen. Aber dieser 17. September …« Er nickte grimmig. »Ja, ich sagte: 17. September. Auch wenn es nur ein kleiner Protest ist, wir verweigern in meinem Hause nach wie vor die Zeitrechnung der Franzosen.«

»Ist mir auch lieber«, unterbrach Arnold und erntete einen scharfen Blick. Oje, dachte er. Die Laune ist wirklich schlecht.

»Kein Botengang. Heute benötige ich deine Augen und deinen Verstand.«

Arnold schluckte. Er beobachtete die schlanken Hände. Bitte, jetzt kein Blatt hochheben.

Weil er mit den Buchstaben nicht zurechtkam, las ihm der Professor oft eine Nachricht oder einen Auftrag vor, und er musste den Text so lange wiederholen, bis er ihn auswendig hersagen konnte, dann erst wurde er losgeschickt, und niemand merkte etwas von seinem Makel.

Die Hände griffen nicht nach einem schriftlichen Auftrag. »Wie du weißt, wollen heute unsere Besatzer gemeinsam mit den Aufwieglern für Köln eine neue Freiheit verkünden. Schon wieder. Ich kann es kaum ertragen. Mit jeder dieser Heilsbotschaften geraten wir mehr und mehr in die Knechtschaft. All diese bunten Fahnen an den Freiheitsbäumen sind in Wahrheit Galgenschlingen. Aber …« Wallraf blickte auf. »Ich will dir nicht mit meiner Besorgnis den Tag verderben.«

»Ist schon recht, Herr.« Arnold verschränkte die Hände auf dem Rücken. »Seit ich für Euch arbeiten darf, hab ich viel gelernt. Ich mein, ich sehe unser Köln besser.«

»Wegen dieses Fortschritts bist du immer noch bei mir.« In den Mundwinkeln zeigte sich kurz ein leises Schmunzeln. »Sehen. Das ist das Stichwort …« Der Professor wollte nicht persönlich an den Feierlichkeiten teilnehmen, musste aber wissen, was genau in der Stadt vor sich ging. »Sei du Aug und Ohr für mich. Und berichte mir heute Abend.«

»Ich soll da mitmachen?« Arnold blies die Wangen. Ehe er etwas hinzufügen konnte, schüttelte der Professor energisch den Kopf. »Nur beobachten. Aus der Ferne.«

»Aber das fällt auf. So lang und breit wie ich bin.«

»Meinetwegen frage die Tochter von Schneidermeister Müller, ob sie dich begleitet. Ich denke, die Jungfer weiß nur zu gut, welch falsche Melodie dort gespielt wird.«

Eine Saite begann zu klingen, der Ton füllte die Brust. »Und … und ich kann sagen, dass Ihr mich geschickt habt?«

Wallraf bemerkte nichts vom jähen Sonntagsglück seines Adlatus, sagte nur: »Aber ja. Mit der Jungfer im Arm fällst du nicht auf.«

Die französische Garnison marschierte herausgeputzt durch die Straßen, verteilte sich auf die großen Plätze. »In Reih und Glied.« Die höchsten Offiziere nahmen selbst die Aufstellungen ab.

Zur gleichen Zeit sammelten sich die Stadtmusikanten in der Schmierstraße vor dem Kornhaus. Pfeifen, Trommeln und Schellenbaum begrüßten den zweispännigen Wagen, auf dessen Ladefläche der Freiheitsbaum lag. Und der Zug nahm feierlich langsam seinen Weg. In großem Bogen erreichte er die Apernstraße, von dort hielt er auf St. Aposteln zu. Von allen Türmen begannen die Glocken zu läuten. Aus den Winkeln und Durchstiegen eilten die Anhänger der »Patrioten« hinzu, formierten sich dicht hinter dem Karren. Kaum ein Bürger wollte sich mit ihnen zeigen, Frauen, Männer und Kinder blieben am Rand der Straßen, warteten, bis der Freiheitsbaum weit genug vorbei war, ehe sie der Neugierde nachgaben und dem Zug am Neumarkt entlang über die Schildergasse bis zum Rathaus folgten. Auf dem Alter Markt drängten sich grün gewandete »Patrioten«, Soldaten in Festuniform und dazu Fahnen und eine Batterie von fünf Kanonen.

Arnold hatte kaum einen Blick für das frisch ausgehobene Loch am Rande des Platzes. Walburga. Sie stand neben ihm. Ihr gehörten seine Augen.

Erst hatte sie nicht mitkommen wollen. »Das sind Halunken. Ich schau doch nicht unserm eigenen Verderben zu.« Arnold hatte sich Engelszungen gewünscht und immer weniger Worte gefunden, übrig war geblieben: »Der Professor will einen Bericht von mir. Und … ich brauch dich.«

Sie hatte ihn eine Weile angesehen. »Ist gut.«

Von der plötzlichen Zusage war Arnold überrascht worden. »Wieso?« Als er begriffen hatte, leuchtete sein Gesicht auf. »Das ist wirklich gut.«

»Aber ich zieh einen alten Mantel an und bind mir ein schwarzes Tuch um den Kopf. Niemand soll mich erkennen.«

»Auch gut.«

Jetzt war ihm rechts wärmer als links. Das lag nicht am Sonnenschein, auch nicht an den Zuschauern rund um den Alter Markt. Das machte allein ihre Nähe, Arnold war sich ganz sicher.

Vor ihnen hoben einige Grüne den langen Baumstamm von der Ladefläche, andere befestigten die französische Fahne unter der Krone, danach die rot-weiße Fahne der Kölner. Dazu wetteiferte die Militärkapelle der Besatzer mit den Stadtmusikanten. Das Zusammenspiel gelang nicht ganz, und so schrillten die Melodien aneinander vorbei, und nur die lauten Paukenschläge einten hin und wieder wenige Takte lang das Musikspektakel.

Walburga tippte Arnold auf den Arm. »Da vorn. Nein, ich glaub es nicht! Doch, da ist Norbert.«

»Wo?« Er suchte bei den Zuschauern auf der anderen Seite des Platzes, fand den Freund nicht und beugte sich zu ihr. »Wo genau?«

Um nicht aufzufallen, deutete sie nur mit dem Finger zur Platzmitte. »Da wartet der Stadtkommandant mit den Offizieren. Daneben sind dieser Biergans und der Sommer, und gleich dahinter, da steht Norbert, halb versteckt vom Kommissar Rethel und diesem neuen Kommissar Keil. Ich bin mir ganz sicher.«

Arnold reckte sich bis zur vollen Größe, entdeckte die schwarze Mütze, den schwarzen Rock. »Du hast recht.« Er rieb sich die Brauen. »Vielleicht muss er da sein. Gezwungen haben sie ihn …«

»Ja, bestimmt. Das würde ich diesem Advokat Sommer zutrauen.« Walburga seufzte. »Wer weiß, was die Aufrührer gegen Norbert in der Hand haben. Ach, der Arme.«

Fast war Arnold froh, als ihr zweiter Seufzer vom Beifall der Offiziere und »Patrioten« unterbrochen wurde. Der grüne Freiheitshut war auf der Baumspitze befestigt, und die Tagelöhner stülpten den Stamm ins Erdloch, langsam richteten sie ihn mit vereinten Kräften auf, hielten ihn an Stricken gerade.

Kanonendonner aus fünf Feuerschlünden, schnell hintereinander, er hämmerte in den Ohren, hallte von den Hauswänden wider.

Nun griffen die Mitglieder des frisch ernannten Magistrats und die Führer der »Patrioten« nach den Schaufeln. Mit feierlichem Schwung schippten sie Erdklumpen in die Grube. Ringsum jubelten die Anhänger, einige begannen zu hüpfen, schlenkerten die Arme, klatschten sich zu, schnell griff das Fieber um sich. Bald vollführten die Grünen rund um den Baum einen Hüpftanz, dazu riefen sie in Verzückung: »Es lebe die Republik! Es lebe die Freiheit!«

Und Erde füllte die Grube.

»Freiheit?« Walburga schauderte. »Gerade schaufeln sie das Grab der Freiheit zu.«

Als hätte sie zu laut gesprochen, sah Norbert in ihre Richtung, gleich entschwand Walburga in Arnolds Schatten. Zu spät.

»Er kommt rüber.« Arnold stellte sich breitbeinig vor sie und lächelte dünn.

Noch nicht ganz heran, hob der Freund die Hand. »Na endlich!«, lachte er, dann patschte er Arnold gegen die Brust. »Und so fein herausgeputzt.« Er kniepte ein Auge und sagte gespielt kindlich: »Wo ist sie denn?«, schaute mit Absicht in die falsche Richtung, und mit zwei schnellen Schritten an Arnold vorbei, griff er nach ihr und zog sie nach vorn. Walburga stolperte, und er fing sie auf, zog sie eng an sich. »Das ist eine Freude.« Mit schnellen Fingern lupfte er das Kopftuch und pustete ihr ins Haar. »Vor mir kannst du dich nicht verstecken. Selbst in alten Lumpen hätte ich dich erkannt.«

»Hör auf damit!« Walburga drückte ihn heftig von sich. »Sag lieber, was du da bei diesen Leuten zu suchen hast.«

Völlig überrascht benötigte er einen Atemzug. »Wie meinst du das?«

Zufrieden mit ihrer Zurückweisung nickte Arnold. »Möchte ich auch gern wissen. Das da vorn, das ist kein gutes Fest.«

»Weiß ich …« Der Blick nahm einen Umweg über den Alter Markt, dann erst sah Norbert den Freund und Walburga an. »Diese ›Patrioten‹ sind mir egal. Mich interessiert nur Kommissar Anton Keil. Seinetwegen bin ich hier.«

»Der Mumiendieb?« Arnold staunte, er beugte sich zu Walburga: »Das ist der Mann, der den Leuten aus Sinzig ihren heiligen Vogt weggenommen hat!«

»Diese Franzosen schrecken wirklich vor nichts zurück.« Sie krauste die Stirn. »Ich begreife gar nichts, Norbert. Was hast du mit der vertrockneten Leiche aus Sinzig zu tun?«

»Mit der? Gar nichts …« Gleich verschluckte er den heftigen Ton, sah zu Boden, schabte mit der Schuhspitze. »Kommissar Keil logiert bei mir.« Als er den Kopf hob, war die Unsicherheit verschwunden, und in der Stimme schwang Trauer mit. »Seit Mutters schrecklichem Tod hab ich ja Platz …«

Kaum erwähnte er das Unglück, kam Walburga zu ihm, streichelte seine Hand. »Das ist so schlimm. Wenn ich daran denke, kommen mir immer noch die Tränen. Du Armer. Erst der Vater, dann auch die Mama. In einem einzigen Jahr.«

Trotz ihrer Zärtlichkeit auf Norberts Hand überwog in Arnold das Mitleid. »Die Beate ist ja auch weg. Da hast du Platz genug.«

»Und meine kleine Ursel führt das Haus.« Gewonnen. Der Blick nahm an Festigkeit zu. »Kommissar Keil ist ein guter Gast. Kein Franzose, aber er hat großen Einfluss bei den höchsten Stellen.« Norbert fasste ihren Arm. »Kommt beide mit. Ich stelle ihn euch vor.«

»Um Gottes willen«, wehrte Walburga ab. »Da stehen dieser Biergans und der Sommer.«

Arnold verschränkte die Arme. »Ich muss beobachten. Von hier aus sehe ich besser.«

Die Musik schwang sich auf zu einem schrillen Tusch,

brach ab. Am Freiheitsbaum bestieg einer der grün gewande-
ten Führer das Podest.

»Ich muss zurück.« Norbert lief schon, rief noch über die
Schulter: »Bis später!«

Die Ordner verlangten von den Zuschauern lautstark:
»Ruhe! Ruhe! Verdammt!«

Erst ihr Fluchen zeigte Wirkung.

Als Stille eingekehrt war, hob der Redner die Stimme: »Bürger! Der Geist eurer Vorväter, der Geist der freien Deutschen
beseelt euch, die ihr hier versammelt seid in brüderlicher Einheit …«

Gelächter. Rechts und links von Arnold tippten sich einige
Männer an die Stirn. Er beugte sich zu Walburga. »Da sind
wohl nicht alle begeistert.«

»Still«, bat sie leise.

»Bürger, nachdem in Italien die cisalpine Republik schon unter dem Banner der Freiheit die Früchte der geheiligten Men-
schenrechte genießt, ist auch endlich nach langem Kampfe
für uns der feierliche Tag gekommen, wo deutscher Freiheits-
sinn erwachte und dieses geheiligte Symbol in unserer Mitte
pflanzte …«

Pfeifen! Gleich versuchten Ordner, mit Klatschen und Ju-
belrufen den Protest zu übertönen. Vergeblich. Das Pfeifkon-
zert nahm zu, lauter wurde das Gelächter. Kommissar Rethel
rang die Hände vor dem Stadtkommandanten, der hob den
Arm, gab Befehl, und noch einmal feuerten Kanonen den Sa-
lut in den Kölner Himmel und eroberten die Stille zurück.

Unbeirrt setzte der »Patriot« seine Rede fort: »In solch
einem Freistaat sind Sklaverei und Knechtschaft auf immer
verbannt … Möge nun der heutige Tag berühmt werden durch
die Vaterlandsliebe, die er beleben wird …«

»Genug!«, schrie ein Zuschauer hinter Arnold. Das Echo
kam von der gegenüberliegenden Seite des Platzes, vervielfäl-
tigte sich, und der Schluss der Rede ging im Gelächter unter.

Musik, Musik! Das Fest musste weitergehen. »Zerstört die

Zeichen der alten Kriminalgewalt!« Auf dem Platz formierten sich drei Gruppen aus »Patrioten«, Helfern und Einheiten der Besatzer. Parolen wurden ausgegeben: »Auf nach Melaten. Wir reißen den Galgen nieder!« Gleich stürmten die Männer in Richtung Westen davon.

»Zum Domhof. Zertrümmern wir den Blauen Stein!«

Zur dritten Gruppe gesellte sich der Stadtkommandant mit seinem Stab, auch Biergans und Sommer schlossen sich an. »Die Schandsäule des Nikolaus Gülich muss zerstört werden!«

»Da geht Norbert mit«, berichtete Arnold aus seiner Höhe. »Sollen wir auch?«

Walburga war einverstanden, und beide folgten dem Zuschauerstrom am Rathaus vorbei zum nahen Gülichplatz.

Der aus Messing nachgebildete Kopf auf der Eisenstange wurde von Biergans und Sommer persönlich von der Säule gebrochen und auf ein rotes Samtkissen gebettet. Andere »Patrioten« schwangen schwere Eisenhammer gegen die Säule, doch nur kleine Brocken lösten sich. Wieder überschütteten Spott und Gelächter die »Patrioten«.

Norbert schob sich durch die Menge. Er bat Walburga um Verzeihung und winkte Arnold beiseite. »Wir können einen ganzen Taler verdienen.« Kaum bewegte er die Lippen. »Das macht für jeden die Hälfte. Hast du Lust?«

»So viel? Für was?«

»Du brauchst nur hingehen und die Säule umhauen.«

Arnold fuhr sich erschrocken durch die Locken. »Ich soll diesen Kerlen helfen?«

»Hab dich nicht so«, zischte Norbert, dabei schmunzelte er Walburga zu, als ginge es um eine Kleinigkeit zwischen Freunden.

Arnold sah das Lächeln, und es festigte sofort seine Entscheidung: »Keinen Finger rühre ich.«

»Aber das Geschäft ist perfekt. Ich hab's dem Biergans schon zugesagt.«

»Mir egal. Eher soll mir der Arm abfallen.«

21

Zwei Nächte später erstickt Général en chef Lazare Hoche im Hauptquartier zu Wetzlar an einem Gewächs in der Lunge. Noch ehe die cisrhenanische Republik ausgerufen werden kann, hat sie ihren Schutzpatron verloren.

Und Paris zeigt den »Patrioten« die kalte Schulter.

Der Friedensschluss zwischen Frankreich und dem Reich soll nun bald unterzeichnet werden. Die Aussicht auf eine Wiederherstellung des Kurfürstentums belebt alle frommen Herzen in Arnsberg. Die Wirklichkeit im Exil ist also doch nicht mehr als ein Albtraum. Heimkehr! Nach Hause!

Schon lässt Kurfürst Max Franz sein gesamtes Archiv aus Hamburg wieder herbeischaffen. Bartholomäus Dupuis befehligt allein den Rücktransport zunächst nach Münster. Dieses Mal reist er standesgemäß in einer bequemen Kalesche nebst Bagagewagen. Extra abkommandierte Bewaffnete haben für seine persönliche Sicherheit zu sorgen. »Bald«, seufzt er, »bald werde ich den Schrein wie auch die Reliquien der Heiligen Drei Könige aufspüren. Wehe den Kapitelherren. Wer sich von ihnen am Domschatz bereichert hat, den werde ich ohne Rücksicht meinem Herrn melden.«

Mehr, viel mehr noch, im Traum durchschreitet Bartholomäus die schillernden Hoffnungen seines Triumphs.

Doch Paris schmiedet ganz andere Pläne.

Norbert fing seine Schwester gleich an der Küchentür ab. »Gib her!« Er nahm ihr das Tablett aus den Händen. »Ich erledige das.«

»Wieso?« Ursel konnte den Spott in ihrer Stimme nicht ganz verbergen. »So ein feiner Advokat spielt mit einem Mal den Diener unseres Franzosen?«

»Wag es nicht …« Er atmete gegen den Zorn, das schmale Lächeln kehrte zurück. »Warum bist du nur so blöde? Monsieur ist kein Franzose, sondern deutsch wie wir. Er hat in Würzburg studiert.«

»Und warum sagst du nicht Herr zu ihm?«

»Weil er es liebt, französisch angesprochen zu werden. Schließlich hat er viele Bücher und Kunstwerke gerettet und nach Paris transportieren lassen.«

»So nennst du das?« Blitzschnell hob Ursel die Faust, schlug nach dem Tablett, hielt aber kurz davor inne. Zu spät für Norbert. Um sich zu retten, wich er beiseite, dabei schwappte etwas vom Kaffee aus der Kanne. »Bist du von Sinnen?«

»Nein«, funkelte Ursel, »aber du. Gerettet? Zusammengestohlen hat er die wertvollen Sachen. Wie ein Dieb.«

»Still.« Norbert sah nach oben. »Er ist unser Gast. Und er zahlt pünktlich und ist immer höflich.«

»So höflich, als ob er was zu verheimlichen hätte.« Ursel wischte sich einen Handschlenker Luft am Ohr vorbei nach hinten. »Ist mir egal.« Mutig trat sie dicht vor den Bruder hin. »Aber sobald er im Haus ist, verdrehst du dich nach ihm. Bringst ihm jetzt sogar das Frühstück?«

»Er soll sehen, dass ich etwas für ihn tue. Schließlich gibt es nicht in jedem Haus teuren Kaffee und weißes Brot.« Norbert fand wieder zurück. »Das verstehst du eben nicht. Ich helfe ihm, damit er mir hilft. Schließlich hat Monsieur Verbindungen nach ganz oben.«

Ursel sah dem Bruder nach, wie er übers Tablett gebeugt die Treppe hinaufhuschte. »Du hast so viele Gesichter«, flüsterte sie. »Die passen in keinen Spiegel.«

Kommissar Anton Keil hatte gegessen, ausführlich den Kaffee geschlürft, mit dem Hut in der Hand nickte er seinem Gastgeber zu. »Dieser Dezembertag wird einigen gelehrten Herren in Köln noch lange im Gedächtnis bleiben.« Die schmalen Lippen im knochigen Gesicht zeigten ein Schmunzeln. »Was

Kollege Rethel als Beauftragter unseres neuen Regierungskommissars entschieden hat, werde ich heute dank Eurer Unterstützung in die Tat umsetzen.«

Mit einem Kopfschlenker warf Norbert die Haarsträhne aus der Stirn. »Wer sich weigert, den Eid auf die Republik zu leisten, hat die Konsequenzen zu tragen. Juristisch klar und eindeutig.«

»So wie auch der Text der Urkunde, den Ihr formuliert und in schönster Form niedergeschrieben habt. Bravo, mein junger Freund. Ich verspüre Solidarität, gepaart mit einem nüchternen Verstand. Sehr hoffnungsvoll.«

Norbert neigte den Kopf. »Wenn sich meine Hoffnung doch erfüllen würde.«

Mit Schwung setzte Anton Keil den Hut auf. »Abwarten, junger Freund. Für Talente, wie Ihr sie besitzt, wird es Bedarf geben. Und zwar sehr bald, wie ich aus bester Quelle weiß.« Er nahm den Stock, schwang ihn am silbernen Knauf leicht ums Handgelenk. »Und nun, auf ins Rathaus. Zum Schlachtfest!«

Beide Männer lachten, als wäre es ein köstlicher Scherz gewesen. Die Treppe hinab, intonierte Kommissar Keil die Eidesformel als Sprechgesang: »Ich schwöre – dass ich mit all – meinen Kräften – der Freiheit – und Gleichheit …« Er tippte Norbert mit dem Stock auf den Arm, der übernahm gleich mit großem Eifer: »… der Gleichheit – Geltung verschaffen will – und zu ihrer Verteidigung – bereit bin.«

Unten im Flur hob Keil die Schultern. »Ist dieser Eid so furchtbar, dass sich einige mit ihrer Verweigerung selbst zerbrechen?« Er erwartete keine Antwort, entdeckte Ursel und nickte in ihre Richtung. »Wünsche einen guten Tag, Mademoiselle.«

Im Hinausgehen bemerkte er: »Eine schöne Jungfer, Eure Schwester.«

Ursel hörte den Bruder noch: »Leider nicht sehr klug …«, und drohte ihm mit der Faust nach. Sie wartete einige Atemzüge lang, dann eilte sie zur Haustür, öffnete einen Spalt und beobachtete die Männer, bis sie an der nächsten Straßenecke abgebogen waren.

»Jetzt komme ich.« In Vorfreude fuhr ihre Zungenspitze über die Lippen. Von oben holte sie das Tablett mit dem Frühstücksgeschirr des Kommissars. In der Küche hatte sie schon alles vorbereitet. Auf dem Herd brodelte Wasser. Sie griff hinter die Mühle im Wandregal, hob sorgfältig das Tuch mit dem noch feuchtwarmen Kaffeesatz hervor. Ihn hätte sie auf Befehl des Bruders gleich in die Dose leeren sollen, weil er stets für sich selbst daraus noch einmal Kaffee aufbrühte. »Die erste Bohne für den Gast, die zweite für mich«, pflegte Norbert zu sagen. Nie war ihm der Gedanke gekommen, mit der Schwester den Genuss zu teilen. Morgens brachte er die abgezählte Ration an Bohnen aus seinem gut gehüteten Vorratsversteck. Ursel musste mahlen, aufgießen, und außer dem Duft blieb ihr nach dem Willen des Bruders nichts von der Köstlichkeit.

»Das musste ich ändern.« Während sie den Kaffeesatz im Leinensäckchen noch einmal in die Kanne drückte und die Stoffränder außen am Gefäß befestigte, blieb ihre Zungenspitze zwischen den Lippen. Nun goss Ursel langsam das siedende Wasser aufs schwarz-feuchte Mehl. Immer wieder beschnüffelte sie den hochsteigenden Dampf und lächelte zufrieden. »Mein ach so kluger Bruder, wenn du wüsstest … So gut wie bei deiner dummen Schwester wird dein dritter Aufguss nicht riechen.« Jetzt entleerte sie den Kaffeesatz in die Dose. »Und über den Geschmack wollen wir gar nicht reden.«

Ursel griff in die Schürze, auch vom Weißbrot hatte sie sich ein Stück zurückbehalten. Nun noch den Honigtopf, dann setzte sie sich an den Tisch. Nacheinander streifte sie ihre Zöpfe nach hinten, verdrehte die Augen zur Decke und sagte mit hoher Stimme: »Es ist serviert, Mademoiselle.« Sorgsam schenkte sie sich Kaffee in den Becher, nahm den ersten kleinen Schluck. »Bon, das ist wirklich bon.«

Die Hofpforte klappte. Jäh richtete sich Ursel auf. War Norbert zurück? Sie sah entsetzt in Richtung des kleinen Flurs, konnte sich nicht bewegen. Zu spät, um wegzuräumen. Es gab keine Ausrede. Schritte näherten sich. Zu spät, für jede Rettung war es zu spät. Langsam öffnete sich die schmale Tür neben dem Herd. Sie presste die Lider zusammen, wünschte sich weit fort.

»Ursel?« Nur ein Flüstern. »Ich bin es.«

Das Mädchen rührte sich nicht.

»Was ist mit dir?« Die Stimme wurde fester. »Schau doch her. Ich bin es: die Beate.«

Ursel riss die Augen auf, sah die Gestalt im Reisemantel, erkannte das Gesicht. »Schwester? O heilige Mutter. Wo kommst du her?«

»Von Paris, jetzt aus dem Schuppen. Ich hab da gewartet, bis Norbert aus dem Haus ist …« Angst schwang mit. »Er ist doch weg? Oder?«

»Aber ja.« Ursel lief zu ihr. Sie umarmten, drückten sich, hielten einander fest.

»Und ich dachte, du wolltest für immer bei den Franzosen bleiben …« Ursel stockte. »Ist Monsieur Soleil auch mitgekommen?«

Zittern befiel die Schultern der Schwester. »Jean Baptist … er ist …« Das Gesicht drückte sich in Ursels Halsbeuge. »Tot ist er. Schon letztes Jahr. Der Husten. Er hat einfach keine Luft mehr bekommen.«

»Es tut mir so leid.« Ursel streichelte der Schwester den Rücken. »Komm. Ich hab da was Feines für uns.« Sie führte Beate zum Tisch. »Riechst du's?« Sie rückte den Stuhl über Eck und füllte aus ihrem Becher einen zweiten halb voll. »Für dich. Nun setz dich doch. Ach, ich bin so froh, dass du uns besuchen kommst.« Schnell strich sie Butter und Honig auf das Weißbrot und schob es Beate zu. »Hier, nun iss erst mal.«

Beate nahm einen Bissen, trank vom Kaffee. »Gut habt ihr es.«

»Wenn du wüsstest …« Ursel lachte bitter. »Ich sorg manchmal heimlich für mich. Wirklich gut hat es nur unser Herr Bruder.«

»Wo ist Mama?« Beate blickte zur Ofenbank. »Schläft sie nicht mehr da?«

Jetzt verkrallte Ursel beide Hände auf dem Tisch. »Mama schläft … schläft jetzt beim Vater.« Die Tränen tropften. »Du warst gerade weg nach Paris.« Als Beate begriff, weinte auch sie. Nur unter Schluchzen konnte Ursel vom Unglück auf dem Eis erzählen. »Norbert und die Helfer haben den ganzen Tag das Ufer abgesucht. Aber die Mama haben sie nicht mehr gefunden.« Beide weinten still über den Bechern, später tranken sie und nahmen es hin, dass der Kaffee nach dem Salz ihrer Trauer schmeckte.

»Bleibst du? Oder musst du wieder nach Paris?«

»Ich kann nicht dahin zurück, darf nicht.« Eine neue Seite blätterte sich im Gesicht der Schwester auf, das Blut wich, blass die Haut, dunkler die Augenhöhlen. »Es lief nicht gut für mich da in Frankreich. Auch nicht für meinen kleinen Philippe. Vier Monate hatte ich ihn, und gelacht hat er, auch viel geschrien. Wie das so Kinder eben machen.« Ein Fieber hatte den Sohn befallen, hatte den kleinen Körper verbrannt. »Seitdem wollte mich die Familie von Jean Baptist nicht mehr. Ich sei schuld an allem, am Tod von meinem Mann und auch von meinem Sohn.« Beate faltete die Hände unter dem Busen. »Der Himmel weiß, dass ich keine Schuld hab.« Ernst blickte sie die Schwester an. »Weißt du, was Soleil auf Deutsch heißt?«

»Sag's mir!«

»Das heißt Sonne. Wirklich.« Beate nickte vor sich hin. »Das ist jetzt mein Nachname. Wenigstens das ist doch gut, finde ich.«

»Ob du hier in Köln dich französisch nennen sollst, weiß ich nicht.« Wider Willen musste Ursel schmunzeln. »Aber Frau Beate Sonne klingt besser als Beate Fletscher.«

Wie ein Zerberus versperrte Kanonikus Pick die Tür des gemeinsamen Wohnzimmers im Parterre der alten Dompropstei, breitbeinig, seine Bauchkugel sollte ihm als Bollwerk dienen. Denn in der Nähe standen die drei halb garen Töchter der Schwester seines Freundes und wisperten miteinander. Hin und wieder blickten sie zum Wächter hinüber und kicherten. »Wagt es nicht«, warnte er vorsichtshalber. »Wenn auch nur eine versucht, an mir vorbeizuwischen, dann … dann binde ich euch alle drei mit euren eigenen Zöpfen zusammen.« Für diese Androhung erntete er von der Zwölfjährigen nur einen mitleidigen Blick, und die beiden Jüngeren streckten ihm die Zunge heraus.

Der Angriff kam unvermittelt. Die Älteste ging auf ihn zu, einen Schritt vor ihm riss sie mit einem Mal die Augen auf, schrie, verdrehte sich auf der Stelle und sank zu Boden.

Gleich war Franz Pick bei ihr. »Um Gottes willen, Kind.« So rasch es seine Leibesfülle erlaubte, kniete er sich zu der Reglosen, unbeholfen strich er ihr über die Stirn. »Was ist nur?«

Ohne dass er es wahrnahm, schlüpften hinter ihm die beiden anderen Mädchen vorbei und drangen ins verbotene Zimmer ein.

»Bleib liegen! Das Beste ist, ich rufe deine Mutter.«

Da setzte sich die Halbwüchsige in die Hocke, grinste ihn an. »Nicht nötig.« Damit sprang sie hoch und folgte den Schwestern. Ehe Pick sich aufraffen konnte, wurde von innen die Tür verriegelt. Er versuchte erst gar nicht, an der Klinke zu rütteln, sondern ging kopfschüttelnd zur Küche hinüber.

Der Freund saß mit seiner Schwester Cäcilia am Tisch, er hatte den Geldbeutel schon vor sich gestellt, noch aber waren die Lederschnüre nicht aufgebunden.

»Verzeiht, dass ich störe«, der Kanonikus breitete hilflos die Hände, »wir werden ausgeraubt.«

Wallraf seufzte nur. »Wo sind diese Biester?«

Sofort schlug seine Schwester mit der flachen Hand auf den Tisch. »Wie redest du über meine Kinder?«

»Eine charmantere Bezeichnung fällt mir für diese unerzogenen Geschöpfe nicht ein.« Er nickte zum Freund hinüber. »Wo also in aller Heiligen Namen suchen sie uns heim?«

»Im Wohnzimmer. Zielgerichtet, als hätten sie gewittert, wo ich unsere große Vorratsdose mit Lebkuchen und Marzipan in Sicherheit gebracht habe.«

Cäcilia funkelte ihren älteren Bruder an. »So ist das also. Du gönnst deinen Nichten nicht einmal ein Zuckergebäck. Dabei steht Weihnachten vor der Tür. Aber geizig warst du schon als Junge …«

»Genug, Schwester!«, fuhr ihr Wallraf über den Mund. »Was geht nur in dir vor? Du kommst mit deinen Kindern her, weil deine Familie wieder einmal in Geldnöten steckt.« Mit jedem Wort erregte er sich mehr. »Aber anstatt freundlich zu sein, beschimpfst du mich. Und zur gleichen Zeit plündert deine Brut unsere Vorräte, anstatt höflich um etwas Naschwerk zu bitten.« Jetzt schlug er mit der Faust auf die Tischplatte. »Zum Donnerwetter! Wann endlich kommt ihr zur Vernunft? Wieso verdient dein Ehegatte nicht genug? Andere Schneider in Köln ernähren ihre Familien doch auch!«

Unerschrocken bot ihm Cäcilia die Stirn. »Wenn du nicht mehr helfen willst, dann sag es doch! Dann verhungern wir eben. Aber, Bruder«, nun nahm sie den Zeigefinger zur Unterstützung, »dann hast du sechs Kinder auf dem Gewissen und deine Schwester und auch noch meinen Alexius. Dann wirst du nicht mehr schlafen können, weil der Teufel dir Nacht für Nacht unsere verhungerten Gesichter zeigt.«

Mit offenem Mund ließ sich Kanonikus Pick auf der Bank neben dem Herd nieder. Wallraf fehlten für einen Moment die Worte. Nach tiefem Atmen sagte er: »Du bist …« Er schüttelte den Kopf. »Nein, schon gut. Jedes Argument wäre vergeudet. Hier!« Er nestelte den Beutel auf und entnahm drei Taler. »Mehr kann ich wirklich nicht entbehren.« Blitzschnell schnappte Cäcilia zu, und die Münzen verschwanden in der Manteltasche. »Das genügt nicht, Bruder.« Sie streckte die geöffnete Hand hin, ließ die Finger wippen. »Es ist ja nicht für mich. Mir genügt eine harte Brotrinde, aber ich habe noch sieben Mäuler zu stopfen.« Keine Reaktion. Ihre Stimme sank zur zittrig klagenden Tonart hinab. »Im Namen des heiligen Martin hab Erbarmen. Du bist mit Onkelchen Franz allein …«, ein schneller, flehender Blick für den Kanonikus, »nicht wahr, du Lieber? Ich gönne euch die gebratenen Tauben, wenn ihr wenigstens einen Wurstzipfel für uns übrig habt.«

»Bitte, ich darf doch bitten«, wehrte Pick ab, »nicht auch noch mit mir. Ich ertrage solche Reden nicht.« Er fingerte in der Ärmeltasche nach seinem Geldbeutel und … Schon stand Frau Cäcilia dicht vor ihm, viel zu dicht. »Sieben«, flüsterte sie, deutete mit dem Daumen zum Bruder. »Drei gab er mir. Beschäm diesen hartherzigen Menschen mit Großzügigkeit. Ich benötige zehn Taler, dann kommen wir über den Monat.«

Franz bog den Oberkörper zurück, hastig drückte er ihr Münzen in die Hand.

Cäcilia musste nicht erst nachzählen. »Das sind nur sechs.«

Überhastet stopfte der Kanonikus den Geldbeutel zurück in die Sicherheit seines Rocks.

Die Schwester seines Freundes hakte nicht nach. »Na gut. Zur Not schaffen wir es auch damit.« Ein Seufzer, ein abschließender nüchterner Blick für die Gebeutelten. »Ich muss los. Jetzt im Dezember wird es rasch dunkel. Überall lauert dieses verfluchte Raubgesindel. Da sollen meine kleinen Schätzchen besser nicht mehr auf der Straße sein.«

Die Hausherren folgten ihr in den Flur. Franz Pick deutete zur Wohnstube.

»Dort. Diese Schätzchen haben sich dort eingeschlossen.«

»Ich weiß.« Cäcilia pochte nur einmal mit der Faust. »Wir gehen.«

Wenig später öffnete sich die Tür. Verschmierte Münder, prall gefüllte Manteltaschen, so stolzierten die Geschöpfe an den Klerikern vorbei. Die Älteste trug halb mit ihrem Körper verdeckt die große Keksdose. Wallraf entdeckte den Diebstahl noch rechtzeitig. »Das ist ein unersetzliches Stück, handbemalt von einem Kölner Künstler. Bitte, gib die Dose zurück!«

Achtlos ließ das Mädchen die Beute fallen. »Ist sowieso leer.«

Am Tor verlangte die Mutter von ihren Töchtern: »Nun bedankt euch artig für das Gebäck.«

Ein übertriebener Knicks, dann drehten sich alle drei auf Kommando der Zwölfjährigen um, bückten sich und wackelten mit den Hintern. Dabei prusteten die Mädchen vor Lachen.

Cäcilia blickte zu den frommen Herren auf. »Ich werde mit ihnen ein ernstes Wort reden. Lebt wohl!« Sie eilte den Mädchen hinterher.

Wie geschlagen starrten die Freunde ihnen nach. Wallraf atmete schwer. Zurück in der Küche, fand er endlich die Sprache wieder. »Eine Teufelsbrut …«

Pick schüttelte langsam den Kopf. »Dabei hattest du dir fest vorgenommen, der Bettelei deiner Schwester nicht nachzugeben.«

Gleich hob der Professor die Stirn. »Wer hat denn mehr gegeben?«

»Ich weiß«, beschwichtigte Franz, »wir sind beide deiner Familie nicht gewachsen.«

Die Türglocke schlug an. Erschrocken fuhren die Männer zusammen.

»Sie kommen zurück.« Wallraf presste die Hände gegen die Schläfen. »Geh du! Sei mein Freund, und wimmele sie ab.«

»Ferdinand …« Pick gab sich drein. »Wie denn?«

»Irgendwie. Sage, ich läge in Ohnmacht.« Vorsorglich schloss Wallraf die Augen.

Unerwartet rasch kehrte der Freund zurück. »Kein erneuter Überfall«, verkündete er sichtlich erleichtert und legte ein Kuvert auf den Tisch. »Für dich. Stadtsoldat Peter fungiert mit noch zwei Kameraden als Bote der neuen Munizipalität. Er wollte gleich weiter. Sonst hat er doch immer eine Weisheit parat. Diesmal sagte er nur, noch vier anderen Professoren müsse er diese Post bringen.« Der Kanonikus setzte sich. »Dabei klang seine Stimme sonderbar gepresst.«

»Er wird doch nicht meiner Schwester begegnet sein?« Ferdinand sah auf den Absender. Sofort verlor sich jeder Scherz aus seinem Gesicht. »Von höchster Stelle. Substitut-Kommissar Rethel.« Er zerbrach das Siegel, entfaltete das Schreiben, las stumm. Das Blatt entglitt seiner Hand.

Der Freund nahm den Brief, überflog die wenigen Zeilen und starrte über sie hinweg. »»Mit sofortiger Wirkung aus dem Amt entlassen««, zitierte er ungläubig. »Der Rektor der Kölner Universität wird davongejagt?« Nach einer Weile setzte er hinzu: »Willkür. Das ist pure Willkür.«

Ferdinand verneinte mit dem Zeigefinger. »Schlimmer. Dahinter steckt kaltes Kalkül. Wie konnte ich nur hoffen, dass meine Argumente überzeugen!« Er sprang auf, stürmte durch den Flur und kehrte mit einem Papierbogen zurück. »Mein Entwurf. Hier steht es Absatz für Absatz. Ehe nicht der Friede mit allen Bedingungen festgeschrieben ist, können die unterzeichnenden Professoren den Treueeid auf die französische Republik nicht leisten. Und warum?« Der Professor gab selbst die Antwort. »Weil noch alles in der Schwebe schien. Das waren gute Gründe abzuwarten. Zumindest für alle denkenden Menschen in Köln.« Er warf sich auf den Stuhl, schlug sich gegen die Stirn. »Was bin ich nur für ein Narr! Meine und die Entlassung der anderen Kollegen beweist, dass Frankreich gar nicht verhandeln will, sondern schon dabei ist …«, die flache Hand schlug immer wieder auf die Urkunde, »… sich Köln und die ganze linke Rheinseite einzuverleiben. Wie ein gefräßiger Moloch!«

Franz Pick sah das Unglück seines Freundes, wollte ihn aufmuntern. »Solange es mich gibt, wirst du wenigstens nicht verhungern.«

Damit aber versetzte er Wallraf den nächsten Hieb. »Großer Gott, keine Bezüge mehr. Alle Gelder werden gesperrt. Was soll nur werden?«

22

Aufruf!
Der Bürger Franz Joseph Rudler, neuer französischer Regierungskommissar in den besetzten Rheinlanden, an die Bewohner der eroberten Länder:

»Die französische Republik weiß ihre Feinde zu schlagen und zu überwinden; aber den Sieg zu missbrauchen, das weiß sie nicht …

Ihr Bewohner der schönen Gefilde an den Ufern des Rheins, dies sind Frankreichs wohltätige Gesinnungen: Voll zärtlicher Sorgfalt für euer Wohl gibt mir die Republik den Auftrag, mich zu euch zu verfügen, um euch der Wohltat der Gesetze teilhaftig zu machen …«

Der Jurist aus dem Elsass weiß die Worte zu setzen. Alles, was nach Sklaverei schmeckt, soll aufgehoben werden. Er verspricht Glaubensfreiheit für alle. Protestanten und Juden dürfen aufatmen, dürfen zurück nach Köln! Darüber hinaus plant er, die Verwaltung und die Gerichte neu zu ordnen.

Nur wenige Kölner schauen genauer auf den Wortlaut, und denen verdorrt beim Weiterlesen die Begeisterung in der Kehle.

»… Doch gegebene Umstände erlauben es nicht, dass ihr jetzt gleich eure Verwalter und Richter selbst erwählt, aber seid versichert, dass ich die rechtschaffensten und geschicktesten Bürger unter euch ausleihen werde. Diesen werde ich französische Bürger überordnen, welche … ihre sicheren und notwendigen Führer sein werden.«

Zum Schluss fallen aus dem Schafspelz des neuen Regierungskommissars noch Wortperlen für die Bewohner links des Rheins: »… befolgt einhellig die Verordnungen, die ich euch zu verkündigen gesandt bin; und ihr werdet in dem nämlichen Augenblicke die Morgenröte eurer Glücklichkeit in ihrem erquickenden Schimmer glänzen sehen.«

Am 20. Dezember zeigt die Maske des Verkündigungsengels erste Risse. Im Auftrag Rudlers verbietet der Kölner Polizeipräsident die Christmetten in allen Kirchen …

Was tun? Arnold wollte nicht aussehen wie ein Tagelöhner, wenn er zur Salzgasse hinüberging. Nicht heute. Den zerschlissenen Mantel seines Professors konnte er über den Arm nehmen. Für die übrigen Sachen aber war Mutters schöner Lederbeutel zu klein. Also doch den Arbeitssack. »Ich trag ihn nicht auf der Schulter, decke den Mantel drüber. Dann geht's schon.«

Die schwarze Wollmütze, die gesteppte Jacke. Draußen trieb ihm der Wind dicke Schneeflocken ins Gesicht. »Davon bleibt nichts liegen. Ist noch nicht kalt genug.« Arnold stapfte vor dem Rathaus hinunter zum Alter Markt. Die beiden Fahnen am Freiheitsbaum klatschten nass und schlapp gegen den Stamm, auf der Jakobinermütze klebte eine Schneehaube. »Dieses kümmerliche Gestell. Jede Vogelscheuche sieht besser aus.« Er seufzte. »Und erst ein richtiger Weihnachtsbaum! Der würde jetzt gut passen.« Arnold verstand die Franzosen nicht. »In diesem Jahr verbieten sie uns am Heiligen Abend die Messe im Dom. Das hat's noch nie gegeben.« Er hatte den Professor gefragt, doch der war nur kurz angebunden gewesen. »Schritt für Schritt soll das Christentum abgeschafft werden.« Arnold wagte nicht nachzufragen. Vor knapp drei Wochen hatten sie seinen Herrn aus der Universität gejagt, und seitdem gab es in der Dompropstei für Arnold kaum mehr was zu lachen. »Als wär ich schuld an dem Unglück.« Ständig nörgelte Wallraf an seinem Adlatus herum: »Warum dauert der Botengang so lange? Die Quittung ist falsch ausgestellt. Ist dir das nicht aufgefallen?«

Die Not in Arnold war gewachsen, einmal hätte er den Professor beinah angebrüllt: »Wie soll mir das denn auffallen? Wo ich doch gar nicht …« Rechtzeitig hatte er den Mund geschlossen und stumm die Vorwürfe hingenommen.

Arnold bog in die Salzgasse ein. »Bei dieser Sache gebe ich dem Professor recht«, murmelte er. »Das muss geändert werden.«

Vor der Tür des Schneiderhauses trocknete er sich das Gesicht am Mantel seines Herrn und zog die Glocke.

Frau Josefa Müller hob die Brauen, als sie den Besucher vor sich stehen sah. »Ich staune jedes Mal, was du für ein gut gewachsener, kräftiger Bursche bist.« Sie winkte ihm. »Tritt ein! Bei diesem Wetter soll keiner vor der Tür stehen bleiben.« Im Flur drehte sie den Docht der Öllampe höher.

Arnold setzte behutsam den Arbeitssack ab und nahm die Wollmütze vom Kopf. Er hatte sich einen Plan zurechtgelegt. Auf keinen Fall durfte er gleich mit dem wichtigsten Anliegen beginnen. »Mein Herr lässt fragen, ob der Meister den alten Mantel noch mal flicken kann. So Flecken auf die Ellbogen. Und auch neue Knöpfe sollen dran.«

Frau Josefa besah sich den Stoff. »Abgenutzt ist er wirklich. Und ein Herr in seiner Stellung sollte schon auf sein Äußeres achten.«

»Ist nicht mehr so …« Arnold unterstützte das Kopfschütteln mit einem Seufzer. »Die schöne Stellung haben sie ihm weggenommen. Jetzt müssen die alten Kleider wieder für gut herhalten. Deshalb soll ich fragen.«

»Bist du sicher?« Die Schneidersfrau runzelte die Stirn. »Steht es so schlecht?«

»Genau weiß ich es nicht, aber denken kann ich es mir. Weil, früher hat er nur alte Sachen eingekauft. Nicht Kleider, aber Bücher und Gemälde und so was. Die musste ich ihm oben in die Sammelzimmer packen. Aber in der letzten Woche hab ich ein Bild und ein paar von den Büchern an die Händler zurückverkauft. Das ist doch kein gutes Zeichen, meine ich.«

»Von dieser Art Lumpenhändlerei verstehe ich wenig.«

Frau Josefa rang sich ein nachsichtiges Lächeln ab. »Aber es gibt ja einige von den feineren Herren in der Stadt, die ganz versessen darauf sind.« Sie hielt den Mantel am Kragen und schüttelte leicht den Staub aus. »Einverstanden. Der Meister wird das Teil, so gut es eben geht, wieder herrichten, sag das deinem Professor.«

Arnold dankte, gleich verlor sich sein Strahlen wieder, er drehte die Wollmütze in den Händen. Nun rede schon, befahl er sich. Der gelernte Satz war verschwunden, außerdem stockte die Zunge, gründlich schluckte er.

Frau Josefa bemerkte sein Zögern. »Ist noch etwas?«

Erst das Schnaufen befreite. »Walburga.« Er schlenkerte die Mütze. »Ich … Ist Eure Tochter zu sprechen? Ich mein, für mich? Ich wollte ihr …« Er deutete auf den Sack zu seinen Füßen. »Nur was fragen wollte ich.« Und versicherte gleich: »Dafür bringe ich ihr auch was …« Er hielt inne. »Ach, Frau Meisterin, bitte versteht, was ich meine.«

»Du möchtest meine Tochter sprechen?«

»Genau.«

»Dann warte hier.« Ein freundliches Nicken, und die Meisterin entschwand in der Werkstatt.

Arnold blies die Luft durch die Wangen. Das ist ja schon mal gut gegangen, dachte er.

Die Tür öffnete sich. Im Licht der Öllampe schimmerte das Graugrün der Augen. »Welch eine Überraschung. Einen Tag vor Heiligabend.«

»Weil morgen ja dazu noch Sonntag ist, wollte ich heute stören.« Er merkte den Versprecher nicht. »Ich störe doch nicht? Oder?«

Walburga lachte ihn an. »Du bist bei uns immer gern gesehen.« Sie trug ein wollenes, dunkelrotes Kleid, den Ausschnitt verdeckte ein schwarzes Tuch. »Komm mit in die Küche! Da ist es wärmer.«

Duft nach Lebkuchen. Gleich suchte Arnold mit Nase und Augen im Wandregal nach der Leckerei, als es ihm bewusst wurde, ermahnte er sich: Du bist hier nicht zu Hause. Daheim musste Arnold der Mutter helfen, das frische Weihnachtsgebäck vor den kleineren Geschwistern zu verstecken. Eine schwere Pflicht, wenn man selbst …

»Was suchst du?«, unterbrach Walburga seine Gedanken.

»Nichts. Hier riecht es nur so gut.«

»Magst du ein Stück?«

»Nur keine Umstände«, winkte er ab und lenkte gleich ein: »Vielleicht eine kleine Ecke.«

Der mit einem Tuch bedeckte Korb stand hinter dem Waschzuber. Sie brach für den Gast ein Stück vom Lebkuchen ab. Arnold grinste: »Vor wem müsst ihr das Süße verstecken?«

»Der Vater ist ganz schlimm hinterher.«

Arnold kaute genüsslich. »Kann ihn gut verstehen.«

»Du bist also auch so einer …?« Walburga unterbrach sich: »Verzeih, das geht mich nichts an.«

»Doch, ist mir schon recht.« Blut stieg ihm ins Gesicht, er schluckte den Bissen hinunter. Der Plan! »Ich wollte dich was fragen. Und dafür hab ich dir was mitgebracht.« Er schaute in den Arbeitssack und verbesserte sich: »Ich mein, ich habe dir was mitgebracht, so als Geschenk, weil doch Weihnachten morgen anfängt.«

Zunächst hob er ein goldgelbes Viertel von einem Käserad heraus, danach legte er noch einen Tannenzweig daneben. »Gestern hab ich im Hafen einen Holländer entladen. Das ist mein halber Lohn. Der Käse da.«

»So viel für uns? Mutter wird sich freuen.« Walburga nahm den Zweig und schnupperte in den Nadeln. »Wie gut … Diesen Duft hab ich vermisst. Ich glaube, dieses Jahr gibt es in ganz Köln keinen Tannenbaum. Dafür hat keiner Geld.«

»Die Kapitäne aus Holland schon.« Arnold konnte sein Grinsen nicht ganz verbergen.

»Ach? Gehört der Zweig zu deinem Lohn dazu?«

»Nicht so ganz«, gestand er. In der Wohnstube des breiten Schiffs hatte der Kapitän einen mit roten Holzkugeln und

Glitter geschmückten Weihnachtsbaum stehen. »Da dachte ich …« Arnold faltete die Hände. »So zur Wand hin sieht er die Äste sowieso nicht. Will sagen, der Zweig fehlt dem Kapitän nicht.«

»Das habe ich verstanden.« Nur die Augen lächelten, um ihre Nase krausten sich die Sommersprossen. »Und dann kommst du her und schenkst mir deinen halben Lohn und die Beute noch dazu? Nur weil Weihnachten ist?«

»Doch, sicher.« Er zupfte an den Rändern des Sackes, sah sie an. »Dann habe ich noch eine Bitte … eine Frage.« Entschlossen griff er hinein und legte zwei Schieferschindeln und ein schmales Buch auf den Tisch. Nach kurzem Überlegen nahm er einen handgroßen Kreideklumpen aus der Jackentasche und legte ihn dazu. »Jetzt weißt du's.«

»Ein Rätsel?« Walburga bestaunte die Sachen. »Nein, ich weiß es nicht.«

»Was?« Jäh verlor sich der schöne Geschmack des Lebkuchens. »Ich dachte, wenn du die Tafeln siehst …« Er senkte die Augen. »Schau dir das Buch an!« Und dachte nur noch, tief im Küchenboden möchte ich sein.

Neben ihm strich sie leicht über den Buchdeckel. »Unsere alte Schulfibel. Damit habe ich damals …« Sie stockte, deutete auf Kreide und Tafeln. »Du willst mir doch nicht sagen …? Kannst du etwa nicht schreiben und lesen?«

Arnold ertrug es nicht. »Ich geh jetzt besser.«

Nach zwei Schritten schon hielt sie ihn am Rock fest. »Hiergeblieben!«

»Ich wusste nicht, dass du es nicht weißt.« Er wollte zur Tür. »Lass mich!«

»Arnold Klütsch!« Ihr Ton nahm an Schärfe zu. »Wirst du wohl stehen bleiben!«

Er gehorchte. Rasch kam sie um ihn herum, fasste seine Arme und sah von unten in sein vornübergebeugtes Gesicht. »Ist nicht schlimm. Ich war nur im ersten Moment überrascht.«

»Eine schöne Überraschung.« Der Spott gelang ihm nicht.

»Deswegen bist du nicht weniger wert.«

»Mein Professor denkt da ganz anders drüber.«

»Nicht mehr lange.« Walburga streckte sich. »Ich gebe dir Unterricht.«

Glück. So nah waren ihren Augen, so weich die Lippen. Arnold bezwang sich und umarmte sie nicht. »Das wollte ich dich die ganze Zeit fragen. Ob du mir über den Jahreswechsel mal eben Schreiben und Lesen beibringen kannst?«

»Mal eben? Du wirst dich wundern.« Walburga wies ihn auf den Stuhl am Tisch und hockte sich daneben. »Heute probieren wir. Nach Weihnachten fangen wir richtig an.« Sie stupste gegen den Kreideklumpen. »Der hier ist gut fürs Handwerk. Zum richtigen Schreiben benötigen wir Griffel. Ich sehe mal, ob ich in meinen Sachen noch einen finde.«

Sie schlug die erste Seite auf und zeigte ihm die aneinandergereihten Buchstaben. »Dies ist unser Alphabet. Das lernen wir zuerst.« Ihr Finger tippte unter die Zeile. »A, B, C, D, E.« Erwartungsvoll sah sie Arnold an, der staunte nur stumm zurück.

»Nun sag es!«

»Warum?«

Erst nach einer Erklärung sprach er ihr nach und wusste insgeheim doch nicht, welchen Sinn das Auswendiglernen haben sollte. Walburga lobte: »Das geht ja rasch.«

»Einfach ist es.«

Die Lehrerin nickte. »Und nun zeige mir das C.«

Arnold starrte die lange Reihe an.

Draußen im Flur bimmelte die Türglocke. »Lass dich nicht ablenken!«, mahnte Walburga.

Direkt fand er den Buchstaben nicht. Im Geist wiederholte er das Gelernte, der Gesuchte kam an dritter Stelle, also … Er zählte die Zeichen auf dem Papier ab und fand das C. »Hätte nicht gedacht, dass das so aussieht.«

»Da gibt es noch viel zu staunen. Wenn wir erst mal bei den Versen sind.« Aus der Regung heraus streichelte Walburga seinen Arm, dabei blätterte sie im Büchlein. »Hier, das ist der Spruch für das C.« Ein Junge im Kittel hockte mit nackten Beinen auf einem Baumstamm. Sie las den Text dazu: »›Wann der Knab mit einer Hand seine Zehe am Fuß hält, so spricht er: ce, ce, ce.‹«

Arnold ballte vor Schreck die Fäuste. »Du willst, dass ich das nachmache?«

»Nein«, lachte Walburga, »mit dem Spruch wird der Buchstabe geübt.«

»Aber …« Arnold tippte auf das Bild. »Das ist für ein Kind. Ich bin größer und …«

»Gott sei Dank.« Sie wurde ernst. »Das ist wahr. Aber andere Sprüche stehen da nicht.« Ganz in Gedanken malte sie ein dickes C auf eine der Schieferplatten. »Oder wir erfinden selbst Verse für die Buchstaben.«

Die Tür öffnete sich. Frau Josefa steckte den Kopf herein. »Heute geht es bei uns zu wie auf dem Jahrmarkt. Für dich, Kind, noch ein Besucher. Und was für einer!« Ihr Lächeln war verheißungsvoll, ihre Geste beinah galant. »Herr Advokat, meine Tochter erwartet Euch.«

»Wer?« Arnold wusste es im selben Augenblick. Hastig klappte er die Fibel zu, zog sie unter den Arm. Mehr Zeit blieb nicht.

»Habt Dank, schöne Frau Meisterin.« Rückwärts, noch in letzter Vollendung seines Bücklings, erschien Norbert in der Küche. Mit Schwung fuhr er herum und nutzte den schwarzen Filzhut in der Rechten gleich für die nächste Begrüßung: »Tausendschöne, dein glühender Verehrer wirft sich dir zu Füßen.« Tatsächlich berührte ein Knie den Küchenboden.

Nach dem ersten Schreck lachte Walburga über den Auftritt. »Du bist wunderbar verrückt. Nun bleib nicht da unten, sonst machst du mich verlegen.«

Arnold fasste den Umschwung nicht. Gerade noch fühlte er sich nah bei ihr, und jetzt hatte ihn der Windstoß weit fortgetrieben.

Mit kurzen Handschlenkern säuberte Norbert die Hose über dem Knie, dann streckte er den Zeigefinger gegen Arnolds Gesicht. »Nebenbuhler. Was muss ich sehen: einen Tannenzweig und Käse?« Ein gefährliches Knurren. »Hab ich dich in flagranti ertappt.«

»Wo?« Heftiges Kopfschütteln. »Das Wort versteh ich nicht.«

»Dann ist ja alles gut.« Der Freund setzte ein nachsichtiges Lächeln auf. »Nun schau nicht so. War nur ein Scherz. Nie würde ich glauben, dass du …« Zur Bekräftigung boxte er Arnold spielerisch gegen den Oberarm, dabei entdeckte er das C auf der Tafel. »Nun bin ich doch neugierig. Was hat das zu bedeuten?«

Walburga sah die Not in Arnolds Blick. »Nichts Besonderes. Ein C ist nun mal ein C.«

»So?« Norbert furchte die Stirn, prüfte den Freund mit scharfem Blick, bemerkte die Buchecke unter dem starr angewinkelten linken Unterarm. »Ach, so ist das.« Blitzschnell schnappte er zu und hatte die Fibel in der Hand. »Bravo! Mein bester Freund lernt endlich Lesen und Schreiben.« Er blätterte. »Oh, wie hab ich diese Bildchen als kleiner Bub bestaunt. Heute noch kann ich die Verse auswendig.« Er stolzierte wie ein Storch durch die Küche. »›Wann der Bock blöket, so schreiet er: be, be, be.‹«

»Hör auf!«, bat Arnold. »Genug!«, mahnte Walburga.

Doch der Storch plapperte weiter. »Oder diesen hier fürs H mochte ich besonders: ›Wann ein vollgesoffener Bauer lachet, so schreiet er: Ha, ha, ha!‹«

»Aufhören!« Arnold schlug beide Fäuste auf den Tisch, dann presste er die Stirn auf die geballten Hände. »Ich ertrage es nicht.«

Beide waren sofort bei ihm. Walburga strich über den breiten Rücken. »Keiner von uns will dich auslachen.«

Norbert tätschelte den Nacken. »Sie hat recht. Es ist nur die Freude. Gerade ich als dein bester Freund freue mich, wenn du dich schlaumachen willst. Und meine Schöne ist sicher die beste Lehrerin.« Er beugte sich zum Ohr. »Hoffe nur, dass du nicht auch noch Advokat werden willst, denn dann werde ich wirklich eifersüchtig.«

»Studieren? Ich?« Diese Vorstellung löste die Enge in Arnold. Er hob den Kopf. »Ich tauge zu vielem, aber nicht dafür. Bin schon froh, wenn ich außer dem C die anderen Buchstaben erkenne.«

Erleichtert lächelte ihm Walburga zu. »Und dann setzen wir sie zusammen.«

»Zusammen.« Arnold hatte sich wieder gefunden, er nickte eifrig. »Zusammen. Das ist die Hauptsache.«

Für einen Augenblick stutzte Norbert, dann griff er nach Walburga und drehte sie an der hochgereckten Hand mit schnellen, kurzen Pfiffen um die eigene Achse, drehte weiter, sie ließ es zu, unterstützte selbst den Schwung, bis sie lachte: »Aufhören, mir wird schwindlig!«, und leicht unsicher auf den Stuhl sank.

»Ein guter Zustand«, lobte Norbert. Er baute sich vor ihr auf. »Denn nun will ich dir mein Geschenk überreichen.«

»Ich geh dann mal.« Arnold griff nach den Schiefertafeln, erhob sich halb.

»Aber nein. Du als mein bester Freund sollst Zeuge sein, wie ihre Augen aufleuchten.« Mit einem Fingerzeig befahl ihn Norbert wieder auf den Stuhl und wandte sich ihr zu. »Als Student schenkte ich dir die kleine Kette mit dem Blutkreuz.«

Sie betastete durch das schwarze Brusttuch ihren Hals. »Ich trage sie gern. Heute nicht, sonntags lege ich sie an.«

»Und nun …« Sein Ton geriet ins Feierliche. »Ich habe in diesem Jahr alle Examina bestanden und mein Studium abgeschlossen. Vor dir steht ein fertiger Advokat, der bald schon in die Fußstapfen seines angesehenen Vaters treten wird.«

Beeindruckt nickte Walburga, und Arnold dachte, es ist schon wahr: Er gehört zu den besseren Leuten, ich zu den Tagelöhnern.

»Und bald schon werde ich eine eigene Familie gründen«, fuhr Norbert fort. »Mehr sage ich heute nicht zu diesem Thema. Aber ...« Er nahm ein Kästchen aus der Tasche. »Dies ist mein Geschenk für dich, damit auch du darüber nachdenkst.«

Walburga hob behutsam den Deckel. Lange betrachtete sie das Schmuckstück. »Wunderschön«, flüsterte sie und nahm die Brosche heraus. Edelsteine umrahmten das aus Elfenbein geschnitzte Wappen. Sie betastete das filigrane silberne Blatt auf der Rückseite. »So fein gearbeitet. Ist das nicht übertrieben viel? Als Weihnachtsgeschenk?«

»Für dich ist mir nichts genug.« Er gab sich bescheiden. »Vom Honorar eines jungen Advokaten hätte ich dieses Kleinod sicher nicht kaufen können. Es ist noch ein Erbstück meiner Tante Maria. Du sollst die Brosche und auch die Kette tragen, dann bleibt der wertvolle Schmuck in der Familie.«

Walburga krauste die Nase. »Bitte, sage das nicht so. Ich nehme sie als Weihnachtsgeschenk, mein schönstes, ganz gewiss. Aber ...«

Er legte ihr den Finger auf die Lippen. »Ich weiß, Schritt für Schritt. Auch daran habe ich gedacht. Mir ist ein guter Posten in Aussicht gestellt worden. Sobald die endgültige Zusage kommt, werde ich mit deinen Eltern reden.«

Arnold hatte zugesehen, zugehört, und nichts war ihm geblieben. Außer Lebkuchen, dachte er. Wenigstens der hat geschmeckt. Er stopfte Tafeln und die Fibel zurück in den Arbeitssack. Was machen schon ein Käsestück und ein geklauter Tannenzweig daher? Gegen so eine Brosche? Und dazu noch die schönen Worte?

Von Weihnachten hab ich schon genug. Und das Verbot der Christmette ist mir auch egal. Da würde ich jetzt sowieso nicht mehr hingehen wollen.

23

*E*ndgültig? Die Nachrichten von der Friedenskonferenz Mitte Februar 1798 lassen kaum noch Raum für Hoffnung. Trotz anderer Zusagen will Frankreich die linke Rheinseite für sich beanspruchen. Das Kurfürstentum droht vollends zu zerbrechen.

Die Domherren in Arnsberg blicken sich verloren an. Womit die Schüsseln und Pfannen füllen? Womit die Öfen heizen? Die Einsätze beim abendlichen Kartenspiel werden kleiner. Der Weinvorrat schwindet.

In der Nacht trifft sich das stellvertretende Oberhaupt der Kapitelherren im Hinterzimmer der Bibliothek mit dem Domherrn von Mylius zu einer vertraulichen Unterredung. »Ihr, verehrter Freund, seid von uns der meisterfahrene Mann in Sachen Geschäfte. Nun scheint es an der Zeit, dass wir eine neue Kiste des Domschatzes öffnen müssen.«

Baron von Mylius hat verstanden. Am nächsten Morgen schon verlässt er bei klirrender Kälte Arnsberg in einem Zweispänner. Sein Ziel ist Frankfurt. Versteckt im Hafersack, führt er zehn Silberteller, zwei Weihrauchgefäße sowie etliche vergoldete Kerzenleuchter mit sich. Zahlt der jüdische Kaufherr genug, so soll er noch weitere Stücke aus dem Domschatz erhalten.

Seit einer Viertelstunde schon standen die beiden Schwestern auf dem kleinen Friedhof neben St. Kolumba am Grab der Eltern. Ursel hatte das Erklären übernommen, alle Gründe aufgezählt und bekräftigte noch mal: »Norbert ist euer Sohn und mein Bruder. Und das wird er bleiben, auch für Beate. Mit ihr hab ich schon gesprochen. Und sie meint das Gleiche dazu wie ich.« Das Mädchen beugte sich dichter zum Kreuz. »Es ist doch schlimm genug, wenn der Norbert uns beiden Schwestern das Leben schwer macht. Aber über die Walburga darf er nicht auch noch Unglück bringen. Da sind Beate und ich uns einig. Ich wollte nur, dass ihr es auch wisst.« Sie trat zurück und suchte den Blick der Schwester. Beate nickte stumm.

Hand in Hand verließen sie den Friedhof. Draußen vor dem Eisentor flüsterte die Ältere: »Bis ganz hin gehe ich nicht mit, aber ich bring dich ein Stück.« Hinter St. Martin strich sie Ursel über den Rücken. »Ich warte drinnen bei der Muttergottes.« Sie zupfte an einem der blonden Zöpfe. »Sei tapfer!«

»Bin ich schlecht deswegen?«

»Wenn du Angst hast, gehe ich.«

»Schon gut. Ich muss hin, weil ich sie besser kenne.«

Ein gemeinsamer Seufzer noch, dann bog Ursel in die Salzgasse ein.

Walburga öffnete und bat das Mädchen erstaunt ins Haus. »Eine Nachricht von Norbert?« Ohne abzuwarten, setzte sie hinzu: »Warum kommt er nicht selbst? Schickt seine Schwester …«

»Er hat mich nicht geschickt«, unterbrach Ursel. »Er weiß gar nicht, dass ich hier bin. Und«, sie faltete die Hände unter dem Kinn, »er darf es auch nie erfahren.«

Das Lächeln erlosch. »Was ist geschehen?«

»Kann ich reden mit dir? Ohne dass uns jemand hört?«

Walburga nahm die Zitternde am Arm. »Wir gehen rauf in meine Kammer. Da sind wir ungestört.«

Ein Tisch, ein Stuhl, die Waschschüssel neben Spiegel und Schrank. Auf dem Bett waren die Kissen geschüttelt und zum Dreieck gestellt. In der Mitte hockten drei Stoffpuppen und kämmten sich gegenseitig das Haar.

»Wie fein sie sind«, staunte Ursel.

»Die Grazien hab ich selbst gemacht. Wenn du auch so eine magst, dann sag es. Schließlich rücken wir vielleicht bald etwas näher zueinander.«

Ursel schluckte heftig. »Vielleicht willst du nichts mehr mit mir zu tun haben.«

»Genug!« Entschieden drückte Walburga das Mädchen auf den Stuhl. »Sag mir sofort, was los ist.«

Ursel blickte zu Boden. »Mein Bruder hat dir Schmuck geschenkt. Erst die Perlenkette mit dem Kreuz aus Blutsteinen …«

»So schön ist sie. Das ist schon einige Jahre her. Beim Tanz in den ›Zwei Pferden‹ am Neumarkt.«

»Und damals hat er gesagt, dass er die Kette von unserer Tante Maria aus Neuss geerbt hat.« Ursel sah auf. »Und gerade vor Weihnachten hat er dir doch eine Brosche gebracht. Hast du sie dir angesehen?«

»Aber ja. Auch sie stammt aus dem Erbe eurer Tante. Ein wunderschönes Stück …« Walburga hielt erschrocken inne. »Durfte er sie mir nicht schenken? Sag es nur! Ich will keinen Streit. Wenn du oder deine Schwester, wenn ihr Anspruch auf die Brosche habt, dann gebe ich sie natürlich wieder her.«

»Um Gottes willen, deswegen bin ich nicht hier. Zeige mir die Brosche. Bitte!«

Walburga öffnete die Schublade ihres Nachttisches, entnahm dem ledernen Kästchen das Schmuckstück. »Hier, nimm! Mir gefällt das Elfenbein ganz besonders.«

»Hast du dir die Brosche auch richtig angesehen?«

Heftig schloss Walburga die Schublade. »Was willst du von mir?«

Ursel standen Tränen in den Augen. »Werd nicht böse. Sag es nur. Wirklich genau?«

»Himmel und Zwirn, ja doch!«

Jetzt legte Ursel das Schmuckstück mit der Rückseite vor sich hin. »Auch was da drinnen ist?«

»Wieso?« Zögernd kam Walburga näher, beugte sich über den Tisch.

Ursel schob mit dem Fingernagel an der rechten Seite den verborgenen Stift nach oben. »Nun kannst du die Brosche aufklappen.« Als wäre für sie selbst das Betrachten mit einem Fluch belegt, schob sie sich seitlich vom Stuhl und wich einen Schritt zurück.

Walburga sah hinein, putzte mit dem Finger über die Inschrift. »Mon cœur pour l'éternité«, las sie stockend, ohne zu verstehen, setzte nach einem Atemholen den Namen hinzu: »Charles‹.«

»Das ist Französisch«, hauchte Ursel.

»Musst du mir nicht sagen.« Walburga hockte sich auf den Stuhl. »Ein Wort weiß ich: Cœur heißt Herz.« Sie starrte die Schrift an. Endlich blickte sie zu Norberts Schwester hoch, matt schimmerten die Augen. »Und du willst mir sagen, dass eure Tante keinen Charles gekannt hat?«

Ursel nickte.

»Und dann sicher auch, dass sie kein Französisch gesprochen hat?«

»Kein Wort.« Nur flüsternd berichtete Ursel vom Gespräch mit der Mutter kurz vor deren Tod. »Mama hat gesagt, dass Tante Maria nie Schmuck getragen hat.«

»Aber warum sollte er mich belügen?« Walburga richtete den Rücken gerade. »Heimlich.« Ein schwacher Versuch. »Die Tante hat niemandem von ihrer heimlichen Liebschaft erzählt.«

Trotz des Mitgefühls lachte Ursel auf. »Die Tante hat beim Pastor in Neuss der Haushälterin geholfen. Und am Sonntag für die Orgel den Blasebalg getreten. Da war in ihrem Leben kein Platz für … für so Französisches mit fremden Männern.«

Walburga schob die Brosche weit von sich, stützte den Ellbogen auf und verbarg Stirn und Augen in der Hand. »Warum?« Die Stimme gehorchte kaum.

Ursel kam zu ihr. Sobald sie die Schulter streichelte, schluchzte Walburga. »Warum? Ich will gar nicht immer die Wahrheit wissen. Aber gerade, wenn es ums Herz geht, da darf er doch nicht lügen.« Sie fasste über die Schulter nach der Hand des Mädchens, zog sie an die Wange. »Und er schmeichelt so schön. So höflich ist er, dass sogar die Mutter sich freut, wenn er kommt. Immer bringt er mich zum Lachen.«

»Aber Norbert ist in Wirklichkeit …«, Ursel suchte nach einem vorsichtigen Wort, »ganz anders, als er dich glauben machen will.«

»Ich hab doch Augen!« Der Protest war geweckt. »Was hältst du von mir? Ich bin nicht auf den Kopf gefallen.«

»Aber das Herz bringt alles durcheinander. Manchmal bestimmt.« Ursel hob ratlos die Hände. »Ich weiß es doch auch nicht. Weiß nur, dass Norbert die Brosche, die Kette und den Ring nicht von unserer Tante hat.«

Gleich fuhr Walburga auf. »Welchen Ring?«

»Der liegt noch im Versteck …« Ursel erzählte, wie sie den Schmuck in Norberts Zimmer entdeckt hatte. »Aus Gold ist er.«

»Norbert will um meine Hand anhalten, sobald er die Stellung hat …«

»Die soll er nächste Woche bekommen, das weiß ich von Monsieur Keil.«

Walburga hörte nicht richtig hin, zu laut pochten die Gedanken. »Und den Ring wird er mir…« Sie presste die Finger gegen beide Schläfen. »Es wäre alles so schön richtig, wenn der Anfang nicht falsch wär.« Unvermittelt wischte sie sich mit dem Ärmel durchs Gesicht. »Schluss. So halte ich das nicht aus.« Sie raffte die Brosche vom Tisch, nahm die Kette aus der Schublade und stopfte beides in einen Stoffbeutel. »Ich muss es genau wissen.«

»Heilige Maria, nein.« Ursel rang die Hände. »Norbert darf nichts von meinem Besuch erfahren. Er bringt mich um und Beate dann gleich noch dazu. Glaub mir die Wahrheit doch so. Bitte, geh nicht zu ihm!«

»Er hat mich belogen, das glaube ich dir.« Die Trauer schlug um, die Augen blitzten. »Aber warum? Von dem Grund hängt alles für mich ab.« Sie band ihr Haar nach hinten, wollte los. Ursel trat ihr in den Weg, krümmte sich. »Dann sag doch wenigstens, du bist selbst draufgekommen. Sonst tut er uns was an. Norbert kann schrecklich grausam sein.«

»Hab keine Angst!« Obwohl ihr nach Weinen war, gelang Walburga ein Lächeln. »Zu Norbert gehe ich nicht. Ich frage einen, der sich mit solchem Schmuck auskennt. Vielleicht finden wir dann eine Erklärung.«

»Bist du mir böse?«

»Vor deinem Besuch ging's mir besser.« Ein tiefer Seufzer. »Du hast mir das Herz schwer gemacht ...« Wieder das traurige Lächeln. »Und wenn es sich ins Gute aufklärt, dann freuen wir uns zusammen. Wenn's schlimm kommt, dann brauch ich dich zum Trösten. Nein, ich werde dir überhaupt nicht böse sein.«

»Wo willst du hin?«

»Zum Professor Wallraf. Der versteht viel von alten Sachen.« Walburga deutete zu den Puppen auf ihrem Bett. »Du kannst solange hier bei denen bleiben.«

Ursel schüttelte den Kopf. Die Schwester wartete bei der Muttergottes in St. Martin.

»Dann komme ich dorthin.«

Die Gefahr war zu groß. Norbert durfte sie um alles in der Welt nicht zusammen sehen.

»Aber es dauert bestimmt nicht lange«, drängte Walburga. »Ihr dürft mich jetzt nicht im Stich lassen.«

Sie einigten sich auf St. Kolumba. »Zum Grab geht Norbert nie. Wir warten aber in der Kirche, hinten bei den Beichtstühlen.«

Walburga trug ihre älteste gesteppte Wolljacke, hatte sich den Schal wie eine Sturmhaube um Kopf und Gesicht gebunden und ging den Umweg über die Schildergasse. Niemand sollte sie erkennen, und keinesfalls wollte sie Norbert begegnen. Der vom Vater ausgebesserte Mantel des Professors sollte als Alibi für ihr Auftauchen in der Dompropstei dienen. Es begann zu nieseln. Das ist gut gegen Tränen, dachte sie und ermahnte sich sofort: Hör auf zu jammern, du heulst ja gar nicht. Wütend bist du! Sie hob das Gesicht, die nasse Kühle tröstete etwas. Wenigstens hat er seine Examen bestanden. Oder stimmt das auch nicht? Doch er ist Advokat. Das sagen alle, die ihn kennen.

Ehe Walburga am Tor nach dem Glockenzug griff, legte sie sich das Tuch ordentlich über das Haar, öffnete auch einige Schlaufen der Steppjacke. Wie eine Bettlerin wollte sie nicht aussehen. »Sonst lassen mich die Herren erst gar nicht rein.«

Der Professor führte sie durch den Flur. »Du musst die Enge entschuldigen.« Rechts und links standen offene Kisten, die einen hoch voll mit Geschirr, Kannen, Leuchtern, die anderen mit gerollten Teppichen, Seidentapeten und Tüchern. »Unser väterlicher Gönner, Dompropst Graf von Oettingen, ist verstorben. Ehe die Franzosen sein Anwesen endgültig in Beschlag nehmen, schaffen wir so viel vom Inventar hierher, wie es uns nur möglich ist.« Er lachte über sich selbst. »Ich sage wir und meine doch nur unsern Herkules.«

Auf ihren erstaunten Blick hin erklärte er: »So nennen wir deinen überaus tüchtigen und kräftigen Freund Arnold Klütsch.«

»Freund?« Sie schüttelte den Kopf. »Ein Kamerad. Er ist ein guter, sehr guter Kamerad.«

»Ich erlaube mir nicht, diese feine Unterscheidung zu hinterfragen.« Mit leichtem Schmunzeln bat er sie in die Wohnstube. Auch hier gab es vor lauter Kästen und Koffern kaum noch Platz. »Bitte, dort am Fenster. Die Polstersessel sind noch nicht belegt.«

Nein, Walburga wollte nichts trinken, nein, auch keinen gesunden Holundersaft.

Wallraf scherzte: »Ich dachte, so meine Schulden für den Mantel zu begleichen.« Jetzt erst bemerkte er die ernste Miene der Schneiderstochter. »Verzeih, dies war ein schlechter Scherz.«

»Sonst lache ich gern. Aber mir ist heute nicht gut, Herr.

Und der Vater berechnet Euch nichts für das Flicken. Ich gehe auch gleich wieder.« Sie nahm den kleinen Beutel aus der Brusttasche. »Vorher wollte ich Euch das hier zeigen.« Zuerst die Perlenkette, dann die Brosche.

Wallraf hielt das Kreuz mit den Blutsteinen ans Licht, kratzte am Elfenbein des Wappens. »Selbst bei erster nur flüchtiger Prüfung kann ich die Echtheit des Schmucks bestätigen. Form und Verarbeitung lassen auf eine französische Werkstatt schließen.« Der Sammler war erwacht, er tippte sich mit dem Zeigefinger leicht ans Kinn. »Jungfer Walburga, darf ich erfahren, was du mit dem Schmuck vorhast?«

»Erst schaut Euch bitte noch die Schrift innen an. Dafür muss der Stift …«

Wallraf hatte ihn bereits nach oben geschoben. »›Mein Herz in Ewigkeit, Charles‹«, übersetzte er. »Die Gravur gibt mir recht. Beide Stücke stammen aus Frankreich.« Er sah Walburga an. »Gehören sie dir?«

»Nicht so ganz.« Röte stieg ihr ins Gesicht. »Ein Kunde will damit bezahlen. Und da wollte ich, also der Vater auch, wir wollten sichergehen.«

Er beugte sich vor. »Ist der Kunde Franzose oder Bürger unserer Stadt?«

»Ein Kölner.«

Da spannte er die Lippen. »Als Bezahlung für einen Rock oder auch zwei sind diese Teile mehr als ein gutes Geschäft. Bis auf … Ich will sagen, es haftet ein Makel an solchem Schmuck. Die Händler und Sammler nennen ihn Emigrantengold.«

Walburga verkrampfte die Hände. »Was bedeutet das?«

»Als die Adeligen aus Frankreich fliehen mussten, bezahlten sie jeden Preis an ihre Fluchthelfer. Reichte das Geld nicht aus, so gaben sie ihren Schmuck und andere Wertsachen.«

»Auch in Köln?«

Ehe er antwortete, legte Wallraf die Stücke zurück in den Beutel. »Gerade hier bei uns. In den Tagen bevor die Franzosen Köln besetzten, war eine Überfahrt mit der Fliegenden Brücke nach Deutz für viele Flüchtlinge die letzte und einzige Rettung. Damals haben sich so manche Kölner die Taschen mit Emigrantengold vollgestopft.«

Eben noch glühte das Gesicht, jetzt glaubte Walburga, alles Blut zu verlieren, elend wurde ihr. Nur mit Mühe erhob sie sich. »Danke, Herr Professor.«

Er sprang auf, um sie zu stützen, doch sie wehrte ab. »Ich schaffe es schon.« An der Tür gelang ihr ein freundlicher Blick. »Ich werde alles dem Vater ausrichten.«

»Soll ich dich nicht begleiten?«

»Dank für alles. Lebt wohl!«

Auf dem Weg in Richtung St. Kolumba knöpfte Walburga die Jacke zu bis unters Kinn, kalt, so kalt war ihr, sie schloss beide Arme eng um die Brust. Keine Wärme. Die Gedanken froren sich ihr bis ins Herz.

Damals. Am Tag, als die Franzosen einmarschierten. Wir standen am Straßenrand. Ich höre noch seine Stimme. »Ich bin froh, dass ich helfen konnte … Ihre Gesichter wollen mir einfach nicht aus dem Sinn … Diese Angst …«

Fester umklammerte Walburga ihre Brust. »So genau hatte er die Kinder beschrieben, die Verzweiflung der Mütter.« Ein bitteres Lachen. »Wie habe ich ihn bewundert. Norbert, der selbstlose Retter.« Sie schüttelte sich. »Verlogener Kerl. Ausgeplündert hast du diese Menschen. Und dann schenkst du mir einen Teil der Beute? Wie ein Räuber seiner Hure. Von wegen, der Schmuck soll in der Familie bleiben!« Der Zorn gab ihr neue Kraft. »Aber warte nur. Jetzt kenne ich dich besser.«

Mit Schwung zog Walburga das Portal von St. Kolumba auf. Erst in Höhe des Beichtstuhls entdeckte sie die Schwestern. Sie hockten im Halbdunkel eng nebeneinander in der Kirchenbank. »Lasst mich zwischen euch«, flüsterte Walburga. »Es ist wahr.« Sie strich Ursels Hand. »Alles, was du gesagt hast. Und schlimmer noch …« Walburga senkte den Kopf, die beiden beugten sich zu ihr. Leise berichtete sie, auf welch schändliche Weise sich Norbert den Schmuck angeeignet hatte. »Und ich habe ihm vertraut.« Wie eine Welle kehrte die Schwäche zurück. »Wie konnte ich nur so blind sein?«

»Nicht deine Schuld.« Beate faltete die Hände auf den Knien. »Keiner durchschaut unsern Bruder wirklich. Nicht einmal wir.«

»Aber was soll jetzt werden?« Ursel sah die Schneiderstochter an. »Er darf nichts von heute erfahren. Nichts von uns.« Sie atmete erschrocken. »Norbert will um deine Hand anhalten. Was dann?«

»Heiraten werde ich ihn nicht.«

»Aber was sagst du?«

»Habt keine Angst! Mir fällt schon was ein.« Walburga hakte sich bei den Schwestern unter. »Ab jetzt müssen wir Frauen zusammenhalten. Was wir über den Schmuck wissen, bleibt unser Geheimnis. Auf ewig.« Sie sahen sich an, und ihre Blicke waren mehr als ein Schwur.

24

Ordnung! Beseitigt das Alte! Platz dem Neuen!
Regierungskommissar Rudler versteht das gründliche
Putzen. Ohne frühere Grenzen in Glaube oder Politik zu be-
rücksichtigen, teilt er das Linksrheinische in vier Verwaltungs-
bezirke: Roer, Saar, Rhein-Mosel und Donnersberg.

Köln gehört nun zum Roer-Departement und hat Aachen
vor der Nase. »Nicht gut«, murrt es in den Amtsstuben der
Domstadt. »Aber immer noch besser als Bonn.«

Am Fuße des Doms verschafft sich der harte Besen Ge-
bäude für die neuen Zivil- und Kriminalgerichte. Noch ehe
Kanonikus Pick nach dem Tod des geliebten Gönners Graf
Oettingen alle Erbfragen klären kann, fegt der Rudlerbefehl
die sieben alten, gebrechlichen Diener des Verstorbenen aus
dem prächtigen Haus. Keine Bleibe mehr, nicht einmal ein
Dach. Wohin? Pick schenkt den Greisen ihr Bett und etwas
Aussteuer und bringt sie notdürftig unter.

Vor dem oettingenschen Hause weht nun die französische
Fahne, und drinnen nistet sich das »Tribunal civil« ein. Am
Eingang der benachbarten Domdechanei flattert die nächste
Fahne für das »Tribunal criminel«.

Schon greift die Verwaltung auch nach der Dompropstei.
»Beschlagnahmung!« Wallraf und Pick sollen ihre Sachen packen.

»Besichtigt unser Gemäuer doch erst einmal!«, flehen die
Bedrohten.

Morsche Fenster, nasse Wände öffnen den Kontrolleuren
die Augen, Geruch nach Schimmel und Fäulnis beengt ihnen
die Brust, und die vollgestopften, sich über Räume und Stock-
werke ausdehnenden Sammelarchive der frommen Herren
erschüttern die schlichten Ordnungsherzen. »Dieser Zustand

ist wahrhaft trostlos.« Ihr Urteil: »Keine Beschlagnahme der Dompropstei.«

Die beiden Bewohner dürfen aufatmen.

Immer noch läuteten die Glocken. Arnold ging langsamer. Das normale Mittagsläuten dauerte nie so lange, schmerzte auch nicht in den Ohren. Aber heute … Schließlich blieb er in Höhe von St. Martin einfach stehen.

Nach zwei Schritten drehte sich Norbert nach ihm um. »Was soll die Trödelei?«

Arnold schob die Hutkrempe aus der Stirn. »Wenn wir hier schon an einem einfachen Montag rumlaufen wie aufgeputzte Hähne, dann warte doch wenigstens, bis da oben Ruhe herrscht.« Er ruckte am Mantelkragen. »Sonst denken sie noch, du willst ihr Haus im Sturmgeläut einnehmen.«

Norbert putzte mit leichten Handschlenkern über die Ärmel, lüftete den Hut, eine kurze Verbeugung. Es war nur eine Übung, doch jede Geste geschmeidig und im Stil eines weltgewandten Kavaliers. »Mein Freund, mein Freund. Wie nah du der Wirklichkeit kommst. Im Sturm überrennen wir die elterliche Festung und erobern die Braut. Warum also keine Glocken?«

»Weil … weil die …« In Wahrheit fühlte sich Arnold unwohl, so elend war ihm, wollte es aber nicht zeigen. »Weil für die neuen Richter geläutet wird. Und nicht für …«

»Doch, doch, auch zu meinen Ehren. Denn bald schon arbeite ich drüben im Kriminalgericht.«

Ehe Arnold dazu etwas einfiel, ließ unvermittelt das Geläute von allen Türmen der Stadt nach, verebbte ganz. »Na also«, brummte er.

Während sie weitergingen, mahnte Norbert: »Schlenker den Beutel nicht so! Da ist Glas drin.« Er sah den Freund von der Seite an. »Warum die schlechte Laune? Heute wird der schönste Tag für mich in diesem Jahr. Und du hilfst mir dabei. Du bist mein Brautwerber.«

Dieses Wort ließ Arnold zusammenfahren, er atmete tief. »Deswegen … Ich habe das noch nie gemacht und tue es auch nur wegen dir.«

»Keine Aufregung.« Ein leichter Schlag in die Seite. »Da haben wir schon Schlimmeres geregelt, wir beide. Zusammen sind wir unschlagbar.«

»Das ist wahr«, flüsterte Arnold und dachte: Zusammen? Für dich wird's der schönste Tag, und mich bringt er um.

Neben dem Schneiderhaus wienerte Norbert rasch noch die Schuhe an den Hosenbeinen blank, ließ sich den Lederbeutel mit den Geschenken geben und schob Arnold vor.

Zu dessen Glück öffnete Walburga nicht. Frau Josefa erstrahlte beim Anblick der beiden jungen Männer. »Willkommen! Meine Tochter ist gerade hinten im Hof …« Sie registrierte die vornehme Kleidung, ein Moment der Unsicherheit, dann übernahm das Mutterherz den Takt. »Oh, ich verstehe. Ihr wollt …?« Sie wartete, dass Arnold den Satz ergänzte, weil der aber nur mit halb offenem Mund vor ihr stand, gab sie eine nächste Hilfe. »Die Mittagspause ist vorbei. Ihr stört meinen Mann nicht.«

Arnold verspürte den harten Stoß im Rücken und zwang sich, die Rolle zu spielen. »Im Namen meines Freundes möchte ich um eine Unterredung mit dem Meister bitten. Ihr, Frau Meisterin, könnt auch dabei sein. Walburga …« Ihren Namen auszusprechen schmerzte in der Kehle. »Eure Tochter aber nicht. Um die geht es in dieser Angelegenheit.«

»Herein«, die Stimmlage geriet ins Festliche, »nur herein!« Schneider Reinhold Müller erhob sich vom Werktisch, seine Frau beantwortete die Frage, ehe er sie stellen konnte. »Unser lieber Arnold hier möchte uns etwas von dem jungen Advokaten Fletscher da berichten.«

»So ist es«, bestätigte der Brautwerber. »Ich bin gekommen …«

»Halt«, unterbrach Frau Müller und legte den Finger auf die Lippen. »Erst muss ich rasch der Tochter Bescheid geben, damit sie sich umzieht. So ein bisschen fein sollte sie schon sein. Bitte wartet …«

Sie eilte hinaus. Heftig räusperte sich der Schneider. »Jetzt hab ich begriffen.« Er stellte sich ans Fenster. »Es dauert, bis ich mich an die neue Zeit gewöhne. Früher kam doch erst der Heiratsbitter allein und bereitete die Brauteltern vor …«

»Das kann sein …« Arnold wollte sich auf keine Diskussion einlassen. »So ist das nun mal. Alles hat sich verändert. Auch das Wetter. Heute zum Beispiel ist es mir zu warm für Februar.«

Hinter dem Rücken des Meisters schnippte Norbert dem Freund und deutete auf seinen Mund, spannte die Lippen zu einem übermäßigen Lächeln. Dann zeigte er auf Arnolds Gesicht, der wollte die Aufforderung nicht verstehen und veränderte sein Mienenspiel nicht.

Leicht gerötet kehrte Frau Josefa zurück. »Mir scheint, es überrascht uns alle«, seufzte sie, zog ihren Gatten auf einen Stuhl und setzte sich neben ihn. »Aber es ist eine schöne Überraschung.« Erwartungsvoll sah sie zu den Besuchern hin.

Arnold verschränkte die Hände hinter dem Rücken. »Ich bin im Auftrag meines Freundes mitgekommen … Auch wenn Ihr den Norbert Fletscher schon kennt, will ich noch mal betonen, was er für ein feiner Mann ist. Er hat sogar studiert, genau wie sein Vater. Und vom Geld versteht er auch viel. Und Norbert fällt immer was ein.«

Wohlgefällig nickte Schneidermeister Müller. »Und warum hast du den jungen ehrenwerten Advokaten zu uns geführt?«

»Aus dem Grund …« Eine Kralle griff nach seinem Hals. Arnold senkte den Kopf, sah die glänzenden Schuhe aus dem Augenwinkel, Blitze waren es. Er nickte entschlossen. »So ist es eben. Ich gehe dann mal.« Langsam drehte er sich um, im Vorbeigehen flüsterte er dem Freund zu: »Übernimm du den Rest, ich warte draußen.«

Frau Josefa saß hoch aufgerichtet da. »Mitten in der Rede?

Das ist aber äußerst ungewöhnlich.« Ein Blick zum Gatten. »Oder irre ich? Wie war das bei uns …?«

»Still.« Meister Müller gab ihr einen kleinen Klaps auf den Arm und deutete zum Advokaten in der Mitte der Werkstatt.

Norbert hatte sich gefasst, trat einen Schritt auf die Brauteltern zu. »Alles hat seine Richtigkeit. Mein treuer Freund Klütsch hat mich angekündigt, und wie verabredet, musste er mir dann das Feld überlassen. Dies geschah aus zwei Gründen: Erstens möchte ich diese langwierige Prozedur abkürzen, und zweitens: Wer kann einen Juristen besser vertreten als der sich selbst?« Norbert lachte kurz, gab keine Gelegenheit, in seinen Worten nach einem Scherz zu suchen, und entnahm dem Lederbeutel eine Kristallkaraffe, gefüllt mit einer bräunlichen Flüssigkeit. »Dies hier …« Er rückte das Geschenk auf dem Tisch hin und her, bis das Bauchetikett wie auch das Wachssiegel an der Krone gut lesbar für die Schneidersleute waren. »Feinster Ratafia. Diesen Schokoladenlikör habe ich extra aus Frankreich kommen lassen. Kakaobohnen, Zucker, Weinbrand und Vanille, alles nur vom Teuersten. Eine Köstlichkeit, die Euch«, eine Verbeugung mit weitem Armschlenker, »von mir bewunderte Frau Meisterin, und Euch, verehrter Meister, den heutigen Tag versüßen wird.«

»Oh …« Frau Josefa hielt sich beide Wangen, bemühte sich um eine ebenso artige Wortwahl. »Ich weiß nicht, was mich mehr entzückt, der Likör oder der Mann, der ihn gebracht hat.«

»Danke, Ihr ermutigt mich.« Norbert zupfte die Hemdrüschen aus dem Ärmel.

Gründlich räusperte sich der Meister, auch ihm sprach das Wohlwollen aus den Augen. »Bisher habe ich noch nicht erfahren, warum Ihr uns diesen Besuch abstattet.«

»Auch ungesagt schwingt mein Begehr längst schon durch diesen Raum. Dennoch …« Der Zukünftige stellte sich in Positur: »Hiermit möchte ich um die Hand Eurer Tochter anhalten.«

Obwohl sie es mehr als nur geahnt hatte, griff sich Frau Josefa ans Herz und seufzte. Vater Müller war sich seiner Aufgabe bewusst, fragte nach Beruf und Vermögen. Ohne zwischendurch Atem zu holen, schilderte Norbert die nächsten Stufen seiner Karriereleiter. Noch sei er Schreiber und Assistent des künftigen öffentlichen Anklägers, Monsieur Anton Keil, aber es bedürfe nur einer kurzen Weile, und er würde im Kriminalgericht mit wichtigsten Aufgaben betraut werden. »Eure Tochter wird nicht nur einen erfolgreichen Juristen ihren Gatten nennen dürfen. Sie soll auch ins Haus meines Vaters als Herrin einziehen. Meine beiden unverheirateten Schwestern werden ihre Mägde sein. Und glaubt mir …«, Norbert nahm sich nun Zeit, zu atmen und einmal mit den Fingern zu schnippen, »meine Schwestern gehorchen aufs Wort, sie sind fleißige Wesen, nicht sonderlich klug, dafür aber sehr fügsam.« Tief dienerte Norbert vor dem Elternpaar. »Nachdem ich mich Euch offenbart habe, hoffe ich auf eine positive Antwort.«

Mit gütigstem Lächeln legte Josefa ihrem Gatten die Hand auf den Arm. Keine Einwände, auch Meister Müller schien bereit, doch da schloss er die Augen. »Walburga hat einen sehr eigenen Kopf. Ich wage es nicht, einfach über mein Kind zu bestimmen. Das mag früher so üblich gewesen sein. Ehe wir diesen Glückstag mit einem Gläschen Schokoladenlikör begießen, sollten wir uns der neuen Zeit anpassen.« Er tätschelte die Hand seiner Gemahlin. »Geh und hole die Tochter!« Und zu Norbert gewandt, setzte er mit leichtem Schmunzeln hinzu: »Nur um des Hausfriedens willen müsst Ihr sie schon selbst fragen.«

Ein heftiger Wortwechsel draußen im Flur. »Wie kannst du nur …?«

»Weil mehr nicht nötig ist, Mutter!«

Die Tür flog auf, und sichtlich entrüstet stürmte die Schneidersfrau durch die Werkstatt, setzte sich mit hartem Ruck neben ihren Gatten.

Walburga folgte, sie trug den wollenen grauen Hauskittel,

darüber eine frisch weiße, lange Schürze. Ein kurzer Blick nur streifte Norbert. »Du hast mich rufen lassen, Vater?«

Meister Müller störte sich nicht am schlichten Äußeren seiner Tochter. »Ich glaube, unsern Gast kennst du zur Genüge.« Ein Hüsteln erleichterte ihm den Übergang zum Hauptakt. Mit einer Geste bat er Norbert vor seine Tochter. »Junger Mann, nun expliziert Euch.« Stolz über das gelungene Wort, zwinkerte er seiner Gattin zu.

Norbert strahlte die Erwählte an und sank ins Knie. »Walburga, angebetete Walburga. Willst du meine Frau werden?«

Reglos sah sie auf ihn hinunter. Wie schön dein Gesicht ist, dachte sie. So elegant dein Rock.

Norbert deutete ihr Schweigen für sich. »Glaube mir, nach langem Überlegen bin ich fest entschlossen, dein Ehemann zu werden. Und zum Zeichen, wie ernst es mir ist …« Er griff in die Rocktasche und reichte ihr auf der flachen Hand einen funkelnden Goldring.

Wie vor einer Spinne wich Walburga jäh einen Schritt zurück, verschränkte die Arme auf dem Rücken.

Neben ihr seufzte Frau Josefa ergriffen.

Norbert lockte mit weicher Stimme: »Das ist das letzte Schmuckstück meiner geliebten Tante Maria. Nur eine Brautgabe für den heutigen Tag. Die Hochzeitsringe suchen wir uns gemeinsam beim Goldschmied aus.« Da sie immer noch schwieg, drängte er etwas energischer: »Nun sag doch, willst du meine Frau werden?«

»Nein.«

So auf gebeugtem Knie erstarrte Norbert. Vater Müller fasste sich ans Ohr, seine Gattin presste die Hand unter den Busen.

Norbert fand die Sprache wieder. »Du hast meine Frage nicht beantwortet.«

Walburga griff in die Schürze. Langsam zog sie Perlenkette und Brosche heraus und legte sie zum Ring in die starr offene Hand. »Nimm all deine Geschenke. Ich will sie nicht mehr.«

Jetzt kehrte Leben in ihn zurück, er schnellte vom Boden

hoch. »Darf ich fragen, wieso? Ich komme zu deinen Eltern, biete ihnen für ihre Tochter ein sicheres Leben in Wohlstand … Und du sagst einfach Nein?« Er schritt auf und ab. »Glaube nur, da hätte es ganz andere Partien für mich gegeben. Aus bester Kölner Gesellschaft. Aber nein, die ganzen Jahre über habe ich mich um dich bemüht. Und jetzt lehnst du mein Angebot ab.«

Vater Müller glaubte, eingreifen zu müssen, doch Norbert bat ihn zu schweigen. »Sie soll mir den Grund nennen.«

Walburga spürte ihr Herz schlagen. Heilige Mutter, flehte sie stumm, gib mir Kraft. Sie sah Norbert an. »Als Student warst du mir lieb. Und jetzt bist du ein fertig studierter Mann, ein Advokat. Darauf kannst du stolz sein.«

»Und ich habe eine Stellung am neuen Kriminalgericht.«

»Das ist es ja.« Walburga suchte den Blick des Vaters, doch der sah sie nur ratlos an. Er begreift nicht, dachte sie, also keine Hilfe von ihm, und befahl sich weiterzusprechen: »Wir haben viel zu leiden unter den Franzosen. Und du gehst jetzt zu ihnen, wirst ihr Diener.«

»Nicht Diener … Denke, dass ich sehr bald einen höheren Posten bekleide.«

»Und ich kann keinen Mann heiraten, der sich mit den Franzosen verbündet. Ich kann keinen Mann lieben, der den Siegern hilft, unsere Vaterstadt zu unterdrücken.«

Norbert schlug sich gegen die Stirn. »Seit wann darf ein Weib in der Politik mitdenken?«

Gleich brauste Walburga auf. »Fang nicht so mit mir an! Wenn wir Frauen nicht …«

»Tochter!«, mahnte Meister Müller. »Darum geht es jetzt nicht. Hier steht ein junger Mann, der um deine Hand anhält. Gib ihm jetzt klar und deutlich deine Antwort.«

»Sie lautet nein!« Walburga wischte sich beide Hände an der Schürze ab. »Niemals werde ich dich, Norbert Fletscher, heiraten. War das deutlich genug?«

Norbert warf mit einem Kopfschlenker die Haarsträhne

aus der Stirn. »Ich … ich …« Er rang um Fassung. »Ich habe verstanden und will hier nicht länger …« Er stopfte den Schmuck in die Rocktasche, verbeugte sich steif vor dem Elternpaar und ging zur Tür. Nach zwei Schritten kehrte er um, nahm die Karaffe vom Tisch. »Ich denke, uns allen ist nicht mehr nach einem guten Tropfen.« Damit ließ er den Schokoladenlikör im Lederbeutel verschwinden und entschwand selbst ohne ein weiteres Wort aus der Werkstatt.

Stille blieb zurück. Erst nach einer Weile flüsterte Frau Josefa: »Aber, Kind …«

»Lass nur, Mutter.« Walburga kam zu ihr und streichelte den Rücken. »Der ist nicht der Richtige für mich.«

Arnold stand neben der Bäckerei im Halbdunkel des Durchstiegs, an seinem Platz, von dem aus er so viele Male das Haus des Schneiders beobachtet hatte, auf einen glücklichen Augenblick gehofft hatte. Und heute … Wenn ich sie jetzt wiedersehe, gehört sie einem anderen. Langsam rieb er sich die Brauen, sah zu Boden, malte mit der Fußspitze ein W in den Dreck. Dieser Buchstabe ist mir der liebste.

Ein Türknall. Erschrocken hob Arnold den Kopf. Norbert. Er stand vor dem Schneiderhaus, schüttelte den Lederbeutel in der Faust, drohte damit zurück in Richtung Werkstattfenster. Rasch löste sich Arnold aus seinem Versteck. »Wie war's?«

»Nur weg hier!« Im Sturmschritt hastete der Freund die Salzgasse hinauf. Erst auf dem Alter Markt wagte Arnold, ihn wieder anzusprechen. »Hab ich was falsch gemacht?«

»Mit dir fing es an … Stotterst da rum.« Norbert biss sich daran fest. »Muss schon sagen, damit hast du mir keinen Dienst erwiesen.«

Arnold schluckte. Wenn du wüsstest, dachte er. Das heute war der größte Freundschaftsdienst, den ich jemals für dich getan habe. »Tut mir leid. Besser konnte ich es nicht.«

»Ist jetzt auch egal.« Norbert trat immer wieder mit der

blank geputzten Schuhspitze in einen Modderhaufen, dabei stöhnte er, als träfe jeder Tritt ihn selbst.

Einen Moment sah Arnold verblüfft zu, dann runzelte er die Stirn, ein Verdacht keimte. »Gab es Schwierigkeiten? Mit den Eltern?«

»Die hatte ich gleich. Die haben mir aus der Hand gefressen.«

Arnold erlaubte dem neuen Gedanken keinen Platz, wagte auch nicht, weiterzufragen, blickte den Freund nur durchdringend an.

Norbert trat erneut mit Wucht in den Schlamm. »Sie hat Nein gesagt. Dieses hochnäsige Weibsstück will mich nicht.« Er griff Arnold am Revers, sah zu ihm hoch. »Du hörst richtig. Eine simple Schneiderstochter gibt mir einen Korb. Mir!« Er wandte sich ab. »Aber sie wird noch erleben, welch fatalen Fehler sie gemacht hat.«

Arnold wusste gar nicht, wohin mit sich, nur mit Mühe gelang es, die Stimme ruhig zu halten. »Wenn ich dir helfen kann …?«

»Nicht schon wieder. Verzeih, aber lass mich jetzt in Ruhe. Ich weiß schon, wie ich zurechtkomme.« Ein kurzer Wink, und Norbert eilte davon.

Arnold sah ihm nach, erst als der Freund in die Gasse jenseits des Marktes einbog, riss Arnold den Hut vom Kopf, drehte ihn wie eine Tänzerin vor dem Gesicht. »Ein glücklicher Tag!« Leise lachte er. »Heute ist mein glücklichster Tag.« Mit Schwung setzte er sich den Hut wieder auf.

Im Bordell der Düwels-Trück im obersten Stock ließ sich Norbert von Freya rittlings auf einen Stuhl fesseln, die Arme am Leib, die Brust eng an die Lehne geschnürt.

Trotz heftiger Schmerzen schenkte er später aus der Karaffe vom Schokoladenlikör ein. »Trinken wir. Feiern wir ein Fest!«

25

ie Not der Domherren wird größer.

Bartholomäus Dupuis wittert Aasgeruch und stattet im Juli 1798 von Münster aus dem Kloster Wedinghausen einen Besuch ab. »Liebe Brüder, wann darf ich endlich wieder zu Euch kommen?«

Nur ein abfälliger Blick des Vizedechanten für den kurfürstlichen Registrator. »Wenn wir es für richtig erachten. Bis dahin kehrt zurück auf den Euch befohlenen Posten.«

Ein Goldstück aber genügt, um den Schreiber des Domkapitels zu verführen. Seit Monaten hockt der Fleißige ohne Bezahlung über Protokollen und Briefen. Und nun blinkt die Münze vor ihm auf dem Schreibpult.

»Eine kleine Auskunft, und sie gehört dir.«

Kurz nur dauert der Gewissenskampf. Ja, die Kisten werden nach und nach geöffnet. Ja, Domherr von Mylius ist seit gestern wieder nach Frankfurt unterwegs. Dort soll er das Gold und die Edelsteine einer aufgelösten Mitra verkaufen.

»Nicht mehr?«

Der Schreiber schaut in seine Liste. »Dazu noch einige Messkännchen, Leuchter, Rauchfässer, auch etliche silberne Blumentöpfe und Becher …«

»Gib mir eine Abschrift!« Dupuis zerstreut die Zweifel mit einem halben Gulden zusätzlich. »Von nun an sind wir Freunde. Leb wohl, bis zu meinem nächsten Besuch.«

Diese Liste! »Welch ein Schatz!«, jubelt Dupuis insgeheim. »Die Heiligen Drei Könige beschenken mich. Nun weiß ich endlich, in welchen der vielen Kisten sich ihr goldener Schrein befindet.« Befriedigt kehrt er zurück nach Münster.

Das Seil, geflochten aus Freiheit, Gleichheit und Brüderlichkeit, wird zur Würgeschlinge:

Aufhebung der Universität. Statt ihrer soll demnächst eine Zentralschule eingerichtet werden.

Jedes Kloster muss eine Inventarliste anfertigen. Die französischen Inspektoren überprüfen alles, vom Küchenlöffel bis zur Altarschelle, vom Betstuhl bis zur Latrinenschüssel.

Eine Kopfsteuer auf Mönche und Nonnen wird erhoben. Für jede Ordensperson sollen drei Livres entrichtet werden.

Und Regierungskommissar Rudler lässt durch seine Handlanger den Knoten weiter straffen.

»Auf, Bürger Kölns! Legt Hand an zu einem neuen Staatsgebäude … Durch die neue Einteilung der Stadt wird der Dienst der Polizei erleichtert. Die fünf Kommissare werden mit rastloser Mühe streben, das Laster in seinen geheimsten Winkeln aufzusuchen und die innere und äußere Sicherheit der Bürger zu festigen …«

Am Mittwoch, dem 8. August, werden Truppenteile von auswärts herangezogen und die Tore geschlossen.

Warum?

»Notwendige Hausdurchsuchungen«, lautet die Antwort des neuen Stadtrates. Köln soll von allen Fremden aus den Ländern, die sich im Krieg mit Frankreich befinden, gesäubert werden. Mehrere Verdächtige gehen den Häschern ins Netz.

Bei Sonnenaufgang öffnete Staatsanwalt Anton Keil das Fenster. Rot der Himmel im Osten. Glutstrahlen fluteten sein Büro in der Trankgasse. Geblendet vom Licht, schirmten hinter ihm die fünf Polizeikommissare Kölns ihre Augen. Der öffentliche Ankläger breitete die Arme, atmete tief. »Genießt die Kühle des Morgens. Denn heute wird es ein heißer Tag werden.« Er wandte sich zu den Herren um, die schmalen Lippen verrieten ein Lächeln. »Und dies nicht allein wegen der Sommerhitze.«

Doktor Wilhelm Brocker, zuständiger Kommissar für den Bezirk Liberté, hob die Hand. »Falls Aufruhr entsteht, wie weit sollen wir unsere Männer durchgreifen lassen?«

»Soweit ich unterrichtet bin …«, scharf die Stimme, in schnellen Schritten war Keil bei dem leicht fülligen Beamten, »… wart Ihr vor einigen Jahren Mitglied der Untersuchungskommission und davor Chirurg?«

Überrascht von dem jähen Angang, zuckten die schlaffen Wangen. »Das ist richtig … Das heißt, Arzt war ich bis vor einigen Monaten, bis Ihr mich auf diesen Posten berufen habt.«

»Demnach darf ich eine gewisse Bildung voraussetzen, welche Euch befähigt, das Gehörte zu begreifen. Mein Tagesbefehl war klar formuliert.« Der Finger stach nach dem Gesicht. »Keine gewaltsame Aktion von unserer Seite!« Keil bezog nun die Kommissare der übrigen Sektionen mit ein. »In weiser Voraussicht haben wir vor zwei Tagen Truppen in die Stadt verlegt. Diese Spezialeinheiten sollen die für heute geplanten Maßnahmen durchführen. Sie sind auch für die Niederschlagung jedes radikalen Protestes zuständig.« Keil wischte sich mit Klatschen die Hände vor Brockers Gesicht ab. »So bleibt das Ansehen der städtischen Polizei bei den Bürgern gewahrt. Ist das verstanden?«

Nur mühsam vermochte Kommissar Brocker den Zorn über die Blamage vor den Kollegen zu verbergen. »Verstanden.«

»Mein Kompliment, Herr Doktor.« Damit ließ Keil den Geschmähten aus den Klauen und wandte sich erneut an alle. »Unsere Männer dürfen ermahnen, kleine Übel beseitigen, mehr nicht. Vornehmlich aber sollen sie auffällige Personen beobachten und sie später unserm tüchtigen …«, ein anerkennender Blick zu Norbert Fletscher am Schreibpult, »… unserm tüchtigen jungen Advokaten melden. Er wird die Namen erfassen. Mit seiner Hilfe entsteht ein neues Register, in dem wichtige Informationen über Aktivitäten und Gesinnung unserer Mitbürger angesammelt werden.« Der Staatsanwalt hob die Hand. »Einem jeden von Ihnen sind die neuen Verordnungen zum Nachlesen ausgehändigt worden. Viel Erfolg, meine Herren!« Er stemmte die Hände auf den Fenstersims und atmete die frische Morgenluft. Erst als die Kommissare das Büro verlassen hatten, wandte er sich zu Norbert um: »Nun, junger Freund, war ich zu schroff?«

»Im Gegenteil«, Norbert applaudierte mit leichtem Aneinanderschlagen der Fingerkuppen, »großartig. Und wie Ihr Doktor Brocker in seine Schranken verwiesen habt. Einfach elegant.«

Nachdenklich rieb sich der öffentliche Ankläger das Kinn. »Sein Blick … In diesen Augen lese ich zu viel Widerstand.«

Norbert seufzte. »Brocker hat Beziehungen nach oben, und so bekleidet er nun mal diesen wichtigen Posten.«

»Noch, mein Freund, noch.« Keil beugte sich über den Schreibtisch und nahm ein Blatt auf, überflog den Text. »Knapp und zutreffend. Sehr gut. Die Beschreibung ist gelungen.« Er zitierte halb für sich. »›Johann Müller … mittelmäßige Größe, schwarze durchdringende Augen, schwarzer Bart …‹ Und hier: ›Ihm fehlt ein Glied am vierten Finger der rechten Hand, die er gewöhnlich mit einem Handschuh bedeckt.‹« Keil schnippte. »An solchen Details werden wir die Räuber erkennen. Und nach und nach geht uns jeder ins Netz. Insbesondere will ich diesen Fetzer. Er scheint mir der Schlaueste von allen.«

Bei Nennung des Namens fuhr Norbert zusammen, hatte sich aber sofort wieder in der Gewalt. »Von diesem Burschen fehlt uns bisher jede Beschreibung.«

»Gemach, mein Freund, gemach. Wir stehen erst am Anfang der großen Jagd. Mag sie noch Jahre andauern, zum guten Schluss aber werde ich die Blutkörbe der Guillotine mit den Köpfen aller Räuber füllen. Auch Hehler und Zuträger werde ich nicht verschonen.« Ein Auflachen. »Doch zurück … Ihr werdet diesen Steckbrief gut sichtbar für alle auf dem Alter Markt anbringen.«

Während der Staatsanwalt ihm das Blatt aushändigte, setzte

er hinzu: »Danach, mein Freund, solltet Ihr einen Rundgang durch die Straßen unternehmen. Ich bin ganz sicher, Ihr werdet an einem so außergewöhnlichen Festtag wie heute reichlich Material für das neue Register aufspüren.«

Eilfertig erhob sich Norbert. »Ich tue mein Bestes, Monsieur.«

Auf halbem Weg hielt ihn Keil noch einmal auf. »Meidet den Neumarkt! Der Platz ist heute für den gesamten Stab des öffentlichen Anklägers tabu. Nichts darf uns mit dem Geschehen dort in Verbindung bringen.«

»Ich werde Euch nicht enttäuschen.« Mit einer Verbeugung verließ Norbert rückwärts das Büro im ersten Stock des Kölner Hofes.

»Nein! Und ich bleib dabei.« Den Kopf gesenkt, stand Arnold schon im Gehrock auf der untersten Treppenstufe. Von oben zeterte die ältere Schwester, beschimpfte ihn als faul, feuerte wie eine Geschützbatterie schnell hintereinander weit schlimmere Ausdrücke, und dies nur, weil Arnold sich weigerte, die beiden kleineren Brüder mitzunehmen. »Ich und deine Schwestern wollen den Feiertag genießen. Sicher gibt es Tanz. Ach, verflucht sollst du und dein Professor sein.«

Arnold schwieg, er hatte einen Auftrag, musste ein Bild abholen. Ein schwieriger Gang, weil sein Herr den Preis so tief gedrückt hatte, dass der Kunsthändler sich die Haare gerauft und nur noch geseufzt hatte. »Die Lehrstunden bei mir sollen Früchte tragen«, war ihm von Professor Wallraf mit auf den Weg gegeben worden. »Heute kannst du unter Beweis stellen, wie weit dein Sinn für das Kunstgeschäft inzwischen geschult ist.« Das Gemälde war zugesagt, um aber den Kauf wirklich abzuschließen, bedurfte es Ruhe und Geschick. Dabei konnte Arnold die wilden Knaben wirklich nicht gebrauchen. Der Beschuss von oben ließ nach. »Du hast uns den Tag verdorben.«

»Ich geh dann mal«, sagte er und setzte den Hut auf.

Der Tag fängt ja schon gut an, dachte Arnold und verließ das schmale Gässchen. Er reckte sich und wischte über die

Schultern, als müsse er den Rock vom Wortmüll seiner Schwester reinigen. Der Kunsthändler wohnte Auf dem Berlich. Arnold nahm den direkten Weg. Beim Überqueren der Hohen Straße sah er französische Soldaten, in kleinen Gruppen, zu zweit, zu viert standen sie mit Handkarren weiter hinten vor einigen Häusern. »Die sind aber schon früh unterwegs«, brummte er und dachte sich nichts weiter dabei.

An der nächsten Straßenecke lösten drei Bewaffnete mit Eisenstangen eine Muttergottesstatue aus einer Wandnische. »He, was habt ihr vor?« Sofort versperrte ihm der vierte Mann den Weg, das Gewehr quer gefasst. »Zurück!«

Arnold blieb stehen. Komm mir nicht so, dachte er und spürte, wie ihm das Blut in den Hals stieg. Der Soldat drückte Lauf und Schaft gegen seine Brust. Ohne Erfolg. Da drehte der Franzose die Waffe, hielt dem Widerspenstigen die Mündung unters Kinn. »Verschwinde!«

»Reg dich ab.« Mit dem Finger schob Arnold den Lauf beiseite und gab nach. Das Herz pochte. Nach einigen Schritten blickte er sich um. Sie hatten die Holzstatue vollständig aus der Mauer gerissen. »Ihr wagt es nicht …«, schrie es in ihm. Doch schon getan, sie warfen Maria mit dem Kind auf ihren Handkarren.

Arnold sah zu den anderen Gruppen hinüber. Der Kunsthändler sollte warten. Wie getrieben eilte er die Hohe Straße entlang. Vor einem der Häuser sahen zwei Soldaten die riesenhafte Gestalt kommen, gingen in Stellung. Gleich beschwichtigte Arnold mit den Händen und blieb in sicherer Entfernung.

Halb verdeckt von den Bewaffneten, bearbeitete ein Bürger mit Hammer und Meißel das große Wappen an der Wand. »He, Nachbar«, rief Arnold über die Köpfe hinweg, »willst du dein Haus abreißen?«

»Halt dein loses Maul!« Der Mann drehte sich um. »Dieses Pack hat mich in aller Frühe aus dem Bett gezerrt.« Alle Adelszeichen mussten von den Gebäuden entfernt werden. »Als ob das schöne Wappen irgendjemand stört. Dabei weiß ich nicht mal, wem es gehört. War halt immer am Haus.« Er setzte wieder den Meißel an. »Aber jetzt …« Ein zorniger Schlag, und das Holz splitterte. »Gottverfluchtes Pack!«

Arnold kehrte um, rieb sich die Stirn. »Hab von der Aktion gar nichts gehört.« Die Gruppe mit der Statue auf dem Handwagen kam ihm entgegen. »Nicht, dass ich mich an euch vergreife.« Zum Schutz vor sich selbst bog Arnold nach links ab und ging durch eine Nebengasse auf St. Kolumba zu.

Beim Näherkommen verengte er wieder die Brauen. Auch dort trieben sich Soldaten herum. »Gleich sechs sind es«, brummte er, »dazu noch drei von unseren Funken.«

Die Franzosen luden eine Leiter vom Pferdewagen und lehnten sie an die Kirchenseite. Einer der Kölner Polizisten stand etwas abseits mit dem Rücken zu den Franzosen. Er paffte dicken Qualm aus seiner Stummelpfeife. Die schmutzig weiße Hose war das zweite Erkennungszeichen. Aus dem Stadtsoldaten Peter war inzwischen ein Sergeant der Polizei geworden. Arnold stellte sich neben ihn. »Was soll das hier?«

Peter sah zu ihm auf, Nässe schimmerte in den Augenwinkeln. »Sie holen es runter.«

»Was holen die?«

»Das Kreuz oben vom Turm.« Er spuckte aus. Doch es half nicht, die Stimme zitterte. »Weißt du, Kleiner, mit so was hab ich keine Erfahrung. Ich will da auch nicht hingucken.«

»Ich hab gesehen, wie andere vorhin mit einer Muttergottes weg sind. Die Wappen hauen sie auch raus. Was wollen die damit?«

»Alles wird zum Neumarkt geschafft. Aus den Kirchen holen sie sogar Grabplatten und Gedenktafeln. Hab ja schon viel erlebt, aber so was versteh ich nicht.«

Zwei hielten die erste Leiter, zwei kletterten mit einer weiteren Leiter aufs Dach, sie stellten sie an den Turm, leichtfüßig kletterte ein nächster Soldat mit Werkzeug nach, stieg bis zum Kreuz hinauf und begann, die Halterung zu lösen.

»Kollege?«

Peter und Arnold wandten sich um. Hinter ihnen stand der sechste Franzose und grinste, er deutete zum Eingang des Friedhofs. Nach vorn gekippt lag das große Holzkreuz auf der Mauer. »Zu schwer.« Er deutete auf den Polizisten, dann zum Wagen. »Helfen!«

Sergeant Peter hob die Hand. »Verboten. Meine Männer und ich dürfen heute nichts anfassen.«

Als der Franzose begriff, schnippte er Arnold. »Du bist stark.«

»Da fragst du den Falschen.«

»Bürger!«, bellte der Soldat. »Ich befehle es!«

»Kerl«, ein verhaltenes Grollen, »reiz mich nicht!« Und deutlicher setzte Arnold hinzu: »Ich trag für euch kein Kreuz.« Ohne Zögern drehte er sich ab und stapfte davon.

»Bâtard!«, hörte er den Soldaten fluchen. Gleich folgte Peters Stimme: »Lass den Säbel stecken, Freundchen. Das ist ein friedlicher Bürger meiner Stadt.« Nach einem Atemzug folgte noch: »Im Übrigen nenn mich nie wieder Kollege. Ich kenn dich nicht und will dich auch nicht kennenlernen.«

Arnold schnaufte vor sich hin. Wenn ich nicht bald genau weiß, was hier vor sich geht, springt mir der Schädel. Er stürmte zurück. Norbert. Der sitzt an der Quelle. Von ihm erfahre ich alles. In der Großen Budengasse zog er die Glocke, pochte mit der Faust. Beate öffnete. »Gott, hast du mich erschreckt. Was ist passiert?«

»Weiß ich nicht.« Arnold nahm den Hut ab und schlug ihn ans Bein. »Ist dein Bruder zu Hause?«

»In aller Herrgottsfrühe sind Staatsanwalt Keil und er schon zum Kölner Hof rüber.« Sie hob die Arme. »Er sagte noch: Das Fest auf dem Neumarkt beginnt heut Nachmittag. Die Feier sollten Ursel und ich nicht verpassen. Mehr weiß ich auch nicht.«

»Danke. Schon gut.« Kein Gruß, von Unruhe getrieben, wollte Arnold die junge Frau einfach stehen lassen. Sie hielt ihn zurück: »Was ist mit dir?«

»Weiß nicht.« Er blickte über die Schulter. »Irgendetwas geschieht hier. Ich komm nachher auch auf den Neumarkt.«

Professor Wallraf hob die Brauen, als er nach dem Öffnen seinen Adlatus vor sich sah. »So rasch? Aber wo ist das Gemälde?« Gleich zeigte sich die steile Stirnfalte. »Hast du versagt? Dabei haben wir die besten Argumente für den Kauf genau durchgesprochen. Du solltest den Kunsthändler überzeugen, dass mein Angebot durchaus dem Wert des Bildes entspricht. Mehr nicht.«

»Bin gar nicht da gewesen. Den Kunsthändler überrede ich später.« So ruhig wie möglich berichtete Arnold von seinen Beobachtungen. »Ich dachte, ich sag's Euch gleich. Weil Ihr das vielleicht versteht.«

Wallraf erbleichte. »Es wäre gut für uns und unser Köln, wenn du übertrieben hättest.« Mit fiebriger Hast knöpfte er den schwarzen Rock bis hoch zum weißen Kragen. Laut rief er nach seinem Mitbewohner. »Franz! Nimm den Topf vom Herd. Wir müssen sofort los. Die Franzosen zerreißen unsere Stadt.«

»Warum dramatisierst du so?« Pick erschien in Hemdsärmeln, das rundliche Gesicht vom Kochen gerötet. »Willst du unserm Herkules damit imponieren?«

»Kein Scherz, lieber Freund.« Wallraf deutete zum Talar an der Garderobe. »Kleide dich! Wir sind schon unterwegs.«

Franz Pick spürte die ungewohnte Aufregung und schlüpfte rasch ins Priesterhabit. »Wohin?«

»Drüben an St. Kolumba seht Ihr es ganz deutlich.« Arnold eilte voraus. Am Ende der Hofstraße blickte er sich um. Die frommen Herren konnten nicht Schritt halten, folgten ihm langsamer. Da entdeckte er zwei Soldaten. Rasch kamen sie aus Richtung Dom, sie versperrten den Kanonikern den Weg, bellten Befehle. Eine Diskussion entstand. Arnold ging zurück, blieb im Rücken der Bewaffneten stehen.

Die zitierten in mühsamem Deutsch eine neue Verordnung: Jedem Priester ist es bei Strafe verboten, im geistlichen Gewand auf der Straße zu erscheinen.

Pick glaubte an einen Scherz, zeigte die Hände als Waagschalen. »Werte Freunde, nehmt Vernunft an. Ihr tragt die Uniform eurer Armee, und wir die Uniform unserer Kirche.«

Ohne Vorwarnung traten die Soldaten vor, schlugen Pick die Arme nieder und griffen nach den weißen Kragen der Priester.

Gefahr! Kein Zögern, Arnold sprang vor, packte mit jeder Hand einen der Franzosenköpfe und hieb sie voller Wucht gegeneinander. Die Körper erschlafften, wie Puppen sanken die Ohnmächtigen vor ihm zu Boden.

Der Schreck über sich selbst nahm ihm den Atem, er sah die Reglosen, blickte die Geretteten an.

Wallraf fasste sich als Erster. »Hab Dank!« Die Erleichterung war nicht zu überhören. »Trotz höchster Notwendigkeit kann ich deine Tat nicht gutheißen.« Er wollte mit Pick rasch zurück in die Dompropstei und einen Mantel umlegen. »Inzwischen solltest du an den Opfern christliche Nächstenliebe üben. Dies ist mehr als eine Bitte.«

Arnold wartete, bis die frommen Herren weit genug entfernt waren, dann kniete er sich zu den Franzosen, rüttelte sie, tätschelte die Wangen. Beide regten sich, schlugen die Augen auf und sahen über sich ins lächelnde Gesicht. »Keine Angst. Ihr seid in guten Händen.«

Er half ihnen hoch, klopfte sogar den Staub von den Uniformröcken. »So, jetzt geht es wieder.«

Die Benommenheit ließ nach. »Wo sind die Angreifer? Hast du sie gesehen?«

Arnold rundete die Augen, nickte bedeutungsvoll. »Vier waren es. Wilde Kerle …« Er zeigte in Richtung Rheinufer. »Da runter sind sie.«

Ein kurzer Dank an den Samariter, und leicht torkelnd nahmen die Franzosen die Verfolgung auf.

»Geschieht euch recht«, flüsterte Arnold, »und kommt mir ja nicht wieder vor die Fäuste.«

Mit wehenden Schulterumhängen kehrten die Kanoniker zurück. Der Adlatus schloss sich ihnen an. Vor St. Kolumba starrten sie hinauf zum kreuzlosen Turm. Nach langem Schweigen flüsterte Franz Pick: »Eine Verstümmelung ...« Am Eingang des Friedhofs setzte er hinzu: »Sie entreißen uns das Zeichen der Erlösung.«

Wallraf rieb sich die Stirn. »Ich fürchte, dies ist die nächste Stufe ihres großen Plans. Vordergründig zwingen sie uns heute, mit ihnen das Jahresgedächtnis der Verhaftung ihres letzten Königs zu begehen. Doch in Wahrheit ...« Er führte den Gedanken nicht weiter aus. »Noch will ich es nicht glauben. Kommt, wir müssen uns mit eigenen Augen überzeugen.«

Auf dem Weg durch die Stadt sahen sie leere Wandnischen, wo gestern noch Statuen der Heiligen standen. Arnold deutete zu den Wunden im Mauerwerk. Dort prangten seit Jahrzehnten die Wappen der adeligen Familien Kölns. Einige waren ganz herausgehauen, andere bis zur Unkenntlichkeit mit Gips verkleistert. Auf keiner Kirche fand der Blick noch ein Kreuz.

An ihnen vorbei strömten Menschen in Richtung Neumarkt. Lachen und Palaver, die Mädchen sommerlich leicht gekleidet, die Burschen mit wiegendem Gang. Was in den frühen Morgenstunden geschehen war, hatten sie nicht wahrgenommen, oder es bekümmerte sie nicht. Musik war versprochen, Tanz lockte, und dazu wärmte die Augustsonne. Ein Feiertag, keiner musste zur Arbeit. Warum also nicht fröhlich sein?

Kaum aber öffnete sich der Neumarkt, versickerten Vorfreude und Unbeschwertheit.

Mitten auf dem Platz ragte ein riesiger Scheiterhaufen. Nach wenigen zögernden Schritten griffen sich die meisten der Bürger entsetzt ans Herz.

Der Professor und sein Mitbewohner stützten sich gegenseitig. Arnold schluckte heftig. »Das ist bestimmt nicht wahr«, flüsterte er vor sich hin, dabei kniff er sich in den Unterarm.

Der Holzstoß war errichtet aus Statuen der Heiligen, Muttergottesbildern, aus Wappenschilden, Grabtafeln und vor allem aus Kreuzen, großen, kleinen, und viele von ihnen trugen den Heiland. Immer noch entluden Soldaten die Pferdewagen, schichteten weiter an der furchterregenden Pyramide.

»Oh, welch ein seltener Gast!«

Beim metallenen Klang der Stimme beschirmte Wallraf die Augen. »In Köln geschieht nichts Schreckliches, ohne dass der Leibhaftige nicht daran teilhat.«

Biergans meckerte sein Lachen, schlug hart zurück: »Über die Ewiggestrigen schreitet die neue Zeit. Männer wie Ihr sollten möglichst rasch ihre Gesinnung überdenken oder sich in Acht nehmen.«

»Ich hörte, dass Ihr jetzt in Brühl Euer Unwesen treibt. Oder haben Euch die rechtschaffenen Bürger der schönen Schlossstadt davongejagt?«

Die hagere Gestalt reckte den Arm zum Scheiterhaufen hin. »Heute verbrennen wir die Zeichen der Adelsherrschaft und die Symbole der Pfaffentyrannei.« Nun loderten die Augen im knochigen Gesicht auf. »Wer weiß, ob es bald nicht auch notwendig sein wird, sich auf gleiche Weise aller Unbelehrbaren zu entledigen?«

Kanonikus Pick schauderte. Hastig schlug er das Kreuz. »Auch wenn Ihr an Gottlosigkeit erkrankt seid, so solltet Ihr nicht auf ein Mindestmaß an Menschlichkeit verzichten.«

»Erspart mir das hohle Geschwätz!« Biergans stieß die Fäuste in die Hüfte und vollführte Hüpfer vor den Klerikern, zeigte einen Fuß, dann den anderen. »So werde ich beim Untergang der Könige und Pfaffen tanzen. Und jetzt entschuldigt mich, denn mir ist eine ehrenvolle Aufgabe übertragen worden.« Damit strebte er, das Kinn vorgereckt, durch die Menge zum Scheiterhaufen hinüber, auf dessen Spitze französische Henkersknechte gerade ein großes Kreuz pflanzten.

Arnold sah der knochigen Gestalt nach. »Ein Wahnsinniger? Der muss rüber Aufm Katzenbauch ins Spital.«

»Früher hätte ihn ein Arzt dort eingewiesen. Ganz sicher.« Wallraf seufzte schwer. »Heute wird er von den neuen Machthabern für seine Ansichten belobigt und womöglich sogar belohnt. Ich hörte, er habe sich für die Zentralschule als Professor beworben.«

Musik. Die Militärkapelle spielte auf. Gleichzeitig postierten sich Soldaten rund um den Scheiterhaufen. Ein Feuertopf wurde bereitgestellt, dahinter richteten berittene Offiziere ihre Pferde in Reihe aus.

Die Menge schwieg, keine Neugierde, als die vier Brandmeister die Fackeln an der Glut entzündeten, wichen die Bürger angstvoll zurück.

»Da ist er.« Arnold streckte den Arm. »Von diesem Ehrenamt hat er gerade geredet.«

Einer der Vollstrecker war Biergans, feierlich gereckt trug er die Fackel zur Westseite des Scheiterhaufens. Und als der General hoch zu Ross das Handzeichen gab, stieß er gleichzeitig mit den drei anderen den Brand ins trockene Reisig unter den aufgetürmten Zeichen und Symbolen.

Lauter tönte die Musik, Trompete, Becken und Trommel gaben Tusch auf Tusch.

Die Flammen fraßen Wappen und Grabplatten, verschlangen die Statuen der Märtyrer und verschonten Maria und das Kind nicht, und bald schon schlugen sie hinauf bis zur Spitze, entflammten beide Kreuzarme.

Soldaten stimmten Hochrufe an, Biergans und etliche der »Patrioten« fielen mit ein. Die meisten Bürger der Stadt standen mit erstickten Kehlen da.

Nach einer Weile entstand Unruhe am Rande des Platzes. Von der Schildergasse her hob sich Protest. Frauen schrien erschrocken auf. Arnold sah hinüber, entdeckte Norberts Schwestern, den wahren Grund der Aufregung konnte er nicht ausmachen. »Ich geh nachschauen.« Wallraf entließ ihn mit einem Kopfnicken.

Dank seiner Länge verlor Arnold die bunten Kopftücher

der jungen Frauen nicht aus den Augen, rasch schob er sich durch die Menge. Beim Näherkommen erwachte sein Herz. Auch Walburga stand bei den Schwestern.

Im selben Moment erkannte er auch die Bedrohung. Drei Soldaten, begleitet von Sergeant Peter und einem Polizisten, kontrollierten die Halsketten der Frauen. Entdeckten sie ein Kreuzchen, so verlangten sie die Herausgabe, war der Protest zu laut oder dauerte das Abnehmen zu lange, so griffen sie zu und zerrissen die Kette. Als Nächstes nahmen sie die Schwestern ins Visier.

Arnold erreichte Walburga, wollte grüßen, sie aber warnte mit der Hand, »gleich, gleich«, und wandte sich an Beate. Zu spät. Die Kontrolleure hatten in Beates sommerlich weitem Ausschnitt das silberne Kruzifix entdeckt.

»Das Tragen ist ab heute untersagt. Enlève le! Vite! Vite!«

Beate schüttelte den Kopf, beschimpfte die Soldaten auf Französisch, hob die Faust: »Salauds!« Damit aber reizte sie den Zorn der Männer weiter. Einer von ihnen streckte die Hand aus, fast berührten seine Finger das Kreuz zwischen den Brüsten. Da wollte Arnold eingreifen, doch ehe er dazu kam, stieß Sergeant Peter den Soldaten von Beate weg. »Rühr sie nicht an, sonst …« Verblüfft starrten die Kontrolleure auf den Rot-Weißen. Peter nutzte den Moment. »So ist es recht. Ruhig, ganz ruhig bleiben.« Er wandte sich über die Schulter zu Beate. »Schöne Frau. Es hilft nichts. Das Verbot gilt. Ihr müsst das Kreuzchen abnehmen. Aber gemach, damit nichts kaputtgeht.« Er steckte sich die kalte Stummelpfeife zwischen die Zähne und feixte die Soldaten an. »Da staunt ihr. Sergeant Peter weiß, wie mit Frauenspersonen umzugehen ist.«

Beate tippte ihm auf die Schulter. »Hab's in der Tasche. Danke!«

Er wandte sich um, für einen Moment sah er in ihr Gesicht, etwas länger ins Tal der Brüste und verbeugte sich mit erstaunlicher Eleganz. »Stets zu Diensten, schöne Frau.« Dann schnippte er den Franzosen. »Und nun weiter! Hoffe, ihr Halunken habt gerade was von mir gelernt.«

Walburga fasste Ursels Hand. »Was ist denn in den gefahren?«

»So freundlich war er noch nie!«

Walburga sah zu Arnold hoch. »Du kennst den Sergeant doch besser!«

»So wie heute auch nicht. Aber heute …«, er zeigte mit der Faust zum lodernden Feuer, »da begreif ich sowieso nichts.«

26

Trommelschlag! Der Ausrufer zieht in Köln von Kloster zu Kloster und verkündet den Nonnen und Mönchen eine neue Verordnung der französischen Herren: »… Wir gestatten allen Ordenspersonen beiderlei Geschlechts, ihr Kloster zu verlassen und wieder in den weltlichen Stand zu treten. Jeder erhält vorläufig zum Lebensunterhalt achthundert Livres oder vierhundert Gulden …«

Wer glaubt, der glaubt nicht an dieses Versprechen. Doch Monat für Monat nehmen die Erschütterungen der Grundfesten von Kirchen und Klöstern zu. Die Verängstigten sehen sich an. Wem noch vertrauen?

Entlang des linken Rheinufers werden neue Zollstationen errichtet. Von nun an überwachen die Franzosen strenger noch als zuvor den Warenverkehr ihrer Grenzstadt Köln. Der Handel mit dem Rechtsrheinischen kommt fast zum Erliegen.

Gleichzeitig beteuert die neue Verwaltung: »Wir öffnen uns …«

Welch ein Segen. Die Engherzigkeit der Frömmelnden soll ein Ende haben. Wer trotz aller Bedrückung des katholischen Glaubens an Zukunft glaubt, der atmet auf. Die ersten Protestanten lassen sich in der Domstadt nieder.

Aus dem nahen Bonn wagt der geschäftstüchtige Salomon Oppenheim den großen Schritt und verlegt sein Unternehmen nach Köln. Noch misstraut er den Zusagen der Machthaber und kommt allein. Seine Familie lässt er zur Sicherheit zurück in Bonn. Der Siebenundzwanzigjährige mietet sich im Schatten des Doms ein. Von hier aus betreibt er Handel mit Öl, Baumwolle, Wein und Tabak, sein Hauptinteresse aber gilt dem Geldverleih.

»Meine Hände sind dreckig …« Arnold stand im engen Hinterhof der Schneiderei und hielt sie Walburga hin. »Besser, ich esse hier draußen.«

»Das mag bei feinen Leuten so sein. Bei uns sitzt jeder mit am Tisch. Im Übrigen haben wir November. Da ist es zu kalt draußen.«

Für einen Moment musste Arnold zum Küchenfenster sehen, warmer Kochduft stieg ihm in die Nase, saugte den Magen leer, und übrig blieb das große Hungerloch. Er schluckte dagegen an. »Ich kann ja im Flur …«

»Schluss!«, sie blitzte zu ihm auf. »Du kommst rein! Wasch dich erst, und drinnen ziehst du die Jacke aus. Mutter hat für dich mitgedeckt.«

Am Trog reichte sie ihm die Wurzelbürste. »Ist nicht nur gut fürs Essen.« Sie schmunzelte. »Auch das Schreiben klappt nachher leichter mit sauberen Fingern.«

Schreiben. Oh, verflucht, hoffentlich … Arnold wagte nicht, sie anzusehen. »Seit Sonntag hab ich viel geübt«, sagte er wenig überzeugend und dachte, vielleicht zeige ich ihr die Tafel doch nicht. Heute war sein Schultag, als Dank im Voraus hatte er Holz zu Scheiten zerhackt und außerdem die wertvollen Kohlenbriketts gestapelt.

In der Küche schmeckte die Luft nach allem, was im Topf war. Frau Josefa wies Arnold den Hocker am unteren Tischende zu. Als Meister Müller hereinkam, stellte sie den dampfenden Tiegel in die Mitte, band die Schürze ab, und während sie noch neben der Tochter Platz nahm, sprach Reinhold Müller bereits das Gebet.

Eintopf, welch ein Glück. Arnold hielt seinen Teller hin. Kappes, grüne Bohnen und Rübstiel, untermengt mit weißen Bohnen. Übervoll war die Schöpfkelle, und doch gab die Hausfrau dem Gast noch einen Zuschlag. Den Berg garnierte sie mit drei dicken Streifen vom warmen Bauchspeck. »Hoffe nur, dass ich einen so stattlichen Burschen auch satt bekomme.«

»Das geht schon«, grinste Arnold. Der Löffelstiel steckte über die Hälfte in seiner Hand, mit einem Blick auf Walburgas Finger, bemühte er sich, den Löffel ebenso elegant wie sie zu halten. Es schmeckte. Niemand sprach. Arnold erhielt noch eine zweite Portion, und deswegen entstand kein empörter Protest wie zu Hause bei den Brüdern, im Gegenteil, die Schneidersfrau ermunterte ihn sogar.

Schließlich legte er seufzend den Löffel in den geleerten Teller zurück.

»Möchtest du noch etwas Süßes?«

Ungläubig sah Arnold die Köchin an, prüfte Walburgas Gesicht und testete vorsichtig die Meinung des Meisters. »Aber heute ist Donnerstag und nicht Sonntag.«

Reinhold Müller zwinkerte ihm zu. »Willst du mir etwa den Tag verderben?«

»Aber nein.«

»Also, sag schon Ja.« Hinter vorgehaltener Hand setzte er betont geheimnisvoll hinzu: »Ich sag nur eins: Armer Ritter.«

»Was?« Ungewollt fuhr sich Arnold mit der Zunge über die Unterlippe. »Meine Lieblingsspeise.«

Die Frauen sahen sich an, Walburga prustete vor Lachen, und Josefa seufzte: »Da haben sich zwei ausgewachsene Naschkerle gefunden.«

Goldgelb prangten die in Milch geweichten, in Eiern gebackenen Weißbrotschnitten, und Arnold rundete die Augen, als dann noch Puderzucker die Köstlichkeit verzauberte.

Nach dem Essen säuberten die Frauen rasch Töpfe und Geschirr, Meister Müller entschwand zur geheiligten Mittagsruhe in der Werkstatt, Frau Josefa wollte zur Nachbarin, dann waren Walburga und Arnold allein.

»Erst lesen wir«, bestimmte die Lehrerin und schlug die Fibel auf. Sie tippte unter das Bild mit dem Geiger und dem Hund. »Das M hast du beim letzten Mal oft mit dem N verwechselt.«

»Nur wegen dieser blöden Verse.«

»Beschwere dich nicht. Lies einfach!«

Arnold legte den Finger unter die Zeile. »Der Musikant, der spielt für Geld, der Mops umsonst dazwischenbellt.«

»Sehr gut.« Sie blätterte zum nächsten Bild. Dort saß ein Spaßmacher, und hinter ihm stand eine Blume auf der Fensterbank.

Mit ergebenem Blick las ihr Schüler: »Der Narr hält 's N auf seinem Kopf, am Fenster steht ein Nelkentopf.«

»Du kannst es ja.« Zum Lob tätschelte Walburga seinen Arm. »Und gleich noch das O hinterher.«

»Muss das sein?« Arnold kratzte durch die schwarzen Locken. »Können wir nicht was anderes zum Üben nehmen? Bei diesen Sprüchen … Ich bin doch kein Schulbub mehr.« Er legte den Lederbeutel vor sich hin. »Aber vorhin, da hab ich was für den Professor gekauft.« Er tastete mit der Hand hinein, zog ein Blatt heraus, ohne das Geschriebene auf den beiden Schiefertafeln zu verwischen.

»Hier, schau!« Ein General in Pose, blaue Augen, eine Adlernase und ein starkes Kinn. »Den hab ich beim Kupferdrucker Goffart für meinen Professor besorgen müssen. Napoleon heißt der Mann. An dem können wir doch auch die Buchstaben üben.«

Walburga betrachtete das Bild. »Schön ist er nicht. Und sein Blick … Na, kann uns auch egal sein. Wenigstens ist er gut fürs N und das O.« Sie legte das Blatt auf den Tisch. »Nun los!«

Arnold bemühte sich, die Buchstaben zu einem Wort zu formen. »Napo – le – on.« Er strahlte. »Das hier heißt schon mal Napoleon.« Das zweite Wort bereitete Mühe, schließlich konnte er es aussprechen, wusste ihm aber außer den gefragten O und N keine Bedeutung abzugewinnen: »Bonaparte?«

Walburga krauste die Sommersprossen auf der Nase. »Versteh ich auch nicht. Doch, das wird der Nachname sein, weil der Mann kein Deutscher ist. In jedem Fall schreiben wir jetzt beide Wörter.« Damit fasste sie in den Beutel, und ehe Arnold es verhindern konnte, brachte sie beide Tafeln zum Vorschein.

»Gib sie mir!«, bat er hastig. »Ich hab nur geübt.« Er wollte zugreifen, doch sie drehte sich rechtzeitig weg. »Ich schau es mir an.«

Zu spät. Kein Ausweg mehr. Arnold ließ die Hände sinken, vermochte sich nicht zu bewegen.

Walburga beugte sich über die erste Tafel. »Donnerwetter. Die ist ja vollgeschrieben.« Halblaut prüfte sie die Wörter: »Das Aug, der Mann, das Schiff, der Mund, der Herrr …« Sie nahm den kleinen Lappen. »Hier steht etwas zu viel, nur Herr.« Und wischte ein R weg. »Also: der Herr, das Heer, die Frau, das Kind, die Magd, das Gut, der Has im Feld, das Geld in der Welt …« Stumm las sie weiter, korrigierte noch zwei Wörter und sah kurz zur Seite. »Deine Schrift ist sehr ordentlich.«

Arnold öffnete den Mund, kam nicht zum Sprechen, da legte sie bereits die erste Tafel auf den Tisch und nahm die zweite zur Hand. »Hier steht nicht so viel …« Sie stockte, sah auf den Satz.

Arnold atmete nicht, spürte das Herz in den Schläfen.

Nach einer Weile legte Walburga den Finger unter die Zeile, als benötigte sie ihn zur Lesehilfe. »Ich – liebe – dich.«

Schweigen.

In die Stille flüsterte er: »Du kannst es ja wegwischen.«

»Warum?« Unverwandt blickte sie auf die Worte. »Da ist kein Fehler drin.«

»Dann gib sie mir wieder.«

»Hast du das nur geübt?«

»Nein.«

»Dann möchte ich die Tafel behalten.«

Arnold wusste keine bessere Frage: »Mit dem, was draufsteht?«

Sie nickte, sah unverwandt auf die drei Worte.

Stumm räumte er die andere Tafel in den Lederbeutel, legte das Napoleonbildnis dazu. Was hast du angerichtet? Jetzt redet sie nicht mehr mit dir. Die Ratlosigkeit wucherte. Weil sie nur dasaß, erhob er sich. »Ich geh dann mal.« Fast hatte er die Tür erreicht … Sie eilte ihm nach, drehte ihn um und schmiegte die Wange an seine Brust. »Das ist gut so.«

Arnold legte behutsam den Arm um sie, spürte ihre Wärme. Da blickte sie auf, mit beiden Händen zog sie ihn zu sich herunter.

Ihr Mund. Vor Überraschung gelang ihm der Kuss nicht so recht.

»Geh jetzt!«, bat sie. »Ich bin ganz durcheinander. Aber … ich spüre, dass ich froh bin.«

Arnold nickte und verließ die Küche. Im Flur schon begannen Glück und Zweifel in ihm zu streiten. War das wirklich ein Kuss? Niemals. In jedem Fall haben sich unsere Lippen berührt. Das ist ein Anfang.

Draußen blieb er stehen, atmete, dehnte die Brust und ging in Richtung Alter Markt.

Nach wenigen Schritten hörte er hinter sich einen Pfiff, gleich folgte: »He, Zwerg!«

Arnold schreckte zusammen. Norbert.

»Nun warte doch!«

Die Stimme schmerzte. Nicht jetzt, flehte Arnold und blieb stehen.

Der Advokat spitzte den Mund. »Na, hat unser Kleiner wieder einen Buchstaben dazugelernt? Wie heißt er denn, P wie Pech oder W wie Wuff?«

»Hör auf!«

Doch der Spaß sprudelte weiter. »Nein, W wie Walburga. Hab ich recht?«

Arnold bemühte sich, ruhig zu bleiben. »Ich bin schon viel weiter. Mit dem Lesen geht es schon ganz gut.«

»Ach, mein Guter!« Großmännisch tätschelte ihm Norbert den Arm. »Wenn diese Dame dich nicht unterrichten würde, glaub mir, dann hätten wir … ich mein, wir vom Büro des Staatsanwalts hätten sie und ihre Familie längst schon genauer überprüft. Auffällig war Schneider Müller immer schon. Ich erinnere mich an die Hausdurchsuchung. Dann war doch etwas mit einem Protest?«

Arnold schnappte nach dem Handgelenk. »Du redest nur. Oder?«

»Bleib ruhig!« Norbert zeigte sein Lächeln. »Nichts geschieht. Da sorge ich schon für. Aber allein um unserer Freundschaft willen.«

Der Ärger war nicht verflogen, Arnold drückte fester zu. »Ich beschütze die Müllers, damit du es weißt. Ab heute …« Er brach ab und ließ ihn los. Vom Wunder vorhin wagte er nichts zu erzählen.

Der Freund rieb sich das Handgelenk, dabei sah er Arnold scharf an. »Was ist ab heute?«

»Hab gerade gut zu essen bekommen. Das mein ich …« Noch ein Stocken, dann fand Arnold den Ausweg, grinste dabei. »Und diesen Kochtopf will ich mir warmhalten.«

Norbert nahm ihm die Heiterkeit nicht so ganz ab. »Dazu lernst du Lesen und Schreiben. Das kannst du immer gebrauchen.« Er wies in Richtung Rhein. »Lass uns ein Stück durch den Hafen gehen!«

Obwohl Norbert es immer wieder versuchte, ein lockeres Gespräch wollte nicht aufkommen. In Arnold wühlten die Anspielungen von vorhin weiter.

Stumm stand er am Ufer und sah zu, wie die Treidelpferde vor ein Lastschiff gespannt wurden. Heute würden die Kaltblüter den Kahn nur aus dem Hafengebiet ziehen. Morgen in der Frühe ging es dann rheinaufwärts in Richtung Mainz. Neben ihm redete Norbert vom neuen Zoll. »Ab jetzt verdreifachen wir die Bewaffneten. Uns entgeht keiner mehr.«

»Uns?« Arnold schüttelte den Kopf. »Was ist bloß aus dir geworden? Jetzt redest du schon von uns, dabei meinst du die Franzosen.« Er befühlte Norberts Mantelkragen. »Fein angezogen warst du immer schon. Und das gönn ich dir auch. Aber seit du bei dem öffentlichen Ankläger arbeitest, hat sich wohl alles in dir gedreht.« Bitter lachte er auf. »Zoll? Weißt du nicht mehr, wie oft wir beide geschmuggelt haben? Und jetzt freust du dich, weil die Wachen verstärkt werden?«

Für Momente flackerte Unsicherheit in den Augen, dann strich sich Norbert die Haarsträhne aus der Stirn. »Mein guter Riese, wie immer hast du es mehr in den Armen als im Kopf. Der neue Zoll gilt für die dicken Holländer. Die bringen Kaffee, Zucker, Tee und weiß Gott, was noch. Und das nicht in Tüten, nein, gleich in Fässern und Tonnen. Denen knöpfen wir dafür die Dukaten ab.« Norbert knuffte Arnold in die Seite. »Die Kleinen, ich mein, wenn du oder meine Schwestern mal was von Deutz rüberschaffen, die interessieren meinen Chef nicht.« Norbert kicherte in sich hinein. »Denke gerade, dass Monsieur Keil jeden Morgen von meinem Kaffee trinkt. Und den haben wir beide … Na, du weißt schon …« Noch ein Stupser, unterstrichen von verschwörerischem Augenzwinkern. »Du siehst, ich bin auf deiner Seite, auch wenn ich jetzt beim Kriminalgericht bin.« Norbert wartete, dehnte die Pause, setzte schließlich hinzu: »Nun guck mich nicht so an. Komm, sag doch was!«

Vielleicht hab ich ihm unrecht getan, nur aus Angst um meine Walburga. Arnold blies den Atem durch die Lippen. »Schon in Ordnung.« Er kratzte in seinen Locken. »Bist halt schlauer als ich. Aber wenn du es so erklärst, dann geht's auch mir in den Kopf.«

Da schlug ihm Norbert auf die Schulter und zog ihn weiter. »Jetzt gefällst du mir wieder.« Nach einigen Schritten sah er zu Arnold hoch. »Und weil das so ist, sage ich dir etwas im Vertrauen über deinen Professor …« Erschrocken brach er ab, entschuldigte sich gleich: »Ich darf es nicht sagen. Amtsgeheimnis.« Die Leimrute war gelegt.

»Mach mich nicht neugierig.« Arnold klebte schon fest. »Raus damit!«

Norbert zögerte, rieb sich übertrieben die Stirn. »Ich darf nicht … Auf der anderen Seite will ich dir beweisen, dass ich dein bester Freund bin.«

Die Neugierde wucherte in Arnold. »Ich sag's schon nicht weiter.«

Norbert schnippte. »Na gut. Ich verrate nur so viel: Wenn du beim nächsten Mal deinen Professor siehst und er fröhlicher ist als sonst, dann denke an mich.«

Arnold glaubte an einen Scherz und winkte ab. »Ausgerechnet du und Professor Wallraf.«

»Weil ich es war, der die Liste überprüft hat. Ich hab sofort gemerkt, dass sein Name später draufgesetzt worden ist, aber …« Der Finger schloss die Lippen. »Und außerdem hab ich ein gutes Wort bei Monsieur Keil für ihn eingelegt.«

»Du kannst …« Arnold schwankte, war das die Wahrheit oder? »Sag mir mehr, bitte!«

»Amtsgeheimnis, mein Riese. Ich habe schon viel zu viel verraten.« Norbert rieb die Fingerkuppen aneinander. »Aber du wirst es schon erleben.«

Vor der neuen Zollstation am unteren Ende des Hafens trennten sich die beiden. Norbert wollte noch einen Blick in die Einfuhrbücher werfen, und Arnold konnte nicht warten. Er eilte durch die Frankenpforte zurück in die Stadt. Daheim zog er sich schon im Flur die Arbeitsjacke aus. Nur ein »Hab's eilig« und ein Wangestreicheln für die Mutter. Dann noch den Gehrock und drüber den Mantel, der Kamm hakte in den Locken, egal: Arnold war professorfein. »Bin bald zurück!«, rief er durch den Flur der Mutter zu und war mit Napoleon im Beutel unterwegs zur Dompropstei.

Kanonikus Pick empfing ihn: »Aber, Herkules? Wir haben dich erst morgen erwartet.« Er maß ihn von Kopf bis Fuß. »Von welcher Heldentat kehrst du so früh zurück?«

Arnold kniff die Augen zusammen und rieb sich das Ohr. »Ich weiß ja, dass Ihr es gut mit mir meint. Wünschte nur, ich könnte Eure Späße auch wirklich verstehen.«

»Kein Spaß.« Pick hob den Finger. »Es ist jedes Mal eine neue Freude, dich zu sehen. Mit dem antiken Helden hast du lediglich die Gestalt und auch die Kraft gemein.« Er wies hinauf in den ersten Stock. »Du musst noch eine kleine Weile mit mir allein vorliebnehmen. Unser Meister …«, er senkte die Stimme, »hat noch Besuch eines Professorenkollegen.« Damit stieg er voran. »Ich sortiere gerade einen Neuerwerb in meine Sammlung ein. Dazu koste ich einen Roten aus dem schönen Italien. Du kannst mir mit Gaumen und Hand Gesellschaft leisten.«

»Ist das wieder etwas von Eurem Herkules?«

Darauf gab es nur ein Lachen als Antwort. Arnold folgte dem rundlichen Kleriker in dessen Kunstkabinett. Hier staunte er wie schon so oft. »Warum? Also ich begreife es nicht.«

Pick führte ihn zum langen Tisch, auf dem großformatige Kupferstiche gestapelt warteten. »Was fragst du dich?«

»Nichts gegen meinen Professor. Aber warum ist bei Euch alles so schön geordnet und bei ihm überhaupt nicht?« Arnold blickte sich um. »Da in den Regalen, die Bücher, die Münzen und all das. Das sind zwar auch nur alte Sachen, aber da sind Zettel dran, und jedes Teil liegt neben dem anderen.«

»Unser Meister …« Franz Pick schenkte Wein in zwei Tonbecher. »Da gibt es sicher einige Erklärungen. Sagen wir, unser Wallraf hat zu viele gute Talente und zu wenig Zeit, um diese zu ordnen. Wir sollten uns darauf beschränken.« Er reichte Arnold einen Becher, wollte gerade mit ihm trinken, da tönte es von der Tür her: »Worauf wollt ihr euch beschränken?« Leichten Schritts eilte Wallraf zu ihnen. »Ich sehe, hier wird ein guter Tropfen verkostet. Und das ohne mich.«

Prüfend sah Pick den Freund an. »So heiter? Ist das Gespräch gut verlaufen?«

Wallraf nickte, und mit dem Ausatmen sanken Schultern und Brust. »Wie erhofft. Kollege Dahmen übernimmt das Fach Geschichte. Dank sei dem Himmel!«

Gleich reichte ihm Pick seinen Becher, füllte für sich selbst einen neuen. »Dann lasst uns anstoßen. Möge der Neubeginn dir Glück und Zufriedenheit bringen!«

Arnold trank, staunte über seinen Herren. Er ist wirklich fröhlich, genau wie Norbert gesagt hat.

Wallraf tippte ihn auf den Arm. »Ich bin überrascht, dich hier zu sehen.«

»Ach, ich … Also, ich hab den Napoleon besorgt. Vom Drucker Goffarth. Den wollte ich nur rasch vorbeibringen.«

»Lass sehen!«

Arnold legte das Blatt auf die Tischplatte. Beide Sammler griffen nach ihren Lupen, beugten sich tief über das Bildnis. »Eine recht grobe Arbeit«, meinte Pick.

»Das ist wahr.« Wallraf richtete sich wieder auf. »Besonders an den Rändern sind die Linien nur flüchtig ausgearbeitet.«

»Wenn ich was fragen darf?« Arnold wartete, bis der Professor ihm ein Zeichen gab. »Drunter steht ›Napoleon‹. Aber was heißt …« Er las und unterstrich dabei das Wort mit dem Finger. »›Bonaparte‹?«

»Was sagst du zu meinem Adlatus?« Wallraf stieß den Freund an. »Er liest. Und selbst solch ein schweres Wort.« Beide Herren prosteten Arnold zu.

»Von General Napoleon werden wir sicher noch viel zu hören bekommen, und Bonaparte ist sein Familienname. Korsisch, wie ich vermute.«

Pick nahm erst einen großen Schluck vom Roten, dann breitete er einige Blätter vom Stapel seiner Kupferstiche auf dem Tisch aus. »Das hier ist Don Quijote. Seine abenteuerliche Geschichte auf einunddreißig Tafeln. Von einem wahren Künstler gearbeitet. Mein Don Quijote, er ist von höchster Qualität, ganz im Gegensatz zu diesem stümperhaften Napoleon.«

Darüber lachten wieder beide, tranken sich zu.

Es stimmt, Arnold war sich nun sicher. So vergnügt hatte er seinen Professor noch nicht erlebt. Nur was war der Grund? Das Einfachste ist … Ehe er weiterdachte, fragte er schon: »Gibt es was zu feiern? Verzeiht, ich will ja nicht neugierig sein.«

Pick sah Wallraf an. »Soll ich? Herkules gehört inzwischen quasi zu unserer Hausgemeinschaft.« Als der Freund nickte, breitete der Kanonikus die Arme aus. »Ein dreifaches Hosianna! Die große Armut ist gebannt. In der nächsten Woche, genauer gesagt am Mittwoch, dem 21. November, weil hier in diesem Hause der französische Kalender nach wie vor verpönt ist, wird die neue Zentralschule als Nachfolgerin der geschlossenen Universität eröffnet.« Er verneigte sich vor Wallraf. »Und obwohl, laut Befehl unserer Machthaber, dort nur weltliche Lehrer unterrichten dürfen, ist es mit einigem Geschick gelungen, dass dennoch der überaus gebildete Kleriker Professor Ferdinand Wallraf den Lehrstuhl für Literatur ergattert hat.« Mit Schwung schenkte der Festredner die Becher erneut voll. »Trinken wir auf das Glück!«

Als Wallraf absetzte, hüstelte er und wurde ernst. »Wir dürfen nicht vergessen, dass auch Kollege Dahmen vom geistlichen Stand ist. Ich hoffe, dass niemand aus den oberen Gremien doch noch Anstoß an unserer Berufung nehmen wird.«

»Die Dokumente sind unterschrieben. Niemand wird jetzt mehr hinterherkramen.«

»Gott gebe es!«

Gleich füllte Pick erneut die Becher. »… denn er führet uns aus dem finsteren Tale ans Licht.«

Arnold spürte den Wein erst, als er die Dompropstei verließ. Eine Seligkeit. Draußen hatte der Wind aufgefrischt, blies ihm ins Gesicht. Erst … Er flüsterte ihren Namen, übte ihn gleich noch einmal. Und dann auch noch das Glück für meinen Professor. Was für ein Tag!

27

Kampf den Räuberbanden. Zur Sicherheit der Bürger in Stadt und Land fahndet eine Spezialeinheit des Kriminalgerichts nach den Dieben und Mördern. Erste Erfolge: Die Zahl der Verhafteten steigt. Doch wohin mit den Übeltätern? Nicht mehr lange, und die Kerker der Stadt sind überfüllt.

Die Glocke an der Klosterpforte schlägt an. Gleich folgt die Forderung mit der Faust. Wird nicht schnell genug geöffnet, so nehmen die französischen Offiziere den Degenknauf zu Hilfe. Dürftig ist der neue Erlass: »In den Häusern der geflohenen Adeligen und Kleriker des Domkapitels müssen neue Gefängniszellen eingerichtet werden.«

Verängstigt sehen die Ordensleute auf die bereitstehenden großen Lastkarren. »Warum führt Euch der Weg zu uns?«

Statt einer Antwort treten die Offiziere beiseite. Ein Handzeichen, hart der Befehl. Und Stadtpolizisten stürmen in die Klostersäle und Zellen. Wenig später schleppen sie Bettgestelle, Laken und Zudecken, Stühle und Tische hinaus. Nur die besten Teile werden mitgenommen, übrig bleibt den Frommen angebrochenes Mobiliar, das zerschlissene Bettzeug.

Der Trupp zieht weiter, plündert im Namen des Magistrats ein Kölner Kloster nach dem anderen.

Anton Keil nutzt nicht allein die leer stehenden Häuser der Domherren für neue Kerker, auch unter seinem Büro im Kölner Hof lässt er etliche Zellen einrichten. Macht und Einfluss des öffentlichen Anklägers sind in Köln angewachsen. Er führt sein Amt mit unerbittlicher Hand. Kritik muss er nicht fürchten, denn er konnte sich neben aller Befehlsgewalt auch noch den Lehrstuhl für Gesetzgebung an der neuen Zentralschule sichern. Als Professor lehrt er das Recht, mit dem er als Staatsanwalt die Klöster ausrauben lässt.

280

Wer aber setzt sich für die Ohnmächtigen in Köln ein? Gilt ab jetzt allein das Recht des Stärkeren?

Domvikar Heinrich Nettekoven kämpfte sich durchs Schneegestöber. Auf dem Domhof biss ihm der eisige Wind ins Gesicht. Die Augen tränten, und das Salz verschlimmerte den Schmerz auf seinen Wangen. Endlich erreichte er die alte Dompropstei, fand den Griff des Glockenzugs, das Eichentor war nicht verschlossen, nur spaltbreit öffnete Kanonikus Pick die Haustür, dass der Besucher hereinschlüpfen konnte, und schloss den Eingangsvorhang, verstopfte den zugigen Bodenschlitz wieder mit der Teppichrolle. »Bruder Nettekoven? Ich hatte unseren Adlatus erwartet. Aber Ihr? Wie schön. Wir haben Euch schon vermisst.«

»Ich komme aus dem Fegefeuer.«

Da lachte Pick. »Schnee statt Flammen? Eis statt Glut?«

»Bei Gott, ich scherze nicht.« Nettekoven nahm die verschneite Wollmütze ab, wollte sie ausschlagen. Gleich hob der Kanonikus die Hand. »Bitte nicht. Hier im Flur gefriert die Nässe am Boden. Wir hängen die Sachen neben den Herd. Kommt!«

In der Küche lehnte Wallraf im Sessel. Er trug über den Kleidern noch seinen Hausmantel, ein Schal schützte den Hals, die sonst so scharfe Nase war angeschwollen und gerötet. Vor ihm auf dem Tisch stand eine Schüssel, das Wasser dampfte noch leicht und verbreitete den Geruch nach Minze. »Der verlorene Sohn …«, er hüstelte, schnaubte einen Fanfarenstoß ins Taschentuch, »kehrt zurück. Willkommen.« Er wartete, bis sich Nettekoven von Mantel und Mütze befreit hatte, dann bot er ihm den Stuhl gegenüber an. »Wir haben am Dreikönigstag auf Euch gewartet und schließlich allein auf dem Dachboden die Messe mit unseren Schutzbefohlenen gefeiert.«

Pick brachte heißen Holundersaft. »Wir befürchteten schon, dass Ihr Euch nach dem unsäglichen neuen Kalender richtet und deshalb den sechsten Januar nicht mehr finden würdet.« Er gab einen Löffel Honig mit in den gefüllten Becher. »Trinkt! Alle bewahrt das Allheilmittel unseres Professors vor Erkältung, nur bei ihm selbst scheint es wenig zu wirken.«

Dankbar wärmte sich Nettekoven die Hände am Gefäß, pustete und schlürfte.

Wallraf sah ihm erwartungsvoll zu, wurde ungeduldig. »Man könnte annehmen, Ihr wäret der Patient und nicht ich.«

Gleich setzte sich Pick neben ihn, tätschelte seinen Arm. »Aber, Ferdinand, unser Gast kommt aus dem Fege… Nein, davon erzählt er uns sicher gleich. Draußen ist es bitterkalt, gib ihm Zeit zum Auftauen.«

Der schmächtige Domvikar stellte den Becher zurück. »Jawohl, Fegefeuer sagte ich, und dies ist nicht übertrieben.«

Die Freunde tauschten einen raschen Blick, und Wallraf bemühte sich, den Spott in der Stimme zu unterdrücken. »Heute schreiben wir Freitag, den 19. Januar. Demnach, wenn ich vom Dreikönigstag an rechne, hat Euch der Böse nach dreizehn Tagen wieder aus der Vorhölle entlassen.«

»Zwölf«, der schmächtige Domvikar nickte, »es waren zwölf Tage. Gestern durfte ich wieder nach Hause.«

»Wie soll ich das verstehen?« Fast erschrocken richtete sich Wallraf im Sessel auf. Auch Franz Pick verlor sein Lächeln. »Wir wollten Euch mit etwas Ironie aufheitern.«

»Habt Dank.« Ein langsames Kopfschütteln. »Mir ist Schlimmes widerfahren. Nur mit Bitterkeit vermag ich daran zu denken.«

»Nun redet schon!« Der Professor pochte mit dem Knöchel auf die Tischplatte. »Wie sollen wir sonst mit Euch fühlen?«

Der Gast seufzte. »Ich saß im Kerker …« Mehr sagte er nicht und stützte die Stirn in die Hand.

»Branntwein.« Entschlossen schnippte Wallraf seinem Mitbewohner. »Ein Schluck von unserm Schärfsten wird helfen, das Unsägliche sagbar zu machen.«

Nach dem Absetzen schnappte Nettekoven nach Luft, er musste die Augenwinkel wischen. »Am Dreikönigstag morgens war ich schon früh zu Euch unterwegs. Zu früh. Es war so bitterkalt. Ich weiß nicht, wieso, zu Hause hatte ich den Plan noch nicht gefasst, jetzt aber schlug ich den Weg zum Dom ein. Ich wollte noch einmal das Mausoleum besuchen, dort wo unsere Könige so viele Jahrhunderte ihre Ruhestätte …«

»Ich dachte, dies sei nicht mehr möglich«, fiel Pick dem Vikar ins Wort. »Kein Zutritt in den Dom ohne Erlaubnis.«

»Kurz vor dem Portal fiel mir dieses Verbot auch wieder ein, doch, o Wunder …«, die Augen leuchteten einen Moment, »… kein Wachposten war zu sehen, die Tür angelehnt … Ich glaubte an eine Fügung und trat ein.« Nettekoven griff nach dem Holunder, trank, fuhr sich mit der Zunge über die Unterlippe. »Sobald ich mich ans Halbdunkel gewöhnt hatte, stockte mir das Herz. Mich erschreckte nicht der riesige Berg aus Getreide. Von diesem Vorratslager wusste ich. Nein, dieser Vandalismus …« Mit düsterer Stimme berichtete er von der Zerstörung im Inneren des Doms. Alles Hölzerne, Figuren, Vertäfelungen, Zierrat, war abgerissen. Die verkohlten Reste zeugten von Lagerfeuern, an denen sich die noch vor Jahresfrist hier eingepferchten Kriegsgefangenen gewärmt hatten. »Und die Wände …« Er ballte eine Faust. »Unflätige Schmierereien, obszöne Zeichnungen, welche man sicher nicht einmal in Sodom oder Gomorrha finden würde.«

»Schlimm, sehr schlimm.« Wallraf furchte die Stirn. »Sollte das Eure Vorhölle gewesen sein? Oder sind die erloschenen Feuerstellen mit einem Mal wieder entflammt? Nein, nicht … bitte, seid nicht gekränkt. Ich wollte nicht spotten, lieber Freund. Nur, kommt endlich zum Kern Eures Unglücks.«

»Ich kam nicht weit …« Die Ermahnung wirkte. Nettekoven sprach nun schneller. Aus der Düsternis waren zwei französische Wächter vor ihm aufgetaucht, ohne Zögern hatten sie ihn zum Portal hinausgedrängt. »Immer wieder sagte ich ihnen, wer ich sei und mit welch frommer Absicht ich gekommen wäre. Da starrte mich einer von diesen Kerlen an. ›So? Ein Priester also?‹, fragte er noch scheinheilig.

›Auch wenn ihr meinen Stand verfolgt und verachtet‹, gab ich zur Antwort, ›ich bin stolz darauf.‹« Nettekoven nippte hastig am Holundersaft. »Da griff der Franzose nach mir, drehte mich um die Achse. Er schrie mich an: ›Wo hast du deine Kokarde?‹«

Ein Hilfe suchender Blick für die beiden Freunde. Als könnten sie ihm mit diesem blau-weiß-roten Stoffabzeichen aushelfen. Der Vikar legte beide Handflächen offen auf den Tisch. »Ich hatte am Morgen vergessen, sie anzustecken. Nun nahm das Unglück seinen Lauf …«

Auf Erlass von höchster Stelle hatte jeder Bürger, Mann oder Frau, eine Kokarde zu tragen. Als sichtbares Bekenntnis zur französischen Republik. Bei Zuwiderhandeln konnten hohe Strafen verhängt werden. Besonders scharf wurden Kleriker und Beamte kontrolliert.

»Ich wurde zum Kölner Hof gebracht. Dort warfen sie mich in eine Zelle.«

»Ohne Verhör?« Wallraf spannte die Lippen. »Das soll die jetzt so gepriesene neue Ordnung sein?«

Die Glocke schlug an. Erschrocken horchten die Männer auf. Franz Pick fasste sich als Erster. »Herkules. Wer sonst könnte es sein?« Dennoch ging er etwas zögerlich in den Flur. Wenig später war die Erleichterung seiner Stimme anzuhören. Er brachte Arnold mit in die Küche. »Du musst dich ein wenig gedulden. Noch haben wir Besuch.«

»Wenn ich störe, kann ich später wiederkommen.«

»Hiergeblieben«, bestimmte der Professor und trompetete ins Taschentuch, danach wedelte er sich etwas vom Minzedampf zu. »Höre dir genau an, was unser Freund Nettekoven gerade berichtet. Den Auftrag gebe ich dir anschließend.«

Arnold nahm nur die Mütze ab, verbeugte sich leicht und blieb in der Nähe der Tür.

»Also weiter«, forderte Wallraf den Vikar auf. »Ihr wurdet also ins Verlies geworfen.«

»Es war eine der neuen Gefängniszellen drüben im Kölner Hof. Ich bekam zu essen und auch Wasser. Doch der Wärter antwortete auf keine meiner Fragen. Erst am nächsten Tag suchte mich der öffentliche Ankläger Keil in Begleitung seines Assistenten auf, ein junger Jurist ...«, Nettekoven überlegte kurz, »Fletscher, Norbert Fletscher. Ich erinnere mich an seinen Vater, ein geachteter Advokat.«

Bei Erwähnung des Namens hörte Arnold genauer hin. Worüber wird hier gesprochen?

»Der öffentliche Ankläger verlas mir meine Strafe. Zwölf Tage Haft wegen Verstoßes gegen die Kokardenpflicht. Dann aber lächelte er, setzte sich sogar zu mir. ›Bürger Nettekoven‹, sagte er. ›Es gibt eine Möglichkeit für Sie, diese Zelle sofort zu verlassen und wieder nach Hause zu gehen.‹« Fahrig griff der Vikar nach dem Holundersaft, trank, und als er den Becher zurücksetzte, zitterte seine Hand. »Natürlich fragte ich nach der Bedingung. Da antwortete er: ›Nur eine kleine Auskunft. Mir ist aus zuverlässiger Quelle bekannt, dass Ihr noch vor Einzug der französischen Befreiungsarmee maßgeblich an der Entfernung des goldenen Schreins wie auch der Gebeine der Heiligen Drei Könige beteiligt wart ...‹«

Zugleich stöhnten die Freunde auf. Pick faltete die Hände. »Großer Gott.« Wallraf zerrte am Schal unter seinem Kinn. »Woher? Von wem ...?«

Arnold wurde heiß. Norbert hat es verraten! Und der weiß es, oh verflucht, er weiß es von mir. Als die Franzosen durchs Hahnentor kamen. Ich hab ihm damals von der Rettung unserer Könige erzählt, ihm und Walburga. Meine Schuld.

»Erst habe ich nur geschwiegen«, flüsterte Nettekoven. »Immer heftiger wurde ich bedrängt. Als ich sicher war, dass unser wirkliches Geheimnis ...« Der bedeutungsvolle Blick zur Tür trieb Arnold den Schweiß auf die Stirn. Raus kommt es sowieso, besser, du sagst es gleich. »Ich konnte nicht ahnen …«

»Sorge dich nicht, junger Mann«, beschwichtigte ihn der Vikar, »mit keinem Wort habe ich dich und deine große Hilfe bei der Flucht erwähnt.«

Was? Es folgte nichts weiter. Keine Anschuldigung. Arnold atmete aus. Hier wird von was anderem geredet.

»Als ich unser großes Geheimnis nicht gefährdet sah, konnte ich zugeben, vom Abtransport des Schreins und der Reliquien gewusst zu haben. Doch dies genügte nicht für meine Freilassung. Den Verbleib des Schreins wollte Keil wissen, wo genau er hingeschafft wurde. Gold und Edelsteine wären ab jetzt Eigentum der französischen Republik. Die heiligen Reliquien interessierten ihn nicht. Tag für Tag kam der öffentliche Ankläger wieder, stellte mir dieselben Fragen. Ich blieb bei meiner Aussage … und blieb in Haft.« Nettekoven wischte sich die Augenwinkel. »Zwölf lange Tage und Nächte.«

Wallraf beugte sich im Sessel vor. »Ihr seid ein mutiger Mann, lieber Freund.«

Franz Pick klatschte ihm zu. »Meine Hochachtung!«

»Danke«, ein Lächeln erhellte das blasse Gesicht, »Euer Lob versöhnt mich.« Nettekoven erhob sich. »Ich wage, den Grund meines Besuches zu nennen. Wäret Ihr bereit, mit mir die versäumte Messe zu wiederholen? Ohne sie fehlt mir etwas zum Jahresbeginn.«

»Gleich nächsten Sonntag«, versprach Pick und nahm Mantel und Mütze vom Haken neben der Herdstelle. Der Schnee war abgetropft. Blau-weiß-rot prangte die Kokarde an der Kopfbedeckung.

»So deutlich?« Wallraf übertrieb mit dem Finger die Größe der Franzosenblume. »Etwas dezenter wäre auch erlaubt.«

Arnold schmunzelte.

Doch Nettekoven nahm die Zweideutigkeit des Professors

nicht an. »Ich gehe kein Risiko mehr ein. Die lange Haft hat mir genügt. Lebt wohl! Bis zu unserer Messfeier.«

Pick geleitete den Gast hinaus.

»Nun zu dir.« Wallraf winkte Arnold näher zum Sessel. »Zeige mir deine Kokarde!«

»Was verlangt Ihr?«

»Ich will sie sehen. Denn für den Auftrag wirst du sie gut sichtbar tragen müssen.«

Arnold glaubte, der Spott ginge weiter. »An den Hintern hab ich sie mir gehängt.«

»Kerl!« Das Auffahren der Stimme forderte gleich Tribut. Der Kranke hustete, schnaubte. Die Strenge aber blieb. Kaum ließ er das Schnupftuch sinken, drohte er mit dem Finger. »Mir ist heute jedes dumme Geschwätz ein Gräuel. Also bezähme dich. Ich verlange eine klare Antwort.«

»Verzeiht.« Arnold blies die Luft durch die Wangen. Und jetzt? Ganz gleich, was ich mache, freuen wird es ihn nicht. »Herr, weil ich die Franzosen hasse, ist es so, wie ich gesagt habe.«

Steif richtete sich der Professor auf. »Erkläre dich!«

»Na ja.« Arnold bewegte den Körper nicht, bog nur den Arm nach hinten, deutete auf die Gesäßgegend.

Die Kinnlade sank. »Dort? Du meinst …?«

Kopfnicken.

Wallraf schloss den Mund, öffnete ihn wieder. »Und solltest du kontrolliert werden?«

»Na ja. Dann, dann zeig ich das Ding eben.«

Wider Willen ein kurzes Auflachen. »Nein, nein«, ermahnte sich der Professor selbst und verlangte den Beweis.

»Wollt Ihr wirklich?«, warnte sein Adlatus.

»Und zwar unverzüglich.«

Arnold drehte ihm den Rücken zu, bückte sich, dann warf er mit Schwung den Mantel hoch. Eine blau-weiß-rote Kokarde, am Gürtel mit einem Band befestigt, prangte mitten auf seinem gespannten Hosenboden.

In diesem Moment kehrte Kanonikus Pick zurück, blieb erschrocken in der Küchentür stehen. »Darf ich fragen …?«

»Nein, darfst du nicht.« Wallraf winkte dem Freund. »Komm bitte her, und sieh dir an, was sich unser Adlatus erlaubt.«

Pick bestaunte die Platzierung der Franzosenblume. »Keine Frage. Dies nenne ich wahren Protest aus dem Untergrund.«

»Pflichte ihm nicht auch noch bei«, wies ihn Wallraf zurecht und erhob sich aus dem Sessel. »Wir sollten Schaden von uns abwenden, ihn nicht auch noch vergrößern.« Er schnippte Arnold. »Entferne die Kokarde von deinem Hintern, hefte sie vorn an den Mantel. Ich erwarte dich oben in meinem Studierzimmer.« Sprach's und schlug die Tür hinter sich zu.

»Oje«, seufzte Franz Pick und tröstete Herkules. »Unser Meister hat heute einen besonders schweren Tag.«

Mit der Kokarde in der Hand sah Arnold ihn an. Gleich wehrte Pick ab. »Nein, ich kann es dir nicht sagen. Nur einen Rat zur Güte, frage ihn nichts, tue einfach, was er verlangt.«

Erst ein prüfender Blick, dann winkte Wallraf seinen Adlatus näher an den Schreibtisch. Vor ihm lagen zwei beschriebene Papierbögen. »Heute bitte ich dich um einen Botendienst. Der Weg ist kurz. Nur hinüber zur Hacht am Ende des Domhofes. Das Gewicht des Briefes ist kaum spürbar, der Inhalt aber wiegt schwer.«

Arnold nickte. Wenn es mehr nicht ist, dachte er, wovor hat mich Kanonikus Pick gewarnt?

»Im Gerichtssaal der Hacht tagt heute die hohe französische Kommission. Jetzt weißt du, warum ich auf dem korrekten Sitz der Kokarde bestehen muss.«

Wallraf hob das erste Blatt. »Dies hier ist mein schriftlicher Treueeid auf die französische Republik. Und dies hier …« Er deutete auf das zweite Papier. »Hier habe ich begründet, warum ich nicht persönlich zum Ablegen des Schwurs vor der Kommission erscheine.« Mit Blick auf Arnold verlor die

Stimme an Festigkeit. »Aus Krankheitsgründen. Deswegen kann ich mich nicht in der Öffentlichkeit zeigen. Das müssen die Herren einsehen. Also, ich schicke dich. Was …?« Wallraf hob die Brauen. »Was starrst du mich so an? Verstehst du, was ich sage?«

»Herr?« Arnold schüttelte die Schultern, als müsste er einen Alb vertreiben. »Bitte helft mir. Ich habe Euch sicher falsch verstanden. Was steht auf dem Blatt?«

»Nur Sätze. Weißt du, auf Papier lässt sich vieles hinschreiben, was man Aug in Auge nicht sagen würde. Kannst du mir folgen?« Wallraf wartete, doch sein Schüler sah ihn nur an. »Also hier …« Wallraf zitierte aus dem Schreiben: »»Treueeid des unterzeichnenden Priesters und Dozenten für die schönen Künste an der Zentralschule zu Köln. Ich schwöre, den französischen Gesetzen gehorsam zu sein. Ich schwöre Treue gegenüber der französischen Republik und der Verfassung, für die Verwaltung bestmöglich zu wachen …‹«

»Herr!«, unterbrach Arnold, presste beide Fäuste auf die Ohren.

»Hast du Schmerzen?«

»Ja, es tut mir weh.« Nach einem Stöhnen setzte Arnold hinzu: »Eure Worte stechen mir in den Kopf.«

Wallraf ließ das Blatt sinken. Die steile Falte auf seiner Stirn vertiefte sich. »Übst du etwa Kritik?«

»Verzeiht, Herr.« Arnold spürte Tränen in den Augenwinkeln. Mit dem Handrücken wischte er sie weg. »So viel habe ich von Euch gelernt. Das mit den Bildern und den Büchern. Und erlebt habe ich, wie schlimm die Franzosen für unsere Stadt sind. Und immer habt Ihr gegen die Herrschaft von denen geredet. Und …«, Arnold senkte den Kopf, starrte auf die Schreibtischkante, »und ich habe an Euch geglaubt. Auch meine Walburga. Weil Ihr immer das Richtige sagt. Aber jetzt …« Mit ausgestrecktem Arm zeigte er auf das Schreiben. »Da drin dreht Ihr alles um.«

Mit fahrigen Fingern faltete Wallraf das Blatt, sehr beschäftigt schob er es ins Kuvert. »Es steht dir nicht zu … Entweder fügst du dich, oder wir beenden hiermit deine Tätigkeit.«

Der Boden wankte unter den Füßen. »Nicht, Herr. Ich bitte … Lasst es mich doch begreifen, nur so ein bisschen. Damit ich was zum Festhalten habe.«

Die Not in der Stimme seines Adlatus drang durch den Schutzmantel. Ferdinand Wallraf stützte die Stirn in die Hand. »Es gibt Gründe. Keine, die dich wirklich überzeugen könnten. Für mich aber sind sie wichtig. Einen will ich dir nennen. Wie du weißt, bin ich als Rektor der Universität entlassen worden. Weil ich mich weigerte, den Eid zu leisten.«

Heftig nickte Arnold. »Dafür habe ich Euch so bewundert.«

»Mit der Entlassung aber verlor ich auch jede Einnahmequelle.«

»Wenn es sich nur ums Geld dreht.« Arnold schöpfte Hoffnung. »Ich arbeite auch für weniger, bis der Handel mit den alten Sachen endlich was einbringt. Aber dafür müssten wir nicht bloß einkaufen, sondern auch mehr verkaufen. Also …«

»Guter Junge«, unterbrach der Professor. »Ich bin Sammler, kein Händler. Außerdem will ich, muss ich unterrichten. Leichter zu begreifen aber ist, als Professor an der Zentralschule steht mir ein festes Gehalt zu. Und diesen Posten überlässt man mir nach neuestem Erlass nur, wenn ich den Treueschwur leiste. Auch …«, die Stimme sank, er sagte es mehr zu sich, »auch wenn ich mich dafür schäme.«

Dieser letzte, leise Satz wärmte Arnold. »Danke, Herr.« Nach einer Weile setzte er neu an: »Das ist aber nur Euer Eid. Der gilt nicht für mich mit. Oder?«

»Nein, Junge.«

»Und Ihr ertragt mich, auch wenn ich darüber anders denke?«

»Du bist frei in deiner Meinung über unsere Besatzer. Ich werde dich nicht hindern. Im Gegenteil …«

»Dann ist es gut.« Arnold prüfte den Sitz der Kokarde an seiner Brust. »Ich bring den Brief rüber zur Kommission.«

Wallraf überreichte ihm das Kuvert. »Und schildere den Kommissaren meine Krankheit.«

»Verlasst Euch ganz auf mich.« Arnold patschte gegen die Franzosenblume. »Davon erzähl ich denen in allen Farben.«

Teil 3

28

*D*er Staatsstreich ist von langer Hand vorbereitet, kühl und zielgerichtet geplant. Nichts und niemand kann den Korsen am 9. November 1799 noch aufhalten. General Napoleon Bonaparte fegt im Pariser Parlament das Direktorium beiseite und zwingt die Abgeordneten im Angesicht aufgepflanzter Bajonette, ihn zum Ersten Konsul zu wählen. Sofort ändert er die Verfassung und reißt alle Macht an sich. »Ich, der Erste Konsul, verkünde die Gesetze, ich ernenne oder entlasse alle Amtsträger, sei es in der Regierung, in der Verwaltung, im Heer, in der Marine, in der Justiz oder der Diplomatie ...«

Ade, Freiheit, Gleichheit, Brüderlichkeit.

Der Weg Frankreichs von der Monarchie zur Revolution führt nun weiter zu ihm. »Die Nation braucht einen durch Schlachtenruhm hervorragenden Führer!« Und Napoleon lässt keinen Zweifel, wer dieser Führer sein muss: »Ich, ich und nur ich allein.«

Im Frieden von Lunéville am 9. Februar 1801 erreicht Napoleon von den Gegnern alles und gibt dafür nichts. Die Gebiete links des Rheins fallen nun endgültig an Frankreich und dürfen, ob sie wollen oder nicht, teilnehmen am großen Reformwerk.

Selbst der Papst muss sich fügen, muss billigen, was Napoleon fordert ... Er muss die schon vollzogenen wie auch die künftigen Enteignungen des Kirchenbesitzes gutheißen. Und der Erste Konsul handelt: Am 9. Juni 1802 folgt für die Kirchen und Klöster der Rheinlande ein verheerender Beschluss.

Wehe dir, »heiliges Köln«, du Stadt der Ordenskittel und Kirchtürme ...

Obwohl Arnold kleine Schritte machte, musste Walburga neben ihm hereilen. »Nicht so schnell, Liebster!«

»Soll ich dich tragen?« Er blieb stehen, streckte ihr die Arme hin. »So was haben diese Kerle im Rathaus sicher noch nicht erlebt. Ein Bräutigam schleppt seine Braut ins Amtszimmer.« Er lachte trocken. »Und dabei strampelt sie noch mit den Beinen.«

»Sei nicht so!«

Arnold beugte sich zu ihr, nahm das Gesicht behutsam in beide Hände. »Damit du's weißt, alles, alles bist du für mich. Aber das geht die Franzosen nichts an. Heiraten können wir nur in der Kirche vor dem Pfarrer, meine ich.«

»Wir müssen uns an die neue Ordnung halten.«

»Die gefällt mir aber nicht.«

Sie küsste ihn auf die Nase. »Mir auch nicht. Aber ohne Eintrag ins Buch keine Ehe. Und jetzt füge dich drein!«

Nicht der neue Gehrock, nicht heute. »Den trage ich erst nächsten Sonntag.« Als Arnold sie vorhin im Schneiderhaus abholte, hatte er sich nur durchsetzen können, weil Walburga seine Stimmung heben wollte und klug genug gewesen war, ihn nicht weiter zu drängen. Gegen einen sauberen weißen Kragen hatte er sich nicht gewehrt, und für das neue braungelbe Halstuch war er sogar vor ihr in die Knie gesunken, damit sie es ihm umbinden konnte.

In der Nähe des Rathauses deutete Walburga nach vorn. »Seltsam. Wir hatten uns doch mit den beiden direkt am Portal verabredet. Was gucken sie da gegenüber an der schwarzen Tafel?«

Arnold krauste die Stirn. »Auch das noch.«

Mit den Fingern in den Maschen des Schutzgitters studierten Beate und Ursel die Aushänge.

»Wehe, da hat jemand Einspruch erhoben.«

Walburga fasste seinen Ärmel. »Norbert? Meinst du …?«

»Ach was. Norbert ist und bleibt mein Freund. Wir haben drüber geredet, und er hat's verstanden. Sogar Glück hat er mir gewünscht. Nie würde er mich …«

»Ach, Liebster. Dir will er vielleicht nichts Schlechtes. Aber ich habe ihn gekränkt, und das vergisst er mir nicht.«

296

Arnold legte den Arm um sie. »Mach dir keine Sorgen wegen Norbert. Ich kenne ihn schon lange. Und wenn der sagt:
Ist gut, dann ist es auch gut. Dann glaub ich ihm.«

Passend zum linden Junimorgen, trugen die beiden Trauzeuginnen lange, luftige Kleider. Sie bemerkten das Brautpaar
nicht, zu beschäftigt waren sie mit dem Studium der Spalte für
die Heiratsaufgebote.

»Stehen wir noch drauf?« Bei Walburgas Stimme fuhren die
Schwestern herum. »Aber ja.« Beate richtete sich das Band in
den Stirnlocken. »Ganz oben bei den Ersten für heute.«

Arnold prüfte kurz die Namen. »Wir dachten schon, jemand hätte Einspruch erhoben.«

»Wer sollte so was tun?« Ursel sah ihn an, dabei zupfte sie
übertrieben deutlich an den Rüschen ihres Ausschnitts.
»Höchstens ich.« Sie seufzte mit einem Lächeln für Walburga.
»Aber bei solch einer Braut hätte ich sowieso keine Chance.«

»Verstehe ich jetzt nicht.«

»Schon gut«, griff Walburga ein und schob ihn in Richtung
Rathaus, »wir dürfen nicht zu spät kommen.« Hinter seinem
Rücken drohte sie Ursel mit dem Finger, gleichzeitig zwinkerte sie ihr zu. »Wag dich nicht«, flüsterte sie, »er gehört jetzt
mir.« Und zu beiden setzte sie ebenso leise hinzu: »Ich hatte
schon Angst, euer Bruder würde Einspruch erheben.«

Beate hob den Busen. »Das wäre unserm Haustyrann nicht
gut bekommen. Dann hätte ich mir Gift bei uns in der Apotheke geholt. Ich weiß genau, in welchem Glas es aufbewahrt
wird.«

Kurz fassten sich die drei an den Händen. Der Bund zwischen ihnen galt, war in den letzten drei Jahren sogar noch
fester geworden.

Nichts in der Amtsstube verführte. Kein Bild, kein Kreuz.
Nur ein Tisch, das aufgeschlagene Bürgerbuch in der Mitte,
dahinter der Beamte. Die Brille klemmte vorn auf der Nase.
»Aus welchem Anlass?«

Arnold sah in das teigige Gesicht. Gefühl ist hier nicht gefragt, dachte er, ob ich nun Beerdigung oder Geburt sage, er verfüttert, was kommt, mit der Tintenfeder an sein Buch, und fertig.

Die Pause dauerte dem Beamten zu lange: »Bürger, wenn du noch überlegen willst, dann tue dies bitte draußen.«

Ehe Arnold sich auch nur eine Handbreit abdrehen konnte, spürte er das heftige Zwicken Walburgas im Rücken. »Eheschließung. Arnold Klütsch.«

Der Beamtenfinger fuhr die Liste ab und tippte auf eine Zeile. »Hier haben wir es.« Ein prüfender Blick über die Brillengläser. »Braut? Zwei Trauzeugen?«

Folgsam gaben die Schwestern und Walburga ihre Namen zu Protokoll.

Kein Hindernis tat sich auf. Wie vorgeschrieben, hatte das Aufgebot acht Tage draußen an der schwarzen Tafel gehangen, von niemandem waren Einwände vorgebracht worden.

Sorgfältig strich der Beamte die überflüssige Tinte am Fassrand ab, dann war allein das Kratzen der Feder zu hören.

Arnold blies den Atem durch die Wangen, Walburga lächelte besänftigend zu ihm hinauf. Die Trauzeuginnen falteten die Hände unter dem Busen, lösten sie wieder, ordneten den Faltenwurf des Kleides und falteten erneut die Hände.

Der Beamte legte die Feder zurück, erhob sich von seinem Stuhl. »Für die Zeremonie tretet näher an den Tisch! Nein, halt!« Mit dem Finger wehrte er die Schwestern ab. »Ihr bleibt einen Schritt zurück.«

Nun beugte er sich über das Bürgerbuch. »Erschienen sind …« Rasch und monoton verlas er den Eintrag, und sein Brillenzwickel verlieh der Stimme zusätzlich noch einen näselnden Klang. Erst glaubte Arnold sich verhört zu haben, dann aber schnaubte er. Im Bürgerbuch hieß er nicht Johann Arnold, sondern Jean Arnaud, auch die Namen seiner Braut, selbst die Namen der Eltern hatte der Mensch dort ins Französische umgedichtet. Gerade noch rechtzeitig spürte er wieder das Kneifen in der Seite und unterbrach den Schreibtäter nicht.

Als der geendet hatte, drehte er das große Buch um. »Kommen wir zur Unterschrift.« Er tunkte die Feder ein, reichte sie Arnold. »Der Bräutigam zuerst. Hier in diese Zeile.«

Ohne Zögern griff Arnold zu, quetschte ungelenk den Kiel zwischen die Finger und malte drei Kreuze über die Linie. Neben ihm ging ein Ruck durch Walburga, sie sagte nichts, starrte nur auf das Blatt.

»Ist es so?«, erkundigte sich der Beamte bei Arnold, er wartete das Kopfnicken ab und stellte dann ohne Regung fest: »So ist es also.« Er nahm die Feder an sich und notierte neben den Kreuzen: »Ehemann ist des Schreibens unkundig«, dazu setzte er seine Signatur.

Walburga unterschrieb mit zittrigen Fingern, die Trauzeuginnen malten besonders schön ihre Namen darunter.

»Damit ist die Eheschließung gültig. Meinen Glückwunsch!« Eine knappe Handgeste wies zur Tür.

Auf dem Flur wartete bereits das nächste Paar. Walburga zog ihren Angetrauten rasch weiter. Beate und Ursel eilten hinter ihnen her. Erst draußen vor dem Marmorportal blieb die Braut stehen. »Warum? Du kannst es doch.«

Arnold hob unmerklich die Schultern. »Ich schreib denen nichts ins Buch.«

»Dickkopf.« Mit beiden Händen griff sie nach seinem Halstuch. »Ich warte.«

»Worauf?«

»Wir sind jetzt Mann und Frau.« Sie ruckte an den Stoffenden. »Du musst mich küssen.«

»Ja«, entfuhr es den Trauzeuginnen gleichzeitig, dazu klatschten sie und trippelten um das Paar herum, als wäre gleich die Reihe an ihnen selbst.

»Heiraten werden wir zwar erst nächsten Sonntag«, brummte Arnold, sein Blick streichelte ihr Gesicht, »aber üben können wir heute schon mal.«

Ferdinand Wallraf stürmte in den kleinen Gemüsegarten der Propstei. »Franz!« Er schwenkte die Zeitung in der Hand. »Lass das Umgraben, vergiss Lauch und Zwiebeln!« Er bemühte sich, auf dem schmalen Pfad zwischen den Pflanzen zu bleiben, erreichte den Freund. »Es ist so weit. Hier in der ›Kölnischen‹ von heute, dem 28. Juni. Nur eine kleine Nachricht, aber es ist das Zeichen …«

»Ruhig. Beruhige dich, Lieber!« Pick stieß den Spaten ins Erdreich und stützte beide Arme auf den Stiel. »Wenn du so erregt bist, fällt es mir schwer, deinen Gedanken hinterherzueilen. Hab Erbarmen!«

Wallraf streckte ihm das Blatt hin, tippte mit dem Finger auf eine Stelle. »Lies hier!«

»Wie sollte ich?« Der Freund zückte das Taschentuch und tupfte sich die Schweißperlen von der Stirn. »Ohne meine Augengläser. Berichte mir doch einfach.«

Der Professor nahm die Zeitung wieder an sich, während er sprach, schlug er den Text mit der Hand. »Die Aufhebung der Klöster und Kirchen steht unmittelbar bevor. Der Beschluss ist längst gefasst, die offizielle Verkündung aber wird noch zurückgehalten.«

»Warum?«

»Warum? Fragst du das im Ernst?« Wallraf rollte das Blatt, hob es wie eine Fackel. »Die Oberen wollten verhindern, was dank dem tüchtigen Redakteur dieser Journale nun geschehen wird.«

»Ferdinand, bitte. Nicht nur Bruchstücke. Erkläre mir das Ganze!«

Der Meister ließ sich herab. »Die Schließung allein wird großes Entsetzen in der gesamten Geistlichkeit zur Folge haben. Hier ist zu lesen, dass den entlassenen einheimischen Nonnen und Priestern eine Jahressumme von sechshundert Francs gewährt werden soll. Die außerhalb der Republik Geborenen aber erhalten nur hundertfünfzig Francs und verlieren ab jenem Tage des Schreckens sofort jedes Aufenthaltsrecht.«

Ungläubig starrte Pick den Freund an, griff nach der Zeitung, bemerkte dann erst erneut das Fehlen seiner Brille. »Aber viele Brüder und Schwestern leben schon seit Jahrzehnten hier bei uns, sind inzwischen alt, gebrechlich. Wohin …?«

»Über den Fluss, fort ins Rechtsrheinische.«

»Wie gnadenlos.«

»In der Tat.« Wallraf glättete die inzwischen zerknitterte Zeitung an seiner Brust und tippte wieder auf den Artikel. »Abgesehen von der Ankündigung menschlichen Leides, verursacht diese Nachricht noch einen Effekt, und dieser betrifft uns direkt.« Ehe Pick ihn ermahnen konnte, erklärte er: »Am Schreckenstag müssen als Erstes alle Kirchen und Klöster nebst Inventar versiegelt werden. Niemand weiß bisher das Datum, aber der Tag steht unmittelbar bevor. Und was bedeutet dies?« Der Lehrer ließ dem Schüler Denkzeit, derweil rupfte er eine Erbsenschote vom Strauch, wollte sie in den Mund stecken.

»Nicht, denke an deinen Magen!« Gleich war Pick bei ihm, bog den Arm zurück. »Sie sind noch nicht reif.«

Widerwillig gehorchte Wallraf. »Lenke nicht ab. Was wird jetzt geschehen?«

»Verrate es mir!«

»Nun, es wird einen Ausverkauf geben, eine Flut von Bildern, Büchern und wertvollem Kirchengerät wird die Straßen überschwemmen. Denn die Ordensleute stehen vor dem persönlichen Ruin, sie wollen aber leben, wollen sich eine kleine Absicherung für die unsichere Zukunft schaffen.«

»Du meinst, sie bieten Kircheneigentum zum Verkauf an?«

»Und damit kommt unsere Stunde. Nicht wir allein, alle Kunstliebhaber und Sammler der Stadt werden rastlos unterwegs sein. Und allen voran dieser leidige Baron von Hüpsch. Aber wir werden ihm zuvorkommen.«

»Uns bereichern am …?«

»Niemals. Wir haben lange darüber diskutiert, unsere Sammelleidenschaft dient vor allem der Bewahrung.« Wallraf deutete zum Haus. »Die Schätze dort hüten wir für unsere Stadt, für unser Köln.«

Pick seufzte leicht, nahm den Spaten und zerkleinerte einen Erdklumpen. »Nur gut für uns, dass sich in diesem Falle Lust und Notwendigkeit so trefflich ergänzen.« Er richtete sich wieder auf. »Einverstanden. Ehe Wertvolles für immer verschwindet, müssen auch wir tätig werden. Da ich nach dem Besuch deiner geldhungrigen Schwester in der letzten Woche annehme, dass deine Barschaft erheblich abgenommen hat, werde ich die notwendigen Summen bereitstellen.«

Wallraf legte ihm den Arm um die Schulter, drückte ihn an sich. »Mein liebster Mitbewohner.« Eng nebeneinander gingen sie zum Haus.

»Was benötigen wir noch?«, erkundigte sich Pick.

»Nur die starken Arme unseres Adlatus.« Ein nachdenkliches Lachen. »Wenn ich so überlege, bedarf es bei einem Objekt zusätzlich etwas Glück und vor allem meiner Überredungskunst.«

29

*D*a öffneten sich Tore und Türen …

Gewöhnlich musste geklopft, geläutet werden, dann erschien ein Gesicht im kleinen Fenster und fragte nach dem Begehr.

Am Montagmorgen war der Artikel in der Zeitung zu lesen, am Abend desselben Tages lagen Mönche und Nonnen auf Knien vor den Altären, beteten unter Tränen, klagten. Und am nächsten Morgen standen alle Klöster weit offen. Behängt mit Taschen voller Leuchter, silberner Kelche und Teller, Kreuzchen und Bildchen, boten die frommen Frauen und Männer auf den Straßen das Inventar ihres Klosters an. »Bitte kauft! Nichts ist teuer. Nur wenige Francs …« Oft begnügten sie sich auch mit einer Handvoll Centimes. Kein Handel fand statt. Die Not trieb zur Eile an.

Arnold stapfte hinter seinem Professor her. Stück um Stück füllte den Ledersack. Dreimal schon musste er zurück in die Propstei, den Inhalt bei Kanonikus Pick abliefern, um gleich wieder durch die überfüllten Straßen zum nächsten Treffpunkt mit seinem Herrn zu eilen. Auf dem Weg dorthin bot ihm ein Mönch den kupfernen Braukessel seines Konvents an. »Eine Gelegenheit. Der Kessel ist für einen so kräftigen Menschen geradezu wie geschaffen.«

»Wie meint Ihr das, Bruder? Ich soll Bier brauen?«

»Das nicht. Aber du könntest ihn als Badezuber nutzen.«

Einen Moment zögerte Arnold, umschritt das Gefäß. Gefallen würde mir der Kessel schon. Und baden? In Gedanken benetzte er die Unterlippe, groß genug ist er. Und selbst wenn Walburga noch mit hineinsteigt, reicht der Platz. Das Bild wurde deutlicher. Etwas eng hätten wir's schon … Aber dafür schön eng. Wie ertappt wich er einen Schritt zurück. »Nein, so was nicht vor der Hochzeit«, sagte er streng zu sich selbst und ging weiter.

Der Mönch wollte den Kunden nicht verlieren: »Brautleuten überlasse ich ihn besonders billig.«

Am späten Nachmittag war der Ledersack wieder gefüllt. Wallraf bog in die Hohe Pforte ein, kurz vor St. Stephan aber blieb er stehen. »Für heute genug der Straßenarbeit. Staub und Hitze haben mir die Kehle ausgetrocknet, dazu noch das viele Reden.«

Zurück in der Propstei, sah er zu seinem Adlatus auf. »Allerdings ist unser Tag noch lange nicht beendet. Auch du solltest dich daheim etwas erfrischen. Ich erwarte dich bei Sonnenuntergang zurück.«

Arnold hatte schon die Außenpforte geöffnet, als der Professor ihm nachrief: »Trotz der Wärme erscheine bitte im Gehrock! Nicht nur ich, auch du musst dort einen vertrauensvollen Eindruck machen.«

»Schon recht.« Der Schüler wollte gehen, da hielt ihn die nächste Ermahnung zurück: »Und denke an genügend dunklen Stoff. Richte Meister Müller bitte im Voraus schon meinen Dank aus.« Jetzt bewegte sich Arnold keinen Schritt weiter, wartete auf noch weitere Anweisungen.

»Was trödelst du?«

Bleib ganz ruhig, sagte er sich, dein Wille geschehe, o Herr, und entschwand nach draußen.

Walburga hatte sich nicht davon abbringen lassen. »Entweder bezahlt der Professor den Ballen, oder ich gehe mit.«

Also ging sie mit. Windstille. Die Hitze des Tages wärmte den Abend, in Straßen und Gassen war es ruhiger geworden. Zerbrochene Stühle, Scherben und verbeulte Töpfe und Kannen lagen herum. Bettler wühlten im sperrigen Müll vor den Klöstern nach unbedacht weggeworfenen Wertsachen. »Sieht aus, als wären Plünderer da gewesen«, seufzte Arnold.

»Müsstest dich mal sehen.« Walburga musterte ihn gespielt

streng von der Seite. »Doch. Mit dem Stoffballen auf der Schulter passt du genau ins Bild.«

»Mach dich nicht lustig! Schließlich willst du mich heiraten.«

»Ich dich?« Sie tat entrüstet. »Eher doch wohl du mich? Im Übrigen sind wir schon verheiratet.«

»Sind wir nicht. Erst in der Kirche …«

»Nein, mein Liebster. Du kannst nicht mehr zurück. Im Buch …«

»Soll ich dir vom Braukessel erzählen?«, lenkte er ab.

Überrascht stutzte sie. »Wovon?«

Arnold schmunzelte in sich hinein. »Ach, besser, ich erzähle dir nichts davon.« Und setzte vielsagend hinzu: »Noch nicht …«

»Sag sofort!«

Doch er hielt ihrer Neugierde stand, bis sie die Propstei erreicht hatten.

Ferdinand Wallraf zögerte, wusste nicht, ob er Walburga zu der Unternehmung willkommen heißen sollte. Sie lächelte fein vor sich hin. »Arnold hat mir nur gesagt, dass es wieder um ein Bild geht. Ein großes, wie ich annehme.« Sie sah auf. »Damals benötigtet Ihr unser Tuch, um den armen gekreuzigten Petrus einzuwickeln. Und heute? Ich weiß zwar nicht, wer es sein soll, aber Ihr benötigt wieder einen Stoffballen.« Ein kurzes Schulterheben. »Wie damals, möchte ich auch heute dabei sein.«

»Welch eine Argumentation!« Der Professor war entwaffnet. »Nicht Petrus, das Schutztuch benötigen wir dieses Mal für den heiligen Franziskus. Gut, Jungfer Walburga, vielleicht könnt Ihr sogar dabei sehr hilfreich sein.«

»Verzeiht. Nicht mehr Jungfer …« Röte überflutete ihr Gesicht. »Das heißt, natürlich … Ich meine, wohl noch … Aber …« Sie stupste Arnold in die Seite: »Hast du es nicht erzählt?«

»Warum? Erst nächsten Sonntag ist es so weit.«

»Herrgott, Liebster.« Sie hatte sich wieder gefunden. »Wir haben am Montag im Rathaus geheiratet, das wollte ich sagen.«

Wallraf verzog keine Miene. »Unfriede zwischen euch könnte unser heutiges Vorhaben gefährden. Deshalb nehme ich den glücklichen Umstand der Vermählung zunächst einmal nur zur Kenntnis. Und nun lasst uns aufbrechen. Pater Ambrosius erwartet uns.«

Der Professor schlug nicht den direkten Weg ein. Als er nach dem Dom auch nicht die Maximinenstraße nahm, sondern die beiden Helfer unterhalb durch schmale Gassen und Gartenpfade führte, räusperte sich Arnold. »Verzeiht! Der Abend ist zwar schön, und hier so durch die Dämmerung zu spazieren auch, aber ich dachte, wir hätten es eilig. Warum nicht durch die Johannisstraße? Da entlang geht's am schnellsten zu den Kapuzinern.«

»Ich denke an unsern Rückweg.« Knapp war die Auskunft. »Noch ist es hell genug. Also präge dir die Strecke gut ein!«

Walburga wartete, bis der Führer wieder einige Schritte voraus war, sie zupfte Arnold am Rockärmel. »Was habt ihr vor? Wollt ihr das Bild etwa stehlen?«

Trotz des Flüsterns hatte Wallraf die Frage verstanden und blieb stehen. »Dieses Wort ist unangebracht«, fuhr er Arnold an, meinte aber dessen Angetraute. »Auch wenn euch die Methode sonderbar erscheint: Es gilt, ein unersetzbares Kunstwerk für unsere Vaterstadt zu retten.« Nun nahm er auch die Schneiderstochter mit in den Blick. »Ich erwarte Zurückhaltung. Kein Wort der Kritik. Wir müssen das Vertrauen der sicher höchst verschreckten Brüder gewinnen.«

Die Pforte des Kapuzinerklosters in der Machabäerstraße war nicht besetzt. Als auch auf Ziehen der Glocke niemand kam, ließ Wallraf seinen Adlatus mit der Faust gegen das Holz schlagen. Erfolg. Ängstliche Augen erschienen im Guckfenster. »Professor Wallraf bittet um ein Gespräch mit Vater Ambrosius …« Ein erleichtertes Willkommen. Der späte Besucher durfte mit seiner Begleitung eintreten.

Nach der kurzen Begrüßung in der Kirche führten die würdigen Patres Ambrosius und Lucian den Gast bis nach vorn zum Chorraum. Sie trugen die braunen Kapuzen tief in die Stirn gezogen. Drei jüngere Mönche folgten mit Arnold und Walburga, blieben auf halbem Weg im Mittelgang stehen.

»Ist dieses Altarbild schon von den Kommissaren erfasst?«

»Noch hat niemand vorgesprochen. Diese …« Pater Lucian schluckte, raufte sich den Bart. Neben ihm half Pater Ambrosius weiter: »Bisher ist unser Schutzpatron nicht an diese Räuber verraten worden.«

»Peter Paul Rubens hat unserer Stadt zwei Gemälde beschert. Den gekreuzigten Petrus haben uns die Besatzer schon vor Jahren entrissen. Ein schmerzlicher Verlust …« Wallraf ließ eine Pause, dann wies er mit ausgestrecktem Arm zum Bild über dem Altar. »Und nun schwebt auch dieses Kunstwerk in höchster Gefahr. Lasst es mich retten, ehe es zu spät ist. Retten, ehe diese banalen Schinder den heiligen Franziskus herunterreißen, ihn auf einem Karren nach Paris schleppen. Vielleicht verschleudern sie ihn sogar unterwegs. Und für immer ist das Gemälde dann verloren.«

»Großer Gott, bewahre uns, steh uns bei!« Beide Mönche bekreuzigten sich.

»Ehrwürdige Väter, in dieser Zeit der Vertreibung und Auflösung vertraut mir die ›Stigmatisierung des Franziskus‹ an.« In der Stimme vibrierten Hingebung, Leidenschaft und tapfere Zuversicht. »Ich gebe dem Heiligen Asyl. Ich werde das Gemälde mit anderen Schätzen sicher aufbewahren. Es soll Mittelpunkt einer Kunstsammlung zu Ehren unserer Vaterstadt Köln werden.«

Arnold verengte die Augen. Im Schein der Öllampen erkannte er auf dem Gemälde einen großen Mann, der erschrocken nach oben starrte. Dort schwebte eine vom Glanz umgebene Gestalt. »Welcher von denen ist es nun?«, flüsterte er

Walburga zu. »Der unten? Guck dir seine Handflächen an. In beiden sind Wunden.«

»Das ist der heilige Franziskus«, gab sie zurück.

»Von wem hat er die Verletzungen? Von dem Halbnackten im Licht?«

»Ich weiß es nicht genau.«

Einer der jungen Patres wandte den Kopf. »Das ist unser Heiland. Es sind seine Wundmale.«

Arnold wollte weiterfragen, doch sie schüttelte den Kopf, deutete nach vorn.

Die ehrwürdigen Mönche hatten sich entschieden. Sie traten mit dem Professor direkt vor den Altar und streiften die Kapuzen zurück. Pater Ambrosius grüßte ehrfürchtig zu dem Heiligen hinauf. »Franziskus wird unser Handeln verstehen. Seit so vielen Jahrzehnten ist der Schutzpatron unseres Ordens nun schon Gast in dieser Kirche. Wie er müssen auch wir bald schon von diesem Ort scheiden.«

Pater Lucian schluchzte, erst nach einigen Verneigungen gelang es ihm zu sprechen. »Wir sind der Armut verpflichtet. Nie haben wir geklagt. Doch nun, wo wir alles entbehren müssen, befallen mich Schmerz und Angst.«

»Fasse dich! Gott wird auch uns nicht ins Uferlose stürzen lassen.« Sein Mitbruder legte ihm die Hand auf die Schulter. »Sind wir doch getröstet, dass sich für unseren Franziskus eine geschützte Bleibe aufgetan hat.« Er neigte sich dem Professor zu, der Ton wurde sachlicher. »Nehmt das Gemälde in Verwahrung. Allerdings nur unter einem Vorbehalt. Falls die französischen Kommissare durch Anzeige oder gar Denunziation vom Verschwinden des Bildes erfahren sollten und sie uns verdächtigen, in Bedrängnis bringen, so müsst Ihr uns das Bild sofort wieder zurückbringen.«

Wallraf legte die rechte Hand aufs Herz. »So wahr ich hier stehe. Nie würde ich zulassen, dass Ihr und Eure Mitbrüder durch den Rubens in Gefahr geratet. Natürlich wird in solchem Fall das Gemälde zurückerstattet.«

»So sei es.« Pater Ambrosius wandte sich den drei jüngeren Mönchen zu. »Steigt hinauf, und löst das Gemälde aus der Verankerung!«

Wallraf eilte hinter den Altar und gab Anweisungen. »Mit Rahmen. Sonst ist es bei der Größe nicht zu transportieren. Und Vorsicht! Vor allem sind die Ecken sehr empfindlich.« Er winkte Arnold. »Du halte unten, damit es nicht abstürzt.«

Behutsam trugen sie gemeinsam das Bild in den Mittelgang. Walburga half, die Stoffbahnen zu wickeln. »Heilige Maria«, flüsterte sie ihrem Liebsten zu. »Ist das riesig. Wie eine ganze Zimmerwand. Kannst du das allein tragen?«

»Vom Gewicht kein Problem.« An beiden Seiten riss er die Tuchenden in je zwei Bänder und verknotete sie. »Schwierig wird's, falls Wind kommt, auch wenn es um die Ecke geht.«

Sie nickte. »Den geraden Halt übernehme ich. Schließlich bin ich deine Frau.«

»Erst ab nächstem Sonntag.«

»Sei still! Ich mein, wenn wir schon Freud und Leid teilen sollen, können wir auch den Franziskus stehl…«, gleich verschluckte sie das Wort, verbesserte, »… dann arbeiten wir auch zusammen.«

Der Tag hatte keine Farben mehr, die Silhouetten waren grau, bald schwarz. Nur langsam ging der Transport voran. Die Gassen wurden sehr eng. Professor Wallraf eilte bis zu den Biegungen voraus, winkte, wenn keine Gefahr drohte. Zwischen den Domstümpfen mussten seine Helfer den sperrigen Schatz hinter hohen Büschen abstellen. »Wartet hier! Ich informiere Pick, dass wir jetzt kommen.«

Nie zuvor hatte Arnold seinen Herrn so leichtfüßig laufen sehen. »Flink wie ein Fuchs«, feixte er hinter ihm her. »Unser Heiliger hier unter dem Tuch muss wirklich eine fette Beute für ihn sein.«

Walburga blies in ihre vom Halten wehen Hände. »Ganz sicher hat er den armen Kapuzinern viel dafür bezahlt.«

»Meinst du?« Arnold dehnte die Worte. »So wie ich meinen

Herrn kenne, wenn überhaupt, dann nur wenig. Viel geredet hat er, und das bedeutet, bezahlt hat er eher gar nichts. Ich kann ihn ja fragen.«

»Wehe dir!« Gleich war sie bei ihm. »Doch, du kannst ihn fragen, ob er mit Kanonikus Pick zu unserer Hochzeit kommt. Nächsten Sonntag zur Messe in Groß St. Martin.« Sie legte seine Hand auf ihren Busen, wartete, bis er wagte, die Finger zu bewegen, dann erst drohte sie sanft: »Aber wehe, du fragst ihn, was der heilige Franziskus gekostet hat.«

30

Die Glocken von Groß St. Martin läuteten langsam aus. Noch ein Blick hinauf ins dunkle Blau des Himmels. Tief sog Arnold den Atem ein. »Lasse nichts schiefgehen«, bat er stumm, »vor allem lass mich nicht stolpern!«

Die Ringe? Wieder betastete er die rechte Rocktasche und rüttelte durch den Stoff an der Schachtel. Das Geräusch beruhigte. Er lächelte, sog gleichzeitig scharf die Luft ein, blickte sich nach Walburga um. Als Vater Müller ihr vorhin den Umhang abgenommen hat, da konnte ich gar nichts sagen. Aber das ist wirklich meine Braut. So ein weißes Kleid … Es war nicht richtig weiß, aber beinah. Und die grünen Blätter auf diesem durchsichtigen Drüberkleidchen sahen aus, als ob sie sich vom Busen runterrankten. Also, ich hab so was noch nie gesehen. Walburga spürte seinen Blick, gab das Lächeln zurück, flüsterte ihm etwas zu, aber er konnte es nicht von ihren Lippen ablesen.

Das Läuten verstummte ganz. Vor Arnold drehte sich sein jüngster Bruder um. »Geht es endlich los?«

Sofort griff er den Vierzehnjährigen an der Schulter. »Verzieh nicht so das Gesicht! Bräutigamführer sein ist eine Ehre. Du tust es Mama zuliebe, weil sie Schmerzen im Bein hat und lieber schon drinnen sitzen will. Haben wir uns verstanden?«

Erst als Adamus nickte, gab Arnold ihn frei.

Weit schwang das Portal auf. Begleitet vom Brausen der Orgel, kam der Pfarrer den Mittelgang entlang. »Willkommen!« Mit feierlicher Geste lud er das Brautpaar ins Gotteshaus ein.

Wie gestern vom Priester angeordnet, übernahm Arnold mit seinem Bruder die Spitze. Bank für Bank wandten sich ihm die Gesichter zu. Den Blick fest nach vorn gerichtet, nahm Arnold sie nur als helle Flecken aus den Augenwinkeln wahr.

Sicher gelangten sie fast bis zum Chorraum. Ehe aber die beiden Hochzeitsstühle erreicht waren, ließ ihn Adamus im Stich, eilig drückte er sich in der zweiten Reihe an Schwestern und Mutter vorbei und duckte sich neben Bruder Friedrich.

Wusste gar nicht, dass um die Altarbilder so viele geschnitzte Türme sind. Umdrehen, mahnte die Stimme in ihm, du musst dich umdrehen. Arnold gehorchte, und mit der Drehung veränderte sich die Welt. Das Tageslicht flutete den Mittelgang, und auf dieser Bahn kam sie, geführt vom Vater. Mein Wunder, dachte er und wagte zwei Schritte ihr entgegen. Das Lächeln knüpfte das Band. Dann fanden die Blicke mehr und mehr zueinander, bis Walburga ihn erreicht hatte.

Das Portal schloss sich. Die Orgel schwieg.

Vater Reinhold hielt die Hand seiner Tochter fest, sah zu dem Bräutigam auf. »Für meine Josefa und mich ist Walburga der wertvollste Schatz unserer Herzen. Nicht gerne trennen wir uns …« Er schluckte, musste sich räuspern. »Doch heute gebe ich sie dir, weil so das Leben weitergeht. Und wir vertrauen darauf, dass du und unser Mädchen gut zueinander seid.« Damit gab er ihre Hand in seine Hand.

»Danke«, flüsterte Arnold, mit einem Mal sah er ihn und Walburga nur verschwommen. Was ist …? Da spürte er den Druck ihrer Finger, den kleinen Ruck. Und nach dem nächsten Lidschlag wusste er wieder, was zu tun war. Er beugte sich hinunter, gab ihr einen leichten Kuss auf die Wange und führte sie zum linken der beiden Heiratsstühle. Kaum hatte er selbst Platz genommen, als die Orgel mit allen Registern erneut einsetzte. Nur ein kurzes Vorspiel, dann erfüllte Gesang aus vollen Kehlen das Kirchenschiff. »Großer Gott, wir loben Dich, Herr, wir preisen Deine Stärke …« Arnold vermochte jetzt ruhiger zu atmen, ein Blick zur Seite hob das Glück in ihm, und er sang mit ihr und doch nur für sie: »Vor Dir neigt die Erde sich und bewundert Deine Werke …«

Der Pastor, leicht gebeugt, mit rot gefleckten Wangen, er

sprach mit dunkler, weicher Stimme, und die weißen Gewänder unterstrichen noch das Bild des guten Hirten. Sein Blick galt stets zuerst den Brautleuten, danach umfasste er die versammelte Gemeinde.

»Hört die Lesung aus dem Buch der Sprüche. ›Nie sollen Liebe und Treue dich verlassen, binde sie dir um den Hals, schreibe sie auf die Tafel deines Herzens!‹«

Arnold seufzte. Da steht sie bei mir schon lange drauf.

Nach der Lesung setzte er sich gerade. Nur für ihn sichtbar löste Walburga die im Schoß zusammengelegten Hände und verneinte mit dem Zeigefinger. Es war noch nicht so weit. Also Geduld …

Halleluja! Halleluja!

»Die Liebe ist langmütig, die Liebe ist gütig …« Mit jedem Satz des Pastors war Arnold einverstanden, und als zum Schluss noch vorgelesen wurde: »Die Liebe hört niemals auf«, da musste Arnold seine Braut ansehen, ihr zunicken und lächeln. Dabei überhörte er die Aufforderung des Priesters. Erst als Walburga sich erhob, stand auch er auf.

Der Weg nach vorn zu den Altarstufen führte entlang der Bänke. Im Vorbeigehen streifte Arnolds Blick das Gesicht seines Professors, und gleich daneben saß Kanonikus Pick. Nur wegen uns.

Keine Zeit blieb. Die Brautleute standen da. Einige Schritte entfernt warteten Beate und Ursel, beide Trauzeuginnen pressten die gefalteten Hände unter den Busen.

Eine sonderbare Ruhe überkam Arnold.

»Ja.« Er wollte mit Walburga den Bund der Ehe schließen.

»Ja.« Er wollte seine Frau lieben und achten.

»Ja und Ja.«

Arnold legte die Ringe auf das silberne Tablett. Der Pfarrer segnete sie. Dann wandte er sich direkt an den Bräutigam. »Ich frage dich, Arnold Klütsch, vor Gottes Angesicht: Nimmst du deine Braut Walburga an als deine Frau und versprichst, ihr die Treue zu halten in guten wie in bösen Tagen, in Gesundheit und Krankheit, und sie zu lieben, zu achten und zu ehren, bis dass der Tod euch scheidet? Dann spreche: Ja.«

Laut und für alle vernehmlich gab Arnold das Jawort. Der Ring war klein, ließ sich nicht einfach vom weißen Tuch hochnehmen, umso leichter aber glitt er auf Walburgas Finger.

Der Pastor wandte sich nun an sie, fragte, und Walburga sah zu ihrem Bräutigam auf und sagte: »Ja, ich will.« Sie musste den Ring drehen, bis er sich ganz aufstecken ließ. »Im Namen des Vaters und des Sohnes und des Heiligen Geistes.« Danach schenkte sie ihm ihr Lächeln.

»Reicht euch nun die rechte Hand …«

Ein Schlag gegen das Eichenportal! Dumpf dröhnte er durchs Kirchenschiff.

Der Pastor brach ab, starrte zum Eingang hinüber.

Arnold wandte den Kopf.

Beide Flügel wurden aufgerissen. Licht grellte. Schritte, Stiefel knallten auf den Marmorboden. Wie gelähmt saß die Gemeinde da.

Eskortiert von Bewaffneten, marschierten zwei Männer durch den Mittelgang. Auf halbem Weg zum Altar blieben sie stehen. »Befehl der obersten Behörde der Departements! Diese Kirche ist ab sofort geschlossen. Niemand betritt die Sakristei. Nichts darf mehr angerührt werden …« In knappen Worten machte der Kommissar klar, dass bei Protest oder gar Widerstand er die draußen aufmarschierten Soldaten zu Hilfe rufen würde. »Bin ich verstanden worden?«

Arnold sah den Priester an, blass und zitternd stand er vor dem Paar. »Weiter, Hochwürden«, raunte er ihm zu, »kümmert Euch nicht um diese Kerle.«

Arnold fasste Walburgas rechte Hand, spürte ihren festen Druck. Das bestärkte ihn noch mehr. »Verheiratet uns weiter!«

Der Hirte versuchte es: »Gott, der Herr, hat euch …« Angst schnürte die Kehle des frommen Mannes.

»Nicht aufhören …!«

Die Schritte näherten sich dem Chorraum.

»Einfach weitermachen«, Arnold nickte grimmig, »Euch geschieht nichts, da pass ich schon auf. Nur Mut!«

Der Gottesstreiter erwachte in dem gebeugten Mann. »Gott, der Herr, hat euch als Mann und Frau verbunden. Er ist treu. Er …« Schneller sprach der Priester, umwand die Hände mit der Stola. Er blickte zu den beiden Trauzeuginnen. »Ihr aber, Beate und Ursel Fletscher, und alle, die zugegen sind, nehme ich zu Zeugen dieses heiligen Bundes.« Er schöpfte Atem, rief mit großer Kraft: »Was Gott verbunden hat, das darf der Mensch nicht trennen!«

»Aufhören! Schluss jetzt.«

Diese Stimme? Es war eine andere … Walburga fuhr zusammen, beide Trauzeuginnen wandten erschrocken die Köpfe. Arnold wollte es nicht wahrhaben, noch nicht. Er fragte den Priester: »Ist jetzt alles richtig mit uns? Richtig verheiratet?«

»Der Bund ist vor Gott geschlossen. Es käme noch der Segen.«

»Dann los. Vielleicht geht es kurz?«

Der Hirte nickte tapfer. »Kniet … kniet nieder!«

Walburga raffte das weiße Kleid an, sank auf die Altarstufe, Arnold war gleich neben ihr.

Die Handflächen berührten ihre Köpfe. »Der allmächtige Gott segne euch durch das Wort seines Mundes«, haspelte der Priester, rang nach Luft, »und vereine eure Herzen durch das unvergängliche Band reiner Liebe.«

Wer es in der Gemeinde vernommen hatte, wer noch den Mut besaß, der sprach mit den Brautleuten gemeinsam: »Amen.«

Kaum schlossen sich die Lippen, als zwei Bewaffnete dicht an dem Paar vorbei zur Sakristei gehen wollten. Arnold bemerkte sie rechtzeitig, noch auf den Knien fauchte er: »Keinen Schritt weiter!«

Die Soldaten fuhren herum, sahen den Blick des riesigen Mannes, sahen seine geballte Faust, sie rührten sich nicht.

Diese Zeit genügte dem guten Hirten für den Schlusssegen an seine Gemeinde. Er hob die Arme. »Im Namen des Vaters, des Sohnes und des Heiligen Geistes. Amen.« Kaum noch vermochte er das Schluchzen zu unterdrücken. »Gehet … gehet hin in … in Frieden.« Er wandte sich zum Altar, nach zwei Schritten versagten dem gebeugten Mann die Knie, und er taumelte. Arnold sprang von der Stufe hoch, war rechtzeitig bei ihm, half dem Geschwächten, bis er sich am Tisch des Herrn abstützen konnte. »Danke. Es geht schon wieder.« Der wehe Blick folgte den Soldaten auf dem Weg zur Sakristei. »Sie wollen die Türen im Hause Gottes verriegeln.«

»Soll ich ihnen …?«

»Nein, der Allmächtige wird helfen … irgendwann.« Der Pastor strich Arnold über den Handrücken. »Gehe du zu deiner Braut. Sie bekommt einen guten Mann. Das weiß ich jetzt schon. Geh, mein Sohn, und werde glücklich mit ihr!«

Arnold wandte sich um. Da stand Walburga, sah zu ihm hoch. »Ich weiß es auch.«

Er versank in ihren Anblick, beugte sich hinunter. »Etwas fehlt noch«, flüsterte er, »das weiß ich genau.« Dann küsste er sie. Das Paar vergaß den Lärm um sich herum, erst ein energisches Räuspern löste sie voneinander.

»Darf ich …« Professor Wallraf trat mit Kanonikus Pick zu ihnen. »Hier scheint mir nicht mehr der rechte Ort zu sein, um Gratulation und Wünsche entgegenzunehmen.« Er wandte sich an die umstehenden Angehörigen beider Familien. »Ehe wir gewaltsam vertrieben werden, sollten wir sofort diese Kirche verlassen.«

Sein Vorschlag alarmierte, eilig strebten Geschwister und Väter an dem Kommissar und den Bewaffneten vorbei. Allein die Mütter wollten nicht warten. Wenigstens einen Kuss, eine Träne, umgeben von »Gott behüte euch!«.

Walburga bot Adelheid Klütsch ihren Arm. Gern nahm die gewichtige Frau die Stütze an und humpelte neben der Schwiegertochter her. Der Bräutigam tat es der Braut nach.

Josefa musste die Hand recken, um den Arm zu erreichen. Arnold erkundigte sich halblaut bei ihr: »Wie darf ich denn jetzt sagen?«

»Mutter.« Und damit sich kein Irrtum einschlich, ergänzte sie: »Ab jetzt, Mutter Josefa.«

Arnold wollte lächeln, da sah er Norbert bei dem französischen Kommissar im Mittelgang stehen. Als er neben ihm anlangte, bat er die Schwiegermutter: »Geh einen Moment allein.« Er wartete nicht, nur ein großer Schritt, und er stand über dem Freund. Vor Schreck trat Norbert zurück, stieß gegen die Kirchenbank. »Glückwunsch«, stotterte er.

»Was hast du mir angetan? Mir und Walburga?«

Der Kommissar hörte den gefährlichen Ton, schnippte den Bewaffneten. Da hielt ihn der Advokat des Spezialgerichts auf. »Keine Gefahr. Ich regle das.« Er hob Arnold das Kinn entgegen. »Undankbar bist du jetzt auch noch?«

»Was? Du wolltest meine Heirat verhindern.«

»Gerettet hab ich sie, gerettet.« Ein gequältes Lachen. »Du wärst noch nicht verheiratet, wenn ich den Kommissar nicht so lange zurückgehalten hätte.«

»Rede du nur …« Damit ließ ihn Arnold stehen und eilte Josefa nach, ergriff ihren Arm und führte sie durchs Portal ins Sonnenlicht.

Draußen umringten ihn und Walburga die Gratulanten. Küsse, Wünsche, die Trauzeuginnen warfen Blüten, und selbst die älteren Schwestern umarmten den Bruder, ohne ihn wegen irgendeiner Verfehlung zu ermahnen.

Im Angesicht des bewaffneten Trupps war niemand der Gemeindemitglieder von Groß St. Martin geblieben. Der Schreck war größer als die Neugierde. Allein der Professor und sein Mitbewohner hatten ausgeharrt. Wallraf reichte erst der Braut, dann seinem Adlatus die Hand. »Meine besten Wünsche! Zutiefst bedaure ich, dass euer schönster Tag mit dem schwärzesten Tag für Geistlichkeit und Kirche unserer Stadt zusammenfallen musste.«

Pick versuchte mit seinem Lächeln, den ernsten Ton des Freundes aufzuhellen. »Den ersten Sturm hat euer Eheschiff schon gleich bei der Hafenausfahrt gut überstanden. Meine Hochachtung.« Er verneigte sich und setzte verschmitzt hinzu: »Unsere bescheidene Gabe haben wir mit in den Topf getan, aus dem wir später gemeinsam essen werden.«

Arnold nickte. »Danke. Darf ich Euch und den Professor einladen, mit uns auf dem Hochzeitswagen bis zum Brauhaus zu fahren?«

Gleich wehrte Wallraf ab. »Ich denke, an solch einem Tag sollte jede Persönlichkeit dieser Stadt einen öffentlichen Auftritt bei einer Lustbarkeit vermeiden. Als Zeichen des Mitgefühls mit den Opfern und als Demonstration gegen die Willkür.«

»Das heißt, Ihr wollt nicht zu unserer Feier kommen?«

Gleich beruhigte Pick: »Euer Fest sollen die Franzosen nicht auch noch zerstören. Sei getrost, wir nehmen teil. Nur nicht gleich. Wir gesellen uns später dazu.«

Beide Väter der Brautleute stiegen zum Fuhrmann vorn auf die Kutschbank. Blumengirlanden schmückten den Wagen. Nur mit kraftvollem Nachhelfen von Arnold gelangte seine Mutter hinauf. Für das Hochzeitspaar gab es in der Mitte eine höher gestellte Bank. Zur Ehre seiner Gäste ließ der Kutscher einige Male die Peitsche knallen, dann nahm er die Zügel, schnalzte, und der Kaltblüter trottete los.

Vor jeder Kirche, jedem Stift oder Kloster patrouillierten französische Einheiten, selbst in den Straßen standen die bewaffneten Posten, einige winkten dem Paar, doch niemand auf dem Wagen gab den Gruß zurück. Die Fahrt ging am Dom vorbei zum Brauhaus nahe der St.-Ursula-Kirche. Kaum erreichte der Wagen den kleinen Platz, versteifte Arnold den Rücken. »Das darf nicht sein«, murmelte er. An der Tür der Gastwirtschaft prangte auf einem großen Schild: »Geschlossen«. Er blickte zu Walburga. »Wie kann das sein? Ich war gestern noch bei dem Wirt.«

»Vielleicht weil die Kommissare auch St. Ursula geschlossen haben? … Ich weiß es auch nicht.« Jeder suchte die Hand des anderen, doch es half ihnen nicht, die Ratlosigkeit blieb. Arnold ging nach vorn, beugte sich zwischen die Väter. »Alles war abgesprochen. Das Essen. Bier. Und auch ein Fiedler.«

Anton Klütsch blickte den Sohn an. »Du enttäuschst mich, Junge.« Gleich setzte der Schneidermeister nach: »Schwiegersohn, auch ich hätte mehr Sorgfalt von dir erwartet.«

Arnold sah von einem zum anderen. »Verflucht, da muss der Wirt mich falsch verstanden haben.«

Ernst nickte der Vater. »Setz dich wieder zu deiner Braut. Dann müssen eben wir Alten ran. Der gute Reinhold und ich lassen uns was einfallen.«

Arnold kehrte zur Bank zurück. Walburga fragte stumm, er schüttelte den Kopf, und beide starrten vor sich hin. Außer ihnen schien bisher niemand auf dem Wagen das Missgeschick bemerkt zu haben, selbst die Mütter fragten nichts, auch nicht, als der Kutscher den Kaltblüter auf den Eigelstein lenkte.

Walburga neigte sich zu ihm. »Vater kennt sich in diesem Viertel aus. Weil Großmutter hier in der Straße gewohnt hat.« Ihre Stimme wurde sicherer. »Ich erinnere mich auch, ganz hinten an der Eigelsteinpforte, da gibt es noch ein großes Brauhaus.«

»Hoffentlich.« Arnold rieb sich die Stirn. Ich war beim Wirt, hab alles verabredet. Diese verdammten Franzosen sind schuld … Sonst verstehe ich es nicht.

Hinter ihm jauchzten unvermittelt die Trauzeuginnen auf. Gleichzeitig wandten sich Braut und Bräutigam zu ihnen um. »Was ist los?«

»Da! Schaut doch.« Beate zeigte über ihre Köpfe hinweg zur rechten Straßenseite. »Da ist geschmückt!« Ursel erhob sich und fiel gleich auf die Bank zurück. »Das gilt bestimmt euch.«

Das Paar starrte nach vorn. Der Eingang eines schmalen Hauses war mit Girlanden verziert. Am Glockenseil schaukelte ein Strauß weißer Rosen. Auf dem Türblatt leuchtete ein rotes Nelkenherz. Walburga erholte sich als Erste. »Ich kenne das Haus.«

Der Kutscher verlangsamte die Fahrt.

»Ich … ich glaube gar nichts mehr.« Arnold verschränkte die Finger auf den Knien. »Es ist doch so: Wir dürfen erst mal eine Zeit bei deinen Eltern in der Salzgasse wohnen. Bei dir oben in der Kammer.« Er sah Walburga an. »So ist es doch ausgemacht?«

Als sie zustimmte, nickte auch er. »Gut. Und was bedeutet das geschmückte Haus da vorn?«

»Dort hat Großmutter gewohnt.«

Der Hochzeitswagen hielt genau vor der Tür. Vater Müller stieg auf die Kutschbank. »Alles runter! Nur die Brautleute bleiben oben.«

Mit Festhalten von Arnold und allen Händen seiner sieben Geschwister gelangte auch Mama Klütsch sicher auf den Boden.

Beide Väter kamen nun zu den Frischvermählten. Anton Klütsch schob den Schneidermeister vor. »Du kannst besser reden.«

»Ihr geliebten Kinder«, Reinhold Müller fasste in die Aufschläge seines Rocks und hielt sich daran fest, »in diesem Haus bin ich geboren. Meine Mutter lebte dort, bis der Heiland sie vor fünf Jahren in seinen Himmelspalast geholt hat.« Zum Gruß warf er einen Handkuss nach oben ins weite Blau. »Von da an haben Studenten hier gewohnt, bis die Universität aufgelöst wurde. Und ab heute soll das Haus euch gehören.«

Die Hochzeitsgäste klatschten, Arnolds Brüder pfiffen auf den Fingern.

»Wartet«, dämpfte der Brautvater den Jubel. »Das ist noch nicht alles. Ich gebe nur das Haus. Doch drinnen, da gibt es eine neue Treppe. Auch einen neuen Herd. Kein Fenster ist ohne Scheibe. Und erst das Schlafzimmer …« Er wartete das Gekicher der Schwestern ab. »Ich gestehe, ich habe es noch nicht gesehen, aber …«

»Komm zum Schluss, Reinhold!«, mahnte seine Gattin mit etwas Säure in der Stimme.

»Dies alles verdankt unser Hochzeitspaar dem tüchtigen Schwiegervater meiner Tochter.« Er griff nach der Hand des hageren Mannes und hielt sie hoch. »Mein neuer Freund, Anton Klütsch.«

Ehe die Brautleute sich bedanken konnten, schritt Mutter Josefa zur Hausglocke und schwang den Rosenstrauß. Gleich nach dem ersten Ton öffnete sich die Tür, und ein Mann mit Kochmütze trat ins Freie, eine Serviette lag über seinem linken Arm. Ihm folgten drei Mägde, sie trugen weiße Schürzen und Häubchen.

»Willkommen!«, rief der Koch. »Kommt alle zu Tisch! Es ist im Hof gedeckt. Der Braten dreht sich über dem Feuer. Das Bier wartet im kühlen Fass.« Er verneigte sich, die Mägde knicksten.

»Deshalb …« Arnold tastete nach dem Arm seiner Braut. »Das ist der Wirt vom Brauhaus bei St. Ursula. Deshalb hat er geschlossen.«

Schon in der langen Diele verlockte der Duft nach krustigem Schweinebraten. Im Hof sah Arnold die überladene Anrichte. Übervolle Töpfe und Tiegel, Schüsseln mit kandierten Früchten, sogar Marzipanhasen. Er nahm den Vater beiseite. »Das habe ich nicht bestellt. Den Braten schon, aber all das. Wie soll ich das bezahlen?«

Anton klopfte dem Sohn auf den Rücken. »Du hast Glück. Die schönste Braut gehört dir. Du wohnst ab heute im eigenen Haus. Und das Fest? Das Fest bezahlen dir Professor Wallraf und der Kanonikus Pick.«

»Glück, so viel, dass ich es kaum fasse.« Aus übervollem Herzen umarmte er den Vater, drückte ihn an sich. »Du warst immer gut zu mir. Auch wenn es uns daheim schlecht ging, nie hast du geklagt. Danke, Papa, danke für alles.«

Nach Braten, Soße und Klößen wärmte die Nachmittagssonne im Hof die Müdigkeit bei den Gästen. Leiser wurden die Gespräche, die jungen Frauen tuschelten um die Braut, Mutter Josefa und Mutter Adelheid tauschten Notwendigkeiten für die Zukunft der jungen Eheleute aus, und Arnold hockte bei den Männern, sie hatten die Hände vor den Bäuchen zusammengelegt, nach einigen Krügen ließen drei Schnäpse zur Verdauung die Lider schwer werden. Erst beim Kaffee erwachte das Fest wieder. Rechtzeitig mit Kuchen, Zuckerbrezeln und Mandelkringeln vom Bäcker trafen auch der Professor und Franz Pick ein.

Nach neuen Lobreden und Glückwünschen stand die Türglocke nicht mehr still. Die Nachbarn aus dem Klostergässchen bei St. Laurenz und der Salzgasse brachten ein Ständchen, überreichten den Korb mit Brot und Salz und nisteten sich ums Bierfass ein. Dann endlich hob der Spielmann die Fiedel. Seine Melodien lockten zum Tanz. Keine Ausrede mehr für Arnold, er musste nach seiner Braut mit Ursel, mit Beate, selbst mit den eigenen Schwestern hin und her hüpfen. Das Fest drehte und drehte sich weiter, wiegte sich beim Schein bunter Lampions in den Abend.

In einem unbeobachteten Moment nahm Walburga ihren Angetrauten beiseite. »Getränke sind noch genug da. Alle Gäste sind vergnügt und gut versorgt. Ich habe Mutter vorhin Bescheid gesagt. Sie hat oben nachgeschaut. Alles ist in Ordnung.«

»Worüber habt ihr geredet?«

»Ach, Liebster.« Sie zog ihn zu sich hinunter und flüsterte ihm ins Ohr.

Arnold wagte einen Blick zu den Fenstern im ersten Stock. »Möchtest du?«

»Du etwa nicht?«

Er versuchte zu lächeln. »Ich sowieso. Schon lange, meine ich.«

Walburga entschwand als Erste. Auf der Treppe trafen sie sich, und vor der Kammer nahm Arnold seine Gemahlin in die Arme, küsste sie, streichelte ihren Rücken, beim dritten

Kuss nutzte sie das Atemholen. »Wir können auch reingehen.«

Von den Wänden schimmerten matt die beiden Öllampen. Eine Schüssel mit Kirschen stand auf dem Tisch. Zwischen zwei Nachtkästen hob sich das breite Himmelbett. Rote und weiße Stoffrosen rankten an den Pfosten. »Das Bett stammt noch von Großmutter«, flüsterte Walburga.

»Schön«, Arnold räusperte sich, »ist schön hier.«

Auf der Zudecke standen kleine Kissen im Dreieck. In ihrer Mitte hockten drei Stoffpuppen und kämmten sich gegenseitig das Haar. »Meine Grazien«, freute sich Walburga. Die Mutter hatte daran gedacht.

»Sollen wir ohne Kleider …?«

Weil sie nicht darauf antwortete, sondern das Kleid aufknöpfte, drehte ihr Arnold den Rücken zu und legte den Rock ab, streifte das Hemd über den Kopf.

Wenig später standen die Frischvermählten nackt vor dem Himmelbett. Arnold schlug vor: »Ich kann die Lampen löschen.«

Sie schüttelte den Kopf. »Nicht nötig.«

Er deutete auf die Zudecke. »Aber deine Puppen müssen da weg.«

Und Walburga nahm die drei Grazien und setzte sie auf den Nachtkasten.

31

Ruhig, ganz ruhig. Kein weltlicher Fürst des Reiches soll Schaden erleiden. Für Gebietsverluste auf der linken Rheinseite an die Franzosen wurde im Friedensschluss großzügig bemessener Ersatz im Rechtsrheinischen zugesagt. Doch woher nehmen? Die Gier findet bald eine Lösung. Hat nicht die Aufhebung der Klöster und Kirchen, die Enteignung der geistlichen Besitztümer links des Rheins dem Ersten Konsul Napoleon großen Profit eingebracht? Säkularisation heißt das Zauberwort. Was sich links bewährt hat, kann rechts nicht minder lohnend sein.

»Wir werden die kirchlichen Herrschaftsgebiete auflösen und die Länder unter uns verteilen.« Diese Aussicht lässt alle Machtherzen höherschlagen.

Landgraf Ludewig von Hessen-Darmstadt steigt auf den Söller seines Schlosses, schirmt die Augen mit der Hand und lässt Blick und Gedanken gen Norden schweifen. »Dort, weit hinter Taunus und Dillenburg, beginnt das Sauerland.« Er atmet, schmeckt die Luft. »Schönes Westfalen. Bald werden du und deine Schätze mir gehören.«

Der Landgraf runzelt die fürstliche Stirn. »Alle Schätze. Nichts darf vorher entfernt werden.« Er muss handeln, sofort. Noch ehe der Vertrag über die Neuverteilung der Länder unterzeichnet ist, schickt Ludewig seine Truppen ins Herzogtum Westfalen. »Nehmt Arnsberg! Verhindert …«

Anfang September überzogen Unwetter das Sauerland. Bäche traten über die Ufer, wurden zu reißenden Flüssen. In den gelben Schlammmassen trieben Äste, Bäume, ertrunkenes Vieh. Nur langsam vermochten die hessischen Truppen weiter ins unwegsame Gelände vorzudringen. Mit vier Bataillonen Infanterie und einer Schwadron Dragoner fühlte sich der kommandierende Oberst gut gerüstet, dazu führten noch fünfundfünfzig Artilleristen vier Kanonen auf Lafetten mit sich. Welch ein machtvolles Aufgebot. Im Namen Seiner Hochfürstlichen Durchlaucht, Landgrafs Ludewig X. von Hessen-Darmstadt, würde er dieses Land besetzen und einnehmen. Kein Widerstand bisher, doch sollte er aufflammen, so war er bereit und befugt, mit aller Härte durchzugreifen.

Beschützt von einer Eskorte, fuhr Regierungsdirektor Ludwig von Grolman in einer Chaise mit. Ihn musste der Oberst wie einen Augapfel hüten, denn Grolman sollte nach der Besetzung von Arnsberg als Zivilkommissar das Domkapitel ablösen und die Verwaltungshoheit von Westfalen übernehmen.

Der Kutscher hinten auf dem Bock des zweirädrigen Reisewagens war einer der tüchtigsten Fuhrmänner des Obersten, dennoch holperte und versackte die Chaise im Morast, dann sprang sie wieder über Steine und Äste und schüttelte den beleibten Fahrgast, warf ihn im engen Kasten auf der Sitzbank hin und her. Aus Angst vor Verlust hatte Regierungsdirektor von Grolman jeden Morgen bei Antritt der Fahrt das wertvolle Holzgebiss herausgenommen und sicher in der Brusttasche verwahrt.

Und es regnete, regnete auch am Mittwoch, dem 8. September. Erst gegen elf Uhr morgens gelangte die Einheit nach Hellefeld. »Rast!« Die Melder ritten die Kolonne ab. »In zwei Stunden geht es weiter nach Arnsberg. Rast!«

Ludwig von Grolman nahm dankend den Arm seines Kutschers, um die Chaise zu verlassen. »Nur gut, dass mich einige Pfunde zu viel umgeben, sonst hättest du meine zerbrochenen Knochen von der Bank räumen müssen.« Der Mann wartete, als sein Fahrgast ein gequältes Lachen folgen ließ, wagte auch er, über den Scherz zu grinsen. »Ist halt ein schlechter Weg, Herr. Soll ich den Schirm aufspannen?« Ohne die Antwort abzuwarten, griff er schon unter die Gepäckplane.

»Lass gut sein, lass gut sein, Bursche!« Beim Klang der geschmeidigen Stimme fuhr der Kutscher herum. Vor ihm stand ein schmalbrüstiger Herr. Der Regenumhang hing auf eckigen Schultern. Unter der Dreiecksnase deuteten die Lippen ein Lächeln an. »Ich erledige das für dich. Gib her!« Damit nahm der Fremde den Schirm an sich.

»Wer seid Ihr?«

»Ich? Ich will dem Regierungsdirektor meine Aufwartung machen.« Eine Münze schnippte aus der Hand hoch, gleich schnappten die Finger wieder danach und übergaben sie dem Mann. »Die ist für dich.«

Mit geöffnetem Schirm eilte der Spitznasige zu dem Fahrgast. »Meine Verehrung, Herr von Grolman. Ich bin Ihr untertänigster Diener Dupuis, Bartholomäus Dupuis. Darf ich Euch Regenschutz bis zum Gasthaus bieten?«

»Gerne. Ihr seid gut unterrichtet.« Leichtes Zischen und Pfeifen begleiteten jedes Wort aus dem zahnlosen Mund. »Woher kennt Ihr meinen Namen?«

»Er lief Euch voraus. Schon einen Tag nachdem Ihr mit den hessischen Truppen die westfälische Landesgrenze überschritten hattet, wusste jede Amtsstube in Arnsberg, welch hoher, welch umsichtiger Beamte künftig das Sagen im Herzogtum haben wird.«

»Ihr erstaunt mich.« Ludwig von Grolman blieb draußen vor der Tür des Gasthauses stehen, forschend sah er in das blässliche Gesicht. »So direkt? Als hättet Ihr mich erwartet?«

»In der Tat. Seit dem Tod des Kurfürsten im letzten Jahr führt das Domkapitel dieses Land.« Dupuis schauderte. »Frömmelnde Dilettanten, nur auf den eigenen Vorteil bedacht. Mit Verlaub, ich habe Eure Ankunft sogar mit Sehnsucht herbeigewünscht.«

Regierungsdirektor von Grolman tippte ihm den Zeigefinger auf die Brust, stockte kurz, weil er unter dem Stoff auf unerwarteten Widerstand traf, tippte erneut. »Schluss mit den

326

Schnörkeln. Was wollt Ihr von mir? Was hat nicht Zeit, bis ich mich in Arnsberg eingerichtet habe?«

»Die Collectio Coloniensis.«

Die buschigen Brauen fuhren nach oben. »Wie kommt Ihr …?«

»Mit Verlaub, ich bin Regierungsarchivarius. Mir unterstehen die Archive des ehemaligen Erzstiftes.« Nach einer gewichtigen Pause betonte er: »Alle Archivalien, auch die, welche heimlich aus Köln fortgeschafft wurden.«

Der Funke zündete, dennoch blieb die Vorsicht. »Warum sollte ich Euch Glauben schenken?«

»Ich trage meine Legitimation bei mir.« Leicht klopfte sich Dupuis gegen die Brust. »Die Collectio …«

»Nicht weiter. Nicht hier.« Von Grolman deutete hinüber zu seiner Chaise. »Lasst uns ins Trockene.«

Die Fahrgastzelle war eng, an den Türscheiben lief der Regen hinunter. »Nun, guter Mann, will ich den Beweis.«

Dupuis löste die Schlaufe seines Umhangs, öffnete den Rock und brachte eine dünne Ledermappe zum Vorschein, er klappte sie auf wie ein Buch und reichte sie Ludwig von Grolman. Der warf nur einen Blick darauf, schloss seufzend die Augen und fingerte aus der Brusttasche das Gebiss, schob es in den Mund, bewegte den Kiefer, bis der Halt gefunden war. Als könnte er so bewehrt besser sehen, öffnete er wieder die Lider. »Wunderbar diese Linienführung, diese Schriftzeichen.« Leise flüsterte er einige der lateinischen Zeilen vor sich hin. Dann blickte er zu Dupuis. »Sechstes Jahrhundert. In Gallien entstanden, wenn ich korrekt unterrichtet bin. Welch eine Kostbarkeit. Als Zivilkommissar bin ich beauftragt, genau diese und andere Schätze aufzuspüren, um sie meiner Hochfürstlichen Durchlaucht, Landgraf Ludewig, nach Darmstadt zu senden.«

»Mit größter Freude biete ich meine Hilfe an.« Trotz der Enge neigte Dupuis tief den Kopf. »Ihr seht in mir den Mann, der sich im Kloster Wedinghausen auskennt, der weiß, in welchen Gewölben und Räumen sich die Fluchtkisten befinden.« Ein kleines Lachen. »Vor allem, welchen Inhalt sie bergen.« Ohne die Stirn ganz zu heben, sah er langsam auf. »Es geht nicht allein um alte Schriften und Urkunden. Mir ist ebenso bekannt, wo Silber, Gold und Edelsteine verwahrt werden. Und …«, er setzte den letzten Trumpf und war sich des Sieges sicher, »ich kenne die Geheimziffern der Kisten, in denen sich die Teile des Schreins der Heiligen Drei Könige befinden.«

»Diese Information wäre für meinen Herrn von allergrößtem Interesse.« Der Zivilkommissar lehnte sich zurück. »So viel Glück hat seinen Preis.«

»Keinen Extralohn«, wehrte Dupuis ab, »nur Anerkennung. Ich will dienen, Euch und Eurem Herrn. Für meine Hilfe erbitte ich das Amt eines hessischen Archivrates. Mehr nicht.«

Nachdenklich schob Grolman das Gebiss nach vorn, saugte es wieder zurück.

Dupuis dauerte die Pause zu lang. »Mit diesem Posten könnte ich hier in den Archiven weiterarbeiten und für Euch die wertvollsten Stücke heraussuchen …«

Ludwig von Grolman klappte die Ledermappe sorgsam zu. »Ich bin mit dem Handel einverstanden. Wenn sich alles so bewahrheitet, wie Ihr es angekündigt habt, vor allem, wenn Ihr mich zum Versteck des goldenen Schreins der Heiligen Drei Könige führt, so will ich Euch in hessischen Dienst als Archivrat nehmen.« Er lächelte seinen Verbündeten an. »Und jetzt muss ich Euch bitten, meinen Wagen zu verlassen. Zwar haben wir schon begonnen, das Fell zu verteilen, aber die Einnahme von Arnsberg ist noch nicht vollzogen.«

Kein Kampf, nicht einmal ein Handgemenge. Gegen Mittag begrüßten die beiden Bürgermeister vor dem Stadttor die hessischen Truppen und versicherten, dass kein Widerstand von der kleinen Einheit Kölner Soldaten zu erwarten sei. Stumm standen die Bürger am Straßenrand und ließen die Eroberer einmarschieren. Dragoner ritten vornweg, lang zog sich die Infanteriekolonne. Die Gluttöpfe für die Lunten der Kanonen blieben gedeckt.

Am Rathaus stieg der Oberst vom Pferd, verließ Regierungsdirektor von Grolman die Chaise, beide nahmen die Demutsbezeugungen der Kanzleibeamten entgegen. Damit war der Eroberungsfeldzug beendet. Arnsberg und das Herzogtum Westfalen befanden sich im Besitz des neuen Machthabers, Landgrafs Ludewig von Hessen-Darmstadt.

Beschwingten Fußes betrat Dupuis das Bibliotheksgebäude des Klosters. Er fürchtete keine Kontrolle oder gar unliebsame Fragen. Die Herren des Domkapitels hockten oben im Saal zusammen. Sie sangen, diskutierten, auch wurde gebetet. Heute waren die Vorboten ihres Unglücks eingetroffen. Jeder Domherr ahnte das Ende, wollte dennoch die Hoffnung auf Rettung im letzten Moment nicht aufgeben.

»Ich werde euch alle überdauern«, flüsterte Dupuis, er stieß den gestreckten Zeigefinger wie einen Stachel nach oben zur Decke, als könnte er die Verhassten damit martern. »Ihr werdet verjagt, in alle Winde verstreut. Wenn ihr längst vergessen seid, werde ich noch da sein. Und zwar in Amt und Würden.«

Er betätschelte eine Fluchtkiste nach der anderen. »Die Bausteine meiner Zukunft.« Beim Betreten des zweiten, engeren Flurs nahm er die Öllampe aus der Wandhalterung, drehte den Docht höher. Hier lagerten die hölzernen Verschläge mit den Kostbarkeiten des Domschatzes. »Stück für Stück werde ich anhand meiner Liste überprüfen.« Er atmete sich in Begeisterung, spürte das Blut aufwallen. »Das Kurfürstentum zerbricht. Der Archivar aber bleibt.« Dupuis schob sich zwischen Kisten und Koffern weiter, ganz hinten im Flur standen die Kisten mit der Bezeichnung P.R.1 und 2; die Herzstücke, die Verschläge mit den Teilen des Dreikönigsschreins, die Grundlage seiner Karriere am Darmstädter Hof.

Er hob die Lampe höher. Ein Schrei. Der Platz war leer. Ein Wundschrei aus tiefster Brust. Nur Abdrücke im Staub zeigten noch, wo die beiden Kisten gestanden hatten. Fassungslos drehte sich Dupuis mehrmals um die eigene Achse, bückte sich, betastete, beklopfte den Marmor. Gab es eine Bodenklappe? Einen geheimen Keller? Irgendwo mussten die Verschläge sein. »Denke nach. O Gott. Oh, verflucht«, haspelte er, schlug sich mit der Hand gegen das Kinn, zerrte an der Unterlippe. Ein Gedanke wucherte. Nicht im Keller … Natürlich. Vor drei Monaten, bei seinem letzten Besuch im Kloster, hatte er noch eine große Anzahl Kisten im Dachgeschoss entdeckt. Dorthin hatten sie die Schreinkisten geschafft. So musste es sein. Der Archivar hastete den Flur zurück. Er vermied die breite Treppe vorbei am Saal im ersten Stock, huschte die hintere Stiege hinauf. Die Brettertür zum Speicher knarrte laut. Erschrocken horchte er nach unten.

»O Haupt voll Blut und Wunden, voll Schmerz und voller Hohn …«, sangen die Domherren im Chor. Keiner war vom Lärm alarmiert worden. Dupuis tappte im Schein der Lampe durch den Vorraum, öffnete die nächste Tür. Leere. Bis auf einige zerbrochene Hocker und einen blinden Spiegel stand nichts mehr auf dem Dachboden. Die Kisten, vollgepackt mit goldenen Kelchen, Büsten und Kirchenlampen, mit silber- und golddurchwirkten Decken und mehr noch, viel mehr, die Schätze waren verschwunden. Vor allem aber fehlten die beiden Kisten P.R.1 und 2. Dupuis sank auf die Knie. Zum ersten Mal seit Langem faltete er die Hände. »Hilf, Herr!«, flehte er. »Lass mich diesen verfluchten Schrein der Heiligen Drei Könige wiederfinden!«

32

In der Nacht schlief Bartholomäus Dupuis nicht, rastlos und lange auch ratlos ging er in seiner Kammer auf und ab. Als der Tag graute, mit Nieselregen und Nebelschwaden, wusste er, an wen er sich wenden musste. Eine kleine Chance, vielleicht die einzige, um seine Karriere zu retten.

Der Schreiber des Domkapitels logierte über der Klosterküche. Erst nach dreimaligem Pochen öffnete er einen Spalt. »Wer stört so früh?«

Ein Arm schnellte herein, und eine Münze drückte sich ihm auf die Lippen. »Still. Dein Freund mit den Goldstücken ist hier.«

»Ich bin noch im Hemd.«

»Nun lass mich schon rein!«

Erst verschwand die Münze, dann schwang die Tür auf. Heftig drängte Dupuis den Schreiber zurück und schob den Innenriegel vor. »Ich bin hier, um dich zu retten.«

»Vor wem? Es ist doch schon alles verloren.«

Dupuis lachte dünn. »Es wird so kommen, wie ich gesagt habe.«

»Gesagt? Zu mir? Ich habe Euch schon seit Monaten nicht mehr gesehen.«

»Stell dich nicht dumm. Oder hat dein Verstand ausgesetzt? Du wirst alles büßen müssen.«

Die Andeutungen des frühen Besuchers verunsicherten, Angst flackerte auf. »Ich verstehe nicht. Bitte … Seit gestern hat die Ordnung aufgehört. Viel wird von den Herren gesagt, aber kaum etwas davon darf ins Protokoll.«

Dupuis klatschte einmal kurz. »Daran merkst du es.« Er warf sich auf den Stuhl. »Komm, setze dich her zu mir!«

Der Schreiber hockte sich vorn auf die Sitzkante. »Erst die

Franzosen«, flüsterte er, »jetzt die Hessen-Darmstädter. Gott hat uns verlassen.«

»Nein, nein, mein Freund. Deine Domherren haben für sich vorgesorgt. Der Verlierer bist du, du allein.«

»Wenn es so weit ist, gleich nach der Auflösung, werde ich fliehen, zurück nach Köln.«

»Du wirst nicht weit kommen«, Dupuis nickte voller Bedauern, »vielleicht schaffst du es bis zum Tor. Dann schnappen dich die Hessen und kerkern dich ein.«

Der Schreiber fror, das Kinn zitterte. »Was hab ich getan?«

»Du weißt etwas. Und sie werden dich sogar foltern, um es herauszubekommen.«

»Nein, nein.« Der Ängstliche rutschte im Stuhl zurück, zog die Knie unter dem weißen Hemd an und umklammerte sie. »Ich würde alles sagen.«

»Das nutzt dir nichts.« Scharf beobachtete die Schlange ihr Opfer. »Man hört so einiges über die Hessen. Erst foltern sie, dann fragen sie.«

»Wie furchtbar.« Die Augen weiteten sich. »Was soll ich denn tun?«

Da erhob sich Dupuis, stellte sich ans Fenster. »Als Freundschaftsbeweis werde ich für dich in die Bresche springen. Denn mir ist es jetzt schon gelungen, einen Kontakt zum hessischen Zivilkommissar zu knüpfen. Du berichtest mir, offen und wahrheitsgemäß. Und ich gebe die Information an die richtige Stelle weiter.« Er wandte sich um, lächelte aufmunternd. »So wirst du verschont. Keine Qualen, kein Kerker.«

»Ihr seid so gut«, flüsterte der Schreiber. »Gern will ich Euch alles sagen. Wenn ich nur wüsste, worum es den Hessen in der Hauptsache geht.«

»Veruntreuung auf höchster Ebene. Ich muss keine Namen nennen, aber du weißt, von welchen fürstlichen Kapitelherren ich spreche.«

»Verrat?« Der Schreiber erblasste, zog sich vom Stuhl in die

Nische zwischen Schrank und Bett zurück. »Ich soll zum Verräter meiner langjährigen Dienstherren werden?«

Rasch kam Dupuis mit gestrecktem Zeigefinger auf ihn zu. »Sie würden dich jederzeit den Löwen zum Fraß vorwerfen, jederzeit.« Die Stimme verlor wieder an Schärfe. »Aber auch vor Verrat bewahre ich dich. Es sollen keine Menschen zu Schaden kommen, weder die guten noch die schlechten. Also hab Vertrauen zu mir!« Er nahm den Ängstlichen bei der Hand und führte ihn aus der Ecke zum Tisch. »Beschränken wir uns auf die hier verwahrten Gegenstände. Bücher, Kreuze, du weißt schon. Landgraf Ludewig, der neue Herrscher von Westfalen, will den Verbleib aller Fluchtkisten des Domkapitels wissen.«

Erleichterung hellte das Gesicht des Schreibers auf. »Damit kann ich rasch dienen. Über alle Vorgänge habe ich genauestens Buch geführt.«

»Ich weiß«, nickte Dupuis. »Schließlich hast du mir eine Abschrift deiner Listen überlassen. Aber sie sind nicht auf neuestem Stand.« Er schob die spitze Nase dicht ans Gesicht des Protokollführers. »Nach einer flüchtigen Inspektion musste ich feststellen, dass etliche Verschläge fehlen. Zum Beispiel P.R.1 und 2. Und wenn du verschont bleiben möchtest …« Er ließ den Satz offen, blickte bedeutungsvoll.

»Ich habe verstanden.« Der Schreiber benetzte die Lippen. »Darüber sind nur wenige eingeweiht, und mir wurde strengstes Stillschweigen befohlen. Aber da sich die Lage jetzt so zuspitzt und ehe ich von den hochwürdigen Herren ins Verderben gestoßen werde, will ich mich retten.«

»Eine kluge Entscheidung.« Dupuis tätschelte ihm die Hand. »Warum sollen wir Kleinen für die da oben den Rücken hinhalten?« Er drängte nicht weiter. Sein Opfer war zubereitet, und so zeigte er auch keine übermäßige Neugierde, als der Schreiber das Geheimnis verriet. »Schon im Juli erfuhr das Domkapitel von der drohenden Auflösung unseres Kurfürstentums …« Sofort hatten sich die Herren nach einem neuen, sicheren Versteck für die Kirchenschätze umgesehen. Die Wahl war auf Frankfurt gefallen. Als Freie Reichsstadt blieb Frankfurt von der drohenden Landverteilung verschont. »Im Schutz der Dunkelheit sind dann Anfang August sechzehn Kisten dorthin verbracht worden. Dabei waren auch die Teile des Dreikönigenschreins.«

In Dupuis mischte sich Galle in den Sieg. Ausgerechnet Frankfurt. Dort hatten weder Franzosen noch Hessen die Möglichkeit eines Zugriffs, ohne einen Konflikt größeren Ausmaßes zu riskieren. »Eins noch, mein Freund. Der Empfänger? An welche Adresse wurde die wertvolle Fracht geliefert?«

Bereitwillig gab der Protokollführer den Namen preis. »Stefan Molinari. Das ist der hochwürdige Scholaster des Bartholomäusstifts. Mit ihm hat das Domkapitel schon einige Male zusammengearbeitet.« Er umklammerte die Hände seines Retters. »Bin ich erlöst?«

Dupuis befreite sich. »Kein Sterbenswort an irgendjemand. Dieses Gespräch bleibt unser Geheimnis.«

»Ich schwöre es.«

»Dann, mein Freund …«, der Ton nahm an Feierlichkeit zu, »dann darfst du dich sicher fühlen.«

Fast hatte der Besucher schon die Tür erreicht, als der Schreiber ihn einholte. »Danke. Tausend Dank. Bitte nehmt.« Er reichte ihm die Münze zurück. »Ich bin in Eurer Schuld.«

Die Hand schnappte danach, und Dupuis verließ das Zimmer.

Insgeheim liefen die Vorbereitungen für den vollständigen Anschluss des Herzogtums Westfalen in höchster Eile. Landgraf Ludewig wartete nicht auf den offiziellen Termin. Zu wertvoll schienen ihm die eingelagerten Schätze in Arnsberg, und er wollte jeden Mitanspruch anderer Fürsten von vornherein vereiteln.

Am 12. Oktober war es so weit. Frühmorgens besetzten hessische Soldaten in einer Blitzaktion alle strategisch wichtigen Punkte der Stadt. Schlag neun Uhr drang ein Adjutant des Obersten in den Saal des Klosters Wedinghausen ein und unterbrach die Sitzung der Domherren. »Im Namen Seiner Durchlaucht, Landgrafs Ludewig des X. von Hessen-Darmstadt …« Er schritt zum Kopfende der langen Tafel und verlas mit klarer, schneidender Stimme das Patent der Besitzergreifung: »… Hiermit und von Stund an ist das kölnische Domkapitel aller Macht und aller Rechte als Landesherr über Westfalen enthoben.« Er überreichte Domdechant Graf von Königsegg die gesiegelte Urkunde und salutierte.

Mit langem Blick streifte der Graf alle Gesichter in der Tafelrunde, seinem Seufzer folgte großes Seufzen, dann sprach er gefasst zu dem Uniformierten: »Wir fügen uns den Umständen und unterwerfen uns der Übermacht.«

Nur eine halbe Stunde später ließ Regierungsdirektor von Grolman durch Boten alle Kanzleibeamten zu sich ins Rathaus befehlen. Ehe er hinüber in den Rittersaal ging, empfing er Bartholomäus Dupuis in seinem Privatkontor. »Die Zeit ist reif. Ich habe Euch durch den Sonderboten herbeordert, weil ich noch vor der neuen Vereidigung des Regierungspersonals mit Euch unser begonnenes Gespräch fortsetzen möchte.«

Tief dienerte Dupuis. »Ich stehe zur untertänigen Verfügung.«

»Die Zeit drängt, deshalb fassen wir uns kurz. Durch meine Spione weiß ich inzwischen einiges mehr über die hier verborgenen Schätze. Aber nichts Genaues, eben nicht genug. Und deshalb folge ich Eurer Bitte …«

»Danke«, hauchte der Archivar.

Von Grolman überging die Unterbrechung und nahm eine Urkunde vom Schreibtisch. »Mit Zustimmung meines Landesherrn ernenne ich Euch hiermit zum Archivrat von Hessen-Darmstadt. Besoldung und Vergünstigungen könnt Ihr aus dem Blatt ersehen.«

Dupuis griff zu, presste das Pergament an seine Brust. »Ein

Traum geht in Erfüllung.« Wieder verneigte er sich. »All meine Kraft werde ich für das neue Amt einsetzen.«

»Dies wird von Euch erwartet. Heute aber soll ein Spaziergang genügen.« Die Hand tätschelte den schmalen Rücken. »Sobald alle Formalitäten mit den Beamten erledigt sind, werdet Ihr mich zum Versteck der Kisten mit dem Dreikönigenschrein führen.«

Ein Blitz, der ins Mark traf. Dupuis wich einen Schritt zurück. So oft im Stillen geübt, im ersten Schreck war alle Vorbereitung vergessen. »Das wird nicht möglich sein.«

»Für Scherze fehlt mir die Zeit.« Der Zivilkommissar las die bestürzte Miene, stutzte und schnappte sich unvermittelt die Ernennungsurkunde zurück. Leicht schnaubend warf er sich in den Schreibtischsessel. »Ich höre.«

Das Hirn fand die zurechtgelegte Erklärung wieder. »Ich kann Euch die Kisten P.R.1 und 2 nicht zeigen, weil sie schon auf dem Weg nach Darmstadt sind.«

»Wer soll dies angeordnet haben?«

»Das Domkapitel.«

Der Fausthieb auf die Holzplatte unterbrach den Archivar. »Ordonnanz!«

Sofort öffnete sich die Tür, und ein Wachposten kam herein. »Warte dort!«

Zu Dupuis gewandt, fuhr von Grolman mit mühsam unterdrücktem Zorn halblaut fort. »Noch ein falsches Wort, und Ihr seid im tiefsten Kerker der Stadt. Also, überlegt gut!«

Dupuis benetzte die trockenen Lippen. »Es ist, wie ich schon sagte, und doch …«

Er berichtete, was er ausgelassen hatte, und endete: »Soviel ich weiß, liegt Frankfurt nahe bei Darmstadt.«

»Und doch sind die Schätze dort unerreichbarer denn hier in Arnsberg.« Mit einem Handwischer schickte Regierungsdirektor von Grolman den Bewaffneten wieder hinaus. Als sich die Tür geschlossen hatte, nahm er das Holzgebiss aus dem Mund und schob es eine Weile auf dem Schreibtisch hin und her. »Frankfurt. Als Freie Reichsstadt untersteht sie direkt dem Kaiser. Eine Beschlagnahme unsererseits ist zurzeit undurchführbar.« Er sah auf. »Bei wem wurde die Fracht untergestellt?«

Die Frage gab Dupuis neue Sicherheit. Es bestand keine Gefahr mehr für Leib und Leben, und gleich wuchs ein neuer Plan, auf keinen Fall durfte er den Scholaster Molinari preisgeben, noch nicht. »Bisher kenne ich den Adressaten nicht. Aber ganz sicher werde ich das Versteck bald herausfinden.«

Von Grolman schob mit dem Gebiss die Urkunde nah an die Schreibtischkante. »Nehmt sie wieder zurück!« Er betastete die Holzzähne. »Ihr habt die Probe gut bestanden. Verschlagen und mehr als schlau, dazu ein guter Lügner. Ein Mann wie Ihr wird mir in nächster Zeit sehr von Nutzen sein.«

Dupuis klang es wie eine Schmeichelei, er flüsterte seinen Dank.

Das Gebiss verschwand wieder im Mund des Regierungsrates. »Ihr sollt demnächst in der Bibliothek des Klosters Euer Amtszimmer einrichten. Über alle Aktionen und Transporte muss tiefstes Stillschweigen bewahrt werden. Darauf legt Seine Hochfürstliche Durchlaucht äußersten Wert. Und, mein Freund«, leicht schnalzte die Zunge um das Gebiss, »auch wenn das Wort Loyalität Euch noch wie ein Fremdwort klingt, bei mir werdet Ihr die Bedeutung lernen müssen oder untergehen. Es liegt bei Euch. Und nun muss ich den Amtsleuten im Ratssaal …«, ein Lächeln zeigte sich, »unseren hessischen Löwen als ihr neues Brandzeichen aufdrücken. Guten Tag.«

Bewundernd sah ihm Dupuis nach. Ich bin einer wie er. Der Gedanke ließ ihn tief einatmen.

33

Kampf den Räuberbanden! Alle Herrscher rechts und links des Rheins haben die Dringlichkeit erkannt und gemeinsame Maßnahmen beschlossen. Das neue Passgesetz ist der erste Schritt. Nicht nur ein Stempel, nein, ein Formular mit Woher und Wohin, mit zeitlicher Begrenzung, Siegel und eigenhändiger Unterschrift des Reisenden. Das soll künftig der neue Pass sein.

Der zweite Schritt ist vom Kölner Spezialkommissar Anton Keil gegen alle Widerstände erkämpft worden. Ausgestattet mit großer Befugnis, unternimmt er während der Sommermonate eine Inspektionsreise durch alle Gefängnisse in den grenznahen Städten. Vorbei ist die Zeit der Ausreden und falschen Namen. Anhand seiner ausführlichen Steckbriefe gehen ihm selbst die berüchtigtsten Anführer ins Netz. Johann Bückler, alias Schinderhannes, er wird in Frankfurt am Main verhaftet. Nicht weit von dieser neutralen Reichsstadt entfernt, in Bergen, gelingt ihm aber sein größter Fang.

Wie in jedem Gefängnis lässt er sich auch hier einen Inhaftierten nach dem anderen vorführen. Und stets beginnt er mit der gleichen Frage: »Wer bist du?«

»Peter Groß.«

Dieser Mann ist klein, stechende Augen, aufgestülpte Nasenlöcher und die grauen Zähne sonderbar rund und stumpf. Keil bittet seinen Schreiber Diepenbach um die Steckbriefe, blättert nicht lange. »Nennt man dich den Fetzer?«

»Wer soll das sein?«

Ein Wink für die Wärter: »Zieht ihn aus. Nackt.«

Wie auf dem Fahndungsblatt beschrieben, findet der Kölner Ankläger die vernarbten Geschwüre am Hals, unter den Achseln und um die Genitalien. »Du hättest die Bordelle meiden sollen. Huren sind scharfe Beobachterinnen. Du bist Mathias Weber, genannt der Fetzer.«

Den Schinderhannes übergibt Anton Keil dem französischen Gericht in Mainz. Den Fetzer aber lässt er unter schwerster Bewachung per Schiff nach Köln transportieren.

Einzelhaft. Bis auf den Wärter darf niemand sich der Zelle im Kölner Hof nähern. Der Gefangene schweigt, keine Beschwerde, keine Forderung. Der Fetzer sitzt nur da.

Zurück von der langen Inspektionsreise, übernimmt Keil im Herbst persönlich das Verhör, doch umsonst. Der Gefangene antwortet auf keine Frage. Anfang November verwirft der Staatsanwalt alle üblichen Methoden und beschließt, eine List anzuwenden.

Wie jeden Morgen hatten Beate und Ursel in der Küche gedeckt. Das Herdfeuer knisterte. Im Tiegel dampfte der Haferbrei. Zwei Äpfel lagen neben den Tellern. Norbert schob verschlafen die Tür auf, ehe er mit den Anweisungen für den Tag beginnen konnte, kam Staatsanwalt Anton Keil schnellen Schritts die Treppe herunter. »Wir haben es eilig.« Er trank den Kaffee im Stehen, wollte nichts essen. Norbert ließ sich von Beate den Teller füllen, setzte sich, nach dem dritten Löffel aber bestimmte der Logiergast: »Aufbruch!« Er entschuldigte sich bei den Schwestern. »Seht es nicht als Unhöflichkeit an. Ich fühle mich gut umsorgt.« Ein Wink für seinen Assistenten. Beide warfen sich die Mäntel um, setzten die Hüte auf. Keil war schon im Flur, als Norbert noch einmal kurz in die Küche sah. »Rührt den Kaffee nicht an. Ich warne euch!«

Ursel hielt die Kanne hinter dem Rücken versteckt. »Zu spät. Wir haben ihn schon weggeschüttet.«

Norbert drohte ihr mit der Faust, wollte fluchen, da rief sein Vorgesetzter, und er musste ihm folgen.

Die Schwestern kicherten. Als die Tür zufiel, wagten sie zu lachen.

Kurz vor dem Kölner Hof blieb Anton Keil stehen. »Heute

wird er den Mund aufmachen. So wahr ich der öffentliche Ankläger dieser Stadt bin.«

»Ihr lasst ihn auspeitschen.« Norbert nickte. »Ein bewährtes Mittel. Vielleicht ist es sogar besser, wenn der Scharfrichter zwei seiner Knechte schickt. Für die Folter.«

»Du kennst unseren Gefangenen nicht.« Keil tippte die Fingerkuppen gegeneinander. »Wir haben es mit keinem gewöhnlichen Strauchdieb zu tun. So schmächtig seine Statur auch sein mag, Mathias Weber hat eine der gefährlichsten Räuberbanden angeführt. Um solch eine Position zu behaupten, benötigt es Verstand. Mit Gewalt ist unser Fetzer nicht zu brechen.« Ein schmales Lächeln zeigte sich. »Ich habe ihn seit Wochen mindestens eine Stunde am Tag in seiner Zelle aufgesucht, ihn nach Überfällen befragt und Vermutungen über die Durchführung geäußert. Er hat sich dazu nicht geäußert. Nur ist mir stets an gleicher Stelle meiner Schilderungen ein kurzes Leuchten seiner Augen aufgefallen. Und dieses Leuchten nutze ich, vielleicht finde ich so den Weg, um sein Vertrauen zu gewinnen.«

»Aber er ist ein übler Verbrecher, ein Mörder. Und Ihr wollt Euch mit ihm anfreunden?«

»Du müsstest mich inzwischen etwas besser kennen …«, Keil unterbrach sich und ergänzte betont: »mein Freund.« Spott oder ernst gemeint? Norbert blieb im Ungewissen, denn der Staatsanwalt setzte gleich hinzu: »Mein Amt verlangt, dass ich jedes Mittel nutze, um ans Ziel zu kommen. Vor allem ist es das Geständnis, und dann will ich auch Hinweise auf Hehler und Mitwisser. Jetzt aber ans Werk!«

Er schickte seinen Assistenten hinüber zum Bankhaus des Salomon Oppenheim. »Bitte den Bürger Direktor um eine Geldkiste. Als Leihgabe. Nicht zu groß, dafür aber gesichert mit zwei der modernsten Schlösser.« Er zückte einen Dukaten. »Dieses Goldstück soll Oppenheim in der Schatulle einschließen.«

Norbert wagte nicht nachzufragen. Nach wenigen Schritten rief ihm Keil hinterher: »Lasse dir auch die Schlüssel aushändigen!«

Die Geldkiste war schwer, dickes Eichenholz bewehrt mit Eisenbändern. Trotz des kühlen Novembermorgens geriet Norbert ins Schwitzen. »Dafür habe ich nicht studiert«, schimpfte er vor sich hin. Gleich kam ihm Arnold in den Sinn. »Für Muskeln ist er zuständig.« Vor der Hochzeit hätte er den Freund sicher zu Hilfe geholt, aber seit Arnold von Walburga bewacht wurde, hatten sie bisher nicht einmal über den Vorfall bei der Trauung in Groß St. Martin reden können.

Voller Ungeduld erwartete Anton Keil mit seinem Schreiber die Geldkiste unten im Flur des Kölner Hofes. »Ein Prachtstück.« Er besah die Schlösser, rüttelte an ihnen.

Norbert trocknete sich die Stirn. »Doppelte Sperren, dreifach verzahnt, sagt der Bürger Direktor. Nicht zu öffnen, außer hiermit.« Er überreichte die Schlüssel.

Und der öffentliche Ankläger ließ sie in der Rocktasche verschwinden. »Folgt mir!«

Gemeinsam mit dem Sekretär schleppte Norbert die Geldkiste bis vor die Zellentür. Leise gab Keil letzte Anweisung. »In der geöffneten Tür dürfen nur die bewaffneten Wärter stehen. Ihr beide haltet euch seitlich auf, unsichtbar für den Gefangenen.« Er deutete auf den Schreiber. »Falls das Experiment gelingt und Mathias Weber spricht, dann beginnst du mit dem Protokoll. Jedes Wort hältst du fest.« An Norbert gewandt, sagte er mit leichtem Spott: »Ich entbinde dich von der Arbeit an deinen Listen. Du darfst heute zuhören. Vielleicht kannst du für spätere Verhöre von deinem Meister etwas lernen.«

Die Bewaffneten öffneten die Zellentür, hängten je eine Öllampe rechts und links an die Holme und drehten die Dochte höher. Ein Latrineneimer. Scharf roch es nach Urin und Kot. An der hinteren Wand lag der Fetzer auf der Strohmatte, an Füßen und Händen gekettet, er sah nicht einmal zur Seite. Auch als von den Wärtern die Geldkiste neben ihn gestellt wurde, rührte er sich nicht.

Anton Keil brachte einen Stuhl mit in den Raum und nahm nahe dem Strohlager Platz. »Man erzählt sich Wunderdinge von dir. Aber ich vermute, du hast es nur einem noch Größeren nachgemacht.« Er sprach im Plauderton weiter. »Der Schinderhannes ist mit großem Lärm in die Orte eingefallen, hat die Türen mit Sturmbalken aufgestoßen. Du hast ihn dir als Vorbild genommen. So war es doch, oder?«

Nur ein kurzes Lachen, sonst keine Regung.

Der Staatsanwalt beantwortete die Frage selbst. »Ganz sicher. Je lauter, umso besser. Möglichst auch noch mit den Pistolen in die Luft geschossen, damit sich die Bewohner verstecken. Nur so kamst du in die Häuser.«

Ein verächtliches Stöhnen. »Das hab ich nie nötig gehabt.«

Ein erster Satz. Keil ließ die Worte lange im Raum allein, dann ruhig, ohne Druck, erkundigte er sich: »Kein Vorbild?«

»Schon gar nicht der Hannes. Der konnte es nur laut. Schlau war der nicht. Ich allein bin mir mein Vorbild.«

Schweigen. Der Ankläger sah ohne jedes Anzeichen von Ungeduld auf das Strohlager. Bisher hatte der Gefangene sich nicht bewegt, sah starr zur Zellendecke. Schweigen.

Mit einem Mal hob Mathias Weber die aneinandergeketteten Hände, strich mit dem rechten Zeigefinger über das Schloss am linken Handring. »Ich öffne sie alle. Ich komm auch überall rein, komm überall raus. Aber mich hört dabei keiner.«

»Wer es glaubt …«

Wieder ein kurzer Lacher. »Dazu brauch ich nur einen krummen Nagel.«

Keil griff in die Rocktasche. Norbert konnte nicht erkennen, was er herauszog und dem Fetzer auf die Brust warf. Das Teil blinkte nur kurz auf.

»Da ist der Nagel. Beweise es. Für jedes Handschloss gibt es einen Taler, für die Geldkiste neben dir einen Dukaten. Ich zahle nur, wenn du alle Schlösser geschafft hast.«

Der Kopf bewegte sich, ein prüfender Blick auf die Truhe. Dann griff Mathias Weber nach dem Nagel.

Im Halbdunkel des Flurs stellte sich Norbert auf die Zehenspitzen. Für einen Moment hatte er das Gesicht des Räubers gesehen. Erinnerung? Kannte er es? Der Moment war zu kurz, um sicher zu sein. Jetzt verhinderten die Arme den Blick. Das erste Schloss schnappte, der Eisenring fiel, wenige Atemzüge später waren beide Hände frei. »Die Füße auch?« Der Spott in der Stimme war nicht zu überhören.

Keil lachte über den Scherz. »Untersteh dich!«

»Dann eben nicht.« Ohne übertriebenen Schwung, geschmeidig, gelangte der Fetzer auf die Knie und rutschte zur Geldkiste. Er prüfte beide Schlösser, zog leicht an den Bügeln, dann sah er zu Keil auf. »Die sind neu.«

»Alte Schlösser kann jeder öffnen.« Der kleine Stachel gehörte zum Spiel, und Mathias Weber nahm ihn mit leichtem Zucken in den Mundwinkeln hin. »Mag sein. Die neuen schaffe nur ich, auch wenn es etwas dauert.«

»Ich habe Zeit.«

»Und mir läuft sie nicht mehr weg.«

Ein Dialog, ein erster Hauch zwischen Räuber und Ankläger, ihre Blicke trafen sich bei einem Lächeln. Behutsam führte der Fetzer die Nagelspitze ins Schlüsselloch ein, legte das Ohr daran und horchte.

Draußen im Flur war Norbert bis an die Wand zurückgewichen. Das Gesicht. Der kleine, fast haarlose Mann. Nie würde er den Augenblick im Hinterhaus bei der Düwels-Trück vergessen, als er plötzlich im Raum stand. Kein Vermittler. Er war es selbst gewesen. Oh, verflucht. Ich habe damals mit dem Fetzer gesprochen, ihm das Geschäft mit dem Dreikönigenschrein angeboten. Abgelehnt hat er und mir die Kleider zerschnitten. Und jetzt … Norbert spähte in die Zelle. Eins der Truhenschlösser war offen. Mathias Weber pfiff vor sich hin und betastete das zweite Schloss. Wenn Monsieur Keil ihn zum Sprechen bringt, dann geht es nicht nur um Überfälle, er fragt auch nach Zuträgern. Und wenn der Fetzer mich heute, morgen oder irgendwann wiedererkennt, und das wird er …

Norbert zerrte an der Haarsträhne vor seiner Stirn. Gift? Beate könnte aus der Apotheke ... Gleich verwarf er den Gedanken wieder. Keil würde dahinterkommen. Bis zur Hinrichtung durfte ihn der Fetzer nie zu Gesicht bekommen. »Sonst habe ich keine Chance«, flüsterte Norbert.

Der Sekretär sah von seinem tragbaren Schreibpult auf. »Wie meinst du das?«

Nur ein Schlucken, dann hatte sich der Advokat wieder gefasst. »Bei der Geldkiste«, flüsterte er. »Nur mit dem Nagel hätte ich keine Chance.«

»Ich auch nicht. Wir müssten die Pistole nehmen. Aber er ...«

Das zweite Schloss fiel. Gleich hob der Fetzer den Deckel, sah den Inhalt, griff aber nicht hinein.

Anton Keil nickte anerkennend. »Deshalb ohne Lärm.«

Ein breites Grinsen zeigte die grauschwarzen Zahnstümpfe. »Wie hätte ich sonst die Witwe Fettweiß ausnehmen können? Das Haus steht mitten an der Schildergasse. Und die Nachtpatrouille marschierte gleich vor der Tür auf und ab.«

»Dieser Einbruch ging auf dein Konto? Nichts war zerbrochen ...«

»Nur das Geld und der Schmuck waren weg«, ergänzte der Fetzer mit Stolz in der Stimme.

Keil deutete auf die Eichentruhe. »Der Golddukat gehört dir, du hast ihn verdient.«

»Sogar mit ehrlicher Arbeit.«

Über den Scherz mussten beide Männer lachen. Das Band zwischen ihnen hatte sich weiter gefestigt. Mathias Weber streckte die Hand aus. »Nicht vergessen, Herr. Da fehlen mir noch zwei Taler für die Handfesseln.«

Während der Ankläger ihn entlohnte, erkundigte er sich: »Neben all den vielen, welcher Einbruch war dein Meisterstück?«

»Das Rathaus von Neuss.« Eine schnelle Antwort, gefolgt von genüsslichem Schulterdehnen. »Zweimal. In zwei Nächten hintereinander. Und niemand hat mich bemerkt. Das schafft keiner außer mir.«

Anton Keil ließ den Gefangenen die Erinnerung auskosten, dann setzte er beiläufig nach: »Wie war das noch? Bei der Beute waren die Weltkugel und der heilige Quirinus? Wo seid ihr damit hin?«

»Schweres Silber. Die großen Teile sind wir in Hemmerden an den David losgeworden. Ein geschickter Hehler, der hat die Sachen nie lange behalten. Ich glaube, die Kugel und den Heiligen hat der schon am nächsten Tag dem Paffrath in Düsseldorf verkauft.« Der Fetzer klappte die Geldkiste zu und hockte sich auf den Deckel. »Aber darum haben wir uns nicht geschert. Wir hatten schon unser Geld.«

Das Gesicht war offen, bereitwillig antwortete Mathias Weber auf die Fragen, gestand noch fünf weitere Überfälle, nannte Orte und Namen.

Sekretär Diepenbach schrieb und schrieb, während Norbert das Ende des Verhörs herbeisehnte.

Endlich. Der öffentliche Ankläger erhob sich. »Morgen komme ich wieder. Gibt es Wünsche?«

»Wünsche?« Der Fetzer strich sich über die wenigen Haare, faltete die Hände im Nacken. »Für alles, was ich mir wirklich wünsche, seid Ihr nicht der Richtige. Um die zu erfüllen, da müsste schon der Herrgott selbst ran.« Er wiegte sich vor und zurück. »Aber was Einfaches. Ihr könnt mal den Doktor mitbringen. Manchmal bin ich nach dem Schlafen noch müd, auch hat der Rücken oft kein Gefühl mehr.«

Aus einer Regung trat Keil einen Schritt auf das Strohlager zu, hielt aber sofort inne. »Die Geschwüre deuten auf …«

»Ich weiß schon, Lustseuche.« Mathias Weber unterbrach das Schaukeln nicht. »Will nur genau wissen, ob ich sie hab. Das verändert die Lage. Dann ist mir das Sterben am Galgen freundlicher. Weil's schneller vorbei ist.«

»Nicht der Galgen. Auf dich wartet die Guillotine.«

Der Körper stockte. »Diese Maschine mit dem Fallmesser

kenne ich nicht. Hab nur davon gehört. Das wäre noch ein Wunsch. Bringt mir doch ein Bild von dem Ding mit!«

»Genug für heute.« Keil schüttelte über ihn den Kopf. »Der Arzt wird dich in Augenschein nehmen. Und jetzt«, er streckte die Hand aus, »darf auch ich bitten.«

Stille. Sie sahen sich nur an, schließlich schmunzelte der Fetzer. »Und ich dachte, Ihr hättet meinen kleinen Retter vergessen.« Er zupfte hinter dem Kopf im Kittelkragen und überreichte dem Staatsanwalt den gebogenen Nagel.

»Auch würde ich mich über neue Schlösser freuen. Dann erinnere ich mich leichter. Wenn Ihr versteht.«

Keil ging schon zur Tür. »Ich habe sehr wohl verstanden.« Er gab den Wärtern Anweisung: »Legt dem Gefangenen die Handeisen wieder an.« Ein kurzes Zögern, dann setzte er hinzu: »Und bringt ihm eine warme Suppe. Und eine Decke zusätzlich.«

Am Abend verließ Norbert noch einmal das Haus in der Budengasse. Den Schwestern hatte er etwas von einem geheimen Kontrollgang für das Kriminalgericht hingemurmelt, sie sollten zu Bett gehen, weil es spät werden könnte. Er schlug den Kragen hoch, zog den Hut tiefer in die Stirn. Nach St. Kolumba mied er die Breite Straße wegen der Laternen, unbemerkt gelangte er zur Schwalbengasse. Am Bordell der Düwels-Trück schwankte die rote Laterne heftig im Wind. Der Schankraum war gut besucht. Es roch nach Bier, Schweiß und Holzbrand. Dazu Gegröle und Gekicher wie stets. Lautstark zechten französische Soldaten mit den Mädchen der Hurenwirtin. An den hinteren Tischen hockten Bürger beim Kartenspiel. Norbert konnte nicht ausmachen, wer dort saß. Tabakqualm, verstärkt vom Rauch aus dem undichten Ofenrohr, biss ihm in die Augen. Er schob sich bis zur Theke.

Die Düwels-Trück, grellrot der Mund, tiefschwarz die Brauen und Wimpern. Sie forderte gerade von einem Gast den Liebeslohn im Voraus und lächelte erst wieder, als die

Münzen vor ihrem Bauch unter der Theke verschwunden waren. »Erster Stock, gleich das erste Zimmer, das ist das von Ute.« Der Mann wollte gehen, da zupfte sie ihn am Ärmel. »Und nicht vergessen, Monsieur. Die Schuhe werden ausgezogen. Meine Betten sollen sauber bleiben.« Kopfschüttelnd sah sie ihm nach und wandte sich Norbert zu. »Ich muss den Franzosen Manieren beibringen, sonst verkommt mein Haus.« Das Lächeln wurde breiter. »Aber bei so feinen Herren wie Euch ist das nicht nötig. Seid mir willkommen, Herr Advokat. Lange nicht mehr gesehen.«

»Hatte viel zu tun.«

»Und jetzt entspannen? Wieder bei meiner strengen Freya?«

»Schon … Das auch.« Norbert sah sich rasch um, dann beugte er sich zu ihr. »Erst aber auf ein Wort. Wenn möglich, nicht hier. Es ist vertraulich.«

Ein langer Blick erforschte den Gast. »Also gut. Wartet draußen im Hof. Ich komme sofort nach.«

Mit gesenktem Kopf und abgewandtem Gesicht strich Norbert an den Tischen vorbei. Keiner der Spieler erkannte ihn, rief nach ihm, und erleichtert trat er durch die Hintertür ins Halbdunkel. Im Schein der beiden trüben Öllampen ragten rechts die aufeinandergestapelten leeren Fässer wie ein Riesenbollwerk auf. Drüben im Hinterhaus schimmerte Licht durchs Fenster.

Hinter Norbert schwang die Tür. »Was gibt es?« Die Düwels-Trück hatte sich ein Tuch um den Hals und über den Busen gelegt. Sie tippte ihm mit dem Stiel ihrer Tonpfeife gegen die Brust. »Wenn es um einen Rabatt geht, dann verschwenden wir hier draußen nur unsere Zeit.«

»Es geht um den Fetzer.«

Mit leichtem Lippenschmatzen paffte die Bordellwirtin einige Wolken. »Fetzer? Sollte ich den kennen?«

Im ersten Moment verschlug es Norbert die Sprache. Er deutete mit dem Finger auf die Wirtin, sagte schließlich: »Mathias

Weber, der Räuberanführer. Er und seine Männer haben doch bei Euch logiert. In diesem Hinterhaus.«

»Bei mir?« Ein leises kehliges Lachen. »Und ausgerechnet da?«

»Hört auf. Ich bin kein Idiot. In der Stube da drüben habt Ihr mich mit dem Fetzer zusammengebracht.« Norbert stellte sich breitbeinig, verschränkte die Arme. »Ich kann Euer Bordell schließen lassen. Ist Euch das klar? Ich arbeite beim Kriminalgericht. Ein Wort von mir an den öffentlichen Ankläger …«

»Ruhig, ruhig.« Mit der einen Hand beschwichtigte ihn die Düwels-Trück, die andere Hand hielt ihre Pfeife hoch, und sie hustete, hustete ausgiebig, spuckte auf den Boden. »Junger Mann, verzeiht, junger Herr Advokat …«

»Ich bin Jurist.«

»Auch gut. Also, mein kleiner Herr Jurist, wir wollen beide keinen Streit. Fangen wir noch mal von vorn an. Kommt mit.« Sie führte ihn zum Hinterhaus. Drinnen öffnete sie den Gastraum. Dort hockten vier alte Frauen, sie strickten, tranken heißen Saft. Als sie die Wirtin sahen, unterbrachen sie kurz ihr Palaver, grüßten und schwatzten weiter. Die Düwels-Trück ließ sie wieder allein. Im Flur erklärte sie: »Das Hinterhaus habe ich für alte Frauen hergerichtet. Ihr versteht. Wenn die Huren alt werden, wo sollen sie hin? Ich gebe ihnen da ein billiges Zuhause.«

»Aber ich habe dort mit dem Fetzer …«

»Ach, ist das nicht der Räuber, den sie bei Frankfurt gefangen haben?«

»Warum spielt Ihr mir diese Komödie vor?«

Unvermittelt trat ihm die Düwels-Trück hart auf den Fuß. »Weil das Stück in Wahrheit ernst ist.« Sie griff sein Revers und zog ihn näher. »Die Lage hat sich geändert, in der Politik wie auch im Puff und überall. Und ich gehe mit der Zeit.«

»Jetzt verstehe ich.« Norbert wollte sich befreien, doch sie hielt ihn fest: »Ich höre?«

»Kein Räuber war hier, und wenn doch, dann wusstet Ihr nichts davon.« Der Jurist wachte auf. »Schließlich könnt Ihr den Gästen nicht hinter die Stirn sehen.«

Mit einem Qualmstoß ins Gesicht gab sie ihn frei. »Wer sich ordentlich aufführt und bezahlt, der wird auch bedient.« Sie winkte ihm. »Kommt mit!«

Auf dem Weg zurück blieb Norbert dicht hinter ihr. »Und weil hier nie ein Fetzer logiert hat, gab es auch nie ein Gespräch zwischen ihm und mir.«

»Ein Gespräch? Wer so was behauptet, der lügt.«

»Und dabei bleibt Ihr? Auch wenn Euch der Staatsanwalt befragt?«

Kurz blieb die Düwels-Trück stehen. »Endlich habt Ihr verstanden, wie es in Köln unter Freunden abläuft.«

Norbert sollte im Treppenhaus warten, gleich kehrte sie mit einem kleinen Beutel aus dem Schankraum zurück. »Zur Feier des Tages spendiere ich einen Besuch bei meiner Freya.«

Sie begleitete ihn die Stiegen hinauf. Oben angekommen, gab sie dem Flurwächter Anweisung: »Dieser Herr ist mein Gast. Störe dich nicht daran, wenn es bei Freya heute was lauter wird.« Der bullige Kerl grinste und nickte.

Dreimal und nach einem Atemzug ein viertes Mal klopfte die Hurenwirtin an der Tür. Das Mädchen erschien im losen Hausmantel. »Ist was, Mama Trück?«

»Alles gut, Kind.« Ein Schritt zur Seite öffnete den Blick auf Norbert. »Ich bringe dir einen guten Bekannten.« Damit überreichte sie Freya den kleinen Beutel. »Hier nimm, und mache es ihm heute besonders gut.«

»Wie gut denn?«

»Na, streng dich an, Mädchen.« Ein kehliges Lachen. »Er soll es nie vergessen. Du verstehst mich?«

»Oh ja. Das wird eine Freude.« Freya griff nach Norberts Hand und zog ihn ins Zimmer.

Ehe sie die Tür schloss, betonte die Düwels-Trück: »Der ganze Spaß geht aufs Haus.«

»Verstanden, verstanden.« Freya kauerte schon vor dem Gast und löste den Gürtel, zog ihm die Hosen runter.

Norbert griff ihr ins Haar. »Was habt ihr beide da verabredet?«

»Eine Überraschung. Lass mich nur machen.« Während sich ihr Mund mit seiner Mitte beschäftigte, sie nicht sprechen konnte, streifte er Mantel, Rock und Hemd ab.

Sobald er ganz nackt war, befahl Freya ihn aufs Bett. »Warst du ein ungehorsamer Schüler? Oder willst du heute lieber ein wilder Stier sein?«

Norbert wählte den Stier.

»Ist auch egal«, kicherte Freya. Sie spreizte ihm Arme und Beine und schnürte die Gelenke an den Bettpfosten fest, band die Knoten doppelt.

Sie kniff ihm in die Brustwarzen. Leise schrie Norbert, dafür patschte sie ihm auf den Mund. »Sei still! Versuch mal, ob du loskommst.« Er wand sich, zerrte. Die Fesseln hielten.

»Und jetzt …« Wie eine Zauberin warf Freya den Hausmantel ab, öffnete den Beutel und brachte einen ledernen, mit Stacheln gespickten Riemen zum Vorschein. »Damit zähme ich jeden Stier.«

Sie kniete sich neben seinen Bauch. Norbert erkannte, was sie vorhatte. »Wage es nicht!« Er wollte zur Seite rücken. Es nutzte nicht viel. »Ich bin der Kunde. Du hast mich vorher zu fragen, ob ich damit einverstanden bin.«

»Bist du?«

»Nein, verflucht.«

»Dann ist es richtig so.«

Sie wand ihm das Dornenband in einer Schlinge um Hoden und seine Erregung, nahm beide stachellosen Enden als Zügel in die Hand. Zur Probe nur ein Ruck, als er aufstöhnte, war sie zufrieden. »Dann wollen wir es dem wilden Stier besorgen.« Freya stieg rittlings über seine Brust, wiegte den Hintern langsam hin und her und hockte sich auf sein Gesicht. »Lass mich die Zunge spüren.« Weil er der Aufforderung nicht gleich nachkam, zog sie die Zügel straffer. Vor Schmerz heulte Norbert auf. Die Dompteuse aber verlangte Gehorsam. Bei jedem Ruck schnürte sich die Schlinge enger, bohrten sich die Dornen ins Fleisch. Bald schon schrie er Freya zu laut. Da setzte sie sich ihm fester auf Mund und Nase, erstickte den Lärm. Erst als sein wildes Zucken von Armen und Beinen nachließ, lüftete sie den Hintern wieder etwas.

»Aufhören!«, keuchte er.

»Noch nicht. Alles geht doch aufs Haus.« Vergnügtes Kichern. »Ich soll es gut machen, verlangt Mama Trück.«

Und Freya machte es mehr als besonders gut.

34

Schneeregen am Nikolaustag. Es wollte nicht hell werden. In der alten Dompropstei kroch Professor Wallraf auf dem Boden seines Arbeitszimmers hin und her und legte beschriftete kleine und größere Blätter aus. Von Zeit zu Zeit reckte er sich, prüfte sein Werk, robbte erneut zu einem der weißen Schnipsel hin, vertauschte ihn mit einem anderen. »Welch ein Jammer«, flüsterte er, »Köln wird ein einziges Jammertal. Es ist zum Verzweifeln.« Ächzend erhob er sich und nahm die Liste vom Schreibtisch. »Eine furchtbare Zerstörung droht. Und das ohne Kanonendonner …«

»Kanonen?« Franz Pick war hereingekommen. »Davor wollte ich dich gerade warnen. Nicht gerade vor Geschützdonner. Aber unser Herkules wird gleich den alten Schrank auseinanderschlagen und das Holz zerkleinern. Und weil es draußen regnet, geschieht dies unten im Flur. Es wird also Lärm geben.« Nach wenigen Schritten blieb er stehen und deutete auf die Unordnung. »Aber du? Inszenierst du hier gerade einen Krieg?«

»Hüte dich. Mir ist nicht nach Scherz zumute.«

»Oh, verzeih!« Gleich passte der Kanonikus seine Miene der Stimmung des Freundes an. »Ist es so schlimm?«

Wallraf balancierte auf den noch freien Flecken bis in die Mitte des Raums. »Was du hier siehst, sind alle Kirchen unserer Stadt.«

»Dass es viele sind, wusste ich. Aber wirklich so viele? Kaum zu glauben.« Pick beugte sich über einen der Zettel. »Und du hast jede mit Namen erfasst?«

»Auf den größeren Blättern stehen die bedeutenden Stifts- und Abteikirchen, auf den übrigen die Kapellen und gewöhnlichen Pfarrkirchen.« Wallraf wies zum langen Lineal vor seinem Schreibtisch hin. »Da fließt der Rhein. In Ufernähe befindet sich unser Dom, daran klebt fast Maria ad Gradus. Von dort aus habe ich versucht, die anderen Standorte räumlich über den Stadthalbmond zu verteilen.«

»Warum die Mühe? Und dann redest du auch noch von Kanonendonner?«

Wallraf kehrte zurück, warf sich in seinen Sessel. »Weil sich in naher Zukunft die Erde auftun wird und die Herrlichkeit und Pracht unserer Vaterstadt verschlingen wird.«

»Ferdinand«, ermahnte Pick, »wenn ich mitdenken soll, so hilf mir mit klaren Worten.«

»Also für alle geistig Benachteiligten.« Der Lehrer suchte zwischen den Papieren und hob ein kleines Napoleonbildnis hoch. »Dank ihm ist der Gottesdienst wieder gesichert. Unser Erster Konsul hat sich mit dem Heiligen Vater in Rom darauf verständigt, dass wir zwar unsere Pfarren behalten dürfen, die anderen Kirchen aber in den Besitz des französischen …« Er schlug sich leicht gegen die Stirn. »So recht habe ich den politischen Wandel noch nicht verinnerlicht. Wir selbst sind jetzt Frankreich. Demnach fallen die wunderbaren Kirchen unserm Staat anheim, und zwar der Steuerbehörde. Und die wird nicht zögern, aus den alten, ehrwürdigen Zeugen höchster Baukunst ihren Profit zu schlagen.« Er hieb mit der flachen Hand auf den Tisch. »Und das bedeutet: Abriss und Veräußerung der Grundstücke oder Verkauf an den Meistbietenden. Das heißt, demnächst wird in Groß St. Martin womöglich eine Fischhalle eröffnet. Ich höre schon das Gebrüll, rieche den Gestank …«

»Aber so weit ist es doch noch nicht …« Pick hob beide Hände, wollte besänftigen.

Wallraf nahm ihm das Wort. »Aber es steht unmittelbar bevor.« Er sprang auf, stellte sich vor das Blatt nahe dem Lineal. »Die kleine Maria ad Gradus hat Glück. Sie ist unsere Pfarre. Aber da, unser Dom. Er ist keine Pfarrkirche, also steht er bald schon zum Verkauf. Und weil der Abriss sicher zu teuer ist, gibt es dort eine Kutschenhalle für ein Fuhrunternehmen, einen Tanzsaal und dazu ein Bordell mit angrenzendem Pferdestall. Platz wäre genug.«

»Ereifere dich doch nicht so!«

Ein dumpfer Knall, gefolgt von Krachen und Splittern! Beide Herren fuhren zusammen. Erneut Gedonner und Brechen.

Franz Pick fasste sich als Erster. »Herkules …«

»Will er das Haus abreißen?« Wallraf schüttelte sich, ging zur Tür. Dichtauf folgte ihm der Freund. Von oben rief der Professor nach seinem Adlatus, als Arnold auf dem Treppenabsatz erschien, fuhr er ihn an: »Darf ich daran erinnern, dass dies kein Müllplatz, sondern ein Zuhause für Menschen ist. Was, zum Teufel, tust du da?«

»Verzeiht, Herr.« Arnold grinste leicht. »Weil's mit dem Zerkleinern schneller geht, habe ich den Schrank hochgehoben und dann hingeworfen. Aber der schlimmste Lärm ist jetzt vorbei.«

»Erlaubt ist dir nur der Schrank. Untersteh dich, noch ein anderes Möbel anzurühren.« Wallraf kehrte mit dem Freund ins Studierzimmer zurück. »Wenn sie unsere Kirchen abreißen, werden wir ihn keinesfalls als Arbeiter zur Verfügung stellen.«

»Ich glaube, er würde sich ohnehin weigern.« Pick stellte sich ans Lineal vor das mit kleinen und großen Zetteln gelegte Stadtbild. Nachdenklich rieb er sich das Kinn. Unten im Haus ging das Rumpeln gedämpft weiter. Er störte sich nicht daran, sagte schließlich: »Auswechseln. Ja, auswechseln.«

»Wen?« Der Professor trat neben ihn. »Wovon sprichst du?«

»Das könnte die Lösung sein.« Franz Pick straffte den Rock über seinen Bauch. »Die Kirchen sollten ausgewechselt werden.«

»Ich kann nicht folgen.«

Pick spitzte die Lippen. »Aufgrund der ernsten Lage verzichte ich auf eine Retoure bezüglich der geistig Benachteiligten. Was ich meine ...« Er kauerte sich mit einigen Schnaufern hinunter zum Rhein und drückte den Finger auf St. Maria ad Gradus. »Noch vor der Neuordnung sollten wir ihr den Status nehmen«, er legte die Hand auf das größere Blatt daneben, »und den Dom zur Pfarrkirche ernennen. Oder anstelle von St. Brigida wird Groß St. Martin zur Pfarre.«

Wallraf fiel neben dem Freund auf die Knie, fasste seinen Arm und starrte das Zettelgebilde an. »Nicht nur eine Lösung ... Das, das wäre die wunderbare Rettung.« Er nahm Maria ad Gradus auf. »Sie ist zwar selbst auch Stiftskirche, hat aber eine schlechte Bausubstanz. Um sie wäre es nicht schade. Die anderen aber ...« Mehr und mehr gewann seine Stimme an Begeisterung. »Wir tauschen unsere unschönen, vernachlässigten Pfarrkirchen gegen die wohlerhaltenen Stifts- und Abteikirchen.« Zuversicht kam hinzu. »Unser neuer Bischof in Aachen wird sich nicht dagegenstemmen. Nein, Bischof Berdolet wird uns in diesem Vorhaben sogar unterstützen. Da bin ich mir ganz sicher.«

Pick lachte leise. »So bekommt der Fiskus in Paris die baufälligen Gemäuer, und wir behalten unsere Schätze.«

Wallraf erhob sich, half dem Freund auf die Füße und umarmte ihn. »Wie gut, dich zu haben.«

»Vielleicht solltest du dir dies etwas öfter klarmachen.«

Die Hausglocke schlug an, heftig, immer wieder. Unten brach das Getöse ab.

Wenig später kamen Stimmen die Treppe herauf. Hart pochte es an der Tür. Wallraf öffnete. »Was ...?«

Weiter kam er nicht.

»Zu Hilfe!« Vikar Nettekoven schob Arnold beiseite, rang die Hände. »Schüsse! Drüben im Dom. Da wird geschossen. Ihr müsst helfen!«

»Heute scheint der Tag des Donners zu sein.« Pick lachte auf. »Rührt er etwa von Kanonen her?«

»So glaubt mir nur.« Das Weiß der Augäpfel trat hervor. »Gewehrfeuer. Ich habe es selbst gehört.«

Wallraf rüttelte den Aufgeregten an der Schulter. »Ruhig! Beruhigt Euch. Was geht dort vor?«

»Seit das Betreten wieder erlaubt ist, gehe ich täglich …«

»Ich weiß, Ihr haltet das Mausoleum unserer drei Könige sauber …«

Vom mitschwingenden Spott unbeirrt, bestätigte der Vikar: »Um den Heiligen zu zeigen, wie willkommen sie uns sind.«

Und Pick vollendete: »Falls sie jemals zurückkehren dürfen.«

Wallraf fasste die Schulter fester. »Heraus damit! Was also hat Euch so erregt?«

»Ich habe mich nicht ins Hauptschiff vorgewagt …« Nettekoven ballte die Hände vor der Brust. Die beiden französischen Wachposten hatten sich in der Nähe des Getreidebergs ein Feuer entzündet. »Das genügte ihnen wohl nicht gegen die Kälte.« Die Stimme vibrierte. Mit Branntwein hätten sich die Kerle weiter eingeheizt. »Jetzt laden sie immer aufs Neue ihre Flinten und beschießen die Glasfenster.«

»Was?«, fuhr Wallraf auf, jeder Spott war gewichen. »Welches Fenster? Um aller Heiligen willen. Doch nicht etwa das Bibelfenster in der Mitte, unser wertvollstes?«

»Noch nicht. Aber das Südfenster ist schon zerschossen. Diese Vandalen grölen herum. Laden ihre Gewehre mit Bleistücken …«

»Aufhalten. Kommt. Wir müssen sie aufhalten!« Der Professor zog den Freund mit sich, nickte Nettekoven und befahl Arnold: »Du auch. Sofort!« Dann war er schon auf der Treppe.

Unten griffen alle nach ihren Mänteln und hasteten aus dem Haus. Im Laufschritt stürmten sie in Richtung Dom. Wallraf mit Pick voran. Nettekoven stolperte, Arnold fing ihn rechtzeitig vor dem Hinschlagen auf und blieb zur Sicherheit neben ihm. Hinter dem angelehnten Portalflügel hörte man Schüsse. Atemlos sahen sich die Männer an.

Was jetzt? Kanonikus Pick hob die Hand. »Wir können nicht einfach hineingehen.«

Irgendwo hoch über ihnen splitterte Glas, und Wallraf verzog wie im Schmerz das Gesicht. »Aber wir müssen. Sonst gehen noch weitere unersetzbare Schätze zu Bruch.«

Wer zuerst? Die Blicke der drei suchten nicht lange, vereinten sich bei Arnold.

Er kratzte sich in den Locken und dachte, ich bin zweifellos die größte Zielscheibe, sagte aber: »Schon gut. Ich mach's.« Für langes Planen blieb keine Zeit. »Wenn ich rufe, dann kommt Ihr nach. Und drinnen geht Ihr gleich von der Tür weg.«

Arnold bückte sich. Langsam zog er einen der Eichenflügel auf. Das Gelächter und Brüllen der Betrunkenen schallte lauter. Unbemerkt huschte er hinein. Drüben am Feuer sah er die torkelnden Gestalten, sie fuchtelten mit ihren Gewehren nach oben zu den Fenstern. Im Moment drohte keine Gefahr von ihnen. Leise rief Arnold nach den Herren. Sie schlüpften herein und hielten sich sofort hinter ihm. »Was jetzt?«

»Das ist ab hier meine Sache«, übernahm Wallraf die Leitung. Er schlich auf die Unholde zu, hielt aber schon auf halber Strecke inne. »Feuer einstellen!«, befahl er wie ein Unteroffizier. »Sofort!«

Die Betrunkenen stockten, dann lachten sie, glaubten, sich verhört zu haben, dennoch drehten sie sich um und schossen einfach ins Dunkel. Erschrocken kauerte sich Professor Wallraf nieder, hastete gekrümmt, so rasch er konnte, zurück. Inzwischen hatten die Posten erneut ihre Flinten geladen. Sie suchten sich das rechte Fenster neben der Chormitte aus.

»O Gott«, flüsterte Nettekoven, »da sind Petrus und Maternus …«

»Gegen Gewehre sind wir machtlos.« Pick hielt sich mit beiden Händen die Wangen. »Wir müssen die Stadtsoldaten zu Hilfe rufen.«

»Dann ist es zu spät für die Heiligen.« Ohnmacht und Zorn stritten in Wallrafs Stimme.

Arnold straffte sich. Niemand darf sich an unseren Heiligen

vergreifen, schon gar nicht diese Franzosen. Ohne ein Wort ging er los, aufrecht, an Deckung dachte er nicht.

Die Wächter bemerkten ihn erst, als er unvermittelt in den Feuerschein trat. »Halt!« Entsetzt rissen sie die Waffen herum. »Arrête-toi!« Die Gewehrläufe richteten sich auf die Brust der riesenhaften Erscheinung. »Wer bist du?«

Arnold schnaubte.

»Mon Dieu!« Die Mündungen fuhren hin und her. Zugleich versuchten die Betrunkenen einen Angriff, stießen mit den Flinten nach der Gestalt.

Arnold packte beide Gewehrläufe, riss sie zu sich her, die Wächter hingen noch daran, der Ruck war zu stark, sie ließen die Schäfte los, konnten den eigenen Schwung nicht anhalten und prallten gegen seine Brust. Arnold stieß dem einen das Knie in den Leib, hieb dem anderen seinen Ellbogen gegen den Hals. Beide taumelten von ihm weg. Da schwang er die Gewehre am Lauf hoch über den Kopf und schmetterte sie auf den Steinboden. Die Holzteile splitterten, das Eisen hatte sich verbogen. In fliegender Hast zerrte einer der Wächter den Säbel heraus, mit Gebrüll stürzte er auf den Feind. Arnold trat nur zur Seite und zerschlug mit dem krummen Gewehrlauf die Klinge. »Jetzt reicht es mir!« Er stampfte auf die beiden zu, ehe sie begriffen, hing jedem eine Flintensichel um den Hals, und riesige Hände packten sie am Schopf. Vor Schmerz schrien die Männer. Unerbittlich zerrte Arnold sie hinter sich her zum Ausgang. Mit dem Fuß stieß er das Portal auf und schleuderte die Wächter hinaus. »Verschwindet!« Sie rappelten sich hoch und rannten. »Verfluchtes Franzosenpack!«, drohte er ihnen nach. »Lasst euch in unserm Dom nie mehr sehen! Sonst …«

35

*B*artholomäus Dupuis betrachtet sich im Spiegel. Was er sieht, gefällt ihm. Die spitze Nase. Na und? Die kleinen Augen. Sind große Augen etwa ausdrucksvoller? Es ist der Mann, der aus ihnen blickt, allein darauf kommt es an. Selbstkritik bleibt den Versagern vorbehalten, den Starken schwächt sie nur. Doch da entdeckt er eine Kleinigkeit. Dupuis leckt Zeigefinger und Daumen und gibt den drei in die Stirn ondulierten Locken mit Speichel frischen Schwung. »Auf, mein Freund«, flüstert er sich zu, »nun greife ins Räderwerk der Politik!« Beschwingt verlässt er sein Amtszimmer im Wedinghauser Kloster und eilt ins Rathaus von Arnsberg.

Der Zivilkommissar für das Herzogtum Westfalen, Regierungsdirektor von Grolman, empfängt seinen Archivrat sofort. »Eine wichtige Neuigkeit?«

»In aller Bescheidenheit«, dienert Dupuis, »ich darf sagen: eher eine kleine Sensation.«

Es folgt ein Zungenschmatz für das Gebiss, dann darf der Besucher Platz nehmen. »Neue Handschriften?«

»Weit mehr. Das Versteck ist gefunden. Ich weiß jetzt, wohin die Kisten mit dem Schrein der Heiligen Drei Könige verbracht wurden.«

Die hölzernen Schneidezähne rutschen vom Oberkiefer. Erst nach einiger Verzögerung bringt ein Gegendruck von unten sie wieder in die ansehnliche Position. »Endlich. Wo? Heraus damit!«

Dupuis streckt die Hände, als überreichte er ein Geschenk. »Das Haus des Stefan Molinari. Seine Hochwürden bekleidet das Amt des Scholasters im Bartholomäusstift zu Frankfurt. An ihn sind die sechzehn Kisten Anfang August geliefert worden.«

»Gute Arbeit. Wie seid Ihr an die Information gelangt?«

Dupuis ziert sich mit der Antwort, lässt schließlich durchblicken, dass er sie dem Protokollführer des Domkapitels mit einer List entlockt habe.

Von Grolman hakt sofort nach. »Kann der Mann weitere Geheimnisse für uns lüften?«

»Er ist vollständig ausgequetscht, wenn ich so sagen darf.« Dupuis lächelt fein. »Meine unmaßgebliche Empfehlung wäre, ihn zu entfernen, ehe er anderen von dem Versteck …«

»Wir werden uns dieser Person in den nächsten Tagen entledigen.« Der Zivilkommissar greift zur Glocke. »Zunächst aber schicke ich die wunderbare Nachricht per Eilkurier nach Darmstadt. Unsere Hochfürstliche Durchlaucht wird entzückt sein.« Ein langer Blick für den Archivrat. »Wie angenehm rücksichtslos Ihr seid. Für Skrupel ist auf der politischen Bühne kein Platz, nur der Erfolg zählt. Darin sind wir uns einig.«

Duft aus der Küche empfing Stefan Molinari, als er die Haustüre aufschloss. »Martha, meine Martha«, lächelte er und legte den Mantel ab, lockerte unter dem Kinn das weiße Beffchen. »Die schönste Entschädigung nach der Messe im frostigen Kaiserdom ist nun mal eine heiße Hühnersuppe.« Er betrat das Esszimmer, hauchte Atem in die Hände, rieb sich die Finger.

Weihnachten war seit gestern vorüber. Dennoch hatte seine Haushälterin auch heute ein frisch gestärktes Tischtuch aufgelegt, das Festtagsporzellan mit dem Silberbesteck aus der Vitrine genommen und die Tafel sogar mit einigen Glassternen geschmückt.

Die Tür schwang auf. »Hinsetzen, Hochwürden! Sonst wird mir alles kalt.« Martha trug die Terrine vor dem Busen und stellte sie neben dem Silberleuchter ab. Ein Moment der Reglosigkeit für das Gebet, als ihr Schutzbefohlener nach der Serviette griff, seufzte sie: »O Gott, die Kerze!« Rasch entzündete sie im Glutbecken einen Fidibus und strich die Flamme

360

an den Docht. »So«, ihr rundliches Gesicht war vom Kochen gerötet, »nun wird gegessen.« Tief gründelte sie mit dem Schöpfer und füllte den Teller. Auf den dampfenden Fettaugen schwamm getrocknete Petersilie, und darunter lagen große Stücke vom Huhn, umgeben von Möhren und Zwiebeln. Der Scholaster schlürfte den ersten Löffel. »Du verwöhnst mich. Heute ist kein Feiertag mehr.«

»Für Eure Länge seid ihr mir immer noch zu dünn.« Bekümmert betrachtete sie die hagere Gestalt mit der hohen Stirn, den großen, grauen Augen. »Auf Euch muss man achtgeben, Hochwürden. Ihr ladet Euch einfach zu viel auf. Die vielen jungen Novizen, der Dienst für unsern Kaiserdom …« Sie hielt inne. »Da fällt mir ein: Vorhin war der Stadtbote Schmitz hier. Er hat was für Euch abgegeben. Später kommt er wegen der Antwort wieder.«

»Am heiligen Sonntag?« Molinari legte den Löffel ab.

»Nein, nein«, seine Fürsorgerin wies auf die Suppe, »erst wird leer gegessen. Dann gibt es den Braten, und zum Nachtisch bringe ich den Brief.«

Süßer Quark, dazu eingemachte Pflaumen, sie rundeten das Mittagsmahl ab. Stefan Molinari betupfte mit der Serviette die Lippen, wischte leicht durch die Mundwinkel. »Danke, Martha. Welchem Priester ist es vergönnt, einen solch guten Engel um sich zu haben?«

Das erhitzte Gesicht nahm noch an Röte zu. »Ein feiner Herr wie Ihr … Ich mein, was Schlechteres als mich habt Ihr auch nicht verdient.« Sie zog ein Kuvert aus der Schürzentasche, legte es ihm hin und trug die Schüsseln in die Küche. Als sie zurückkehrte, saß Molinari aufgerichtet da. Das Schreiben zitterte in seiner Hand.

»Hochwürden? Ihr seid mit einem Mal so blass. War was von meinem Essen nicht recht?«

»Doch, doch«, murmelte der Scholaster. Er tippte auf das Blatt. »Irgendwer hat mich verraten. Ich fürchte Schlimmes. Komm, setze dich einen Moment.« Martha wischte die Hände an der Schürze ab und nahm am anderen Ende des Tisches Platz.

»Dies ist eine Vorladung. Bürgermeister Metzler bestellt mich zu sich, umgehend. Also noch heute.«

»Was will er denn so dringend?«

»Er weiß von den Kisten. Drüben im hinteren Flur.«

Martha hob den Busen. »Na, Gott sei Dank. Diese sperrigen Dinger … Stehen nur im Weg.«

»Auch wenn sie dir hinderlich sind, ich bin für ihren Schutz verantwortlich.«

»Alte Messgewänder? Das sind doch Lumpen. Ich würde Euch mit so was nicht zum Altar lassen.«

»Du gute Seele. Es sind in der Tat keine Lumpen. Dort lagert auch viel mehr als nur kostbare Decken aus rotem Scharlach und Bänkelgehänge aus weißer Seide, mit Gold durchwirkt. Ich habe dir die Wahrheit über den eigentlichen Inhalt vorenthalten, um dich nicht zu beunruhigen. Doch jetzt …« Er beugte sich vor und weihte seine Haushälterin ein.

Martha bekreuzigte sich, nach dem ersten Schreck krauste sie die Stirn. »Hab mir manchmal, wenn ich mit dem Besen drüber bin, schon so was gedacht. Aber gleich der Sarg für die Heiligen Drei Könige. Das hätte ich nie im Leben … Und den schönen Schatz will uns der Bürgermeister wegnehmen?«

Der Scholaster wusste es nicht. »Aber wenn er sofort mit mir darüber sprechen will, heißt das nichts Gutes.«

»Nein. Da geht Ihr mir nicht hin, Hochwürden.« Sie schob die Kittelärmel zurück, ihre Stimme ließ keinen Zweifel an ihrer Kampfbereitschaft. »Erst mal solltet Ihr so tun, als hätte ich Euch den Brief gar nicht gegeben.«

»Das wäre eine Lüge … Allerdings würde ich Zeit zum Nachdenken gewinnen.«

»Und das ist wichtig. Schließlich geht es um die Heiligen Drei Könige, da soll eine Notlüge schon erlaubt sein.« Sie stemmte die Ellbogen auf. »Aber viel wichtiger ist, dass wir so rausfinden, was wirklich los ist. Denn wenn Ihr Euch nicht meldet, rührt sich der Bürgermeister bestimmt wieder. Lasst mich nur machen.«

Gegen vier Uhr tönte das harte Schlagen des Messingklopfers durchs Haus. Martha prüfte im Fensterspiegel, wer draußen stand, sah rasch ins Studierzimmer. »Bitte ganz still sein und nicht rauskommen!«

Im Flur zog sie die Schürze aus, zurrte den breiten Gürtel ihres Kittelkleides fester um die mächtige Taille und steckte das Hackmesser an die Seite. Wieder pochte es, dieses Mal ungeduldig, fordernd. Martha schritt zum Portal. »Du schon wieder?« Sie verschränkte die Arme unter dem Busen. Die Fingerkuppen der rechten Hand trommelten auf der Klinge des Küchenbeils.

Der Stadtbote nahm nicht die Mütze ab. »Ich soll die Antwort holen.«

»Was für eine Antwort?«

»Aber ich habe doch vormittags einen Brief gebracht.«

»Brief? Ach ja, der Brief.« Martha seufzte. »Den habe ich ganz vergessen.«

»Der ist vom Bürgermeister. Du kannst doch nicht …«

»Hab ich aber.«

Stadtbote Schmitz drohte ihr mit der Faust. »Die Sache ist ernst. Dein Hochwürden soll den Brief lesen und gleich antworten. Ich warte solange.«

Nun lächelte Martha, sagte mit sanfter Stimme: »So ein Pech. Der Herr Scholaster ist abgereist. Gerade vor einer halben Stunde.«

»Hör auf zu grinsen. Du, du blödes Weibsstück.« Bote Schmitz trat näher. »Deine Vergesslichkeit kommt dich teuer zu stehen. Du hast eine Amtshandlung behindert.«

»Heute Mittag gab es Hasenbraten.« Ohne Hast zog Martha das Hackmesser aus dem Gürtel. »Wag dich noch einen Schritt vor, und ich schlag dir den Kopf ab. Dann gibt es bei der Rückkehr meines Hochwürden gepfeffertes Ragout vom Hasen und vom Hammel.«

»Das wagst du nicht!«

»Probier's aus!«

Der Stadtbote fuchtelte mit dem Finger nach ihr, pumpte sich mit Atem voll, dann … Unvermittelt sank der Arm, entwich die Luft. Er gab sich der Macht im offenen Eichenportal geschlagen. »Ich melde dich.« Geduckt schlich er davon.

Bürgermeister Metzler hörte den Bericht seines Boten. »Du versoffenes Subjekt. Lässt dich von einer Frau vertreiben.«

Er nahm das Schreiben mit dem Siegel des Landgrafen Ludewig von Hessen-Darmstadt zur Hand. »Seine Hochfürstliche Durchlaucht bittet mich, dass höchst gewissenhaft nach den Kisten recherchiert wird. Und das heißt im Klartext, er droht mir und der Stadt andernfalls mit Konsequenzen. Ich muss …« Er schlug mit dem Blatt mehrmals nach seinem Stadtboten. »Warum hast du die Köchin nicht vorgeladen? Sie weiß, ob die Kisten da sind. Geh sofort, und bring mir das Weibsstück!«

Wieder tönte der harte Messingklopfer durchs Haus nahe dem Kaiserdom. Stefan Molinari zog sich mit seiner Haushälterin in die Wäschekammer hinter dem Innenhof zurück.

»Warum, Hochwürden? Draußen steht nur der Stadtbote. Mit dem werde ich schnell fertig.«

»Aber, Martha. Bedenke die Folgen. Wir wollen doch keinen Krieg gegen Frankfurt anzetteln.«

»Aber jetzt denkt der Kerl, es ist keiner mehr im Haus.«

»Soll er nur.« Molinari faltete die Hände. »Ich habe mir einen Plan überlegt. Er mag sehr kühn sein, und es ist zweifelhaft, ob er gelingt. Heute am Sonntag kann ich nichts unternehmen. Wir müssen also bis morgen warten.«

Noch dreimal betätigte der Stadtbote den Klopfer, horchte mit dem Ohr eng am Eichenholz. Nichts. Auf seinen Lärm antwortete nur Stille.

»Ich habe in der Nachbarschaft gefragt«, verteidigte sich Schmitz vor dem Stadtoberhaupt. »Alle meinen, dass wenn Hochwürden verreist ist, dann besucht die Köchin ihre Schwester.«

Keine Ohrfeige, kein Fußtritt für den Untergebenen, Bürgermeister Metzler nickte vor sich hin. »Das Haus ist also unbewohnt. Ich denke, wir nutzen diese Gelegenheit.«

Beim ersten Morgengrauen des 27. Dezembers huschten zwei Bewaffnete vom gegenüberliegenden Wachhaus Mehlwaage zum Haus des Scholasters und postierten sich rechts und links des Eingangs. Kein Hund kläffte, noch schlief Frankfurt.

Im Fensterspiegel aber wachte längst das Auge der Haushälterin. Sie weckte ihren Herrn mit Pochen, berichtete durch den Türspalt und warnte: »Die haben was vor mit uns.«

»Was ist mit der Seitenpforte?«

»In der Gasse steht keiner.«

Flucht. Auch wenn Martha protestierte, der fromme Mann bestand darauf. »Die Gefahr, in der wir schweben, ist weit größer, als du denkst. Bei dem Schrein geht es um Millionen.« Rasch kleidete er sich an.

Martha kehrte erneut vom Spion zurück. »Fünf Kerle sind dazugekommen. Sie haben einen Rammbock dabei.«

»Also haben ihre hohen Herren Blut geleckt. Und ich fürchte, sie gehen gleich aufs Ganze.« Stefan Molinari legte sich den Reisemantel um. »Von nun an darf nichts ohne Zeugen geschehen. Hörst du? In einem unbeobachteten Moment werden sie mich notfalls töten.«

»Nein, o Gott!« Martha fasste mit beiden Händen nach der Hand ihres Hochwürden. »Das würde ich nicht überleben.«

»Du gute Seele.« Molinari tätschelte ihren Arm. »Mit dir an meiner Seite werden wir ihnen die Stirn bieten. Jetzt aber verlassen wir sofort das Haus.« Kurz gab er ihr letzte Anweisungen, dann huschten beide durch die kleine Pforte auf die Gasse. Dort trennten sie sich.

Martha eilte zum Vorplatz. Die Bewaffneten hatten den eisenbewehrten Rammbock in Position gelegt. Sie blickten zum Mehlhaus hinüber, warteten auf das Erscheinen ihres Hauptmanns. Etwas Zeit blieb also noch. Martha pochte an einer Tür, kaum wurde sie geöffnet, rief sie: »Hilde! Schau mal, was die mit unserm Haus machen …« Sobald der Funke zündete, war sie schon an der nächsten Tür, binnen Kurzem alarmierten sich die Nachbarn gegenseitig, kamen nach draußen, wenig später stand eine ganze Schar in sicherer Entfernung und sah zu, was die Bewaffneten dort anstellten. Der Offizier gab Befehl. Je zwei packten die Seitengriffe, hoben den langen Bock, und mit dem nächsten Befehl stürmten sie los und rammten das Eichenportal. Ein dumpfer Knall. Holz splitterte. Die Tür brach aus den Angeln.

»Der Teufel soll euch holen!« Martha stampfte los. Wenige Schritte vor dem Haus trat ihr einer der Stadtsoldaten mit quer gefasstem Gewehr entgegen. »Nicht weiter.«

»Lass mich durch!«

»Hier findet eine Polizeimaßnahme …«

»Ich nehm dir gleich was!«, fauchte sie. »Das ist unser Haus. Ich bin die Köchin Seiner Hochwürden. Und wenn du nicht sofort …«

»Verzeih. Aber ich hab Befehl.«

Der Offizier trat hinzu. Gleich ging ihn Martha an. »Was fällt euch Halunken ein? Ihr seid schlimmer noch als Raubgesindel.«

»Hüte dein Maul oder ich lasse dich abführen!« Er baute sich breitbeinig vor ihr auf. »Laut höchster Anordnung muss das Haus sofort durchsucht werden. Und weil der Besitzer verreist ist, haben wir uns Zutritt verschaffen müssen.«

Rufe aus der Zuschauergruppe unterbrachen ihn. Ein Einspänner rollte auf den Vorplatz. Ihm entstieg der Scholaster.

»Da kommt mein Hochwürden.« Martha stemmte die Fäuste in die Hüften. »Sag's ihm selbst. Aber wehe, du rührst ihn an.«

Sichtlich verlegen ging der Offizier dem Geistlichen einige Schritte entgegen. »So früh hatte ich Euch nicht zurückerwartet. Die Aktion ist mir peinlich, war aber vom Bürgermeister selbst angeordnet. Ihr seid der Vorladung nicht gefolgt.«

»Dies werde ich sofort nachholen. Inzwischen darf niemand ohne schriftlichen Befehl mein Haus betreten.« Molinari deutete auf den Eingang. »Außerdem verlange ich, dass der Schaden an meiner Tür behoben wird. Frau Martha und meine Nachbarn werden euch gewissenhaft dabei beobachten.«

36

ie Entschuldigung des Bürgermeisters Metzler fiel dürftig aus. »Kommen wir gleich zur Sache.« Er nahm das Schreiben mit dem Darmstädter Löwen auf. »Wie von der hessischen Organisationskommission in Arnsberg mitgeteilt wurde, sind von dort mehrere Fuhren mit Akten und Preziosen an Euch abgegangen. Zwecks Aufbewahrung in Eurem Haus. Entspricht dies den Tatsachen?«

Molinari setzte dem scharfen Ton seine dunkle, ruhige Stimme entgegen. »Wegen der französischen Invasion sind mir vom kölnischen Domkapitel seit 1797 … ich denke, mehr als siebzig Kisten gebracht worden, mit der Maßgabe, sie nach Bamberg weiterzuleiten.«

»Danach frage ich nicht.« Der Bürgermeister sprang auf, verschränkte die Arme, riss sie gleich wieder auseinander. »Jetzt, vor nicht langer Zeit. Um diese Kisten geht es.«

Molinari rieb sich die Stirn. »Ich erinnere mich …« Er berichtete von der Frachtfuhre im vergangenen August. »Diese Verschläge befinden sich bei mir im Haus.« Er ließ eine Pause. »Alle sechzehn … weniger fünf.«

»Was sagt Ihr?«

»Den Inhalt von fünf Kisten habe ich auf Anweisung des Kölner Domkapitels einschmelzen lassen und Silber, Gold wie auch die Edelsteine, soweit sie echt waren, an den Silberhändler Schott veräußert.«

Bürgermeister Metzler stürzte sich über das Darmstädter Schreiben, las, flüsterte dabei tonlos vor sich hin, sah den Scholaster an. »Welche Bezeichnung trugen die fünf Kisten? Etwa auch P.R.1 und 2?

Molinari schüttelte den Kopf. »Auf keinen Fall. Da könnt Ihr Eure Auftraggeber beruhigen. Solange ich in der Lage bin, werde ich den Schrein der Heiligen Drei Könige verteidigen. Vor dem Schmelzofen und auch …«, er legte sich die Worte zurecht, »und auch vor allen unbefugten, gierigen Händen. Der Schrein gehört zurück in sein großes Zuhause, in den Kölner Dom.«

»Nicht anderes hat Seine Hochfürstliche Durchlaucht im Sinn.« Bürgermeister Metzler quollen die Augen vor Ehrlichkeit fast aus den Höhlen. »Deshalb müssen wir die Kisten nach Darmstadt überführen.«

»Da sei Gott vor«, flüsterte Stefan Molinari und sagte bestimmt: »Ohne juristische Klärung kann ich dem nicht zustimmen.«

»Ihr … Ihr seid kühn und widerspenstig.« Der Bürgermeister schlug mit der Faust auf den Schreibtisch. »Ich aber bin um eine gütliche Lösung bemüht. Deshalb werde ich noch heute alle elf Kisten in Eurem Hause mit dem Stadtsiegel versehen lassen.«

Stefan Molinari verließ das Rathaus. Aufgewühlt suchte er Ruhe im Kaiserdom. Er blickte zum Gekreuzigten hoch. »Die drei Könige haben dir Geschenke gebracht. Jetzt lass mich das Richtige tun, um ihnen ihren Schrein zu bewahren.«

Am späten Vormittag stand er vor der französischen Botschaft in der Freien Stadt Frankfurt. Kein Zögern mehr. »Bitte meldet mich dem hochgeehrten Herrn Residenten Hirsinger.«

War es die große Überzeugungskraft des Scholasters? War es die mitfühlende Vernunft des Bevollmächtigten der Pariser Regierung? Gewiss hat beides mitgewirkt. »Die eigentliche Kraft aber …« In der Bibliothek seines Hauses schenkte Stefan Molinari Rotwein aus der Karaffe ein und reichte einen der Kristallkelche seiner Haushälterin. »Die wirkliche Kraft ging von den drei Heiligen aus, davon bin ich fest überzeugt. Die Könige selbst haben ins Herz des Residenten gesprochen. Lass uns auf das Wohlergehen des Herrn Hirsinger anstoßen.«

»Und dass er Wort hält«, ergänzte Martha und nahm einen großen Schluck. »Ihr habt Mut. Bisher haben wir mit den Franzosen nur Ärger gehabt. Die Klöster haben sie uns weggenommen, beinah auch den Kaiserdom. Und Ihr? Ihr sucht ausgerechnet Hilfe bei denen.« Sie leerte das Glas bis zum Grund, atmete schwer, seufzte, als sie ihn wieder anblickte, standen Tränen in den Augenwinkeln. »Ach, Hochwürden, und wenn der Resident auch bloß ein Hund ist? Ich mein, Hunde schnappen nun mal nach der Wurst. Vielleicht ist der Franzose jetzt noch einer mehr, der einen Zipfel abhaben will.«

»Diese Möglichkeit mag bestehen. Aber nach unserm Gespräch heute hatte ich ein gutes Gefühl.« Er füllte ihren Kelch erneut. »Sorge dich nicht! Wir sollten ihm vertrauen.«

»Keinem Hessen, keinem Franzosen.« Martha blickte in den Rotwein, als wäre dort sein Spiegelbild. »Ich vertraue nur Euch, Hochwürden. Und wenn Ihr es sagt, dann soll's auch so sein.«

Der Kurier überreichte die Note gegen Mittag des 30. Dezembers 1802 im Frankfurter Rathaus. »Der Resident der einigen und unteilbaren französischen Republik bei der Freien Reichsstadt Frankfurt an den Herrn Metzler, Bürgermeister der genannten Stadt Frankfurt.

Werter Herr Bürgermeister! Soeben musste ich erfahren, dass die elf Kisten, welche Sie im Auftrag der Regierung Seiner Hoheit Landgraf Ludewig haben im Hause des Scholasters Molinari zwecks Beschlagnahme mit dem Siegel versehen lassen, dem Domkapitel zu Köln gehören …«

Weil die Gebiete links des Rheins inzwischen französisches Territorium waren, erinnerte Hirsinger mit scharfen Worten an die Besitzrechte seiner Regierung. »Dazu gehören alle Schätze des Kölner Domkapitels. Demgemäß bitte ich Sie, Herr Bürgermeister, die Wegnahme dieser elf Kisten gefälligst unterlassen zu wollen …« Der Regierung in Darmstadt sei gewiss die Zugehörigkeit der Verschläge unbekannt gewesen, und sie habe deshalb diese Schritte anempfohlen. Doch dies sei nun aufgeklärt. »… Ich zweifele nicht daran, dass mir unverzüglich aus Paris der Auftrag erteilt wird, alle Kisten in die Stadt Köln zurückbringen zu lassen. Ich habe die Ehre, Sie mit besonderer Hochachtung zu grüßen. Hirsinger.«

»Was jetzt?« Bürgermeister Metzler schlug sich mit den Handballen gegen die Schläfen. »Verfluchte Pest. Diese verdammten Kisten. Jetzt reißen sich die Darmstädter und auch die Franzosen drum. Und ich stecke dazwischen. Hab nichts davon außer Ärger.«

Er griff selbst zur Feder, bot dem Residenten in schönster Schrift Frieden und Ausgleich an. Ohne vorher bei ihm nachzufragen, werde nichts mit den Verschlägen geschehen.

Doch die Gier in Darmstadt fletschte weiter die Zähne. »Wir verlangen eine Überprüfung der Aussage des Scholasters Molinari. Weil der große Wert der Schätze inzwischen dem Volke bekannt ist, wächst die Gefahr eines Raubüberfalls. Deshalb empfehlen wir mit Nachdruck, die Verschläge an einen sicheren Ort zu verbringen, bis dahin soll eine Polizeiwache in das Haus des Scholasters abgeordnet werden.«

Das Leben wurde schwer und schwerer. Martha ertrug die Bewaffneten nicht, musste sie dennoch im hinteren Flur dulden. Sie gab ihnen keine Krume vom Brot, gab ihnen nicht einen Schluck Wasser. »Rührt mir hier nichts an!« Zur Warnung zeigte sie sich den Ungebetenen täglich mit einem anderen scharf geschliffenen Küchenmesser im Gürtel.

Der französische Resident stellte sich nun offen auf die Seite des geplagten Molinari. In seiner Note vom 11. Januar 1803 verzichtete er auf jede höfliche Formulierung. »Nachdem die Siegel an den Kisten unberührt vorgefunden wurden, ist die Schildwache überflüssig, und ich ersuche Sie, Herr Bürgermeister, dieselbe gefälligst zurückziehen zu lassen … Ich habe es nicht nötig, Ihnen bemerkbar zu machen, dass es gerade in diesem Augenblicke unpolitisch ist, den Geistlichen noch mehr fühlbar zu machen, was die Säkularisation ihnen an Pein zumutet.«

Von Darmstadt kam ein triefender Text zur Beschwichtigung, den Bürgermeister Metzler als Antwort in die französische Botschaft sandte.

Dessen ungeachtet aber wurde Stefan Molinari am 13. Januar erneut zum Verhör befohlen.

»Es ist beschlossene Sache. Die Verschläge werden aus Eurem Hause entfernt.« Der Vorstoß sollte den frommen Mann überrumpeln. »Und zwar mit Gewalt, wenn Ihr Euch weigert.«

Molinari sah den Bürgermeister offen an. »Und wenn ich mich nicht widersetze?«

Erschrocken rückte Metzler mit dem Stuhl nach hinten. »Ihr wollt …?«

»Was dann? Ich warte auf ein Angebot.«

Nach und nach hellte Erleichterung die Miene des Frankfurter Stadtoberhauptes auf. »Ihr stellt Eure Bedingungen, und ich akzeptiere.«

Alle entstandenen Kosten müssten übernommen werden. Der Transport müsste bei Tag und nicht von Stadtsoldaten, sondern von vertrauenswürdigen Bürgern der Stadt geleistet werden. »Vor allem aber darf nichts ohne Wissen und Einverständnis des französischen Residenten geschehen.«

Ehe der Bürgermeister dagegen protestieren konnte, setzte Molinari sanft hinzu: »Mit dem Abtransport aus meinem Hause ist Herr Hirsinger einverstanden. Das habe ich gestern mit ihm abgesprochen.«

»Ihr habt gestern schon …?« Wer verbuchte den Erfolg für sich? Etwa …? Nur kurz flackerte Zweifel im Blick des Bürgermeisters, dann wischte er ihn beiseite. »Einverstanden.«

Am 14. Januar, bald nach dem Mittagsläuten vom Turm des Kaiserdoms, wurden die elf Kisten aus dem Hause des Scholasters hinüber zum Rathaus geschafft und im Kellergewölbe des Römers untergebracht.

37

Keine Ketten mehr, weder an den Füßen noch an den Händen. Ehe Staatsanwalt Anton Keil die Zelle seines wichtigsten Gefangenen im Kölner Hof betritt, muss der Wärter den Raum herrichten. »Etwas Behaglichkeit löst die Zunge.«

Zwei bequeme Stühle, ein kleiner Tisch, Wasser, auf Wunsch auch Wein, in jedem Falle aber eine Zigarre für den Staatsanwalt und für den Inhaftierten die gestopfte Tonpfeife. Seit der Fetzer von dem geplanten Buch über sich und seine Taten weiß, darf auch der Sekretär mit im Raum sitzen, allerdings nur unsichtbar nahe der Tür. »Zwei Ohren mehr sind mir gleich. Aber reden will ich allein mit Euch.«

Mitte Februar ist alles gesagt. Mathias Weber zeigt auf die vielen eingeritzten Guillotinen an den Wänden seiner Zelle. »Für jeden Raub eine, und mich gleich darunter. Ich hab sie heute Nacht gezählt. Was schätzt Ihr?«

»Ich schätze nicht, ich weiß es. Du hast mir hundertneunundsiebzig Straftaten gestanden.« Keil entzündet die Zigarre und reicht den brennenden Fidibus weiter. Er wartet, bis sein Gefangener die ersten Züge aus der Tonpfeife genossen hat, dann bemerkt er fast beiläufig: »Dein Prozess findet am 17. Februar statt. Also in zwei Tagen.«

Ohne die Miene zu verändern, erkundigt sich der Fetzer: »Und rauskommt, dass ich unter die Guillotine komme?«

»Genauso wird es sein.«

»Wie genau?«

Professor Keil gibt Antwort auf jede Frage zum Prozesstag. Beginn der Verhandlung am Vormittag. Sechs Richter. Den Vorsitz wird Gerichtspräsident Könen führen. »Und ich erhebe die Anklage gegen dich.« Eis glitzert in den Augen, gleich kehrt das Lächeln zurück. »Mein Assistent, Advokat Norbert

Fletscher, steht dir zur Seite, bis zum letzten Atemzug. Er wird dich mit der Wachmannschaft zum Gericht begleiten und dich dort dem Verteidiger überlassen. Wenn das Urteil vollstreckt wird, überwacht Fletscher auch deinen Gang zur Guillotine.«

Der Fetzer spottet: »Ein Verteidiger? Für mich? Was nutzt dem Todkranken noch ein Doktor?«

»Die Vorschriften bei Gericht verlangen es.«

»Nie habe ich mich dran gehalten. Und jetzt, wenn es nichts mehr nützt, wollt Ihr mir Ordnung beibringen?«

»Enttäusche mich nicht.«

Der Fetzer lehnt sich zurück, pafft und sieht dem Rauch nach. »Keine Angst, Herr. Niemals war ein Mensch so freundlich und gut zu mir. Das vergesse ich Euch nicht.«

Schweigen. Nach einer Weile bietet Keil an, den Beichtvater zu verständigen.

»Das hat Zeit bis nach dem Urteil«, lehnt der Gefangene ab. Mit Blick auf seine Guillotinen erkundigt er sich: »Und der Kopf? Legt ihn der Pfaffe nachher zu meinem Rest in die Holzkiste? Oder wer macht das?«

Der Staatsanwalt stippt die Asche von der Zigarre. »Dein Kopf?« Es gäbe in Wien den Professor Gall, der studiere Köpfe.

Der Fetzer versteift den Rücken. »Das ist nicht gut.«

Bevor Anton Keil die Zelle verlässt, bittet ihn der Gefangene um Erlaubnis, noch einmal seine Geliebte sehen zu dürfen. »Ich muss mit Christine einiges für später regeln.«

Ohne Zögern willigt Keil ein.

Am Donnerstag, dem 17. Februar, überführte Norbert Fletscher den Räuberhauptmann in Ketten und unter schwerster Bewachung vom Kölner Hof am Dom vorbei zum Gerichtsgebäude. Unterwegs schob sich der Fetzer näher an den Assistenten des Staatsanwaltes heran. »Junger Advokat. Weißt du noch?«

Das Blut wich Norbert aus dem Gesicht, fahrig strich er sich die Strähne aus der Stirn. »Ich … Gespräche mit Gefangenen sind grundsätzlich verboten.«

Das Grinsen zeigte die runden, grauschwarzen Zahnstümpfe. »Wie geht es den drei heiligen Königen? Hast du ihren goldenen Sarg schon versilbert?«

Nach schnellem Blick zu den Wachen haspelte Norbert: »Wovon …? Ich verstehe nicht.«

»Doch, doch, du glatter Kerl. Du verstehst sogar sehr gut. Bis jetzt habe ich nichts von dir gesagt. Aber gleich vor den Richtern, da werde ich mich an den Advokat erinnern, der mir das Versteck unserer Heiligen verraten hat.«

»Um Gottes willen, das wär mein Ende.«

»Du kannst es verhindern.«

Norbert bebte die Unterlippe. »Wie? Sag, nun sag schon!«

»Verfluchte Kette!« Kurze Schritte, der Gefangene stolperte, hielt sich gerade noch rechtzeitig an dem Advokaten fest. Gleich sprangen die Wachen hinzu. Norbert wehrte sie ab. »Zurück! Keine Aufregung. Ich kläre das.« Er überprüfte zunächst den Sitz der Fußspangen, als er sich die Handfesseln zeigen ließ, raunte ihm der Fetzer zu: »Mein Schweigen gegen einen Handel.«

»Ich höre.«

Und Mathias Weber zischelte ihm ins Ohr, wenige, knappe Sätze nur. Norbert zögerte. »Aber das kostet.«

Da stieß ihm der Fetzer die gefesselten Hände leicht gegen die Brust. »So billig wirst du nie mehr mit dem Leben davonkommen.«

»Habe verstanden.« Norbert nickte. »Ich organisiere alles und – ich bezahle auch.«

Ausgehfertig, in Hut und Mantel, betrat Arnold die Küche. Walburga stocherte mit dem Reisigbesen unter den Schrank, dabei stöhnte und schimpfte sie halblaut vor sich hin. »Verfluchtes Biest, raus da!«

Arnold strich ihr sanft über Rücken und Po. »Mit wem kämpfst du?«

Sie richtete sich auf. »Eine Maus. Ich habe sie neben dem Mehltopf gesehen. Als sie mich entdeckte, ist sie da vom Regal runter, und jetzt hockt sie unter dem Schrank.« Sie schwang den Besen herum und stampfte den Stiel auf den Boden. »Wir müssen dagegen etwas unternehmen. Nicht ich, aber du.«

»Also mich stört so ein winziges Tierchen nicht.«

»Arnold Klütsch!« Ihre Augen funkelten. »Wo eine Maus ist, da gibt es auch eine zweite. Und wo zwei Mäuse sind, da gibt es bald Nachwuchs. Und wenn …«

»So?« Er schmunzelte und betrachtete ihren vorgewölbten Bauch. »Ach so meinst du das.«

Gleich bedrohte ihn der gestreckte Zeigefinger. »Wir sind keine Mäuse.« Der Finger deutete auf ihren Leib. »Denn da drin hockt nur eins, das spüre ich am Gestrampel. Und nicht gleich fünf oder sechs.« Sie bückte sich wieder zum Schrank.

»Lass gut sein, Liebste. Ich überleg mir schon was.« Arnold nahm ihr den Besen aus der Hand. »Nur nicht jetzt. Die Zeit drängt. Wenn wir zu spät dran sind, siehst du nichts. Und dich immer wieder hochzuheben ist zu gefährlich mit dem Jungen.«

»Wieso Junge?«

Oh, oh, das Thema war wirklich gefährlich und kostete Zeit. »Mir ist ein Mädchen genauso recht«, beteuerte er aus ehrlicher Brust und setzte hinzu: »Wenn du dich nur beeilst.«

»Die Hinrichtung geht doch erst um elf los. Mir graust es jetzt schon.«

»Wird schon nicht so schlimm sein.« Arnold betastete die Narbe an seinem Kopf. Damals beim Überfall in der Gasse bei St. Agatha. Das Wurfnetz, der Hieb mit dem Knüppel. »Ist schon ganz gut, dass es diesem Räuberpack endlich an den Kragen geht.«

Walburga wählte zum Mantel noch den dicken Schal, wand das Haar und verbarg es unter der schwarzen Wollhaube. Er schloss die Haustür ab, und sie hakte sich bei ihm ein. »Nur gut, dass Beate und Ursel auch zum Alter Markt kommen. Wenn es mich zu sehr gruselt, dann geh ich mit ihnen derweil runter an den Rhein.«

Für einen Samstagmorgen waren ungewöhnlich viele Menschen unterwegs, Nachbarn, Fremde, alle schienen nur ein Ziel zu haben. Einige hielten das Flugblatt über den Fetzer in Händen. Arnold hatte eins bei Professor Wallraf gelesen. »Mathias Weber, genannt der Fetzer, Anführer einer Räuberbande … Am Donnerstag ist er vom Spezialgericht zum Tode verurteilt worden … und wird heute am Samstag, dem 19. Februar, durch die Guillotine hingerichtet werden.«

Walburga sah zu Arnold hoch. »Warum Fetzer? Weißt du, woher er den Namen hat?«

»Das hab ich den Professor auch gefragt. Er meint, weil er jähzornig mit dem Messer seine Kameraden zugerichtet hat.«

»Die eigenen Kameraden?«

Arnold zuckte die Achseln. »Muss wohl so sein. Bei den Überfällen soll er mit den Opfern nicht so grausam gewesen sein. Die scheint er nur beklaut zu haben.«

Sie näherten sich dem Kölner Hof. Eng schmiegte sich die kleine Frau an ihren riesenhaften Mann. Kaum hatten die vier französischen Wachposten rechts und links des Portals das ungleiche Paar entdeckt, feixten sie, verließen ihre Posten und steckten die Köpfe zusammen. Das Geflüster brach auf zum Gelächter, die Blicke wurden nackter, unverschämter.

Arnold wollte erst nichts bemerken, musste es dann doch. Als er mit seiner Walburga auf Höhe des Eingangs war, erkundigte sich ein Wächter bei den anderen unnötig laut: »Ein Ochse mit einer Gans? Habt ihr so was schon mal gesehen?«

»Da möchte ich gern mal zugucken.«

Arnold schnellte herum, doch Walburga griff sofort auch mit der anderen Hand nach seinem Arm. »Nicht, nicht. Bleib ruhig. Bitte, komm!« Sie zerrte ihn weiter. Erst nach dem Dom prüfte sie, ob die Gefahr eines Wutausbruchs gebannt war, und streichelte die weißen Fingerknöchel, bis er die Faust öffnete. Um ganz sicherzugehen, wagte Walburga einen Scherz. »Ochse? Die kennen sich überhaupt nicht aus.« Sie nahm seine Hand und legte sie auf die Mantelwölbung unterhalb des Busens. »Du bist wahrhaft kein Ochse. Das kann ich bestätigen.«

Arnold atmete aus. »Wenn ich dich nicht hätte …«

»Aber du hast mich.«

»War nicht das erste Mal. Nein, ich tue ja gar nichts. Schon wegen unseres Kindes.« Er bemühte sich um Lockerheit. »Aber wenn sie in Überzahl sind, dann zerreißen sich diese Franzosen das Maul über mich.«

Walburga sah von der Seite zu ihm hoch. »Das ist nur blanker Neid. In Frankreich scheint es keine großen, starken Männer zu geben. Das ärgert sie.«

»Ach, Frau«, Arnold musste schmunzeln, »du kannst alles ins Gute drehen. Und das ist gut so.«

Das Gedränge begann schon unten am Domhof, wurde dichter und dichter zum Alter Markt hinüber. Beate und Ursel standen gleich am Rande des Platzes auf einem mit Steinen und Klötzen festgestellten städtischen Heuwagen. Von dieser Höhe aus war Arnold mit seiner Länge nicht zu übersehen. »Hier sind wir!« Beide wedelten mit den Armen.

Er ging voraus, schob sich durch die Menge und bahnte für Walburga eine bequeme Gasse bis hin zum Wagen. »Wer hat euch den guten Platz besorgt?«

Beate dehnte sich, sagte nur: »Beziehungen muss man haben.«

Gleich kicherte Ursel und beugte sich zu dem Paar. Hinter vorgehaltener Hand verriet sie: »Ihr Verehrer.«

Walburga wachte auf: »Verehrer? Davon weiß ich gar nichts.«

»Na, unser Sergeant Peter. Der müht sich schon lange …« Die Hände malten mit. »Er kommt mal vorbei … Hin und wieder eine Gefälligkeit … Ihr wisst schon.« Ein rascher Blick zur Schwester. »Und ich glaub, so langsam findet sie ihn auch nicht so übel.«

»Es reicht.« Beate zog die Verräterin am Kragen hoch. »Peter ist ein netter Mann, finde ich. Sonst gar nichts.« Sie wandte sich an Arnold. »Er hat uns die Erlaubnis für den Wagen besorgt. Nachher kommen noch Ehefrauen vom Stadtrat, aber einen Platz hat er noch extra für deine Frau reserviert.«

Arnold nickte. Wie gut, dachte er. Da oben drückt sie keiner, und Luft genug für unser Kind bekommt sie auch.

Die Schwangere zögerte. »Seht ihr das Messerding?«

Ursel hörte den bangen Unterton in der Stimme. »Ist weit genug weg. Was da nachher passiert, siehst du schon, aber nicht so genau. Hab keine Angst! Und weggucken können wir sowieso.«

Walburga seufzte. »Also gut.«

Um andere Zuschauer abzuhalten, war die Trittleiter noch nicht angestellt, sie würde erst gebracht, wenn die Gattinnen der Stadträte eintrafen. Arnold hob seine Frau behutsam auf die Ladefläche. »Gebt nur gut acht auf sie!«

»Sei unbesorgt!« Beate und Ursel nahmen die Freundin in die Mitte.

»Ich gehe näher ran …« Arnold wollte noch etwas sagen, doch die Köpfe steckten schon zusammen. Es war zu spät, keine von den dreien hörte ihm mehr zu. Er wandte den Blick zum Podest mit der hochragenden Guillotine und ging langsam durchs Gewühle darauf zu. Was wäre dir lieber? Die Gedanken drängten sich einfach dazwischen. Hängen? Da oben stehen mit einer Schlinge um den Hals? Und dann runtersacken? »Gefällt mir nicht«, brummte er vor sich hin. Mit dem Schwert? Dann schlägt der Henker nicht richtig. Und dann? Unwillkürlich rieb er sich den Nacken. Und die Maschine da? Arnold blieb gut zehn Schritt vor dem Podest stehen. Ein schmales Schutzbrett oben zwischen Seitenbalken verbarg das hochgezogene Fallbeil. Der Anblick verursachte ihm ein Ziehen im Rücken. »Nichts für mich.« Sein Nachbar hatte es gehört, glaubte an einen Scherz und stieß ihm wie einem Freund den Ellbogen in die Seite. »Da sind wir froh, dass wir da nicht druntermüssen. Hab ich recht?«

Arnold maß den Mann von oben mit kühlem Blick. »Hast du was ausgefressen?«

»Nein, Gott bewahre.« Schreck zuckte über das Gesicht.

Da grinste Arnold und setzte trocken hinzu: »Dann hast du auch nichts zu befürchten.« Vorsichtshalber zog sich der Mann hinter eine Familie mit vier halbwüchsigen Jungen zurück.

»Ich sehe immer noch nichts«, beschwerte sich einer der Knaben. »Der Mann da ist so groß.« Sein Vater zupfte Arnold am Mantel. »Kannst du vielleicht ein Stück zur Seite gehen? Meine Söhne …«

»Was ist mit ihnen?«, blaffte Arnold.

»Versteh doch. Wir sind schon ganz früh aus Brühl hergekommen.« Er legte bittend die Hände zusammen. »Es ist ihre erste Hinrichtung … Und dann auch noch gleich mit einer Guillotine. Das ist ein besonderer Tag für sie.«

»Da findet keine Gauklervorstellung statt …« Gleich brach Arnold ab. Warum mit solch einem Vater diskutieren? Er ging weiter nach vorn bis zur mit Stricken frei gehaltenen Gasse und baute sich seitlich am Podest auf. So nah wollte ich gar nicht, dachte er, aber hier würde er keinem der Gaffer den Blick versperren. Der Platz füllte sich, schwarze oder dunkle Kleidung, die rosig weißen Gesichter schwammen wie Masken auf dem düsteren Gewoge, einige Mutige waren auf die Bäume geklettert, rundum in den Fenstern schichteten sich die Leute Kopf über Kopf.

Ein Raunen lief aus Richtung Hacht durch die Menge und begleitete den Schinderkarren den schmalen Seilweg entlang. Das rote Hemd des Verurteilten leuchtete auf. Ziel war die Hinrichtungsstätte. Im schweren Takt trottete der Gaul am Halfter hinter dem Polizisten her. Sergeant Peter befehligte den Hinrichtungstrupp. Er schritt neben den vier Bewaffneten, dem Henker und dessen beiden Knechten her.

Wie der sich rausgeputzt hat. Arnold musste grinsen. Eine saubere Hose, und die Knöpfe der roten Jacke glänzten sogar. Dann sah er Norbert, schwarzer Mantel, schwarzer Hut, das Gesicht weiß, tief lagen die Augen in den Höhlen. Du siehst gar nicht wohl aus. Arnold hob die Hand zum Gruß, jetzt entdeckte ihn der Freund, verzog die Lippen, ehe ein Lächeln entstehen konnte, erreichte der Karren das Podest, und alle Blicke gehörten dem Verurteilten.

Beichtvater Pater Asterius streckte die Hände, um dem Fetzer vom Wagen zu helfen.

Doch der lehnte ab. »Danke. Lasst mich noch einmal einen großen Sprung machen. Es ist der letzte!« Ehe die Wachen begriffen, schwang sich der Räuberhauptmann über die Seitenlade und landete vor der gezimmerten Plattform. Gebannt starrte er zur Guillotine hoch, trat einen Schritt zur Seite, besah sich die Halterung des Zugseils, dann stieg er hinauf, nahm gleich zwei Stufen. Nur ein Blick nach oben, schon rief er nach den Henkersknechten. »Nehmt das Schutzbrett weg! Ich will sehen, was mich tötet. Zeigt mir das Fallbeil!«

Beim Aufblinken der geschliffenen Klinge nickte er anerkennend. »Lasst es mich selbst an mir ausprobieren!« Einige Frauen in der Nähe des Gerüstes hatten den Wunsch gehört. Sie stöhnten laut, bekreuzigten sich.

»Sohn«, mit entschlossener Strenge wehrte Pater Asterius ab, »mäßige dich! Bedenke den Ernst deiner Lage und sammele dich. Bald stehst du vor deinem Schöpfer.«

»Auf den bin ich sehr gespannt.« Die Leichtigkeit wich. Mathias Weber trat an die Brüstung. Als er die Hand hob, verstummte der Alter Markt.

»Ich habe den Tod verdient, meine Freunde! Hundert Tode, und doch sterbe ich nur einmal.« Er blickte fast nachdenklich in die vielen hochgereckten Gesichter. »Ihr Bösen unter euch, seht an mir, wohin der Weg zum Ende führt. Und all ihr noch

Unschuldigen, ihr jungen Leute, meidet die Wirtshäuser, meidet die Bordelle. Sie waren mein Verderben. Ihr Eltern, achtet auf eure Kinder …« Er brach ab, wandte sich an den Henker und verlangte barsch: »Los jetzt!«

Die Knechte banden den Fetzer auf das Brett und schoben ihn zwischen die beiden Gerüstbalken. Pater Asterius sprach das Trostgebet. Mit fester Stimme antwortete Mathias Weber: »Vater, in Deine Hände …«

Das Messer fiel.

Das Geräusch zur Ewigkeit hielt die Zeit an. Dann rollte der Kopf in den Korb. Blut spritzte aus dem Rumpf. Die Nahestehenden wichen zurück. Nicht mehr hinschauen. Erst in sicherer Entfernung wachten die Gespräche wieder auf, Erleichterung, kein Lachen war zu hören. Eltern riefen nach ihren Kindern. Schnell verlief sich die Menge.

Arnold suchte mit dem Blick nach dem Stadtwagen, er sah Walburga bei den Schwestern. »Hab noch Zeit«, flüsterte er und ging um das Gerüst herum. Norbert. Obwohl sie sich nicht mehr so nahestanden wie vor der Heirat, ihre Freundschaft war geblieben. Norbert winkte ab. »Hab noch zu tun. Später.«

Damit wandte er sich wieder den Polizisten zu. »Ihr dürft euch zurückziehen. Den Rest erledige ich mit dem Sergeanten und den Knechten allein.«

Wortlos verließ der Henker mit den Bewaffneten die Blutstätte in Richtung Budengasse. Nachdem der Rumpf in den einfachen Holzsarg gelegt und ein letztes Gebet gesprochen war, verabschiedete sich auch Pater Asterius mit einem Kopfnicken und eilte davon.

»Los jetzt«, befahl Norbert, »zum Hospital mit ihm!« Sergeant Peter griff selbst nach dem Halfter, und der Kaltblüter zog an. Hinter dem Schinderkarren trugen die Henkersknechte in ihrer Mitte den Blutkorb mit dem Haupt des Hingerichteten.

Arnold folgte ihnen langsam. Etwas war falsch. Mit einem

Mal runzelte er die Stirn. Wieso haben sie den Kopf nicht auch in die Holzkiste gelegt? Der gehört doch im Grab dazu.

Weiter kam er mit der Überlegung nicht. Gerade hatten sie den Alter Markt verlassen, waren in die Budengasse eingebogen, da ließ Norbert anhalten. »Her zu mir!« Die Henkersknechte stellten den Korb einfach ab und gingen nach vorn.

Arnold blieb an der Straßenecke stehen. »Was soll das?«

Nur wenige Schritte von ihm entfernt löste sich eine Frau aus einer Hausnische. Sie trug einen Henkelkorb am Arm, schnell huschte sie hinter den Schinderkarren, hob das Haupt aus dem Blutkorb, barg es in ihrem eigenen, rasch deckte sie ihr Schultertuch darüber und eilte davon.

Arnold rieb sich die Augen. Bis ich das begreife … Vorn neben dem Gaul sah er, wie der Freund in die Manteltasche griff und jedem der Henkersknechte ein Geldstück zusteckte. Die Kerle kehrten zum Blutkorb zurück, ohne hineinzusehen, warfen sie ihn achtlos neben den Holzsarg auf die Ladefläche. Sergeant Peter klatschte dem Gaul auf die Kruppe, der Karren holperte weiter. Als wäre die Arbeit erst jetzt endgültig getan, schlurften die Knechte hinterher, ihre Hände tief in den Hosentaschen vergraben.

Norbert wartete auf den Freund. Ehe Arnold fragen konnte, sagte er: »Damit wir uns recht verstehen: Du hast nichts gesehen. Versprochen?«

»Mein Wort.« Arnold drückte sich den Finger gegen die Schläfe. »Aber wissen möchte ich es doch. Sonst glaub ich, ich hab geträumt.«

»Ich habe eben ein zu weiches Herz«, seufzte Norbert. »Ich konnte die arme Frau nicht leiden sehen.«

»Wovon redest du? Weiches Herz? Jetzt gerade hab ich eine Frau gesehen, die den blutigen Kopf vom Fetzer gestohlen hat.«

»So sollte es sein.«

»Verflucht, nun sag schon!«

»Das war Christine, die Geliebte des Räubers.« Kurz schilderte er, dass der Kopf nach Wien zu Professor Gall geschickt werden sollte. Dieser Wissenschaftler erforschte Schädel und Gesichtszüge der Hingerichteten, um so auf den Charakter des Menschen schließen zu können.

»Was es alles gibt«, staunte Arnold.

Norbert spreizte die Stimme. »Nun ist das Weib gestern zu mir gekommen, hat mich angefleht: ›Mein Mathias will nicht mit dem Kopf nach Wien.‹« Er hob die Hände. »Da hatte ich Erbarmen mit ihr.«

Arnold sah den Freund an. »Und da hast du die Knechte bestochen? Sogar mit deinem eigenen Geld?« Vor Rührung musste er Norbert die Hand auf die Schulter legen. »Bist wirklich ein guter Kerl.«

»Ich konnte einfach nicht anders.« Norbert strich Arnold über den Rücken. So eng beieinander gingen die Freunde nach vorn. Sergeant Peter streckte dem Advokaten die Hand hin. »Jetzt ich. Denke, einen Gulden ist der Schädel schon wert.«

Ohne die Miene zu verziehen, sogar ohne zu feilschen, zahlte Norbert den Preis, und Sergeant Peter zwinkerte Arnold zu. »Ich sag's immer wieder. Mit Leichen ist gut Geld zu verdienen. Da hab ich so meine Erfahrung.«

38

Und es ist kein Platz mehr in der Herberge …

Die Handelsmesse geht vor. Das Gewölbe im Rathaus zu Frankfurt wird für Geschäfte benötigt. Bürgermeister Metzler entscheidet rasch. Und am 11. März transportieren ausgewählte Arbeiter unter Beobachtung des französischen Gesandten Hirsinger die elf Verschläge in den Keller des Pfandhauses der Stadt. Der Scholaster Stefan Molinari stützt schwer den Kopf auf. »Wie viele Gläubige haben am Schrein niedergekniet, um anzubeten? Seit Jahrhunderten sind Tausende, Abertausende nach Köln in den Dom gepilgert. Und jetzt dieser Niedergang bis hinunter in ein Pfandhaus.«

Seine Haushälterin stellt eine dampfende Schüssel vor dem frommen Mann auf den Tisch. »Nun grämt Euch nicht so, Hochwürden. Es ist ja nur der goldene Sarg.« Sie füllt den Teller mit süßem Brei. »Unsere drei heiligen Könige müssen das nicht miterleben.« Aus einem Kännchen gibt sie Ahornsirup dazu. »Und jetzt stärkt Euch erst mal tüchtig.«

Der Kampf um den Kölner Domschatz geht unvermindert weiter. Auf Verlangen Seiner Hochfürstlichen Durchlaucht versucht der Darmstädter Hof Angriff auf Angriff. Dabei sind Falschaussagen, Betrug und juristische Winkelzüge noch die leichteren Waffen. Tapfer erträgt Stefan Molinari alle Beschuldigungen und Drohungen. Im französischen Residenten Hirsinger hat er einen ebenso standfesten Mitstreiter gefunden, der in jeder offiziellen Note verlangt: »Der Schrein mitsamt dem Kirchenschatz gehört zurück an seinen angestammten Platz. Nach Köln. In den Dom.«

Mitte April schaltet sich nun auch die große Diplomatie ein. Von Paris aus schmäht der hessische Gesandte von Pappenheim die federführenden Beamten in Darmstadt wegen ihrer

Erfolglosigkeit. »Dieser Hirsinger sei ein gutmütiger Esel, oder er kenne seine Pariser Behörde sehr wenig, wenn er behauptet, sie schere sich nicht um den Geldwert des Domschatzes, sondern habe nur die religiöse Verehrung des einfältigen Kölner Pöbels im Auge …« Deshalb rät von Pappenheim zum sichersten und einfachsten Mittel der Diplomatie: »Bietet ihm eine große Summe. Denn ich bin gewiss, auch ein Herr Hirsinger hat für solch ein Argument ein offenes Herz. Darin unterscheidet er sich nicht von anderen Ehrenmännern im Staatsdienst.«

Indes, Resident Hirsinger widersteht und erreicht über den Minister des Inneren wie auch des Äußeren seiner Regierung die Auslieferung der elf Kisten. Früh am Freitag, dem 3. Juni, stehen vor dem Frankfurter Pfandhaus die Wagen für den Abtransport zum Mainufer bereit. Während des Vormittags wird die wertvolle Fracht aufs Schiff verladen. »Leinen los!«

Stefan Molinari steht mit seiner Haushälterin am Kai. Träge bewegt sich der Lastkahn vom Ufer weg, dann gelangt er in die Strömung und nimmt Fahrt auf.

»Gepriesen sei der Herr«, flüstert Molinari und stützt sich an der Schulter seiner Haushälterin. »Mögen alle himmlischen Heerscharen in Jubel ausbrechen!«

»Das werden sie, Hochwürden. Da bin ich mir ganz sicher.« Martha tätschelt die zitternde Hand. »Und jetzt geht's nach Hause. Dann wird gegessen. Rebhuhn gibt's zur Feier des Tages. Mit Preiselbeeren. Dazu eine Soße …« Sie lässt die Zunge hörbar schmecken. »Da läuft selbst den Engeln das Wasser im Mund zusammen.«

Arnold wollte laufen, rennen. Jedoch gemeinsam kamen sie einfach nicht schneller voran. Für ihre Leibesfülle ging seine Mutter zügig neben ihm her, auch Schwiegermutter Josefa trödelte nicht. Beide Frauen trugen gepackte Taschen und achteten kaum auf den Weg, als sie ins Eigelsteinviertel einbogen, ihre Blicke waren weit nach vorn gerichtet, als lebten dort Bilder der Erinnerung.

»Soll ich rasch vorlaufen? Nicht, dass schon …«

»Ruhig, Junge. Ruhig!« Adelheid Klütsch tätschelte seinen Arm. »Wenn die Hebamme nach uns geschickt hat, weil sie noch mal nach Hause will, dann sind wir gut in der Zeit.«

»Aber sie meint, dass es heute so weit sein kann.«

Mutter Josefa sah zu ihm hoch. »Nur keine Angst. Walburga überstürzt nichts. Schließlich ist sie meine Tochter.«

Von so einer Ähnlichkeit habe ich bislang nicht viel gemerkt, dachte Arnold und zwang sich zu einem Lächeln. »Wenn du es sagst.«

Jede Frau in der Nachbarschaft wusste um das bevorstehende Ereignis. Kaum näherten sich die beiden Mütter, gingen Fenster auf. »Wenn ihr Hilfe braucht …?« »Sollen wir das Kleine raussingen kommen?«

»Danke. Wir geben Bescheid«, winkte Adelheid Klütsch ab.

Eine Nachbarin drückte Arnold ein Bund frische Kamille in die Hand. »Kocht ihr einen Tee davon, dann hat sie's nicht so schwer.«

»Wirklich?« Arnold roch an den Blüten. Nach wenigen Schritten erkundigte er sich bei der Schwiegermutter: »Stimmt das?«

»Also, ich weiß nicht …«

Und seine Mutter seufzte dazu. »Als ich dich geboren hab, da half kein Tee, kein Kümmel oder Melissengeist.«

»War ich so schlimm?«

»Ein Brocken warst du. Und Stunden hat's gedauert, bis ich dich endlich hatte.«

»Und wenn jetzt auch so einer wie ich …?« Arnold schlug das Herz herauf. »Meine arme Walburga.«

Da schmunzelten beide Frauen, und Mutter Josefa versicherte: »Wir holen es schon raus.«

Kaum hatten sie den Flur betreten, da drang lautes Stöhnen von oben aus der Schlafkammer. Ehe die Mütter ihn zurückhalten konnten, hastete Arnold die Stiege hinauf, öffnete die Tür. »Um Gottes willen, was …?« Er stockte.

Am Bett saß die Hebamme und hielt die Hand der Schwangeren, sie wandte den Kopf. »Keinen Lärm. Und trample hier nicht so rum.«

»Ich dachte …« Er nickte und beschwichtigte mit den Händen. »Verzeih, hab schon verstanden.« Und dachte, o Gott, gar nichts verstehe ich. Bin nur aufgeregt. »Ich wollte schnell sagen …« Er suchte Walburgas Augen. »Deine Mutter ist jetzt hier, und meine auch.«

»Danke, Liebster.«

Die Hebamme sah, wie ein Lächeln das schon von Wehen angestrengte Gesicht erhellte. »Na, dann lasse ich euch mal allein.« Nach zwei Schritten wandte sie sich wieder an ihre Schutzbefohlene. »Und denke dran, wenn die nächste kommt, atmen, schön atmen.« Ihr Finger deutete auf Arnold. »Und du rufst mich. Aber reiße nicht gleich die Tür ein. Die Schmerzen müssen sein.«

»Aber warum …?« Arnold fragte und fragte. Ja, die Hebamme blieb im Haus. Nein, das Kind kam noch nicht gleich. Nein, er sollte keine Nachbarin zur Sicherheit schon mal herbitten. Drei Frauen reichten für die Geburt aus. »Genug jetzt«, ermahnte ihn die hagere Frau. »Wenn du noch mehr wissen willst, dann ist das Kind auf der Welt, ehe ich alles beantwortet habe.« Damit verließ sie das Zimmer.

Arnold kauerte sich neben das Bett. »Wenn ich doch nur helfen könnte.« Walburga strich ihm über den Nasenrücken. »Ich weiß, dass es dich gibt. Das hilft mir sehr. Auch wenn ich …« Beide Hände presste sie auf ihren Bauch. »Weißt du, ich … ich fürchte mich, weil ich nicht weiß … Ich hab halt noch nie ein Kind bekommen.«

Sie krümmte sich, atmete ein und aus, und er in seiner Angst um sie atmete im gleichen Rhythmus mit ihr. Rasch ebbte die Welle wieder ab. »Es ist besser, wenn du unten Bescheid gibst.«

Arnold erhob sich, sah sie an, beugte sich wieder zu ihr. »Du bist alles, was ich hab«, flüsterte er.

In ihren Mundwinkeln zuckte es. »Warte ab, bald hast du noch was dazu.«

Als er in die Küche kam, hatte keine der Frauen noch einen Blick für ihn. Tücher wurden gefaltet, Salben und Öle auf einem Tablett geordnet. Die Hebamme zog ihr Besteck durch heißes Wasser, trocknete es.

»Ich kann auch was tun«, bot sich Arnold an. Seine Mutter kam mit einem Stapel Leinenlappen auf ihn zu. »Steh uns nicht im Weg, Junge. Das genügt.«

Im Flur schlug die Hausglocke an, gleich setzte Adelheid Klütsch hinzu: »Sieh nach. Wer es auch ist, wir können jetzt keine Störung gebrauchen.«

Arnold eilte hinaus, riss die Tür auf. »Wir bekommen ein Kind!«

Erschrocken wich Kanonikus Pick einen Schritt zurück. »Bei allen Heiligen! Langsam, Herkules.« Gleich wieder gefasst, sagte er: »Es ist da.«

»Wer?«

»Das Schiff. Diesmal ist es das richtige.«

Arnold krauste die Stirn. »Verzeiht, ich bin ganz durcheinander. Das Schiff?«

»Die Frachtkisten aus Frankfurt sind endlich da. Der goldene Schrein unserer drei heiligen Könige und dazu der Domschatz. Wallraf möchte, dass du sofort zum Hafen kommst. Er hat dich schon als Tagelöhner zum Löschen der Ladung angemeldet.«

Arnold schüttelte den Kopf, deutete ins Haus. »Aber meine Walburga …«

Pick trat vor ihn, der Bauch hob und senkte sich. »Du kannst uns jetzt nicht im Stich lassen. Auf diesen Moment haben wir so lange gewartet.«

»Aber ich auch.«

Nun spitzte Pick die Lippen. »Reden wir aneinander vorbei? Wovon sprichst du?«

»Ich sagte doch, das Kind kommt. Meine Walburga …«

»Also war das vorhin ernst gemeint?«

»Und ob. Sie stöhnt ganz plötzlich. Hat Schmerzen. Ganz furchtbar ist es.«

»Dann entschuldige …« Kein Verzicht, der Freund des Professors stellte sich auf die neue Lage ein, suchte nach besseren Argumenten. »Als Priester bin ich in Sachen Geburt nur schlecht bewandert, gehe jedoch davon aus, dass Helferinnen deiner Frau beistehen.«

Arnold nickte. »Drei sind es.«

»Demnach hast du hier keine größeren Aufgaben?«

»Warten muss ich. Das ist schon schlimm genug.«

Pick berührte die Hand des Herkules. »Aber wir benötigen deine großen Kräfte. Heute. Jetzt. Und zwar dringender denn je.« Er senkte die Stimme, sagte wie nebenbei: »Außerdem würde dir so das Warten etwas erleichtert.«

Diese Aussicht. Etwas tun, so richtig zupacken. Ja, das würde gegen die Unruhe helfen. »Ich kann fragen, ob ich hier gebraucht werde. Wartet, Herr!«

Schwiegermutter, Mutter und selbst die Hebamme sagten wie aus einem Munde: »Geh nur!« Und Mutter Adelheid bekräftigte: »Hier stehst du uns nur im Weg.« Und Mutter Josefa versprach: »Wir schicken nach dir, sobald das Kind da ist.«

Auf dem Weg zum Hafen berichtete Pick von der Ankunft des Schatzes. Durch einen Journalisten des »Kölner Beobachters« waren Wallraf und er unterrichtet worden, dass die Kisten Anfang Juni Frankfurt verlassen hatten. Auf einem Mainzer Schiff. »Sonst gab es keine näheren Angaben.«

Arnold hob die Hand. »Vielleicht besser so. Aus Angst vor einem Überfall.«

»Das war auch für uns die einzige Erklärung. Also haben wir den Hafen überwacht.« Abwechselnd waren die gelehrten Herren in den vergangenen drei Tagen beinah stündlich den Uferkai entlangspaziert. »Und fast genau zum Mittagsläuten machte heute ein Mainzer Frachtkahn am Ufer fest.« Pick blieb stehen, griff ungestüm nach dem muskelbepackten Arm. »Ein Wunder. Fast hatten wir schon die Hoffnung aufgegeben. Und nun kehrt der Schrein doch zu uns zurück.«

Die Begeisterung steckte an. Arnold lachte mit, dachte gleich an Walburga. »Ein gutes Zeichen für unser Kind. Wird ein guter Tag.«

»Komm! Wir müssen uns beeilen.« Der Kanonikus zog ihn mit sich, dabei berichtete er weiter. Die Besatzung hatte auf dem Schiff bleiben müssen. Nur ein französischer Offizier war von Bord gegangen und hatte nach einer Eskorte verlangt.

Der Wachposten am Markmannstor ließ die beiden Männer passieren. Pick deutete ein Stück abwärts hinter den ankernden dickbauchigen Holländern auf ein flaches, langes Schiff. »Dort liegt es.« Er beschleunigte den Schritt, sagte noch: »Ich habe natürlich sofort unsern Professor alarmiert. Bei unserer Rückkehr hatte schon der Polizeitrupp da vorn Stellung bezogen.«

Ferdinand Wallraf sah die beiden kommen. Mit wehendem Schultermantel eilte er ihnen entgegen. »Gottlob!« Sein sonst so blasses Gesicht war gerötet. »Etwas geht hier vor.«

»Ist dies doch nicht das richtige Schiff?« Pick tupfte sich mit dem Sacktuch die Schweißtropfen von der Stirn. »Etwa blinder Alarm? Habe ich unsern Herkules umsonst von der Geburt seines Kindes weggelockt?«

Wallraf verschränkte die Hände hinter dem Rücken, starrte zum Schiff hinüber. »Der Schatz ist an Bord, das steht außer Frage. Wir haben unseren goldenen Dreikönigenschrein zurück, wenn auch in Einzelteile zerlegt.« Langsam ging er mit Pick und Arnold auf den Landungssteg zu. »Ich frage mich nur, warum diese übergroße Vorsicht? Die Besatzung darf nicht vom Schiff. Ich durfte nicht an Bord …« Er blickte zu seinem Adlatus hoch. »Ich habe dich per Zuruf als Packer dem Kapitän angedient.« Ein flüchtiges Lächeln. »Und das gelang auch nur, weil ich dich als den stärksten Mann in Köln anpries.«

»Geld verdien ich gern. Aber heute … Ich mein, weil mein Kind kommt.« Arnold sah zu den Stadtsoldaten hinüber. »Unser Sergeant Peter mit seinen Leuten hätte die Kisten auch allein abladen können. Mich brauchen sie nicht dazu.«

Heftig verneinte der gestreckte Zeigefinger. »Du irrst. Mag sein, dass deine Kraft nicht unbedingt vonnöten ist, deine Anwesenheit aber ermöglicht es uns, unmittelbar dabei zu sein. Du begleitest die Kisten, und wir folgen dir, bis wir den Schrein endgültig in Sicherheit wissen.«

Ein geschlossener Frachtwagen der Stadt, gezogen von zwei Kaltblütern, näherte sich und hielt neben dem Landungssteg an. Der Fuhrmann half dem ehemaligen Kölner Bürgermeister Reiner von Klespe von der Kutschbank. Heute bekleidete er einen hohen Posten in der neuen Munizipalverwaltung. Als er die beiden Kleriker so nah bei dem Frachtschiff wahrnahm, hob er erschrocken die Brauen, fasste sich rasch und nickte ihnen zu. Mehr nicht, er trat nach vorn und rief: »Messieurs! Wir können beginnen.«

Mit dem Kapitän erschien auch der französische Begleitoffizier an der Reling. Kurze Pfiffe, eine Armbewegung. Auf das Signal hin schickte Sergeant Peter vier seiner Männer los. »Du auch!«, befahl er Arnold.

An Bord wurden von der Besatzung die Planen zurückgeschlagen. Elf Kisten. Große Wappen prangten an den Seiten und über den Kanten. »Eine nach der anderen!«, befahl der Kapitän. »Und seht zu, dass ihr mir die Siegel nicht zerbrecht. Sonst lass ich euch Kerlen die Knochen brechen.«

Die Drohung reizte. Arnold trat einen schnellen Schritt auf den Mann zu, unwillkürlich wich der mit dem Oberkörper zurück, wäre beinah gestolpert. »Hier bricht keiner keinem was, weder Ihr, Herr, noch wir.« Ein grimmiges Lächeln. »Also, keine Sorge!«

Zwei hinten, je einer an den Seiten und Arnold allein vornweg. Ohne anzuecken, ohne große Mühe, schnell waren die Kisten von Bord und im Frachtwagen verstaut.

Mit keinem Wort wandte sich Reiner von Klespe an die beiden wartenden Herren, er bestieg die Kutschbank, und der Fuhrmann schnalzte den Pferden.

»Begreifst du das?« Wallraf starrte dem Wagen nach. »Was ist nur in unsern Freund Klespe gefahren? Letzte Woche war er noch Gast bei unserm Literaturzirkel. Und jetzt kennt er uns nicht?«

Pick seufzte. »So manche Flasche haben wir zusammen geleert.«

»Kein langes Lamento!« Wallraf stürmte los. »Kommt, ihr beiden! Spätestens, wenn die Kisten im Rathaus untergebracht werden, sprechen wir ihn darauf an.«

Das Fuhrwerk holperte gemächlich über den Heumarkt, zum Alter Markt hinüber. Dicht aufgerückt marschierte Sergeant Peter mit seinem Trupp Rot-Weißer hinterher.

Arnold hielt deutlichen Abstand. Nicht, dass jemand denkt, ich wollte mir demnächst auch so einen Rock anziehen. Den Schluss bildeten der Professor und Kanonikus Pick. Kaum einer der Passanten nahm Notiz, niemand ahnte, welch wertvolle Fracht dort durch die Stadt transportiert wurde.

Der Wagen bog nicht zum Rathaus ab. »Kann durchaus sein.« Halblaut beschwichtigte sich Wallraf selbst. »Warum erst ins Rathaus, wenn der Dom gleich nebenan steht?«

Der Wagen blieb auf der Straße in Richtung Frankenturm, schwenkte auch nicht hinauf zum Dom ab.

»Hier geschieht etwas«, flüsterte der Professor, »ich ahnte es vorhin schon, fürchtete es.«

»Aber was nur, um Himmels willen?« Pick griff nach der Schulter des Freundes. »Geben sie uns den Schrein etwa nicht zurück?«

Arnold wartete, bis die Herren ihn eingeholt hatten. »Versteh ich nicht. Wo wollen sie mit dem Schatz hin?«

»Wir wissen es nicht.« Wallraf räusperte sich, doch die Stimme blieb brüchig. »Vielleicht wird Köln am helllichten Tag seines wertvollsten Kleinods beraubt. Kaum haben wir es zurück, da wird es uns wieder genommen. Und die Räuber verstecken sich nicht einmal.«

Pick setzte bitter hinzu: »Sie lassen sich sogar von einer Eskorte schützen.«

»Aber wer, verflucht?« Arnold schlug sich gegen die Stirn. »Wer? Ihr meint, die Franzosen? So, wie sie uns die Bilder weggenommen haben?« Wut pulste hoch. »Herr, nur ein Wort von Euch, und ich geh zum Sergeant Peter, wir kennen uns gut. Wenn ich ihm sage, was los ist, macht der sofort mit. Wir nehmen uns den Wagen und schaffen den Sarg in den Dom.«

»Du und dein Kölner Herz …« Wallraf schüttelte den Kopf. »Selbstjustiz ist keine Lösung.«

Weiter vorn lenkte der Kutscher den Planwagen in die Goldgasse, und bald darauf bog er zur Johannisstraße ein. Vor der Toreinfahrt des Altenberger Hofs, dem Sitz des Unterpräfekten, ließ er die Pferde anhalten.

Also doch, dachte Arnold, die Franzosen. Diese gierigen Blutsauger. »Was jetzt?«

Wallraf streckte den Arm. »Du gehst mit hinein. Schließlich bist du als Packer angeheuert. Und wir folgen dir.«

Die Schranke öffnete sich, Bewaffnete winkten aus dem Halbdunkel der Einfahrt, das Fuhrwerk rumpelte durchs Tor in den weitläufigen Innenbereich, erst vor dem Hauptgebäude zügelte der Fuhrmann die Gäule.

Wallraf und Pick waren zur Stelle, noch ehe sich der frühere Bürgermeister von der Kutschbank erhoben hatte. »Warum weichst du uns aus?« Der Professor stemmte die Hände in die Hüften.

Rainer von Klespe sah auf die Herren hinunter, das Kinn bebte. »Weil … Ich habe nicht damit gerechnet, euch anzutreffen. Meine Hoffnung war es, niemandem zu begegnen.«

Pick lachte trocken. »Hoffnung? Eine Fahrt mitten durch die Stadt. Unbemerkt? Das soll wohl eher ein bitterer Scherz sein.«

Umständlich verließ Klespe die Kutschbank. »Verzeiht. Ich

führe nur einen Befehl von höchster Stelle aus. In Wahrheit ist mir diese Mission heute aus tiefstem Herzen verhasst.«

»Wir hören«, schnarrte Wallraf in schärfstem Lehrerton. »Ich will wissen, was hier vorgeht. Sofort.«

Reiner von Klespe sah sich um, noch war niemand im Hauptportal erschienen. Er trat näher zu den Klerikern. »Auf Anordnung des Präfekten bleiben alle Kisten bis auf Weiteres unter Beschlag. Und zwar hier.«

»Warum, in Gottes Namen?«

»Befehl aus Paris. Der gesamte Schatz darf nicht angetastet werden, bis die Besitzansprüche geklärt sind.«

Pick fasste sich empört mit beiden Händen an die Bauchseiten. »Seit Jahrhunderten gibt es nur den einen Besitzer.« Er blickte zum Dom. »Und der steht dort drüben.«

»Das ist ja der Jammer«, seufzte Klespe. »Der Dom hat sich verändert. Jetzt ist er nur noch Pfarrkirche.« Vorsichtig deutete er an: »Wir haben auch keinen Bischof mehr, der sitzt jetzt in Aachen.«

Wallraf wich einen Schritt zurück, gleich ging er wieder auf von Klespe zu. »Willst du damit sagen … Soll das etwa heißen, dieser Berdolet, Bischof von Frankreichs Gnaden, verlangt den Schatz und auch den kostbaren Schrein für sich und sein Karlsmünster?«

»Womöglich gleich auch noch die Reliquien unserer drei Könige?« Pick schnaufte. »Da gerät selbst bei einem so friedliebenden Manne wie mir das Blut in Wallung.«

Neben ihm ballte Arnold die Faust. »Ich sag's ja. Die Franzosen meinen es nicht gut mit uns.« Er beugte sich hinunter, flüsterte: »Noch können wir den Schrein retten. Wenn wir schnell sind, dann schaffen wir es.«

Die Männer sahen sich an, einen Augenblick lang flackerte Kampfesmut auf, gleich aber lähmte ihn wieder die Vernunft. Wallraf zögerte. »Es brächte nicht viel. Was nutzt uns der gerechte Raub, wenn schon Stunden später seinetwegen ein Krieg in Köln ausbricht?«

Unterpräfekt Sybertz trat aus dem Hauptgebäude. Er winkte Sergeant Peter. »Ihr könnt mit dem Abladen beginnen!«

Die Chance war vertan, Arnold schlug mehrmals die Faust in die linke Hand. »Verflucht, ich hätte es versucht, wenigstens versucht.«

Peter rief nach ihm, er stellte sich taub. Peter kam einige Schritte näher. »Nun fass mit an. Geld gibt's erst nach der Arbeit.«

Arnold blickte auf seinen Professor. Wallraf nickte. »Geh schon! Dann wissen wir wenigstens, in welchem Raum unser Schatz gelagert wird.« Mit hängenden Schultern schlurfte Arnold zum Frachtwagen hinüber.

»Herr Klütsch! Hallo!« An der Toreinfahrt stand ein Junge zwischen den Wachposten und rief: »Herr Klütsch!«

Als Arnold die Hand hob, ließen die Männer den Kleinen aufs Gelände. Er rannte quer über die Wiese, durch die Beete. Außer Atem erreichte er den großen Mann. »Hab dich überall gesucht, Herr Klütsch. Erst im Hafen … Und jetzt hab ich dich endlich.« Er schluckte und schluckte. »Die dicke Frau schickt mich. Du sollst schnell nach Haus kommen. Da ist was passiert.«

»Passiert?« Das Wort schlug in den Magen. »Wie meinst du das?«

Der Junge zuckte mit den Schultern. »Mehr weiß ich nicht. Ich soll dich nur holen.«

Arnold war schon unterwegs. Hinter ihm rief Sergeant Peter. Er winkte nur ab, hörte nicht mehr hin. Der Kleine rannte neben ihm her, doch schon auf der Johannisstraße konnte er nicht mehr Schritt halten. Der Weg war nicht weit, nur wenige Ecken, und Arnold stürmte den Eigelstein entlang, erreichte sein Haus. Die Tür war angelehnt. In der Küche sah er niemanden. Die Stiege hinauf. Stimmen. Arnold hielt inne, nahm die nächste Stufe leise. Er hört seine Mutter, hörte die Hebamme, sie sprachen gedämpft, er verstand nicht, was sie sagten. Vor der Schlafkammer schmerzte das harte Pochen in der

Brust. Langsam öffnete Arnold. Sein erster Blick fiel aufs Bett. Walburga lag still da, die Augen geschlossen, die Decke glatt gestrichen.

Er ging hinein, jeder Schritt war weit, fast hatte er das Bett erreicht, als sie die Augen öffnete, ein kleines Lächeln für ihn. »Ich hab gespürt, dass du es bist.«

»Liebste.« Arnold war bei ihr, sein Gesicht neben ihr. »Angst hatte ich.«

»Es geht mir gut.« Sie tastete nach seinen Lippen. »Sehr gut sogar. Bin nur etwas müde.« Ein Strahlen, in ihren Augen spiegelte sich Glück. »Da, schau doch!« Arnold wandte den Kopf.

Hinter ihm standen die Frauen, seine Mutter hielt ein Kissen im Arm. »Willst du die kleine Katharina nicht begrüßen?«

Rasch erhob sich Arnold. Ein rotes, zerknautschtes, winziges Gesicht.

»Meine Tochter?«

Schwiegermutter Josefa beugte sich über das in Leinen gewickelte Kind. »Ich denke wirklich, dass sie meinem Reinhold ähnelt.«

»Das klären wir noch«, damit ging Mutter Adelheid vorerst dem unvermeidlichen Streit aus dem Weg, sie reichte Arnold das Kissen hin. »Du darfst es halten.«

Arnold sog scharf den Atem ein. »Also gut.« Unendlich behutsam grub er die Finger unter das Bündel, hob sein Kind heraus. Es lag in seinen Handflächen. »Katharina?« Die Augen öffneten sich, das Blau erschreckte ihn fast. »Meine Katharina.« Da bewegte sich auch der Mund. Die Lider fielen wieder zu. »Sie hat mich gehört. Oder?« Arnold gab das Kind zurück auf das Kissen und Mutter Adelheid bettete es im Weidenkorb.

»Unsere Arbeit ist glücklich getan. Ich denke, wir lassen die junge Familie eine Weile allein. Und wir drei gehen runter in die Küche. Ein guter Schluck aufs Kind wird uns guttun.«

Beim Hinausgehen pflichtete ihr Mutter Josefa bei. »Zur Feier habe ich uns eine Flasche Brombeerwein mitgebracht.«

Die Hebamme prüfte noch rasch den Sitz der Windel. »Wenn es unruhig wird«, sagte sie zu Walburga, »dann ruft nach mir.«

Arnold folgte der hageren Frau. Draußen auf dem Treppenabsatz hielt er sie zurück. »Wollte nur was fragen.«

Sie sah ihn an, doch er kratzte in seinen Locken. »Was gibt es?«

»Die Sache ist die …« Er beugte sich zu ihr, zeigte ihr die offenen Handflächen. »Das ganze Kind passt da drauf. So winzig? Ist das richtig?«

»Alles in guter Ordnung.« Die hagere Frau lachte. »Warte nur ab. Manchmal wächst ein Mädchen solch einem riesigen Vater ganz schnell über den Kopf.«

39

»obe den Herren, den mächtigen König der Ehren …«
Brütete auch draußen die Augustsonne, erfrischende
Kühle empfing die kleine Taufgemeinde im Langschiff
der St.-Ursula-Kirche.

»… lob ihn, o Seele, vereint mit den himmlischen Chö-
ren.«

Arnold lächelte. Der heftige Streit um die Patenschaft war
entschieden. Keine seiner älteren Schwestern, dafür auch keiner der Cousins von Walburga kam zum Zuge. Mit der Wahl
von Vater Reinhold und Mutter Adelheid war jeder Protest
verstummt.

»Kommet zuhauf, Psalter und Harfe, wacht auf …«

Beide Familien versammelten sich im Halbrund vor dem
Taufstein.

»… lasset den Lobgesang hören!«

Der Priester wandte sich an Walburga und Arnold. »Welchen Namen habt ihr dem Kind gegeben?«

Laut und vernehmlich antworteten die Eltern. Und Großmutter Adelheid brachte in Begleitung von Großvater Müller
das Kind zum Wasser.

»Katharina. Ich taufe dich im Namen des Vaters …«

Bei den ersten Tropfen krauste das Mädchen unwillig die
Stirn.

»… und des Sohnes …«

Ein empörtes Schniefen.

»… und des Heiligen Geistes.«

Laut krähte die getaufte Katharina, und ihr Jammern stieg
weit hinauf in den Gewölbehimmel. Arnold lächelte. Die
Kraft in der Stimme seiner Tochter erfüllte ihn mit Stolz. Mutter Adelheid legte das weiße Taufkleidchen über das schrei-

ende Bündel, und Vater Reinhold entzündete die Taufkerze am Osterlicht.

Ehe die frohe Gesellschaft aufbrach, betrachtete sie an den Chorwänden die Bildtafeln über das Leben der heiligen Ursula, dazu erzählte der Geistliche in gesetzten Worten ihre tragische Geschichte. »… Und dann, wie hier auf diesem Gemälde zu sehen, gelangte das Schiff mit der Heiligen und den Gefährtinnen nach Köln.«

Arnold stutzte, trat näher, verengte die Augen. Was ist das für eine Fahne am Bug des Schiffes? Blau-Weiß-Rot? Zur Sicherheit griff er hinter sich unter die Rockschöße, zog am Bändel die verknautschte Kokardenblume hervor, verglich die Farben. Kein Zweifel. Er wandte sich an den Priester. Sein Zeigefinger stach nach der Flagge auf dem Bild. Mit dunkler Stimme fragte er: »Wer war das?«

Der Geistliche blickte zu Boden. »Auf Anordnung der Kunstkommission ist die Fahne geändert worden.«

»Aber die heilige Ursula stammt aus England. Verfluchte Franzosen …« Gleich griff Walburga nach seinem Arm. »Nicht in der Kirche. Und schon gar nicht am Tauftag unserer Tochter!«

Arnold schluckte, kämpfte gegen den Zorn in der Brust. Erst bei der Feier zu Hause im Eigelsteinviertel konnte er wieder lächeln, und nach dem zweiten Glas hoch voll mit Anisbranntwein war der Tag zu schön, als ihn sich durch die Franzosen verderben zu lassen. Er schenkte sich das dritte Glas ein, prostete den Verwandten übertrieben gut gelaunt zu. »Ich habe eine Frau, eine Katharina und euch. Was will ich mehr? Trinken wir auf unser Glück!«

Süßer Anisbranntwein trocknete die Kehle aus. Bier, erst viel Bier konnte den Durst löschen. Am späten Nachmittag fühlte Arnold heftige Schwere im Kopf und auf der Zunge. Walburga sah ihn fragend an, doch er beschwichtigte: »Keine Sorge, mein Liebling, ich brauche nur etwas frische Luft.« Trotz ihres Protestes begleitete er Eltern und Schwiegereltern nach Hause.

Während des Rückwegs summte Arnold vor sich hin. Am Dom blieb er stehen, starrte eine Weile zum Galgenkran auf dem Südturm hoch. Wie der schwankt. »Wenn ich du wäre«, flüsterte er, »dann hätte ich Angst, von da oben runterzufallen.« Mit einigen großen Schritten brachte er sich außer Gefahr und schlenderte weiter. Beim Überqueren der Trankgasse hörte er Stimmen. Vor dem Kölner Hof stand ein Fuhrwerk, Soldaten luden mit Zurufen und Flüchen neue Kanonenrohre ab und schleppten sie durchs Tor in den Innenhof.

Ohne darüber nachzudenken, ging Arnold näher, baute sich breitbeinig auf, stemmte die Hände in die Hüften und sah den Männern zu.

Diese Schwächlinge. Brauchen vier Mann für so ein Rohr. Nein, du sagst nichts, befal er sich. Nach einigen betont lauten Schnaufern dachte er, etwas Grinsen wird wenigstens erlaubt sein.

Die Franzosen bemerkten ihn. »He, du Zwerg. Was glotzt du?«

»Geht euch nichts an.«

Sie schleppten das nächste Kanonenrohr in den Hof. Bei ihrer Rückkehr stand Arnold immer noch an derselben Stelle.

»Verschwinde! Sonst …«

»Was ist sonst?« Arnold verschränkte die Arme vor der Brust.

Keine Antwort. Die vier sahen sich an, hoben das letzte Rohr auf die Schultern und trugen es hinein.

Aus dem Innenhof drang ihr Gelächter nach draußen.

Die machen sich lustig über mich. Arnold trat einen Schritt vor. Das sollten sie besser nicht. Da erschienen die Soldaten wieder, blieben dicht beim Tor stehen. »Hör zu, du Kölner Ochse.«

»Nimm dich in Acht«, warnte Arnold den Spötter, »bin heute nicht gut gelaunt. Besonders nicht, wenn ich solche französischen Halunken wie euch sehe.«

»Da fühlt sich aber einer mächtig stark.«

Soldaten, Tor und Gebäude verschwammen leicht. Arnold senkte den Kopf, verengte die Augen, um die Kerle besser abzuschätzen. »Ich nehm euch alle vier auf einmal.«

»Oh, oh!« Die Soldaten tänzelten, feixten sich an. »Da fürchten wir uns aber.«

Wieder trat Arnold einen Schritt vor. »Das Maul stopfe ich euch.«

Da sprang einer näher. »Dann beweise es! Na, komm, du Ochse. Aber nicht hier draußen. Da drinnen im Hof. Da sieht uns keiner.« Schon drehte sich der Franzose um und zog sich mit seinen Kameraden durchs Tor zurück. »Na, komm her, wenn du Mut hast!«

Wut schäumte hoch, so lange angestaut, der Damm brach. Arnold brüllte und stürmte durch den dunklen Zugang in den Innenhof, rannte blindlings weiter bis zu den Kanonenrohren. »Verfluchtes Franzosenpack!« Er stand da, entdeckte keinen Gegner. Gleich fuhr er herum. Auch jetzt sah er den Feind nicht. »Zeigt euch! Na, wird's bald!« Nichts. Der Hof war leer.

Da schlug das Tor zu, von außen schnappte das schwere Schloss. Arnold lief hin, versuchte, rüttelte. »Ihr Feiglinge. Lasst mich sofort raus!«

»Du wartest, bis die Gendarmerie kommt.« Das Gelächter gellte ihm in den Ohren. »Polizei! Wir haben einen Einbrecher gefangen. Polizei!«

Eine Falle. Jetzt begriff Arnold. Die Kerle wollen mir was anhängen. Ich muss hier raus. Er lief herum. Nichts war fest genug, um damit das Tor aufzubrechen. Sein Blick fiel auf die Kanonenrohre. Ein Schuss, und ich wär draußen. Aber es fehlte die Kugel, fehlte das Pulver. Er sah zu den vergitterten Fenstern des Gefangenenflügels hoch. Wenn ich rufe, schnappen mich die Zellenwärter sofort und sperren mich ein. Verfluchte Sauferei. Und ausgerechnet am Tauftag. Hätte ich doch bloß auf Walburga gehört … Ich muss … Kein Gedanke mehr. Arnold bückte sich, hob eines der Rohre an. Das schaffe ich. Er ging in die Knie, wuchtete sich das Bronzerohr über die rechte Schulter, langsam richtete er sich auf, schwankte leicht nach vorn und zurück. Er heftete die Augen auf das Tor, ging los, er sah nur noch das Tor, begann zu laufen, schneller, der Atem keuchte, schneller, Arnold stampfte, vor ihm das Ziel, ohne Halt, im vollen Sturmschritt prallte das Kanonenrohr gegen das Tor. Holz splitterte, brach, Bretter wirbelten, durch die Bresche brauste Arnold mit ungeheurem Schrei ins Freie. Er rannte weiter und weiter in die Dämmerung hinein.

Die Soldaten sahen ihm fassungslos nach. »Das ist kein Mensch.« »Un monstre!« »C'est le diable.«

Erst hinter dem Südturm spürte Arnold das Gewicht auf seiner Schulter. Wohin damit? Weg muss ich von der Straße. So schnell wie möglich. Mein Professor. Zur Dompropstei ist es am nächsten. Arnold bog in die Gasse Unter Fettenhennen ein, zwei Passanten schirmten bei seinem Anblick die Augen und wichen rasch zur Seite. Um die Glocke zu ziehen, musste sich Arnold längs ans Portal heranschieben und die Last mit einem Arm auf der Schulter balancieren.

Endlich öffnete Kanonikus Pick. »Um aller Engel willen …«

»Lasst mich rein. Bitte!« Arnold trat zurück, drehte sich, das Rohr war jetzt gerade auf den Eingang gerichtet. Im Zwielicht drohte die Mündung.

»Friede.« Pick begriff die Situation nicht, hob abwehrend die Hände. »Herkules, bist du von allen Göttern verlassen?«

»Ganz egal. Ich muss nur das Ding loswerden.« Damit ging er los. Pick wich zur Seite. Neben den Gemüsebeeten ließ Arnold das Kanonenrohr von der Schulter rollen. Dumpf schlug es ins Gras. »Geschafft.«

»Nichts ist in Ordnung.« Aus dem Schreck wuchs Empörung. Pick stemmte die Hände an die Bauchseiten. »Das wirst du uns erklären müssen. Nicht hier. Komm sofort ins Haus! Hier im Halbdunkel bist du mir heute unheimlich.«

Drinnen in der Küche ließ sich Arnold auf den Stuhl sinken. Als Pick und Wallraf vor ihm standen, warteten, schüttelte er langsam den Kopf. »Ich weiß nicht, was mit mir ist. Aber jetzt ist es passiert.«

Die Freunde setzten sich rechts und links zu ihm. Wallraf pochte mit dem Zeigefinger auf die Tischplatte. »Wie kommst du an ein Kanonenrohr?«

Arnold sah seinen Herrn an. »Schuld haben die Franzosen. Es fing schon heute Morgen mit der Flagge an …«

»Du redest wirr.« Der Ton nahm an Strenge zu. »Der Reihe nach. Und ein bisschen schnell, wenn ich bitten darf.«

Arnold erzählte von der Taufe, dem Schiff der heiligen Ursula, gestand auch, etwas zu viel getrunken zu haben. »Und so kam das dann zum Schluss auch mit dem Kanonenrohr.« Ein Gedanke ließ Arnold in den Locken kratzen. »Das Ding ist was wert. Für den Ärger, den ich Euch mache, könnt Ihr das Rohr haben. Nicht zum Sammeln, zum Verkaufen, meine ich.«

»Das Rohr gehört der französischen Armee«, warf Pick ein.

»Na und? Die Franzosen haben uns fast alles weggenommen. Jetzt auch noch den Schrein unserer drei heiligen Könige.«

»Da muss ich dich korrigieren.« Wallraf schenkte Arnold vom Holundersaft ein. »Trink. Damit du wieder nüchtern wirst.« Als Arnold absetzte, sich schüttelte, tätschelte ihm der Professor die Schulter. »Du musst umdenken. Ganz so schlecht, wie dir die Franzosen vorkommen, sind sie nicht. Seit Napoleon Erster Konsul ist, verdanken wir ihnen einige Wohltaten. Ordnung kehrt wieder ein.«

»Herr!«, fuhr Arnold auf. »Ihr wollt uns an die Franzosen verraten?«

»Beruhige dich.« Wallraf goss vom Saft nach. »Weißt du, dass es ein Franzose war, der dafür gesorgt hat, dass wir die Kisten mit dem Schrein wieder zurückbekommen haben?«

Der Bericht über den selbstlosen Einsatz des Residenten Hirsinger konnte Arnold nicht überzeugen. »Na und? Jetzt stehen die Kisten beim Unterpräfekten im Altenberger Hof und warten nur darauf, dass der verfluchte Bischof von Aachen uns den Schrein wegnimmt. Und der ist auch von den Franzosen ...«

Die Türglocke schlug an, heftig. »Nicht noch eine Kanone.« Pick faltete erschrocken die Hände. »Geh du!«, bat er den Freund.

Es dauerte, dann kam Wallraf mit einem Uniformierten zurück, ließ ihn in der Tür warten. Er selbst kam zum Tisch. »Vier Bewaffnete warten draußen«, informierte er leise seinen Adlatus und den Freund. »Da vorn steht Doktor Wilhelm Brocker, früher ein etwas umstrittener Mediziner unserer Stadt, heute kommt er zu uns in seiner neuen Eigenschaft als Polizeikommissar. Gefahndet wird nach einem Ungeheuer, das ein Kanonenrohr gestohlen hat. Laut Aussagen der Passanten führt die Spur des Monsters zu uns in die Dompropstei.« Mit Bedauern im Blick deutete der Professor auf die Blendlaterne. »Da Brocker das Objekt gleich beim ersten Hinleuchten in unserem Garten entdeckt hat, verlangt er, auch unseren Besucher in Augenschein zu nehmen.«

Arnold stützte die Stirn in beide Hände. Die Welt stürzt ein, dachte er, mein eigener Herr liefert mich der Polizei aus. Wallraf bemerkte die Enttäuschung, ruhig trat er neben ihn. »Keine Sorge, mein Freund. Ich habe mich bereits für dich verwendet.« Rasch beugte er sich vor und raunte: »Keinesfalls darfst du irgendetwas zugeben.« Er richtete sich auf und winkte dem Beamten. »Tretet näher.«

Brocker kam zum Tisch, betont förmlich erkundigte er sich nach Namen und Adresse und verlangte: »Aufstehen!« Er musste einen Schritt zurücktreten, um an Arnold hochzusehen. »Nach der Beschreibung könntest du der Gesuchte sein. Hast du das Kanonenrohr gestohlen?« Da keine Antwort kam, bellte er: »Antworte!«

»Ich bin kein Monster.« Langsam schüttelte Arnold den Kopf, ließ die Arme hängen. »Bin nur müde, verdammt müde.«

»Und, wie ich vermute, angetrunken.«

Arnold wandte sich zur Tür. »Ich muss nach Hause, ins Bett.«

»Hiergeblieben! Du bist vorläufig festgenommen.« Brocker griff nach ihm. Kaum berührte er den Arm, als Arnold sich drohend umwandte, die Faust ballte.

Schon war Pick bei ihm. »Halt, warte, Herkules!« Er stellte sich zwischen ihn und den Beamten. »Nicht wehren«, warnte er, »um Himmels willen keine Gewalt. Damit verschlimmerst du alles.« Er trat näher. »Bitte lasse dich verhaften. Dann kommst du auch schneller frei.« Über die Schulter erkundigte er sich: »Das stimmt doch?«

Der Beamte nickte. »Zwei Tage, schätze ich. Dann kommt die Sache vors Schnellgericht. Gibt wohl eine Geldstrafe, mehr nicht.«

Pick versuchte, aufmunternd zu lächeln. »Nur zwei Nächte. Die hältst du schon durch. Bitte, Herkules!«

Ein weher Blick für den Professor, ein bitteres Lächeln für den Kanonikus, dann streckte Arnold dem Kommissar die Hände hin. »Also los!«

40

Stille herrschte im Büro des Staatsanwalts, nur das morgendliche Gezanke der Spatzen drang durchs geöffnete Fenster. Norbert trug neue Namen und Informationen in das inzwischen schon umfangreiche Register der verdächtigen Mitbürger Kölns ein. Immer wieder blickte er verstohlen zu seinem Vorgesetzten hinüber. Der öffentliche Ankläger hatte Polizeikommissar Doktor Brocker gleich bei Sonnenaufgang herzitiert, ihm aber keinen Stuhl angeboten, ließ ihn vor seinem Schreibtisch stehen, lange schon. Keil studierte den Bericht über die Verhaftung des Kanonendiebes am Vorabend. Endlich ließ er das Blatt sinken. »Nicht Fisch, nicht Fleisch. Also unbrauchbar.«

»Wie darf ich das verstehen?«

»Warum dieses Herumwinden?« Der Finger tippte auf einige Zeilen. »Es könnte sein … Die Soldaten waren sich nicht ganz sicher … Die Passanten vermuteten …« Nun schlug die flache Hand auf das Protokoll. »Bei aller Nachsicht Ihnen gegenüber! Herrgott, Brocker, warum steht hier nicht klar und deutlich: Arnold Klütsch hat Eigentum der französischen Armee entwendet? Er ist bei der Tat beobachtet und wenig später inhaftiert worden?«

»Weil sich keiner der Zeugen wirklich sicher war.« Die schlaffen Wangen vibrierten. »Ich selbst hielt mich zufällig in der Nähe auf, als nach der Polizei gerufen wurde. Bei meinem Eintreffen aber sah ich den Flüchtigen lediglich von hinten.«

Anton Keil erhob sich, trat ans offene Fenster, eine Weile wippte er auf den Fußballen vor und zurück. »Doktor Brocker! Hier geht es um mehr als nur um den Streich eines Betrunkenen. Es geht um den Respekt der Kölner Bürger vor ihrer Obrigkeit. Bei diesem Vorfall insbesondere um die Achtung vor dem Militär.« Er fuhr herum, kam mit gestrecktem Zeigefinger auf den Sektionskommissar zu. »Und ich will anhand dieses Falles ein Exempel statuieren. Also benötige ich für den Prozess gegen diesen Halunken klare, eindeutige Fakten und Beweise.«

»Aber es herrschte schon Dämmerung … Kaum Licht genug …«

»Kein Wort mehr!«, unterbrach ihn Keil scharf, er schnippte seinem Assistenten. »Bitte lasse uns einen Moment allein!«

Norbert gehorchte sofort, eilte hinaus, kaum aber hatte er die Tür geschlossen, legte er das Ohr ans Holzblatt. Nichts entging ihm. Die Herren wurden sich rasch einig. Keil verlangte, und Brocker blieb nichts übrig, als sich zu fügen. Norbert pfiff durch die Zähne. »Armer, armer Arnold. Da musst du dich auf einiges gefasst machen.«

Am späten Nachmittag schlenderte Norbert durch den Eigelstein. Vor Arnolds Haus blickte er unauffällig nach rechts und links, niemand schenkte ihm Beachtung, und er zog kurz am Glockenseil.

»Augenblick.« Walburgas Stimme. »Komme gleich.« Es dauerte etwas länger, dann öffnete sie und wich gleich zwei Schritte wieder zurück. »Du?« Fahrig schloss sie ihre lose Bluse zwei Knopf höher hinauf zum Hals. »Ich habe gerade meine Tochter gestillt.«

»Dann komme ich gerade richtig«, feixte er, »Durst habe ich auch«, und wurde gleich wieder ernst. »Spaß beiseite. Ich komme mit Neuigkeiten.«

»Arnold? Was ist mit ihm?«

»Nicht hier draußen. Darf ich …?«

Walburga gab den Weg frei und lud ihn mit einer knappen Geste in ihr Haus ein. Die Wohnstube war halb zum Kinderzimmer umgestaltet. Katharina lag in der Wiege und sah der Bewegung ihrer geballten Händchen über dem Gesicht zu. Auf dem Tisch reihten sich Salbentöpfe und Puderdosen, neben der Badeschüssel stapelten sich weiße Tücher. »Sehr gemütlich.« Leicht rümpfte Norbert die Nase und deutete auf den Eimer mit benutzten, verschmierten Windeln. »Dein Kind scheißt recht tüchtig.«

»Wenn du nur spotten willst, verschwinde besser gleich wieder.«

Er hob beide Hände. »Friede.« Mit leichtem Schwung strich er die schwarze Strähne aus der Stirn. »Ich bin hier als euer Freund. Die Sache steht schlecht. Der Staatsanwalt will hart durchgreifen.« Sein Horchen an der Tür erwähnte er nicht, knapp schilderte er die Lage so, als hätte Keil mit ihm persönlich den Fall durchgesprochen. »Wenn es hart auf hart kommt, dann gibt es für Diebstahl von Militäreigentum zehn bis zwölf Monate Kerker.«

Walburga sank auf den Stuhl. »Ein ganzes Jahr ohne ihn?« Sie blickte hoch. »Aber das blöde Rohr ist ja wieder da. Und ob er es wirklich genommen hat, weiß doch keiner. So hab ich es jedenfalls gehört.«

Norbert näherte sich lächelnd. Seine Stimme sank in dunklen Trost. »Wer weiß, wenn er sich gut führt, kommt er schon in zehn Monaten wieder.«

»Das dauert mir zu lang.« Walburga schluckte gegen die Tränen. »Gibt es denn keine Chance? Arnold ist kein Verbrecher. Er ist doch …«

»… ein guter Mensch«, ergänzte Norbert voller Verständnis, dabei erreichte seine Hand ihre Schulter.

Sie bemerkte die Berührung nicht, ihr Kummer war zu groß. »Soll ich selbst mal mit dem Staatsanwalt reden?« Jetzt spürte sie die Hand, griff nach ihr. »Was meinst du? Ich könnte ihn um Gnade für meinen Arnold bitten.«

»Das hätte wenig Zweck. Monsieur Keil klagt an, aber die Beisitzer und der Richter fällen das Urteil.«

»Aber es muss doch Hilfe geben.«

»Ich könnte …« Norbert zögerte den Satz hinaus.

»Was? Nun rede schon. Bitte!«

»Kommissar Doktor Brocker ist der Hauptzeuge. Wenn ich …« Wieder brach Norbert ab, als wäre er ganz in Gedanken, spielte er mit dem Kragen ihrer Bluse. »Doch. Ich glaube, da gibt es einen Weg. Nein, ich bin mir sogar ganz sicher.«

Walburga drehte sich etwas, sah zu ihm auf. »Würdest du dich einsetzen? Für uns?«

Er sagte nichts, seufzte übertrieben tief.

»Dann um unserer alten Liebe wegen?«

»Du hast mir damals sehr wehgetan.« Sein Blick füllte sich mit Trauer. »Und gekränkt hast du mich.«

Walburga wollte, musste ihn gewinnen. »Es tut mir leid. Aber was geschehen ist, ist nun mal geschehen. Und es ist doch schon so lange her. Kannst du mir nicht einfach verzeihen?«

»Das ist schwer. Die letzten Monate hast du mich nicht einmal angesehen, hast so getan, als wäre ich Luft.«

»Das wird sich ändern, glaube mir. Hilf meinem Arnold, bitte!«

Langsam rutschte seine Hand von ihrem Nacken entlang der Halsbeuge weiter nach vorn. »Glaubst du, es war leicht für mich, zuzusehen, wie du meinen besten Freund heiratest?«

»Es ist nun mal so gekommen. Ich glaube, nicht ich selbst, sondern mein Herz hat da entschieden.«

Seine Finger tasteten sich tiefer. »Arnold kann gerettet werden. Ich sehe da wirklich eine Möglichkeit.«

»Das würden wir dir nie vergessen.«

»Schon gut«, wehrte er ab, »etwas Dankbarkeit genügt mir schon.« Ohne Zögern griff er nach einer Brust, gleich fasste die andere Hand nach der Bluse, der Stoff riss. Er hatte beide Brüste und drückte sie, wühlte sie aneinander. Jetzt erst begriff Walburga, sprang mit einem Schrei auf, befreite sich, schlug ihm mit der Faust ins Gesicht, floh bis zur Wand. »Bist du von Sinnen?«

»Aber nein.« Norbert rieb sich die Wange. »Du hast einen festen Schlag.« Er sah Blut an den Fingern, betastete die Nase, noch mehr Blut, er leckte mit der Zunge danach. »Das gefällt mir, und wie mir das gefällt.« Langsam ging er auf sie zu.

Walburga sah den Besen in der Ecke, sie schob sich an der Wand entlang darauf zu.

»So halb nackt. Das geilt mich an.« Er feixte. »Und wie die Bälle schwingen. Lass mich nur einmal dran saugen. Aus alter Freundschaft.«

Mit einem Satz erreichte sie den Besen, hielt ihn wie eine Lanze gegen den Feind. »Komm mir nicht zu nahe. Sonst …«

»Spiel mir doch nicht die scheue Jungfrau vor.« Damit wischte er die Warnung beiseite und streckte die blutbeschmierten Finger nach ihr aus.

Sie schlug zu, traf die Hand, schlug erneut, traf den Arm. Er ließ sich nicht aufhalten, ging weiter, grinste weiter. »Hilfe«, stammelte Walburga, wich zurück, prallte mit dem Rücken an die Wand. Verzweifelter Mut gab ihr letzte Kraft. Sie schrie, gleichzeitig stieß sie den Besen gegen seinen Körper, traf den Unterleib. Norbert knickte ein, brüllte erstickt und torkelte zur Seite, stöhnte, rang nach Luft.

Walburga befreite sich aus der Ecke, eilte hinüber zum Tisch, war weit genug weg von der Wiege, dort wartete sie und bemühte sich, die Brüste zu verbergen, doch die Bluse war zerrissen. Egal. Sie ließ Norbert nicht aus den Augen. Tief nach vorn gekrümmt, schwankte er immer noch, fand endlich mit der Schulterseite Halt am Schrank, dort lehnte er sich an. Nasenblut tropfte auf den Boden.

»Bist du schwer verletzt?« Sie schluckte. »Sag doch was. Ich … ich musste dich abwehren. Soll ich nach dem Arzt rufen?«

Da hob er den Kopf, grinste sie von unten an. »Du bist das richtige Weib für mich. Eine Schande, dass ich dich nicht bekommen habe.«

»Verflucht, Norbert. Was steckt nur in dir?« Sie warf ihm

eine der sauberen Windeln hin. »Putz dir das Blut weg!« Zur Sicherheit fasste sie den Besen wieder fester. »Vorhin dachte ich, der Teufel kommt da auf mich zu.«

Langsam richtete er sich auf. »So solltest du nicht über mich denken.« Er war wieder bei Atem, in den Mundwinkeln flackerte sogar erneut der Spott. »Schließlich will das Frauchen, dass ich seinem Männchen aus dem Kerker helfe.« Schärfer wurde der Ton. »Und dafür erwarte ich jetzt etwas mehr Entgegenkommen als noch vorhin. So als Schmerzensgeld. Jetzt will ich dich ganz nackt.«

»Bist du wahnsinnig?« Sofort zielte sie mit dem Stiel erneut auf ihn. Die Lust in seinem Blick verursachte ihr Angst und Wut zugleich. »Hast du immer noch nicht genug?«

»Warte noch mit der Strafe.« Er wagte die ersten Schritte. »Noch war ich nicht schlecht genug. Nachher aber habe ich Prügel verdient.«

»Norbert?« Langsam begriff Walburga. »Bleib da stehen. Das ist für mich kein Spiel, hörst du.«

»Wenn du deinen Arnold frei haben willst, dann musst du aber mit mir spielen. Das ist mein Preis.«

Sie spürte, wie ihre Hände zitterten, stampfte zornig mit den Füßen dagegen an. »Ich fürchte mich nicht vor dir«, sagte sie laut, um sich Mut zu machen. »Und ich …« Der Gedanke kam beim Sprechen, wuchs schnell, kalte Ruhe ergriff sie. »Du wirst uns helfen, das garantiere ich dir.«

Norbert bemerkte die Veränderung, wachsam belauerte er sie. »Wieso sollte ich?«

»Wenn du's nicht tust, dann … Ganz gleich, wie lange mein Mann im Gefängnis bleiben muss, irgendwann wird er freikommen. Und ich werde ihm von heute erzählen. Was glaubst du, was er dann mit dir macht?« Walburga sah, es war der richtige Weg, sie stellte den Besen vor sich hin. »Ich werde ihn nur davon abhalten, dich zu töten, nicht aber, dir jeden Knochen in deinem verfluchten Leib zu brechen.«

Das gierige Licht in den Augen erlosch. »Warum regst du

dich so auf? Es ist doch gar nichts passiert. Ich hab dich angefasst. Na und? Schließlich waren wir mal ein Paar.«

»Auch unsere Freundschaft …« Die jähe Erinnerung ließ Walburga nach Luft schnappen. »Nur mit Lügen hast du mich eingefangen.«

»Das ist nicht wahr«, empörte er sich, »mir war es ernst, sehr ernst. Meine Geschenke …«

»So?« Sie drohte ihm mit der Faust. »Was war mit dem Schmuck? Erbstücke von deiner Tante in Neuss? Von wegen. Ich weiß genau, woher die Kette, die Brosche und der Ring stammen.« Leidenschaftlicher Zorn überkam sie. »Mir hast du erzählt, dass du den armen Flüchtlingen geholfen hast, über den Rhein zu kommen. Aus Mitleid! In Wahrheit hast du ihnen das letzte Geld aus der Tasche gezogen, hast dich sogar mit ihrem Schmuck bezahlen lassen.«

»Aber …« Die Vorwürfe verschlugen ihm die Sprache. Walburga verspürte keine Angst mehr vor ihm, ging sogar drohend auf ihn zu. »Was meinst du, wie lange du noch beim Staatsanwalt arbeitest, wenn ich überall in der Stadt erzähle, wer du wirklich bist?«

»Schon gut. Ich habe verstanden.« Er glättete seinen Rock, betupfte die Nase, kein frisches Blut mehr, er legte das Tuch fast sorgfältig zu den verschmierten Windeln in den Eimer. So, als hätte das Furchtbare vorhin nicht stattgefunden, sagte er: »Also versprochen, ich werde mich für Arnold einsetzen.«

»Geh jetzt!« Sie verfolgte ihn bis in den Flur. Er wandte sich noch mal um. »Und keine Sorge. Es wird schon gut ausgehen.«

»Wehe, wenn nicht!« Walburga spürte, wie ihre Knie weich wurden, nein, durchhalten, mit letzter Kraft in der Stimme befahl sie: »Verschwinde aus meinem Haus!« Erst als die Tür ins Schloss gefallen war, rollten ihr die Tränen über die Wangen.

Norbert zögerte nicht. Auf dem Weg zur Schildergasse begutachtete er seinen schwarzen Rock, ertastete einige angetrocknete Blutflecken. Im dunklen Stoff würden sie nicht auffallen.

Das Wohnhaus von Doktor Brocker mit der Nummer 5125 fand er gleich, war doch nebenan früher der Sitz der Aufsichtsbehörde. Damals gehörte Brocker dem Spitzelausschuss an. Bei ihm hatte Norbert durch Denunziation von Bürgern, die kein Papiergeld annehmen wollten, so manchen Gulden verdient. Er betätigte den Türklopfer.

Erna Brocker, eine schmale, verhärmte Frau, erkannte den Besucher gleich. »Ihr, Herr Advokat?« Verschreckt legte sie die Hand an den Mund. »Schickt Euch der Staatsanwalt?«

»Ganz ruhig.« Das Lächeln zeigte weiße Zähne, es folgte die Andeutung einer eleganten Verbeugung. »Ich bin inoffiziell hier. Sagen wir, mit freundschaftlicher Absicht. Kann ich den Gemahl sprechen?«

»Wilhelm fühlt sich nicht wohl. Er ist so bedrückt, will mit niemandem sprechen.«

»Kein Wunder, nach dieser Unterredung heute Morgen im Büro. Bei Gott, das kann ich mir sehr wohl vorstellen.« Die Stimme schmeichelte mit Verständnis. »Aber ich komme, um ihn aufzumuntern, ihn zu stärken.«

Erna Brocker bat den Gast herein. »Der ganze Ärger hängt wohl mit diesem Kanonenmann zusammen. Genau weiß ich es nicht.«

»Eine Geheimsache, aber ich bin vollends eingeweiht. Deshalb habe ich mir erlaubt, den Polizeikommissar außerhalb seiner Dienststelle aufzusuchen.«

Sie erwiderte das Lächeln. »Ihr seid so höflich und galant. Wilhelm erzählt sonst nur Schreckliches über den Staatsanwalt.«

»Darüber, gnädige Frau, sollten wir besser schweigen. Ich bin hier und will helfen. Bitte, meldet mich!«

»Melden?« Sie schüttelte den Kopf. »Ich denke, Ihr könnt gleich zu ihm hoch. Er ist unterm Dach bei seinen Tauben. Da sitzt er gern, wenn ihn etwas beunruhigt. An der Holztür ist ein Glöckchen, nur einmal bimmeln, dann erschreckt Ihr die Tiere nicht. Er hört es schon.«

Wilhelm Brocker saß in der geöffneten Dachklappe und sah dem Abend über Köln zu. Aus den Verschlägen hinter ihm kratzte und gurrte es. Er hob die Brauen, als er den Assistenten des Staatsanwaltes bemerkte. »Was führt Euch her?«

»Wir sollten über den Kanonenfall reden.« Norbert näherte sich gebückt. »Noch vor dem Prozess. Die Gerichtsverhandlung ist für morgen Mittag angesetzt.«

Brocker wies auf den Hocker neben sich. »Setzt Euch. Stehen kann man nur in der Mitte, sonst ist es hier zu niedrig. Und lasst uns leise reden, damit meine Kleinen langsam zur Ruhe kommen.«

»Ich wusste gar nicht, dass Ihr Tauben züchtet.«

»Advokat Fletscher, bitte verzeiht, aber zu einem Plausch bin ich nicht aufgelegt.«

Norbert hob beide Hände. »Verständlich. Kommen wir gleich zur Sache. Ich bin hier, weil ich Euch bestärken möchte, die Wahrheit zu sagen.«

Brocker fuhr auf dem Stuhl zurück, die Lehne ächzte. »Wovon redet Ihr?«

»Bitte, bleibt ruhig! Denkt an den Schlaf Eurer Lieblinge.« Norbert beugte sich vor, flüsterte fast: »Ob ich wollte oder nicht, ich musste heute Morgen draußen auf dem Flur die Unterredung mit anhören und weiß also, welche Aussage unser Chef von Euch im Prozess gegen Klütsch erwartet.«

»Was schert Euch das?«

»Sehr viel. Der Angeklagte ist ein guter Freund von mir. Und da ich weiß, dass Ihr ihn bei dem Diebstahl nicht erkannt habt, erwarte ich, dass Ihr auch nicht gegen ihn aussagt. Ganz einfach, Doktor. Oder nicht?«

Brocker ballte die Hände. »Wieso sollte ich Euch zuliebe die ausdrückliche Anweisung unseres Chefs missachten? Und damit meine Stellung gefährden?«

415

»Weil ich andernfalls gezwungen bin, mich an Eure Vergangenheit zu erinnern. Dieser Hebammenprozess …«

Die Fäuste sanken. »Nicht … Bitte! Damit soll endlich Schluss sein.«

Überfreundlich setzte Norbert nach. »Schrecklich, nicht wahr? Ich habe in den Unterlagen meines Vaters die Einzelheiten noch einmal überprüft. Da stirbt ein Kind aufgrund Eurer Fehlentscheidung im Mutterleib. Ich denke, die Fakten sollten der Öffentlichkeit noch einmal deutlich vor Augen geführt werden. Auch unsern Staatsanwalt müsste die Geschichte interessieren. Zumal er nur Männer mit bestem Leumund als Sektionskommissare duldet.«

Das Blut wich aus dem Gesicht, schlaffer noch wirkten die Wangen. »Wollt Ihr mich vernichten?«

Entrüstet wehrte Norbert ab. Nicht einmal daran denken würde er. Es gehe ihm nur um den Freund. »Bitte, sagt die Wahrheit! Mehr erwarte ich nicht.« Andernfalls sollte Brocker natürlich auch um sein Ansehen als Doktor für Wundarznei und Hebammenkunst fürchten. »Um das Kind herauszuziehen, musste der Schädel zertrümmert werden. Wenn diese Details bekannt werden, könntet Ihr nicht einmal in Euren alten Beruf zurück. Ihr würdet in Köln keinen Patienten mehr finden.«

»So oder so«, Brocker schirmte die Augen mit der Hand, »ich bin in der Falle.«

Da erhob sich Norbert, ließ die Finger schnippen. »Befolgt meinen Rat, und wenigstens Euer guter Ruf bleibt unangetastet. Wir sehen uns morgen bei Gericht.« Er beugte sich zum Ohr des Getroffenen, flüsterte: »Gute Nacht, Doktor.« Leise, ohne den Schlaf der Tauben zu stören, huschte er vom Dachboden.

41

$\mathcal{D}$er Gerichtssaal in der Hacht unterhalb des Doms war schon eine Stunde vor Beginn des Prozesses bis auf den letzten Platz gefüllt. Vor der Richterbank lag das matt glänzende Kanonenrohr.

Walburga saß in der zweiten Reihe zwischen Professor Wallraf und Kanonikus Franz Pick. Beide versuchten, sie zu beruhigen, zu trösten, mal tätschelte der Gelehrte ihren linken Arm, »der Verteidiger ist ein Freund von uns«, dann spürte sie leichtes Streicheln auf dem rechten Handrücken, sah ins rundliche Gesicht und fand einen aufmunternden Blick.

Auf eine Vorladung der beiden Kleriker als Zeugen hatte Keil verzichtet. Bei der Lektüre ihrer schriftlichen Aussage war dem Staatsanwalt die Zornesader auf der Stirn angeschwollen. Darin hatten sie zwar die Existenz des Kanonenrohres in ihrem Garten bestätigt, wie es allerdings dort hingelangt sei, entziehe sich ihrer Kenntnis.

Von den Türmen Kölns schlug es elf. Mit dem letzten Ausklingen der Glocken wurde Arnold von zwei Wächtern in den Saal geführt. Den Kopf gesenkt, schlurfte er schweren Fußes durch den Mittelgang. Getuschel der Zuschauer begleitete ihn. Er nickte nur vor sich hin. In Höhe der zweiten Stuhlreihe traf ihn ihr leiser Ruf bis ins Herz: »Liebling.«

Er fand ihre Augen, trank ihren Blick und hob das Kinn. Neue Kraft. Er wollte zu ihr, gleich versperrten ihm die Wärter den Weg. »Nur begrüßen will ich, mehr nicht.«

»Geh weiter!« Einer von ihnen zeigte auf die Anklagebank seitlich des Richtertisches. Dort wartete bereits sein Verteidiger. »Dahin gehörst du.«

»Ich lauf euch nicht weg«, knurrte Arnold.

»Nichts da.« Beide Beamten stellten sich breitbeinig hin, tasteten nach dem Säbelknauf.

»Besser …«, er schnaufte gegen die aufsteigende Wut, »besser für euch, wenn ihr mich kurz zu meiner Frau lasst.«

Walburga ahnte die Gefahr, erhob sich, drängte rasch an Wallraf und den übrigen Zuschauern in der Reihe vorbei bis zum Gang. Sie nahm die große Hand, sah zu ihm hoch. »Katharina lässt dich grüßen. Wir vermissen dich.« Sie drückte seine Finger fest auf den Busen. »Bleib nur ganz ruhig, und höre auf deinen Rechtsanwalt. Das ist besser für uns.«

Arnold streichelte ihr übers Haar. »Bist nicht böse mit mir?«

»Jetzt nicht.« Sie bemühte sich zu lächeln. »Erst wenn ich dich wiederhabe, reden wir darüber.«

Das genügte ihm, und er folgte den Wärtern zur Anklagebank. »Wie steht meine Sache?«, erkundigte er sich bei seinem Verteidiger.

»Wenn ich ehrlich sein darf.« Der Rechtsanwalt sprach hinter vorgehaltener Hand weiter. »Dein Fall ist ziemlich hoffnungslos.« Mit dem Blick deutete er zur schräg gestellten Bank auf der anderen Seite des Richtertisches. »Staatsanwalt Keil will Blut sehen. Das habe ich draußen auf dem Flur gehört.«

Arnold entdeckte Norbert neben dem öffentlichen Ankläger und hob die Hand, doch der Freund grüßte nicht zurück, blätterte in den Papieren.

»Mein Blut? Wieso?«

»Das sagt man so. Er will hart durchgreifen, weil …«

Zu mehr Erklärung kam es nicht. Der Gerichtsdiener verlangte mit lauter Stimme nach Ruhe. Die hintere Tür öffnete sich, und der Richter, gefolgt von vier Beisitzern, betrat schnellen Schritts den Saal. Die Herren nahmen am langen Tisch ihre Plätze ein.

Mit Blick über den Brillenrand nach rechts und links vergewisserte sich der Vorsitzende, ob alle Beteiligten zur Stelle waren. »Der Prozess ist eröffnet.« Halb erhob er sich, um das Kanonenrohr vor dem Richtertisch zu begutachten, und setzte sich zurück. »Die Republik Frankreich gegen den Bürger Arnold Klütsch. Ich bitte den ehrenwerten Bürger Staatsanwalt, mit der Anklage zu beginnen.«

Anton Keil dankte und erhob sich. »Der Fall ist eindeutig und wird, so denke ich, nur wenig von unserer Zeit in Anspruch nehmen.« Der Finger schnellte in Richtung Arnold. »Dieser Mann dort hat aus niedrigen Beweggründen, aus Habgier, wertvolles Eigentum der französischen Armee entwendet …«

Habgier? Von wegen, Arnold rieb sich die Stirn. Zorn war es, weil diese elenden französischen Wichte … Nein, bleib ruhig, er atmete tief, sah zu Walburga hinüber und ließ die Schultern wieder sacken.

Mit grollender Stimme berichtete Keil von der Untat des Angeklagten und endete: »Deshalb fordere ich zur Sühne des Verbrechens zwölf Monate Kerkerhaft.«

Empörtes Aufstöhnen ging durch den Saal. Gleich zwang der Richter mit Hammerschlägen den Lärm nieder. »Danke, Bürger Staatsanwalt. Kommen wir zur Beweisaufnahme und den Zeugen.«

»Nun …«, Keil verließ seine Bank, »das wichtigste und einzige Beweisstück liegt unübersehbar hier vor Eurem Tisch. Was die Zeugen angeht, so stützt sich die Anklage auf die Aussage des Polizeikommissars, der den Verdächtigen inhaftiert hat. Ich rufe Bürger Wilhelm Brocker in den Zeugenstand.«

Das Gesicht bleich, die Augen tief in den Höhlen, wie ein Schatten seiner selbst nahm der Sektionskommissar auf dem Stuhl Platz.

In Siegerpose stellte sich Keil halb zu ihm, so konnte er mit nur kurzen Kopfbewegungen den Zeugen wie auch das Publikum in den Blick nehmen. Ohne Zögern bestätigte Brocker das Datum und den Kölner Hof als Ort des Geschehens. »Kommen wir zur entscheidenden Frage. Und ich bitte um eine klare, kurze Antwort.« Keil verschränkte die Arme vor dem Rock. »Bürger Brocker, Ihr habt den Dieb mit der Kanone weglaufen sehen. Konntet Ihr ihn identifizieren?«

Der Kommissar schwieg, sein Blick streifte Norbert am Tisch des Anklägers, dann senkte er den Kopf.

»Bürger Brocker!«, fuhr ihn Keil an. »Wir warten auf eine Antwort. Habt Ihr den Dieb erkannt?«

»Nein.«

Rufe, Stöhnen im Publikum, die Zuschauer reckten die Gesichter.

Keil beugte sich zu dem Zeugen, wies mit gestrecktem Arm auf Arnold. »Dieser Mann dort? Habt Ihr ihn an jenem Abend gesehen?«

Brocker wagte nicht, seinen Vorgesetzten anzublicken. »Ich kann es nicht mit Bestimmtheit sagen. Es war zu dämmrig, fast dunkel.« Die Stimme gewann an Kraft. »Nein, Herr. Ich kann den Angeklagten nicht als den Täter identifizieren.«

»Wer … wer soll es dann gewesen sein?«

»Eher der Leibhaftige, aber nicht dieser Mann dort.«

Wie erstarrt stand Anton Keil da.

Nach einer Weile erkundigte sich der Richter: »Bürger Staatsanwalt, habt Ihr noch weitere Zeugen?«

Keil schüttelte den Kopf und kehrte zu seinem Tisch zurück. Norbert rückte ihm beflissen den Stuhl und dienerte, als er sich niederließ.

»Die Verteidigung hat das Wort.«

Lebhaft sprang der Rechtsanwalt auf. »Euer Ehren. Da mein Mandant als Täter nicht eindeutig identifiziert werden kann, sollte für ihn der Grundsatz gelten: In dubio pro reo. Ich plädiere für Freispruch.«

Applaus bestärkte seine Forderung. Wieder verlangte der Vorsitzende mit dem Hammer nach Ruhe und Ordnung im Saal. »Das Gericht zieht sich zur kurzen Beratung zurück.«

Arnold neigte sich zu seinem Verteidiger. »Was habt Ihr denen auf Latein gesagt?«

»Im Zweifel soll für den Angeklagten entschieden werden.«

Arnold schob nachdenklich die Unterlippe vor. »Wenn das so ist …«

Schon nach wenigen Minuten kehrte der Richter mit den Beisitzern zurück. Die Herren blieben gleich hinter dem Tisch stehen. »Nach einmütiger Meinung des Gerichts ist es keinem einzelnen Manne möglich, ein Geschützrohr der glorreichen französischen Armee von gut tausend Pfund wegzutragen, geschweige denn damit durch ein geschlossenes Tor zu brechen und davonzustürmen. Auch folgt das Gericht keiner Mutmaßung über ein unnatürliches Wesen, sondern hält sich allein an beweisbare Fakten. Diese konnten vom öffentlichen Ankläger nicht beigebracht werden.« Nach der unverhohlenen Rüge versteinerte sich die Miene des Staatsanwaltes. Norbert sah es, versteinerte ebenfalls, saß dort als Spiegelbild seines Vorgesetzten.

Der Richter dehnte die Pause. Umständlich stapelte er vor sich die Unterlagen. Im Saal flackerte erster Unmut auf. Walburga presste die Fäuste unters Kinn. »O Maria, hilf«, flüsterte sie tonlos vor sich hin, »hilf mir in der Not.«

Endlich. Endlich sah der Vorsitzende zum Angeklagten hinüber. »Bürger Klütsch, erhebt Euch.«

Arnold stand auf.

»Vor der Urteilsverkündung habt Ihr Gelegenheit, Euch zu äußern. Zunächst aber ein ernstes Wort vonseiten des Gerichts. Ich wende mich stellvertretend für alle hier anwesenden Bürger Kölns direkt an Euch. Wie eine Mutter ihrem Kinde hat Frankreich dieser Stadt hilfreich die Hand geboten, sie ans Herz genommen und reichen Segen ihr geschenkt …«

Lacher im Saal unterbrachen die Rede. Arnold verschluckte sich vor Schreck, hustete und hustete. Erst heftiges Betätigen des Hammers verhalf dem Richter wieder zu Wort. »Lernt mehr Respekt! Übt mehr Dankbarkeit! Diese Tugenden sollte jeder Bürger seiner Obrigkeit entgegenbringen. Und wenn im nächsten Jahr unser Erster Konsul Napoleon dieser Stadt einen Besuch abstattet, so wäre es die Pflicht eines jeden starken Mannes …«, mit einer Handgeste umschrieb er den mächtigen Körperbau des Angeklagten, »sich freiwillig in einer Ehrengarde für den Ersten Konsul einzuschreiben.«

Das Blut stieg, rauschte Arnold in den Ohren. Was verlangt der von mir? Er ballte die Fäuste, atmete. Da spürte er einen leichten Schlag gegen den Oberschenkel. Sein Rechtsanwalt zischte: »Ruhig bleiben! Ganz ruhig.«

Mühsam verbarg Arnold die Fäuste auf dem Rücken, starrte zur Decke.

»Angeklagter Klütsch. Wollt Ihr uns noch etwas mitteilen?«

»Nein, Herr Richter. Nur fragen möchte ich. Soll das mit der Ehrengarde meine Strafe sein?«

Atemlose Stille. Gefährlich ruhig antwortete der Vorsitzende: »Ich will diese Frage nicht als Beleidigung unseres Ersten Konsuls auffassen, sondern dem mangelnden Verstand des Angeklagten zuschreiben. Damit genug!« Ein harter Schlag mit dem Hammer. Er straffte sich. »Im Namen der französischen Republik ergeht folgendes Urteil gegen den Bürger Arnold Klütsch: Freispruch mangels Beweisen. Der Gefangene ist sofort auf freien Fuß zu setzen.«

Ihr Jubelschrei befreite Walburga aus der Enge, er führte den Applaus im Saal an. Tränen rannen der Glücklichen, sie umarmte Kanonikus Pick, drückte Wallraf die Hände.

Arnold stand nur da, er schüttelte seinem Rechtsanwalt nicht die Hand, stand einfach da. Weil er sich nicht von der Anklagebank wegbewegte, verstummte die Aufregung im Saale wieder.

Der Richter sah ungehalten zu ihm hinüber. »Was gibt es noch? Ihr könnt gehen.«

»Wollte fragen: Bin ich wirklich ganz frei?«

»Kerl …«

»Und niemand kann mich wegen der Kanone noch mal drankriegen?«

»Niemand. Der Fall ist abgeschlossen. Und nun verschwinde endlich.«

»Danke! Das wollte ich vor all den Leuten hier noch geklärt

wissen.« Arnold verließ die Anklagebank, ging mit wiegenden Schultern zum Geschützrohr vor dem Richtertisch. Wortlos sank er in die Knie, fasste zu, wuchtete das Bronzerohr auf die Schulter und wuchs mit der Last ohne Schnaufen wieder zur vollen Größe. Die fünf Herren wichen zurück, hinter ihnen polterten die Stühle zu Boden.

»Nein, tue es nicht!«, rief Walburga entsetzt. Keil war aufgesprungen, streckte den Arm, drohte, doch die Worte fehlten ihm.

Arnold blickte den Richter an. »Nichts für ungut, Herr Vorsitzender. Dann räume ich das Ding wieder zu den anderen in den Kölner Hof.«

Offene Münder, stumm begleiteten ihn die Zuschauer, als er mit dem Kanonenrohr auf der Schulter durch den Saal ging. »Mach die Tür auf!«, bat er den Wachposten. »Ich will hier nichts kaputt machen.«

Hinter ihm schlugen die Wellen hoch. Die Zuschauer jubelten. Der Richter war nicht für den Staatsanwalt zu sprechen, er verließ beinah fluchtartig mit seinen Beisitzern das Gerichtsgebäude.

Eine Stunde nach dem verlorenen Prozess stand Doktor Wilhelm Brocker vor dem Schreibtisch des öffentlichen Anklägers. »Wie konntet Ihr nur?« Anton Keil prüfte mit dem Daumen die Klinge seines Brieföffners. »Ihr habt mich in aller Öffentlichkeit bloßgestellt. Nicht genug …«

»Aber ich sagte die Wahrheit.«

»Wahrheit! Wahrheit!« Mit ungeheurer Wucht hieb Keil die Spitze des Brieföffners in die Tischplatte. »Ich verlangte Loyalität, und Ihr habt mich verraten.« Er lehnte sich zurück. »Ihr seid entlassen. Ab sofort! Keinen Fuß setzt Ihr mehr in Euer Büro. Mein Assistent Norbert Fletscher wird vorläufig Euer Nachfolger. Von ihm werden Euch auch die persönlichen Dinge ausgehändigt.« Keil blickte zur Tür. »Aus meinen Augen!«

Spät am Abend stieg Erna Brocker zum Dachboden hinauf. Ihr Mann war nicht zum Nachtmahl heruntergekommen. Jetzt blinkten schon die ersten Sterne. Vielleicht war er bei seinen Tauben eingeschlafen. Ohne das Glöckchen zu betätigen, betrat sie den Speicher, ging leise an den Verschlägen entlang. Ein großer Schatten in der geöffneten Dachklappe. Eine Silhouette hing dort, so bedrohlich gegen den noch hellen Himmel. Erna Brocker zitterte. »Wilhelm?« Sie streckte die Hand nach ihm aus, fand keinen Halt mehr, nie mehr. »Mein Wilhelm …«

42

Die Kölner fürchten das Schlimmste. Angst geht um, denn am landgräflichen Hof in Darmstadt glüht der Schmelzofen. Was vom Kölner Domschatz nicht vor der Habgier gerettet werden konnte, wird Anfang Oktober in den Siedetiegel geworfen. Landgraf Ludewig und seine drei Fürstenkollegen wollen Gold sehen, dazu auch Silber und Edelsteine. Hinein mit den drei goldenen Kronen der Heiligen Drei Könige! Hinein mit der großen goldenen Monstranz!

Der fürstliche Münzmeister gibt Stück für Stück in den goldblasigen Brei.

Hinein!

Auch unter dem Silbertiegel wird das Feuer geschürt.

Nichts bleibt von der Schönheit, vom Kunstvollen, nichts vom Ehrwürdigen. Und hell glänzen die Fürstenaugen beim Anblick der schnöden Gold- und Silberbarren.

Zum neuen Entsetzen des Kölner Dompfarrers Marx und der Stadtoberen verkündet von Aachen her Bischof Berdolet seinen Anspruch auf die geretteten elf Schatzkisten. Er reist selbst nach Köln und lässt im Altenberger Hof die Verschläge öffnen. »Ich benötige für meine Kathedrale …«

Hundertvierzehn Kostbarkeiten: vom Kasel mit einem Pelikan über die Mitra aus rotem Samt, geschmückt mit Perlen und Diamanten, bis hin zur Büchse für heilige Öle.

»Diese Gegenstände nehme ich sofort mit. So bin ich gut gerüstet. Denn unser Erster Konsul Napoleon beabsichtigt, mit seiner Gemahlin Joséphine im nächsten Jahr ein großes Karlsfest in Aachen zu feiern.«

Auf seinen Befehl hin müssen die Kisten mit den Einzelteilen des Schreins weiterhin am Sitz des Unterpräfekten lagern und verschlossen bleiben.

Pfarrer Marx stockt der Atem.

Gleichmütig setzt Bischof Berdolet hinzu: »Euer Bittbrief bezüglich der Rückführung der Gebeine aus Arnsberg hat Gnade vor den Augen des Landgrafen Ludewig gefunden.«

Mit strengen Auflagen versehen, ist die Bewilligung vom Darmstädter Hof erteilt und an den Statthalter in Westfalen weitergeleitet worden.

Bischof Berdolet gibt Dompfarrer Marx den Auftrag, nun das Notwendige für die Rückkehr der Heiligen Drei Könige aus dem Exil zu veranlassen. »Später dann will ich über die Reliquien und den Schrein verfügen.«

»Verfügen? Aber sie gehören in unsern Dom.«

»Werter Bruder, auch Aachen hat eine wunderbare Kathedrale. Und dort befindet sich nun mal, wie Ihr wisst, der neue Sitz des Bischofs.«

Seit Jahren droht den Reliquien in Arnsberg die Gefahr, entdeckt zu werden. Und sobald die drei heiligen Könige wieder in Köln angelangt sind, kündigt sich schon die nächste Gefahr an.

Pfarrer Marx benötigt die glaubensstärksten Streiter. Nach Beratung mit Wallraf und den Bürgermeistern betraut er den Rektor der Domschule, Friedrich Richartz, und Vikar Heinrich Nettekoven mit dieser heiklen Mission.

Gerade noch vor Einbruch der Dunkelheit erreichte die Kutsche am 9. Dezember den Marktplatz von Arnsberg. Trotz der wollenen Handschuhe waren die Finger steif gefroren. Nettekoven vermochte das vereiste Wagenfenster nicht herunterzuziehen, musste den Schlag öffnen, um nach der Herberge zu fragen. Das bescheidene Quartier genügte den beiden Reisenden. Und endlich. Im Schankraum prasselte ein Kaminfeuer. Bei der Suppe aus heißem Bier und Gewürzen tauten die Glieder allmählich auf, selbst das Sprechen fiel den Herren wieder leichter.

Bald schon mischte sich der Wirt in ihre Unterhaltung. »Wenn ich stören darf … War die Reise angenehm?«

Rektor Richartz sah ihn verwundert an. »Bei dieser Kälte?«

»Der Fuhrmann sagte, nur bei Olpe liegt Schnee. Sonst waren die Wege fest.« Ein Seufzer, verbunden mit einem Blick zu den drei dunkel gekleideten Männern in der Nische neben der Hintertür. »Im Winter kommen wenige Fremde in unsere Stadt. Darf ich fragen, in welcher Angelegenheit die Herren reisen?«

Unheil? Jäh spürte Nettekoven den Druck im Magen. Mit kurzem Kniestoß unter dem Tisch warnte er seinen Partner und fragte: »Stimmt etwas mit unseren Pässen nicht? Oder warum die Neugierde?«

»Gott bewahre. Alles in Ordnung.« Der Wirt griff nach den leer gegessenen Näpfen, dabei flüsterte er: »Drüben sitzen Geheime von den Darmstädtern. Die haben sich nach Euch erkundigt. Und einer von ihnen …«, Scham und Schuld zerknirschten das Gesicht, »… hat Euer Gepäck durchsucht.«

Richartz versteifte den Rücken. »Wo sind wir hingeraten? Man sagte uns, dies sei eine gediegene Unterkunft.«

»So ist es auch … war es, bis die Darmstädter kamen. Bitte versteht, ich konnte nicht anders. Wer den Geheimen einmal in die Quere kommt, der hat bald nichts mehr.«

»Bei allen Heiligen, was wollten sie wissen?«

»Alles. Woher Ihr kommt? Da hab ich Köln gesagt. Was Ihr hier vorhabt? Das wusste ich nicht, und deshalb sollte ich fragen. Verzeiht, mit denen ist nicht zu spaßen. Es wäre besser für Euch und auch für mich, wenn ich ihnen etwas mitteilen könnte.«

Die beiden Herren blickten sich betroffen an. Richartz nestelte seine Schnupftabaksdose aus der Rocktasche und nahm eine Prise. Die Augen tränten, er nieste befreit, und erst nach gründlichem Schnäuzen gab er dem Wirt eine Antwort für die Geheimen. »Wir sind im Auftrag unseres Bischofs Berdolet nach Arnsberg gekommen und werden morgen bei der Hessen-Darmstädter-Regierung vorstellig. Zivilkommissar Herr Regierungsdirektor von Grolman erwartet uns persönlich.«

»Persönlich?« Der Wirt staunte, dann wagte er sogar, sich mit einem Augenzwinkern anzubiedern. »Das wird den Kerlen genügen müssen. Sehr schön. Da wagen sie keine Nachfrage mehr.« Mit Schwung warf er die Löffel in die Näpfe. »Ihr solltet unsern westfälischen Schnaps kosten. So etwas Gutes gibt es in Köln nicht.«

Gerne willigten die beiden ein, und der Wirt eilte davon. Inmitten der Schankstube blieb er stehen, dienerte in Richtung der Gäste und rief betont laut, dass es die Geheimen hören mussten: »Ich fühle mich hoch geehrt. Natürlich geht der Willkommenstrunk auf Kosten des Hauses.«

Früh am Morgen des 10. Dezembers wartete Archivrat Bartholomäus Dupuis ungeduldig vor dem Privatkontor des Zivilkommissars. Erst fünfzehn Minuten nach dem Achtuhrschlagen betrat Regierungsdirektor von Grolman das Rathaus. Im schwach erleuchteten Flur eilte ihm sein Untergebener entgegen, dienerte, noch ehe er ihn erreichte. »Meine Verehrung, wünsche einen guten Morgen.«

»Was soll daran schon gut sein? Es ist eiseskalt, noch düster, und eine Bettelabordnung der Stadt Köln steht mir gleich ins Haus.«

»Gerade derentwegen habe ich die Kühnheit, Euch so zeitig aufzusuchen.«

Von Grolman runzelte die Stirn. »Läuft etwas aus dem Plan?« Er öffnete und scheuchte den Archivrat mit einer ungehaltenen Geste vor sich her in sein Büro, warf hinter sich die Tür ins Schloss. »Ihr seid beauftragt, die Angelegenheit in unserm Sinne durchzuführen.«

»Ich bin mir meiner Pflicht bewusst.« Dupuis fingerte an der spitzen Nase. »Bedauerlicherweise ist es mir nicht gelungen, schon vorab an die wichtigste Information zu gelangen.«

»Ihr kennt das Versteck der Reliquien immer noch nicht?«

Grolman drehte das Öllicht höher und ließ sich hinter dem Schreibtisch nieder. »Was ist mit Eurem Spürsinn?« In seinen Tonfall tropfte verächtlicher Hohn. »Bei Gold und Silber schlägt er an, auch bei Papier und Buchdeckeln aus Leder. Nur bei alten Knochen scheint er zu versagen.«

»Diese Schelte habe ich nicht verdient«, klagte der Hund und sah seinen Herrn von unten an. Seit zwei Wochen hatte er in allen Kellern und Speichern, die dem ehemaligen Domkapitel zur Verfügung standen, nach dem Sarg gesucht. Ohne Erfolg. Und gestern, gleich nach Ankunft der beiden Herrn aus Köln, hatte er ihr Gepäck gründlich inspizieren lassen. Nicht der kleinste Hinweis. »Ich muss eingestehen, selbst den Verbleib des goldenen Schreins aufzuspüren fiel mir leichter.« Dupuis wagte einen Schritt auf den Schreibtisch zu. »Eines scheint mir jetzt fast sicher. Wenn die Reliquien so unauffindbar versteckt wurden, dann müssen ihnen noch andere Schätze beigelegt sein.«

»So kenne ich Euch …«

Es pochte an der Tür. Von Grolman nickte. »Unsere Besucher sind überpünktlich.« Die Zunge schnalzte entlang der Holzzähne. »Also dann, werter Freund, die Jagd beginnt. Vielleicht gibt es zu den Knochen auch noch Fleisch und einen wertvollen Pelz?«

Rektor Friedrich Richartz betrat das Privatkontor, knapp stellte er sich vor und überreichte die Bevollmächtigungsurkunde. Grolman streifte sie nur mit einem Blick. »Allein? Angekündigt waren mir zwei Herren.«

Gleich platzte Dupuis dazwischen. »Wo ist der Vikar? Was hat er vor? Bei wem …?«

»Ruhig.« Mit den Knöcheln pochte der Zivilkommissar auf den Tisch. »Bleibt ruhig!« Zu Richartz gewandt, setzte er hinzu: »Ihr müsst den Eifer entschuldigen. Dies ist Archivrat Dupuis. Früher in Diensten des Domkapitels, heute ein nicht mehr zu entbehrender Mitarbeiter des Hessisch-Darmstädter Hofes. Er leitet von unserer Seite die Übergabe.«

Dupuis witterte Gefahr, bar jeder Höflichkeit verlangte er: »Gebt Auskunft! Solange Ihr Euch auf unserm Territorium befindet, habe ich das Recht, über jeden Eurer Schritte in dieser Sache informiert zu werden.«

Rektor Richartz übersah den kleinen Mann und sprach zu von Grolman. »In diesen Wochen wird es spät hell und viel zu früh wieder dunkel. Um die Angelegenheit zu beschleunigen, ist mein Partner Vikar Nettekoven schon unterwegs zu dem einzigen Menschen, der das Versteck der Reliquien kennt.«

»Also doch …« Dupuis schnappte nach Luft, fuchtelte mit dem Finger zur Decke. »Es gibt also einen … Wer ist es?«

»Still jetzt!«, stach Grolman nach ihm und bat den Besucher fortzufahren.

»Zusammen mit dieser erlauchten Persönlichkeit erwartet Vikar Nettekoven uns und die anderen Zeugen gegen neun Uhr vor der Abteikirche.«

»Also doch in der Abteikirche …«

Ein hartes Fingerschnippen brachte den Archivrat zum Schweigen. Von Grolman erhob sich. »Dann wollen wir keine wertvolle Zeit vergeuden. Werte Herren, ich bitte, mir zu folgen.«

43

Wegen der beißenden Kälte draußen hielt sich die Gruppe bereits im Kirchenraum auf.

Dupuis übersah die dargebotene Hand von Heinrich Nettekoven und blieb vor dem weißhaarigen, in einen Wollmantel gehüllten Herrn stehen. »Ihr? Beinah täglich musste ich Euch begegnen und habe nie daran gedacht, dass Ihr …«

»Verzeiht«, mischte sich Nettekoven ein, stellte sich schützend halb vor den Begleiter. Innerlich zu aufgewühlt, wollte seiner Stimme der Spott nicht gelingen. »Unsern erlauchten Generalvikar von Caspars muss ich Euch gewiss nicht vorstellen«, betont verächtlich setzte er hinzu, »Registrator Dupuis.«

»Archivrat«, blaffte der Spitzgesichtige zurück und starrte erneut auf den Generalvikar. »Nach dem kläglichen Untergang des Domkapitels dachte ich, Ihr würdet hier in Arnsberg nur Euren Lebensabend verbringen wollen. Stattdessen …« Er beendete den Satz mit Kopfschütteln.

»Es bereitet mir keine Freude, mit einem Menschen wie Euch in einem Raum zu sein«, Caspars sprach mit kühler Ruhe, »doch gilt es klarzustellen: Das kölnische Domkapitel wird nie untergehen. Zum anderen: Ich als Generalvikar war bis heute Hüter der wunderbaren Reliquien und Wächter ihres Versteckes. Ich bewahrte das Geheimnis, bis der Zeitpunkt gekommen war, dass die drei Könige zurück nach Köln dürfen.«

Raunen unterbrach ihn. Sein Blick richtete sich zur Sakristei, auch die übrigen Herren wandten die Köpfe. Jedes Flüstern erstarb.

Angeführt vom Arnsberger Pfarrer, trugen zwei Kirchendiener einen schlichten Holzsarg ins Mittelschiff. Ihnen folgten ein Kommissar der Darmstädter Regierung und vier weitere Zeugen.

»Also in der Sakristei«, zischte Dupuis. »Zum Teufel, warum habe ich …?« Vor Schmerz stöhnte er auf. Hermann Joseph von Caspars war ihm wie aus Versehen mit dem Absatz fest auf den Fuß getreten und verharrte dort. »Niemand sollte es wagen, hier und jetzt zu fluchen.« Erst nach erneutem Absatzdruck stellte er sich wieder einen Schritt beiseite. »Ihr vermutet richtig, unter dem Altar in der Sakristei ruhten unsere Könige all die langen Jahre.«

»Noch bestimme ich über sie.« Dupuis hatte sich wieder gefasst. »Ins Archivzimmer mit dem Sarg. Dort findet die Inspektion statt.«

Die einsame Nacht im Dom? Heinrich Nettekoven befielen Schreckensbilder. Drei weiße Laken. Und Knochen zu Knochen … Er tastete nach dem Arm seines Partners. »Wieso eine Untersuchung?«

»Kein Grund zur Aufregung, lieber Freund. Sicher muss nur der äußere Zustand des Sarges begutachtet werden. Schließlich lag er zehn Jahre im Versteck.«

Der halb vermoderte Holzkasten stand auf dem langen Tisch. Bartholomäus Dupuis befahl den Kirchendienern, den Deckel abzuheben. Im Innern des Sarges befand sich eine besser erhaltene zweite Kiste. Er ließ sie herausheben.

»Das ist sie«, flüsterte Nettekoven dem Rektor zu. »Da hinein habe ich die Märtyrer und auch die Könige gebettet.«

»Geschätzte Anwesende!« Dupuis wandte sich nach rechts und links. »Ich bitte, die Siegel zu betrachten.« Jeder warf einen Blick darauf, jeder bestätigte die Unversehrtheit. »So weit, so gut.« Der Archivrat genoss sichtlich den nächsten Schritt, ehe er ihn anordnete: »Dann sollen diese Siegel jetzt erbrochen werden.«

Heinrich Nettekoven presste die Hände vor der Brust zueinander, vernehmlich und so bestimmt, wie es ihm möglich war, sagte er: »Die heilige Ruhe der Könige darf nicht gestört werden. Nicht an solch … solch einem Ort.«

Die anwesenden Kirchenleute stimmten ihm zu, die Vertreter der neuen Obrigkeit zeigten keine Regung.

Langsam trat Generalvikar Caspars vor den Zivilkommissar von Grolman. »Die damaligen Siegel sind unverletzt. Eine weitere Untersuchung erübrigt sich also.«

Geräuschvoll drückte der Regierungsdirektor mit der Zunge das Gebiss fester an den Oberkiefer. »Unser Archivrat hat die Leitung dieser Angelegenheit. Ich bin hier nur Zuschauer.«

Dupuis zückte ein Schreiben mit dem landgräflichen Wappen aus der Tasche. »Die Anordnung für eine Rückgabe lautet, dass ausschließlich die Gebeine freizugeben sind.« Die ihm verliehene Macht ließ seine kleinen Augen aufglühen. »Befinden sich in der Kiste wirklich nur die Reliquien? Um mich davon überzeugen zu können, muss ich hineinschauen. Also: Entweder erbrechen wir die Siegel, oder die drei Könige bleiben hier.« Er deutete auf Nettekoven. »Wie ich mich gut erinnere, wart Ihr damals bei der Flucht aus Köln beteiligt. Nun zeigt uns, was Ihr vor zehn Jahren eingepackt habt.«

Hätte ich doch Kräfte wie Herkules! Nettekoven zitterte, wollte kämpfen, da spürte er die Hand des Generalvikars an seinem Arm. »Lass nur, Bruder. Er ist schon längst zum Judas geworden. Und solch ein Mensch vermag die Würde unserer Könige nicht zu verletzen. Befolgt seine Anweisung!«

Der Vikar legte den Mantel ab. Darunter trug er Chorrock und Stola, um nach der Übergabe seinen Dank in einer kleinen Andacht zu begehen. So war sein Plan, doch nun sollte ihm das Kleid helfen, den schweren Moment zu lindern.

Kurz entschlossen nahm Generalvikar Caspars zwei große Wachskerzen aus dem Regal, entzündete sie und stellte sie rechts und links der Holzkiste auf.

Nettekoven erflehte stumm den Beistand des Himmels, dann erbrach er die Siegel. Dumpfer Geruch nach Weihrauch, Myrrhe und anderen Gewürzen verbreitete sich im Archivzimmer.

Nacheinander hob er die drei kleinen Schatullen mit den Häuptern der Könige heraus, öffnete die größere Holzkiste und legte sorgsam die drei roten Seidenbeutel mit ihren Gebeinen nebeneinander auf den Tisch. Aus dem zweiten Innenkasten entnahm er die Beutel mit den Knochen der Märtyrer Felix, Nabor und Gregor von Spoleto.

Dupuis reckte das Schreiben des Landgrafen. »Dies genügt mir nicht.«

Mit offenem Mund wandte sich der Kleriker um. »Ich verstehe nicht?«

»Doch, doch«, fauchte der Archivrat, »Euer Zögern verrät Euch. Leert die Säcke aus!«

Nettekoven atmete gegen die Enge in seiner Brust, als er den ersten rotsamtenen Beutel öffnete, suchte er Trost bei den Psalmen und flüsterte: »Und ob ich schon wanderte im finsteren Tal, fürchte ich kein Unglück …«

An den vielen Zähnen im Unterkiefer erkannte er Balthasar, den jüngsten der Könige.

»Du salbest mein Haupt mit Öl und schenkest mir voll ein.«

Die dunklen Gebeine, erinnerte er sich, mussten Caspar, dem Mohren, gehören.

»Gutes und Barmherzigkeit werden mir folgen mein Leben lang.«

Den Schädel mit nur einem Zahn ordnete er zu den Gebeinen des Melchior.

Dupuis kam wie ein Zuchtmeister zum Tisch. »Was befindet sich noch in den Säcken?«

»Nichts außer Gewürzen.«

»Zeigt her!« Der Archivrat schnappte sich den ersten Seidenbeutel, stieß die Hand hinein, wühlte und suchte.

Angewidert von der Rohheit, musste sich Nettekoven abwenden. Endlich hatte Dupuis jeden Sack durchgefingert. Hochrot vor Zorn nahm er sich die kleinen und auch größeren Kisten vor, kippte sie um, schüttelte. Nichts.

»Räumt die Knochen wieder zurück und bringt neue Siegel an den Kasten!«

Leichter wurde das Herz. Während Nettekoven die Könige wieder bettete, begann er, leise zu singen: »Ich hebe meine Augen auf zu den Bergen, von welchen mir Hilfe kommt.«

Geschlagen zog sich Dupuis ans Fenster zurück. Ein Schauer aber ergriff die übrigen Anwesenden, nach und nach fielen sie mit ein: »Er wird deinen Fuß nicht gleiten lassen, und der dich behütet, schlummert nicht.«

Im Vorzimmer ließ sich der Archivrat die Aushändigungsurkunde von Rektor Richartz unterschreiben. »Wann brecht Ihr nach Köln auf?«

»Gleich morgen.«

Dupuis trocknete die Tinte, beiläufig sagte er: »Eine gefahrvolle Reise. Wenn man bedenkt, welchen Wert die Reliquien darstellen.«

Sofort horchte Nettekoven auf. Voller Misstrauen trat er hinzu. »Lasst dies nur unsere Sorge sein.«

Leicht dienerte Dupuis, zeigte sogar ein Lächeln. »Vorhin habe ich lediglich meine Pflicht getan. Jetzt aber will ich helfen. Wenn ich eine sichere Route empfehlen darf, so würde ich die Strecke über Olpe nehmen.«

Richartz wollte ablehnen, zu seiner Überraschung aber nickte sein Partner. »Danke! Aber Euer Rat ist überflüssig. Genau diesen Weg hatten wir für die Rückreise geplant.«

Beim ersten Morgengrauen verließen vier Gestalten in dunklen Umhängen und tief gezogenen Hüten die Wohnung des Archivrates Dupuis. Unauffällig passierten sie das Stadttor. Weit draußen vor Arnsberg öffneten sie einen Heuschober. Hier lagerten ihre Waffen, standen Pferde bereit. Sie schwangen sich in die Sättel und ritten in Richtung Olpe davon.

Gegen elf Uhr lud Fuhrmann Friedrich Klute-Simon die wertvolle Fracht in einen geschlossenen Wagen. Drei bewaffnete Knechte heuerte er als Begleitschutz an.

»Auf keinen Fall über Olpe«, bestimmte Vikar Nettekoven.

Die drei Könige verließen ihr Exil, nächtigten in Balve, auch am Vogelsberg und in Wehrhahn.

Am 14. Dezember, der Abendstern stand schon hoch am Firmament, erreichten Nettekoven und Rektor Richartz ohne Aufsehen die Abtei St. Heribert von Deutz. Dort, in der Hauskapelle des Oberen, fanden die Heiligen Quartier, ihr letztes Versteck auf der langen Flucht.

44

Zum Jahreswechsel hatte die Kälte merklich nachgelassen. Am Vormittag des 4. Januars 1804 zeigte sich zwischen den ziehenden Wolken sogar die Sonne.

Walburga saß nahe dem Küchentisch und versuchte ihrer Tochter mit allen mütterlichen Künsten etwas vom Hirsebrei einzuflößen. Kaum aber näherte sich der Löffel dem kleinen Mund, als Katharina das Gesicht abwandte und der Brei sich breit über die rosige Wange zog. »Halt doch still!«, seufzte die Mutter, schabte zum dritten Mal den Papp von der Haut und aß ihn selbst. »Wieso schmeckt er dir nicht?« Das Mädchen strahlte sie aus blauen Augen an, lachte nur. Mit dem Kind auf dem Arm ging sie ans Regal, brachte den Honigtopf zum Tisch und rührte mehr Süße in die Speise.

Dieses Mal ließ sich Katharina den Mund füllen, die Mutter glaubte schon an einen Erfolg, doch dann prustete ihr das Kind mit ungeahnter Lungenkraft die zähe Köstlichkeit an den Hals und über den Busen. »Du Ferkel!«

Arnold betrat die Küche, sah die Bescherung und erkundigte sich in aller Unschuld: »Kann es sein, dass unsere Tochter keinen Hunger hat?«

Da fuhr Walburgas Kopf herum. »Sie muss jetzt essen. Es ist gleich elf Uhr. Zeit für die zweite Mahlzeit.«

»Aber wenn sie noch satt ist …«

»Sag mir nicht, wie ich unser Kind ernähren soll!«

Er setzte erneut an.

»Arnold!« Sie drohte ihm mit dem Löffel, und Breispritzer trafen jetzt auch den Vater. »Ich habe heute genug Ärger mit Katharina. Bitte nicht du jetzt auch noch.« Mit Blick zum Küchenfenster setzte sie hinzu: »Draußen friert es nicht. Wie wär's, wenn du mal die Scheiben putzt?«

»Muss das sein? Ich wollte noch zum Kunsthändler.«

»Später, mein Liebster.«

Seit dem Kanonenzwischenfall hatte Walburga die Zügel etwas straffer gezogen. Die reine gute Stimmung wie vorher wehte immer noch nicht wieder durchs Haus. »Erst sind unsere Fenster dran. Auch die neben dem Eingang. Und vor allem oben die von der Schlafkammer. Da traue ich mich nicht, von außen zu wischen, weil ich bei offenem Fenster auf den Stuhl steigen muss.«

Keine Lust. Arnold schob die Unterlippe vor, während er warmes Wasser vom Herd mit kaltem im Eimer mengte. »Meinst du nicht, dass es für den Frühjahrsputz noch zu früh im Jahr ist?«

»Der kommt noch.« Sie hatte die Fütterung wieder aufgenommen, ohne Erfolg. Ihre Stimme wurde gefährlich sanft. »Heute will ich nur etwas klarer durch die Scheiben sehen können, mehr nicht. Und nun bitte … Liebster.«

Keine Diskussion mehr. Mit Eimer und Lappen bewaffnet, zog sich Arnold aus der Küche zurück.

Zuerst das Fenster neben der Haustüre von innen. Trotz seiner Lustlosigkeit zwang ihn die Erinnerung zu einem Schmunzeln. Damals in der Salzgasse. Im Durchstieg neben der Bäckerei. Von da aus hab ich ihr beim Fenster- und Türputzen zugeschaut. So schön hast du dabei ausgesehen. »Meine Walburga«, flüsterte er vor sich hin und rieb die Scheibe trocken. Damals hab ich mir nichts mehr gewünscht, als dir beim Scheibenputzen helfen zu dürfen. Leise lachte er. »Das hat sich geändert. Heute denke ich da an was ganz anderes.« Er seufzte und trug den Eimer nach draußen, wischte mit dem nassen Lappen erst den Balken über der Tür, dann das Holzblatt.

»Er ist zu Hause.« Die atemlose Stimme seines Professors. »Der Himmel sei gepriesen.« Den Putzlumpen in der Hand, wandte sich Arnold um.

Ferdinand Wallraf näherte sich in Begleitung von Dompfarrer Marx, beiden wehte der hochgeschlossene Mantel. »Mein guter Freund, wir benötigen dich.« Ein dünnes Lächeln. »Und es eilt mal wieder.«

Wie aus der Fron befreit, warf Arnold den nassen Lappen zurück in den Eimer, das Wasser spritzte. »Komme sofort.« Er trocknete sich die Hände an der Hose und wagte einen Scherz: »Wo steht der Schrank? Oder geht es um eine Kiste Bücher?«

»Bitte, zügle deine Zunge«, mahnte Wallraf leise und bat den Begleiter mit einer Geste um Nachsicht. Dompfarrer Marx nickte, auch er war vom raschen Gang etwas außer Atem, räusperte sich vernehmlich. »Um nicht zu früh Unruhe in der Stadt zu verbreiten, darf unser Helfer seine Aufgabe erst so spät wie möglich erfahren. Allerdings sollte er etwas würdiger gekleidet sein.«

»Umziehen?« Arnold verzog das Gesicht. »Da muss ich ja wieder ins Haus. Will nicht neugierig sein, aber irgendeine Andeutung, wo ich hingehe, verlangt meine Walburga jetzt immer von mir. Seit ich … ich mein, das mit dem Geschützrohr.«

»Wir dürfen nicht zu viel Zeit vergeuden.« Kurz entschlossen bot sich Wallraf an, mit hineinzugehen, und während Arnold rasch die Kleidung wechselte und auch den schwarzen Mantel über den Sonntagsrock streifte, beruhigte der Professor die besorgte Frau.

Wortlos eilten die drei den Eigelstein entlang zurück. Im Schatten des Doms unterhalb des Galgenkrans vom Südturm blieb Pfarrer Marx stehen, blickte nach rechts und links. Kein Passant näherte sich dem halb verwilderten Pfad durch die verwaiste Baustelle. »Mein Sohn, eine große Aufgabe wartet auf dich.« Er wies mit gestrecktem Arm über den Rhein nach Deutz. »Heute sollen die Gebeine der Heiligen Drei Könige endlich wieder zurück nach Köln geholt werden.«

Eine kurze Entfernung und doch ein beschwerlicher Weg. Die Grenze. Es gab strenge Auflagen. Und solch eine Fracht gab es in den Zollbestimmungen nicht.

»Alles ist mit unserer französischen Verwaltung vorbesprochen«, ergänzte Wallraf den Dompfarrer. »Ob aber die unermessliche Wichtigkeit von jedem Einzelnen begriffen wurde, wage ich zu bezweifeln.«

Wenn nun eine der Anordnungen nicht bis hinunter in die Wachhäuser gelangt war? Wenn der Fluchtsarg als verdächtige Frachtkiste behandelt würde? Nicht auszudenken.

»Und deshalb fiel unsere Wahl auf dich als Helfer. Zum einen hast du die drei heiligen Könige schon bei Beginn ihrer Flucht auf den Schultern getragen, zum andern sollst du ihnen auch jetzt mit deiner Kraft dienen und vor allem sie, wenn nötig, auch gegen Willkür beschützen.«

Arnold nickte, während sie rasch weiter in Richtung Hafen gingen, spürte er unvermittelt, wie bei jedem Schritt das Herz heftiger schlug. Er sah auf den Professor an seiner Seite hinunter, murmelte: »Ich glaub, ich bin aufgeregt.«

»Nicht nur du allein. Mir ist, als kämen …« Wallraf schwieg, bis zwei entgegenkommende Männer außer Hörweite waren, setzte dann neu an: »Als kämen schmerzlich vermisste Freunde endlich wieder nach Hause.«

Arnold runzelte die Stirn. »Warum darf niemand von der Ankunft wissen? Das ist doch schade.«

Pfarrer Marx hatte die Frage mitbekommen. »Wir dürfen so kurz vor dem Ziel den Erfolg keinesfalls gefährden.«

Ferdinand Wallraf seufzte. »Du weißt, dass der Kirche immer noch jede Prozession in der Öffentlichkeit verboten ist. Und wenn die Nachricht jetzt schon bekannt wäre, könnte sich eine Freudenprozession bilden.«

»So kenne ich uns Kölner«, warf Arnold ein.

»Mit sofortigem Verbot, mein Freund, und verheerenden Folgen für die Rückgabe der Reliquien.«

Am Ende des Heumarktes, noch vor der engen Markmannsgasse, warteten zwei vierrädrige Kutschen der Stadt, die Planen fest geschlossen. »Bitte, jetzt keine große Unterhaltung mehr«, bat Pfarrer Marx.

Wallraf leitete Arnold mit leichtem Handdruck zum zweiten Wagen. »Steig ein und nimm Platz! Drinnen warten sicher schon zwei jüngere Priester. Ihnen hilfst du drüben, den Sarg zu verladen. Danach musst du möglichst dicht hinter den Wagen hergehen und die Augen offen halten.«

Arnold nickte, dehnte die Schultern und dachte, da soll nur einer kommen und meinen Königen was anhaben wollen. Wallraf zupfte ihn am Ärmel, zog ihn etwas zu sich herunter. »Und sei getrost, wenn Gott uns beisteht, so ist alles für den heutigen Tag gut vorbereitet.«

Keine Überprüfung beim Zoll. Auch die Überfahrt nach Deutz verlief ohne Schwierigkeiten.

Der Abt von St. Heribert ließ seine heiligen Logiergäste nur ungern ziehen. »Mir war in den letzten Wochen so hell und heiter, als hätten die Könige ihren Stern mit in meine Kirche gebracht.«

Gegen vier Uhr am Nachmittag trug Arnold den angemoderten Sarg allein auf den Schultern nach draußen zur Kutsche. »Rollt die Seitenplane hoch!« Er stellte die Last ab. Gemeinsam mit den jungen Priestern hob er den Deckel, sie entnahmen den in Arnsberg neu versiegelten Reisekasten, und Arnold brachte ihn zum zweiten Wagen hinüber. Dort warteten Dompfarrer Marx und Vikar Heinrich Nettekoven. »Setze den Schrein in unsre Mitte.«

Ohne darüber nachzudenken, rutschte es Arnold heraus: »Damit es ihnen gleich auf dem Wasser nicht so zugig ist.«

»Ach, du guter Herkules.« Das Glück strahlte Nettekoven aus den Augen. Er nahm eine rotsamtene Golddecke zur Hand und ging auf den Scherz ein. »Auch daran habe ich gedacht.« Sorgfältig deckte er den Holzschrein zu.

Der Wagen mit den Heiligen zuerst, dann folgte der Wagen, in dem die beiden jungen Priester saßen. Ihre Aufgabe war es, später den Reisesarg in die Domsakristei zu tragen. Schade, dachte Arnold, während er als Letzter an Bord der Fliegenden Brücke ging. Aus der Sakristei habe ich sie damals heimlich weggeschafft, jetzt hätte ich sie auch wieder dahin zurückbringen können. Gerne hätte ich das gemacht.

Die Leinen los. Der Schiffsführer stemmte das Ruderblatt. Die Brücke löste sich vom Ufer, begann ihren langen Pendelschlag über den Fluss.

Unvermittelt setzten alle Glocken von St. Heribert ein, stürmisch, ein festliches Geläut, so jubelten sie den Heiligen nach, so kündeten sie deren Ankunft nach Frankreich hinüber.

Arnold schirmte die Augen, spähte besorgt zum anderen Ufer. »Wenn das nur gut geht«, flüsterte er.

Träge floss der Rhein, kleine Wellen schwappten hoch. Die Flussmitte, einen langen Augenblick schien das Pendel in der Strömung verharren zu wollen. Die Glocken von St. Heribert läuteten aus, schwiegen fast, und das Brückenpendel schwang weiter. Die Grenze war passiert. Drüben von Köln her erschallte das Läuten von Groß St. Martin! Bald schon fielen von anderen Kirchtürmen die Glocken mit ein. Nicht zaghaft, nicht spärlich, die Glocken ertönten mit all ihrer Kraft und Fülle.

»Bis ich das verstehe«, murmelte Arnold. »Erst soll keiner was erfahren. Und jetzt …«

Er runzelte die Stirn. Im Hafengebiet war es menschenleer. An der Anlegestelle aber standen die Zöllner nicht zu zweit wie gewöhnlich. Er zählte zehn Männer in französischer Uniform, und sie trugen Gewehre. Seine Zunge wurde trocken. »Allein schaffe ich die nicht.« Fieberhaft überlegte er. Eine Möglichkeit, die einzige. Rasch ging er zum Schiffsführer. »Da scheint was nicht zu stimmen. Können wir zurück? Ich mein, ohne anzulegen, gleich wieder rüber nach Deutz.«

»Kerl! Bist du verrückt? Mitten im Schwung? Dabei kann die Kette reißen.« Der Kapitän spuckte ins Wasser. »Von morgens bis abends bring ich alles rüber bis zur Anlegestelle, und von da bring ich wieder alles rüber zur anderen Anlegestelle. Und damit basta.«

Wortlos wandte sich Arnold ab, sprach mit den beiden Fuhrleuten. Eine Flucht von Bord direkt nach vorn? Und ohne Halt weiter? Die Sperren am Zollhäuschen einfach durchfahren?

»Das gibt nur Unglück.« Jeder Knecht musste seinen Wagen langsam mit dem Gaul am Zaumzeug von der Plattform an Land führen.

»Dann Gnade uns Gott.« Die Ratlosigkeit zerwühlte Arnold. »Ich werde dazwischengehen, wenn's schlimm kommt.« Mehr blieb ihm nicht übrig.

Mit sanftem Stoß legte sich die Fliegende Brücke an den Landungssteg.

An beiden Wagen wurden von den Klerikern die Seitenplanen hochgerollt. »Unten lassen!«, befahl Arnold mit verhaltener Stimme. Seine Warnung kam zu spät. Die Sonne stand tief, das letzte Licht ließ die rotsamtene Golddecke aufleuchten.

»Attention!«, rief der Offizier. Sofort nahmen die Uniformierten ihre Gewehre von der Schulter, formierten sich gut zehn Schritt von der Fahrspur entfernt.

Der erste Fuhrknecht griff ins Zaumzeug, schnalzte, und mit schwerem Tritt zog der Kaltblüter den vorderen Wagen an Land, ihm nach folgte gleich der zweite, und hinter den Kutschen betrat Arnold das Ufer, ließ die Bewaffneten nicht aus den Augen, war bereit, jederzeit nach vorn zu stürzen. In der Stadt stürmten die Glocken. Nur noch zwei Gedanken: Erst packe ich mir den Offizier, vielleicht halten die andern dann still.

»Aux armes!«

Auch dafür war es zu spät. Keine Kraft hilft gegen Kugeln.

Doch da, Arnold presste die Fäuste zusammen, glaubte nicht, und doch … Die Gewehrläufe zielten nicht, hoben sich, zeigten nach oben.

»Feu!«

Aus zehn Schlünden fuhren Feuerlohen und Kugeln mit

lautem Knallen gen Himmel. Eine Salve. Die neuen Herren, sonst nur Verächter von Kirche und Frömmigkeit, sie grüßten die Heiligen Drei Könige mit Ehrensalut.

Zum Dank neigten Dompfarrer Marx und Vikar Nettekoven die Häupter.

Zwei Zöllner hoben den Schlagbaum, der Weg in die Stadt war frei. In Arnold löste sich die Würgeschlinge, tief atmete er, lachte auf. Gleich presste er die Hand vor den Mund, bleibe würdig, befahl er sich. Sonderbar leicht wurden die Füße, fast tänzelte er hinter den Kutschen her.

Draußen in der Markmannsgasse empfing Sergeant Peter mit einem Polizeitrupp die Fuhrwerke. Weniger gleichzeitig, dafür umso ehrfürchtiger salutierten er und seine sechs Männer. »Habe Befehl. Die Wagen müssen vor Anbruch der Dunkelheit am Dom sein!«

»Warte noch!«, rief ihm Dompfarrer Marx zu.

Mutig geworden, wollten sich die vier Geistlichen nicht länger verstecken. Sie legten die Mäntel ab, zeigten offen ihr Kirchenornat.

Arnold hob die Hand, um Peter zu begrüßen. Da trat unvermittelt Norbert aus einer Hausnische. Als stellvertretender Sektionskommissar gab er dem Trupp knappe Anweisungen. Sofort richteten sich die Polizisten abmarschbereit in Zweierreihen aus. Ehrfürchtig verbeugte sich Norbert vor dem Reisesarg und sah beim Aufblicken Arnold an. »Es gibt keine Schwierigkeiten mehr«, raunte er ihm zu. »Bin nur froh, dass ich alles in so kurzer Zeit regeln konnte.«

»Du?«, staunte Arnold.

»War nicht einfach.« Norbert eilte wieder nach vorn, sagte noch über die Schulter: »Aber für mein Köln lohnt sich jeder Einsatz.«

Bist doch ein wahrer Freund, dachte Arnold, rettest mich beim Gericht, und jetzt sorgst du auch noch für unsre Könige.

»Wir sind so weit!«, rief Dompfarrer Marx.

Auf Befehl seines Vorgesetzten übernahm der Sergeant mit

seinen Männern die Spitze, und nach den Kutschen und Arnold schlossen sich die französischen Soldaten an.

So ganz wohl war Arnold nicht, immer wieder blickte er sich verstohlen um, ob die Kerle es auch wirklich friedlich meinten.

Kaum hatte der Zug die Enge der Markmannsgasse verlassen, als von allen Seiten die Bürger zusammenströmten. Frauen, Kinder und Männer lachten und weinten, sie liefen, reckten die Hände, als könnten sie, dürften sie gleich die so lang entbehrten Heimkehrer in ihre Arme schließen. Vor den Kutschen aber teilte sich der Strom. Hüte und Mützen wurden abgenommen. Gebete und Tränen begleiteten die Fahrt über den Alter Markt.

Unvermittelt tauchte der Professor aus der Menge auf, schritt neben Arnold her. »Bist du froh, mein Junge?«

»Wenn die da …«, der Daumen zeigte über die Schulter, »nicht so dicht hinter mir wären.«

»Begrabe deinen Zorn. Wenigstens heute.« Ein Lächeln zur Bestärkung. »Ohne die Hilfe der Franzosen würden die Schutzheiligen unserer Vaterstadt noch lange nicht heimkehren.«

»Freue mich auch«, gestand Arnold ein. »Ganz ehrlich.« Er beugte sich zu seinem Professor. »Aber wieso wissen es all die Leute?«

Leise lachte Wallraf. »Du ahnst nicht, mit welcher Geschwindigkeit sich ein Gerücht verbreitet. An den richtigen Stellen angebracht, wird die Nachricht zum Lauffeuer. Darauf haben Pick und andere Freunde gesetzt. Und mithilfe der Glocken erhielt die frohe Botschaft sogar Flügel.«

»Und keine Prozession. Die Menschen beten und singen. Und keiner kann was dagegen haben.«

Arnold pfiff leise durch die Zähne. »Ihr seid wirklich klug, Herr.«

Mehr und mehr Menschen säumten den Weg. Vor dem Dom bildeten sich Chöre, sangen aus tiefstem Herzen ihr Glück und ihre Dankbarkeit in den Abendhimmel.

Beide Flügel des Portals standen weit offen. Vier Priester brachten einen Baldachin hinaus zum ersten Wagen.

Norbert ließ mit einem Wink Sergeant Peter und seine Männer zur Seite treten.

Pfarrer Marx und Vikar Nettekoven nahmen feierlich die Golddecke vom Reisesarg und luden ihn auf die Schultern der beiden jüngeren Geistlichen.

»Liebster.« Arnold hörte hinter sich ihre Stimme und wandte den Kopf. Zusammen mit Beate und Ursel stand Walburga halb verdeckt von Leuten abseits des Eingangs. Er ging zu ihr. »Kannst du genug sehen?«, flüsterte er. »Oder soll ich dich hochheben?«

»Es genügt schon.«

»Woher wusstest du?«

Sie zog ihn zu sich, deutete auf Wallraf und Kanonikus Pick gleich neben dem Portal. »Dein Professor hat es mir heute Mittag schon gesagt. Aber ich sollte warten, bis es läutet, und dann erst Beate und Ursel Bescheid geben.«

Als wäre es verabredet, setzten die Domglocken von Neuem ein. Unter dem Baldachin trugen die beiden Priester gemessenen Schritts den Sarg noch das letzte Wegstück durch die Gasse der Gläubigen, sie traten durchs Portal und brachten die Heiligen Drei Könige nach Hause.

»Endlich. Sie sind wieder bei uns …« Arnold runzelte die Stirn. »Sag, wo ist Katharina?«

»Bei Großmutter Klütsch.« Walburga schmiegte sich an ihn. »Also sorg dich nicht, Liebster.«

45

Spät am Abend des nächsten Tages brannte immer noch Licht hinter den Fenstern im ersten Stock der alten Dompropstei. Ferdinand Wallraf war vom Schreibtisch aufgestanden, in der einen Hand hielt er ein Notenblatt, in der anderen eine Holzflöte, beides streckte er dem Freund hin. »Bitte, Franz. Nur einmal, damit ich mich sicher fühlen kann.«

Kanonikus Pick schloss den dicken Hausmantel enger um die Leibesfülle. »Du verlangst sehr viel von mir.«

»Aber du musizierst doch gern.«

»Darum geht es mir nicht. Den Text deiner Hymne haben wir seit gestern schon viele Male abgeklopft. Auf Inhalt, auf den Rhythmus der Verse …«

»Vorhin erst hat Professor Mäurer uns dazu seine Komposition gebracht. Er ist nun mal nicht früher mit dem Vertonen fertig geworden.«

Morgen sollte die Beisetzung der Reliquien in ihre alte Grabstätte mit großen Feierlichkeiten im Dom begangen werden, sogar eine Prozession innerhalb der Mauern war geplant. Für die Vorbereitung waren allen Beteiligten nur zwei Tage Zeit geblieben. Ungehalten schlug Wallraf mit der Flöte gegen das Blatt. »Ich muss wissen, wie meine Worte gesungen klingen, auch wie sich die instrumentale Begleitung anhört.«

»Das sehe ich ein. Nur …«, Pick deutete auf die Flöte, »dieses kleine Ding zu blasen ist mir zuwider.«

»Ein Cembalo steht jetzt nicht zur Verfügung.« Die Augenbrauen wölbten sich hoch in die Stirn. »Und niemand verlangt von dir, morgen im Dom … Schluss jetzt! Dann flöte ich, und du singst den Hymnus.«

»Bei meiner Stimme?« Jäh entschlossen schnappte Pick

nach Noten und Instrument. »Zum Lohn erwarte ich nachher einen kräftigen Schluck von deinem besten Roten.«

Wallraf seufzte erleichtert auf. »Ohne den könnte ich heute Nacht ohnehin nicht einschlafen. An die Arbeit!«

Der Freund ordnete seine etwas zu üppigen Fingerkuppen auf den Löchern der Flöte, testete eine Tonleiter. »Ich bin bereit.« Er gab dem Dichter das hohe D vor. Wallraf übernahm und schritt laut singend in seinem Arbeitszimmer auf und ab. »Salvete sacra pignora. Quae numinis clementia …«

Freitag, der 6. Januar, Dreikönigstag. Der Morgen graute noch nicht, als Vikar Heinrich Nettekoven an der Pforte zur Dompropstei die Glocke zog. Erst nach einer Weile öffnete Kanonikus Pick und ließ ihn ein. »Ihr seid früh …«

Der Vikar streifte den Mantel ab. »Vier Stunden. Länger hielt ich es im Bett nicht aus.« Er folgte dem Freund des Professors zur Küche. »Ich war schon drüben im Dom, habe den Tannenschmuck mit den roten Papierblumen rechts und links des Mausoleums angebracht.«

Umgeben von Kaffeeduft, saß Wallraf am Tisch, unter seinem Kinn stand der gesteifte weiße Kragen noch offen. Er bot dem Gast einen Stuhl an und schob ihm die Schale mit einem Berg kleiner goldgelber Küchlein hin. »Greift zu! In Öl gebacken. Eine süße Spezialität meines Mitbewohners, dazu eine Tasse schwarzen Kaffee. Dieser Genuss stärkt Leib und Seele für unsern großen Tag.«

Kein Gebäck. Genügsam wärmte sich der Vikar die Hände am heißen Kaffeebecher. »Halten wir auch heute an der Tradition fest?«

Wie aus einem Munde stimmten die Freunde zu.

»Dann ist mir wohler.« Nettekoven furchte die Stirn. »Nachher bleibt mir gewiss noch etwas Zeit, ein wichtiges Problem anzusprechen?«

»Nun lasst das Grübeln.« Wallraf steckte die Kragenenden im Nacken ineinander. »Heute ist ein Freudentag.«

Gleich kam Pick dem Vikar zu Hilfe. »Versprochen. Wir helfen, so gut wir können, die Sorgen zu glätten.« Er schritt zur Tür. »Und nun kommt, ihr Wächter. Steigen wir nach oben. Lasst uns auf dem Speicher, wie nun schon seit vielen Jahren, gemeinsam mit unseren Schutzbefohlenen das Fest begehen.«

Nichts hatte sich hier oben an der Unordnung und Überfülle geändert. Jeder Königshüter half, den Altar zu errichten. Wallraf kroch auf Knien zwischen den Bücherkisten in den hinteren Winkel und brachte das Kästchen mit den damals zurückgebliebenen Knochen der Könige nach vorn. Pick hatte bereits den Eimer umgestülpt, rückte die geöffnete Schatulle auf einem Samttuch in die Mitte. Nachdem Vikar Nettekoven rechts und links einen Kerzenleuchter entzündet hatte, legte er sich die Stola um. Er zelebrierte die Andacht, und weicher Glanz leuchtete in seinen Augen. »Siehe, erschienen ist der Herrscher, der Herr …«

Im Wechsel übernahmen die Freunde: »Königswürde ist in seiner Hand und Macht und Herrschaft …«

Der Gesang erwärmte ein wenig den zugigen Dachboden. »Alleluja. Wir haben seinen Stern gesehen im Morgenland und sind mit Gaben gekommen, den Herrn anzubeten. Alleluja.«

Rasch verließen die Hüter den Speicher. Unten in der Küche verordnete Wallraf jedem einen Becher mit heißem Holundersaft. »Genießt ihn. Im Dom wird es noch kälter sein als unter unserm Dach.«

»Du irrst.« Pick schüttelte den Kopf. »Bei tausend Gläubigen? Die Leute wärmen sich gegenseitig, dazu kommt das Glück in ihren Herzen. Ich denke, nachher friert niemand.«

»Verzeiht. Darf ich unterbrechen?« Nettekoven stellte seinen Becher auf den Tisch. »Das Problem brennt.«

»Wie bitte?« Der Kanonikus ließ vor Überraschung den Mund offen. »Sprecht Ihr von echtem Feuer?«

»Natürlich nicht. Bitte, versteht mich richtig. Eine Frage brennt mir auf den Lippen.«

Leise lachte Wallraf. »Mein guter Heinrich. Den direkten Weg auf eine Sache zu werdet Ihr wohl nie finden. Nun redet endlich!«

Nettekoven nippte noch einmal vom Saft, schob den Becher zurück. Als gäbe es ungebetene Lauscher, flüsterte er: »Was geschieht mit den Knochenteilen?« Der Finger deutete nach oben. »Unsere Reliquien? Die fehlen doch im Sarg.«

Gleich setzte sich Pick mit an den Tisch. »Gütiger Himmel!«

Wallraf drehte den Becher in der Hand. »Sie müssen zurück.« Er überlegte, sprach mehr zu sich selbst. »Auf keinen Fall heute. Das würde das Fest verderben.« Nach einer Weile nickte er. »Die beste Gelegenheit bietet sich in der nächsten Woche. Dann soll der Reisesarg wieder geöffnet werden. Das scheint mir die beste Lösung.«

»Erlaubt mir zu widersprechen.« Fest presste Nettekoven die Hände vor der Brust aneinander. »Von Bischof Berdolet droht Gefahr. Auf seine Anordnung hin ist der goldene Schrein der Könige immer noch unter Verschluss. Was nun …«, die Stimme erstickte beinah, »wenn er Schrein und Reliquien für seine Aachener Kathedrale in Beschlag nimmt?«

Unwillkürlich legte Pick die Arme schützend über den Bauch. Ferdinand Wallraf versteifte den Rücken. »Das höchste Kleinod unserer Vaterstadt in Aachen?«

»Unvorstellbar, nicht wahr?« Nettekoven suchte den Blick der beiden. »Und da dachte ich bei mir: Bei der Flucht der Könige blieben zwanzig Knochen hier zurück. Welch eine Fügung Gottes!« Er zögerte, wagte sich weiter vor. »Wenn wir nun, ich meine, wenn wir sie oben in ihrem sicheren Versteck belassen würden?«

Erschrockenes Schweigen. Wie erstarrt saßen die Freunde da.

Wallraf fasste sich als Erster. »Das wäre Raub an der Christenheit.« Es hielt ihn nicht auf dem Stuhl. »Nein, kein Diebstahl!« Er schritt bis zum Herd, kam zurück. »Im Gegenteil. Wir retten.« Die Stimme gewann an Festigkeit. »Sollte das

Schreckliche eintreten, so haben wir dennoch einige Reliquien unserer Könige für Köln gerettet. Zumindest bleibt uns ihre Wirkungskraft erhalten.« Er verneigte sich leicht vor dem Vikar. »Heinrich, das nenne ich Mut. Meine Hochachtung.«

»Ich schließe mich an.« Kanonikus Pick erhob sich, griff nach der Hand des schmächtigen Mannes, zog ihn vom Stuhl hoch. Von Wallraf forderte er: »Gib deine Hand dazu.« Nach einem Atemzug in Stille sagte er leise: »Es ist beschlossen. Wir bleiben die heimlichen Hüter der drei Könige. So lange, bis für sie keine Gefahr mehr besteht.«

Draußen setzte das Läuten ein. Ein helles Schwingen, die Drei-Königen-Glocke rief zum Fest, dahinein mischte sich der dunkle Ruf der Speciosa, und erst mit dem vollen, tiefen Ton der mächtigen Pretiosa wuchs das Brausen zum feierlichen Loblied an.

Nicht tausend Bürger, Tausende kamen, überfüllten den Dom. Die Freude in den Gesichtern der Frauen und Männer überstrahlte jede Verwüstung des Innenraums, ließ alle Schmierereien an den Wänden verblassen. Und schwerer Duft nach Weihrauch hob die Herzen.

Aus der Menge heraus wuchs der Triumphzug, Kinder, Studenten, ihnen folgten Geistliche aller Pfarreien. Zum ersten Mal seit Langem trugen sie wieder ihr Kirchenornat. Nur für diesen Tag waren ihnen die beschlagnahmten reichen Gewänder des Domstifts zur Verfügung gestellt worden. Vor den hochragenden Säulen teilte sich der Zug, überließ den Mittelgang dem feierlichsten Kern der Prozession.

Gesang von der Sakristei her, klare Stimmen stiegen auf, schwebten über den Gläubigen. »Salvete sacra pignora, quae numinis clementia …« Dem Chor schlossen sich die Musikanten an, bestimmten zwischen den Versen mit Pauken und Trompeten den Rhythmus der Schritte. »Vos gentium primordia, qui trina per mysteria …«

Nach Standarten und Ehrenfahnen die drei Fackeln! Arnold

ging in der Mitte, seine Flamme loderte unübersehbar hoch zwischen den Lichtern der beiden Nachbarn. Ohne den Kopf zu bewegen, suchte er rechts und links entlang der Säulen nach Walburga, fand sie nicht. Dicht hinter ihm, umgeben von vielen Rauchfässern, trugen acht junge Priester den Baldachin. Unter dessen nachtblauem Himmel schwebte ein Stern über dem von einer Golddecke umhüllten Reliquienschatz.

Kurz vor Erreichen des Chorraums entdeckte Arnold zwischen den Zuschauern seine Walburga. Ihre Blicke fanden sich, ein kleines Lächeln, mehr Zeit blieb nicht. Vor dem aus Balken gezimmerten hohen Thron steckten er und seine Mitträger die Fackeln auf und traten beiseite.

Die Geistlichen brachten den Holzschrein auf den erhöhten Stuhl.

Sobald Arnold über die Schulter blickte, gab ihm Walburga verstohlene Handzeichen, sie wollte ihn neben sich haben. Wie denn, dachte er, alle gucken auf mich. Hinter dem Rücken verneinte er heftig mit dem Finger.

Das Evangelium war verlesen, und Dompfarrer Marx trat vor, predigte, und alle Augen der Gläubigen richteten sich gebannt auf ihn.

Die Gelegenheit. Schritt für Schritt schob sich Arnold von seinem Platz bis zum Rand des Chorraums, bis zu ihr. Walburga stellte sich auf die Zehenspitzen, flüsterte: »Mein schöner Fackelträger.«

»Mach dich nicht lustig.«

»Wirklich. Ich bin stolz auf dich.«

Zum Schluss der Predigt dankte der Pfarrer auch dem Ersten Konsul Napoleon, der den Frieden zwischen Kirche und Reich wiederhergestellt habe. Arnold verengte die Brauen. Bis ich das begreife. Erst müssen wir die Könige vor den Franzosen in Sicherheit bringen, und jetzt bedanken wir uns auch noch bei den Kerlen, weil wir die Heiligen wieder aus dem Versteck rausholen durften.

Die acht jungen Priester hoben den Reisesarg vom Thron,

schirmten ihn wieder mit Baldachin und Stern. Trompeten riefen die Gemeinde, dem Heiligtum zu folgen, stimmten das Loblied an. Und ein Chor der Glückseligkeit sang: »Großer Gott, wir loben dich ...«

Nach den Priestern und Würdenträgern formierte sich erneut die Prozession, die Bürger Kölns geleiteten die heiligen Gebeine entlang des Chorumgangs bis hin zur Achskapelle. Duft der Tannenzweige mischte sich mit Weihrauch, Kerzen spiegelten sich im dunklen Marmor, und unter Läuten der Glocken kehrten die Reliquien zurück in ihre Grabstätte.

Walburga schlüpfte mit der Hand in Arnolds Hand. »Schau mal, da vorn!« Sie deutete zur anderen Seite des Mausoleums. Er folgte ihrem Blick. Dort standen Beate und Sergeant Peter eng beieinander, sie hielten sich an den Händen, waren ganz in Andacht versunken.

Die beiden jetzt also auch, schmunzelte Arnold. Das gefällt mir.

Noch auf ein Wort

Nach den Königen kommt der Kaiser. Und er hat sich bei den Kölnern schon vor seinem Besuch ins feinste Licht gerückt. Im März 1804 unterschreibt Napoleon noch als Erster Konsul ein Dekret, dass der goldene Schrein wie auch die Gebeine der Heiligen Drei Könige in den Dom gehören und nirgendwo anders hin. Wallraf, die Stadträte und Bürgermeister, sie alle atmen auf und beginnen, sich und die Stadt für den großen Empfang vorzubereiten. Eine Ehrengarde aus dem Kreise der achtbaren Bürger soll gestellt werden. »Freiwillige vor!«

Der Aufruf verhallt ungehört. Da muss strammgestanden werden, Gleichschritt wird verlangt, außerdem muss die Uniform aus der eigenen Tasche bezahlt werden. Die einen schieben Krankheit, die anderen dringende Geschäfte vor, und manche sagen ab, ohne jede Begründung. Es bedarf großer Überredungskunst und vieler Versprechungen, bis sich die Ehrengarde in respektabler Mannstärke gefunden hat.

Der Präfekt der Rheinlande fordert Begeisterung: »Seid nicht töricht, ihr Kölner. Eure größte Chance nähert sich bald der Stadt. Gewinnt das Herz der neuen Regierung!«

Das ist wahr! Bürgermeister von Wittgenstein verlangt Vorschläge von seinen Ratsmitgliedern.

Lobeshymnen? Das Dichten übernimmt der Meister der Verse selbst: unser Professor Ferdinand Wallraf.

Prachtbögen und Denkmäler in der ganzen Stadt? Um alle Handwerksarbeiten pünktlich fertigzustellen, müssen Maler, Maurer und Zimmerleute sogar den blauen Montag ausfallen lassen.

Transparente, versehen mit kraftvollem Willkommensjubel? Und zwar römergleich! Schließlich gilt es, einen Imperator zu begrüßen. Auch diese Texte fließen aus der Feder unseres Professors.

Licht? Ein Kaiser braucht Licht, wenn es dunkel wird. Fackeln allein genügen nicht. Eine Lampe in jedem Fenster? Zu erbärmlich. Ein Feuer auf jeder Straßenkreuzung? Zu gefährlich. Feuerwerk im Hafen? Schon besser, aber noch nicht genug. Feuer auch auf dem Wasser? Die Gesichter der Ratsherren glühen. Die Idee ist geboren: Wir setzen den Rhein in Flammen! Für ihn, den Imperator.

Im September ist es so weit. Am Mittwoch, dem 12. dieses Monats, gegen sechs Uhr abends, es ist ein heißer Tag, nähert sich von Aachen her die Kutsche der Kaiserin und rollt durchs mit einem Triumphbogen geschmückte Hahnentor. Kurz ist die Fahrt bis zum Neumarkt, nur wenige Bürger bemerken den hochherrschaftlichen Wagen. Vor dem Eingang des Blankenheimer Hofs steht eine Abteilung Stadtsoldaten Spalier. Die erschöpfte Joséphine entschwindet im Hotel, ohne auch nur einmal den Gesichtsschleier zu lüften.

Napoleon Bonaparte hat noch einen Umweg über Krefeld und Neuss genommen und erreicht am nächsten Abend gegen acht Uhr das Eigelsteintor. Dort drängen sich die Bürger. Vivat! Vierzig Reiter vor und hinter der Kutsche geleiten den Kaiser in die Stadt. Vivat! Die Häuser am Eigelstein sind mit Lampions und Blumen geschmückt.

Nur an einem Haus hängt keine Girlande. Arnold steht im Flur, schaut mit unbeweglicher Miene durchs Fenster. Die blau-weiß-rote Kokardenblume aus Stoff trägt er am Band tief unterhalb des Rückens, dort, wo er sie für gewöhnlich trägt. Kein Vivat.

Das Damenprogramm am nächsten Tag führt Kaiserin Joséphine auch in den Dom. Begleitet wird sie von Ferdinand Wallraf. Am Mausoleum der Heiligen Drei Könige ergreift der Professor die Gelegenheit und schildert in dramatischen Worten die Flucht und Rückkehr der Reliquien, er beschreibt den so erbärmlichen Zustand des Schreins. »Sollen die drei Könige

elender noch gebettet sein als das Christuskind in der Krippe?«
Joséphine hat Erbarmen mit den leeren Händen und verspricht, einige Hundert Dukaten hineinzulegen. »Für die Restaurierung des Sarkophags.«

»Gott schütze Euch und den Kaiser!« Professor Wallraf knüpft längst alle Hoffnungen auf bessere Zeiten für seine Vaterstadt an Napoleon. Und mit der Aussicht auf diesen Münzensegen weiß er auch in Joséphine eine großherzige Fürsprecherin.

Gegen neun Uhr am Abend legt sich die Dämmerung über Köln, dunkler werden die Silhouetten. Still steigt der halbe Mond über die Dächer.

Eine Fackel lodert, dann zwei, gleich sind es zehn, und bald schon erleuchten unzählbar viele Fackeln den Hafen. Teertonnen werden entzündet, höher schlagen jetzt schon die Flammen. Auf den ankernden Schiffen blinken Lampen auf, kleine Lichter zeichnen die Konturen. Und die Lichter springen weiter hinaus aufs Wasser. Schiff an Schiff zeigt seine Beleuchtung. Blinkende Sternenketten ziehen hinaus. Und in der Mitte des Stroms ankert die Fliegende Brücke, flankiert von zwei breiten Holländern. Auf ihrer Plattform ragt eine riesige Pyramide, gekrönt mit einem goldenen Adler, in den Himmel.

Das Meer der Kölner Lichter spiegelt sich im Fluss wider. Endlich. Musik ertönt von vielen Seiten. Drüben am Haus der Fischmenger läuft ein Lichterband den Turm hinauf und geleitet das Kaiserpaar zum prachtvoll ausgeschmückten Balkon.

»Vive l'Empereur!« Der Ruf aus Abertausend Kölner Kehlen gibt das Signal. Und draußen auf der Fliegenden Brücke entbrennt um die Pyramide ein prachtvolles Feuerwerk. Flammenstrahlen und Sternensturm lassen den Adler aufleuchten.

Eine halbe Stunde betrachtet Napoleon mit seiner Gemahlin das Schauspiel. Ehe es zu Ende ist, verlässt er den Balkon. In kurzen Worten dankt er dem Bürgermeister für den Empfang und versichert: »Es gibt Venedig, auch Paris und andere

Städte, die mir ihre Herrlichkeiten dargeboten haben, doch mit dieser hier entfalteten Szenerie kann sich keine Stadt messen. Köln ist unvergleichlich.«

Napoleon wartet die Bücklinge und Lobessprüche geduldig ab. Auch dankt er noch mit erhobener Hand für etliche Hochrufe. Dann ist er müde und lässt sich mit seiner Gemahlin zurück in den Blankenheimer Hof begleiten.

»Vive l'Empereur!«

Stille! Kaiser und Könige ruhen jetzt in Köln.

PS

Ach übrigens: Im Jahre 1808 ist der goldene Schrein wieder restauriert. Vikar Heinrich Nettekoven gibt im selben Jahr die heimlich aufbewahrten Teile des Reliquienschatzes zurück.

Personenverzeichnis

Nach sorgfältiger Recherche habe ich den historischen Figuren das Fühlen und Denken gegeben. Alle von mir erdachten Personen sind mit »lit. P.« (literarische Person) in diesem Register gekennzeichnet.

Berdolet, Marc-Antoine: Bischof von Aachen
Biergans, Franz Theodor Matthias: Herausgeber der Zeitung »Brutus oder der Tyrannenfeind«
Bonaparte, Napoleon: General, Erster Konsul, Kaiser der Franzosen
    Joséphine: seine Frau
Brocker, Wilhelm: Arzt, Kommissar
    Erna: seine Frau (lit. P.)

Caspars, Johann Hermann Joseph von Caspars zu Weiss: Generalvikar
Championnet, Jean-Étienne Vachier, genannt Championnet: französischer General

DuMont, Nikolaus: Ratsherr, Bürgermeister von Köln
Dupuis, Bartholomäus: kurkölnischer Registrator
Düwels-Trück: Bordellmutter
    Freya: Prostituierte (lit. P.)

Fletscher, Norbert: Student, Freund von Arnold Klütsch (lit. P.)
    Beate: seine ältere Schwester (lit. P.)
    Ursel: seine jüngere Schwester (lit. P.)
    Paulus: sein Vater, Advokat (lit. P.)
    Klara: seine Mutter (lit. P.)

Gillet, René Mathurin: Volksvertreter
Grolman, Ludwig von: Regierungsdirektor, Zivilkommissar
für das Herzogtum Westfalen

Hirsinger: französischer Resident, Gesandter in Frankfurt
Hoche, Lazare: Oberbefehlshaber der Sambre- und Maas-
armee, auch Zivilgouverneur der Länder zwischen Rhein,
Maas und Mosel
Hüpsch, Wilhelm Carl Adolf Baron von: Kunstsammler

Keil, Anton: Kunstkommissar, öffentlicher Ankläger, Staats-
anwalt, Professor
Klespe, Reiner Josef Anton von: Bürgermeister der Stadt Köln
Klütsch, Arnold: Sohn eines Tagelöhners mit sieben
Geschwistern (hist./lit. P.)
Friedrich, Adamus: seine jüngeren Brüder (hist./lit. P.)
Anton: sein Vater (hist./lit. P.)
Adelheid: seine Mutter (hist./lit. P.)
Königsegg, Graf von: Vertreter des Dompropstes, Dekan des
Domkapitels

Ludewig X. (auch Ludwig): Landgraf von Hessen-Darmstadt

Marx: Dompfarrer
Maximilian Franz von Österreich: Kurfürst und Erzbischof von
Köln
Metzler, Johann Wilhelm: Bürgermeister von Frankfurt am
Main
Molinari, Stefan: Scholaster des Bartholomäusstiftes in
Frankfurt
Martha: seine Haushälterin (lit. P.)
Müller, Walburga: Tochter des Schneidermeisters (hist./lit. P.)
Reinhold: ihr Vater, Schneidermeister (hist./lit. P.)
Josefa: ihre Mutter (hist./lit. P.)
Mylius, Baron von: Domherr und Verwalter des Domschatzes

Nettekoven, Heinrich: Domvikar

Oettingen, Franz Wilhelm Graf von Oettingen und Baldern: Domprobst, Kanzler der Universität zu Köln
Oppenheim, Salomon: Bank- und Handelsmann

Peter: Stadtsoldat (lit. P.)
Peters, Anna: Kunsthändlerin
Pick, Franz: Kanonikus, Mitbewohner und Freund von Wallraf

Rethel, Johann: Beauftragter des Regierungskommissars, Komm./Substitut-Kommissar
Richartz, Friedrich: Rektor der Domschule
Rudler, Franz Joseph: französischer Regierungskommissar, Jurist aus dem Elsass

Soleil, Jean Baptist: Hauptmann der französischen Armee; einquartiert bei Fletschers
Sommer: Advokat, Kölner Jakobiner
Stockart, Nikolaus: Pfarrer von St. Peter

Wallraf, Ferdinand Franz: Professor, Rektor der Universität zu Köln
    Cäcilia: seine Schwester (Mann Alexius, drei Töchter)
Weber, Mathias, genannt Fetzer: Räuberhauptmann
    Christine: seine Geliebte
Wienand: Buchhändler
Wittgenstein, Johann Jakob von: Bürgermeister von Köln

Magdeburg

Hildesheim

Göttingen

Würzburg

Nürnberg

Regensburg